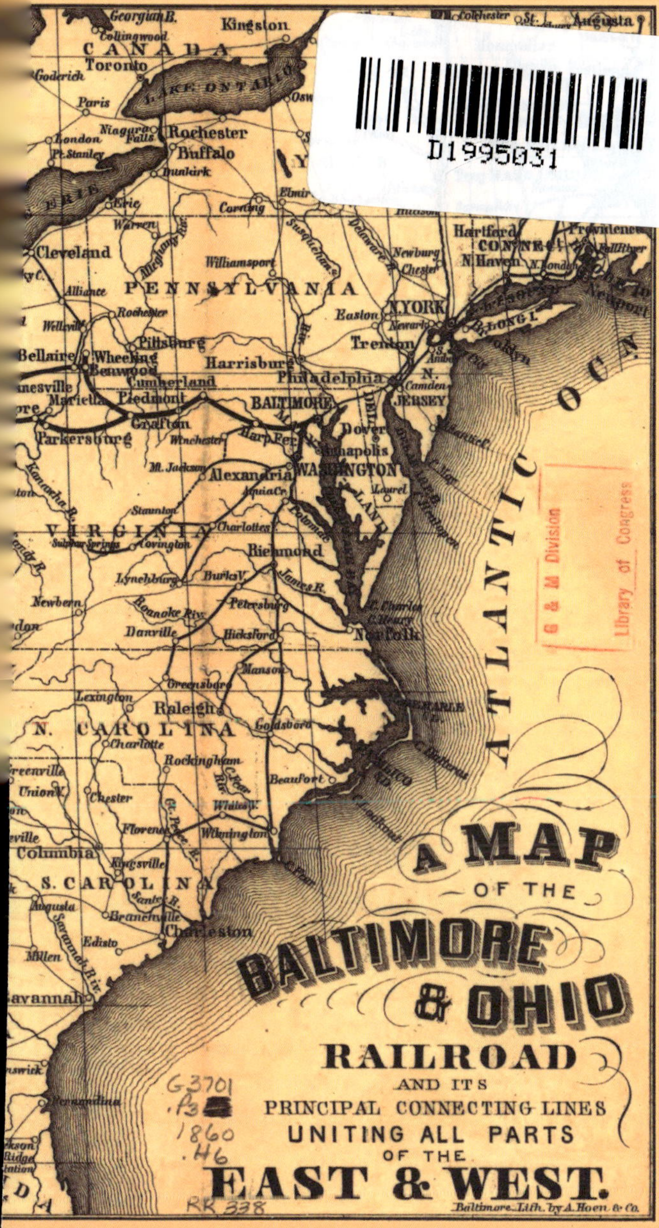
A MAP
OF THE
BALTIMORE
& OHIO
RAILROAD
AND ITS
PRINCIPAL CONNECTING LINES
UNITING ALL PARTS
OF THE
EAST & WEST.
Baltimore Lith. by A. Hoen & Co.
CANADA
LAKE ONTARIO
ERIE
PENNSYLVANIA
VIRGINIA
N. CAROLINA
S. CAROLINA
ATLANTIC OCN.
Kingston
Toronto
Goderich
Paris
London
Niagara Falls
Rochester
Buffalo
Dunkirk
Erie
Warren
Corning
Cleveland
Williamsport
Alliance
Wellsville
Pittsburg
Wheeling
Bellaire
Benwood
Harrisburg
Cumberland
Piedmont
Marietta
Grafton
Parkersburg
Winchester
Harp Fer.
BALTIMORE
Philadelphia
Camden
JERSEY
Trenton
Easton
N. YORK
Newark
Brooklyn
Hartford
Providence
N. Haven
Newport
Newburg
Dover
Annapolis
WASHINGTON
Alexandria
Aquia Cr.
Staunton
Charlottes.
Covington
Sulphur Springs
Richmond
Lynchburg
Burks V.
James R.
Petersburg
Roanoke Riv.
Danville
Hicksford
Norfolk
Newbern
Greensboro
Lexington
Raleigh
Goldsboro
Charlotte
Rockingham
Beaufort
Chester
Union V.
Florence
Wilmington
Columbia
Kingsville
Branchville
Charleston
Augusta
Millen
Edisto
Savannah
Fernandina
C. Hatteras
C. Fear
Colchester
Augusta

Sara Paretsky, von der *Washington Post* als Inbegriff der Perfektion im Genre gefeiert, ist eine von vier lebenden Autorinnen und Autoren, die sowohl den *Grand Master Award* als auch den *Cartier Diamond Dagger* erhalten haben. Als Pionierin des Detektivinnenromans schickt sie ihre Privatschnüfflerin aus Chicago bis heute dahin, wo es wehtut, und stattet sie mit einem humanistisch-feministischen moralischen Kompass aus, der in einer kaputten Welt Oasen der Zuversicht finden hilft – oder wenigstens den Mut zum Weitersuchen, zum Hinsehen statt Leugnen.

Doch gerade werden die Zeiten düsterer, und auch Warshawskis Welt ist voller Schatten: Ein Hassverbrechen stürzt die Detektivin in eine Krise. Trotzdem muss sie sich aufraffen und ermitteln, um eine junge Frau zu retten. Sie stößt in Kansas auf eine unwillkommene Blutspur und eine nervige Möchtegernhistorikerin, die allen auf die Füße tritt, bis sie den höchsten Preis bezahlt.

Wunder Punkt hat ein klassisches Hardboiled-Thema, ein plotstarker, actionreicher Roman um eine verkommene Kleinstadt. Aber – auch das gehört zur Hardboiled-Tradition – beiher kriegt Paretsky das ganze Unbehagen unserer Zeit zu fassen, die Gier, die Gewalt, das Trauma, die Unappetitlichkeiten des »Normalen« hier und heute. Ihre Detektivin folgt stur dem Faden des *cui bono* – wem nützt es? – und enthüllt so Schicht um Schicht Geschichtsklitterung und Schweigen. Sie dröselt Knoten auf, bis deutlich wird, wie eine Gesellschaft zur Arena verkommt, während die Puppenspielereien mächtiger Männer Leben kosten und ihre Erfolgslegende aalglatt in die Große Erzählung einfließt. Kann V.I. Warshawski das Rad herumreißen, oder ist sie zu ausgebrannt für diese Schlacht?

Unsere Welt, in der wir als Zivilgesellschaft jetzt erneut mit Hasspropaganda und Backlash ringen, ist auf Erzählungen gebaut. Für mich, die Hardboiled als unwiderstehliche Form des Erzählens von Konflikt, Unrecht und Gewalt empfindet und brüchige Heldinnen liebt, zählt dieses Buch zur großen feministischen Literatur unserer Zeit. Und ist dabei so unterhaltsam wie spannend. Ein Volltreffer.

Else Laudan

Am Ende des Buchs finden sich Begriffserläuterungen.

Sara Paretsky

WUNDER PUNKT

Deutsch von Else Laudan

Ariadne 1281
Argument Verlag

Für Eve,
Teil meines Herzschlags

Inhalt

1

Albtraum

Ein Schuss. Sobald du ihn hörst, weißt du, das war keine Fehlzündung und kein Böller. Im Sprint die Treppe hoch. Peter drängt sich an mir vorbei. Ich packe ihn am Arm. »Du kannst da nicht blind reinstolpern. Du weißt nicht, wer da schießt und auf wen.«

Er schubst mich beiseite und stürzt in den Raum.

Ein zweiter Schuss, ein dritter. Schreie. Ich folge ihm hinein.

Blut, Hirn, Knochen. Ich rutsche aus. Diese Luft, beißend, voller Rauch. Ich kann nicht sehen, wer noch lebt, wer verletzt ist, wer bewaffnet. Stolpere über Peter, der quer über Taylors Leiche liegt, und brülle los: »Nein! Nein!«

Der Schrei weckte mich. Ich weinte haltlos. Tastete nach dem Lichtschalter, griff ins Leere. Ich war an einem fremden Ort, allein. Panik. Taylors Mutter hatte mich gekidnappt, ich war in einer Chicagoer Gasse überfallen worden, ich saß in einem KGB-Knast. Ich versuchte aus dem Bett zu springen, war aber in Decke und Laken gewickelt wie eine Mumie und landete hart auf dem Boden.

Und da endlich fiel mir ein, dass ich in Kansas war. In Lawrence. Nicht in dem Dreckloch in Uptown Chicago, wo Taylor Constanza vom eigenen Vater ermordet worden war. Taylor war seit fünf Monaten tot, doch die Albträume ließen mich nicht los.

Ich selbst hatte mit meinem Gestrampel die Laken so verheddert. Ich befreite mich, machte das Bett. Mein Schlafshirt war klatschnass geschwitzt. Ich zog es aus, wusch mich in dem kleinen Bad der Pension, streifte ein T-Shirt über. Es war erst drei Uhr früh. Ich versuchte wieder einzuschlafen.

Ich war nach Lawrence gefahren, um zuzuschauen, wie Angela Creedy sich in die Elite der Basketballerinnen einreihte, die die 3000-Punkte-Marke geknackt hatten. Sie war ein Star im Team der Northwestern University und begann internationale Aufmerksamkeit zu erregen. Und sie war außerdem Mitbewohnerin von Bernardine Fouchard, für mich Bernie, Eishockeyspielerin und so was wie meine Patentochter.

Angela und ihre Northwestern Wildcats hatten gestern Abend die hiesigen Jayhawks besiegt, aber es war knapp gewesen und sehr spannend. Jetzt scharten sich Dutzende Mädchen in Kansas-Kluft um Angela, als sie aus der Kabine kam, und streckten ihr Spielpläne zum Signieren entgegen. Entspannt und anmutig hockte sie sich hin, um mit ihnen auf Kopfhöhe zu sein, signierte und plauschte mit ihnen, dass die Mädchen hin und weg waren. Als der Andrang nachließ, kam sie zu mir und Bernie in die Eingangshalle. Auch ihre anderen Mitbewohnerinnen waren da. Angela und Bernie waren dick befreundet, daher war sie auch mir ans Herz gewachsen. Die drei anderen kannte ich nur flüchtig.

Angela umarmte mich. »Vic, ich weiß, das Kommen ist dir nicht leichtgefallen, aber danke! Es bedeutet mir viel, vor allem wo meine Mutter nicht konnte. Wir wollen gleich zum Feiern in die Stadt. Komm bitte mit, ja?«

Angelas Mutter war Krankenpflegerin in Shreveport. Ihre wenigen freien Tage gingen dafür drauf, ihre eigene alternde Mutter zu pflegen und ihre geschwollenen Füße in Eukalyptusbad einzuweichen.

»Ja, Vic, du solltest mitkommen«, sagte Bernie. »Wir gehen in einen Schuppen namens Lion's Heart. Alle aus dem Team sind dabei.«

»Danke, Süße, aber der heutige Abend gehört Angela und

deinen Freundinnen. Ich such mir doch lieber einen gesetzteren Zeitvertreib.«

Bernie Fouchard packte mich am Arm, als ich mich zum Gehen wandte. »Vic, du darfst nicht allein in deinem Zimmer hocken. Wenn du allein bist, machst du nur –« Sie warf die Hände in die Luft, versuchte auf Englisch zu denken, gab auf. »*Tu broies du noir!* Du musst unter Leute.«

Den Sinn dahinter konnte ich mir denken. Mein Lächeln wurde dünn. »Bernie, tu nicht, als wüsstest du, was ich brauche oder nicht. Mir geht's allein besser als mit lauter betrunkenen Studis in einer lärmigen Bar.«

Sie legte mir beide Hände auf den Arm. »Vic, ich will nur, dass es dir gutgeht, nicht dich kränken!«

Ich machte mich unsanft los. »Du hast mich überredet, mit nach Kansas zu kommen. Ich bin ja froh, dass ich hier bin, dass ich Angelas Triumph miterlebt hab, aber jetzt ist mal gut. Geh mit deinen Freundinnen, amüsiert euch, nur schlagt nicht so über die Stränge, dass die Fahrt morgen zum Risiko wird. Schick mir eine Nachricht, wenn ihr zurück in Evanston seid.«

Sie sah mich lange an, ihre Miene untröstlich, aber schließlich trollte sie sich zu der Gruppe um Angela. Kurz war ich versucht, hinzugehen und mich zu entschuldigen, aber ehe ich dazu kam, waren sie weg.

Ich war im eigenen Wagen nach Lawrence gefahren, wollte meine Ruhe vor der hochtourigen Energie von fünf Uni-Spitzensportlerinnen, aber vor allem vor Bernies unablässigen Predigten: Wenn man hinfällt, wenn man sich verletzt, geht man *immédiatement* wieder aufs Eis! Sie hatte mir mächtig Druck gemacht, mitzukommen und Angela spielen zu sehen, was sicher sein Gutes hatte, aber das reichte ihr eben nicht. Sie zählte auf mich als Vorbild, als Inbegriff der starken Frau; sie brauchte mich so, wie ich bis letzten September gewesen war, nicht so, wie ich seit Peters und meinem Fiasko war.

Peter Sanson war Archäologe und Direktor eines berühmten Instituts an der Universität Chicago. Er war mein Liebster, und ich war in ihn so verliebt wie seit vielen Jahren nicht mehr. Das machte das Fiasko noch schwerer zu verkraften.

Taylor Constanza war eine seiner Studierenden und im zweiten Studienjahr. In der ersten Woche des Herbstsemesters verschwand Taylor. Die Eltern waren außer sich, drohten der Uni mit Klage wegen Verletzung der Fürsorgepflicht und bedrohten Peter mit Ausdrücken, die nichts Gutes ahnen ließen. Taylor war eine Transfrau und hatte im August mit Peter und fünf weiteren Studis an einer einmonatigen Ausgrabung teilgenommen. Die Eltern verkündeten, Peter habe ihren Sohn zu einer Geschlechtsumwandlung genötigt, um seine Sexfantasien zu befriedigen.

Es war eine abscheuliche Situation. Als die Polizei nicht fündig wurde, erklärte ich mich bereit zu suchen. Leider war Taylor nur allzu leicht zu finden. Sie hatte sich mit ein paar anderen Ausreißern in einer Feuerfalle in Uptown verkrochen. Taylor flehte mich an, die Adresse geheim zu halten; sie hatte Angst vor ihren Eltern, die gewalttätig geworden waren, als sie sich nach der Ausgrabung im August geoutet hatte.

Ich versprach es, allerdings fühlte Peter sich verpflichtet, Uni und Eltern wissen zu lassen, dass Taylor nichts zugestoßen war, sie nur von beiden Abstand brauchte. Die Eltern gingen wütend auf mich und die Universität los, die daraufhin Peter und mich unter Druck setzte, die Adresse preiszugeben. Als wir uns weigerten, beauftragten die Eltern einen anderen Privatdetektiv, der mühelos der gleichen Spur folgte wie ich. Dieser zweite Ermittler ignorierte Taylors Bitte um Sicherheit.

Am nächsten Tag bekam ich von Taylor eine panische Nachricht. Ihr Vater war aufgekreuzt, mit einer Knarre. Bis ein Rettungswagen eintraf, waren Vater und Kind tot.

Danach litt Peter in jeder Hinsicht. Eins der Geschosse hatte ihn gestreift. Er musste sich mehreren Operationen unterziehen, um seine Schulterwunde zu behandeln, und die Schmerzen ließen nicht nach.

Zudem ertrank er in Schuldgefühlen. Obwohl ich ihm gesagt hatte, dass Taylor sich vor ihren Eltern fürchtete, glaubte er Mrs. Constanza mitteilen zu müssen, dass ich ihr Kind aufgespürt hatte. Peter fühlte sich hochgradig verantwortlich für seine Studierenden; er hatte Taylor schrecklich im Stich gelassen. Die Universität machte es ihm auch nicht leichter. Ihre Anwälte ließen Peter und alle, die bei der Ausgrabung dabei gewesen waren, unter Eid aussagen, in der Hoffnung zu beweisen, dass Peter Taylor niemals angefasst hatte.

Peter war klar, dass er nicht mir die Schuld zuschieben sollte, aber genau das tat er. Wäre ich keine Detektivin, versiert im Aufspüren von Verborgenem, er hätte die Angelegenheit wohl der Uni überlassen. Er hätte nichts abgekriegt, hätte nie mit dem Blutbad zu tun bekommen.

Ich wusste, ich musste nachsichtig mit ihm sein, aber schließlich war ich es, die in der Wohnung blieb und die anderen Ausreißer tröstete. Ich war es, die den Cops auf dem Area-2-Revier stundenlang Fragen beantworten durfte, meine Klamotten voller Knochensplitter und Gehirnfetzen. Ich war es auch, die viele Stunden mit der Mutter der toten Studentin telefonierte. Meine Nerven lagen blank bis zu den Wurzeln. Irgendwann hatte ich aufgelegt, hatte auch die Forderungen der Universität ignoriert, mich pausenlos für die Anwälte beider Parteien zur Verfügung zu halten.

Peter und ich machten einander fertig. Wir stritten, versöhnten uns, stritten wieder. Peter war immer ein ausgeglichener Mensch gewesen, der nicht zu Wutanfällen neigte. Bei Meinungsverschiedenheiten hatte er ein fast schon nervtötendes Verständnis auch für meine Seite gehabt. Jetzt entsetzte es ihn selbst, wie leicht er dem Zorn erlag.

Ausgelaugt von seinen Dämonen, flüchtete er schließlich nach Málaga, um bei der Ausgrabung einer dreitausend Jahre alten phönizischen Siedlung an der Mittelmeerküste zu helfen. Es war für uns beide eine Erleichterung, als ich ihn kurz vor Weihnachten am O'Hare-Flughafen absetzte.

Erst nach seiner Abreise gingen meine Albträume los. Manchmal, so wie heute Nacht, durchlebte ich wieder den Moment von Taylors Ermordung. Manchmal träumte ich auch von meiner Mutter. Gabriella war an Eierstockkrebs gestorben, da war ich Teenagerin. Ein Einzelkind, nach etlichen Fehlgeburten zur Welt gebracht. Sie liebte mich kompromisslos, doch sie nötigte mich auch, unabhängig zu sein, für mich selbst einzustehen, mich nicht mit dem Zweitbesten zufrieden zu geben. Ihr Verlust hinterließ eine klaffende Lücke, die keine andere Liebe je vollständig füllen konnte.

Gabriella war Immigrantin in einem Stadtteil voller Immigranten, aber sie war auch Jüdin in einem Stadtteil ohne Juden. Die Schlägereien, die ich auf South Chicagos Spielplätzen ausfocht, um sie gegen die von den Kids im Viertel mit Wonne skandierten Schmähungen zu verteidigen, machten ihr und meinem Vater viel Kummer. Jetzt, in meinen Albträumen, wurde sie angegriffen, und ich war unfähig, sie zu beschützen.

Nach Taylors Ermordung fing ich an, meine beruflichen Entscheidungen anzuzweifeln, vergaß wichtige Termine, schickte Rechnungen nicht ab. Ich zog mich von Freundinnen und Freunden zurück, machte mit den Hunden lange Märsche am Seeufer und mied sogar meinen alten Nachbarn im Erdgeschoss. Er war tausendprozentig auf meiner Seite, aber seine ständigen Ausfälle gegen Peter zermürbten mich. *(Dachte, er wär besser als die Versager, die du sonst anschleppst, aber er ist genauso übel wie dieser Murray Ryerson, denkt immer nur an sich.)*

Es war Bernie Fouchard, die meinen Panzer aufbrach, oder vielmehr Bernies Mutter Arlette. Bernie selbst trieb mich zur

Weißglut, indem sie mir ständig zusetzte, »nach einem schweren Sturz wieder aufs Eis zu gehen«.

»Menschen zählen auf dich. Alle erfahren im Leben Schmerz, nicht bloß du, aber nur du kannst Leuten helfen, die in Schwierigkeiten sind.«

»Ich bin keine Superheldin und kein Roboter. An Trauma zerbreche ich genauso wie jede andere. Also heb dir deine Plattitüden und deine Naivität für die Eishockey-Arena auf.«

Sie sah schockiert und gekränkt aus, hielt aber endlich die Klappe und ließ von mir ab. Im Januar jedoch flog ihre Mutter mit dem Canadiens-Eishockeyteam nach Chicago. Ihr Mann war der engste Freund meines Cousins Boom-Boom gewesen, als beide für die Blackhawks spielten. Boom-Boom war Bernies Taufpate, und als er starb, ging die Patenschaft auf mich über.

Arlette Fouchard drängte sich an mir vorbei in meine Wohnung. »Bernardine hat mir von deinen Problemen erzählt.«

»Bernie glaubt, ich bin aus Titan und nicht aus Fleisch und Knochen. Sie will, dass ich übermenschlich bin. Sie und alle anderen.« Klienten, Freundinnen, Fremde, die mich online kontaktierten und entweder wissen wollten, wie sie ihre transsexuellen Kids beschützen konnten, oder mich verunglimpften, ich hätte einen Jungen durch Gehirnwäsche manipuliert, sich für ein Mädchen zu halten. Die Sprache dieser Anwürfe war beängstigend grausam und obszön.

»Bernardine ist weder dezent noch taktvoll«, sagte Arlette, »aber sie versteht dich besser, als du jetzt glauben magst.« Sie ging in meine Küche und fing an, das Geschirr abzuwaschen, das sich auf dem Tisch und in der Spüle türmte.

Ich schaute irritiert zu, kramte aber schließlich ein sauberes Handtuch aus einer Schublade, trocknete die Teller ab und räumte sie weg.

»Victoria, es stimmt, dass Menschen auf dich angewiesen sind, und im Moment ist das eine Belastung für dich«, sagte sie, als der letzte Topf blank geschrubbt war. »Ich bin nicht hier, um dich in dem Punkt umzustimmen. Du hast etwas Unerträgliches miterlebt, einen Mann, der sein eigenes Kind ermordet. Das ist – *accablant* – etwas, das den stärksten Menschen verstören kann.

Ich bin hier, um mit dir zu reden. Ich spreche nicht für deine Klienten oder Freunde, mir geht es darum, was du für dein eigenes Wohl brauchst. Wenn du kein Geld hast, musst du arbeiten, *n'est-ce pas*? Aber wenn die Ermittlungsarbeit dir nicht mehr guttut, dann such dir eine neue Arbeit. Nur musst du in Bewegung bleiben, außer du willst eine Opernheldin werden, eine Juliette oder Aida, die eingesperrt in einer Gruft den Märtyrerinnentod stirbt.«

Nach dem Abwasch kochte sie Tee, den trinke ich sonst nur, wenn ich krank bin. Aber ich war ja krank, ich machte mich krank, ich und all die Niedertracht und Gewalt ringsum.

Wir trugen den Tee ins Wohnzimmer, setzten uns auf die Couch, ohne viel zu reden. Nach einiger Zeit sagte sie dann: »Victoria, ich bitte dich nur um eins: Sei weniger hart. Mit dir selbst, *bien sûr*, aber auch mit anderen. Die Schrecken, die du erlebt hast, sind den meisten von uns erspart geblieben, aber es sind schwere Zeiten für alle. Die Ausfälle gegen dich in den sozialen Medien sind furchtbar, doch die Mehrheit der Leute meint es gut, auch meine Tochter. Wenn sie *maladroite* ist, dann nicht aus Bosheit. Wir alle haben zu viel Tod erlebt, zu viel Wut durch all den Stress mit Corona, durch den Stress von Krieg und anderen Formen von Gewalt, durch die Beschleunigung des Todes, dem wir alle ins Auge sehen müssen. Versuch, nicht so streng zu sein.«

Sie wartete einen Moment auf meine Antwort, aber ich konnte ihr keine geben. Sie verzog sich wieder in die Küche und machte ein Omelett, das sie mir ins Wohnzimmer brachte. Als ich anfing zu essen, ging sie. Ich brachte das schmutzige

Geschirr zurück in die Küche. Es kam mir falsch vor, es in das geschrubbte und blitzende Waschbecken zu stellen, also spülte ich es ab.

Am nächsten Tag nahm ich meine Routinen wieder auf. Ich fühlte mich immer noch zerbrechlich, wie ein rohes Ei, dessen Schale jeden Moment platzen konnte, aber Arlette hatte recht: In Bewegung bleiben schuf einen Rhythmus, der als solcher heilsam war. Die Frage, ob ich weiter als Ermittlerin tätig sein wollte, schob ich einstweilen beiseite und ging wieder an die Arbeit.

Im Februar, als Bernie mich drängte, Angelas Moment des Ruhms beizuwohnen, war ich zwar noch wackelig, aber doch so weit im Gleichgewicht, dass ich mich imstande fühlte, in Kansas zu ihnen zu stoßen.

2

Klimawandler

Im Verlauf des Spiels war der Februarabend kalt geworden, der Wind hatte aufgefrischt. Als ich aus der Uni-Sporthalle trat, presste eine Bö mir die Luft zurück in die Lungen. Ich krümmte mich hustend und wurde beinahe von einer Schar aufgeregter Mädchen umgerannt, die hinter mir rauskamen.

»Auf meinem Spielplan hat sie auch signiert. *In Liebe, Angela*«, sagte eine.

»Deswegen ist sie nicht gleich in dich verliebt, Rina – das hat sie uns allen auf den Spielplan geschrieben«, spottete eine andere.

»Ich denke, damit will sie sagen, sie liebt euch Mädchen alle dafür, dass ihr euer Weltbestes geben wollt«, steuerte eine Erwachsene bei.

Ich ging aus dem Weg und schmunzelte über den Austausch, als ein Mann mit Karacho in Richtung Sporthalle rannte und mich anrempelte.

»Ruhig Blut«, rief ich. »Hier ist genug Platz für alle.«

Er ignorierte mich und stürmte weiter zu den Mädchen. Dort packte er eine am Arm und zerrte sie von der Gruppe weg. »Sie haben in der Nähe meiner Tochter nichts zu suchen. Niemals!« Er blökte die Erwachsene so laut an, dass ich über den Wind und das Brummen der abfahrenden Autos hinweg jedes Wort mitbekam.

Perplex drehte ich mich um. Das Mädchen, das er gepackt hielt, war dieselbe, die so glücklich über Angelas Autogramm geseufzt hatte. Jetzt fing sie stumm zu weinen an, der Wind ließ die Tränen an ihren Wimpern kristallisieren. Die Antwort der Erwachsenen bei der Gruppe konnte ich nicht verstehen. Ich schob mich zurück in Hörweite.

»Sie sind ohne Gehalt suspendiert, Perec.« Der Mann pöbelte immer noch. »Das heißt, Sie halten sich in meinem Schulbezirk von Kindern fern.«

»Das County gehört Ihnen nicht, Santich, auch wenn Sie Ihren Schulrat dazu gekriegt haben, mich zu schassen. Ruthies Mutter hat mich ersucht, die Mädchen zu begleiten, weil sie positiv getestet wurde.«

»Cady Perec?«, platzte ich heraus, verblüfft von dem Wortwechsel. »Ich bin V. I. Warshawski.« Wir hatten uns vor ein paar Jahren kennengelernt, als ich wegen eines Falls in Lawrence war.

»Egal, und wenn Sie der Geist von Wyatt Earp sind «, brüllte der Mann jetzt mich an. »Ich rede mit Perec, also scheren Sie sich um Ihre Angelegenheiten.«

»Sie haben mich fast über den Haufen gerannt, so eilig hatten Sie es, Ihre Tochter zum Weinen zu bringen, damit sind Sie meine Angelegenheit«, sagte ich.

Zu meiner Überraschung schaute er sofort prüfend seine Tochter an. Als er ihre Tränen sah, legte er den Arm um sie und sagte mit sanfter Stimme: »Tut mir leid, Schätzchen, entschuldige, dass ich dich erschreckt habe. Ich versuche nur, dich zu beschützen.«

Genauso schnell nahm er seinen Angriff gegen Cady wieder auf. »Also wenn Lela Abernathy denkt, sie kann Ihnen ihre Tochter anvertrauen, muss ich mit ihr und Keith mal ein Wörtchen reden. Ich fahr den Rest von euch Mädchen jetzt nach Hause.«

Die Mädchen drängten sich dichter an Cady, die sagte: »Ihre Eltern kommen sie abholen, Santich, so wie Sie Rina abgeholt haben, also machen Sie sich hier nicht ins Hemd.«

Mehrere Leute waren neugierig stehen geblieben. Santich starrte Cady wütend an, dann mich, dann die Schaulustigen, während seine Tochter sich von den anderen wegdrehte, vielleicht war ihr Vater ihr peinlich. In diesem Moment kam eine der Mütter. Eine Welle der Erleichterung lief durch die Gruppe, als sie sich bei Cady für die Begleitung auf dem Ausflug bedankte.

»War es herrlich?«, wandte sie sich an die Mädchen. »Ich hab im Radio gehört, die Spielerin aus Chicago hat einen Rekord aufgestellt.«

»Sie war einsame Spitze, Mom«, sagte ihre Tochter, aber ohne große Begeisterung: Santich hatte die Euphorie der Gruppe verfliegen lassen.

In den nächsten Minuten trafen auch die anderen Eltern ein, bis nur noch ein Mädchen bei Cady war. Santich erklärte ihr, er fahre sie heim.

Sie sah ihn mit steinerner Miene an. »Meine Mutter will, dass Ms. Perec mich nach Hause bringt.«

Er streckte eine Hand nach ihr aus, ließ sie aber sinken, als er merkte, dass ich und die anderen Umstehenden zuschauten. Mit finsterem Blick führte er seine Tochter weg.

»Was war das denn?«, fragte ich. Ich kannte Cady nicht so gut, aber sexuelle Belästigung schien mir nicht zu ihr zu passen. Außerdem, wenn sie im Verdacht stand, eine Schülerin belästigt zu haben, welche Eltern würden ihr dann ihre Tochter anvertrauen?

»Er und ich haben politische Meinungsverschiedenheiten«, sagte sie knapp. »Ich muss jetzt Ruthie nach Hause bringen.«

Sie und Ruthie waren auf dem Weg zum Parkplatz, als wir Santich erneut herumschreien hörten. Er stand neben einem Kia-SUV, die Türen schon offen, aber er hatte jemanden an den Schultern gepackt und brüllte ihn an. Der andere Mann riss sich los.

Nicht dein Bier, ermahnte ich mich, ging aber trotzdem hin.

Zwei der Umstehenden, die Santich mit Cady beobachtet hatten, folgten mir.

»Hol Sie der Teufel, Garrity! Verschandeln mein Eigentum, und das in aller Öffentlichkeit!«

»Ich hab es nicht verschandelt, Arschloch. Ich hab es verschönert. Sie sollten sich bedanken.«

Garrity war ein dünner Mann mit einem Heiligenschein aus wildem Haar. Er trug einen alten Armeeparka, dessen offener Reißverschluss ein verblichenes Sweatshirt mit dem allgegenwärtigen Jayhawk-Logo sehen ließ.

»Ich rufe die Polizei«, keifte Santich. »Sie landen gleich morgen früh vor dem Richter.«

Ein Streifenwagen fuhr vor, aber nicht von der Stadtpolizei, sondern mit dem Siegel der Universität an der Tür. Der Fahrer stieg aus.

»Was ist hier los, Leute?«, fragte er. Sein Südstaatler-Näseln war so stark, dass ich die Worte kaum verstand, aber es war die herkömmliche Ansprache von Cops bei einem Familienstreit.

»Ich will, dass er eine Geldstrafe bekommt«, sagte Santich. »Wegen Sachbeschädigung.«

»Was hast du jetzt wieder angestellt, Trig?«, fragte der Campuspolizist.

»Wie ich schon zu seinem königlichen Hintern sagte, hab ich seine Spritschleuder nur verschönert. Oder ihm wenigstens geholfen, der Welt mitzuteilen, dass ihm klar ist, was er tut.«

Santich zeigte zum Heck des Wagens. Ich folgte dem Polizisten und sah, dass Garrity einen Sticker an die Stoßstange gepappt hatte, die Sorte, die Stadtguerillas schon vor zwanzig Jahren auf dicke Geländewagen klebten: ICH BIN EIN KLIMAWANDLER, FRAG MICH WIE.

»Schon dass Sie finden, ich entweihe Ihren Spritfresser, verrät mir: Sie wissen genau, dass Sie den Planeten zerstören«, sagte Garrity. »Fall erledigt.«

Santich verlangte, dass Garrity festgenommen wurde oder zumindest eine Strafe wegen Verschandelung fremden Eigentums bekam.

»Daddy, bitte«, rief Rina vom Rücksitz des SUVs. »Können wir nicht nach Hause fahren? Mir ist kalt, und Mom hat auch schon getextet, sie will wissen, wo wir bleiben.«

»Ja, warum bringen Sie nicht erst mal Ihre Kleine heim, Mr. Santich?«, sagte der Campus-Cop. »Wenn Sie morgen immer noch Anzeige erstatten wollen, nehmen wir das auf, aber vorher schlafen wir alle mal drüber. Du auch, Trig. Und jetzt verschwinde von diesem Parkplatz, bevor ich dir wegen Landstreicherei eine Geldstrafe aufbrumme.«

»Wo warst du, als Lord Santich hier Cady Perec schikaniert hat?«, ging Garrity ihn an. »Er darf sie vor einem Haufen Kinder attackieren, aber es ist gegen das Gesetz, wenn ich ihm die Stirn biete? Das ist Gerechtigkeit in Amerika, schlicht und einfach, bevor ihr sie in ein hübsches Bündel verfassungsmäßiger Grundrechte einwickelt, in deren Genuss leider nur die Reichen kommen. Kein Wunder, dass Sie Perec haben feuern lassen, Santich: Sie haben Angst, dass sie Ihrem Kind das Denken beibringt.«

Santich stürzte sich auf ihn und wollte zuschlagen, doch der Campuspolizist packte seinen Arm. »Ich sag nicht, dass Trig es nicht verdient hat, aber Sie fahren jetzt heim. Sie wollen doch nicht, dass Ihr Kind sieht, wie ich Ihnen eine Anzeige wegen Körperverletzung verpasse.«

»Was?«, schrie Trig. »Ihm gehört das County, deshalb verdiene ich Schläge mit seinem Platin-Arm, aber du passt auf, dass er unbehelligt nach Hause fährt?«

Die Lippen des Campus-Cops wurden schmal. »Trig, du verziehst dich binnen fünf Minuten vom Unigelände oder du verbringst die Nacht in einer Arrestzelle.«

Trig duckte sich in den Parka und blickte genauso grimmig drein wie Santich, aber er schlurfte davon in Richtung Campus. Santich stieg in seinen Kia und röhrte mit lautem Gummiquietschen vom Parkplatz.

»Scheint eine langjährige Fehde zu sein«, sagte ich zu dem Campus-Cop. »Was war das mit Cady Perec?«

»Wenn Sie es nicht wissen, ist es nicht an mir, es Ihnen zu erklären.« Der Mann stieg wieder in seinen Wagen. Er schloss die Tür, fuhr aber erst los, als Trig das Gelände verlassen hatte. Die verbliebenen Schaulustigen brachen auf und ließen mich mit meinem Mustang allein auf dem Parkplatz.

3

Auf die Plätze …

Die Unterkunft, die ich gefunden hatte, war so an den Hang gebaut, dass die Rückseite unter der Erde lag. Die Vorderseite mit eigenem Eingang war verglast.

Als ich zurückkam, setzte ich mich ans Panoramafenster mit Blick auf die Stadt und suchte im Internet nach Meldungen über Cady Perec. Eine Lokalzeitung, der *Douglas County Herald*, hatte was über ihre Schwierigkeiten gebracht. Bei meinem vorigen Aufenthalt hier hatte Cady in Lawrence Sozialkunde unterrichtet, inzwischen war sie an eine neue Verbundschule in Yancy gewechselt, nordwestlich der Stadt.

Unter Beschuss geraten war Cady wegen einer Unterrichtseinheit über Douglas County in den 1850ern und 1860ern. Gemäß dem von ihr zusammengestellten Lehrplan sollten die Kids Debatten über Sklaverei führen, eine Nachbildung der Baracken bauen, in denen die Free State-Ansiedler in Kansas lebten, und sogar versuchen, eine Woche mit den mageren Rationen auszukommen, die die Free Staters damals zusammenkratzten.

Eltern aus Yancy waren aufgebracht über den Teil des Kurses, wo es um die Delaware Nation ging, die den Free Staters im Bürgerkrieg geholfen hatte. Aus den lückenhaften Meldungen im *Herald* ging nicht hervor, was genau schiefgelaufen war, aber ich las einen Bericht über eine hitzige Schulratssitzung, nach der das Gremium dafür gestimmt hatte, Cady bis zu einer umfassenden Untersuchung ihrer Lehrmethoden zu suspendieren.

In der Woche darauf begann eine Frau namens Clarina Coffin, vor der Schule zu demonstrieren und dem *Herald* weitschweifige Briefe über die Rechte indigener Völker zu schreiben. Trig Garrity demonstrierte mit ihr. In den ersten paar Tagen schlossen sich ihnen Studierende an und forderten, man solle die vollständige Geschichte der indigenen Völker und der Schwarzen Siedler in Kansas erzählen. Und dann kreuzten pöbelnde Eltern auf und verbaten sich wütend, dass ihre Kinder mit Critical Race Theory indoktriniert würden.

Ach, und der Vorsitzende des Schulrats war Brett Santich. Böses Blut allerorten.

Das war ein alter Hut, jedenfalls eine ältere Meldung, denn es war letzten Herbst passiert, gleich zu Anfang des Schuljahrs. Ich fand nichts aus der letzten Zeit über Cady, dafür tauchte immer wieder Trigs Name auf, weil er bei Gemeinde- oder Ausschusssitzungen zu den verschiedensten Themen herumbrüllte oder auf Baustellen demonstrierte. Cady Perecs Sorgen schien er hinter sich gelassen zu haben, aber eine spätere Meldung, eigentlich nur ein Absatz, tat kund, dass Yancy sie für den Rest des Jahres ohne Bezüge suspendiert hatte und ihr Vertrag mit Wirkung zum nächsten Juni beendet wurde.

Ich machte mich bettfertig, zog aber die Vorhänge nicht zu. Ich lag da und betrachtete die blinkenden Lichter der Stadt, dazwischen hin und wieder das Stroboskop eines Polizeieinsatzes. Vielleicht galt das ja Bernie und ihren Freundinnen, die die Stadt in Brand setzten und klarstellten, wer hier gewonnen hatte. Oder vielleicht galt es Trig Garrity. Wütend auf Santich, den Mann mit dem Platin-Arm, schmiss er in der Innenstadt Scheiben ein, um Dampf abzulassen.

Ich glitt in den Schlaf und dachte an die glücklichen Mädchen, denen Santich die Stimmung ruiniert hatte. Vielleicht weckte mich deshalb um drei mein Dämonentraum. Es dauerte lange, bis ich wieder einschlief, aber es war kein richtiger

Schlaf, nur dieser körnige Zustand eine Stufe vor dem Wachsein.

Um sechs rüttelte mein Telefon mich vollends wach. Ich hoffte auf Peter, doch das Display zeigte Bernie Fouchard an. Ich ließ die Voicemail rangehen, aber als ich wieder eindöste, rief sie ein zweites Mal an, dann ein drittes Mal.

»Okay, Bernie, du hast mich geweckt. Wo brennt es?«

»Es brennt nicht, Vic, es geht um Sabrina. Wir können Sabrina nicht finden.«

Mein Hirn war benebelt vom Schlafmangel. »Sabrina?«, echote ich.

»Vic, bitte! Sabrina! Du kennst sie, meine Mitbewohnerin, sie spielt Fußball, du hast sie erst gestern Abend gesehen, du musst dich doch an sie erinnern!«

Ich erinnerte mich tatsächlich, jetzt, wo Bernie mir auf die Sprünge half. Sabrina war Stürmerin, offenbar eine der führenden Torschützinnen in der Universitätsliga. In dem Restaurant, wo ich vor dem Spiel mit Bernie und ihren Freundinnen zum Essen war, hatte Sabrina zu dünn gewirkt, beinahe schon anorektisch, mit einer wächsernen Blässe. Schwer vorzustellen, wie sie die gegnerische Abwehr durchbrach und ein Tor schoss.

»Sabrina ist nicht hier. Hat sie denn gesagt, dass sie zu mir will?«

»Sie hat gar nichts gesagt, weil sie seit gestern Abend niemand mehr gesehen hat.« Bernie schrie, ihre Stimme schrill vor Angst. »Hör mir doch zu! Wir wissen nicht, wo sie ist.«

»War sie nicht bei euch im Motel untergebracht?«

»Eigentlich ja, aber Amber sagt, sie ist gar nicht ins Bett gekommen. Wir müssen jetzt losfahren. Um fünf müssen wir wieder in Chicago sein – Angela und ich haben Training, wir sind alle mit Hausarbeiten überfällig.«

»Schick Sabrina eine Nachricht, dass ihr ohne sie losmüsst.«

»Das haben wir natürlich gemacht! Das ist nicht der Punkt.«

Ich legte das Handy hin und machte mich lang. Ich wusste, was der Punkt war. Ich wollte es nicht hören. Bernie sprach eine Minute lang weiter, so laut, dass ich ihre Forderung, ich müsse nach Sabrina suchen, klar und deutlich vernahm. Schließlich verstummte das Telefon.

Ich sehnte mich so sehr nach Schlaf, nach der sauberen, kühlen Ruhe, die den verworrnen Knäul der Sorgen entwirrt, nicht nach dem fiebrigen Zustand, bevor mein Telefon geklingelt hatte. Ich lag still, versuchte zu atmen, aber ich wurde die Angst nicht los, Angst, wenn ich mich einmischte, wäre Sabrina am Ende tot. Ich würde mit Blut und Knochen bedeckt sein. Alle Freundinnen und Freunde würden sich gegen mich wenden, aber nicht annähernd so gnadenlos wie ich mich gegen mich selbst.

Ich sah zu, wie der Himmel im Osten hell wurde und überm Tal des Kansas River eine kränkliche Sonne aufging. Ich wollte später ebenfalls nach Chicago zurückfahren. Vor der Abreise hatte ich noch einen Lauf und einen Cortado im Decadent Hippo geplant, aber als ich in die Jogginghose steigen wollte, fühlten sich meine Beine viel zu schwer an. Ich versuchte es mit Aufwärmübungen, brach jedoch immer wieder mitten im Bein- oder Armheben ab, weil ich meine Bewegungen nicht koordiniert bekam.

Ich schlurfte in die Dusche, die meine Vermieterin in eine Schranknische hatte einbauen lassen. Kaffee und was zu essen konnte ich mir auch auf der Fahrt stadtauswärts besorgen. Als ich nur in ein Handtuch gehüllt zurück ins Zimmer kam, stand meine Vermieterin da. Norma Sowieso. Ich hatte mit ihr wegen des Zimmers korrespondiert, konnte mich aber nicht an ihren Nachnamen erinnern.

Sie entschuldigte sich barsch für ihr unangemeldetes Erscheinen. »Ich bin auf dem Sprung zur Arbeit. Oben ist eine junge Frau. Sie sagt, sie ist Ihre Nichte und muss Sie sehen. Ich wollte sie nicht reinlassen, ohne erst zu –«

»Vic!« Bernie platzte hinter ihr ins Zimmer. »Vic, bitte! Du musst uns helfen.«

»Na sicher muss ich das«, sagte ich eisig. »Auf keinen Fall darf Rücksicht auf meine eigenen Verpflichtungen, ganz zu schweigen vom Zustand meines Gemüts oder meiner Kleidung, je Vorrang haben vor dem, was du brauchst.«

»Oh, Vic, nicht. Red nicht so gemein. Ich kann nicht hierbleiben, und ich hab sowieso keine Ahnung, wie ich es anstellen soll, Sabrina zu suchen, du dagegen schon.« Bernie war keine, die oft weinte, und als sie es bemerkte, wischte sie mit wütender Hand die Tränen weg.

»Wer wird vermisst?«, fragte Norma.

Ich hielt immer noch das Handtuch vor meinen Brüsten umklammert. Während ich mein T-Shirt wieder überstreifte, erklärte Bernie meiner Vermieterin, wer Sabrina war. »Sie ist Fußballerin an der Northwestern University – wir sind alle Sportlerinnen in verschiedenen Disziplinen. Sabrina ist mit uns aus Chicago gekommen, um unserer Freundin Angela Creedy bei ihrem Basketballspiel zuzuschauen. Jetzt ist sie nicht auf ihrem Zimmer, und sie geht nicht an ihr Telefon. Wir müssen heute zurück, jetzt, *enfin*, und wo ist sie?«

»Sie denken nicht, dass sie mit jemandem angebandelt hat?«, fragte Norma trocken.

Die offensichtliche Erklärung. Taylors Tod hatte mich so aus dem Tritt gebracht, dass ich nicht mehr geradeaus denken konnte.

»Vielleicht«, sagte Bernie zweifelnd. »Das ist natürlich möglich. Angela sagt sogar, sie hat Sabrina in der Bar mit drei Jungs gesehen. Keine aus unserer Gruppe hat sie weggehen sehen, aber wenn sie mit denen mitgegangen ist –« Sie wandte sich wieder mir zu und rang verzweifelt die Hände. »Oh, Vic, bitte! Kannst du mit der Rückfahrt nicht bis zum Nachmittag warten? Kannst du wenigstens die Polizei anrufen, ob jemand sie gefunden hat? Vielleicht haben diese Jungs – Rohypnol oder noch Schlimmeres – sie ist so – so *faible* –«

»Ich frage im Krankenhaus nach, nur für alle Fälle«, sagte meine Vermieterin. »Ich gehöre dort zum Pflegepersonal. Wie ist der Name Ihrer Freundin? Ihr Geburtsdatum?«

»Sabrina Granev. Ihren Geburtstag weiß ich nicht.«

Bernie trat von einem Fuß auf den anderen, während sie besorgt zusah, wie meine Vermieterin telefonierte. »Norma Rolfson hier. Ich komme ein paar Minuten später, aber ich muss überprüfen, ob es letzte Nacht eine Neuaufnahme gab.«

Sie buchstabierte Sabrinas Nachnamen, warf Bernie jedoch beim Auflegen ein Kopfschütteln zu.

»Ich muss mich sputen, aber wenn Sie noch bleiben wollen, Ms. Warshawski, ich habe für die nächsten zwei Tage keine andere Buchung. Sagen Sie mir Bescheid.«

Sie ging, wie sie gekommen war, durch die Tür, die in ihren Keller und zur Garage führte. Bernie sah mich flehend an.

»Bernie, weißt du, was du da von mir verlangst? Ich soll versuchen, eine vermisste Studentin zu finden?« Meine Kehle fühlte sich an, als würde etwas Großes darin feststecken, vielleicht ein Basketball. Ich brachte die Worte kaum heraus.

Sie blinzelte neue Tränen weg. »Es tut mir leid, Vic. *Maman* hat gesagt, ich soll dich nicht darum bitten, aber ich bin so dran gewöhnt, dass du ruhig bleibst und weißt, was zu tun ist, wenn es ein Problem gibt – und wenn du das nicht weißt, wie soll ich es dann wissen?«

Ich ließ mich auf einen Stuhl fallen, die Hände über den Augen.

Bernie kam mit hängenden Schultern näher. »Es tut mir leid, Vic. Ich verstehe – *Maman* hat recht. Du bist ein verwundeter Adler, hat sie gesagt, und das ist wahr. Wir müssen jetzt los, aber ich melde Sabrina beim Fußballtrainer als vermisst, sobald wir zu Hause sind.«

Schon seit einigen Minuten hupte ein Auto vor Normas Haus. »Amber und Chantel warten auf mich. Ich muss unbedingt los.«

Ich zwang mich, sie anzusehen. Ihr Gesicht war verkniffen und bleich vor Sorge.

Ich stand auf, schlang mir das Handtuch um die Taille, legte ihr einen Arm um die Schultern. »Okay, Baby. Ich krieg raus, ob sie wegen irgendwas aufgegriffen wurde, aber die Polizei betrachtet eine Person, die nur eine Nacht weg ist, nicht als vermisst. Weißt du die Namen von Sabrinas Eltern? Wo sie wohnen?«

»Also Sabrina gehört nicht so richtig zu unserer Clique. Sie ist erst im Oktober bei uns eingezogen, als wir eine fünfte Person für die Miete suchten, ich kenne sie noch nicht gut. Außerdem brach sie sich kurz danach den Knöchel. Da kam ihre Mutter, *bien sûr*, aber Madame Granev übernachtete im Hotel, also sprachen wir eigentlich nur miteinander, um zu sagen: Hallo, ja, wir können Ihnen Kaffee bringen. Sie war ständig an ihrem Handy, ihrem Computer, außer wenn sie Sabrina antrieb, an ihrer Reha zu arbeiten.

Alle in unserem Haus sind ernsthafte Sportlerinnen, und Sabrina war es auch. Sie war mit einer nationalen Jugendauswahl auf Tour, sie wird bereits von verschiedenen Vereinen gescoutet, und so hat sie am Anfang der Reha hart trainiert, aber irgendwas stimmte nicht mit dem Gelenk. Je härter sie trainierte, desto mehr verschlechterte sich der Knochen. Das war der Zeitpunkt, wo sie anfing, sich so anders zu verhalten.

Wir hofften, die Mutter würde über Weihnachten was merken, aber nach den Winterferien war es noch schlimmer. Sabrina blieb die ganze Zeit in ihrem Zimmer. Wir haben versucht, mit ihr darüber zu reden, da wurde sie wütend. Noch wütender. Warum sie dann beschlossen hat, mit nach Kansas zu kommen – keine Ahnung.«

Das Hupen draußen wurde nachdrücklicher, dann ging oben die Türklingel. Bernie blinzelte mich nervös an.

»Ich muss echt los, tut mir leid. Wo die Eltern wohnen, da bin ich mir nicht sicher. Im Westen, so viel weiß ich. Colorado? Vielleicht auch New Mexico?«

»Frag die anderen, ob eine weiß, wo ihre Eltern leben. Ich versuch sie zu erreichen. Und ich rufe Angela an, vielleicht kann sie die Jungs aus der Bar beschreiben.«

»Ich – danke, Vic. Ich frage die anderen. Angela fährt im Mannschaftsbus mit, aber Chantel oder Amber, die wissen vielleicht, wo die Eltern zu finden sind.« Sie umarmte mich krampfhaft und hastete durch die Außentür auf die Straße.

4

… fertig …

Als sie weg war, ließ ich mich rücklings aufs Bett fallen. Mein Körper fühlte sich an, als hätte jemand ein Eisengewicht auf mich gelegt, das mir den Bauchnabel in die Wirbelsäule drückte. Reglos lag ich da, schlief nicht, dachte nichts. Vielleicht fühlte sich so eine Raupe im Kokon. Keine tickende Uhr, keine Verpflichtungen, bloß Wabern zu einer Musik, die nur die Natur hören konnte.

Nach einer Weile verschob sich etwas in mir, und mein Verstand wandte sich zögernd der vermissten Studentin zu. Vermisst, nicht tot, nicht erschossen. Arlette Fouchard hatte ihrer Tochter gesagt, ich sei ein verwundeter Adler. Das war mir zu pompös. Ich war einfach nur verwundet, so wie derzeit ein Großteil des Planeten.

Die Zeitungen sind voller Berichte über Menschen, die nicht mehr arbeiten wollen, aber die meisten Leute gehen weiter ihrem Job nach. Irgendwas hält sie am Laufen, selbst wenn sich der Job bloß noch wie Schinderei anfühlt. Vor Corona war es vielleicht Kameradschaft am Arbeitsplatz oder Verantwortung für die Familie. Jetzt, angesichts von Krankheit, politischen Verwerfungen und wirtschaftlicher Unsicherheit, war es schwer, weiterzumachen.

Ich persönlich war die Verantwortung so leid. Ich war nicht Privatdetektivin geworden, um die Bürde von anderer Leute Sorgen zu tragen, sondern weil es mich reizte, die Hintergründe bestimmter Verbrechen aufzudecken. Mehr noch, ich genoss es, wenn ich für etwas Gerechtigkeit sorgen konnte.

Mein Vater war ein Cop gewesen. Nach dem Jurastudium hatte ich drei Jahre als Pflichtverteidigerin gearbeitet, Schwerpunkt Straßenkriminalität, daher hatte ich keine blauäugigen Vorstellungen von Recht und Ordnung. Während ich sprachschwache Straßenkids verteidigte und sie davon abzuhalten suchte, sich für den Rest ihres Lebens reinzureiten, machte es mich wahnsinnig, dass die großen Rechtsbrecher, die hunderte oder tausende Leben zerstörten, fröhlich pfeifend davonspazierten und noch ein paar Milliarden mehr einstrichen. Ich entschied mich für die Detektivarbeit, um diesem Gepfeife ein bisschen die Luft abzudrehen.

Die Herausforderungen waren heute größer als in meiner Anfangszeit, denn die Pfeifer hatten nicht nur die besseren Karten, sondern bekamen auch noch immer mehr davon. Das hieß im Klartext, ich musste entweder ganz aussteigen oder noch schlauer und gewiefter werden.

Schlauer und gewiefter. Die Mindestanforderung dafür war aus dem Bett kommen und meinen Kopf wieder zum Laufen bringen. Ich kramte in meiner Übernachtungstasche nach sauberen Jeans und einem langärmligen Stricktop. Beim Anziehen spürte ich immer noch Gewicht auf der Brust, aber es reduzierte sich auf einen kleinen Punkt unterm Herzen. Ich konnte es fast ignorieren und mich auf das konzentrieren, was ich über Sabrina Granev wusste.

Bernie zufolge war Sabrina eher eine Außenseiterin in der Gruppe junger Frauen, die sich das Haus in Evanston teilten. Sie waren alle Sportlerinnen, alle besuchten die Uni mit einem Sportstipendium, nur in verschiedenen Disziplinen. Während sie sich bei Heimspielen oft gegenseitig anfeuerten, hatten sie nicht die Zeit, auch zu den Auswärtsspielen zu fahren. Der gestrige Abend war eine Ausnahme: Sie alle wollten Angelas großen Moment im Rampenlicht miterleben.

Beim Essen vor dem Spiel hatte ich nicht versucht, mich am

Gespräch zu beteiligen, das in einer Art Code geführt wurde, eine Jungvolk-Unterhaltung in Schnipseln, durchbrochen von Losprusten oder »Geht gar nicht«-Rufen.

Die gesellige Runde hatte mein Durchhaltevermögen strapaziert. Im Überschwang der jungen Frauen fühlte ich mich unsichtbar, wäre am liebsten weggegangen. Nur meine Zuneigung zu Bernie hielt mich noch am Tisch. Sabrina Granev fiel mir auf, weil sie wie ich lustlos wirkte, sich zwang, bei Witzen mitzulachen, aber mit dem Essen herumspielte.

Depression wegen ihres Knöchels, dachte ich. Es war nur natürlich, wenn sie, die auf der Bank bleiben musste, ihre gesunden Mitbewohnerinnen beneidete.

Beim Essen war sie fahrig gewesen, zappelig. Drogen? Keine bewusste Beobachtung von mir, aber natürlich war genau das Bernies Sorge – nicht, dass Sabrina sich einen One-Night-Stand erlaubte, sondern dass sie dringend Stoff brauchte. Bernie und die anderen Mitbewohnerinnen beschützten Sabrina, aber sie wussten, dass sie drauf war.

Ich textete meiner Vermieterin, dass ich noch eine Nacht blieb. Ich textete meinem Gassi-Service in Chicago und buchte noch einen Tag für Mitch und Peppy. Ich rief Mr. Contreras an, meinen Nachbarn. Er hat mein Kommen und Gehen minutiös im Blick – seit dem Fiasko letzten Herbst noch minutiöser –, aber er ist in den Neunzigern und nicht mehr imstande, lange Spaziergänge mit den Hunden zu machen.

Er liebt mich, aber in Bernie ist er vernarrt; er war vehement dafür, dass ich ihr half.

»Ich will ihr nicht helfen«, knurrte ich. »Ich will mit den Hunden an einem warmen Strand rumsitzen, wo ich nichts finden muss außer einem trockenen Handtuch, wenn ich aus dem Meer komme.«

»Sprich nicht so, Cookie. Du wärst nicht zufrieden mit dir, wenn du die kleine Bernie im Stich lassen würdest, das weißt du.«

Ich legte auf, bevor ich in eine längere Litanei verfiel, dass ich auch mal dran war damit, umsorgt zu werden. »Niemand wird Sabrina erschießen«, beteuerte ich meinem Gesicht im Spiegel. »Sie wird nicht in deinen Armen verbluten. Du findest sie rechtzeitig, weil du eine clevere Detektivin bist.«

Ich versuchte mir klarzuwerden, wo ich mit meiner Suche ansetzen sollte. In Chicago hatte ich Bekannte bei der Polizei, die könnten mich informieren, ob über Nacht jemand eingebuchtet wurde. Hier aber war ich eine Fremde, hatte keine Kontakte, die mir vielleicht sagen konnten, wo eine junge Frau auf der Jagd nach – was? Oxys? Fentanyl? – hingegangen sein mochte. Trotzdem war das Polizeihauptquartier der logische erste Schritt.

Für meinen Kaffee fuhr ich zum Decadent Hippo, wo sie ihn so machen, wie ich es mag. Dann fuhr ich zum Revier. Die Cops waren umgezogen, seit ich zuletzt hier gewesen war, in einen schicken nagelneuen Bau auf der expandierenden Westseite der Stadt. Am Informationsschalter legte ich allerlei Ausweise vor, auch meine Detektivinnenlizenz, und fragte, ob sie Sabrina Granev im System hatten.

Die Frau hinterm Tresen konsultierte ihre Datenbanken. Sabrina war nicht in Gewahrsam, jedenfalls nicht unter ihrem richtigen Namen.

»Haben Sie irgendwelche Namenlosen?«

Die Frau schaute auf ihren Monitor und stieß ein kleines schnaubendes Lachen aus. »Nur einen, und der kann nicht Ihr vermisstes Mädel sein. Mal abgesehen davon, dass die ganze Stadt weiß, wer er ist.«

»Trig Garrity?«, riet ich spontan.

Sie legte beide Hände auf den Tresen. »Was für Spielchen spielen Sie hier, Ms. Detektivin aus Chicago?«

»Entschuldigung. Keine Spielchen, nur ein Schuss ins Blaue. Gestern Abend ist er vor der Uni-Sporthalle auf jemanden losgegangen. Der Campus-Sicherheitsdienst hat sie getrennt, aber ich hab mich schon gefragt, ob er sauer genug war, sich den Kerl später noch mal vorzuknöpfen.«

Sie verpasste mir den alten Bullenblick: *Man hat mir schon viele Märchen erzählt, und ich weiß, wann ich eins höre.* Ich schaute ihr direkt in die Augen: *Ich bin eine gesetzestreue Bürgerin, die nichts als die Wahrheit sagt.*

»Wenn Sie wegen Garrity hier sind: Seine Kautionsanhörung ist um elf im Gerichtssaal von Richter Bhagavatula. Wenn Sie wirklich wegen einer vermissten Studentin hier sind, wie sieht sie aus?«

»Etwa eins siebzig, dünn genug zum Durchgucken, weiß, stumpfe Haut, lange braune Haare, als Pferdeschwanz getragen, jedenfalls als ich sie zuletzt sah.«

Die Frau schrieb sich nichts davon auf. Vielleicht hatte sie mich nur auf die Probe gestellt – wenn ich nicht schnell eine Beschreibung fabrizieren konnte, war mein Anliegen nicht legitim. Dafür wiederholte sie die These meiner Vermieterin, Sabrina hätte sich mit jemandem eingelassen und ginge deshalb auch nicht ans Telefon.

»Ich kenne die junge Frau nicht näher«, sagte ich. »Ich bin die Patentante einer der Freundinnen, mit denen sie hergefahren ist, aber ich frag mich, ob es ihr nicht eher um Drogen ging als um Sex. Wenn eine Ortsfremde hier was kaufen will, wo würde sie hingehen?«

Die Frau ergriff eine Aktenmappe und klatschte damit auf den Tresen. »Ach, darauf sind Sie aus? Einen Tipp, wo Sie Stoff kriegen? Wenn es das ist, was Sie brauchen, sind Sie auf sich allein gestellt, Chicago.«

Ich kannte in Lawrence einen Sergeant bei der Truppe, einen Mann namens Deke Everard, den ich seinerzeit hier getroffen hatte. Ist nicht im Haus, sagte die Frau. Ich glaubte ihr nicht, hatte aber keinerlei Handhabe gegen sie.

Zurück im Wagen blieb ich noch auf dem Polizeiparkplatz stehen und rief Angela an. Im Mannschaftsbus war es laut, aber mit Ohrhörern konnten wir ein Gespräch führen.

»Bernie hat schon erzählt, dass sie dich überredet hat, Sabrina zu suchen. Es tut mir leid, Vic – tut mir leid, dass sie dich unter Druck gesetzt hat, wo du gerade so – na ja, verletzlich bist. Ich liebe sie, aber manchmal ist sie wie eine Riesenmücke, so dass die einzig angemessene Reaktion darin besteht, nach ihr zu schlagen.«

Über das Bild musste ich lachen und fühlte mich gleich etwas besser. »Sie meinte, dass du Sabrina in der Bar mit drei weißen Typen gesehen hast. Wie sahen die aus?«

»Die reinsten Gockel. Die Sorte Jungs, um die wir einen möglichst großen Bogen gemacht haben, als ich auf der Highschool war. Die reiten dich in die Grütze und lachen dich dann aus, während du wieder rauszukrabbeln versuchst. Und bloß weil eine Frau weiß ist, wie Sabrina, schützt sie das noch nicht vor solchen Typen. Ich hab Sabrina zugerufen, sie soll zurück an unseren Tisch kommen, und einer der Jungs meinte: ›Bist du etwa ihr Kindermädchen?‹«

Ich holte unwillkürlich scharf Luft.

»Genau.« Angelas Ton war so trocken wie der Staub auf meiner Windschutzscheibe. »Sabrina sagte: ›Sie ist doch unser Star. Ich bin bloß einer ihrer Trabanten.‹ Also verzog ich mich. Ich hab mich nicht mehr nach ihnen umgesehen. Vielleicht ist Sabrina mit denen mitgegangen. Wahrscheinlich ist sie mit ihnen mitgegangen, aber ich wollte es nicht wissen. Sie hat dafür gesorgt, dass ich nicht die Hüterin meiner Schwester sein mochte.«

»Ich ahne es«, sagte ich. »Ich musste an Drogen denken, als ich sie gestern beim Essen vor dem Spiel rumzappeln sah. Deine Gockel-Jungs könnten ihr ein bisschen Oxy oder Fent angeboten haben.«

»Kann gut sein«, stimmte Angela zu.

»Kannst du einen von ihnen genauer beschreiben, außer dass sie protzig waren?«

»Du meinst, hatte einer ein Proud-Boy-Tattoo im Nacken? Die Bar war voll, und ich wollte wieder gut draufkommen. Ich hab nicht versucht, mir ihre Gesichter zu merken. Der eine hatte lockige dunkle Haare, das ist das einzige Detail, das ich noch weiß. Und sie trugen Sportkluft von Tom Brady. Deshalb dachte ich, die sind reich.«

Ich dankte ihr. »Und jetzt vergiss die Jungs, vergiss Sabrina, schwing dich zurück in dein wohlverdientes Hochgefühl. Wir sehen uns im Big Garlic.«

»Big Garlic?«, echote sie.

»Du weißt doch, New York ist der Big Apple. In der fünften Klasse wurde uns beigebracht, dass Chicago nach einer Art wildem Knoblauch benannt wurde. Also warum nicht?«

Da musste sie lachen. »Alles klar, Vic. Danke für – na, für alles.«

Zurück im alten Stadtkern stieß ich auf einen kostenlosen städtischen Parkplatz. Welch unglaublicher Luxus – umsonst Parken im zentralen Geschäftsviertel. Ahnten die Leute hier überhaupt, was für ein Glück sie hatten?

Ich dachte mir, in der Bibliothek könnte ich einige sinnvolle Recherchen machen. Auf dem Weg dorthin sah ich viel zu viele Obdachlose in den Ladeneingängen, noch in Decken oder Schlafsäcke gewickelt, während die Stadt zum Leben erwachte.

Dann kam ich am Meadowlark vorbei, halb Bäckerei, halb Sandwich-Laden. Seit dem Fiasko schien ich nie hungrig zu sein, aber ich hatte nicht gefrühstückt. Ein Sauerteigbrötchen mit Espresso würde genügen. Der Espresso war dünn und bitter, aber ich zwang mich, das ganze Brötchen zu essen.

Ich trug mich für einen der Computerarbeitsplätze im Untergeschoss der Bibliothek ein und loggte mich in die Datenbank der Strafverfolgungsbehörden ein, um die Polizeimeldungen aus der Stadt und dem County einzusehen. Rief die letzten sechs Monate auf und suchte nach Drogenrazzien. Ich fand etliche. In einem anderen Fenster öffnete ich eine Karten-App und sah mir die Orte an. Eine Razzia war in einem Neubau-Stadtteil im Südosten durchgeführt worden, aber die Mehrzahl in den am dünnsten besiedelten Ecken des Countys. Ich notierte die Koordinaten, auch wenn die Cops nach einer erfolgreichen Razzia solche Läden dichtmachten.

Ich stieß auch auf Selbstmordmeldungen. Die Anzahl wirkte hoch für ein County dieser Größe. Wie bei den Drogenrazzien ereigneten sich die meisten in entlegenen Gegenden, aber auch einige auf dem College-Campus. Das beschwor eine neue Sorge um Sabrina Granev herauf. Statt zu heilen, war ihr Knöchel schlimmer geworden. Eine junge Frau, vor sechs Monaten noch ein internationaler Star, die (vielleicht) Opioide nahm – sie mochte ernstlich gefährdet sein.

Bernie hatte mir noch nichts zu Sabrinas Familie rückgemeldet, aber ich spürte sie in einer meiner Abo-Datenbanken auf. Ihre Eltern lebten in einem Vorort von Albuquerque. Beide waren ehemalige Sportler – ihr Vater ein aufstrebender Fußballstar in Zagreb, bis der Kroatienkrieg seine Eltern bewegte, in die USA auszuwandern. Auch ihre Mutter war Fußballerin gewesen. Das Paar traf an der University of New Mexico zusammen. Sabrina war ihr einziges Kind.

Fotos von Sabrina waren leicht zu finden – auf Instagram, TikTok, Facebook –, alle zeigten eine vergnügt dreinblickende, athletische junge Person, nicht die graue, ausgelaugte Frau am Restauranttisch gestern.

Ich ging nach draußen, um die Eltern anzurufen. Unter beiden Nummern landete ich bei der Voicemail. Die Nachricht, die ich aufsprach – wer ich war, wo ich war, an Sabrinas Handy ging niemand ran –, klang dünn.

Ich stapfte zurück zu dem kostenlosen Parkplatz, wo mein Wagen stand, die Schultern krumm, die Stimmung düster. Nicht zum ersten Mal hatte Bernie Fouchard mich zu etwas überredet, das mich zermürbte.

5

(Un)Ruhe im Gericht

Die Cops hier waren nicht hilfreich gewesen, aber die Uni besaß ja ihre eigene Truppe, wie ich gestern Abend mitbekommen hatte. Ich rief an, statt persönlich vorzusprechen. Ich war eine besorgte Tante, angereist aus Chicago, um das gestrige Spiel zu sehen. Der Diensthabende ging die Meldungen der letzten vierundzwanzig Stunden durch. Sie hatten drei Betrunkene aufgegriffen und ein Opfer von Körperverletzung, aber die konnten sie identifizieren. Es war nicht Sabrina.

Ich legte auf, unsicher, was ich als Nächstes tun sollte. Es war elf Uhr. Laut der Frau am Informationsschalter der Polizei hatte Trig Garrity jetzt seine Kautionsanhörung. Etwas umwegig, aber im Gerichtssaal waren bestimmt Cops. Je nachdem, wofür Trig verhaftet worden war, könnte Deke Everard selbst anwesend sein. Wenn nicht, fand sich vielleicht ein Streifenpolizist bereit, eine Nachricht zum Sergeant zu schmuggeln.

Das County-Gericht lag in einem alten Steingebäude nur wenige Schritte vom Hippo entfernt. Bis ich die Sicherheitskontrolle passiert und den Gerichtssaal von Richter Bhagavatula gefunden hatte, war es Viertel nach, aber der Richter verhandelte so viele Fälle, dass Garrity noch im Saal wartete. Obwohl ich ihn nur nachts im Straßenlicht gesehen hatte, sprangen mir seine wilden Haare und sein dreckiger Parka gleich ins Auge.

In der ersten Reihe saßen drei Uniformierte, alle männlich. Von hinten konnte ich nicht erkennen, ob einer davon der Sergeant war. Nur wenige Zuschauer verteilten sich auf den Bänken.

Zwei Leute wurden vor Trig aufgerufen, der eine hatte einen Mann mit einer zerbrochenen Bierflasche angegriffen, der andere einen Getreidesilo mit einem Bagger. Für den Bagger wurde eine höhere Kaution fällig als für die Flasche. Ein Besoffener mehr oder weniger machte keinen Unterschied, aber das hier war Farmland, und der Baggerfahrer zerstörte die Lebensgrundlage vieler Farmer.

Eine Frau in der vordersten Reihe hielt ihr Smartphone nach vorn gerichtet. In Illinois durften die Medien bei Gerichtsverhandlungen nicht aufnehmen, in Kansas offenbar schon.

Der Rechtsanwalt des Baggerfahrers versuchte mildernde Umstände geltend zu machen, nämlich dass der Kläger den Bagger seinem Mandanten gestohlen und dieser ihn sich zurückgeholt habe. Der Richter wies den Einwand zurück und fertigte ihn mit einer Kaution von fünfzigtausend Dollar ab. Die Frau mit dem Handy kritzelte eine Notiz.

»Irwin Garrity«, verlas der Gerichtsdiener. »Angeklagt wegen Verstoß gegen ein Betretungsverbot durch vorsätzliches Eindringen auf das Grundstück« – er rasselte eine Reihe Koordinaten herunter – »mit der Absicht, besagtes Grundstück zu beschädigen. Worauf plädieren Sie?«

Die Frau mit dem Handy richtete ihr Gerät auf Garrity, der sitzen blieb. Der Anwalt, der für den Baggerfahrer gesprochen hatte, huschte an seine Seite und begann eine geflüsterte Diskussion mit ihm.

»Irwin Garrity, wenn Sie nicht vortreten, belange ich Sie wegen Missachtung des Gerichts und spreche eine Geldstrafe aus, die so hoch ist wie Ihr Haupthaar«, sagte der Richter.

»Ich höre nicht auf den Namen Irwin.«

»So steht es in Ihrem Führerschein«, sagte der Staatsanwalt.

»Ich hab dem unterbezahlten Handlanger, der mich verhaftet hat, gesagt, er soll ›Trig‹ schreiben, was der Name ist, den ich seit dreißig Jahren trage.«

»Dann sollten Sie ihn behördlich ändern lassen«, sagte der Staatsanwalt.

Der Richter schloss die Augen und rieb sich die Stirn. »Mr. Garrity, würden Sie jetzt zur Richterbank kommen und uns sagen, worauf Sie plädieren?«

Garrity erhob sich und trat mit einem lebensüberdrüssigen Seufzer vor. »Nicht schuldig. Egal was die Handlanger des Milliardärs sagen.«

»Keine Leitartikel, Mr. Garrity«, sagte Bhagavatula.

Der Staatsanwalt erklärte, Garrity sei auf Privatgrund gewesen. Jemand hatte ihn an einem Baum innerhalb des Geländes ein Schild annageln sehen und den Sheriff gerufen.

Der Deputy, der die Festnahme durchgeführt hatte, war nicht im Gerichtssaal. Der Richter fragte, was auf dem Schild stand.

Der Staatsanwalt schaute auf sein Tablet. »›Mörder! Zerstört Leben für Profit.‹«

»Es wurden keine unmittelbaren Drohungen gegen die Person oder den Besitz der Eigentümer ausgesprochen, ist das korrekt?«

»Nein, Euer Ehren, aber der Angeklagte befand sich auf Privatland, von dem er sich fernzuhalten hatte.«

»Warum können Sie nicht Farbe bekennen und es Brett Santichs Land nennen? Ist sein Name zu heilig, um ihn vor Gericht laut auszusprechen?«

»Mr. Santichs Name steht nicht in der Anzeige«, sagte der Richter. »Deputy Hanover hat die Ordnungswidrigkeit eingetragen, auf einen Anruf des Nachtwächters von Kirmek Construction hin.«

»Typischer Schwachsinn«, sagte Trig. »All diese Schichten zwischen Santich und der Öffentlichkeit, an deren Vergiftung er arbeitet.«

»Sie verbessern Ihre Lage nicht, indem Sie mit Verleumdungen um sich werfen«, sagte der Richter.

Trig begann zu argumentieren, dass Wahrheit ein Schutz vor Verleumdung sei, aber der Richter brachte ihn zum Schweigen. »Mr. Garrity, Sie waren vor fünf Monaten hier, weil Sie eine Sitzung der Planungskommission gestört haben. Vor drei Monaten standen Sie vor mir, weil Sie die Verwaltungsangestellten der Verbundschule Yancy belästigt haben. Vor sechs Wochen haben Sie mutmaßlich gegen Betreten-verboten-Schilder am Wakarusa-Kohlekraftwerk verstoßen. Was machen Sie sonst noch mit Ihrer Zeit, außer öffentliches Ärgernis zu erregen?«

»Ich bin ein Wachhund. Auf dieses County und diese Stadt muss man ein scharfes Auge haben, denn jedes Mal, wenn ich auch nur blinzele, unternimmt eine reiche, mächtige Person Schritte, um die Meinungsfreiheit zu zerstören, oder die Luft, die wir atmen, oder den Fluss, aus dem wir unser Trinkwasser beziehen.«

Bhagavatula blätterte in Unterlagen, die ihm sein Gerichtsdiener mit einer geflüsterten Bemerkung reichte. Der Richter blickte wieder zu Trig. »Wenn Sie Ihren Job als Wachhund ernst nehmen würden, Mr. Garrity, würden Sie mit den grundlegenden Recherchen beginnen. Brett Santich gehört dieses Land nicht.«

»Weil er es an einen genauso schamlosen Milliardär verkauft hat.«

»Weil er es an einen schamlosen Milliardär verkauft hat, *Euer Ehren*«, sagte Bhagavatula. »Dieses Land war mit drei Hypotheken belastet. Der Eigentümer hat es vor sechs Jahren an einen Trust verkauft, der von der Pioneer State Bank verwaltet wird.«

Garrity starrte den Richter mit großen Glubschaugen an.

»Da der festnehmende Beamte nicht anwesend ist, lasse ich die Anklage fallen. Aber auch wenn Sie sich selbst als Wachhund bezeichnen, haben Sie nicht zu entscheiden, was in Douglas County oder im Staat Kansas Recht und Gesetz ist.

Wenn Sie das nächste Mal vor mir stehen, sperre ich Sie zum Wohl der Gemeinschaft für sechzig Tage ein.«

Garrity vollführte eine schwungvolle Verbeugung, die Parodie eines Höflings im Kostümfilm. »Der Richter des Königs ist ein Avatar der Person des Königs.« Er paradierte rückwärts den Mittelgang hoch.

»Lucas, wenn du deinen Mandanten nicht in den Griff bekommst, brumme ich dir auch eine Geldstrafe auf«, knurrte Bhagavatula.

Der Verteidiger packte Garrity an der Schulter. Er drehte ihn um und schleppte ihn zum Ausgang. Die Frau mit dem Handy folgte ihnen.

»Ich verteidige Sie nicht, wenn man Sie das nächste Mal festnimmt«, fauchte der Anwalt beim Öffnen der Tür. »Sie brechen absichtlich das Gesetz. Dann machen Sie einen Zirkus aus dem Gerichtssaal. Ich unterstütze keinen Angeklagten, dessen einziges Ziel es ist, das Gesetz zu verhöhnen.«

»Zu schade, dass Martin Luther King Sie nicht als Anwalt hatte«, sagte Garrity. »Oder John Lewis. All diese Rechtsbrüche wegen einer Lappalie wie dem Wahlrecht. Oder in meinem Fall einer Lappalie wie der Zerstörung des Planeten.«

Der Anwalt sah mordlustig drein, versuchte aber nicht, das Gefecht zu verlängern. Als die Tür sich wieder schloss, beraumte der Richter eine zehnminütige Pause an.

Wir standen alle auf. Als ich rauskam, sagte der Verteidiger zum Staatsanwalt: »Ich wünschte, Bhagavatula würde ihn wegsperren. Ich bin es leid, Arschlöcher zu verteidigen, die keine Verteidigung wollen.«

Aus meiner Zeit als Pflichtverteidigerin in Cook County erinnerte ich mich gut an dieses Gefühl, aber ich empfand trotzdem ein gewisses Wohlwollen für Trig.

Die drei Polizisten traten auf den Flur. Ich folgte ihnen in der Hoffnung, sie für Sabrinas Verschwinden zu interessieren oder eine Nachricht an Deke Everard auf den Weg zu bringen. Sie waren nicht unhöflich, aber auch nicht willens zu helfen.

Ein Stück weiter im Flur interviewte die Journalistin mit dem Handy gerade Garrity. Ich suchte mir eine ruhige Ecke und checkte meine Nachrichten. Sabrinas Eltern hatten sich nicht gemeldet. Ich versuchte es erneut bei ihnen und bei Sabrina, landete aber bei allen dreien nach wie vor auf Voicemail. Dafür hatte ich eine Nachricht von Bernie – sie hatte den Namen einer Freundin von Sabrina aufgetrieben.

Ich erwischte Bernie, als ihre Clique gerade in Des Moines Essenspause machte. »Wir haben der Freundin eine Nachricht geschickt, Darla Browder heißt sie. Sie spielt für Iowa, aber sie und Sabrina sind Freundinnen seit ihrem ersten Fußballcamp«, berichtete Bernie. »Darla hat nichts mehr von Sabrina gehört, schon bevor wir in Evanston losgefahren sind.«

Ich notierte mir Namen und Nummer der Freundin und schickte ihr, bevor ich anrief, eine Nachricht, in der ich erklärte, wer ich war. Darla nahm meinen Anruf entgegen. Sie machte sich Sorgen um Sabrina, aber sie konnte mir nicht viel sagen.

»Angela Creedy meinte, Sabrina hat in einer Bar mit drei Typen gesprochen«, sagte ich.

»Wahrscheinlich haben die sie angebaggert«, sagte Darla. »Sie ist wunderschön und hat viel Charisma. Zumindest vor ihrer Verletzung stand sie immer im Zentrum der Aufmerksamkeit. Ohne anzugeben, es sind einfach diese Vibes, die von ihr ausgehen. Oder früher von ihr ausgingen. Sie steht nicht auf Kerle, aber die kleben immer an ihr. Jetzt ist sie ziemlich deprimiert. Es war echt hart für sie, mit ihrem Knöchel auf der Bank zu sitzen, deshalb verhält sie sich in vielen Dingen jetzt anders.«

»Wie anders? Würde sie auf eigene Faust zu Medikamenten greifen?«

»Zu Medikamenten greifen? Ach, Sie meinen, ob sie Drogen

nimmt, außer Tylenol oder so? Sie ist Sportlerin, sie weiß es besser, sie weiß, dass man sich damit ruiniert.«

Befragungen am Telefon sind frustrierend. Du siehst weder das Gesicht der Person, noch was sie mit ihren Händen macht, und die Übertragung ebnet viel von den Emotionen ein. Ich konnte nicht sagen, ob Sabrina Drogen nahm und Darla nichts davon wusste, oder ob sie es wusste und ihre Freundin deckte.

Ich hakte nach, aber vorsichtig. Ich durfte sie nicht verprellen, falls ich ihre Hilfe später noch brauchte. Stattdessen bat ich sie, mir ein paar Fotos zu schicken. »Ich will anfangen, ihr Bild rumzuzeigen, und ich hab nur ihr Mannschaftsfoto und ein paar schwiemelige Selfies, die ihre Mitbewohnerinnen gestern Abend gemacht haben.«

Ich gab ihr meine Nummer und versuchte mir darüber klarzuwerden, was ich sonst noch tun konnte oder sollte. Mittagessen vielleicht, und dann wieder in die Bibliothek und an Projekten für meine Klienten arbeiten. Verzagt duckte ich mich in meine Jacke und ging langsam die Massachusetts Street entlang, als die junge Frau aus dem Gerichtssaal neben mir auftauchte.

»Hallo. Ich bin Zoë Cruickshank vom *Douglas County Herald.* Ich hab Sie eben bei Trigs Anhörung gesehen.« Sie war sehr jung, wahrscheinlich noch keine dreißig, und vibrierte vor Energie.

Ich stellte mich vor. »Das war ja das reinste Theater da drin. Ich war früher Pflichtverteidigerin in Chicago, aber da sorgte meist eher das Urteil für die dramatischen Momente.«

Sie lachte und entblößte leicht schiefe untere Zähne. »Diese Verbeugung, die Trig zum Abschied gemacht hat? Er muss einen Monat geübt haben, damit er nicht hinknallt. Zum Glück hab ich's auf Video, so kann ich es auf unsere Website stellen. Waren Sie deshalb im Gericht? Um die Justiz von Kansas mit der in Chicago zu vergleichen?« Sie hatte ihr Handy im Anschlag, um mich aufzunehmen.

»Wieso wollen Sie mit mir reden?«, fragte ich.

»Ich bin die gesamte Nachrichtenredaktion vom *Herald*, und ich versuche aus Trigs Auftritt vor Gericht eine Story zu machen. Es ist schwer, was Neues über ihn zu bringen, denn er protestiert andauernd gegen irgendwas und steht häufig vor Gericht, weil er wieder gegen ein Betretungsverbot verstoßen hat oder so was. Falls Sie eine alte Freundin sind, würde mir das mal eine andere Perspektive eröffnen.«

»Was hat es mit dem ›Mörder‹-Plakat auf sich? Betreibt Brett Santich eine Abtreibungsklinik?«

»Hilfe, nein. Santichs Familie besaß dieses ganze Land so seit etwa hundert Jahren. Er hat es verkauft, wie der Richter sagte. Ich hab's nicht geschafft, mich bei diesem Trust von Pioneer State durchzubuddeln und die Namen der aktuellen Eigentümer rauszukriegen, aber die bauen ein gigantisches Urlaubsresort oben auf dem Yancy Hill. Sie haben dafür schon jede Menge Primärwald abgeholzt, und Trig versucht Widerstand zu wecken, aber er führt so viele Kriege, dass kein Schwein mehr auf ihn hört. Nicht mal die Studi-Organisation für Umweltgerechtigkeit kriegt er dazu, mit ihm an einem Strang zu ziehen. Wenn Sie Trig gar nicht kennen, warum waren Sie dann im Gericht?«

»Aus dem gleichen Grund wie andere auch. Kostenlose Unterhaltung an einem kalten Februartag …«

»Was, Sie haben echt die Gerichte in Kansas und Illinois verglichen?«

Ich lenkte ein. »Deke Everard ist ein Bekannter von mir. Kennen Sie ihn? Sergeant beim LKPD. Auf dem Revier hat man mich nicht zu ihm durchgelassen, aber ich hoffe, er hilft mir vielleicht bei der Suche nach einer vermissten Chicagoer Sportlerin, einer jungen Frau, sie war hier, um sich das Spiel gestern anzusehen. Ich hab nach dem Spiel auf dem Parkplatz der Uni-Sporthalle ein Gerangel zwischen Trig und Brett Santich mitbekommen. Als ich von Trigs Gerichtstermin heute hörte, hab ich gehofft, dass Everard da ist oder einer der anwesenden Polizisten ihm wenigstens eine Nachricht überbringt. Das LKPD zeigt kein Interesse, aber vielleicht hilft mir Everard um der alten Zeiten willen.«

»Vermisste Studentin?« Zoës schwarze Augen funkelten. Eine echte Story. »Wie heißt sie?«

Je mehr Informationen ich streuen konnte, desto größer war meine Chance, Sabrina zu finden. Ich gab an Zoë weiter, was ich hatte, auch die Bilder, die Darla Browder mir geschickt hatte. Die meisten waren Selfies von den beiden – unterm Sonnenschirm am Strand, beim Volleyballspielen im Sand, beim Umarmen nach einem Fußballspiel. Auf den Fotos strahlte Sabrina eine Lebendigkeit aus, die anziehender war als herkömmliche Schönheit. Ein krasser und schmerzhafter Kontrast zu der fahlen jungen Frau, die ich gestern erlebt hatte. Ich übermittelte Zoë die Bilder per AirDrop, damit sie sie auf die Website des *Herald* stellen konnte.

Zoë wollte mich immer noch interviewen. Ich betonte, dass ich nichts zu erzählen hatte, begleitete sie aber zum Redaktionsbüro. Es lag in einem alten Gebäude am Fluss, wo die Mieten billig waren, weil die Eigentümer keinen Cent in die Instandhaltung steckten.

Das Schloss war ausgeleiert, sie musste den Schlüssel ein paarmal hin- und herdrehen, bis die Zuhaltungen einrasteten. Sie führte mich durch einen unbeleuchteten Flur in ihr Büro.

»Das ganze Gebäude hier gehörte mal uns.« Sie seufzte. »Wir hatten Druckmaschinen im Keller und einen großen Redaktions- und Reporterstab. Jetzt gibt's nur noch mich, einen Sportreporter und den Herausgeber, der zugleich Anzeigenleiter ist. An den meisten Tagen kommen die gar nicht rein, aber ich arbeite gern hier. Ich mag das Gefühl, zu einer richtigen Zeitung zu gehören, auch wenn hier nichts mehr gedruckt wird.«

Ihr Büro fühlte sich kälter an als die Straße, selbst als sie einen arthritischen Heizlüfter anmachte. Sie befragte mich zu Trigs Konfrontation mit Santich gestern Abend, und dann wollte sie einen detaillierten Abriss über Sabrina.

Ich erzählte ihr das wenige, was ich wusste, nur meinen Verdacht mit den Opioiden ließ ich weg. Bevor ich ging, fragte ich sie noch nach Cady Perec. »Ich hab sie und Sergeant Everard kennengelernt, als ich vor zwei Jahren hier war. Cady war gestern Abend beim Spiel. Kurz vor Trigs Zusammenstoß mit Brett Santich ist Santich auf Cady losgegangen. Ich hab einen Artikel – schätze, der war von Ihnen? – in der Lokalzeitung gelesen, aber das schien mir kaum Santichs Furor zu rechtfertigen.«

Zoë sonnte sich ein bisschen darin, dass ich auf ihre Arbeit gestoßen war, sagte dann: »Das hat auch mit Trig zu tun. Er und diese Frau, die manchmal mit ihm zusammen protestiert, fingen nach Cadys Suspendierung an, vor der Yancy-Schule zu demonstrieren. Also, Cady wurde dafür gemaßregelt, arglose Schulkinder mit Critical Race Theory zu belasten, aber bei der Anhörung ging es darum, ob sie in größerem Umfang bestraft werden soll. Natürlich hab ich darüber geschrieben – es war eine Nachricht –, und so hat Trig davon erfahren.«

Ich sagte ihr, dass ich die Story in der Online-Ausgabe des *Herald* gelesen hatte.

Zoë grinste wieder. »Es gibt nur noch die Online-Ausgabe. Ich hab liebend gern über Cadys Schlamassel berichtet – dermaßen viel Action. Sogar die Fernsehsender in Kansas City haben meine Story aufgegriffen. Trig und Clarina Coffin kamen mit Schildern an, die Santich mit Stalin gleichsetzten: der Parteilinie folgen oder ab in den Gulag. Und Trig hat ein Megafon, durch das hat er gebrüllt. Das Ganze tagsüber, bei laufendem Schulbetrieb, und Santich ist durchgedreht.

Cady war sieben, acht Jahre eine geachtete Lehrerin, erst an einer Mittelschule hier in Lawrence und dann draußen in

Yancy, außerdem kennt ihre Großmutter einfach alle in der Stadt, inklusive der Leute in den verschiedenen Schulräten, auch dem von Yancy. Der Schulrat hätte Cady vermutlich gar nicht gefeuert, sondern es bei einer Rüge belassen, wenn Trig sie nicht so sauer gemacht hätte. Eine der Familien, die sich mit Cady gezofft haben, als sie hier noch Sozialkundelehrerin war, kam zu der Sitzung und hat ein paar echt hässliche Sachen gesagt. Das hat die allgemeine Hysterie noch verstärkt.«

»Das erklärt wohl, warum niemand sich Trig bei seinen Kämpfen anschließen mag. Das und die kleine Bombe, die der Richter hat platzen lassen. Haben Sie bei dem Interview im Anschluss mit Trig darüber gesprochen?«

Zoë machte ein schiefes Gesicht. »Er hat sich ein bisschen geschämt. Zu überprüfen, wem das Land gehört, ist ihm nie in den Sinn gekommen, und Brett hat es tatsächlich vor Jahren an so einen Hedgefonds verkauft, wo die Eigner anonym bleiben.

Also, bis die anfingen, die Kuppe vom Yancy Hill zu planieren, hat Brett das Land weiter bewirtschaftet. Der obere Teil war bewaldet, mit natürlichen Quellen, weshalb sich die Ebene darunter ideal für Nutzpflanzen eignete. Wer überhaupt drüber nachdachte, musste annehmen, dass Brett das Land zurückgekauft hatte. Jetzt stellt sich raus, er hat das Ackerland von den Trust-Eigentümern gepachtet bis zum Baubeginn, was erst wenige Monate her ist. Brett besitzt immer noch ein kleines Stück Land am Fuß des Hügels, wo ein paar Gebäude stehen.«

Ich stand auf. »Sie scheinen über alles in diesem County Bescheid zu wissen. Wenn ich so was wie Fentanyl haben wollte, wo müsste ich da hin?«

»Fentanyl? So was wollen Sie nicht. Lassen Sie die Finger davon. Das ist superübles Zeug.«

Ich sagte nichts.

»Sie sehen echt dünn aus«, sagte Zoë. »Machen Sie einen Entzug, aber fragen Sie hier nicht nach solchen Drogen.«

»Was – Douglas County ist so sauber, dass es hier keine Dealer gibt?«

»Wir haben viel zu viele Dealer. Das ist ein gruseliger Haufen.«

Ich nickte: Dealer sind immer gruselig, ob in der Stadt oder auf dem Land. Es schien der richtige Zeitpunkt für einen Abgang, ehe sie die Frage nach Drogen mit meiner Suche nach Sabrina in Verbindung brachte.

6
Blut auf Pizza

Ich lief am Fluss entlang und trat gegen Steine. Das Wasser war schieferfarben, spiegelte die schmutzig grauen Wolken darüber. Auf einer Sandbank hockte ein Adler auf einem toten Baum. Ich blieb stehen und beobachtete ihn, bis er herabstieß und einen Fisch hochzog.

Vielleicht brauchte ich genau das – keinen lebenden Fisch, aber Mittagessen, irgendwas, um das Sauerteigbrötchen aufzustocken, das ich um neun zu mir genommen hatte. Die Massachusetts Street, die Hauptstraße der Stadt, war voller Lokale, die Essen für fast jeden Geschmack anboten, von Pizza bis asiatisch, südamerikanisch oder griechisch. Nichts klang verlockend.

Ich erblickte mich selbst im Schaufenster. Die Jeans hing mir lose um die Hüften, meine Wangenknochen traten hervor. Nicht so extrem wie Sabrinas graue Blässe und flaumiges magersüchtiges Gesicht, aber dünn genug, dass Zoë Cruickshank glaubte, ich hätte ein Suchtproblem. Wenn Peter mich jetzt sähe, wäre er abgestoßen oder voll Mitleid?

Queen Margherita's Pizza Palace lag auf der anderen Straßenseite, direkt neben einem Lokal, das vietnamesische, thailändische und chinesische Gerichte anpries. Pizza schien mir die sicherere Wahl. Ich kaufte zwei Stücke und nahm sie mit raus zu einer der Bänke, die die Stadt an ihrer Hauptstraße aufgestellt hatte.

Als ich die Schachtel aufklappte, sah die Tomatensoße aus wie gerinnendes Blut. Mein Magen hob sich, ich sprang auf, schaute mich nach einem Mülleimer um, dann sah ich mich wieder im Schaufenster. So konnte ich nicht weitermachen.

In all den Jahren als Ermittlerin habe ich die Leichen vieler brutal ermordeter Menschen gesehen. Es ist nie leicht, aber nach dem Mord an Taylor fühlte es sich an, als wäre meine Haut zu einer Wurstpelle geworden, die nicht mein Selbst enthielt, sondern die Gesamtheit an Knochen, Blut und Hirn, die ich über die Jahrzehnte zu Gesicht bekommen habe.

Es lag an diesen Zeiten, den Zeiten der Pandemie, den Zeiten von Fake-News, endlosen Kriegen, Angriffen auf unsere Regierung, Angriffen auf das Denken. Die Zeiten ändern sich wohl doch nicht, vielmehr zermahlen sie uns zu Sand.

Ich betrachtete die Pizza eine ganze Weile, dann zwang ich mich, ein Stück zu essen. Einen Bissen nach dem anderen, langsam kauend, mit geschlossenen Augen, damit ich die rote Soße nicht sah. Ich hatte eine Flasche Wasser gekauft und trank die Hälfte, um die Pizza runterzuspülen.

»Es schmeckt nach Tomaten und Oliven, nicht nach Blut. Das Wasser schmeckt sauber.«

Ich sprach es laut aus, und ein Mann in einem nahen Hauseingang blickte auf. Er hatte einen struppigen Bart und verfilztes bräunliches Haar, das unter einer mottenzerfressenen Skimütze vom Kopf abstand.

»Blut? Sie haben den Mund voll Blut? So was hier?« Mit einem dreckverkrusteten Finger sperrte er seine Mundhöhle auf, so dass ich all die Löcher sehen konnte, wo er früher mal Zähne gehabt hatte.

Sein Gesicht war so verkrustet wie sein Finger. Einen Augenblick dachte ich, ich könnte die Pizza nicht bei mir behalten. Ich zwang mich, ihn klinisch kühl zu betrachten. Die verbliebenen Zähne waren schwarz, das Zahnfleisch voller Geschwüre. Meth vielleicht, oder Heroin.

»So ähnlich«, bestätigte ich. »Ich hab in letzter Zeit zu viel Blut abgekriegt. Und Sie?«

Er krempelte sein Hosenbein hoch, und ich sah die Blutspuren, wo er sich schlampig gespritzt hatte. »Haben Sie die auch?«

»Nicht für die Augen der Öffentlichkeit«, sagte ich sittsam.

»Augen der Öffentlichkeit. Der ist gut! Dabei sitzen Sie hier und essen ganz öffentlich Pizza, während um Sie rum hungernde Menschen auf den Gehweg bluten.«

Ich hockte mich neben ihn und reichte ihm die Schachtel. Er nahm das zweite Stück, musterte es kurz, faltete es dann in der Mitte und verschlang es in einem einzigen gewaltigen, geräuschvollen Happs.

»Jau. Also das sind definitiv Tomaten, kein Blut.« Er beäugte mich hoffnungsvoll. »Haben Sie noch mehr Essen, vor dem Sie sich fürchten? 'ne Dose Pepsi?«

»Im Moment fürchte ich hauptsächlich, dass ich bis Tagesende kein Oxy auftreiben kann. Oder Trammies, ich würd mich mit einer Tablette begnügen, wenn's sein muss.«

»Gucken Sie nicht mich an.« Er wich zurück, Wut und Angst jagten einander auf seinem Gesicht. »Nur weil ich auf der Straße lebe, bin ich noch lange kein Junkie oder was.«

»Natürlich nicht! Aber ich wette, Sie sehen und hören so einiges hier draußen. Jemand hat gesagt, im Lion's Heart gibt's eine Connection, aber ich weiß nicht, nach wem ich da fragen muss.«

»Sind Sie 'n Cop?«

»Ich bin kein Cop. Ich bin wegen des Basketballspiels hergekommen und kann erst morgen nach Chicago zurück. Ich brauch was, das mir über die Runden hilft. Bald!«

»Ach. Sie sind Sportlerin. Verstehe.«

»Also nach wem frag ich in dem Lions-Laden? Oder gibt's eine bessere Quelle?«

»Sie spendieren mir einen Fünfziger. Das reicht für eine Woche Essen.«

Oder für einen Tag Drogen, aber diesen traurigen Gedanken behielt ich für mich. »Wie wär's mit zwanzig.«

»Wie wär's, wenn Sie's allein rauskriegen?«

Als wir uns auf fünfundzwanzig einigten, zeigte er lachend sein rottendes Zahnfleisch. »Wenn Sie Drogen wollen, brauchen Sie Connections zum Netzwerk. Man muss wissen, in welche Bars die Dealer gehen, in welche die Cops gehen. Gestern Abend waren sie vielleicht im Lion, heute sind sie vielleicht im Boat Yard oder im Peewee's Palace. Aber Sie sind von auswärts, also haben Sie keine Connections.«

»Sie haben recht«, sagte ich bescheiden. »Ich hab keine Connections, deshalb spreche ich ja mit Ihnen. Eine aus meinem Team hat gestern Abend in dem Lions-Laden Oxy ergattert. Sie meinte, sie hat mit drei weißen Jungs gesprochen, sahen aus wie Burschis, aber sie weiß, dass ich ihr zuvorkommen will, also hat sie vielleicht gelogen. Vielleicht hat sie in Wahrheit einen Rowdy aus Kansas City aufgetan.«

Mein Freund saugte an seinen zahnlosen Kiefern. »Weiß nicht. Laut Buschfunk dealen da ein paar Burschis, nur zum Spaß oder vielleicht, um ihre Karren zu finanzieren. Ich seh die manchmal in einem von diesen schicken Jeeps rumfahren. Einer hat vielleicht einen Porsche. Drei weiße Jungs, die einen draufmachen – könnten zur Omicron-Verbindung gehören.«

Ich stand auf und vergaß, mich zu bewegen wie eine verzweifelte Süchtige. Mein Freund sagte: »Sie sind ja doch ein Cop!«

Ich zog mein Stricktop hoch. »Kein Kabel«, sagte ich. »Ich bin kein Cop.«

»Wehe wenn doch. Wenn ich rauskrieg, dass Sie mich hinhängen, komm ich rauf nach Chicago und polier Ihnen so die Fresse, dass Sie Blut in Ihr Essen kriegen, so viel Sie nur wollen.«

»Das macht Angst«, gestand ich ihm zu.

Ich ging zurück zu meinem Wagen und versuchte es noch mal bei Sabrina und ihren Eltern, aber es ging immer noch niemand ran. Ich versuchte es wieder beim LKPD, aber auch Deke Everard war nicht erreichbar.

Ich ging rüber zum Lion's Heart. Es war eine Studi-Bar, dekoriert mit Plastik-Jayhawks, Keramik-Jayhawks, Jayhawk-Trikots und dem diesjährigen Spielplan der Basketball-Herren. Ein schlecht beleuchteter Raum im Souterrain, mit einem Stockwerk drüber, das über eine Innentreppe erreichbar war. Vielleicht der ideale Laden für Dealer, um ihren Stoff unters Volk zu bringen, aber jetzt am Nachmittag waren die einzigen Gäste älter und süffelten Bier oder Schnaps. Ich setzte mich ganz ans Ende des Tresens, neben der Kasse, wo es so nach abgestandenem Bier stank, dass ich mich betrunken fühlte.

Der Barkeeper polierte Gläser auf die altbewährte Art von Barkeepern überall. Das Tuch wirkte erstaunlich sauber.

»Was soll's sein?«

Aus der Nähe sah ich sein blaues Sweatshirt mit dem allgegenwärtigen Jayhawk auf der Brust.

»Ein bisschen Hilfe, hoffe ich.« Ich legte mein Handy auf den Tresen, mit einem Zwanziger drunter, und zeigte ihm Sabrina. »Sie ist verschwunden. Das letzte Mal, dass jemand sie gesehen hat, war letzte Nacht, als drei Burschenschaftler hier in der Bar mit ihr sprachen. Waren Sie da im Dienst?«

»Im Dienst? Ich hab gearbeitet. Wusste nicht, dass dazu auch der Dienst an Studentinnen gehört, die zu viel trinken und sich Ärger einhandeln.«

»Die Leute sagen, die Burschis dealen hier in der Bar.«

»Die Leute erzählen alles Mögliche.« Er schob den Zwanziger zurück in meine Richtung. »Wenn Sie auf Stoff aus sind, gehen Sie woandershin. Das Lion's Heart ist sauber.«

Ein stämmiger Mann kam von einem der hinteren Tische herüber. »Gibt's hier Ärger, Joey?«

»Kein Ärger«, sagte ich. »Ich versuch nur die Jungs zu finden, die gestern Abend mit meiner Nichte abgezogen sind. Sie hat hier mit Freundinnen aus Chicago gefeiert, und zuletzt haben sie sie hier in Ihrer Bar mit drei weißen Typen gesehen.«

»Gestern Abend waren an die drei Dutzend weiße Typen hier und dazu vielleicht noch zehn, zwölf Schwarze. Wenn Ihre Nichte jemanden aufgerissen hat, dann selbsttätig, meine Bar würde das weder arrangieren noch billigen. Sonst noch was?«

»Sie kamen in einem Porsche«, sagte ich und fragte mich, wie verlässlich die Erzählung meines Obdachlosen war.

»Sie können auch im Hubschrauber gekommen sein, aber nicht hier rein, daran kann ich sie also nicht erkennen. Reden Sie mit den Bullen, machen Sie eine Vermisstenanzeige, aber nerven Sie mich hier nicht.«

So wie er mich ansah, argwöhnte ich, dass er mehr wusste, aber ich hatte keine Idee, wie ich es aus ihm rauskitzeln sollte. Ich verließ die Bar und grübelte panisch über meine Unfähigkeit nach, für die Suche nach Sabrina eine aussichtsreiche Strategie zu entwickeln.

Die Geschichte meines Obdachlosen war dünn, aber eine andere hatte ich nicht. Konnte eine Studentenverbindung wirklich ein Drogennetzwerk betreiben, ohne dass die Campus-Cops und all ihre Freunde und Nachbarn was mitkriegten? Es war schwer zu glauben, und noch schwerer, als ich den Hügel zum Universitätsgelände hochfuhr.

Die Sonne ging gerade unter, goldenes Licht schimmerte auf den Kalksteingebäuden. Ein warmer, freundlicher Ort, an den man mit Freuden sein Kind schicken würde. Hier wäre es sicher. Niemand würde ihm hier Pillen und Pulver andrehen.

Das Omicron-Delta-Beta-Verbindungshaus lag am nordwestlichen Rand des Campus. Es war ein gut instand gehaltenes Backsteingebäude mit Sprossenfenstern und unechtem Tudor-Fachwerk an der Frontseite, eingebettet in eine sorgsam bepflanzte und gepflegte Anlage. Ich schlenderte um das Gelände, bis ich die Garage fand.

Ich dachte, mein obdachloser Freund hätte den Porsche eingeflochten, um seiner Geschichte mehr Farbe zu verleihen. Tatsächlich gab es zwei Porsches, einen älteren Carrera mit Kansas-Kennzeichen und einen neuen silbernen Boxster 718 aus Virginia. Eine ganze Sammlung Muscle-Cars, darunter ein neueres Modell meines Mustangs, und ein gutes halbes Dutzend Jeeps.

Ich fotografierte die Nummernschilder der Jeeps und der Porsches.

»Was verdammte Scheiße machen Sie da?« Ein junger Mann in Chinos und gelbem Kaschmirpullover. Sockenlose Slipper trotz des Februarwinds.

»Schlitten bewundern«, sagte ich. Ich hatte ihn nicht kommen hören. Gar nicht gut.

»Bewundern Sie woanders. Das hier ist Privatgelände, kein Zutritt ohne Einladung.«

»Ich hätte liebend gern eine Einladung«, sagte ich. »Ich höre, paar Jungs haben gestern Abend im Lion's Heart die Runde gemacht und Leuten was Feineres als Craft Beer angeboten. Freunde von Ihnen?«

Der Hauch eines Grinsens zupfte an seinem linken Mundwinkel. »Im Lion's Heart können Fünf-Cent-Mädchen zu Zehnern aufsteigen. Sie sehen mir nach zwei Cent aus. Vielleicht auch nur nach einem.«

»Und wo ist die Bank, wo ihr die Münzen hin- und herschiebt?«, fragte ich.

»Sie könnten witzig sein«, sagte er, »aber Sie mühen sich einfach zu sehr ab.«

Ich ging um den Carrera herum. Getrockneter Matsch hing in den Radkappen und hatte die Kotflügel bespritzt.

»Eure Bank muss draußen auf dem Land sein. Dieses Auto ist nicht froh, durch Schlamm zu kriechen.«

Das Grinsen wurde deutlicher. »Schon möglich. Und jetzt raus aus der Garage. Es sei denn, Sie wollen sie auf einer Bahre verlassen.«

Ich taxierte ihn von oben bis unten, ziemlich sicher, dass ich mit ihm fertig würde, selbst in so miserabler Form. Die Frage war, was ich dabei gewinnen würde.

Ich salutierte ironisch. »Verstanden, Burschi. Wir sehen uns bei Salamis.«

»Ist das da, wo sich abgetakelte alte Nutten besaufen?« Er dehnte die Worte, damit mir auf keinen Fall entging, wie beleidigend sie waren.

Ich schnalzte mit der Zunge. »Ach, Jungchen, du solltest lieber was von Mamis Geld für deine Kurse ausgeben. Bei Salamis haben Griechen eine mehr als doppelt so große persische Streitmacht versenkt. Versuch dir 'n bisschen Wissen anzueignen, damit du über die Runden kommst, wenn dir mal das Drogengeld ausgeht.«

»Sie sind nicht nur alt und hässlich, Sie sind verrückt«, sagte der Junge.

»Verrückt heißt unberechenbar, gefährlicher als zurechnungsfähig. Geh lieber auch in deinen Psychologiekurs, nur zur Sicherheit.« Ich schlenderte aus der Garage, ohne in seine Richtung zu sehen, wappnete mich aber für den Fall, dass er mich angriff. In gewisser Weise bedauerte ich, dass er es nicht tat – ich hätte ihm mit Vergnügen gezeigt, was eine ältere Frau einem Mistkerl antun konnte.

Zurück in meinem eigenen Muscle-Car konnte ich nicht sagen, dass der Besuch vergeudete Zeit war. Das Grinsen des Mistkerls ließ ahnen, dass er zu den Jungs gehörte, mit denen Sabrina im Lion's Heart gesprochen hatte.

Das Problem war, ich hatte immer noch keinen Schimmer, wo sie sein mochte. Die Gegend um die Stadt war riesig. Wenn dieser schlammbespritzte Carrera Sabrina in ein verlassenes

Haus auf dem Land verfrachtet hatte, brauchte ich eine Armee persischen Formats, um nach ihr zu fahnden.

Ich recherchierte die beiden anderen Lokale, die mein Obdachloser erwähnt hatte. Das Boat Yard lag auf der Nordseite des Flusses, Peewee's Palace auf der Südseite, wo die Universität war und der größere Teil der Stadt. Ich versuchte es erst im Palace.

Wie im Lion's Heart saßen auch im Palace eine Handvoll ältere Schluckspechte, Männer und Frauen, an einem schmierigen Tresen. Sie starrten vor sich hin, als könnte der trübe Spiegel hinter den Flaschen ihnen etwas Erfreulicheres zeigen als ihre eigenen Gedanken.

Der Barkeeper, genauso apathisch wie seine Kundschaft, zeigte sich ungerührt von meiner vermissten Nichte, die zuletzt mit drei College-Jungs gesehen worden war. Selbst als ich ihm das Bild hinhielt, das sie strotzend vor Gesundheit am Strand zeigte, zog er nur schwer eine Schulter hoch und sagte, Studentinnen brachten sich immer in Schwierigkeiten, nicht sein Problem. Sowieso fuhren reiche Jungs mit teuren Autos zum Saufen nach Kansas City oder St. Louis.

Das Boat Yard war eine andere Art Lokal. Dort herrschte ziemlicher Betrieb, hauptsächlich frühes Abendbrot für Familien mit kleinen Kindern, dazu Fernfahrer, die von der nahegelegenen Interstate-Ausfahrt kamen. Es wirkte nicht wie ein wahrscheinliches Drogenparadies, aber man weiß ja nie.

Zwei Kellnerinnen, beide energisch, mittelalt und ihren Gästen gegenüber mütterlich aufmunternd, rannten von der Küche zu den Tischen und zurück. Ich musste zehn Minuten warten, bevor ich mit jemandem sprechen konnte.

Der Barkeeper entpuppte sich als der Besitzer des Boat Yard. Er war ganz sicher, dass niemand hierherkam und Drogen verkaufte oder junge Frauen verführte. Schon gar nicht in einem Porsche. So eine Stadt war Lawrence nicht.

Er wandte sich wieder einem Paar am Ende des Tresens zu, offenbar alte Freunde, die über irgendeine lange Geschichte lachten, die er zum Besten gab.

Ich ging, fühlte mich hilflos und nutzlos. Die Nacht brach herein, doch die Lichter der Autobahn und all die kleinen Bars und Läden am Nordufer machten die Sterne unsichtbar.

Ich hatte meine Hand am Türgriff des Mustang, da rief jemand hinter mir: »Miss! Miss? Fahren Sie noch nicht weg.«

Ich drehte mich um und sah eine der Kellnerinnen in ihrem rosa gestreiften Kleid, nicht mal ein Pullover gegen die Abendkälte. Sie hatte die Hände in ihre Schürze gewickelt.

»Greg mag nicht zugeben, dass in seinem Laden irgendwas laufen könnte, aber ich hab die Jungs gesehen, von denen Sie sprachen. Die kreuzen hier nicht oft auf, wir haben mehr Familien und Trucker, aber –« Sie linste über ihre Schulter, ob jemand zuhörte.

Ich stellte mich neben sie, nah genug, um den Namen HOLLY auf dem Plastikschild an ihrem Kleid zu lesen.

»Meine Schwester«, raunte Holly. »Wir streiten uns ständig deswegen, aber sie putzt in einem Haus draußen im Westen, bei Yancy. Sie weiß so gut wie ich, dass da Drogenpartys laufen, aber sie sagt, sie bekommt nie Drogen zu Gesicht. Sie kriegt eine Nachricht, dass sie alles vorbereiten soll – Gläser, Servietten, frische Handtücher für die Toiletten. Man legt ihr hundert Dollar auf den Küchentisch, und sie putzt das ganze Erdgeschoss und kommt am nächsten Tag wieder, um danach aufzuräumen. Manchmal ist alles voll Kotze, die sollten ihr das Doppelte zahlen, aber eigentlich sollte sie da überhaupt nicht arbeiten.«

»Ich bin fremd hier«, sagte ich. »Yancy?«

»Ist ein Hügel gleich vor der Stadt, Farmen, Wälder. Neuerdings wird oben auf dem Hügel gebaut. Jedenfalls steht da ein altes Backsteinhaus an der East 1450 Road. Ich weiß nicht, wem das Land gehört, aber der Kasten steht schon lange leer. Manchmal fahr ich dran vorbei und frag mich, in welchen Schlamassel sich Ivy manövriert hat, und da seh ich einen schicken Sportwagen. Marke kann ich Ihnen nicht sagen.«

Ich bedankte mich überschwänglich. Mit einem Handwedeln schlug sie den Zwanziger aus, den der Barkeeper im Lion's Heart verschmäht hatte, und trabte zurück ins Restaurant.

7

Drei Krähen sind ein Zeichen

Yancy. Der Name tauchte immer wieder auf, erst in Bhagavatulas Gerichtssaal, dann als Schule, wo der Schulrat Cady Perec wegen verderblichen Einflusses auf die Kinder von Douglas County entlassen hatte. Und nun schließlich als Standort eines Hauses, in dem eine Frau namens Ivy nach Drogenpartys putzte. Drei Krähen sind ein Zeichen. Das hieß wohl, ich war vom Schicksal bestimmt, nach Yancy zu fahren.

Bei meinem Aufbruch in Chicago war es kalt gewesen, also hatte ich meine schwere Winterjacke angezogen. Ich brauchte Klamotten, mit denen ich mich auf ländlich-rauem Terrain schnell bewegen konnte. In dem Outlet-Center hinter dem Boat Yard kaufte ich mir einen dicken Kapuzenpulli, marineblau mit dem unvermeidlichen Jayhawk überm Herzen, und warme Fleece-Leggings. Socken, denn in denen, die ich dabeihatte, juckten mir schon die Zehen. Ein Paar billige Wanderschuhe. Eine Taschenlampe, um den Akku meines Telefons zu schonen.

Bernie hatte gesimst, während ich einkaufen war. Vom Wagen aus rief ich sie an, in der Hoffnung, dass Sabrina von selbst aufgetaucht war.

»Nein, Vic, ist sie nicht. Wir sind jetzt zu Hause und haben nichts von ihr gehört, und ihr Handy ist immer noch aus.«

Ich sagte ihr, ich hätte auch kein Glück gehabt. »Ich hab eine magere Spur. Wenn die zu nichts führt, komme ich morgen zurück.«

Ich hatte gefürchtet, sie würde mir die Hölle heiß machen,

doch sie stimmte einfach zu, ungewohnt nüchtern, ganz Bernie-untypisch. Sie weihte mich gerade in ihre Sorgen bezüglich Sabrinas möglichem Opioidkonsum ein, als mein Telefon einen eingehenden Anruf von Valerie Granev meldete. Ich stellte sofort auf sie um.

»Ms. Granev! Hier ist V.I. Warshawski. Haben Sie was von Ihrer Tochter gehört? Ich hab kein –«

»Ms. Warshawski? Haben Sie sie gefunden? Was ist ihr passiert? Ich hätte nie zustimmen sollen, dass sie mit ihren Freundinnen nach Kansas fährt. Aber sie klang etwas besser –«

Sie war völlig außer sich, stammelte beinahe. Schließlich konnte ich ein paar Worte einwerfen.

»Sabrina war mit ihren Freundinnen in einer Bar hier in Lawrence. Als sie sie zuletzt gesehen haben, sprach sie mit irgendwelchen Jungs. Hat sie Ihnen eine Nachricht geschickt, Bescheid gesagt, wo sie hinwollte?«

»Ich wusste doch, dass diese Mädchen sich nicht richtig um sie kümmern«, rief Valerie. »Ich war den ganzen Tag in einem Hochsicherheits-Meeting, wir konnten nicht an unsere Telefone, dies ist meine erste Möglichkeit, Sie anzurufen. Ich bin unterwegs zum Flughafen. In Lawrence komme ich gegen ein Uhr nachts an. Sagen Sie mir, wo ich Sie treffen soll, oder können Sie mich vom Flieger abholen? Was wissen Sie bisher?«

»Sehr wenig, leider. Möglicherweise habe ich immerhin einen der Jungs aufgespürt, mit denen Sabrina gesprochen hat, aber ich hab hier keinerlei Einfluss.«

»Sie würde nicht mit fremden Jungs mitgehen, nicht ohne guten Grund. Aber wenn sie entführt wurde –«

»Entführt?« Horrorgeschichten von gefangen gehaltenen jungen Frauen schossen mir durch den Kopf.

»Meine Arbeit«, sagte Valerie. »Jemand – die Russen und die Chinesen wollen diese Technologie – jemand könnte für die arbeiten, Sabrina als Geisel benutzen. Sie müssen aufhören zu suchen. Hunderttausend Dinge können schiefgehen, wenn Sie sie aufspüren und die sich in die Enge getrieben fühlen.«

»Hat jemand Kontakt aufgenommen, Ms. Granev? Verlangt irgendwer Lösegeld von Ihnen? Haben Sie mit dem FBI gesprochen?«

Sie beantwortete das nicht, zeterte nur: »Ich wünschte, ich wüsste, was ich – wem ich trauen kann – jedenfalls ist mein Flug gebucht, ich komme, so schnell ich kann, aber unternehmen Sie nichts, bis wir uns treffen.«

Die Verbindung war weg. Was für eine Ermittlerin bist du bloß, V.I., dass du nicht tief genug gegraben hast, um mitzukriegen, dass Valerie Granev für irgendein Machtzentrum arbeitet?

Ich ließ den Motor an und drehte die Heizung hoch. Meine Augenlider waren schwer, mein Hirn gefühlt voller Watte.

Ich durfte nicht zulassen, dass die Lahmarschigkeit der letzten Monate wieder Besitz von mir ergriff. Ich schaltete die Innenraumbeleuchtung ein und recherchierte zu Valerie Granev. Sie leitete die Elektronikabteilung der Luftfahrtsparte von Tulloh Industries. Der Zugriff auf ihre Forschung über Avionik war blockiert. Der Zugriff auf ihre Forschungsberichte war blockiert. Selbst wenn ich an ihre Arbeiten herankäme, würde ich sie nicht verstehen; ich könnte nicht beurteilen, ob eine fremde Macht scharf genug darauf wäre, um ihre Tochter zu kidnappen.

Vielleicht sollte das FBI übernehmen. Ich hatte angenommen, Sabrina wäre auf der Suche nach Drogen. Wenn sie süchtig war, machte das es tatsächlich ganz leicht, sie zu entführen – sie würde mit jedem mitgehen, der ihr Stoff versprach. Das Problem war, ich konnte mir nicht vorstellen, dass das FBI auf mich hören würde. Eine vermisste Studentin, die ich kaum kannte? Sie würden Bernie und ihren Freundinnen zu Leibe rücken und auch mir, aber wohl kaum eine ernsthafte Suche nach Sabrina in Angriff nehmen.

Ich nahm mir Valeries Ehemann vor, um zu prüfen, ob auch er eine Art Ingenieursgenie war. Wie es schien, hatte sich Ramir Granev mit Haut und Haar den Mythos vom Großen Südwesten anverwandelt. Er arbeitete in einem Geschäft für Sportausrüstung, aber als ich dort anrief, sagte mir der Geschäftsführer, Ramir sei mit einer Gruppe Jugendlicher auf einer einwöchigen Skiwanderung in den Sangre de Cristo-Bergen. Kein Handy-Empfang.

»Er geht mit Kids zu jeder Jahreszeit in der Wildnis zelten«, sagte der Geschäftsführer.

»Es gibt eine Familienkrise«, sagte ich. »Hat sich seine Frau gemeldet?«

»Was denn für eine Krise?« Er versuchte besorgt zu klingen, wirkte aber eher sensationsgeil.

»Ms. Granev war ziemlich aufgewühlt«, sagte ich. »Sie glaubt wohl, dass ihre Tochter in Gefahr ist. Sie hat keine Einzelheiten genannt, aber ich dachte, ihr Mann sollte davon erfahren.«

Ramir war nur per Satellitentelefon erreichbar, aber der Geschäftsführer versicherte mir, dass Valerie das wusste. »Sie hat ihm bestimmt ein hochgepimptes Smartphone besorgt, mit dem er im Notfall zur Venus telefonieren kann. Wobei, selbst wenn sie ihn anruft, bräuchte Ram acht Stunden oder länger bis zu der Stelle, wo die Fahrzeuge stehen. Aber Ram ist der Typ, der es immer ganz Valerie überlassen würde, eine Krise zu handhaben, außer es geht um eine Bergrettungsaktion, wo er definitiv weiß, was zu tun ist.«

Ich blinzelte erstaunt ob diesem Informationsfluss, allerdings bot er gewisse Einblicke in die Beziehung der Granevs. Ich fragte, wie ich Ramir Granevs Satellitentelefon anwählen konnte. Konnte ich nicht, wie sich herausstellte, außer ich hatte ein Extragerät, das mein Mobiltelefon in ein Satellitentelefon verwandelte.

Bis der Geschäftsführer mir alles erzählt hatte, was er über

Telefone wusste, und das war eine Menge, war die stockfinstere Februarnacht hereingebrochen. Obwohl die Heizung lief, sickerte feuchte Kälte durch die Scheiben.

Hierbleiben und erfrieren und mir leidtun, dann konnten Lotty und Mr. Contreras mir einen Grabstein errichten mit der Inschrift SIE ERTRANK IN SELBSTMITLEID. Oder in die Gänge kommen.

Ich fand die Karte, die Zoë Cruickshank mir gegeben hatte, und rief ihre Handynummer an. »Ich hab ein paar Neuigkeiten für Sie. Haben Ihre Quellen Ihnen schon gesteckt, dass meine vermisste Studentin eine mächtige Powerfrau zur Mutter hat? Nein? Valerie Granev ist eine hochkarätige Elektronikspezialistin bei Tulloh Industries. Sie fürchtet, Sabrina wurde gekidnappt, um ihre Mom zum Verrat von Staatsgeheimnissen zu zwingen.«

»Woher wissen Sie das? Ist das FBI involviert? Wo kann ich die Mutter finden?«

»Sie fliegt aus Albuquerque ein. Sie hat mich angefleht, nicht weiter nach ihrer Tochter zu suchen, weil sie fürchtet, meine Nachforschungen könnten Sabrina umbringen. Das Verflixte daran ist, ich weiß nicht, ob Valerie gute Gründe hat, eine Entführung zu vermuten, oder ob es nur ihre Art ist, zu leugnen, dass ihre Tochter ganz andere Probleme hat.«

Natürlich hatte Zoë tausend Fragen, unter anderem, zu was für Geheimwissen Valerie Zugang hatte.

»Ihre gesamte Arbeit ist mit Securityblockaden abgeschirmt. Selbst wenn ich fähig wäre, die zu überwinden, würde ich ihre Arbeit nicht verstehen. Ich versteh ja kaum, was ›Avionik‹ bedeutet. Sie könnte auf einem ganzen Vesuv von Erfindungen für die Luftwaffe sitzen. Falls Sie auf irgendwelche FBI-Typen treffen, müssen Sie Ihre Story schnell schreiben und bringen, bevor die Ihnen eine einstweilige Verfügung aufbrummen. Die können die Story unterdrücken, auch nachträglich aus dem

Verkehr ziehen, aber wenn sie erst im Netz steht, verschwindet sie nicht mehr restlos.«

»Glauben Sie denn, dass Sabrina gekidnappt wurde?«

»Ich weiß es nicht«, sagte ich. »Sie könnte gerade überall auf der Welt sein. Selbst wenn sie noch hier in Douglas County ist, bräuchte es eine Armee, um alle möglichen Verstecke zu durchsuchen. Ich weiß es nicht«, wiederholte ich.

Bernies und Valeries Anrufe hatten mich abgelenkt, ehe ich die Adresse notieren konnte, die mir die Kellnerin genannt hatte. Ich schloss die Augen, atmete tief, brachte mich auf Spur, wie mein alter Physikprofessor das nannte. Als würde Professor Wright sie mir ins Ohr flüstern, kam die Adresse zum Vorschein: East 1450 Road.

Meine Karten-App zeigte eine einzige Landstraße durch das hügelige Gebilde namens Yancy. Die Satellitenansicht präsentierte auf den unteren Ausläufern des Hügels Ackerland, betupft mit Waldstücken. Die East 1450 Road war leicht zu erkennen. Es gab nur ein Gebäude, bei dem es sich um das von der Kellnerin erwähnte Haus handeln konnte.

Ich musste mich ausruhen. Ich war seit heute früh auf den Beinen, und eine weitere Schicht stand bevor. Zurück in meinem Zimmer stellte ich den Handywecker auf neunzig Minuten und fiel in tiefen Schlaf. Noch ehe der Wecker klingelte, kam meine Vermieterin rein und rüttelte mich wach. Sie knipste die Nachttischlampe an, und ich blinzelte zu ihr hoch.

»Sie meinten doch, ich kann noch eine Nacht bleiben. Haben Sie meine Nachricht nicht gekriegt?«

»Tut mir leid, Ms. Warshawski, darum geht es nicht. Da ist jemand vom FBI.«

»FBI?«, wiederholte ich.

Ein Mann trat hinter meine Vermieterin. Er zückte einen Ausweis, der im Lampenlicht golden glänzte. »Cornell Stamoran, FBI.«

Ich setzte mich auf. Ich war nackt bis auf ein T-Shirt, offenbar meine Kleiderregel für den Empfang von Besuch. »Haben Sie Sabrina gefunden?«

Stamoran sah weg von meinem Schritt. Gut. Immerhin etwas Privatsphäre.

»Sie müssen mir ein paar Fragen beantworten«, sagte er.

Ich ging ins Bad, ließ heißes Wasser über einen Waschlappen laufen, rieb mir damit Gesicht und Augen. Cornell Stamoran stand im Türrahmen, vielleicht um sich zu vergewissern, dass ich Sabrina nicht in der Dusche versteckte. Ich wickelte mir demonstrativ ein Handtuch um den Leib, kämmte mir in Ruhe die Haare. Stamoran folgte mir zurück ins Schlafzimmer und überwachte, wie ich meine neuen Fleece-Leggings, saubere Socken, Sweatshirt und Kapuzenpulli anzog.

»Also, was ist mit Sabrina«, sagte ich.

Er schüttelte den Kopf. »Wir brauchen Antworten auf einige Fragen, bevor wir entscheiden, welche Maßnahmen wir ergreifen.«

Ich wartete.

»Was für Nachforschungen haben Sie über Familie Granev angestellt, bevor Sie sich auf die Suche nach Sabrina gemacht haben?«

Dies war der Eingang zu einem Spiegelkabinett, in dem sie zu beweisen versuchten, dass ich etwas mit Sabrina Granev angestellt hatte, um eine Belohnung oder ein Lösegeld oder sonst was von ihren Eltern zu bekommen.

»Ich hatte eben keine Gelegenheit, Ihren Ausweis genauer anzuschauen«, sagte ich. »Lassen Sie mich mal prüfen, ob Sie wirklich beim FBI sind.«

Schwester Norma war im Zimmer geblieben und stand hinter Cornell neben dem Ausgang zur Straße. Sie nickte zustimmend.

Der Agent bekam einen verkniffenen Mund, aber er zog seinen Ausweis wieder hervor. Ich nahm ihn ihm ab und musterte ihn. Ja, er war vom FBI. Oder es war eine gute KI-Fälschung.

»Wie viel wussten Sie über Familie Granev, als Sie mit der Suche nach Sabrina angefangen haben?«, bohrte er.

Ich holte mein Telefon raus und startete die Aufnahme-App. »Dies ist V.I. Warshawski, die gegenüber Cornell Stamoran vom FBI eine Aussage über Sabrina Granev macht.«

Ich nannte Datum und Uhrzeit.

»Sabrina Granev fuhr mit drei ihrer Mitbewohnerinnen nach Kansas, um am Sonntagabend das Basketballspiel einer fünften Freundin anzuschauen. Montagmorgen kamen Sabrinas Mitbewohnerinnen zu mir, in großer Sorge, weil Sabrina Sonntagnacht nicht ins gemeinsame Motel zurückgekehrt war. Sie baten mich, die Rückfahrt nach Chicago zu verschieben und nach ihr zu suchen. Ich fand die Telefonnummern ihrer Eltern im Internet und rief sie und auch Sabrina mehrfach an, bis ich Kontakt zu Valerie Granev herstellen konnte, die mir erzählte, sie habe Angst, ihre Tochter sei gekidnappt worden. Sie war außer sich, wie es alle Eltern wären, und es tat weh, ihr zu sagen, dass ich mit der Suche nach ihrer Tochter nicht weitergekommen war. Abgesehen von diesen nackten Tatsachen weiß ich nichts über Ms. Granev. Ich weiß nichts über ihre Familie.«

Stamoran überging meine Ansprache. »Sie sind bekannt dafür, impulsiv und sogar gewalttätig vorzugehen, um Ihre Ziele zu erreichen.«

Ich sagte nichts.

»Vergangenen Oktober ist Ihnen bei der Suche nach einem Studenten in Chicago ein kapitaler Patzer unterlaufen.«

Ich studierte meine Fingernägel, um Agent Stamoran nicht in einem impulsiven, gewalttätigen Akt zu beschädigen.

»Es gibt die Vermutung, dass Sie Sabrina selbst versteckt haben, weil Sie hofften, sie zu ›finden‹ und damit den Patzer auszubügeln, den Sie im Herbst gemacht haben.«

Ich drückte an meinem Telefon auf Wiedergabe, und meine Aussage wiederholte sich in dem kleinen Zimmer.

»Sie sagen, Sie wussten nichts über die Familie Granev. Wie viel wissen Sie über Valerie Granevs Arbeit?«

»Ich weiß nichts über ihre Arbeit.«

»Sie wissen, dass sie für Tulloh Industries arbeitet.«

»Ich erfuhr von Ms. Valerie Granev, dass sie bei Tulloh arbeitet. Das wusste ich vor unserem Telefonat nicht.«

»Sie streiten ab, dass Sie Sabrina Granev entführt haben, um von Tulloh Industries ein hohes Lösegeld zu kassieren?«

»Ich verstehe die Frage nicht«, sagte ich.

Er wiederholte sie mit erhobener Stimme. Ich wiederholte meine Antwort. Er versuchte es mit schreien. Ich versuchte nicht mehr, zu antworten.

Stamoran gab schließlich auf und fragte etwas Vernünftigeres. »Sie sagen, Sie sind bei der Suche nach ihr nicht weitergekommen. Welche Schritte haben Sie unternommen?«

»Ich habe mich bei der Polizei von Lawrence erkundigt, ob sie über Nacht in Gewahrsam genommen wurde. Ich habe versucht, eine Vermisstenanzeige aufzugeben, aber man erklärte mir, dafür sei Sabrina noch nicht lange genug abgängig. Ich habe ihr Foto an die Lokalzeitung weitergereicht und gebeten, es online zu veröffentlichen, damit wer immer sie gesehen hat sich mit mir in Verbindung setzen kann. Meine Vermieterin hat sich im Krankenhaus erkundigt für den Fall, dass es einen Unfall gab.«

Norma sagte: »Das stimmt. Ich bin Pflegekraft im Krankenhaus von Lawrence. Ich wollte gerade zur Arbeit, als die jungen Frauen zu Ms. Warshawski kamen, weil sie sich Sorgen um ihre Freundin machten. Die junge Frau ist nicht eingeliefert worden, weder ins Hauptkrankenhaus noch in die Uniklinik.«

»Ich glaube, Sie wissen, wo das Mädchen ist«, sagte Stamoran, »aber nur für den Fall, dass Sie die Wahrheit sagen, stellen Sie die Suche ein. Sie könnten ihr Leben gefährden. Verstanden?«

»Verstanden«, sagte ich und fragte mich, was er da glaubte, von mir bestätigt zu kriegen.

Stamoran ging schließlich, ohne dass er mich verhaftete oder ich ihn verdrosch.

Als Norma ihn zur Tür gebracht hatte, kam sie zurück und musterte mein Gesicht, sie wirkte beunruhigt. »Sie haben sie nicht entführt, oder?«

Ich schenkte ihr ein müdes Lächeln. »Ich hab sie nicht entführt. Ihre Mutter macht anscheinend irgendwas Hochsensibles mit Luftfahrtelektronik und denkt, jemand könnte Sabrina kidnappen und die geheimen Forschungen ihrer Mutter als Lösegeld verlangen. Ich nehme an, deshalb hat sich das FBI eingeschaltet, aber wenn die wirklich dächten, dass Russland oder China sich Sabrina geschnappt haben, hätten sie für die Ermittlung ein helleres Bürschchen geschickt als diesen Stamoran.«

Norma schmunzelte. »So ausgedrückt kann ich nicht widersprechen. Können Sie mir verraten, was mit dem Studenten passiert ist, von dem der Agent sprach? Wo etwas schiefgegangen ist?«

Ich gab ihr eine Kurzfassung von dem Fiasko.

Norma nickte nachdenklich. »Was schiefgegangen ist, hatte nichts mit Ihrem Verhalten zu tun, sondern damit, dass die Eltern nicht zurechnungsfähig waren. Beeinträchtigt das Ihr Urteilsvermögen? Fürchten Sie, wenn Sie Sabrinas Eltern sagen, wo sie ist, könnten die, tja, vergleichbar reagieren?«

»Sie liegen richtig. Genau deshalb wollte ich mich erst nicht auf die Suche einlassen. Aber jetzt, wo ich suche, habe ich einen Anhaltspunkt, wo ich Sabrina finden könnte. Ich glaube, sie hat ein ernstes Opioidproblem, und ich hab von einem Haus auf dem Land erfahren, wo Drogenpartys stattfinden. Da will ich hin. Dieser FBI-Agent beobachtet womöglich Ihr Haus, um zu sehen, was ich unternehme. Wären Sie bereit, meinen Wagen in der nächsten Straße abzustellen und mich durch Ihre Tür im Obergeschoss rauszulassen?«

Normas Augen weiteten sich. Sie sah mir eine lange Minute prüfend ins Gesicht, dann streckte sie die Hand nach dem Wagenschlüssel aus.

8
This Old House

Die Straße nach Yancy hatte nur zwei Spuren, Gräben zu beiden Seiten und keinen Randstreifen. Hinter der Stadtgrenze lag am Fuß des Hügels eine Ansammlung neuer Häuser. Ein Schild zeigte die Abzweigung zur Yancy-Verbundschule an. Nachdem ich dieses Neubaugebiet passiert hatte, hüllte mich Dunkelheit ein. Das County hatte an den Kreuzungen Straßenlampen aufgestellt, aber die lagen eine Viertelmeile auseinander. Ich hielt mich in der Straßenmitte, um den Gräben nicht zu nah zu kommen.

Meine Scheinwerfer trafen Nebelschwaden, die von den Feldern aufstiegen. Ab und zu zockelte ein Fuchs oder Waschbär über die Straße. Wenn die Omicron-Burschis mit Stoff handelten, konnte ich nicht glauben, dass sie sich dafür diese isolierte Ecke ausgesucht hatten.

Als mein GPS erklärte, dass ich mein Ziel erreicht hatte, sah ich nichts außer Bäumen und Gestrüpp. Erst dachte ich, meine Luftbildkarte sei wohl veraltet, doch dann entdeckte ich eine zerfurchte, schlammige Einfahrt, die in ein Dickicht hineinführte. Mein Scheinwerferlicht glitzerte auf Fensterscheiben am Ende der Auffahrt.

Ich fuhr weg, mochte nicht dort stehen bleiben. Von der Straße aus war das Haus nicht zu sehen, und in der matschigen Sackgasse zu parken, wollte ich nicht riskieren.

Jenseits des Hauses führte die Straße in einer Kurve an einem gepflügten Acker vorbei. Etwa eine Viertelmeile weiter fand ich einen Feldweg, über den ich den Mustang holpern ließ, bis ich den Schutz eines Baums erreichte.

Hätte ich die Möglichkeit gehabt, das Gelände bei Tageslicht zu erkunden, dann hätte ich es vielleicht riskiert, querfeldein zu laufen, und mich dem Haus von hinten genähert, aber so musste ich mich an die Straße halten. Ich zog die Kapuze so weit wie möglich über den Kopf.

Der Fußmarsch die dunkle Straße entlang war nervenaufreibender als eine nächtliche Gasse in Chicago. Ich brauchte die Taschenlampe, um den Gräben fernzubleiben, aber das machte mich sichtbar und angreifbar. Auf der anderen Seite der Gräben wuchs wildes Gestrüpp. Alles Mögliche konnte dort lauern.

Ein Auto kam vorbei, das erste, das ich sah, seit ich auf die 1450 Road eingebogen war. Die Person machte das Fernlicht an und blendete mich. Ich drückte mich an den Rand der Fahrbahn, bis sie vorüber waren.

Als ich den Abzweig zum Haus erreichte, sah ich, dass die Auffahrt mal geschottert gewesen war, doch wegen des feuchten Bodens hatten die Autos, die sie benutzten, Furchen hineingegraben. Es hatte eine Menge Verkehr gegeben, und viel davon erst kürzlich. Vielleicht kam hier der Matsch an den Radkappen des Porsches her.

Ich arbeitete mich ohne Taschenlampe zum Haus vor, stolperte über Schlaglöcher und Grasbüschel, schaffte es aber, auf den Beinen zu bleiben. Die Auffahrt mündete in einen kleinen Wendeplatz dicht bei der Hintertür. Ich riskierte noch mal die Taschenlampe und sah weitere Anzeichen kürzlichen Verkehrs. Sehr kürzlich, nach der Frische des Matschs unter dem Schotter zu urteilen. War eben noch eine Omicron-Party im Gang gewesen? Hatten die Burschis alle heimgeschickt, um mir aufzulauern?

Das Haus war aus Backstein, die leicht rosastichige Farbe von Lehm, der schon lange der Witterung standgehalten hat.

Es brauchte neue Vermörtelung, aber es gab keine kaputten Fenster.

Ich hielt mich dicht an der Hauswand, falls jemand aus den Fenstern schaute, und ging einmal drum herum, stolperte über Flaschen und Maschinenteile, die in den hohen Gräsern auf der Rückseite verklappt worden waren. Kein Licht sickerte durch die Fensterläden. Keine Fahrzeuge standen zwischen dem Haus und dem wild wuchernden Wald dahinter.

Ich kehrte zum Seiteneingang zurück. Die Tür war schwer und hatte ein neues Schloss. Als ich die Klinke probierte, öffnete sie sich lautlos. Eine neue Tür mit gut geölten Scharnieren. Im Film ist dies das Zeichen, dass die Heldin gleich brutal angegriffen wird, wenn sie reingeht.

Ich öffnete die Tür gerade so weit, dass ich hindurchschlüpfen konnte. Richtete die Taschenlampe auf das Schachbrett-Linoleum am Boden. Ein emaillierter Tisch in der Raummitte war mit halbleeren Take-away-Schachteln übersät. Auf einer Anrichte standen Flaschen mit Designer-Wodka und Gin, Bier, schmelzendes Eis in einer großen Kühlbox, Stapel von Plastikgläsern. Hier war definitiv eine Party im Gang gewesen und überstürzt beendet worden.

Die Küche war kalt, aber im Heizkörper spürte ich ein wenig Wärme. Die Rohre würden nicht einfrieren und platzen.

Ich rückte zielstrebig ins Innere des Hauses vor, durch drei kleine Räume, die neben Kissen und Balancebällen ein paar altmodische Stühle und ein Sofa enthielten. Bierflaschen und halb ausgetrunkene Gläser lagen am Boden verstreut. Ivy würde sich ihre hundert Dollar hart verdienen, wenn sie das nächste Mal putzen kam.

Der dritte Raum musste der Salon gewesen sein, als das Haus erbaut wurde; er hatte einen Kamin und einen Türbogen, der sich zu einer kleinen Eingangshalle öffnete, dort war die Vordertür für hohen Besuch und eine Treppe zum oberen Stockwerk.

Ich leuchtete mit der Taschenlampe auf die Eingangstür. Und sah ein rötlich glänzendes Bündel, das halb dagegen lehnte.

Kalter Schweiß durchnässte mich. Ich ließ die Taschenlampe fallen und fand sie nicht wieder. Zerrte mein Handy aus der Gesäßtasche, aber zitternd vor Kälte hatte ich Mühe, es zu entsperren.

Ich zog mir den Ärmel des Kapuzenpullis über die Hand, rieb meine Finger, um sie zu durchbluten, und schaltete die Taschenlampen-App ein.

Ich kniete mich hin und stupste das Bündel an, sachte erst, aber als ich weder Fleisch noch Knochen spürte, drückte ich mit der Hand fest hinein. Eine leere Tartandecke, keine tote Fußballerin. Mein Herzschlag beruhigte sich, und ich fand meine Taschenlampe in der Ecke neben der Tür. Leuchtete auf die Decke. War das – Blut? Schon wieder?

Ich kam hastig auf die Beine, da hörte ich ein Wimmern. Ich stand still. Hörte das Geräusch erneut. Nicht mein eigener keuchender Atem oder ein wildes Geschöpf der Nacht. Da war jemand im Haus, im oberen Stockwerk.

Die Treppe war steil, die Stufen so schmal, dass die Hacken meiner Wanderschuhe über die Kanten hingen. Sie endete auf einem kleinen runden Absatz. Drei Türen gingen davon ab, zwei offen und eine geschlossen. In den beiden offenen Zimmern lagen nackte Matratzen. Hier konnte man wohl raufgehen, um einen Drogenrausch auszuschlafen oder um Sex zu haben.

An der Tür des dritten Zimmers hielt ich inne. Hörte das Wimmern. Stieß die Tür auf und stürmte rein.

Das Taschenlampenlicht erfasste eine Gestalt, so fest zusammengekrümmt, dass sie aussah wie ein Ball. Zwischen den Knien ein brauner Haarschopf.

»Sabrina Granev? Deine Mutter macht sich Sorgen, und das FBI sucht nach dir. Los, holen wir dich hier raus.«

Sie hörte mich nicht, sondern wimmerte weiter, wiegte sich hin und her. Ich kniete mich neben sie und sprach mit ihr, versuchte sie zu einer Reaktion zu bewegen, aber sie blieb zu einem festen Ball verknäult. Ich versuchte ihre Hände von den Schultern wegzuziehen, um sie hochzuheben. Sie spannte die Muskeln so hart an, dass ich heftig keuchte, als ich ihre Arme und Beine endlich losgeeist hatte. Ich steckte die Hände unter ihre Achseln und zog sie rettungsschwimmermäßig zur Treppe.

Sie schrie vor Entsetzen, unverständliche Worte, begann zu treten und zu strampeln und zerrte mich im Kreis herum. Ich ließ los, und sie krabbelte zurück ins Zimmer.

Ich rief ihren Namen mit tiefer, fester Stimme, wie Rettungskräfte sie bei ausflippenden Opfern einsetzen. Sie schrie noch lauter.

Ich pfiff auf zwei Fingern, gellend, ich war die Trainerin. Sie hörte auf zu schreien. Ich pfiff noch mal.

»Du kannst in diesem Haus nicht bleiben, Granev. Ich bin hier, um dich wegzubringen. Steh auf. Sofort!« Ich schlug meinen drakonischsten Ton an, gestrenge Trainerin, unzufrieden mit der schwachen Teamleistung, zehn Runden um den Platz. »Ich bin Coach Warshawski. Du tust genau das, was ich sage. Hast du verstanden? Sag: ›Ja, Coach!‹«

Nach einem Moment sagte sie mit zittriger Stimme: »Ja, Coach.«

»Komm her und nimm meine Hand.« Ich machte das Handylicht an, leuchtete auf mein Gesicht und meine Hand, richtete es dann auf sie. Sie stolperte vorwärts, packte meine Hand.

Ich schaffte sie die steile Treppe runter, rutschte auf dem Hintern Stufe um Stufe abwärts, falls sie wieder zu strampeln anfing.

Unten angekommen, zitterte Sabrina so heftig, dass ich sie kaum halten konnte. Sie klammerte sich an mich, wehrte sich aber nicht mehr. Ich brachte sie durch die Zimmer zur Küchentür. Sie war nach den langen Stunden in dem unterbeheizten Haus eiskalt, doch anscheinend war von ihrer Sportlerinnenkondition noch genug übrig, um weiterzumachen.

Als wir draußen waren, zog ich den dicken Kapuzenpulli aus und wickelte sie darin ein. Sportlerinnenkondition hin oder her, sie war zu geschwächt, um bis zu meinem Auto zu laufen. Ich versuchte, mir den wärmsten und sichersten Ort zu überlegen, wo ich sie zwischenlagern konnte, da zerriss Stroboskoplicht die Nacht. Ein Trio Streifenwagen kam die Auffahrt hoch. Sie hielten mit kreischenden Bremsen, dass der verbliebene Schotter spritzte.

Der Führungswagen schaltete seinen Suchscheinwerfer ein. Eine Stimme brüllte ins Megafon. »Lassen Sie das Mädchen gehen, und niemand wird verletzt.«

9
Spiegelfechten

Ich verbrachte eine lange Nacht mit den Ordnungshütern von Lawrence sowie Deputys vom Büro des County-Sheriffs. FBI-Agent Stamoran hatte offenbar den Polizeifunk abgehört, denn auch er tauchte mit einem Untergebenen auf. Es entstand das übliche Zuständigkeitsgerangel, wie immer, wenn sich das FBI einmischt, aber im Grunde hatten sie alle dieselbe Frage: Was hatte ich in dem verlassenen Haus gemacht?

Wir saßen im großen Konferenzraum des LKPD, doch wegen der Masse an Gesetzeshütern war Agent Stamoran gezwungen, zu stehen. Er und ich waren die Einzigen, die Maske trugen, was uns auch nicht zu besten Freunden machte.

»Seien Sie bloß froh, dass wir wussten, dass wir zu diesem Haus müssen«, sagte Stamoran zu mir. »Andernfalls würden Sie womöglich einer Mordanklage entgegensehen, wenn das Mädel gestorben wäre.«

»Da ich nichts damit zu tun hatte, dass die junge *Frau* in dem Haus war, würde es auf keinen Fall zu einer Mordanklage oder überhaupt irgendeiner Anklage kommen. Woher wussten Sie, dass Sie da rausfahren müssen?«

»Ein Nachbar hat verdächtige Aktivitäten gemeldet«, sagte Stamoran.

»Ach du je«, sagte ich. »Soll das hier wirklich so ablaufen? Müssen Sie unbedingt so betont respektlos mit mir umspringen, dass Sie sich nicht mal eine glaubwürdige Lüge einfallen lassen können?«

»Was soll das heißen?«, fragte Stamoran.

»Die nächsten Nachbarn sind eine Viertelmeile weg. Solange niemand Drohnen über dem Grundstück schweben hatte, wüsste ich nicht, was für Aktivitäten die hätten sehen sollen.«

»Wir alle wissen, dass Sie Probleme haben, seit der Student, nach dem Sie gesucht haben, sich umgebracht hat«, sagte Stamoran. »Wir wissen, dass Sie zu Gewalt neigen. Wir denken, Sie könnten Sabrina Granev unter Drogen gesetzt und versteckt haben, damit Sie sie finden und als Heldin dastehen können.«

Ich spürte einen Schwindelanfall, grub meine Nägel in die Handflächen, um mich zu fangen. Und fühlte etwas Klebriges in der rechten Hand. Blut. Nicht jetzt, tu das nicht, nicht wenn du deinen klaren Verstand brauchst, fang jetzt nicht an, Blut zu sehen. Meine linke Hand war sauber. Ich schloss die Augen, schaute wieder hin. Echtes Blut, von jemand anderem. Sabrina?

»Und?«, schnauzte Stamoran. »Nichts zu sagen? Ich denke, wir sind uns alle einig, dass es sich genau so abgespielt hat.«

Der ganze Raum starrte mich an, nicht meine Hand, die sie nicht sehen konnten. Schakale, die zubeißen wollten und fertig.

»Sich genau so abgespielt hat?« Ich zwang mich, ihn anzulächeln, mein böses Lächeln. »Das ist eine Fernsehbullen-Floskel, ein Notbehelf für Zeiten, wenn man mit Denken überfordert ist. Sie reden hier von einer Tragödie, über die Sie so wenig wissen, dass klar ist, Sie haben Ihre Infos weder vom FBI noch von der Chicagoer Polizei. Vielleicht hat ja jemand eine Comic-Version verfasst, um Ihnen komplizierte Wörter zu ersparen.«

Ich warf einen Blick durch den Raum. Ein paar Leute grinsten heimlich über meinen Affront: Der Agent hatte sich nicht beliebt gemacht.

»Agent Stamoran spricht von einer Tragödie in Chicago vergangenen Herbst. Eine Studentin wurde ermordet. Die schlimmen Einzelheiten sind aktenkundig: Die Studentin, eine junge Transfrau, wurde von ihrem Vater getötet, der Fall ist als Filizid eingestuft: ein von einem Elternteil ermordetes Kind.«

Die jüngeren Gesetzeshüter rutschten unbehaglich auf ihren Stühlen herum. Einer der County-Deputys räusperte sich und fragte, warum ich heute Abend zu dem Haus am Yancy Hill gefahren sei – er nannte es das Dundee-Haus.

»Die Freundinnen von Sabrina Granev waren in Sorge, dass sie nach ihrer Verletzung ein Opioidproblem entwickelt hat. Ich habe mit Obdachlosen geredet, die mir erzählten, dass College-Kids in den Bars der Gegend dealen. Ich hab die Bars in der Innenstadt abgeklappert. Jemand hat mir von dem Haus erzählt – allerdings nicht, dass es ›Dundee-Haus‹ genannt wird. Ich wusste nicht, dass Sabrina dort sein würde. Es war die einzige Spur, die ich hatte, also bin ich ihr gefolgt.«

»Das hätten Sie uns melden müssen«, sagte einer von den städtischen Cops.

»Ich hatte Ihnen doch befohlen, die Suche einzustellen«, sagte Stamoran zu mir und lief dann dunkelrot an, als ihm bewusst wurde, wie dumm ihn das dastehen ließ.

»Ich hab heute Morgen versucht, mit der zuständigen Abteilung hier in Lawrence zu reden – inzwischen war das wohl gestern Morgen –, und Ihre Leute haben mich abblitzen lassen, man hat mich behandelt wie eine Süchtige, die sich Stoff besorgen will.«

Noch mehr unbehagliches Herumrutschen in der Truppe. Ich musterte sie bissig, bevor ich meinen Bericht fortsetzte.

»Ich habe den ganzen Tag versucht, Sabrinas Eltern ans Telefon zu kriegen, und schließlich ihre Mutter erreicht. Wie Sie sich vorstellen können, war Valerie Granev außer sich. Sie wollte nicht glauben, dass ihre Tochter Drogen nimmt – kein Elternteil will das wahrhaben. Sie sagte, was Stamoran hier wiedergegeben hat: dass sie Angst hatte, ihre Tochter sei gekidnappt worden. Ms. Granev arbeitet offenbar an sensiblen Projekten für das Verteidigungsministerium. Sie fürchtete, jemand könnte ihre Tochter als Druckmittel benutzen, um Staatsgeheimnisse zu erpressen.

Wenn sie recht hatte, wollte ich dem FBI nicht in die Quere kommen, aber ich fand nicht, dass ich mit dem Erkunden einer möglichen Drogenbude die Grenzen der nationalen Sicherheit überschreite. Und, Tatsache, im Dundee-Haus gab es reichlich Indizien für Drogenkonsum. Und, Tatsache, Sabrina Granev war dort, mit einer echt erschreckenden Überdosis im Leib.«

Das löste einen allgemeinen Aufschrei aus und dann eine neue Fragenflut: nach der Identität der Dealer, nach der Identität der Person, die mir vom Dundee-Haus erzählt hatte, und – von Stamorans Seite – Unterstellungen zu meiner Rolle dabei, Sabrina zu dem Haus zu bringen.

»Sie zeichnen diese Sitzung doch auf«, sagte ich. »Spielen Sie meine Ausführungen einfach noch mal ab. Das umfasst alles, was ich getan habe und warum.«

In dem Moment kam Zoë Cruickshank vom *Douglas County Herald* reingestürmt. Als sie mich sah, zwängte sie sich durch die Meute der Gesetzeshüter zu mir durch.

»O nein! Ich komme an, wo Sie mit Ihrer Aussage fertig sind. Haben Sie sie mitgeschnitten? Kann ich es von Ihrem Handy kopieren? Ich hab über den Funkscanner gehört, jemand hat im alten Dundee-Haus eine Leiche gefunden. War das die Studentin, nach der Sie gesucht haben?«

»Wer hat die denn reingelassen?«, stöhnte ein Lawrence-Cop.

»Sie kennen mich doch, Deke, ich folge euch auch bis zur Countygrenze, wenn es um eine Story geht. Chicago – woher wussten Sie, dass das alte Dundee-Haus eine Drogenbude ist? Ziemlich smarte Leistung für eine Ortsfremde.«

Deke Everard. Der Sergeant, den ich zu erreichen versucht hatte. In all dem Chaos, sowohl im Raum als auch in meinem Kopf, hatte ich ihn gar nicht wiedererkannt.

Alle schienen Cruickshank zu kennen, alle außer den beiden FBIlern. Deke und seine Truppe behandelten sie wie eine lästige kleine Schwester, deren Fragen sie zwar zum Lachen brachten, die sie aber nicht ernst nahmen. Mitten in ihrem Geplänkel hob eine junge Polizistin schüchtern die Hand.

»Äh, Deke, äh, Sarge – ich hatte eine Anfrage an Uber und Lyft gestellt, ob jemand Sabrina Granev am Sonntagabend da hingefahren hat. Gerade kommt eine Nachricht von dem Uber-Fahrer, der sie nach Yancy gebracht hat. Er sagt, er hat sie kurz vor Mitternacht vor dem Lion's Heart aufgesammelt. Sie war allein.«

»Ist sie in der Drogenbude da draußen gestorben?«, fragte Zoë.

»Nein«, sagte ich. »Sie war am Leben, als ich sie fand. Ich glaube, man hat sie ins Krankenhaus gebracht. War sie verletzt? Hat sie geblutet?«

Sergeant Everard schüttelte den Kopf. »Nicht, dass ich wüsste. Wir kennen noch nicht alle Einzelheiten, aber die Rettungskräfte sagten, sie litt an Unterkühlung und einer Überdosis.«

Nun plötzlich schien Agent Stamoran zu finden, dass sein Fachwissen anderswo gebraucht wurde. Er packte seinen Untergebenen ein und ging, ohne mich eines Blickes zu würdigen.

»Er war so sicher, dass das Granev-Mädel gekidnappt ist, er hat schon das Besprechungszimmer vom Chief als FBI-Einsatzzentrale übernommen«, erklärte Deke dem Rest von uns. »Und du, Warshawski, verrätst uns jetzt den Namen des Barkeepers, der dich zum Dundee-Haus geschickt hat. Du kannst ruhig komplizierte Wörter benutzen – ich beweg dann beim Lesen die Lippen, damit ich sie richtig verstehe.«

Sein Team lachte – ganz bei ihm, und bei mir. Stamoran hatte alle gegen den Strich gebürstet. Ich verkniff mir die Zurechtweisung, dass Sabrina eine Frau und kein Mädel war – sie waren auf meiner Seite, zumindest im Moment. Mach's nicht kaputt.

»Ich bekam immer wieder zu hören, dass eine Gruppe Burschenschaftler aus dem Omicron-Delta-Beta-Verbindungshaus dealt. Dann erzählte mir eine auf dem Parkplatz vom Boat Yard, dass sie glaubt, im Dundee-Haus steigen wilde Partys. Das schien mir als Hinweis nicht relevant genug, um euch damit zu behelligen, aber wie gesagt, es war die einzige Spur, die ich hatte.«

Ich hoffte, wenn ich Holly auf dem Parkplatz verortete, würde das eher nach einem Gast klingen. Ich wollte sie und ihre Schwester nicht ins Visier der Cops rücken. Obwohl ich wusste, dass sie beide befragt gehörten, fühlte ich mich beschützerisch, als wären sie meine Freundinnen oder Klientinnen.

Deke erteilte Anweisungen: wer das beim Boat Yard weiterverfolgen sollte, wer andere Bars abklappern und klären sollte, ob die Dealer identifiziert werden konnten, wer zum Omicron-Delta-Beta-Verbindungshaus fahren und prüfen sollte, was dort zu finden war.

Zoë wandte sich an mich. »Ich will ein Exklusivinterview, Chicago. Erzählen Sie mir genau, was passiert ist.«

»Es ist nicht besonders interessant: Ich ging in das Haus, von dem ich jetzt weiß, dass es das Dundee-Haus ist, hörte Sabrina im oberen Stockwerk weinen, stieg rauf und fand sie.«

»Details.« Sie hielt mir ihr Handy unter die Nase.

»Nicht um drei Uhr nachts«, sagte ich.

»Und nicht, wenn sie erst mit dem LKPD sprechen muss.« Deke stellte sich zwischen Zoës Telefon und mich. Er winkte einem jungen Officer, mit zu der Kammer zu kommen, die ihm als Büro diente. Dort befragte er mich detailliert zu allem, was ich im Dundee-Haus wahrgenommen, und zu allem, was ich in der Omicron-Garage gesehen hatte.

Wir gingen noch ein paar Routinefragen durch, dann erkundigte sich Deke nach dem Blut an meiner Hand. Er hatte mich genauer beobachtet, als mir bewusst war. Unbehaglicher Gedanke.

»Das war der Grund für meine Frage, ob Sabrina verletzt war. Sie aus dem Zimmer und die Treppe runter zu kriegen, war – es war eine heftige körperliche Erfahrung. Auch an meinen Leggings ist Blut.«

Er stand auf und besah sich meine Hand und meine Beine. »Hör zu, Warshawski, du solltest einen HIV-Test machen. Drogenbude, Blut, und das Zeug war noch nicht geronnen, als du es angefasst hast. Ich gebe im Sheriff-Büro Bescheid, dass sie besser eine Gefahrstoff-Ausrüstung dabeihaben, wenn sie das Haus durchsuchen.« Er machte sich eine Notiz.

Ich wandte mich zum Aufbruch, fragte aber noch, ob Valerie Granev es in die Stadt geschafft hatte.

»Ja. Sie war gerade auf dem Revier beim Chief, als der Anruf kam, dass du ihre Tochter gefunden hast. Sie wollte sofort raus zum Dundee-Haus, aber der Chief hat sie überredet, im Krankenhaus auf den Rettungswagen zu warten. Da ist sie wahrscheinlich jetzt noch. Ich weiß nicht, warum der FBIler seine Muskeln hat spielen lassen. Er schien regelrecht zu hoffen, dass das Mädchen gekidnappt wurde, damit er zeigen kann, was er draufhat. Du hast ihn schlecht dastehen lassen mit deiner Erkenntnis, dass sie ein Junkie ist.

Diese junge Person in Chicago – die ihr Vater vor deinen Augen ermordet hat – die wenigsten Cops müssen einen solchen Horror miterleben. Tut mir leid, dass Stamoran es dir so unter die Nase gerieben hat.«

»Es verfolgt mich, viel mehr als jedes andere Gewaltverbrechen, dessen Zeugin ich war. Ich sehe ständig überall Blut.«

»Vielleicht, weil in diesen Zeiten überall so viel Blut fließt«, sagte Deke trocken. »Wann fährst du heim?«

»Morgen. Nach dem Aufstehen. Hast du jemanden, der oder die mich zu meiner Unterkunft bringen kann? Ich wurde in einem Streifenwagen in die Stadt gekarrt, und mein Mustang steht irgendwo an der 1450 Road.«

Zoë Cruickshank hatte sich vor seiner Tür herumgedrückt. Als sie anbot, mich zu fahren, sagte der Sergeant: »Gönn der Lady etwas Schlaf, Cruickshank. Ich bring sie nach Hause.«

Zwischenspiel I

Gertrude und Cady

Gertrude Perec saß aufrecht am Computer in der Nische, die ihr als Büro diente, als Cady in die Küche kam. Ihre Schultern hätten einem Marineinfanteristen zur Ehre gereicht, aber als sie die Schritte ihrer Enkelin hörte, schaffte sie es, sie noch mehr zu versteifen.

»Neun Uhr, Fräulein. Willst du den Rest deines Lebens damit verbringen, über den Verlust deines Jobs zu schmollen?«

»Darf ich nicht deprimiert sein? Meiner Karriere nachweinen?« Cady sprach zu dem stählernen Rückgrat.

»Ich erwarte mehr von dir als Wohlfühl-Jargon. Deprimiert. Deiner Karriere nachweinen. Selbst als ich deine Mutter verlor und die Trauer sich anfühlte, als würde eine Säge meinen Körper entzweischneiden, habe ich nicht im Bett gelegen und mich selbst bemitleidet.«

Cady schloss die Augen. Sie dachte, sie müsste losschreien, wenn ihre Großmutter noch einmal mit ihrem stoischen Pflichtbewusstsein prahlte.

»Mach die Augen auf, wenn ich mit dir rede, Fräulein.«

Cadys Gesicht musste sich wohl im Computerbildschirm spiegeln. Oder Gertrude war eine Hellseherin. Das war durchaus möglich.

»Wenn du gegen die Entlassung vorgehen willst, wende dich an deine Gewerkschaftsvertreterin oder besorg dir einen Anwalt. Wenn du ein neues Kapitel aufschlagen und in deinem Leben vorankommen willst, überleg dir, wie dein nächster

Schritt aussieht. Aber lass dich nicht hängen wie eine Trauerweide – das ist schlimm für die Menschen um dich herum und nützt dir obendrein gar nichts.«

Cady nahm eine halbe Grapefruit aus dem Kühlschrank und ging wortlos in die Frühstücksecke. Nach fünf Minuten Stille sagte Gertrude: »Pat Everard war heute Morgen beim Frühstück.«

Cady grunzte. Das Frühstück war für die Engagiertesten in der Frauengruppe der Riverside Congregational Church ein mittwöchliches Ritual. Pat Everard leitete die Gruppe zusammen mit Gram, daher war es nichts Neues, dass sie beim Frühstück dabei war.

»Diese Detektivin aus Chicago ist wieder in der Stadt.«

»Ich weiß«, sagte Cady. Sie schrieb gerade eine Nachricht, sah aber von ihrem Handy auf. »Ich hab sie am Sonntag nach dem Spiel gesehen.«

»Das hast du nicht erwähnt. Ich habe diese Frau nie gemocht.«

»Ich weiß, Gram. Darum habe ich es dir auch nicht gesagt.« Cady schaute auf ihr Display und aß noch ein Stück Grapefruit.

»Kalt, fand ich. Arrogant, wiewohl sie ihr Handwerk versteht. Auch in diesem Fall – sie hat die vermisste Studentin rechtzeitig gefunden, um ihr das Leben zu retten, hat Deke Pat erzählt.«

»Das ist gut.« Cady hielt inne. »Brett Santich war auf dem Parkplatz, als ich vom Spiel kam. Er hat mich praktisch als Pädophile beschimpft.«

»Böse Zungen reden viel, Miss Cady«, sagte Gertrude schroff. »Und du weißt, es ist unhöflich, Nachrichten zu schreiben, während ich mit dir rede.«

»Die Zunge hat keine Knochen, ist aber stark genug, sie zu brechen«, sagte Cady. »Trig Garrity ist mit Brett wegen des Lands in Yancy aneinandergeraten, fast handgreiflich. Alle, die noch da waren, blieben stehen und guckten zu – da hab ich die Detektivin gesehen.«

»Trig würde noch ein totes Kaninchen bekämpfen, wenn er meint, es hätte ihn schief angesehen. Mir gefällt das Geschäft auch nicht, das Brett mit dem Land gemacht hat. Als er es verkaufte, verlor er die Kontrolle darüber, aber das war vor Jahren, nicht gestern. Es hat keinen Sinn, deswegen herumzuzetern, wie Trig es tut. Das Land bedeutet mir etwas, ganz persönlich, was auf ihn nie zutraf. Auf Brett offenbar auch nicht.«

Grams Familie hatte das Land besessen, als die Stadt in den 1860er Jahren gebaut wurde, musste es jedoch während der Großen Depression in den Dreißigerjahren verkaufen. Es war seit fast einem Jahrhundert nicht mehr im Besitz ihrer Familie, aber sie gerierte sich immer noch, als hätte sie einen Anteil daran.

»Ich vermute, Brett hat sich mit dieser kleinen Neubausiedlung in Yancy übernommen«, fügte Gertrude hinzu. »Soweit Pat und ich feststellen konnten, hat er so ziemlich alles mit Hypotheken belastet, als er den Bauantrag stellte. Und dann machte er ein Geschäft mit dieser Bank in Topeka.«

Für Gertrude kamen Geschäfte mit einer auswärtigen Bank einem Pakt mit dem Teufel gleich, selbst wenn auswärtig hier nur fünfundzwanzig Meilen entfernt hieß.

Sie stieß ein bitteres Lachen aus und fuhr fort: »Wenn ich bei Trig Garrity nicht rot, weiß und blau sehen würde, hätte ich mich seinem Protest angeschlossen. Jedenfalls war es draußen auf Yancy-Gebiet, wo die vermisste Studentin aufgetaucht ist. Das Dundee-Haus, der alte Backsteinkasten an der Südseite des Hügels.«

»Hat denen das Land am Fuß des Hügels gehört? Den Dundees? Waren das Cousins oder Cousinen oder so was, von denen ich noch nie gehört habe?«

»Als meine Mutter ein Mädchen war und die Familie das Land noch besaß, hatten sie da einen Pächter aus der Gegend. Schapen, glaube ich, aber sicher nicht Dundee oder gar Santich. Die Santichs verpachteten es in den 1960er Jahren während der

Hippie-Welle, als diese ganzen Langhaarigen auf dem Land rumgammelten und so taten, als würden sie ihr eigenes Essen anbauen, aber nur Gras rauchten. Wer immer Dundee war, das muss noch vor dieser ganzen Geschichte gewesen sein.«

»Mensch, Gram, wenn du das nicht weißt, hat es die Dundees wahrscheinlich nie gegeben.«

Gertrude verengte die Augen – war das ein Scherz oder eine Kritik? Cady warf ihr gerne vor, sich übermäßig ins Leben der Menschen hier zu involvieren.

Sie wich dem Thema aus. »Pat Everard meinte, das Haus wurde ständig als Drogenhöhle genutzt, aber niemand wusste davon, weder im Sheriffbüro noch in der Stadt.«

»Oh bitte, Gram! Wenn V. I. Warshawski es nach nur vierundzwanzig Stunden entdeckt hat, müssen die Cops davon gewusst haben. Ganz zu schweigen von Brett selbst. Er versucht nur, der gesetzlichen Haftung zu entgehen. Schülereltern könnten ihn wegen Betreiben eines gefährlichen Geschäfts verklagen, also versucht er, so zu tun, als wüsste er von nichts. Das Gleiche gilt für die Polizei, auch wenn Tante Pat deine älteste Freundin ist und Deke der bestaussehende Single der Stadt.«

Cady deponierte ihre Grapefruitschale im Komposteimer, Löffel und Schüssel in der Spüle. Sie wollte schon aus der Küche gehen, machte aber noch mal kehrt und küsste Gertrude auf den Kopf.

»Mir geht's gut, Gram. Ich muss bloß für mich klären, wie es weitergehen soll. Ich hab's satt, dass Eltern mich anschreien, weil ihr Herzchen fürs Nichtstun eine Sechs bekommen hat, oder weil ich will, dass ihre Kinder umfassender über die große Welt nachdenken, die sie umgibt. Vielleicht geh ich mit Trig auf die Barrikaden und brülle Santich an, bis er zugibt, dass er ein Wichser ist.«

10

Seilbrücke

Ich duschte, als ich zurück in meiner Unterkunft war, Lady Macbeth, die sich das Blut von den Händen schrubbt. Ich hoffte, das heiße Wasser würde mich entspannen, aber als ich unter die Steppdecke schlüpfte, konnte ich nicht schlafen. Jedes Mal, wenn ich mich umdrehte, schien ich Sabrinas Knochen zu spüren: Scharf, zu dicht unter ihrer Haut, stachen sie mir in die Brüste.

Bernie rief um sieben an, als ich es gerade geschafft hatte, einzunicken. Ich hatte ihr beim Zurückkommen getextet, dass Sabrina in Sicherheit war, aber vergessen, mein Handy stummzuschalten. Bernie wollte wissen, wo ich Sabrina gefunden hatte und wie.

Meinen ersten Impuls – auflegen – verkniff ich mir. Sprich jetzt mit ihr, bring's hinter dich.

»Die Typen, mit denen Angela sie in der Bar reden sah, müssen ihr die Adresse von dem Haus gegeben haben, wo ich sie dann fand.«

»Hach, Vic, ich wusste doch, du schaffst das, fast wie Magie.«

»Keine Magie, Bernie, das war Glück, Glück und das Verfolgen der einzigen Spur, die ich ausmachen konnte.«

»Trotzdem bin ich dankbar, Angela genauso. Danke, dass du es gemacht hast, obwohl es so schmerzhaft für dich war. Vielleicht nehmen die Granevs Sabrina jetzt von der Uni und schicken sie in eine Klinik. Vom Zusammenwohnen mit ihr waren wir alle *stressées*: Sie ist deprimiert, sie isst nichts, wir vermuten, dass sie Drogen nimmt, und die Eltern und Trainer tun so, als hätte sie eine Erkältung, eine Krankheit, von der sie sich schnell erholen wird.«

»Du und Angela hattet einen schweren Herbst bei dem Versuch, sie zu unterstützen«, sagte ich. »Habt ihr mit euren Trainern über ihr Verhalten gesprochen?«

»Wir hatten Angst, dass sie dann vielleicht wegen uns ihr Stipendium verliert«, sagte Bernie. »Egal jetzt, aber siehst du nun ein, dass es falsch war, dich von Zweifeln auffressen zu lassen? Du bist immer noch ganz die brillante Problemlöserin.«

Mein Magen zog sich zusammen. »Kennst du diese Seilbrücken, die man in Filmen sieht? Die zwei unzugängliche Berggipfel miteinander verbinden? In den Filmen sind die Seile ausgefranst und geben Stück um Stück nach. Der Held schafft es nur Sekunden, bevor der allerletzte Strang reißt. Das bin ich, Bernie. Der letzte Strang franst aus.«

»Nicht doch, Vic, das sehe ich ganz anders. An einem einzigen Tag entdeckst du eine Drogenbude und rettest einen Menschen, der dem Tode nahe ist. Du solltest dich so hochfliegend fühlen wie die Engel. Du hast bewiesen, dass du immer noch eine großartige Detektivin bist. Genau das brauchtest du.«

Ich legte auf, bevor meine Wut mich übermannte und ich Bernie anschrie: *Nein, das brauche ich nicht, noch mehr Blut, benutzte Spritzen. Was ich brauche, ist, an einem sonnigen Tag mit einem kühlen Getränk an einem Buch zu sitzen, den Vögeln zu lauschen und an nichts zu denken.*

Ich machte mich wieder lang und versuchte es mit diesen tiefen Atemzügen, die laut Fitnessfachleuten der Schlüssel zum Relaxen sind, aber ich konnte mich nicht genug entspannen, um weiterzuschlafen. Irgendwann kapitulierte ich. Stand auf, bemühte mich, meine müden Muskeln zu dehnen, badete meine körnigen Augen in heißem Wasser. Sergeant Everard hatte mich gebeten, noch einen Tag in der Stadt zu bleiben, falls es Anschlussfragen gab, aber ich hatte vor, so schnell wie möglich aufzubrechen.

Meine saubersten Klamotten waren im Moment die, die ich am Sonntag auf der Herfahrt getragen hatte. Sauber nur im Vergleich zu dem schmutzigen Kapuzenpulli und den Wanderschuhen, die ich gestern gekauft hatte. Ich trug beides mitsamt den blutbefleckten Leggings raus zu Schwester Normas Mülltonne. Der Schmutz ließ sich vielleicht entfernen, nicht jedoch die Erinnerung an die am Boden liegende, brabbelnde Sabrina Granev.

Als ich gepackt und die benutzte Bettwäsche in Schwester Normas Waschmaschine gesteckt hatte, rief ich Sabrinas Mutter an. Der Anruf ging auf die Voicemail. Ich hinterließ eine Nachricht, dass ich froh war, Sabrina rechtzeitig gefunden zu haben, aber gern wüsste, wie es ihr inzwischen ging.

Ich schickte auch eine Nachricht an Schwester Norma und bedankte mich, dass sie mir gestern Abend geholfen hatte, einer möglichen Überwachung zu entschlüpfen. Sie haben vielleicht davon gehört, ich habe die vermisste Studentin gefunden, in einer Drogenbude nordwestlich der Stadt.

Zoë Cruickshank rief an, als ich mir gerade einen Uber rufen wollte, der mich zu meinem Wagen bringen sollte. »Chicago! Ich brauch mein Exklusivinterview.«

Ihre Energie war genauso nervenzerfetzend wie Bernies. »Ich kann Ihnen nicht mehr erzählen, als Sie leicht von der Polizei erfahren«, sagte ich.

»Sie irren, Chicago: Die wollen nicht mit mir reden, nicht mal Deke. Bitte – das ist meine große Chance!«

»Suchtkrankheit aus nächster Nähe ist Ihre große Chance?« Mein Ton war barsch.

»So hab ich das nicht gemeint«, murmelte sie. »Sie haben gut reden mit Ihrem Werdegang, Sie sind erfolgreich, ich muss mich mit Nebenjobs durchschlagen, weil die Zeitung nur zwölftausend im Jahr zahlen kann. Wenn ich eine wichtige Story zu fassen bekomme, krieg ich freiberufliche Aufträge rein.«

So betrachtet – eine um die fünfundzwanzig, ambitioniert, aber mit trüben Aussichten, brauchte es nicht, dass ich auf ihren Träumen herumtrampelte. Ich sagte, wenn sie mich zu meinem Wagen fuhr, würde ich ihr erzählen, was ich konnte.

Zehn Minuten darauf hielt sie am Bordstein. Ein großer Reiz von Lawrence: Du kommst im Nu überall hin. Auf der Fahrt raus zur 1450 Road hatte Zoë ihr Handy auf dem Armaturenbrett liegen und nahm unser Gespräch auf. Ich wiederholte, was ich letzte Nacht der Polizei berichtet hatte.

»Ich war überrascht, dass niemand da war, als ich hinkam, dabei war es noch nicht mal Mitternacht«, sagte ich. »Die Menge der Reifenspuren, die die Einfahrt aufgewühlt hatten, und die Massen von Leergut im Haus, das sah nach einer ziemlichen Horde Gäste aus.«

Bis ich Zoë all ihre Fragen beantwortet hatte, waren wir an der Kurve, wo das Dundee-Haus stand. Zoë bremste an der Einmündung zur Auffahrt. »Das da vorn ist Trig Garritys Wagen.«

Sie bog hinein und hielt hinter einem verbeulten Transporter. Schwer zu sagen, welche Farbe er ursprünglich gehabt hatte. Die hintere Stoßstange war gepflastert mit Aufklebern, die für die Rettung der Erde, der Wale und der Demokratie warben sowie für den Sturz von *Citizens United* und *Hobby Lobby*.

Zoë sprang raus und lief auf das Haus zu. Trig, nach wie vor im verblichenen Armeeparka, stand an der Küchentür. Er wollte wohl gerade mit einem Stein die Scheibe einschlagen, als wir aufkreuzten.

»Ich weiß genau, dass das hier ein verfickter Tatort ist, Cruickshank. Das Verbrechen ist, dass sich das ganze County einfach abfindet mit diesem Haus und dem, was darin vorgeht. Ich habe Prinz Santich darauf hingewiesen, aber er meint, es ist nicht sein Problem.«

»Auf dem Polizeirevier nannten sie es das Dundee-Haus«, sagte ich. »Gehört es in Wirklichkeit Santich?«

Trig funkelte mich böse an. »Wer sind Sie denn? Irgendeine Superanwältin?«

»Sie ist eine Superdetektivin aus Chicago«, sagte Zoë. »Sie hat hier in diesem Haus letzte Nacht Sabrina Granev gefunden, während die Polizei und sogar das FBI nicht wussten, wo sie suchen sollen.«

»Die hiesigen Bullenschweine würden nicht mal ein Maisfeld finden, selbst wenn sie direkt reinfahren.« Trig spuckte aus. »Die stecken alle mit Santich unter einer Decke. Ja, Euer Betuchtheit, nein, Euer Betuchtheit, sagt, wie tief ich mich bücken soll, Euer Betuchtheit.«

»Das ist so was von unfair!«, protestierte Zoë. »Deke Everard ist ein guter Cop, genau wie –«

»Everard hat mich auf Anschwärzung von Petze Santich hin fünfmal verhaftet. Und dann war Brett hinter Cady her, weil sie die Mächtigen mit der Wahrheit konfrontiert hat. Und jetzt hat er es auf Clarina Coffin abgesehen, weil sie das Verbrechen begangen hat, meine Arbeit zu unterstützen.«

Ich hatte keine Lust, Trig über seine Arbeit als Wachhund des Countys geifern zu hören, deshalb wiederholte ich meine Frage, ob das Dundee-Haus Santich gehörte.

»Die Dundees sind ja nicht da, um es zu verteidigen, darum hat Santich es ihnen wahrscheinlich gestohlen«, sagte Trig.

Er holte aus, um die Türscheibe einzuschlagen, aber ich packte ihn am Handgelenk und riss seinen Arm nach unten.

»Warum wollen Sie ins Gefängnis wandern?«, fragte ich.

»Wie – Sie kommen den ganzen Weg aus Chicago, um mich zu verhaften?«

»Ich bin Privatermittlerin. Keine Verhaftungsbefugnis.«

»Privat, staatlich, alles Bullenschweine.«

Ich ließ sein Handgelenk los. »Nur zu. Ich kann verstehen, warum Ihr Pflichtverteidiger es leid ist, Sie zu vertreten.«

»Trig, sei kein Arschloch«, sagte Zoë. »Du weißt, wenn der

Sheriff oder Chief McDowell spitzkriegen, dass hier eingebrochen wurde, werden sie mit dir reden wollen. Vic ist klug, du solltest auf sie hören.«

»Dann erzählen Sie mir mal was, Ms. Klugscheißerin aus Chicago.«

»Ich kann Ihnen nichts erzählen«, sagte ich, »Sie wissen doch schon alles. Wenn ich allerdings hier ermitteln würde, dann würde ich mich fragen, wozu Sie dieses Haus brauchen. Haben Sie drinnen Material gelagert, weil Sie denken, die Dealer und die Süchtigen scheren sich nicht darum? Plakate und Megafone, oder auch was Größeres, Bedenklicheres, falls ein Deputy vom Sheriff-Büro es finden sollte?«

Er bellte eine Art Lachen. »Sie liegen so daneben, Sie spielen ja nicht mal das richtige Spiel.«

Er stapfte zu seinem Transporter und rauschte ab. Die Türen klapperten, und die Reifen waren mächtig runter, aber der Motor lief leise, und er hinterließ keine Abgaswolke.

Ich sah ihm nach. »Gestern bei Gericht sagte der Richter, dass das Land nicht Santich gehört, sondern einem Unternehmen.«

»Ich war beim Grundbuchamt«, sagte Zoë. »Das bisschen Land, das Brett behalten hat, umfasst auch dieses Haus. Er besitzt und bewirtschaftet bis heute das Feld da«, sie zeigte in die Richtung, wo ich meinen Wagen geparkt hatte, »aber er lebt drüben in der neuen Wohnsiedlung rund um die Yancy-Schule. Er hat das Geld für ihren Bau aufgebracht, und dann hat ihn der Konjunkturrückgang erwischt, und er musste die Häuser an irgendeinen Hedgefonds verkaufen. In den 1930er Jahren waren die Santichs noch superreich. Gertrude Perecs Familie konnte das Ackerland, das sie hier in Yancy besaß, nicht halten und verkaufte es an die Santichs, ich glaube, an Bretts Großvater. Jedenfalls muss Pech an dem Land kleben, denn egal wer es besitzt, kann sich nicht leisten, es zu behalten.« Sie lachte. »Vielleicht schreibe ich einen kleinen Absatz darüber, dass es

Unglück bringt, in Yancy Land zu besitzen – kann das neue Resort, das derzeit gebaut wird, diesen Fluch brechen?«

»Wenn Brett bankrott ist, warum hat Trig dann so einen Rochus auf ihn?«

Zoë zuckte die Achseln. »Vielleicht ist es so, wie Richter Bhagavatula sagte: Trig hat seine Hausaufgaben nicht gemacht. Jedenfalls geht es Bretts Familie wie so vielen Farmern in der Gegend, sie können mit den Agrarfabriken im Westen des Staates nicht konkurrieren, darum halten sie ihr Land nur mit Ach und Krach. Bloß hat Brett den Großteil von seinem durch irgendwelche erfolglosen Investments verloren. Echt schade, dass Trig nicht versteht, mit welchen Widrigkeiten die Farmerfamilien zu kämpfen haben. Sie könnten etwas Unterstützung gebrauchen.«

»Was ist mit den Dundees? Ist das auch eine hiesige Familie?«

Zoë schüttelte den Kopf. »Von denen hab ich noch nie gehört. Nicht, dass das was zu sagen hätte – ich bin nicht hier aufgewachsen, deshalb muss ich mir diese ganzen familiären Verflechtungen nach und nach draufschaffen. Ich arbeite jetzt seit zwei Jahren für den *Herald* und hoffe, das führt zu was Besserem – diese Drogenstory könnte dazu beitragen.«

Ihr Gesicht hellte sich auf, und sie legte eine Hand auf meinen Arm. »Warum bleiben Sie nicht noch und finden raus, was in diesem Haus vor sich geht und wer die Dundees sind. Ich könnte über die laufende Ermittlung berichten, wie ein Dokudrama!«

»Und Ihre zwölftausend im Jahr sollen die Kosten für meine Zeit und meine Expertise abdecken? Ich rechne nach Stunden ab, plus Spesen, wozu in diesem Fall auch der Umzug meines Haushalts nach Kansas gehören würde. Warum recherchieren Sie nicht weiter und machen einen täglichen Podcast über Ihre Fortschritte? Das würde Ihnen ein großes Publikum und Ihrer Karriere eine neue Richtung verschaffen.«

»Zu zweit wäre besser«, versuchte sie mich zu beschwatzen.

Ich musste eine unheilvolle Miene gemacht haben – sie entfernte sich eilig, um das Haus von außen zu knipsen. Während ich auf sie wartete, rief mich eine Frau namens Jenna Ettenberg an und sagte, sie sei die Familienanwältin der Granevs.

»Valerie Granev möchte mit Ihnen sprechen. Sie ist bei ihrer Tochter im städtischen Krankenhaus untergebracht; wenn Sie da hinkommen könnten, wäre das hilfreich. Schreiben Sie ihr eine Nachricht, wenn Sie am Empfang sind.«

11

Bis zum Äußersten

Valerie Granevs Gesicht gehörte in den Zerrspiegel eines Gruselkabinetts. Sie war gestern mit Make-up in den Tag gestartet, aber inzwischen war ihre Grundierung verkrustet und rissig. Unter den Augen hatte sie Mascara-Schlieren, was den Ausdruck unerträglicher Trauer noch verstärkte.

»Wie geht es Sabrina?«, fragte ich.

»Nicht besonders gut.« Sie schluckte, schaute weg. »Als sie eingeliefert wurde, schrie sie und hatte beängstigende Halluzinationen. Sie sagte, draußen vor dem Fenster würden Monster warten, sie flehte mich an, sie zu vertreiben.

Ich – ich war nutzlos, ich dachte, wenn wir ans Fenster gehen, würde sie sehen – aber die Krankenschwestern erklärten, die Halluzinationen kämen von der Unterkühlung und dem Flüssigkeitsmangel und« – sie wand sich – »von den Drogen, die sie genommen hatte. Immerhin, als man ihr die Infusionen legte, beruhigte sie sich. Ich durfte bei ihr schlafen, und um sieben Uhr wachte sie auf und schrie: ›Sie sind noch da, sie sind noch da, mach, dass sie weggehen.‹ Ich sagte ihr, Daddy hätte sie verjagt, und sie schlief wieder ein, aber kurz bevor Sie kamen, hat sie sie wieder gesehen.«

Sie kniff die Augen zu. »Ich bin so – nachlässig gewesen. An Weihnachten habe ich gemerkt, dass es ihr nicht gut ging. Ram – mein Mann – wir sind eine sportliche Familie. Über Neujahr fahren wir immer zum Skiurlaub nach Utah. Sabrina konnte dieses Jahr nicht Skilaufen – ihr gebrochener Knöchel heilte nicht – sie hatte starke Schmerzen. Schon da war sie zu dünn, aß nicht, arbeitete nicht an ihrer Reha.«

Granev knetete ihre Finger. »Ich habe sie gedrängt, ihre Reha ernsthaft zu betreiben. Vor dem Knöchelbruch gehörte sie zu den zwanzig besten Jungfußballerinnen der USA. Den Zwanzig unter zwanzig. Sie ist konkurrenzstark und ehrgeizig.«

Ein Schluchzen entschlüpfte ihr.

»Das war sie. So bin ich gestrickt, und sie hat es auch in sich. Aber an Weihnachten war sie apathisch, ihr schien alles egal zu sein, und mir ist nichts anderes eingefallen, als mit ihr zu schimpfen.

Zu Thanksgiving flog ich nach Chicago und stellte fest, dass sie bei ihrer Reha wenig Einsatz zeigte. Ich hielt ihr eine Standpauke, befasste mich aber nicht wirklich mit ihr – ich stand unter Zeitdruck, als wäre mehr Russen zu töten wertvoller als meine eigene Tochter.« Ihr Mund verzog sich vor Selbstekel. »Stattdessen habe ich versucht, ihre Mitbewohnerinnen einzuspannen, damit die sie zur Reha antreiben, aber das konnten sie natürlich nicht. Das war nicht anständig von mir. Ich – ich wollte das Problem nicht sehen.«

Ich nickte, sagte nichts.

»Die junge Schwarze, mit der Sabrina zusammenwohnt – der Basketballstar –, sie hat versucht, es mir zu sagen, als ich Sabrina nach den Winterferien zurückbrachte, und ich habe Sabrina lediglich erklärt, sie soll – wie heißt sie? Angela? – sie soll sich an Angelas Trainingsplan halten, das brächte sie wieder auf die Beine. Wie kalt war das? Die Wahrheit ist, ich habe mich über Sabrina geärgert, weil sie ihre Karriere nicht so ernst nahm wie Angela ihre. Ich wollte nicht wahrhaben, dass sie mit diesen verdammten Drogen kämpfte.

Und jetzt – wir wissen nicht, wie schlimm die Schäden sind. Gehirn, Körper – wird sie je wieder richtig laufen können, geschweige denn spielen oder eine Familie haben …« Die Ungeheuerlichkeit der Verluste ihrer Tochter überwältigte sie, und sie begann zu weinen.

Eine Krankenhausmitarbeiterin blieb in der Nähe stehen und schaute besorgt. *Wasser?*, formte ich mit den Lippen. Sie nickte und kam kurz darauf mit einer Flasche und einem Becher zurück.

»Konnten Sie Ihren Mann erreichen?«, fragte ich. »Soviel ich weiß, ist er in den Bergen, weitab von normalem Mobilfunk.«

»Ja, Wildniscamping ist seine große Leidenschaft, er will unbedingt ganzjährige Programme veranstalten und Mittel für Kinder aus weniger begüterten Familien einwerben. Als Sabrina klein war, gingen wir in den Uinta Mountains zelten, aber dann hat mich mein Beruf zunehmend gefordert, und als Jugendliche wollte Sabrina die Frühjahrsferien in Fußballcamps oder mit ihren Freundinnen verbringen. Ich – ich habe mit Ram immer darüber gestritten, dass er sich zu wenig für ihre Zukunft interessiert, und er fand, ich interessiere mich genug für zwei, also konzentrierte er seine Aufmerksamkeit auf die Jugendprogramme, für die er arbeitet.«

Sie rieb sich die Augen und verschmierte die Wimperntusche noch mehr.

»Ram ist auf dem Weg vom Zeltlager bergab, aber mit den Kids und der Ausrüstung dauert die Wanderung noch Stunden, und dann – sobald Sabrina gefahrlos verlegt werden kann, bringen wir sie in eine Entzugsklinik, die mit – mit Süchtigen arbeitet, deshalb hat es sowieso keinen Sinn, dass er hierherkommt. Obwohl, wenn Ram auftaucht, kann er sie vielleicht überzeugen, dass Daddy ihre Monster verjagt hat.«

Sie ging ihre Versäumnisse durch wie eine Buchhalterin mit Kalkulationstabelle: ihre Kälte, ihr Mangel an Wahrnehmung, ihr Beschäftigtsein mit ihrer Avionik-Karriere. »Ich habe es geliebt, zu den ›Vierzig MINT-Frauen unter vierzig, auf die man achten sollte‹ zu gehören.« Ihre Stimme brach. »Und als Sabrina zu den ›Zwanzig unter zwanzig‹ gehörte, war ich so stolz, als wären diese Zahlen wichtiger, als meinem Kind Zuwendung zu schenken.«

Sie weinte jetzt haltlos. Ich ließ sie weinen, besorgte mehr Wasser und eine Schachtel Schneuztücher.

Schließlich beruhigte sie sich etwas und sah mich an. »Ich weiß, ich verdanke Ihnen ihr Leben, die Polizei hat es mir gesagt, aber woher wussten Sie, wo Sie sie finden?«

»Ich wusste es nicht«, sagte ich. »Ich bin fremd hier in der Stadt. Als ich mich bei geeigneten Leuten erkundigte, war das Haus, in dem ich sie dann vorgefunden habe, das Einzige, was einer Spur nahekam. Ich habe nicht erwartet, Ihre Tochter dort zu finden, ich dachte nur, wenn da eine Party stattfindet, bekomme ich vielleicht Tipps, wo ich sonst noch nach einer suchen kann, die sich Stoff – Medikamente besorgen will. Der FBI-Agent befahl mir, die Nachforschungen einzustellen, falls sie gekidnappt worden ist, aber ich fand, dass die Suche nach Hinweisen auf Dealer die Ermittlung in einem Entführungsfall nicht behindert.«

»Agent Stamoran glaubt, dass Sie sie dazu gebracht haben, da rauszufahren. Er sagt, Sie müssen unbedingt wie eine Heldin dastehen, nachdem Sie letzten Herbst bei einem anderen College-Kid einen großen Fehler gemacht haben.«

»Ja, diese verleumderische und unverschämte Behauptung hat er gestern Abend auch auf dem Polizeirevier geäußert. Ich weiß nicht, warum er sich genötigt fühlt, mich zu diskreditieren, aber tatsächlich hat er unrecht.«

»Er sagt, Sie können nicht beweisen, dass Sie Sabrina nicht dorthin gebracht haben.« Sie klang nicht anklagend, eher beklommen und unsicher.

»Negativtatsachen lassen sich nicht beweisen, Ms. Granev.« Große Lügen, kleine Lügen, so viele davon zirkulierten im Netz, zerstörten Leben um Leben. Die grelle Großkotzigkeit dieser Zeit ließ die ganze Welt grau erscheinen.

Ich schlug einen, wie ich hoffte, beruhigenden Ton an. »Auch wenn wir uns über meine Rolle bei dem, was Sabrina passiert ist, nicht einig sind, sollte Ihr FBI-Agent in der Lage sein, die Dealer aufzuspüren, die ihr Drogen verkauft haben. Das FBI hat die nötigen Ressourcen für solche Aufgaben.«

Sie schüttelte leicht den Kopf. »Er ist nicht mein Agent. Ich weiß nicht, wer nach Sabrinas Verschwinden das FBI eingeschaltet hat. Ich war es nicht, aber jeder, der mich mit Ihnen oder Ram hat telefonieren hören – ich war so verzweifelt, dass ich nicht aufgepasst habe, wo ich gerade sprach.« Sie presste den Handballen gegen die Stirn. »Ich kann heute keinen Gedanken kohärent zu Ende bringen. Agent Stamoran – vielleicht hat der alte Mr. Tulloh das FBI angerufen. Wenn er das mit Sabrina erfahren hat – jeder könnte es ihm erzählt haben – alle rangeln um einen Platz in der Nähe des Häuptlings. Als Milliardär weiß man, dass alle Welt einem zu Gefallen sein will, sogar das FBI, und vielleicht wurde deshalb Stamoran vom Büro in Topeka hergeschickt.«

Sie rang sich ein Lächeln ab, um nicht wieder zu weinen. »Ich habe Stamoran heute Morgen getroffen. Er sagt, da Sabrina nicht gekidnappt wurde, ist das FBI für das Aufspüren von Dealern nicht zuständig, das sei Sache der örtlichen Polizei. Ich weiß, ich sollte das wichtiger nehmen, eine Volksrede halten und fordern, dass sie anderer Leute Kinder beschützen, aber es ist mir egal.«

»Setzen Sie das nicht auch noch auf die Liste zu alldem, weswegen Sie sich geißeln«, sagte ich. »Sie haben im Moment vor allem eine Aufgabe, nämlich sich um Ihre Tochter kümmern. Die hiesigen Cops sind gut; sie werden dem nachgehen.«

»Es gibt eine Sache, um die ich Sie bitten wollte.« Sie sah wieder zu mir auf. Die Wimperntusche hatte schwarze Stalaktiten gebildet, die von den Augen bis zum Kiefer reichten. »Ich weiß, Sabrina halluziniert, wenn sie schreit, dass Monster ans Fenster kommen, aber was, wenn sie gestern Abend wirklich etwas gesehen hat? Wenn es jemand ist, der ihr vielleicht weiterhin nachstellt – ich – sie scheint sich an nichts anderes zu erinnern. Ich bitte Sie – Sie haben geschafft, was niemand sonst konnte: Sabrina aufspüren. Ich möchte, dass Sie herausfinden, was sie wirklich gesehen hat, als sie in diesem Haus war.«

»Nein!« Die Reaktion kam reflexhaft. Sie zuckte zusammen, und ich versuchte meine Antwort abzumildern: Mein Zuhause war in Chicago, meine Klienten und mein alter Nachbar brauchten mich, ich hatte hier nichts anzuziehen und nicht mal meinen Computer.

»Heute und morgen«, sagte sie. »Ich zahle, was immer Sie an Honorar nehmen, und schicke es per Zelle-Transfer direkt auf Ihr Konto. Das FBI und die Polizei gucken nicht genau hin. Sie könnten zu dem Haus rausfahren und erkennen vielleicht – keine Ahnung – was eine Detektivin eben erkennen kann.«

Ich wollte noch energischer »Nein« sagen, da fiel mir die Decke an der Haustür ein, mit Blut daran, das gegen Mitternacht noch frisch gewesen war. Eine Party war abgebrochen worden, alle außer Sabrina waren geflüchtet. Sie hatte geschrien, als sie mich sah, sinnlose Silben, dachte ich, aber vielleicht hielt sich mich für eins ihrer Monster.

Es war mir in der Nacht nicht richtig klar geworden, aber ich hatte ein Haus betreten, in dem eben noch eine Party auf Hochtouren lief, und doch hatte ich keine Autos wegfahren sehen, als ich von meinem Parkplatz am Feldweg zum Haus lief. Das Blut auf der Decke war noch nicht geronnen. Das bedeutete, jemand hatte weniger als fünfzehn Minuten vor meinem Eintreffen Blut verloren.

In der App, die ich für meine Detektei erstellt hatte, rief ich einen meiner Verträge auf. Valerie füllte ihn aus und unterschrieb, gab mir ihre private Handynummer und überwies mir ohne mit der Wimper zu zucken viertausend Dollar.

12

Monster

Ich parkte an derselben Stelle wie zuvor und lief entlang der Straße zum Dundee-Haus. Es war ein trüber Tag, Schnee lag in der Luft. Der Wind hatte aufgefrischt und wirbelte über dem gepflügten Feld auf der Südseite der Straße Staubteufel auf.

Trotz der Kälte ging ich die Auffahrt sehr langsam hoch, versuchte zu erkennen, ob nach Zoës und meinem Abzug heute früh jemand hier langgefahren war. Ich hoffte, Spuren vom Porsche der Omicron-Jungs zu finden. Das Sheriff-Büro hatte noch nicht die Spurensicherung geschickt; die Burschenschaftler könnten da gewesen sein, um übrig gebliebene Ware einzusammeln, aber ich entdeckte keine Anzeichen dafür.

Die Küchentür war nicht abgeschlossen. Offenbar hatte Trig nicht den Knauf probiert, sondern gleich zu einem Stein gegriffen. Er wollte ins Haus, aber als ich unterstellte, dass er drinnen etwas versteckt hatte, war er höhnisch geworden: Ich lag so daneben, dass ich nicht mal das richtige Spiel spielte.

Was war das richtige Spiel? Drogen? Die Proteste, die er mit der Frau namens Clarina veranstaltete? Oder hatte er Cady Perecs Entlassung persönlich genommen?

Ich wartete einen Moment in der Küchentür, fluchtbereit, falls sich jemand auf mich stürzen wollte, aber das Haus fühlte sich leer an.

Bei Tageslicht sah die Küche noch schlimmer aus. Als ich eine Lampe einschaltete, huschten Kakerlaken von den Essensschachteln weg. Ich sah noch mehr Drogenmüll – keine Spritzen, aber die Aluminiumblister und Probenröhrchen, in denen

Pillen und Pulver geliefert wurden. Ivy war nicht zum Putzen erschienen. Oder sie war gekommen, hatte nirgends ihren Lohn gesehen und kehrtgemacht.

Ich stand reglos da, lauschte auf eine knarrende Diele, unterdrücktes Husten, doch ich hörte nichts außer dem Wind, der an den Fenstern rüttelte. Ich ging an den Zimmern im Erdgeschoss vorbei in die Eingangshalle.

Die Decke war weg. Jemand war zurückgekommen, um sie zu holen. Jemand könnte gerade jetzt hier drin sein, still wie ein Grab, und auf mich warten.

»Lass das, V.I.«, sagte ich laut. »Bewahr einen kühlen Kopf.«

Ich stieg die Treppe zum Obergeschoss hoch, stampfte laut auf die schmalen Stufen. Oben drückte ich mich an die Wand, um ein möglichst kleines Ziel abzugeben, aber niemand tauchte auf, niemand schoss auf mich.

Ich überprüfte die drei kleinen Schlafzimmer, fand eine in einer ehemaligen Abseite verstaute Toilette, sonst nichts.

Das Fenster des Zimmers, in dem ich Sabrina gefunden hatte, bot Ausblick auf den Wald hinter dem Haus. Wenn sie Monster gesehen hatte, dann wären sie über die Felder oder durch den Wald gekommen. Vielleicht Rehe oder ein anderes Tier, von ihrem drogengeschwängerten Hirn in ein Wesen aus einem Horrorfilm verwandelt.

Zurück in der Küche entdeckte ich noch eine Tür, die ich zuvor übersehen hatte. Der Keller. Ich fand eine Schnur, verbunden mit einer nackten Glühbirne, die wie eine Schlinge über meinem Kopf baumelte.

Eine weitere steile schmale Treppe. Kein Geländer. Im Film brüllst du die Heldin an, nicht diese Treppe hinabzusteigen. Ich war aber keine Heldin, sondern etwas weniger Schillerndes, eine erschöpfte Detektivin weit weg von zu Hause.

Fast hätte ich die Frau übersehen. Sie lehnte an der Wand unter der Treppe. Ihr Kopf war zur Seite gesackt, aber ihre

Augen waren offen, die Iris trüb. Sie trug einen Daunenmantel, in den jemand sie ungeschickt hineingestopft hatte, ein Arm drin, der andere zeigte, wo ihr die Kleidung vom Körper gerissen worden war.

Ich fasste sie nicht an, sondern beugte mich nur über sie. Der BH aufgehakt, die Hose von den Hüften gezogen. Ihre Füße waren nackt.

Das Blut auf der Decke gestern Nacht stammte von ihrem Hinterkopf. Jemand hatte ihn eingeschlagen, mit voller Wucht, wahrscheinlich mehr als einmal. Blut und Knochensplitter waren auf dem Mantelkragen gelandet.

»*Poverina*«, flüsterte ich und blinzelte Tränen weg. »Wer hat dich so sehr gehasst?«

13

Wes Wald dies ist

»Du hast reichlich viel zu erklären.« Deke Everards Stimme war rau vor Müdigkeit. Wahrscheinlich war er überhaupt nicht ins Bett gekommen, seit er mich im Morgengrauen bei Norma abgesetzt hatte.

»Was soll ich dir erklären?«

»Was du wirklich über das Dundee-Haus weißt. Du hast dort innerhalb von«, er schaute auf sein Handgelenk, »gerade mal zwölf Stunden zufälligerweise gleich zwei Verbrechen aufgedeckt. Klimper jetzt nicht mit den Wimpern und behaupte, du hättest noch nie von diesem Haus gehört.«

»Ich bin keine Wimpernklimperin, Sergeant, und ich hatte bis gestern Abend noch nie von dem Haus gehört.«

Er hieb auf die Tischplatte. »Erzähl nicht solchen Mist. Der Staatsanwalt prüft gerade, was wir dir zur Last legen können. Für den Anfang Behinderung der Justiz, Verheimlichung eines Verbrechens. Nur damit du's weißt, dieser FBIler ist wieder da und macht weiter Andeutungen von wegen Kidnapping.«

Wir befanden uns in einem Vernehmungsraum im Hauptquartier des LKPD. Das Gebäude war neu, so neu, dass die Vernehmungsräume noch nicht nach Blut, Schweiß und Tränen rochen.

»Wer war die Frau, deren Leiche ich gefunden habe?«, fragte ich.

»Clarina Coffin. Sag mir, was du über sie weißt.«

»Nichts«, sagte ich. Zoë hatte mir erzählt, welche Rolle Clarina Coffin bei Cady Perecs Entlassung gespielt hatte, aber du tust dir keinen Gefallen, wenn du bei den Cops ins Schwafeln kommst.

Deke forderte eine Erklärung, was ich heute Morgen beim Dundee-Haus zu suchen gehabt hatte.

»Du weißt genau, dass ich Ms. Coffins Leiche nicht in diesem Keller abgelegt habe«, sagte ich. »Und ich hab ihr auch keinen Schlag über den Schädel verpasst, um sie umzubringen.«

»Letzte Nacht hattest du Blut an dir«, sagte er. »Woher kam das?«

»Von einer Decke an der Eingangstür. Ich hatte panische Angst, dass darin die Leiche von Sabrina Granev steckt, aber als ich sie angefasst hab, war nichts drin.«

»Und dir ist nicht in den Sinn gekommen, das zu melden?«

»Ich hab dir von dem Blut erzählt, aber in dem Stress um Sabrinas Auffinden hab ich die Decke ganz vergessen.« Ich hielt meine Stimme ruhig. Bedränge nie einen Cop, der schon zu sehr unter Druck steht. »Da lief eine Party, die offenbar abrupt endete. Ihr habt den ganzen Alk und die Blisterpackungen und das alles sicher registriert, oder? Keine Autos, als ich gestern Abend zum Haus kam. Aber wenn ich überhaupt über die blutige Decke nachgedacht hätte, hätte ich auf eine Schlägerei unter den Partygästen getippt. Habt ihr rausgefunden, wer die Party organisiert hat? Waren es die Omicron-Jungs?«

Ich wusste die ganze Zeit, dass ich den Mund halten sollte. Ich konnte hören, wie ein Staatsanwalt es vor Gericht hindrehen würde: *Die Angeklagte hatte eine blutige Decke in ihrem Besitz. Die Angeklagte war binnen zwölf Stunden immer wieder am Tatort, während eine Frau ermordet wurde und eine zweite Frau fast an einer Überdosis starb.* Ich hatte meinen Mandanten stets eingebläut: Sag nichts, solange du keinen Anwalt dabeihast, und selbst dann: Sag nichts. Und doch saß ich hier und redete viel mehr, als ich sollte.

»Das Krankenhaus hat Überwachungskameras auf dem Parkplatz«, sagte ich. »Die lasse ich von meinem Anwalt überprüfen, dann sehen wir, wer meinen Wagen aufgebrochen hat.«

»Wir haben sie überprüft«, rückte Everard heraus. »Du hast in einem toten Winkel geparkt. Nach Eintreffen des Rettungsteams beim Dundee-Haus bist du verschwunden. Wo warst du da?«

»Ich hab den Einsatzkräften erst meine Aussage geliefert. Und dann bin ich zu meinem Auto. Ich war übel mitgenommen. Die Leiche der Frau war schon schlimm genug, aber die Art, wie ihre Kleidung zerfetzt war – diese Gewalt – diese Verletzung ihrer –«

Ich hatte mich im Mustang auf den Beifahrersitz gehockt, die Knie ans Kinn gezogen, mich Sabrina-mäßig zusammengerollt. Wahrscheinlich hätte ich auch geschrien wie Sabrina, wenn jemand versucht hätte, mich aus meinem Wagen zu ziehen.

In den Monaten nach dem Fiasko in Chicago hatte ich eine Traumaspezialistin aufgesucht. Sie empfahl mir eine Technik: Arme vor der Brust kreuzen, mit den Händen abwechselnd rechts und links in einem herzähnlichen Rhythmus klopfen und dazu etwas chanten. An diesem Morgen versuchte ich es mit »Du bist sicher/Du überlebst das«. Nach einer Weile konnte ich mich auseinanderwickeln, ein bisschen Wasser trinken. Ich döste fast eine Stunde.

Als ich aufwachte und das kurze Stück zum Dundee-Haus fuhr, waren die Rettungskräfte schon weg. Ich versuchte Valerie anzurufen, um ihr zu sagen, dass die Monster ihrer Tochter die Leiche einer Frau ins Haus gebracht hatten. Nur die Voicemail ging ran.

Ich stand unschlüssig in der Auffahrt, Staub und Schneeregen brannten auf meinem Gesicht. Ich versuchte, einen Zeitplan für die Monster zu errechnen. Wie hatten sie gestern Nacht sowohl die Party als auch mich umgehen können?

Das Blut war frisch gewesen, als ich zum Haus kam, aber da waren keine Autos, folglich hielt ich es für wahrscheinlich, dass sie durch den Wald getragen worden war. Ich betrat das Dickicht nördlich des Hauses. Nicht direkt in Blickachse von Sabrinas Fenster, sondern parallel dazu.

Die Büsche und Bäume direkt hinterm Haus waren seit Jahren nicht beschnitten worden. Gebrochene Zweige waren leicht zu erkennen, aber der Boden war Mitte Februar noch hart und behielt keine Fußabdrücke. Etwa zehn Meter jenseits des dichtesten Gestrüpps fand ich einen Pfad, überwuchert, aber eindeutig ein Trampelpfad den Hügel hoch. Ich folgte ihm, meine Laufschuhe rutschten auf dem modrigen Laub.

Ein Stück weiter stieß ich auf die Überreste eines Schornsteins, wie man ihn früher an der Hausseite errichtete, als der Kamin noch die Hauptwärmequelle war. Ich ging in die Hocke und erkannte eine Vertiefung im Boden, wo das Fundament gelegt worden war.

Der Pfad, oder was von ihm übrig war, führte weiter bergauf durch Wald, so lange nicht gepflegt, dass stellenweise tote Bäume den Weg blockierten. Ich entdeckte Ruinen von drei weiteren Gebäuden und einen alten Brunnen mit festgeschraubter rostiger Abdeckung. Eine kleine Siedlergemeinschaft hatte hier ihr Glück versucht, doch nur das Dundee-Haus hatte überlebt. Schließlich kam ich an einen Zaun mit einem verwitterten Schild, das verkündete: PRIVATGEL… BETRETEN V… Als würde Ferkel aus *Pu der Bär* ganz in der Nähe hausen. Ich sah mich um und traute meinen Augen nicht, als ich eine echte Eule sah, ein großes gelbbraunes Geschöpf, das mich mit amüsierter Verachtung beobachtete: *Du bist dem Landleben nicht gewachsen, Detektivin. Geh zurück nach Chicago, wo du hingehörst.*

Das BETRETEN-V-Schild hatte den Maschendraht vom Zaunpfahl losgezerrt. Ich trat darauf, drückte ihn zu Boden und lief weiter. Das Land wurde flacher, und dieses Gebiet war gerodet worden. Ich kam zu einem eindrucksvolleren Zaun, neu und voll verzinkt, ebenfalls mit einem Schild. Diesmal war die Strafe fürs Betreten ausbuchstabiert (mit der vollen Härte des Gesetzes! Fürchtet euch!).

Es war kalt auf der Hügelkuppe. Von Chicago her wehte ein stetiger Wind. Ich streckte die Arme aus, flehte den Wind an, mich hochzuheben und heimzutragen. Nichts geschah.

Zoë hatte gesagt, dass jemand hier oben ein Resort baute, vielleicht ja auch ein paar Wohnungen. Die Hügelkuppe war planiert worden. In der Mitte befand sich eine Betonplatte, vielleicht hundert Meter im Quadrat, aus deren Rändern Rohre ragten, die anzeigten, wo die Elektro- und Sanitäranschlüsse hinkommen würden.

Überall auf dem Gelände standen Flutlichter, deren Lichtkegel die Größe des Projekts erahnen ließen. An der am weitesten von mir entfernten Seite des gepflügten Ackers führte eine Straße zur Baustelle. Laster bretterten rauf und runter und wirbelten Staubwolken auf.

Auf der Südseite, wo ich stand, befanden sich die Bauwagen, die als Büros dienten. Auf dem einen stand groß »KIRMEK CONSTRUCTION, BAULEITUNG«. Der andere war für den Projektarchitekten und den Bauingenieur.

Bei Trigs Gerichtsverhandlung gestern sagte der Richter, ein Nachtwächter von Kirmek habe Trig wegen widerrechtlichen Betretens gemeldet. Hier also hatte er gegen die Zerstörung des Primärwalds protestiert.

Ich lief zum westlichen Rand der offenen Fläche, wo in der Nähe mehrerer Geräteschuppen gigantische Maschinen standen. Derlei wurde für den Bau von etwas Großem gebraucht – Bulldozer, riesiger Schaufelbagger, Großbohrgerät, auf allen prangte in einem Kreis der Buchstabe K. Sie hatten den Schaft für einen Hochspannungsmast errichtet, aber noch nicht die Querträger gebaut und auch noch keinerlei Kabel verlegt, soweit ich erkennen konnte.

An der Nordseite der riesigen Betonplatte lag neben einer Ramme ein Stapel Pfähle wie überdimensioniertes Holzspielzeug. Vermutlich sollte dort ein zweiter Hochspannungsmast hochgezogen werden. Es wäre schwieriger, Hochspannungsmasten am Hang zu errichten, aber die notwendige Ausrüstung schien vorhanden.

Ich sah nichts, was nach Fundamenten für Hotels oder Geschäfte aussah. Es gab ein einzelnes kleines Gebäude aus Betonblöcken, das immerhin mehr auf Dauer angelegt schien als die Bauwagen.

Ich steuerte darauf zu, Blick am Boden in der Hoffnung, etwas zu finden, einen Stofffetzen, irgendwas, das vielleicht darauf hinwies, dass die tote Frau gestern Nacht über den Zaun getragen worden war. Ich sah nichts, aber als ich die Betonblöcke erreichte, hörte ich lautes Brüllen.

Auf der anderen Seite des Gebäudes hatten zwei Männer eine wütende Auseinandersetzung. Der Wind war zu stark, um ihre Worte zu verstehen, aber sie stießen sich gegenseitig mit den Zeigefingern, wenn sie die Hände nicht gerade zu Fäusten ballten. Der eine trug einen Schutzhelm, der andere war barhäuptig und sah aus wie der Mann, den Trig Garrity vorgestern Abend auf dem Parkplatz der Sporthalle getriezt hatte.

»Mr. Santich!«

Die zwei waren so in ihren Streit vertieft, dass sie mich nicht hatten herankommen sehen.

»Scheiße noch mal, wer sind Sie, und wie kommen Sie hierher?«, brüllte der Schutzhelm.

»Ich bin Ermittlerin. Ich ermittle, wie die Leiche einer Frau ins Dundee-Haus gelangt ist.«

»Meinetwegen sind Sie Astronaut und suchen nach dem Mond, aber nicht hier auf diesem Land. Es steht dran. Unmissverständlich. Privatgrundstück.«

Der Schutzhelm hatte meine Worte nicht registriert, aber

Santich schon. »Was reden Sie da? Eine tote Frau? Was – dieses verschwundene Mädchen aus Chicago?«

»Sie sind nicht auf dem Laufenden, Mr. Santich. Die *Frau* aus Chicago ist nicht tot, sie liegt im Krankenhaus und erholt sich von einer Überdosis. Hat die Polizei Sie noch nicht auf Drogenpartys in Ihrem Haus angesprochen?«

Ich wartete, aber er sagte nichts.

»Nein, was ich gefunden habe, war die Leiche einer älteren Frau, die vor kurzem gestorben ist, in Ihrem Keller.«

»Ich wohne auf der anderen Seite des Hügels«, murmelte er.

»Das Dundee-Haus gehört Ihnen nicht? Ich dachte, das Stück Land, auf dem es steht, wäre noch Ihrs.«

»Ja, es ist mein Land, aber das Haus – da wohnt seit Jahren niemand mehr.«

»Hat es denn jemand von Ihnen gemietet? Zu Vergnügungszwecken?«, hakte ich nach.

»Ich habe gar nicht die Zeit dafür, mich um das Haus zu kümmern. Es ist ein historisches Gebäude, es darf nicht abgerissen werden, aber wenn da jemand drin war, hat mir das keiner gesagt. Habt ihr da unten irgendwelches Treiben beobachtet?«, fragte er den Schutzhelm.

»Ich hab keine Zeit, mich bei all den Bäumen da unten rumzudrücken. Meine Verantwortung endet am Zaun – den *Sie* übertreten haben.« Bei den letzten Worten beugte er sich vor und sorgte dafür, dass ich im Schulterholster unter seiner Bomberjacke den Griff eines größeren Kalibers sah.

Ich rührte mich nicht, obwohl er so nah war, dass ich bei Interesse seine Nasenhaare hätte zählen können.

Er trat einen Schritt zurück. »Zeigen Sie mal Ihre Marke.«

»Keine Marke «, sagte ich. »Ich bin privat, nicht staatlich.«

»Was, gehören Sie etwa zur Belästigungsbrigade von diesem Arschloch Urin?«

»Arschloch Urin?«, wiederholte ich.

»Stellen Sie sich nicht blöd, Weib. Ich bin nicht frisch vom Rübenlaster gefallen.«

»Nein, in der Tat«, stimmte ich zu. »Ihr Hirnschaden ist schon ein paar Jahre älter.«

Er wurde rot und legte reflexartig eine Hand an den Waffengriff. »Runter von diesem Land, sofort«, brüllte er.

Ich salutierte und wandte mich ab. Meine Schultern kribbelten aus Angst vor einer Kugel, aber ich weigerte mich, zurückzuschauen oder mich schneller zu bewegen.

Ich hätte zu gern gewusst, worüber er und Santich gestritten hatten. Santich hatte von der Toten nichts gewusst, da war ich ziemlich sicher, doch der Schutzhelm vielleicht schon. Und wer war Arschloch Urin mit der Belästigungsbrigade?

Arschloch Urin. Na klar. Gestern im Gericht hatte Richter Bhagavatula ihn Irwin genannt, und Trig war darauf angesprungen. Es war die Art fieser Spottname, die ihm Mobber in der dritten Klasse angehängt haben mochten. Kein Wunder, dass er auf Trig bestand.

Aber wer war in Trigs Belästigungsbrigade? Die tote Frau? Trafen sie sich tagsüber im Dundee-Haus – um die Mittagszeit bestand keine Gefahr von Drogenpartys –, um gemeinsam an ihrer Strategie zu arbeiten? War er heute früh dort gewesen, weil er eine Verabredung mit Clarina Coffin hatte?

In dem Waldstück nahe dem Zaun lag der übliche trostlose Abfall modernen Lebens – Styropor, Chipstüten, Flaschen –, aber zwischen der Hügelkuppe und der Lichtung um das Dundee-Haus war der Wald sauber. Ich hoffte, dass Santich das Land behalten konnte, damit es eine kleine Zuflucht vor dem Müll gab. War es das, was Trig so wütend auf Santich machte? Wusste er, dass der Kerl mit diesem Wald ein geheimes Geschäft plante?

In der Nähe des Brunnens bei dem Schornsteinrest sah ich einen Papierfetzen. Also doch Abfall. Ich hob ihn auf, hoffte auf eine Offenbarung, aber es waren nur ein paar abgerissene Zeilen aus einem größeren Schrieb. Jemand war enttäuscht oder wütend gewesen und hatte ihn zerfetzt.

zu Ohren gekommen, dass
chreihe über Kansas-Gesch
rden uns gern als Erste m
reit, Ihre Arbeit öffentlich
Lunch bei uns in Westbro

Ich wollte ihn schon fallen lassen, steckte ihn aber doch ein. Er könnte ein Hinweis sein, allerdings war unmöglich zu sagen auf was.

14

Decke drauf

Als ich es schließlich zurück in die Stadt geschafft hatte, versuchte ich erneut, Valerie zu erreichen. Ich hinterließ eine zweite Nachricht, sagte, dass es sich bei Sabrinas Monstern womöglich um reale Leute handelte, die eine Sterbende durch den Wald ins Haus getragen hatten.

Clarina war in eine Decke gewickelt gewesen. Ich stellte mir vor, wie Sabrina oben an der steilen Treppe stand und sah, wie die Männer Clarina durchs Haus in den Keller manövrierten. Es ist nicht leicht, einen toten Menschen zu tragen. Die Decke schlug auf, Sabrina sah das Gesicht. Sie hatte nicht aufgeschrien – sonst wäre sie auch umgebracht worden. Doch der Anblick kappte den letzten Faden, der Sabrina noch mit der Welt um sie herum verband. Ich konnte es nicht beweisen, aber es war denkbar.

Als ich Norma anrief, um meinen Aufenthalt noch einmal zu verlängern, sagte sie: »Sie können noch eine Nacht bleiben, aber morgen Abend kommt ein Paar, das das Apartment für eine Woche gebucht hat. Ich hoffe, Sie können morgen nach Hause, so dass Sie nicht in der Luft hängen.«

Das hoffte ich auch.

Ich hatte zwei Textnachrichten von Deke Everard, drei von Zoë. *Chicago, ich hab doch gesagt, dass wir uns zusammentun müssen. Wussten Sie, dass Clarina tot ist, als wir heute früh beim Haus waren? Rufen Sie mich an!*

Deke wollte, dass ich sofort zum LKPD-Hauptquartier kam. Ich kaufte mir schon wieder eine saubere Jeans, fuhr zurück zu Norma, um mir den Wald aus den Haaren zu waschen, und betrat das Revier nur neunzig Minuten nach Dekes zweiter Nachricht.

Ich erzählte ihm, was ich getan hatte, ließ allerdings den Teil weg, wo ich am Rande des Nervenzusammenbruchs in meinem Wagen kauerte. Ich schlug ihm vor, Santichs Finanzen zu überprüfen, um festzustellen, ob er im Dundee-Haus Geld mit Drogen machte. Ich fragte ihn, ob er wusste, welche Beziehung zwischen Santich und den Bauarbeiten in Yancy bestand.

»Du klingst schon wie Trig, der Santich für alle Probleme der Welt verantwortlich macht. Santich ist hier aufgewachsen, jeder kennt ihn. Er verkauft Versicherungen, um seine Familie zu ernähren. Er ist recht angesehen in der Stadt, auch wenn er bei Cady ein bisschen zu weit gegangen ist.«

»Sergeant«, sagte ich, »das Haus steht auf einem Grundstück, das ihm noch gehört. Zu fragen, warum er zulässt, dass jemand dort Drogenpartys schmeißt, heißt nicht, ihn für alle Übel der Welt verantwortlich zu machen. Er behauptet, er weiß nichts davon, aber das ist kaum glaubhaft.«

»Santich wohnt auf der anderen Seite von Yancy«, wandte Deke ein. »Die Omicron-Deltas oder wer auch immer hat sich vermutlich ein leerstehendes Haus gesucht, wo der Eigentümer von ihrem Treiben nichts mitbekommt.«

»Ich bin vorhin den Hügel raufgelaufen, um zu sehen, ob ich eine Spur von Sabrinas Monstern finde«, sagte ich. »Da bin ich auf Santich gestoßen, der sich auf der Baustelle ziemlich heftig mit jemandem gestritten hat.«

»Das ist doch kein Beweis, dass Santich die Coffin ermordet oder im Dundee-Haus versteckt hat.«

»Schon praktisch«, sagte ich. »Es heißt immer das Dundee-Haus, nie das Santich-Haus.«

»So läuft das hier im County«, sagte Deke. »Im alten Gilmore-Haus haben fünfzig Jahre lang Paretskys gewohnt, trotzdem heißt es immer noch Gilmore-Haus. Hast du nun was gefunden, das beweist, dass Santich die Coffin ermordet hat?«

Sein spöttischer Ton ließ mich zögern, aber ich zeigte ihm doch den Papierfetzen, den ich im Wald aufgehoben hatte.

»Das kann doch von wer weiß wem sein«, sagte er ungeduldig. »Es hat weder mit dem Tod der Coffin noch mit den Aktivitäten im Dundee-Haus zu tun.«

»Eins kann man sehen, nämlich dass das Papier frisch ist«, sagte ich scharf. »Es hat nicht lange genug im Wald gelegen, um sich zu zersetzen.«

»Ja, mag sein.« Er machte ein säuerliches Gesicht, steckte es aber in einen Beweismittelbeutel. »Ich halte es trotzdem für irrelevant. Ich vergeude nicht Zeit und Ressourcen auf Eventualitäten. Stamoran und Staatsanwalt Frank Karas sitzen mir im Nacken und lechzen nach Beweisen, dass du es warst, die sowohl Sabrina Granev als auch Coffin ins Dundee-Haus gebracht hat. Mach's mir nicht so schwer, mich für dich einzusetzen!«

»Nicht, dass ich für deine Unterstützung nicht dankbar wäre, aber ich hab mir nichts zuschulden kommen lassen, außer dass ich über eine tote Frau und eine fast tote junge Frau gestolpert bin. Ich war vor zwei Jahren schon mal hier. Du hast mich bei der Arbeit erlebt, du weißt, wer ich bin und wie ich vorgehe. Wie kommst du darauf, dass ich mich plötzlich in eine geistesgestörte Drogendealerin und Mörderin verwandle?«

Deke fuhr sich mit den Händen durch die Haare. »Vor zwei Jahren hattest du noch nicht miterlebt, wie ein Mann seinen Sohn umbringt.«

»Seine Tochter«, schnauzte ich. »Taylor wurde ihre selbstgewählte Identität im Leben verweigert, jetzt nimm sie ihr nicht auch noch in diesem Vernehmungsraum. Der Mord an ihr bringt mich zum Weinen, auch jetzt noch, aber das hat meine Identität nicht verändert. Ich hab dir alles gesagt, was du von mir hören wirst, und ich hab viel zu viel geredet. Ab jetzt redet ihr mit meinem Anwalt.«

Ich stand auf und fegte aus dem Zimmer. Und stieß in der Eingangshalle auf Zoë.

»Chicago!«, rief sie. »Haben Sie meine Nachrichten nicht gekriegt? Wie haben Sie Clarina gefunden?«

»Altmodische Beinarbeit«, sagte ich. »Der Sergeant kann Ihnen alles sagen, was Sie wissen wollen – er hat meine Geschichte und alle forensischen Beweise, die sie bisher gesammelt haben. Und Sie wissen, wer Clarina ist, oder zumindest, was sie in Lawrence gemacht hat, im Gegensatz zu mir.«

»Bevor Sie das LKPD in Ihren privaten Konferenzraum verwandeln, wieso sind Sie schon wieder hier, Cruickshank?«, sagte Deke.

»Wir Reporter müssen Kontakte pflegen.« Sie grinste ihn frech an.

»Ich habe keine Informationen für Sie. Der Chief wird später eine Presseerklärung abgeben. Und jetzt ab mit Ihnen.« Er sprach in dem nachsichtigen Ton eines großen Bruders mit einer Schwester, die er gerne neckt.

»Die Leute sagen, Clarina wurde sexuell missbraucht«, sagte Zoë.

»Sie wurde ermordet«, sagte Deke jetzt ernster. »Uns liegen noch keine forensischen Beweise vor, deshalb kann ich Ihnen mehr nicht sagen. Wurde sie vergewaltigt? Ich weiß es nicht. Ihre Leiche wurde zur Obduktion ins Labor nach Kansas City gebracht. Wir veröffentlichen die Ergebnisse, sobald wir sie kennen. Das einzig Hoffnungsvolle, was ich Ihnen sagen kann – aber nicht zur Veröffentlichung, bis ein offizieller Bericht vorliegt.« Er hielt inne, um sicherzugehen, dass Zoë das verstanden hatte. »Ihr wurde die Kleidung vom Körper gerissen, aber da war sie schon tot oder fast, sagt unser Gerichtsmediziner – irgendwas von wegen wie sich Blut um die Kleider gesammelt hat.«

Er schob Zoë Richtung Ausgang. Während sie weitere Fragen auf ihn abfeuerte, gelang mir die Flucht. Ich wollte mich nicht mit dem geschundenen Körper der Toten befassen.

Zoë holte mich auf dem Parkplatz ein, wo sie die Frage aus ihrer Textnachricht wiederholte: Hatte ich gewusst, dass Clarina tot im Dundee-Haus lag, als wir am Morgen dort waren?

Ich versicherte ihr, dass nein, und setzte mich in den Wagen, um meinen Anwalt anzurufen. Freeman Carter hatte bereits gelesen, dass ich Sabrina gefunden hatte: Sobald jemand von seiner Klientel in den Nachrichten auftaucht, bekommt er einen Alert. Ich berichtete ihm kurz von meinen möglichen Scherereien, sowohl mit dem FBI-Agenten als auch mit der Polizei von Lawrence. Er versprach, mir in der Gegend eine gute Strafverteidigung aufzutreiben.

»Drängeln Sie sich nicht in eine Ermittlung, die den Organen in Kansas obliegt«, sagte er.

»Ich drängle mich nicht, ich werde hineingeschubst. Man will mich zur Verdächtigen machen, wenn nicht gar zur Beschuldigten, weil ich erst das Glück hatte, eine Studentin mit einer Überdosis zu finden, und dann das Pech, eine Leiche zu entdecken.« Ich erklärte Freeman, was los war, gab ihm den Namen des örtlichen Staatsanwalts und den von Deke Everard.

Murray Ryerson hatte angerufen, empört, dass eine winzige Lokalzeitung vor ihm im Bilde war, was ich tat. Mr. Contreras wollte wissen, ob ich in Sicherheit war. Lotty schickte liebe Grüße. Drei meiner Klienten wollten wissen, ob ich auf ihre Kosten in Kansas eine große Show abzog. Valerie Granev ging nach wie vor nicht an ihr Telefon.

Zoë harrte immer noch erwartungsvoll neben meinem Wagen aus. Ich kurbelte das Fenster runter. »Zoë, ich muss zum Krankenhaus. Ich komme danach zu Ihnen.«

Am Eingang der Intensivstation erklärte ich der Stationsschwester, ich hätte ein paar wichtige Informationen für Valerie

Granev, die ihr helfen könnten, mit den Ängsten ihrer Tochter richtig umzugehen.

»Ich bin Ermittlerin«, fügte ich hinzu, als die Schwester zögerte. »Ms. Granev hat mich heute Morgen engagiert in der Hoffnung, dass ich herausfinde, was Sabrina in der Drogenbude beobachtet haben könnte, wo ich sie Montagnacht gefunden habe.«

Die Stationsschwester wies mich zu einem Wartebereich und sagte, sie würde bei Ms. Granev nachfragen. Zwei Familien waren schon dort, die Kinder lümmelten sich auf dem Boden und spielten mit Buntstiften oder Tablets, aber alle sprachen gedämpft.

Die Sessel waren gepolstert und tief, in gedeckten Farben, Purpur- und Grüntöne, und an den Wänden hingen Fotos von Präriegräsern und Flüssen. Der Wasserfall eines Zimmerbrunnens sorgte für genug Hintergrundrauschen, um vertrauliche Gespräche zu ermöglichen. Ich lehnte mich in einem Sessel zurück.

Valerie weckte mich etwa zwanzig Minuten später. Sie hatte Gelegenheit gehabt, zu duschen und sich umzuziehen. Mit frischem Make-up, strenger weißer Bluse und Blazer sah sie wie eine wichtige Unternehmensakteurin aus, nicht wie eine verängstigte Mutter.

»Ms. Warshawski, ich war nicht ganz bei mir, als ich vorhin mit Ihnen sprach. Ich habe Sie, ohne zu überlegen oder mich mit meinem Mann zu beraten, auf eine sinnlose Suche geschickt. Ich muss mich entschuldigen. Wir haben gute Neuigkeiten, was Sabrina angeht.«

»Das ist großartig.« Ich war benommen von meinem kurzen Schlaf, aber Valeries ganzes Gebaren sagte mir, dass ich auf Zack sein musste. »Konnten Sie ein paar Antworten aus ihr herausbekommen? Wie sie in diesem Haus gelandet ist und was sie dort gesehen hat?«

Valeries Fassung geriet kurz ins Wanken, aber sie brachte ein angespanntes Lächeln zustande. »So großartig auch wieder nicht. Sie ist längst nicht über den Berg. Aber es gibt eine Reha-Einrichtung in Florida, die gilt als eine der landesweit besten für Menschen mit, nun ja, mit Schäden wie denen meiner Tochter. Wir – Ram und ich – wir haben vor einer Stunde erfahren, dass sie dort einen Platz für Sabrina haben. Die medizinische Evakuierung findet noch heute statt. Ich kümmere mich jetzt um die Formalitäten. Wie gesagt, ich muss mich entschuldigen, dass ich Sie auf die Suche nach – nach –«

»Monstern«, half ich aus, bevor ihr ein Euphemismus einfiel. »Als ich noch mal in dem Haus war, habe ich die Leiche einer Frau gefunden. Die Frage ist, ob Sabrina die Mörder gesehen hat. Sie kann sie von einem Fenster aus beobachtet oder am Fuß der Treppe gesehen haben. Die Mörder hatten die Frau in eine –«

»Genug!« Valerie hob die Hände, um sich vor unschönen Informationen zu schützen. »Ich habe Ihnen doch eben schon erklärt, dass ich Sie engagiert habe, ohne es zu durchdenken oder mit meinem Team zu besprechen. Wir können Sabrina keiner wie auch immer gearteten Befragung aussetzen. Ich muss Sie bitten, aufzuhören. Schicken Sie mir eine Einzelaufstellung Ihrer Ausgaben; wenn sie den bereits gezahlten Vorschuss übersteigen, regeln wir das. Im Fall einer Überzahlung betrachten Sie es als großzügige Entschädigung für Ihre Zeit.« Sie drehte sich auf dem Absatz um – hochglanzpolierte Stiefel – und schritt von dannen.

»Der Hubschrauber ist in fünfundvierzig Minuten hier, und es gibt einen Haufen Papierkram zu erledigen«, sagte die Krankenpflegerin. »Familien in Krise sind oft schroff zu anderen Leuten. Versuchen Sie, es nicht persönlich zu nehmen.«

»Ich nehme es professionell«, sagte ich, »das heißt, mir ist schleierhaft, was sie fürchtet, dass ich ihr sagen werde. Die

Leute, die Sabrina behandeln, sollten wissen, dass ihre Monsterpanik eine reale Grundlage hat. Haben Sie gehört, was ich eben zu Sabrinas Mutter gesagt habe? Können Sie einen Vermerk in Sabrinas Akte machen? Im Keller des Hauses, wo ich sie gefunden habe, lag eine Tote. Es kann gut sein, dass sie gesehen hat, wie die Frau sterbend ins Haus getragen wurde. Das zu verarbeiten, ist schon für einen nüchternen Menschen viel, aber die Albträume werden Sabrina noch mehr quälen, wenn niemand versteht, dass sie auf Realität fußen.«

Die Krankenschwester wich vor mir zurück. Vielleicht klang es überdreht, dass ich von Leichen in Kellern sprach. Ich berief mich auf Schwester Norma, woraufhin die Frau meinen Namen und meine Telefonnummer in Sabrinas Akte eintrug – ohne eine Erklärung, wer ich war oder was mich mit ihr verband.

Während ich mit Valerie sprach, hatte mein Wagen eine Nachricht an mein Handy geschickt. Jemand hatte die Autotür geöffnet, jemand hatte den Kofferraum aufgemacht.

Zoë wartete in der Lobby auf mich, doch ich rannte an ihr vorbei zum Parkplatz. Der Kofferraum war zu, aber die Fahrertür nicht verriegelt. Ich benutzte meine Fernbedienung, um den Kofferraum zu öffnen, hielt weiten Abstand wegen möglicher Sprengstoffe. Als kein Feuer ausbrach, ging ich hin und schaute hinein. Irgendwer hatte eine dreckige Tartandecke hineingeworfen, direkt auf meine Reisetasche.

Zwischenspiel II

Gertrude und Cady

Clarinas Tod

»Ich nehme an, jemand hat dir erzählt, dass Clarina Coffin tot ist«, sagte Gertrude beim Abendessen.

»Ja«, bestätigte Cady. »Zoë Cruickshank hat angerufen. Sie wollte einen Kommentar. Sie wollte wohl, dass ich ›Geschieht ihr recht‹ rufe oder so einen Scheiß.«

»Diese junge Frau ist eine Plage, wie sie sich in aller Leben einmischt. Aber das heißt nicht, dass ich am Esstisch solche Ausdrücke hören will. Und auch sonst nirgends.«

»Zoë arbeitet hart in einer sterbenden Branche. Damit habe ich kein Problem.« Cady schnitt die Bohnen auf ihrem Teller entzwei und halbierte sie dann nochmals.

Gertrude versuchte, nicht hinzusehen, wie sie sie in immer kleinere Stücke schnetzelte, ohne sie zu essen.

»Jedenfalls hab ich Clarina nichts Böses gewünscht, zumindest nicht so. Ich hab mir gewünscht, dass sie sich um ihren eigenen Kram kümmert, statt zu versuchen, meine Unterrichtspläne umzugestalten, aber ich würde auch keinem Mitglied des Schulrats, nicht mal Brett Santich, den Tod dafür wünschen, wie sie mich behandelt haben.«

Gertrude legte Messer und Gabel hin. »Nach dem, was Pat erzählte, dachte ich, sie ist an einer Überdosis gestorben.«

»Zoë meint, Deke hat ihr gesagt, dass ihr der Schädel eingeschlagen wurde. Wahrscheinlich hat man sie zum Sterben im Keller zurückgelassen. Zoë sagt – Ratten –« Sie schauderte, ergriff ihren Teller und schabte das unangerührte Essen in den Komposteimer.

Gertrudes Stimme wurde nicht weicher, aber sie bat Cady inständig, etwas zu essen. »Und wenn es Eiscreme ist.«

Cady ging zu ihrer Großmutter und küsste sie auf die Stirn. »Du machst dir wohl Sorgen, Gram, wenn du mir Nachtisch anbietest, obwohl ich mein Abendessen nicht gegessen habe.«

Sie brachte eine Packung Pekannussbutter-Eis und zwei Schälchen zum Tisch. Gertrude hatte auch nicht viel von ihrer Mahlzeit gegessen, aber sie stellte ihren Teller beiseite und füllte beide Schalen.

»Hatte Zoë noch andere Informationen?«, fragte Gertrude nach einer Weile.

»Du meinst etwas, das Deke Tante Pat nicht erzählen würde?«

»Ich habe mich gefragt, ob die Polizei mit der Detektivin aus Chicago gesprochen hat. Immerhin war sie in dem Haus, um nach der vermissten Studentin zu suchen.«

»V. I. Warshawski ist die Person, die die Leiche gefunden hat, und laut Zoë wurde sie von Deke streng befragt. Sie hat die Studentin mit der Überdosis gefunden, sie hat Clarina gefunden, und dann hat sie eine Decke in ihrem Auto gefunden, die vielleicht von Clarinas Mördern benutzt wurde. Zoë hat sie anscheinend den ganzen Tag im Auge behalten.« Cady schnitt eine Grimasse. »Zoë ist wie ein Terrier, weißt du. Sie betrachtet unsere kleine Verbrechenswelle als ihre Eintrittskarte in die Oberliga. Wenn sie hört, dass Clarina die Frauengruppe von Riverside genervt hat, wird sie herkommen und dich danach ausquetschen.«

»Clarina hat uns genervt, weil sie sich aufführte, als wüsste sie mehr über die Geschichte von Lawrence als Leute, die ihr ganzes Leben hier verbracht haben, und ihre Großeltern vor ihnen auch schon«, sagte Gertrude. »Sie gab vor, unsere verborgensten Geheimnisse zu kennen, als hätte ein Haufen Frauen mittleren Alters, die eine Lebensmitteltafel und ein Obdachlosenheim betreiben, verborgene Geheimnisse.«

Sie hielt inne, räusperte sich. »Im Alter hat man einen leichten Schlaf. Schritte, zugehende Türen, davon wird man wach.«

Cady war dabei, die Spülmaschine einzuräumen, doch jetzt richtete sie sich auf und sah ihrer Großmutter ins Gesicht. »Ach ja? Und kannst du auch unterscheiden, ob die Ursache dieser lauten Schritte im Haus war und die Garage beobachtet hat oder von draußen kam?«

Die beiden Frauen starrten sich an.

Bevor eine von ihnen wieder etwas sagte, klingelte es an der Haustür. Cady schaltete das Verandalicht ein und schaute durch das Glas.

»Da ist Deke Everard mit einem anderen Mann«, rief sie ihrer Großmutter zu. »Was in aller Welt wollen die noch so spät?«

15

Mr. Watson, kommen Sie her!

Die Cops von Lawrence hatten meinen Mustang beschlagnahmt. Verhaftet hatten sie mich bisher nicht, aber sie pirschten sich langsam ran. Erklärten, ich dürfe die Stadt nicht verlassen, bis sie meinen Wagen gründlich untersucht hätten. Auf meine Frage, wie lange das dauern würde, sagte Deke Everard: »So lange, wie es dauert.«

Da Zoë bei mir gewesen war, als ich auf die Decke stieß, kam sie mit aufs Polizeirevier, wo man mich bis weit nach Einbruch der Dunkelheit festhielt. Als ich die Befragung hinter mir hatte, war sie jedoch weg: Ein umgestürzter Sattelschlepper hatte Hühner über die ganze Landstraße verteilt. Ich war den Hühnern dankbar. Das Letzte, was ich brauchte, war, dass mich nach dem Polizeiverhör auch noch Zoë löcherte.

In Lawrence war das Busfahren umsonst, erfuhr ich von der Diensthabenden am Eingang. Sie gab mir einen ausgedruckten Fahrplan und zeigte mir, wo ich die nächstgelegene Haltestelle fand. Als ich dort wartete, anonym im Dunkeln, ging ich für mich noch mal die Fragen durch, mit denen mich schon die Cops beharkt hatten.

Warum war die Decke ausgerechnet in meinem Auto deponiert worden – angenommen, es handelte sich wirklich um die Decke, über die ich Montagabend im Dundee-Haus gestolpert war? Deke fragte mich das immer wieder, und natürlich hatte ich keinen Schimmer.

»Vielleicht ja nur zu dem Zweck, dass ihr mir das anhängen sollt«, sagte ich. »Solange ihr eine Hauptverdächtige habt, stöbert ihr nicht groß weiter.« Ich verkniff mir die Ergänzung: wie bei Cops üblich.

Mein Wagen hatte allein an einem Feldrand nicht weit vom Dundee-Haus gestanden, er fiel auf, roter Mustang mit Illinois-Nummernschild. Wer ihn dort gesehen hatte, würde ihn auf dem Krankenhausparkplatz mühelos wiedererkennen.

»Vielleicht stecken ja die Omicron-Jungs dahinter. Als Vergeltungsmaßnahme, weil ich am Montagnachmittag in ihrer Garage aufgekreuzt bin und nach ihren Drogendeals gefragt habe.«

»Unterstellst du jetzt den Verbindungsbrüdern den Mord an Clarina Coffin?«, fragte Deke.

»Ich unterstelle niemandem was. Ich versuch nur zu verstehen, warum zur Entsorgung von Beweismaterial mein Wagen herhalten musste.«

Wir leierten dieselben Fragen so oft durch, dass ich mir vorkam wie ein Kreisel, als sie mich schließlich meine Aussage unterschreiben ließen und ermahnten, die Gegend nicht zu verlassen.

Beim Warten auf den Bus ging ich alles wieder und wieder durch. Ich hatte Deke und seinem Vorgesetzten, der bei der Befragung dabei war, berichtet, wie Granev mich engagiert und wenig später wieder gefeuert hatte. Ich gab ihnen ihre Privatnummer, um sich das von ihr bestätigen zu lassen, aber sie fanden anscheinend nicht, dass Valerie Granevs Part dabei relevant war. Die Frage blieb offen: Warum wollte sie mich plötzlich loswerden, nachdem sie mich erst angefleht hatte, den Ursprung von Sabrinas Monstern aufzuspüren?

Der Bus war so gut wie leer, sammelte jedoch unterwegs Studierende auf. Ich achtete auf Straßenschilder, um meine Haltestelle nicht zu verpassen, aber erst nachträglich, als wir schon ein paar Blocks weiter waren, stieß mir der Name Westbrooke Circle auf.

»Lunch bei uns in Westbro« – das stand auf dem Zettel, den ich im Wald gefunden hatte. Ich stieg beim nächsten Halt aus und ging die Straße zurück, um die Örtlichkeit zu erkunden.

Die Örtlichkeit war klein, das einzig nennenswerte Gebäude auf dem parkähnlichen Gelände gehörte dem Verlag University of Kansas Press.

Jemand war zum Lunch in den Verlag gebeten worden und hatte die Einladung zerrissen. Ein Fetzen war im Wald hinterm Dundee-Haus gelandet.

Laut Zoë hatte Clarina Coffin sich als Expertin für Kansas-Geschichte betrachtet und Cady Perecs Laufbahn beendet wegen der Art, wie Cady an den Unterricht in Lokalgeschichte herangegangen war. Womöglich war Coffin ja eine ausgewiesene Historikerin, vielleicht hatte der Universitätsverlag ihre Arbeit veröffentlichen wollen.

Beim Warten auf den nächsten Bus überlegte ich, ob ich Deke den Hinweis per SMS schicken sollte, aber bei Cops löst es nur gesteigerten Argwohn aus, wenn man ihnen bei der Spurensuche hilft, selbst als erfahrene Ermittlerin. Vielleicht gerade als erfahrene Ermittlerin. Behalt's für dich, Warshawski. Klär diesen Mordfall auf und lass sie dumm dastehen.

Der Bus setzte mich nur ein paar Querstraßen entfernt von Normas Haus am Hang in der Nähe der Uni ab. Der lange Tag hatte mich erschöpft. Ich zog die Schuhe aus, wollte mich zehn Minuten hinlegen und erwachte eine Stunde später.

Ich stand auf, steif und schmuddelig, und stellte mich zehn Minuten lang unter Normas Dusche, um mir Cop-Mist und Dundee-Haus-Dreck aus dem Kopf zu spülen. Ich fand keine Antwort auf die Frage nach Valerie Granevs Verhalten, aber ich konnte nach Infos über Clarina Coffin suchen.

Nachdem ich mich durch meine Datenbanken gewühlt hatte, die immer viel zu viele persönliche Daten von allen und jedem abgreifen, begann ich zu glauben, dass Clarina nur ein Gespinst war, eine Art 3D-Figur, erschaffen von einer künstlichen Intelligenz. Es gab nicht einen einzigen Eintrag über sie, bevor sie vor rund zwei Jahren in Lawrence aufgetaucht war, und selbst danach fand ich nur magere Bruchstückchen.

Falls sie ein Telefon besaß, war es nicht auf ihren Namen registriert. Ob sie zur Miete wohnte oder im Eigenheim, entweder zahlte sie alles bar oder es lief unter anderem Namen. Ich stieß auf eine Frauenrechtlerin aus Kansas namens Clarina Nicholls, fand aber keine Nachkommen namens Coffin.

Bis auf ein paar unscharfe Schnappschüsse, die Zoë beim Protest vor der Yancy-Schule gemacht hatte, gab es nicht mal auf der Website vom *Douglas County Herald* ein Foto von ihr. Auf den Bildern stand Trig neben ihr, zu erkennen an seinem Heiligenschein aus grauen Locken, aber auch andere Leute mit Schildern wie »Black Lives Matter«, »Keine Critical Race Theory an unseren Schulen«, »Unsere Geschichte ist eure Geschichte«, »Indigene waren lange vor der *Mayflower* hier«, und kaum ein Gesicht war scharf im Bild.

Ich schickte das, was ich hatte, an Murray; er hat Zugang zu mehr Quellen als ich, und schrieb dazu: Ich ruf morgen an. Musste mit den Cops heut schon zu viel reden.

Zu Fuß ging ich auf die Suche nach einem Abendessen. Ich fühlte mich einsam, verlassen, und bei einer Mahlzeit in einem stillen Café schickte ich eine lange Nachricht an Peter.

Alle denken, ich bin labil wegen Taylors Tod. Irgendwie bin ich das wohl auch. Immer wieder merke ich, dass ich weine oder zu essen vergesse. Wenigstens kidnappe ich keine Studis oder meuchele sie, um meine kostbare Ehre zu retten.
Ich hoffe, dir ergeht es in Málaga besser. Du fehlst mir. Xxx VI

*

Als ich die Straße zu Normas Bleibe hochkam, stieg Cady Perec aus einem Auto vor dem Haus.

»Vic. Es tut mir leid, dass ich hier so unangemeldet aufkreuze. Ich muss mit irgendjemandem reden, ich meine, außer Gram und Zoë, und du weißt ja, wie die Polizei vorgeht. Deke Everard – den Kerl kenne ich seit meiner Geburt, aber er ist bei uns angerückt und hat mich verhört, als ob er denkt, ich habe Clarina umgebracht.«

»Und, hast du?«, fragte ich.

»Vic! Bitte, ich brauch Hilfe.«

Zähneknirschend nahm ich sie mit rein. Sie hatte eine Flasche Weißwein dabei. In der Kochnische fand ich zwei Gläser. »Hat er gesagt, warum er dich dazu befragt?«

»Ich nehme an, weil ich infolge ihres wilden Gefasels gefeuert wurde. Nun fragt er sich, ob ich das so übel nehme, dass ich töten würde, um meinen Job wiederzubekommen.«

»Erzähl mir von der Kündigung, oder von ihr. Clarina taucht in keiner Datenbank auf. Hat sie je erwähnt, wo sie herkommt?«

Cady schüttelte den Kopf. »Sie war keine Person, die ich näher kennenlernen wollte. Sie war ein paarmal bei Treffen der Frauengruppe in der Riverside Congregational – das ist die Kirche, zu der Gram und ich gehören –, aber ich bin in der Gruppe nicht aktiv. Sie hat viele von den Frauen gegen sich aufgebracht, sagt Gram, wollte angeblich etwas über Lokalgeschichte von ihnen hören, aber in Wirklichkeit bloß zeigen, wie viel besser als alle anderen sie darüber Bescheid weiß. Sagt Gram.«

Ich kannte Gertrude Perec von meinem Aufenthalt vor zwei Jahren. Sie hatte kein Hehl aus ihrem Unmut darüber gemacht, dass ich mich in ihre und Cadys Angelegenheiten einmischte. Ich versuchte mir vorzustellen, wie sie Clarina wegen ihrer Angeberei eins über den Schädel zog. Menschen haben schon aus den seltsamsten Gründen getötet, aber es war schwer denkbar.

»Und als Clarina vor eurer Schule demonstrierte? Hat sie sich da bei dir gemeldet?«

Cadys Lippen wurden schmal vor Zorn. »Allerdings. Ich war angewiesen, mir ein paar Tage freizunehmen, während der Schulrat mein Curriculum überprüfte. Natürlich hat es mich genervt, dass der Schulrat eine Lehrerin mit meiner Erfahrung so in Frage stellt, aber ich dachte, wir könnten das klären. Dann rief Zoë an und wollte meinen Kommentar zu dem Protestaufmarsch von Clarina und Trig. Ich fuhr zur Schule, und da waren sie, mit ein paar Kids vom Uni-Campus. Ich habe Trig und Clarina angefleht, das zu lassen. Und das hat mir das Genick gebrochen: Jemand hat geknipst, wie ich mit Clarina rede, und Eltern haben unterstellt, ich würde bei dem Protest mitmachen. Ich habe es zu erklären versucht, aber eine Negativtatsache lässt sich nicht beweisen. Als Zoë bei der Protestaktion mit Clarina sprach, hat Clarina dann behauptet, privat wäre ich eigentlich froh über ihre Aktion, ich könnte das nur nicht öffentlich äußern. Ich hätte sie am liebsten –« Sie brach ab.

»Geschlagen?«

Sie lief rosarot an. »So was in der Art.«

»Hast du noch mal versucht, mit ihr zu reden?«

»Nein. Meine Gewerkschaftsvertreterin riet mir davon ab, und Gram auch – es war klar, dass Clarina nur alles, was ich sage, verdreht und gegen mich wendet.«

»Und vor der Suspendierung und dem Protest und alldem, als sie in deinen Lehrplan eingreifen wollte?«, fragte ich.

»Ich weiß nicht, wie sie von meinem Kurs erfahren hat, aber sie wollte dann mitmachen. Sie fand, sie hätte ein Riesenwissen über die Geschichte von Kansas, den Bürgerkrieg, darüber, was nach dem Krieg mit den Kansa und Delaware Nations geschah, alles Mögliche. Sie sagte, sie hätte Belege für ihre Darstellungen, aber als ich sie bat, mir die zu zeigen, da wollte oder konnte sie das nicht.«

Der Kurs hieß »Wir alle haben eine Kansas-Geschichte«. Die Kids sollten Aufsätze über die Geschichte ihrer Familie schreiben – woher sie gekommen, wie und wann sie hier gelandet waren. Cady hatte auch Exkurse zur geologischen und ökologischen Entwicklung des Bundesstaats geplant, unter Beteiligung nicht nur der schulinternen Naturwissenschaftslehrkräfte, sondern auch mit Doktoranden der University of Kansas, deren Hauptcampus in Lawrence lag. Und einen Vortrag von einem Dozenten der Haskell University, der hiesigen indianischen Hochschule.

»Clarina nannte meinen Kurs ›Woke Lite‹«, sagte Cady mit gequältem Lächeln. »Natürlich wollte ich darauf eingehen, wie die Bundesregierung und die europäischen Siedler die Native Americans erst unter Zwang aus dem Norden und Osten hierher umgesiedelt und dann, nach dem Bürgerkrieg, nach Oklahoma verdrängt haben, aber das war eben nur ein Aspekt des Unterrichtsplans. Clarina hielt mir eine Predigt zu meiner Leseliste. Weiß ich überhaupt, was der erste Gouverneur nach dem Krieg dem Volk der Delaware angetan hat. Weiß ich von den aktuellen Morden an Native Americans im County. Weiß ich dies, weiß ich jenes. Sie hat gesagt, ich soll den Unterricht mit einem Bekenntnis eröffnen, nämlich dass wir hier in Lawrence Gebiete besetzt halten, die zur historischen Heimat der Delaware und der Kansa gehören, und dass unsere Vorfahren die eigentlichen Bewohner gewaltsam von ihrem Land vertrieben haben.« Cady stürzte ihren Wein runter und goss sich ein zweites Glas ein. »Nach diesem ersten Telefonat mochte ich nicht mehr mit ihr reden, dafür schrieb sie an den *Herald*, mein Kurs sei die perfekte Gelegenheit für Schüler in Yancy, die wahre Geschichte des Landes zu erfahren, auf dem sie lebten. ›Das Land, das ihre Familien gestohlen haben‹, so hat sie es formuliert, und meine Unterrichtseinheit müsste im gesamten Staat Pflichtfach sein. Daraufhin wurden einige Eltern sauer, es hieß, ich sei ›woke‹ und lehrte angeblich Critical Race Theory, falls sie überhaupt wissen, was das ist. Ich wurde zur Schulleitung zitiert. Clarina und Trig erklärten sich zu Verfechtern meiner Sache, und dann wurde ich gefeuert. Oder genau genommen ohne Gehalt suspendiert.«

»Ich kann keine Nummer von Clarina auftreiben. Wie hat sie dich angerufen?«

Cady machte ein ratloses Gesicht. »Na, per Telefon. Oder was meinst du?«

»Entschuldige – wenn sie mit einem auf sie zugelassenen Handy oder Festnetzanschluss telefoniert hat, müsste das doch irgendwo auftauchen. Als sie anrief, stand da ihre Nummer auf dem Display oder ›unbekannt‹?«

Cady kniff die Augen zusammen. »Ich glaube, unbekannt, wobei sie mir eine Rückrufnummer gegeben hat. Nur hab ich die nicht aufgehoben, weil ich nicht mit ihr reden wollte.«

Ich kam noch mal auf die Kontroverse zurück, die Cady in die Bredouille gebracht hatte. Ich hatte Clarinas Schreiben nicht entdeckt, als ich im *Herald*-Archiv nach ihr forschte, aber Cady suchte es mir raus. Es war lang, ein wilder Mix aus Abhandlung und Tirade, wie sie derzeit alle möglichen Leute schreiben, die ein Hühnchen zu rupfen haben.

Clarina referierte viele geschichtliche Ereignisse einschließlich Daten und Gräueltaten und beendete ihr Schreiben mit dem Spruch, dass jeder hier eine Kansas-Geschichte habe. »Wir alle haben etwas von diesem Blut an unseren Händen, und es ist Zeit, dass unsere Kinder das zu hören bekommen.«

»Hat sie ein Buch über all das geschrieben?«, fragte ich.

»Ein Buch?«, wiederholte Cady. »Ich kann mir nicht vorstellen, dass ihre halbgaren Ideen strukturiert oder schlüssig genug für ein Sachbuch wären. Warum?«

»Ich greife nach Strohhalmen«, sagte ich, »oder vielmehr Papierfetzen. Ich hab in der Nähe vom Dundee-Haus ein Stück

Zettel gefunden, das auf ein Treffen beim Universitätsverlag hindeutet. Nur ein kleiner Fetzen, enthält keine Namen. Ich hab mich gefragt, ob er an Clarina gerichtet war.«

Sie verzog bitter den Mund. »Es wäre mir ein Graus, wenn sie sich wirklich als Expertin für Kansas-Geschichte erweisen würde! Ja, ich weiß, sie ist tot, aber ehrlich! Das ganze Zeug aus ihren Briefen hat die Eltern ja erst gegen mich aufgebracht. Die Polizei scheint zu glauben, dass das mein Motiv für den Mord ist, und sollte es ein Buchprojekt geben – das wirkt doch, als hätte ich sie zum Schweigen bringen wollen, bevor sie all ihre krausen Ideen veröffentlichen konnte.«

Sie knibbelte hektisch an ihrer Nagelhaut. Blut sammelte sich um ihren Zeigefinger.

»Deke kam gleich mit einem Major Sowieso aus seiner Abteilung angerückt. Weil Gram mal in der Sonntagsschule seine Lehrerin war, konnte er keine von uns selbst befragen, er saß bloß daneben, während dieser Major uns getrennt verhörte. Als er mit mir sprach, sagte der Major, niemand könne im Ernst annehmen, dass Gram jemanden umbringt, aber wenn doch, dann um mir beizuspringen. Er hat mir *gut zugeredet*, ihm zu sagen, was für Gründe sie haben könnte, mich zu beschützen.«

Sie bemerkte das Blut und wischte sich den Finger an ihrer Jeans ab. »Vic, kann ich dich engagieren? Um Clarinas Tod zu untersuchen?«

Ich war entgeistert. »Die Cops verdächtigen mich, Cady. Sie haben mein Auto beschlagnahmt.«

Sie überging das. »Die sagen, Gram war beim Dundee-Haus, so gegen drei Uhr morgens, nachdem du Sabrina gefunden hast und alle Rettungskräfte wieder in der Stadt waren. Zuerst hat sie sich aufs hohe Ross geschwungen und es geleugnet, aber irgendwer hat anonym ein Foto geschickt. Also hat Gram ausgesagt, sie habe eine Nachricht erhalten, telefonisch, dass eine Freundin da draußen eine Autopanne hatte. Und als sie zum Dundee-Haus kam, fand sie keine Spur von Lela Abernathy, dafür war Trig dort; der wiederum hatte eine ganz andere Nachricht erhalten, irgendwas über Brett Santich, zumindest behauptet er das. Gram und Trig haben eine Stunde gewartet und sind dann gegangen. Sagt sie.«

Sie drückte ihren blutenden Finger so fest, dass ich dachte, gleich würde er brechen.

»Vic, all die Jahre, die wir beide schon miteinander leben – seit meiner Geburt eigentlich –, haben wir unsere Geheimnisse gehabt. Nur so können wir zusammenleben und etwas Privatsphäre behalten. Wir wissen, dass wir uns Dinge verheimlichen, und rühren nicht daran. Aber – in dieser Nacht haben wir beide einander kommen und gehen gehört.«

»Du bist auch gekommen und gegangen?«, fragte ich.

»Ich hab in letzter Zeit Mühe einzuschlafen. Seit ich gefeuert wurde. Ich war spazieren, runter zum Fluss. Als ich zurückkam, stand die Garage offen. Und Grams Auto war weg. Ich dachte zuerst an Diebstahl, aber als ich in ihr Zimmer ging, um es ihr zu sagen, war sie nicht in ihrem Bett. Ich habe dann gewartet, bis sie nach Hause kam, und als ich sie auf der Treppe hörte, bin ich auch raufgegangen. Wir haben einander gehört, aber nicht weiter darüber gesprochen.«

»Hast du den Cops das gesagt?«

Cady schüttelte unfroh den Kopf. »Ich nehme an, sie haben Gram nur deshalb nicht festgenommen, weil sie nicht beweisen können, dass sie wirklich im Dundee-Haus drin war.«

»Außerdem verdächtigen sie ja mich. Und wahrscheinlich auch Trig«, bemerkte ich trocken.

»Aber sie haben all unsere Mäntel mitgenommen«, sagte Cady. »Um zu untersuchen, ob sich Spuren von Clarinas Blut daran finden. Bitte sag, dass du uns hilfst. Ich kann dir nicht das zahlen, was du normalerweise so nimmst, aber Zoë meinte, du brauchst ab morgen eine andere Unterkunft. Wir haben über unserer Garage ein kleines Apartment. Das könntest du mietfrei nutzen, anstelle eines Honorars.«

»Wenn es keine Indizien gibt, die dich oder deine Großmutter mit dem Mord in Verbindung bringen, solltet ihr beiden die Sache vielleicht lieber einfach aussitzen.«

»Oh, bitte!«, rief Cady. »In der Großstadt kann man so eine Anschuldigung vielleicht ›aussitzen‹, aber in einer Kleinstadt wie Lawrence, wo dich jede relevante Person seit der Vorschule kennt? Außerdem erzählen sich die Leute schon, wenn Gram Clarina umgebracht hat, dann weil die meine Karriere zerstört hat. Ich kriege garantiert keine Stelle als Lehrerin, solange dieser Verdacht über uns schwebt. Vielleicht nicht mal, wenn wir unsere Unschuld bewiesen haben – das Internet vergisst nichts.« Ja, die erbarmungslose Hartnäckigkeit von Internetmeldungen war mir nur allzu vertraut, sogar in der Großstadt.

»Deine Großmutter kann mich nicht ausstehen«, erinnerte ich Cady. »Wie willst du sie überzeugen, mich über der Garage wohnen zu lassen?«

»Sie macht sich auch Sorgen. Ich habe ihr gesagt, ich will dich bei uns einquartieren, und sie meinte nur: ›Wer mit dem Teufel speist, braucht einen langen Löffel.‹«

»Also bin ich jetzt der Teufel? Das klingt nach den Kommentaren meiner Trolle, nur dass die sich unverblümter ausdrücken.«

»Entschuldige, Vic«, sagte sie kleinlaut. »Aber da du jetzt sowieso noch bleiben musst, könnte ich deine Hilfe wirklich gut gebrauchen.«

Ich spürte meinen Mut sinken. Ob Alexander Graham Bells Assistent sich so gefühlt hatte, als er den ersten Telefonanruf der Welt erhielt? *Mr. Watson, kommen Sie her, ich will Sie hierhaben, ganz gleich, was sonst in Ihrem Leben vorgeht?*

Ich wollte auch mal die Primadonna sein, die Person, die nur sagen muss: »Ich brauch was«, und schon lassen meine Lakaien alles stehen und liegen und eilen herbei. Stattdessen öffnete ich meine App und ließ Cady eine Vereinbarung unterschreiben und mir hundert Dollar Aufwandsentschädigung zahlen. Wir einigten uns außerdem auf eine moderate Miete. Ich erklärte es ihr: Sollte ich auf Hinweise stoßen, die sie oder Gertrude belasteten, müsste ich die Polizei über meinen Fund informieren – was schwierig würde, wenn ich mietfrei wohnte.

»Es gibt nichts, worauf du stoßen könntest«, beharrte sie.

»Wie wär's mit einem Beweis für deinen nächtlichen Streifzug in der Eiseskälte am Fluss entlang?«, sagte ich.

»Du hast kein Recht, mir solche Fragen –«

»Cady, genau da liegt das Problem. Man erhält nur dann Antworten, wenn man Fragen stellt. Wenn meine Fragen dir jetzt schon gegen den Strich gehen, gebe ich dir das Honorar zurück und annulliere die Vereinbarung.«

Sie biss sich auf die Lippe, zum Glück nicht so fest, dass Blut floss. »Ich habe Clarina nicht umgebracht. Und Gram auch nicht. Ich versuch deine Fragen zu beantworten, aber wenn sie anstößig sind, dann – tja, dann nehme ich eben Anstoß.«

Sie marschierte zur Tür raus und ließ die Flasche Wein stehen.

16

Neues Leben in altes Metall

Am nächsten Morgen war die blasse Februarsonne gerade warm genug, dass ich draußen vor dem Decadent Hippo sitzen konnte, einen Cortado vor mir.

Prompt kam Zoë Cruickshank die Straße hochgeschossen. »Das wird super, Chicago, wenn Sie mit mir zusammenarbeiten, um die Verbrechenswelle in Douglas County aufzuklären. Und dann wohnen Sie auch noch bei der anderen Hauptverdächtigen, so dass ich mit einem Interview die ganze Story zu fassen kriege.«

»Woher wissen Sie, dass ich bei den Perecs unterkomme?«, fragte ich.

Sie grinste. »Gertrude Perec hat's mir gesagt.«

»*Gertrude* Perec?«

»Ja, sie und ich, wir sind weltbeste Freundinnen.« Zoë lachte. »In Wahrheit guckt sie mich an wie ein Stück alten Fisch, das die Katze aus der Mülltonne geangelt hat, aber ich wollte mit ihr reden, weil ich wissen muss, was ihre Befragung durch die Polizei ergeben hat. Ich bin zum Treffen von *Bring Lawrence Home* gegangen – eine Initiative, die sich um Unterkünfte für die Obdachlosen von Lawrence bemüht. Natürlich ist Gertrude im Vorstand – sie leitet so ziemlich jede Bürgerinitiative im County. Sie und Pat Everard. Jedenfalls konnte sie mich nicht aus der Sitzung werfen, schließlich brauchen sie Berichterstattung. Ich bin extra genau gleichzeitig mit ihr reingegangen, dazu musste ich mich zehn Minuten in der Lobby herumdrücken. Sie war sauer, weil ich sie in der Öffentlichkeit abgepasst habe, wo sie nicht einfach auflegen kann. Über die Polizeibefragung hat sie mir kein Wort gesagt, aber sie meinte, wenn ich etwas über die Ermittlungen wissen will, soll ich Sie fragen, weil Cady Sie im Haus rumschnüffeln lässt.«

»Hat sie das wörtlich so gesagt?«

»Nicht ganz«, räumte Zoë ein. »Sie sagte, da ich ja die selbsternannte Herumschnüfflerin von Lawrence sei, würde ich früher oder später dahinterkommen, dass Cady Sie beherbergen will. Diese ›aufdringliche Besserwisserin aus Chicago‹ und ich wären doch das perfekte Paar.« Zoës Zähne leuchteten weiß in ihrem dunklen Gesicht. »Natürlich habe ich das als fettes Kompliment aufgefasst. Gertrude will nicht, dass wir beide in ihren persönlichen Angelegenheiten herumschnüffeln, aber ich finde, genau das brauchen wir. Sie gehen da heute Abend zum Essen hin und erzählen mir dann, was sie sagt und wie sie es sagt.«

»Das klingt doch nach einem Riesenspaß für alle«, sagte ich. »Nur ist es undenkbar, dass ich an Perecs Tafel sitze – bei meinem letzten Aufenthalt in Kansas hat sie jedes Mal Desinfektionsmittel nach mir gesprüht, wenn ich an ihrem Haus vorbeikam.«

Zoë lachte wieder. »Aber Sie müssen doch wissen, wieso die Polizei sie befragt hat. Ich meine, wenn Cady Sie zu sich einlädt, dann doch wohl weil sie Angst hat, was die über Gertrude herausfinden.«

»Ich glaub nicht, dass die Perec-Frauen so leicht zu ängstigen sind. Erzählen Sie mir mehr über Clarina. Ich hab nicht mal die kleinste Andeutung ausgraben können, woher sie kommt. Und Sie?«

Zoë schüttelte den Kopf. »Niemand, mit dem ich gesprochen habe, weiß, wann sie hergekommen ist. Ich kann nur sagen, von hier ist sie definitiv nicht, sonst wüssten die Leute mehr über sie. Vor rund zwei Jahren, kurz nachdem ich meinen Abschluss gemacht und beim *Herald* angefangen habe, hat sie sich angewöhnt, bei Veranstaltungen zur Lokalgeschichte aufzukreuzen und einzugreifen, wenn die Präsentationen ihrer Meinung nach Fehler enthielten. Sie hat in den Universitätsarchiven Recherchen betrieben, und mehrere Leute wollen sie in Topeka im Kansas Origins Museum gesehen haben, aber nach einer Veranstaltung, wo sie dieser Geschichtsprofessorin über den Mund gefahren ist – ist das zu fassen? –, hab ich sie gefragt, was sie bisher veröffentlicht hat. Sie hat mich abgekanzelt, von wegen sie verschenkt doch nicht ihre harte Arbeit umsonst an eine Kleinstadtzeitung. Aber für mich hieß das, sie hat nie wirklich was geschrieben.«

»Wo hat sie gewohnt? Wenn sie was gemietet oder gekauft hat, muss sie doch ihre persönlichen Daten angegeben haben.«

Zoë schüttelte den Kopf. »Sollte man meinen, aber sie hat sich in diesem Trailerpark am Stadtrand eingemietet, und die Verwalterin da weiß gar nichts über sie, außer dass sie wohl eine brave Mieterin war. Sie brauchte keine Bonitätsauskunft. Die Verwalterin sagt, Clarina zahlt – zahlte pünktlich die Miete, hatte keine Haustiere, hat weder geraucht noch laut Musik gehört und nicht mit ihrer Knarre auf Kakerlaken geballert.«

»Sie hat – hatte – eine Waffe?«

Zoë zog eine Schulter hoch. »Das gehört laut Verwalterin zu den Dingen, die schlimme Mieter ausmachen. Nicht der Waffenbesitz, hier in Kansas sind wir alle eisern gegen Waffenkontrolle, aber das Schießen auf Kakerlaken. Klingt wie frei erfunden, aber die Frau sagt, es ist mehrfach vorgekommen. Zitat: ›Nicht, dass wir Kakerlaken im Trailerpark haben wollen, aber es gibt wirksamere Mittel gegen sie, als aus den Türen und Fenstern zu ballern.‹«

»Clarina hat persönlich bei der Verwalterin bezahlt? In bar?«

»Ach je, das hab ich nicht gefragt. Ist das wichtig?«

»Schecks oder eine Kreditkarte wären Hinweise auf ein Bankkonto, und das könnte womöglich zu ihrer Vorgeschichte führen.«

»Also – schon sind wir im Team besser. Daran hätte ich nicht gedacht. Aber für Sie wäre es ohne mich schwieriger, ihr Quartier zu finden.«

Ihr Telefon zirpte. »Ein Brand in North Lawrence. Das sollte ich mir wohl ansehen gehen.«

Sie stand auf, mochte aber noch nicht gehen, sondern wollte mehr über meine Pläne wissen und ob ich Gertrude oder Cady für schuldig hielt.

»Natürlich nicht. Cady ist meine Klientin, und meine Klientinnen sind nie schuldig.«

Ehe sie ging, wollte sie mir das Versprechen abringen, sie heute Abend zu treffen und zu erzählen, was ich herausgefunden hatte. Ich sagte ihr ein Telefongespräch zu, dafür bekam ich den Namen des Trailerparks, wo Clarina gewohnt hatte: Prairie View.

Clarina war eine glühende Laienhistorikerin gewesen, die nie was veröffentlicht hatte. Der Papierfetzen mit (wahrscheinlich) der Adresse der University Press, den ich gefunden hatte, mochte an Clarina gerichtet gewesen sein oder an jemanden, der Clarina kannte. Natürlich hatte er höchstwahrscheinlich, wie Deke gesagt hatte, gar nichts mit dem Mord zu tun.

Ich brauchte ein Auto, wenn ich noch eine Weile hierblieb. Und sollte ich mehrere Tage bleiben müssen oder gar Wochen, dann musste ich zurück nach Chicago und mein Büro hierher verlegen. Ich rief Deke an, um zu erfahren, wie es um meinen Wagen stand. Sie würden sich darum kümmern, wenn sie dazu kamen, so die Kernaussage seiner Antwort.

Ich rief ein paar Autovermietungen auf. Die 4100 Dollar, die mir meine Klientinnen in Kansas bisher gezahlt hatten, reichten auf Dauer nicht für einen Leihwagen und meine Lebenshaltungskosten.

Zu Fuß überquerte ich die Brücke zur Nordseite der Stadt. Ich hatte kurz an einen Uber gedacht, aber ich wollte nicht, dass ein Computer meine Bewegungen aufzeichnete.

Als ich zu den Bahngleisen auf der anderen Seite kam, sah ich die Werbetafel, frisch gestrichen. LOU & ED: WIR HAUCHEN ALTEM METALL NEUES LEBEN EIN. Ich atmete erleichtert auf: Sie hatten die Pandemie überstanden.

Am Schrottplatz stellte ich fest, dass sie einen hohen Zaun hochgezogen hatten, seit ich zuletzt hier gewesen war, aber sonst sah alles noch genauso aus – rostige Kotflügel und Pflugscharen, Moniereisen und ein Haufen Maschinenteile, die ich nicht zuordnen konnte.

Ich musste erst klingeln, um eingelassen zu werden, aber als ich über die Gegensprechanlage meinen Namen sagte, schwangen die Tore auf. Einer der Männer stand auf der Betonrampe vor dem Werkstattgebäude und arbeitete mit einem Schweißbrenner. Er hörte nicht auf, aber sein Partner trat aus dem Gebäude. Lou Lyndes Arata kam auf mich zu.

»Ham schon gehört, dass du in der Stadt bist. Uns gefragt, ob du uns noch kennst.«

»Ich würde dich und Ed und was ich euch verdanke nie vergessen.«

»Ham den Trubel um dich und diese Studentin in der Glotze verfolgt, 'ne Volleyballerin, ja?«

»Fußball.«

»Ham gedacht, du kommst bestimmt mal rum.«

»Tut mir leid«, sagte ich. »Ich hab gar nicht damit gerechnet, länger zu bleiben. Auch nicht damit, unterm Mikroskop der Polizei zu landen. Ich bin etwas durch den Wind, vielleicht mehr, als gut ist.«

Lou betrachtete mich genauer. »Du bist echt durch den Wind. Und dünn geworden. Hast doch keine Diät gemacht, oder?«

»Nie und nimmer. Ich – es war ein aufreibender Winter. Es wird langsam besser, aber vom FBI verdächtigt zu werden, weil ich eine halbtote Studentin aufgespürt habe, war meinem Seelenfrieden gar nicht zuträglich. Es gab da eine andere Studentin in Chicago –« Ich brach ab.

»Hab davon gelesen«, sagte Lou. »War nicht deine Schuld, bist zwischen die Fronten geraten, ganz klar. Dieses Mädchen, die Fußballerin – die Cops hier glauben doch nicht wirklich an den Senf von diesen Feds, oder?«

»Ich hoffe nicht, nur hab ich gestern im Keller dieser Drogenbude eine Tote gefunden.«

Lou grunzte. »Du bist ja genial in Zauberkunststückchen, aber vielleicht solltest du deine Bühnenshow etwas runterfahren – sagen wir, Hut und Kaninchen statt Keller und Leichen?«

»Heutzutage kommt man kaum an Publikum, wenn man keinen Schockwert hat«, sagte ich.

»Na, den hast du, das muss man dir lassen, und mehr. Denken die Bullen, du hast die Frau da abgelegt?«

»Ich bin eine von vier Hauptverdächtigen, und jetzt ganz oben auf der Liste: Jemand hat in meinem Kofferraum eine Decke platziert, die mit der Toten in Verbindung gebracht werden kann. Ich weiß, dass sie auch Cady Perec und ihre Großmutter verdächtigen. Cady hat wohl aufgrund von Aktionen des Opfers ihren Job als Lehrerin eingebüßt.«

»Ja, hab von dem Ärger gelesen, den Cady für ihre unverdauliche Version der Geschichte von Kansas gekriegt hat«, sagte Lou. »Aber unfassbar, dass die Schmiere hinter der Großmutter her ist. Sie hat das Sagen hier in der Stadt, zumindest weitgehend. Wer sie verhaften wollte, wär doch ganz schnell seinen Job los.«

»Deshalb führe ich das Rudel der Verdächtigen an«, sagte ich.

»Nimm einfach die nächstbeste Person ohne Macht, und das Problem erledigt sich von selbst.«

»Sollen wir dich hier auf dem Hof verstecken?«, fragte Lou.

Die Worte klangen scherzhaft, aber sein Ton war ernst. Er wusste, dass ich einen Gefallen brauchte, und machte sich auf eine Bitte gefasst.

»Die haben meinen Wagen beschlagnahmt. Ich hab gehofft, ihr hättet hier ein fahrtüchtiges Wrack, das ich mieten kann.«

Lou führte mich zu Ed, der nickte, seine Schweißnaht fertigstellte und den Brenner ausmachte. »Die verlorene Tochter ist aufgetaucht, Ed. Sie braucht Hilfe.«

Die Männer wechselten einen Blick, gingen ein Stück weg und besprachen sich leise. Eine halbe Stunde und ein paar Telefonate später kamen sie wieder zu mir.

»Ham da 'nen Toyota, den du nehmen kannst. Passen auf ihn auf, wenn der Besitzer auf Reisen ist. Er sagt, du kannst ihn mieten. Du zahlst die Versicherung plus hundertzwanzig pro Woche.«

»Nur dass ihr Bescheid wisst, ich soll die Gegend nicht verlassen«, sagte ich. »Ich muss aber nach Chicago, Klamotten holen und Arbeitsdateien und all so was. Wenn ich erwischt werde, kann es sein, dass die Cops auch diesen Wagen beschlagnahmen. Kommt euer Typ damit klar?«

Ed kräuselte die Lippe. »Bei all den Drohnen und Überwachungskameras ist ›die Gegend‹ heutzutage ein weites Feld. Halt dich ans Tempolimit. Fahr nicht bei Rot. Fahr nicht betrunken.«

»Und bring auf dem Rückweg die Prinzessin mit. Du brauchst Gesellschaft«, fügte Lou hinzu. Er meinte Peppy.

»Er denkt, er kann dich überreden, ihre Hoheit gegen einen Traktor einzutauschen«, sagte Ed.

Der Toyota stand bei ihrem Haus, etwa zehn Meilen weit draußen auf dem Land. Ed ging wieder an seine Schweißarbeit, während Lou mit mir das Auto holen fuhr.

Als ich sie zum ersten Mal traf, hielt ich sie für Brüder, so ähnlich sahen sie sich, gleiche Größe, kantige Köpfe, graugrüne Augen in dunkelbraunen Gesichtern. Erst später merkte ich, dass sie ein Paar waren. Keine Eheringe, aber je ein Tattoo: Auf Eds rechtem Unterarm stand *Gemeinsam*, auf Lous linkem *Bis ans Ende*. Und sie hatten ihre Namen geändert: Ed Lyndes wurde zu Ed Arata Lyndes und Lou zu Lou Lyndes Arata.

Wenn Peter je zu mir zurückkam, falls wir je wieder zusammenkamen, was würde er dann wohl davon halten, Peter Warshawski Sanson zu werden?

Lou hielt vor dem Haus und stellte den Motor ab. »Die Tote, Coffin, die war vor einem Jahr oder so mal bei uns.«

»Was hat sie gewollt?«

»Sie war auf der Suche nach alten Tagebüchern oder Briefen, alles, was wir an Familienunterlagen hatten. Sie meinte, sie redet mit allen People of Color, so nannte sie uns, im County und will die wahre Geschichte Schwarzer Menschen in Kansas zusammenstellen.«

»Hat sie erwähnt, woran sie schrieb? Ich meine, ein Buch oder einzelne Artikel oder einen Podcast?«

Lou schüttelte den Kopf. »Hab nicht so genau hingehört. Irgendwas an ihr hatte so leicht Unwucht, wenn du weißt, was ich meine. Ed und ich ham mit paar Nachbarn darüber geredet. Die eine Schwarze von der Uni fand, es wär 'ne Gelegenheit, der Welt mehr Schwarze Geschichte zu vermitteln, sie ist Prof, aber nicht von hier, also hatte sie keine Unterlagen, wie diese Clarina sie suchte.«

»War Clarina denn Schwarz?«, fragte ich. »Ich finde kein deutliches Foto von ihr.«

»Ed und ich ham sie für'n Möchtegern gehalten, vielleicht wollte sie die Geschichte verfassen, um sich zu beweisen.«

Er stieg aus dem Truck. Ich folgte ihm hinter die Scheune, wo sie den Toyota abgestellt hatten. Es war genau das Auto, das ich brauchte – beige, ein paar Dellen an den Kotflügeln, aber in gutem Zustand. Lou gab mir den Schlüssel. Ich gab ihm sieben Zwanziger – Miete für eine Woche plus Versicherung.

»Wenn du in die Bredouille gerätst und mich und Ed nicht anrufst, wär das ein Verbrechen, das wir weder vergeben noch vergessen, hörst du? Und verfluchte Scheiße, Warshawski, fang an zu essen. Dieser Dürres-weißes-Mädel-Look ist nie attraktiv, schon gar nicht an dir.«

»Alles klar«, sagte ich, einen Kloß im Hals. Mir hatten hier unten echte Verbündete gefehlt.

17

Neues Leben in alte Detektivinnen

Der Weg zurück in die Stadt führte mich am Boat Yard vorbei. Ich bog auf den Parkplatz ein. Zehn Uhr morgens, wenig los. Greg, Barkeeper und Eigner, plauderte mit zwei Truckern, die am Tresen standen und Kaffee tranken.

Holly deckte die Tische für den Lunch ein. Als ich reinkam, sah sie hoch und runzelte besorgt die Stirn.

»Zu spät für Frühstück?«, fragte ich. »Ein, zwei Pancakes?«

Sie nickte, ging zur Küchendurchreiche, um die Bestellung aufzugeben, brachte auf dem Rückweg eine Thermoskanne Kaffee mit und goss mir ohne Rückfrage ein. »Ich hab gesehen, dass Sie Ihre Vermisste gefunden haben, in diesem Haus draußen in Yancy.«

»Stimmt. Ich hab der Polizei nichts von Ihnen gesagt, falls Ihnen das Sorgen macht. Auch nicht von Ihrer Schwester, aber ich wüsste gern, ob sie gestern früh zum Putzen hingegangen ist.«

Sie schüttelte den Kopf. »Ich habe das befürchtet, als ich die Nachrichten sah, aber sie meinte, jemand hat ihr gesagt, sie soll wegbleiben.«

»Wer?«, fragte ich.

Sie zog eine Schulter hoch.

»Ich würd gern mit ihr reden«, sagte ich, »vielleicht kann sie mir was dazu sagen, wer diese Partys schmeißt.«

»Bitte nicht«, flehte Holly. »Sie braucht das Geld.«

»In diesem Haus wird einige Zeit überhaupt nichts stattfinden«, sagte ich. »Es ist ein Tatort, und außerdem weiß der

Sheriff jetzt, dass da gedealt wird, also werden sie den Laden dichtmachen.«

»Aber sie könnte als Mitwisserin oder so verhaftet werden, wenn die Polizei erfährt, dass sie von den Drogen wusste und es nicht gemeldet hat.«

Eine Klingel aus der Küche forderte sie auf, meine Bestellung zu holen. Sie setzte den Teller vor mir ab, sagte: »Sonst noch etwas?«, und ließ die Rechnung auf dem Tisch liegen. Dann machte sie einen Bogen um mich – als ich fertig war und aufstand, ging sie in die Küche und ließ mich bei Greg bezahlen.

»Sie haben doch nicht etwa Holly belästigt, oder« – er hielt sich meine Kreditkarte dicht vors Gesicht – »V. I. Warshki?«

Ich schüttelte den Kopf. »Ich such jemanden und dachte, dass sie ihn vielleicht kennt, das ist alles.«

Er beäugte mich streng. »Nicht, dass ich Sie als Kundin nicht zu schätzen weiß, aber wenn Sie mein Team stressen, essen Sie vielleicht besser woanders.«

Ich lächelte, unterschrieb den Zettel, gab ein durchschnittliches Trinkgeld, um nicht nach schlechtem Gewissen auszusehen. »Ihr Team kann sich glücklich schätzen, Sie zu haben.«

Die Trucker folgten mir nach draußen und beobachteten, wie ich in den Camry stieg, bevor sie in ihre Fahrerkabinen kletterten. Holly hatte das Glück, einen Chef mit Beschützerinstinkt zu haben. Greg hatte das Glück, loyale Kunden zu haben. Ich hatte bestimmt auch irgendwie Glück. Ich konnte nur gerade nicht den Finger drauflegen.

Die Einkaufsmeile, wo ich gestern Wechselklamotten erstanden hatte, lag gleich hinterm Boat Yard, aber ich hielt es für klüger, den Parkplatz zu verlassen. Meine Übernachtungstasche hatte im Kofferraum des Mustang gelegen. Die Cops hatten mir nicht erlaubt, sie mitzunehmen, was hieß, dass ich noch mal Jeans, Socken, Zahnbürste und Unterwäsche kaufen musste.

Gleich danach rief Murray an und meldete, dass auch er nichts über Clarina rausgefunden hatte. »Vielleicht war diese Coffin eine Spionin aus China oder Israel und hat ihre Tarngeschichte so verinnerlicht, dass sie selbst nicht mehr wusste, wer sie ist.«

Ich gewährte ihm ein ausführliches Interview, während ich im Camry saß, mit Einzelheiten, wie ich Clarina gefunden hatte und dann die Decke in meinem Kofferraum.

Bevor er auflegte, sagte Murray beiläufig: »Sabrinas Misere hat scheint's eine positive Nebenwirkung ausgelöst. Irgendein anonymer Wohltäter hat ihrem Vater hunderttausend Piepen gespendet, um in den Bergen ein Jugendcamp aufzuziehen.«

»Gibt's Hinweise auf die Identität?«, fragte ich.

»Bisher hat niemand was ausposaunt.«

Ich hatte mir nicht die Zeit genommen, die aktuellen Newsfeeds anzusehen. Jetzt starrte ich aufs Display, der graue Tag machte das Lesen mühsam. Es war ein Artikel aus Albuquerque, landesweit aufgegriffen, weil Sabrinas Rettung es in die überregionalen Nachrichten geschafft hatte. ›Wenn das eine Woche früher passiert wäre, würde ich den Berg rauftanzen, so selig wäre ich, Geld für mein Jugendcamp zu haben‹, sagte Ramir Granev. ›Aber jetzt? Jetzt bin ich dankbar, sehr dankbar, aber mein Kind, mein Herz, liegt da und schwebt zwischen Leben und Tod. Mein Herz ist zweigeteilt in Freud und Leid.‹

»Bist du noch da?«, forschte Murray.

»Ich seh mir gerade die Story an. Ramir kommt rüber wie ein braver Kerl«, sagte ich. »Seine Frau ist mir eher ein Rätsel. Ich hab geguckt, ob sie irgendwo erwähnt wird. Nachdem sie vor mir ausgeklinkt ist und mich überredet hat, in der Drogenbude, wo ich ihr Kind fand, nach Monstern zu suchen, hat sie mir plötzlich erklärt, wir seien fertig. Sie hätten für Sabrina einen Platz in einer exklusiven Klinik in Florida. Sie wurde gestern Nachmittag aus dem Krankenhaus dorthin ausgeflogen.«

Murray stieß einen Pfiff aus. »Privatklinik? Das dürfte über fünfzig Riesen im Monat schlucken. Vielleicht muss Ram seine Spende fürs Jugendcamp anders einsetzen.«

»Valerie ist ein hohes Tier in der Luftfahrtabteilung von Tulloh Industries. Die Granevs haben wahrscheinlich goldenen Versicherungsschutz und ein gut gefülltes Konto. Was mir aufstößt, ist ihr Timing – gerade als ich eine mögliche Ursache für die Schreckensschreie ihrer Tochter gefunden habe, gibt Valerie mir den Laufpass. Ich frag mich, ob das FBI ihr Druck gemacht hat.«

»Warum? Zuständigkeitsneid?«

»Gestern Morgen, als sie mit ihren Ängsten und alldem rausgerückt ist, sagte Valerie, es war Tulloh, der die Feds eingeschaltet hat. Sie wirkte unangenehm berührt von dem Agent, einem Kerl namens Stamoran. Stamoran führt sich auf, als wollte er mich in U-Haft stecken, hätte bloß nicht genug Beweise. Das LKPD hat mich auch im Visier, also soll ich hier rumhocken und warten, bis die Staatsanwaltschaft entscheidet, ob ich angeklagt werde, weil ich eine Außenseiterin in der Machtstruktur von Lawrence bin. Den hiesigen Sergeant schert es nicht, dass ich ohne Computer, Kleidung oder Zahnpasta hier bin, also fahr ich morgen kurz rauf und hol mir, was ich für ein, zwei Wochen hier unten brauche.«

»Oh Mann. Warshawski auf der Flucht vor der Justiz. Das wird dann aber meine Story, wenn sie dich aufgreifen, nicht die von dieser Anfängerin aus Kansas.«

»Die Anfängerin aus Kansas kriegt zwölftausend im Jahr für richtigen Journalismus. Sie schlägt sich erstaunlich gut, also versuch nicht, sie aus dem Rampenlicht zu schubsen. Und kannst du bitte Sal stecken, dass ich komme? Ich werd Lotty und Mr. Contreras anrufen. Wir können uns auf ein schönes altmodisches Beisammensein im Glow treffen, bevor ich wieder nach Süden aufbreche.«

Als wir auflegten, sah ich, dass eine Nachricht von meinem Anwalt Freeman Carter gekommen war. Er hatte eine Strafverteidigerin aus Kansas City für mich aufgetrieben, eine gewisse Faye Mitchell, die mit einem von Freemans Partnern zusammen studiert hatte. Sie erwartete meinen Anruf. Ich verschwieg Freeman, dass ich einen Abstecher nordwärts plante und Mitchell erst anrufen würde, wenn ich wieder in Lawrence war. Ich hatte nicht ernsthaft vor, mich dem Gericht zu entziehen, aber lieber um Verzeihung bitten als vergeblich um Erlaubnis.

Ich rief meine Chicagoer Klienten an und versicherte ihnen, dass ihre Anliegen nicht vernachlässigt wurden. Ja, ich wusste, dass ich im Zusammenhang mit einem Mord und einer Drogensache in den Nachrichten war; ich würde eine Woche in Kansas bleiben, um die Sache zu klären, aber ich würde mich um alles kümmern, was sie von mir brauchten, keine Sorge.

Ich musterte mich im Rückspiegel. Dunkle Ringe unter den Augen, die Wangenknochen immer noch zu hager. Ich bin eine notorische Überfliegerin, sagte ich mir. Ich kann mich vom Verdacht befreien, den Mord an Coffin aufklären, das Drogenproblem von Douglas County lösen und meine Detektei weiterführen. Komm schon, V. I., hauch alten Detektivinnen neues Leben ein.

Mein letzter Anruf galt Mr. Contreras. Er war hocherfreut, dass ich heimkam, wenn auch nur für einen Tag. Er wollte nicht, dass ich Peppy mitnahm, aber er verstand es, klar, Cookie, er verstand, dass sie sich um mich kümmern würde. Nach fünfundvierzig Minuten wurde ich ihn sanft los, um den Umzug zu den Perecs zu machen.

Ich entschuldigte mich bei Cady für die Verspätung – ich hatte mich eine Stunde eher angekündigt.

Sie zuckte die Achseln. »Ich hab eh nicht viel zu tun. Gram macht Druck, dass ich aufhöre, mich in Selbstmitleid zu suhlen, also geb ich in der Bibliothek Nachhilfestunden, aber ich muss trotzdem endlich in die Puschen kommen, sagt Gram. Bewerbungen rausjagen, meine Karriereziele überdenken, das ganze Zeugs, das Selbsthilfebüchern zufolge den Unterschied zwischen Erfolg und Misserfolg ausmacht.«

»Solche Bücher fand ich immer schon schräg«, sagte ich. »Die wirken auf mich wie Fantasy-Fiction. In meiner Traumwelt bin ich Olympiataucherin und die Person, die den Frieden im Sudan ausgehandelt hat. Im wirklichen Leben bin ich Kassiererin im Supermarkt. Vielleicht merken wir mit dem Vormarsch künstlicher Intelligenz den Unterschied bald selber nicht mehr, aber vorerst mach ruhig weiter das, was du kannst.«

Sie lachte und zeigte mir, wo ich parken sollte. Dann führte sie mich die Treppe hoch, die außen verlief, zum Glück auf der vom Haus abgewandten Seite, so dass Gertrude nicht mein Kommen und Gehen überwachen konnte.

Es war ein kleiner Raum, aber voller Licht. Die Möbel schienen Überbleibsel diverser Generationen von Gertrudes Familie zu sein: eine Kommode mit Marmorplatte und streifigem altem Spiegel, ein Schaukelstuhl, eine kleine Couch mit geschnitzten Krokodilen an Armlehnen und Beinen. Ein Bücherregal neben dem schmalen Bett bot eine Auswahl Krimis und Lokalgeschichte. Cady hatte mir zu Ehren gründlich geputzt und sogar einen Blumenstrauß auf den Tisch gestellt.

»Gram hat diesen Anbau hochgezogen, als meine Ma mit mir schwanger war, und gehofft, dass sie hier wohnen würde, allerdings starb sie ja, als ich ein paar Monate alt war.« In sachlichem Ton erzählte Cady die oft gehörte Geschichte. Sie sah zu, wie ich meine wenigen Habseligkeiten einräumte. »Hast du schon was über Clarina herausbekommen?«

»Bisher nur, dass niemand was über sie weiß, außer dass sie besessen von Kansas-Geschichte war. Ich muss noch bleiben, bis ich entlastet bin, aber ich fahr morgen rauf nach Chicago, meinen Computer holen, etwas Kleidung und so weiter. Ich bringe meine Hündin mit, also sag Bescheid, wenn ich mir eine andere Bleibe suchen soll.«

Sie versicherte mir, die Hündin sei kein Problem, solange sie stubenrein sei. Sie hatte wohl noch Lust auf ein längeres Tête-à-Tête, aber ich sagte, ich müsse mich ans Ermitteln machen, sonst würde ich noch am Memorial Day über Gertrudes Garage hocken. Beim Losfahren sah ich im Rückspiegel, wie ihre Schultern absackten, sobald sie sich ungesehen glaubte.

Ich wand mich auf Nebenstraßen außen um die Stadt und spähte nach unerwünschtem Anhang. Lawrence war reichlich mit Verkehrskameras ausgestattet; Deke könnte mich wohl tracken, wenn er von dem Camry wüsste, aber zumindest im Moment folgte mir niemand.

Der Trailerpark Prairie View, Clarinas Behausung, lag in etwa zwischen Yancy Hill und dem Stadtzentrum. Falls Clarina gut zu Fuß gewesen war, hätte sie zum Dundee-Haus und zur Schule laufen können.

Ein bisschen Prärieblick gab es hier tatsächlich, aber in nördlicher Richtung sah man auf eine Düngemittelfabrik, während die Ostseite des Geländes an eine stark befahrene Landstraße grenzte. Am Eingang, auf der Westseite, waren die Annehmlichkeiten aufgelistet: Wi-Fi, Strom und fließend Wasser, ein Gemeinschaftsraum mit Fitnessstudio und ein Park. Der Wohn- und Bürotrailer der Verwalterin gleich am Eingang war deutlich gekennzeichnet.

Ich parkte daneben. Ein paar Zementblöcke dienten als Stufe zu einer schmuddeligen Plattform/Veranda, aber der Türrahmen war frisch gemalt. Ebenso der Name der Verwalterin auf einem weißen Schild mit bunten Blumen drum herum: Mignon Travers.

Sie summte mich rein und rief: »Nach rechts!«

Nach rechts trat man in ihr Homeoffice, ausgestattet mit Grünpflanzen, Fernseher, gepolstertem Drehsessel und Schreibtisch. Travers saß im Sessel und spielte völlig gebannt ein Computerspiel auf einem Tablet. Sie war eine massige Frau, das dunkle Haar zu einem Dutt gebändigt, der ihre runden Wangen betonte. Sie sah nicht von ihrem Bildschirm auf. »Wollen Sie mieten oder kaufen?«

»Weder noch. Ich bin Ermittlerin und möchte mir Clarina Coffins Unterkunft ansehen.«

»Sheriff und City Cops waren doch beide schon hier. Zu welchen gehören Sie?« Sie blickte kurz hoch, kluge Augen hinter der dunklen schweren Brille.

»Privatdetektivin. Coffin war Historikerin. Ich bin beauftragt, nach ihren Papieren zu suchen, ob etwas dabei ist, was veröffentlicht werden kann.« Ich holte meine Lizenz aus der Brieftasche, aber Mignon war nicht interessiert.

»Irgendwer hat die Bude schon durchwühlt. Gott weiß, wonach. Die Cops waren mächtig sauer, als sie die Bescherung sahen, als wär ich ein Wachmann oder so. Ich sorg hier nur dafür, dass der Müll *draußen* abgeholt wird, dass die Miete pünktlich reinkommt und dass niemand in den Trailern rumballert, auch nicht, wenn er Eigentümer ist, schließlich wohnen wir alle eng beieinander, und mal unter uns, so dick sind die Wände nicht.«

»Ist es wahr, dass mal jemand auf Kakerlaken geschossen hat?«, fragte ich.

»Haben *die* behauptet, nicht ich.« Ihre Daumen rasten unermüdlich übers Display.

»Auch wenn schon jemand Coffins Bleibe durchsucht hat, würde ich gern selber nachsehen.«

»Man muss wohl was tun für sein Geld.« Sie warf einen Blick zur Wand neben der Tür. »Die Schlüssel hängen da. Zucchiniblütenweg, Trailernummer 1732.«

Zweitschlüssel für sämtliche Trailer hingen an einer Stecktafel, die Nummern säuberlich auf runde weiße Anhänger geschrieben. 1732 fand ich im Nu. Jeder konnte da ran, sofern Travers mal lange genug ihren Sessel verließ, dass jemand hier reinschlüpfen konnte.

»Ich höre, sie war nur Mieterin. Wer ist der Besitzer?«

»Hören Sie jetzt mal auf zu reden? Ich konzentrier mich hier. Den Cops muss ich Fragen beantworten, einer Privatschnüfflerin nicht.«

»Ich bin so schnell wieder weg, Sie merken kaum, dass ich hier war«, sagte ich. »Sagen Sie mir nur den Eigentümer.«

»Ein Fonds, irgendwas mit Hecke. Nichts Hiesiges, wer weiß, wo die sitzen. Denen gehören rund zwanzig Einheiten, und es gibt hier bloß achtundvierzig.«

»Ein Hedgefonds«, sagte ich, aber sie antwortete nicht. Heckenfonds, Zucchiniblütenweg, Mignon selbst eine Art Pflanze. Der Versuch, einen spartanischen Ort in einen Garten zu verwandeln. Der Hedgefonds war dabei wahrscheinlich keine große Hilfe.

Alle Einheiten waren Mobilheime, manche Singles, andere Doubles, allesamt platziert an einem Straßen-Gitternetz rings um einen rechteckigen Rasen mit Spielplatzgerät – das war dann wohl der Park. Ich fuhr dorthin und sah mir die Anlage auf der Karten-App an. Der Zucchiniblütenweg war vier Straßen weiter. Ich parkte und ging zu Fuß hin.

Die Trailer lagen dicht beieinander, und wenn man nicht auf die Lautstärke des Fernsehers achtete, konnten die Nachbarn zu beiden Seiten jeden Seriendialog mitgenießen. Obwohl es mitten am Tag war, waren viele Leute drinnen, Geräte wetteiferten lautstark zwischen Country, Rap und Soaps.

Februarfrost und Tauwetter hatten für kahlen Boden gesorgt bis auf ein paar schlafende Gräser und vereinzelte spindeldürre Sträucher. Die Straßen waren sauberer als in meinem Viertel zu Hause; Mignon bekam es hin, dass die Leute ihren Müll wegräumten, oder vielleicht waren sie in Kansas ja von Natur aus ordentlicher als in Chicago.

1732 im Zucchiniblütenweg war ein Single-Wide, also auf der einen Seite ein Schlafzimmer mit Bad, auf der anderen Seite, wo die Tür war, ein Ess-, Wohn- und Küchenraum.

Ich untersuchte das Schloss, bevor ich den Schlüssel reinsteckte. Es war nicht aufgebrochen, und die Scharniere hingen gerade. Wer immer vor mir hier gewesen war, hatte entweder Geschick im Umgang mit einem Dietrich oder, wahrscheinlicher, den Schlüssel abgegriffen, als Mignon gerade nicht hinsah.

Meine Vorgänger waren nicht daran interessiert gewesen, ihren Besuch zu verbergen. Clarina Coffins gesamte Habe war aus Schränken und Schubladen gerissen und fallen gelassen, wo die Eindringlinge gerade standen. Ich hörte förmlich, wie sie fluchten und immer erboster wurden, als sie sich durch den engen Trailer arbeiteten, denn die Verwüstung im Schlafzimmer war noch ärger als im Hauptraum. Dort war die Couch umgedreht und alles lag umher, aber im Schlafzimmer hatten sie Matratze und Kissen aufgeschlitzt.

Mignon oder der Hedgefonds hatte den Strom abgestellt. Es war dunkel und kalt, mein Handy spendete für eine gründliche Untersuchung nicht genug Licht, aber ich stocherte trotzdem in den Trümmern rum, solange der Akku mitmachte. Ich fand weder private noch wissenschaftliche Unterlagen. Klar, ich war ja die Dritte in der Reihe. Vermutlich waren ihre Mörder die Ersten – die hatten sie umgebracht, weil sie irgendwas suchten, und randaliert, als sie es nicht fanden. Sie oder die Cops dürften auch sämtliche digitalen Geräte mitgenommen haben.

Das einzig Persönliche, was ich fand, waren drei Bilder. Ein Schwarz-Weiß-Foto von einer Weißen in einem Kleid, wie es Mary Todd Lincoln getragen hatte – enges Mieder, ausgestellter Rock. Sie saß mit im Schoß gefalteten Händen da. Der Abzug war alt und ausgeblichen, das Schwarz ihres Kleids zu einer Art Ocker verblasst. Ich hätte angenommen, die Frau trage Trauer, aber um die Haare, die ihre Ohren bedeckten, wand sich ein

Blumenkranz. Da, wo der Kragen an ihrer Kehle geschlossen war, prangte eine große Brosche, und sie starrte direkt in die Kamera, Herausforderung im Blick.

Die Randalierer hatten den Rahmen des Fotos zerbrochen. Eine Glasscherbe steckte im Rock der Frau. Ich entfernte sie behutsam und versuchte, das Papier nicht zu zerreißen.

Die zwei anderen Bilder hatten die körnige, unscharfe Qualität ausgedruckter Mikroformen oder digitalisierter Dateien. Eins zeigte eine Schlägerei zwischen Weißen und Schwarzen, anscheinend in einem Bahnhof. Teile zerbrochener Sitzbänke lagen herum, ein paar Hühner und ein Kalb.

Das dritte Bild präsentierte die noch qualmende Ruine eines bis auf die Grundmauern niedergebrannten Gebäudes. Auf dem Bild waren keine Menschen zu sehen, es gab auch keine Beschriftung, die verriet, ob es ein Wohnhaus oder ein Geschäft gewesen war.

Die Taschenlampenfunktion hatte meinen Handy-Akku geleert. Ich wickelte die Bilder sorgsam in ein Geschirrtuch und ging zurück in den kalten Tag.

18

Rebell mit zu vielen Anliegen

Trig Garrity war meinen Recherchen zufolge die einzige Person, die Zeit mit Clarina verbracht hatte. Mit Sicherheit waren die Cops schon an ihm dran, aber das könnte seine Bereitschaft, mit einer unabhängigen Ermittlerin zu reden, sogar steigern.

Trig wohnte in der Altstadt, in einem heruntergekommenen Haus an der Vermont Street mit abblätternder Fassade und Löchern im Fundament, leichte Beute für Nagetiere. Tote Pflanzen steckten steif in Töpfen am Verandageländer. Ein Kinderdreirad, dem ein Reifen fehlte, stand kopfüber darunter. Vier Briefkästen hingen neben der Eingangstür.

Ich klingelte mehrmals bei 2-E, Trigs Wohnung, aber nichts tat sich. Eine Frau kam raus, als ich schon zum Auto zurückging. Sie trug einen Rucksack, und ihr Gesicht klebte an dem Gerät, auf dem sie scrollte.

»Entschuldigung?«, wiederholte ich laut, als sie nicht aufhörte zu scrollen.

»Sor-ry«, sie zog die zweite Silbe genervt in die Länge.

»Tut mir leid, Sie zu stören«, sagte ich. »Aber ich suche Trig.«

»Gehören Sie zu den Demonstranten? Er ist bei der Arbeit, aber Sie können sich unter Kansas4Freedom online registrieren.«

»Wo arbeitet er?«

»Beim Prairie State Recyclinghof drüben in Eudora, soweit ich weiß, außer er wurde gefeuert.« Sie sah wieder aufs Display, fluchte leise und lief los, dass der Rucksack schleuderte.

»Sind Sie spät dran? Ich kann Sie fahren.«

Sie bedankte sich überschwänglich. Sie war Studentin auf dem Weg zur Vorlesung, die in neun Minuten losging. »Ich hab nicht auf die Zeit geachtet. Danke, vielen Dank. Ich war die letzten drei Mal zu spät und Professor Rand droht damit, meine Note runterzusetzen.«

»Wie lange wohnen Sie schon im selben Haus wie Trig?«, fragte ich, als sie die Beifahrertür zuzog.

»Erst seit diesem Jahr. Er wohnt schon ewig da, hat auch die beste Bude, die mit Wintergarten und Blick in den Garten. Na ja, Hinterhof. Ist hauptsächlich Unkraut und Schlamm, aber doch, wenn die Bäume Laub tragen, ist es hübsch da. Sind Sie Protestlerin?«

»Bloß eine normale Person mit Fragen zu einer ermordeten Frau. Sie war an einigen seiner Aktionen beteiligt.«

»Ach! Die Frau, die jemand im Keller eingemauert gefunden hat!«

»Nicht eingemauert. Aber tot in einem Keller auf dem Land. Ihr Name war Clarina Coffin. Ich versuch rauszufinden, wer sie war und was sie nach Lawrence geführt hat. Haben Sie sie mal getroffen?«

»Sie war ein paarmal da, als Trig vor so einer Schule protestiert hat.«

Ich fuhr den steilen Hügel zum Campus hoch, der Toyota war langsam, aber er muckte nicht.

»Verdächtigt die Polizei Trig etwa?« Auf einmal klang sie wachsam, mit feindseligem Unterton.

»Ich bin nicht von der Polizei, also weiß ich nicht, was die denken. Hat sie je erwähnt, woher sie kommt? Es heißt, sie hat zur Geschichte von Lawrence geforscht, aber niemand scheint was über ihre Herkunft zu wissen.«

Die junge Frau schüttelte den Kopf. »Sie hat nie wirklich mit mir geredet, außer um zu fragen, ob ich mit ihr und Trig zu dieser Schule gehe. Er steht ständig unter Beschuss – er ist so ein gutherziger Typ, sorgt sich um den Planeten und alle möglichen Ungerechtigkeiten und kann gar nicht verstehen, dass manche von uns nicht so viel Zeit und Energie für Proteste haben wie er. Als ich in das Haus einzog, hab ich ihm ein paar Schilder malen geholfen, aber das wurde dann zu viel. Sein Engagement ist groß und nur für gute Sachen, also wenn die Polizei oder sonst wer ihm das Leben schwermacht, dann nur, weil sie nicht richtig hingucken.«

Wir kamen zum Sicherheitskontrollpunkt des Campus. Ohne Genehmigung konnte ich hier nicht weiterfahren, aber meine Beifahrerin schenkte mir ein strahlendes Lächeln: Wenn sie rannte, waren es von hier nur vier Minuten, und ich hatte ihr definitiv das Leben gerettet.

Ich wendete, hielt kurz am Straßenrand und gab den Prairie State Recyclinghof in mein GPS ein. Eudora war eine Stadt im Osten, etwa acht Meilen Luftlinie von meinem Standort. Ich rollte den Hügel runter und bog gerade in die Fifteenth Street ein, als mir Lous Ermahnung über dürre weiße Mädels einfiel. Von den Pfannkuchen im Boat Yard hatte ich nicht viel gegessen. Ich fuhr zurück in die Innenstadt und zwang mir eine große Schale Hühnernudelsuppe rein. Sie lag mir schwer im Magen, aber ich dachte an das Wappen der Warshawskis, ein Teller mit Messer und Gabel und dem Motto: *Lass keine Mahlzeit aus, iss immer schön auf.*

Der Prairie State-Recyclinghof war leicht zu finden. Schilder wiesen mich zum Parkplatz an der Seite, weitab von schweren Maschinen und Schutt. Weitere Schilder wiesen darauf hin, wo ich welche Materialien deponieren konnte. Noch ein Schild bat mich um ›simples Vorsortieren‹, bevor ich meinen Müll abgab. *Das schont unsere Nerven und Maschinen und senkt die Kosten für alle!*

Das eigentliche Recyclingzentrum befand sich in einer großen, einfach gebauten Halle mit hochgefahrenen Rolltoren, so dass Fließbänder das Material in die Container draußen befördern konnten.

Ein paar Leute leerten Müllsäcke auf ein Band. Das Licht im Innern der Halle war funzelig, aber Trigs Heiligenschein aus drahtigen Locken leicht zu entdecken. Er stand vor dem großen Förderband und schob Gegenstände auf kleinere Bänder, trennte per Hand Glas von diversen Metallen und warf nicht verwertbare Stoffe in einen Behälter zu seinen Füßen. Offenbar ignorierte die Kundschaft des Prairie State Recyclinghofs die Schilder und sortierte nicht simpel vor.

Das Dröhnen der Maschinen und das Klirren von Flaschen und Metall auf den Bändern ergab ein heftiges Getöse. Selbst wenn ich Trig mitten in der Arbeit unterbrechen wollte, würde mich bei dem Lärm kein Mensch hören.

Eine Frau, die mehrere Säcke aufs Band geleert hatte, kam zu mir und nahm ihre Ohrenschützer ab. »Kann ich Ihnen helfen?«, brüllte sie. »Sind Sie ein Mitglied?«

»Ich will Trig sprechen«, schrie ich zurück. »Wann hat er Schluss?«

Sie sah auf eine riesige Uhr an der Wand. »Gehören Sie zu seinen Protestlern? Er macht in zehn Minuten Pause.«

Ich ging zurück zum Toyota, wo ich vom schlimmsten Lärm abgeschirmt war. *Die Tore zum Hof schließen um vier*, stand auf einem Schild. Wenn ich Mitglied wäre, könnte ich meinen Code auf dem Ziffernblock eingeben und meine Wertstoffe auf dem Hof lassen. Noch während ich das Schild las, kam die Frau und sagte, dass Trig jetzt Pause machte. »Niemand darf mehr als dreißig Minuten am Stück an den Bändern arbeiten.«

Ich stimmte zu, dass diese Arbeit sowohl mühsam als auch gefährlich aussah.

»Es verblüfft mich, wie die Leute komplett all unsere Anweisungen missachten und alles durcheinanderwerfen, aber niemand hat behauptet, dass das Leben leicht ist.«

Als ich zur Halle kam, war es leiser, weil die Bänder abgestellt waren. Trig lehnte außen an der Wand und scrollte auf seinem Handy. Er hatte den Armeeparka übergezogen, den er auch im Gerichtsgebäude getragen hatte.

»Tina meint, Sie wollen sich engagieren«, sagte er, als ich mich vorstellte. »Aber sie hat nicht gesagt, wobei genau. Am besten schauen Sie mal auf die Website.«

»Tut mir leid – ich hab ihr nur gesagt, dass ich Sie sprechen will. Ich bin Ermittlerin und versuche mehr über Clarina Coffin zu erfahren.«

Seine Miene verfinsterte sich. »Ach ja. Die Privatbullin, die mit Zoë rumhängt. Bei jedem Schritt, den ich mache, schreibt mir einer von euch Idioten einen Strafzettel, weil meine Füße in die falsche Richtung zeigen.«

»Mr. Garrity, ich stelle keine Strafzettel aus. Von Ihnen will ich nur, dass Sie mir etwas über Clarina Coffin erzählen. Wissen Sie, dass ihre Bleibe verwüstet wurde? Irgendwer hat dort etwas gesucht. Wenn Sie auch nur den Hauch einer Idee haben, was das sein könnte, würde ich mir das sehr gerne anhören.«

Er blickte grimmig drein. »Was interessiert Sie Clarina?«

In bewährter Bullenmanier wich ich der Frage aus. »Kennen Sie ihren Hintergrund, wissen Sie, wo sie lebte, bevor sie nach Lawrence kam? Sie hat mit Leuten wie Cady Perec über ihr Interesse an Geschichte gesprochen. Ich hab vorhin den Trailer durchsucht, wo sie gewohnt hat. Wer auch immer ihn verwüstet hat, hat alles mitgenommen, was sie vielleicht geschrieben hat, einschließlich der Geräte, auf denen sie geschrieben haben könnte. Wissen Sie, woran sie schrieb?«

Er ließ eine Schulter hängen und murmelte, sie habe ihm ihre Arbeit nie gezeigt.

»Im Wald hinterm Dundee Haus hab ich einen Fetzen von einer Nachricht gefunden, darin wird ein Lunch im Universitätsverlag vorgeschlagen. Ich frag mich, ob sie die erhalten hat?«

»Sie sind wirklich eine Schnüfflerin, was? Schnüffeln in ihrem Trailer rum, schnüffeln in den Wäldern rum?«

Bhagavatula besaß deutlich mehr Geduld als ich, ich hätte diesen Kerl schon vor Monaten weggesperrt. Ich versuchte mir den Ärger nicht anmerken zu lassen. »Hat sie mal ein Treffen mit jemandem vom Verlag erwähnt?«

»Nicht mir gegenüber«, sagte er nach einer Pause, vielleicht widerstrebte ihm das Eingeständnis, dass sie sich ihm nicht anvertraut hatte.

»Trig!«, rief Tina aus dem Schuppen. »Wir schalten gleich wieder ein.«

Er drehte sich um Richtung Halleneingang.

Ich legte ihm eine Hand auf den Arm. »Können wir uns nach Feierabend auf einen Kaffee oder einen Drink treffen und das Gespräch zu Ende bringen? Ich warte im Decadent Hippo auf Sie.«

»Was, damit Sie versuchen können, mir was anzuhängen? Ich weiß doch, wie ihr Bullenschweine arbeitet. Wenn Sie den Mord an Clarina nicht mir anhängen können, suchen Sie sich irgendeinen Schwarzen oder Native, den Sie verhaften können, Fall erledigt!« Er mimte einen Richter, der seinen Hammer niedersausen ließ.

»Ich stelle nicht nur keine Strafzettel aus, ich verhafte auch niemanden. Sie gehören wohl zu den Verdächtigen, weil Sie immer wieder im Dundee-Haus auftauchen.«

»Genau wie Sie, und Königin Gertrude übrigens auch. Ich schätze, ich sollte euch dankbar sein – wenn ihr nicht beide da draußen gewesen wärt, säße ich jetzt bestimmt in einer Zelle.«

»Gut möglich«, stimmte ich zu. »Bhagavatula dürfte ja wohl nicht der einzige Richter sein, den Sie angepisst haben. Aber je schneller ich rauskriege, wer sie wirklich ermordet hat, desto eher kann ich zurück nach Chicago zum verkümmerten Rest meines normalen Lebens.«

Tina rief wieder seinen Namen, und er stiefelte zum Halleneingang.

»Und sagen Sie nicht Bullenschwein zu mir«, rief ich ihm nach. »Das ist so ein abgedroschenes Klischee. Sie sind doch klug genug, sich mal was Neues einfallen zu lassen.«

19

Träume von Ruhm

Eine der jüngeren Lektorinnen bei der University Press, Kayla Huang, erinnerte sich an Clarina, wenn auch nicht gerade mit Begeisterung.

»Der Mord ist schrecklich, und das tut mir leid, aber sie war mehrmals hier, so vor anderthalb oder zwei Jahren. Ich war die Neue, also schickte man sie zu mir. Sie war der Meinung, sie hätte großartige Memoiren anzubieten, ihr Leben im Kontext des Engagements ihrer Familie in der Abolitionistenbewegung, aber sie hatte gar nichts Schriftliches, was sie mir zeigen konnte. Stattdessen kam sie mit einem Hefter voller Zeitungsausschnitte aus der *New York Times* über von Ghostwritern verfasste Memoiren, die ihre Verlage mit gewaltigen Verkaufszahlen überrascht hatten.« Huang nahm mich mit in ihr Büro, ein kleines Kabuff voller Bücher und Manuskripte, auf dem Boden, auf Stühlen gestapelt. Sie gab mir die Korrespondenz zwischen Clarina und dem Verlag zu lesen, eine Reihe zunehmend empörter Briefe von Clarina, die ganz Lawrence übelste Borniertheit vorwarf sowie komplette Leugnung der wahren Geschichte von Kansas.

Als ich Huang das Foto zeigte, das ich von dem Brieffetzen gemacht hatte, runzelte sie die Stirn. »Ich kann nicht sagen, ob das aus unserem Verlag stammt oder nicht. Es gibt keinen Hinweis auf das Briefpapier. Ich schätze, wenn es eine Einladung zum Treffen am Westbrooke Circle war, sollte das wohl hier stattfinden, aber das lässt sich so nicht sagen. Und man sieht ja auch nicht, an wen das gerichtet war.«

Huang brachte mich zurück ins Foyer. Eine rothaarige Frau im blauen Putzkittel leerte den Papierkorb neben dem Tresen in eine fahrbare blaue Tonne mit der Aufschrift *Nur Pappe und recycelbares Papier.*

Huang fragte den jungen Mann am Tresen, ob Clarina in den letzten Wochen hier gewesen sei. »Sie hat vielleicht gedacht, dass jemand hier mit ihr zum Lunch verabredet ist.«

Er sah die Besucherlisten durch, aber Clarinas Name stand nicht drauf. »Bruce war hier mit Tracy Clark zum Lunch, und Nandar drüben im Fakultätsclub mit Lori Rader-Day. Das war letzten Monat alles, aber ich kann Ihnen noch die Listen für den Rest des Jahres geben, wenn Sie wollen.«

»Das Papier war frisch«, sagte ich, »keinerlei Schnee- oder Schmutzflecken, also glaube ich nicht, dass es so lange her ist.«

Die Frau mit dem Müll stand mit dem leeren Papierkorb da und wartete, dass wir aus dem Weg gingen.

»Ich schicke eine E-Mail an alle im Verlag, ob sie Clarina letzten Monat gesehen oder mit ihr korrespondiert haben«, sagte Huang. »Was mich überraschen würde – sie könnte natürlich die Zusammenarbeit mit mir verweigern, weil ich ihr nicht den Vertrag verschafft habe, den sie wollte, aber man hätte sie immer als Erstes zu mir geschickt, wenn sie in letzter Zeit hergekommen wäre.«

Als ich mich bedankte und ging, sah ich die Frau mit dem Müll immer noch im Flur stehen und mir nachstarren.

Ich steuerte ein Gebiet an, das die Karten-App »Old Lawrence« nannte, den Stadtteil nahe am Fluss, wo sich im neunzehnten Jahrhundert die Pioniere angesiedelt hatten.

Gertrude Perec wohnte im noblen Teil, große Häuser, große Grundstücke, sauber gestrichene Fassaden, gepflegte Straßen und glatte Bürgersteige. Von dort aus kam man mit einem kurzen Fußweg ostwärts zu kleineren, ärmlicheren Häuschen, die nur dank irgendeiner Art Anti-Schwerkraft-Trick noch zu stehen schienen. Hier waren die Gehwege aus altem Backstein und voller Unebenheiten.

Alles in Old Lawrence, Häuser, Geschäfte und Gerichtsgebäude, lag fußläufig in einem Areal von rund einer Quadratmeile. Ich parkte den Toyota vor einem baufälligen Häuschen und ging zurück zur Perec-Garage. Ich konnte mich nicht ewig vor den Cops verstecken, aber je länger sie brauchten, um mich mit dem Camry in Verbindung zu bringen, desto leichter konnte ich mich morgen aus der Stadt verdrücken.

Als ich meine Vorräte abgeladen und etwas Käse gegessen hatte, lief ich zurück ins Stadtzentrum. Im Hippo war Übergangsphase, vom Café zur Cocktailbar. Morgens saßen drinnen an den großen Holztischen meist nur drei, vier Leute, aber als ich jetzt hinkam, war es fast fünf, und der Laden füllte sich.

Der Haus-Cocktail des Hippo war ein River Bottom, ein Mix aus Bourbon, Aperol und Orangenfruchtfleisch. Normalerweise trinke ich nicht so früh am Tag und selten Cocktails, aber ich bestellte einen River Bottom und zwängte mich auf einen Platz gleich hinter der Tür. Es war zu kalt, um draußen zu warten, aber ich brauchte Luft, auch wenn alle schworen, die Pandemie sei endgültig vorbei.

Ich wartete, fragte mich, ob Trig auftauchen würde, und machte eine flüchtige Recherche auf meinem Handy. Trig war siebenundvierzig. Er hatte an der Uni Kansas studiert, aber anscheinend im dritten Jahr abgebrochen. Er verließ die Uni, konnte sich aber von der Stadt nicht losreißen. Kein Hinweis auf Ehe oder Kinder.

Ich zahle für Informationen, darunter Einsicht ins Register aller Festnahmen. Trig war unter seinem Geburtsnamen Irwin unzählige Male wegen Delikten gegen Privateigentum verhaftet worden – Landfriedensbruch, Fassadenverunstaltung –, aber ich fand keinerlei Eintrag wegen Gewalttätigkeit. Auf Arbeitsverhältnisse habe ich keinen Zugriff, es sei denn, Leute machen ihren beruflichen Werdegang selber transparent, daher wusste ich nicht, was er vor dem Prairie State Recyclinghof getan hatte. Die Anlage war achtzehn Jahre alt, also musste er schon vorher irgendwo gearbeitet haben, selbst wenn er von Anfang an dabei war. Ich fand auch keinen Grund für seinen Spitznamen.

Ich wollte gerade aufgeben und mich einkömmlicher Arbeit zuwenden, da sprang mir noch eine Zeitungsüberschrift ins Auge: *Galopp-Garrity bringt achtzehn Läufe zum Touchdown.* Trig als Footballspieler schien mir höchst abwegig, aber ich klickte den Link an.

Der Galoppmann war ein Mark Garrity, kein Irwin. Mark hatte fürs Team der Uni Iowa zahlreiche Rekorde aufgestellt und dann als Außenverteidiger Karriere bei den Chiefs gemacht. Als Trig die Schule abbrach, wurde Mark zum Spieler des Jahres gekürt. Freud mochte da einen Zusammenhang sehen. In Marks Vita war kein Trig/Irwin erwähnt, aber beide kamen aus Waterloo in Iowa, beide hatten Eltern namens LeRoy und Patty. Footballstar Mark war fünf Jahre älter.

Ich ging auf Trigs Homepage Kansans4Freedom. Wie heute bei praktisch jeder Website lud die Startseite dazu ein, Zeit oder Geld beizutragen. Fotos zeigten Trig vor einer Qualm rülpsenden Esse, im Wortgefecht mit einem Sheriff vor der Yancy-Schule, Nase an Nase mit einem Abtreibungsgegner vor einer Klinik, im Blickduell gegenüber einer Gruppe mit Sturmgewehren. Das Traurige daran: Auf den meisten Bildern stand er allein da.

»Darf ich dir noch was bringen?« Eine Bedienung baute sich vor mir auf. Ins Surfen vertieft hatte ich nicht gemerkt, wie der Andrang an der Bar sich vervierfacht hatte. Ich belegte zu viel kostbaren Platz für jemanden mit nur einem Getränk. Tatsächlich hatte ich nur genippt, aber das Zeug war dick und süßlich, nicht nach meinem Geschmack.

Es war inzwischen halb sieben und unwahrscheinlich, dass

Trig noch kam. Ich schob mich um den Tisch herum Richtung Tür, als die junge Frau auftauchte, die ich vor Trigs Wohnung getroffen hatte.

»Da sind Sie ja«, sagte sie erleichtert.

»Da bin ich«, bestätigte ich. »Sie haben es noch pünktlich zum Kurs geschafft, ja?«

»Siebzehn Sekunden vor.« Sie grinste. »Ich hab Sie schon gesucht, aber es ist so voll. Trig schickt mich. Er hasst diesen Laden, aber wenn Sie rüber zu seiner Wohnung kommen, redet er dort mit Ihnen.«

Ich bot ihr an, sie mitzunehmen, aber sie hatte andere Pläne. Bis ich die Straße erreichte, war sie in der Menge um die Bar verschwunden, und jemand anderes saß auf meinem Platz.

Ich hatte halb gehofft, Trigs Wohnung wäre vielleicht eine Oase von Ruhe und Ordnung in seinem aufgebrachten Leben, aber als er mich einließ, betrat ich eine Papiermanufaktur. Poster, Plakatkartons, Farben zum Beschriften bedeckten ein altes Sofa und Teile des Fußbodens. Aus dem Internet ausgedruckte Nachrichtenmeldungen klebten an den Wänden, die wichtigen Passagen rot eingekreist.

Die Möbel waren alt, die Vorhänge fadenscheinig, aber auf dem Ecktisch, der ihm als Schreibtisch diente, stand ein neu aussehender iMac. Der Schreibtischstuhl war ein gutes ergonomisches Modell. Er drehte sich darauf in meine Richtung, bot mir aber keinen Sitzplatz an. Ich schob einige Poster auf der Couch beiseite. Er knurrte etwas von Bullen vor sich hin, die sich an Privatsachen anderer vergreifen zu können glaubten.

Ich tat, als hätte ich nichts gehört. »Clarina Coffin war ein neuzeitliches Wunder. Keine Spur von ihrer Existenz im Netz, bis sie hier auftauchte.«

Ich wartete ab, aber er musterte mich nur argwöhnisch, ohne zu reagieren. Er hatte vielleicht eine kurze Lunte, aber dies war nicht sein erstes Verhör.

»Ich nehme an, Clarina Coffin war eine falsche Identität. Es gab im neunzehnten Jahrhundert in Kansas eine Suffragette namens Clarina Nicholls. Clarina Coffin bekundete ja intensives Interesse an der hiesigen Lokalgeschichte, also überlege ich, ob sie sich nach dieser Aktivistin genannt hat. Es gibt Tausende von Menschen mit dem Nachnamen Coffin. Hat Ihre Clarina Ihnen erzählt, wieso sie diesen Namen gewählt hat?«

»Sie war nicht ›meine‹ Clarina. Bloß jemand, der die Bedeutung der Probleme unseres Landes verstand.«

»Wann fing sie denn an, sich an den Protesten zu beteiligen?«

»Was hat das mit ihrem Tod zu tun? Denken Sie, Brett Santich hat sie ermordet, um sie am Protest vor seiner Schule zu hindern?« Er setzte sich auf, die Miene hoffnungsvoll.

»Ich denke gar nichts, weil mir Daten und Fakten fehlen«, sagte ich. »Da hoffe ich auf Ihre Hilfe. War Cady Perecs Suspendierung die erste Aktion, an der Clarina sich beteiligt hat?«

»Wie kann ich sicher sein, dass Sie das, was ich sage, vertraulich behandeln?«

»Gar nicht«, sagte ich. »Es ist eine Mordermittlung. Wenn Sie mir was erzählen, das mit dem Mörder zusammenhängt, muss ich entsprechend handeln. Aber wenn Sie mir was über Landfriedensbruch oder Farbbomben anvertrauen, behalte ich das für mich.«

»Ja, das ist in etwa das Niveau, für das ich gut bin«, sagte er bitter. »Ich dachte, ich könnte was bewirken, aber Landfriedensbruch und Farbbomben ändern gar nichts.«

Er forschte in meiner Miene nach Spott oder Vorurteil, aber ich saß still, sagte nichts, machte mein Pokerface.

»Es ist ja kein großes Geheimnis. Clarina meldete sich erstmals letzten Herbst, als Santich und seine Lakaien Cady Perec schassten, weil sie ihren Kindern die Wahrheit über Rassismus und Klasse in Amerika beibringen wollte. Zoë, die Kleine von der Zeitung, schrieb was über die Reaktion der Schulleitung auf Cadys Unterricht zur Kansas-Geschichte. Clarina las den Artikel. Sie sagte, sie hätte die Geschichte von Lawrence durchforstet und könnte einige dunkle Flecken mit sensationellen Aspekten erhellen.«

»Was glaubte sie denn da so enthüllen zu können?«

»Lynchmobs in Kansas zum Beispiel, oder was die Helden der Abolitionistenbewegung nach dem Bürgerkrieg den Indigenen angetan haben. Sie bot Cady Hilfe beim Verbessern ihrer Leseliste an. Die Perecs tragen die Nase verdammt hoch und tun, als hätten sie diese Stadt persönlich erschaffen, also hat Cady das Angebot natürlich ausgeschlagen. Aber Clarina war nicht nachtragend. Als Santich durchgriff und Cady von seinem zahnlosen Schulrat feuern ließ, ging Clarina mit mir auf die Barrikaden.«

Trig atmete schwer, seine Wut auf Santich kochte wieder hoch.

»Jedenfalls hab ich ihr dann vom Yancy-Projekt erzählt. Brett Santich hat das Stück Farmland bewirtschaftet, und auf einmal überlässt er es einer Firma, die da ein schickes Urlaubsparadies hochziehen will. Nach dem Motto, all die Reichen in Kansas City laden ihre Freunde zum Skilaufen hierher ein oder was immer Reiche tun, statt nach Aspen zu fahren.

Ihre Majestät Perec senior, damals Leiterin vom Planungsausschuss, meint, es sei ein Privatunternehmen, da habe die lokale Verwaltung gar nichts zu sagen. Aber als ich frage, wieso die lokale Verwaltung nicht für Umweltverträglichkeit oder Sicherheit verantwortlich ist, sondern allein dieses Privatunternehmen, verweist sie mich an die zuständigen Behörden. Und dort sagt man mir, ich bin nicht befugt. Also geh ich demonstrieren, weil das alles ist, was ich tun kann. Am Dienstagmorgen steh ich da draußen, weil ich Dienstag und Mittwoch im Recyclingzentrum freihabe.

Santich hat den Sheriff mit einer einstweiligen Verfügung anrücken lassen, aber dagegen konnte ich vorgehen – eins der wenigen Male, wo Richter Bhagavatula sich auf meine Seite geschlagen hat. Ich demonstriere, ich trage ein Schild. Ja, ich hab auch ein Megafon, aber stören tu ich damit bloß die Arschkriecher auf der Baustelle.«

Als er mit seinem erbitterten Wortschwall fertig war, versuchte ich die Rede wieder auf Clarina zu bringen: Hatte sie bestimmte Dokumente erwähnt, die Cady ihrer Meinung nach im Unterricht verwenden sollte?

Trig starrte mich verständnislos an. »Keine Ahnung. Ich weiß nicht, was sie hatte, nur, dass das ihr Lebenswerk war, Forschung zu indigenen Vertriebenen, so was alles.«

»Sie wollte ihre Memoiren beim Universitätsverlag veröffentlichen, hatte aber gar nichts Schriftliches zum Vorlegen. Trotzdem hat jemand ihre Bude zerlegt und irgendwas gesucht«, sagte ich. »Irgendeine Ahnung, was das sein könnte?«

Er schüttelte den Kopf.

»Wann haben Sie Clarina zuletzt gesehen?«

Er dachte nach und befand schließlich, am Donnerstag vor ihrem Tod. Sie war an der Zufahrt der Yancy-Baustelle zu ihm gestoßen. »Sie hat gesagt, sie ist wahrscheinlich das letzte Mal mit mir auf Posten. Ich fragte, ob sie Lawrence verlässt, und sie lächelte so überlegen und meinte, vielleicht, wenn alles so läuft, wie sie es sich vorstellt.«

Ich bedrängte ihn noch ein bisschen, hoffte, er hätte Clarina gefragt, was sie meinte oder wohin sie wollte, aber er sagte, so was habe sie ständig gemacht. »Sie warf einem gern ein paar Informationskrümel hin, so als Köder für die Aufmerksamkeit, und tat dann mordsgeheimnisvoll und sagte nichts Genaues. Ich hab ihre Unterstützung zu schätzen gewusst, aber ihre Art ist mir auf die Nerven gegangen.«

»Warum waren Sie Montagnacht am Dundee-Haus?«, fragte ich. »Hatten Sie eine Nachricht von Clarina bekommen?«

Er zupfte an seinen Nägeln und sagte schließlich, ohne aufzublicken: »Ich hab einen Scanner, der mir verrät, wo die Cops oder der Sheriff gerade hinwollen. Ich sah, dass sie beim Dundee-Haus zugange waren.«

Ich ließ mir die Antwort durch den Kopf gehen. »Sie wussten, dass das Haus für Drogenpartys benutzt wird?«

Er sah auf und wieder weg. »Nicht ganz so.«

»Sie waren doch nicht selber da auf Partys?«

»Halten Sie mich für so blöd? Die Bullen haben mich eh rund um die Uhr auf dem Kieker, da soll ich ihnen den Gefallen tun, in einer Drogenbude abzuhängen? Außerdem nehm ich nie was. Ich hasse Kontrollverlust.«

»Dachten Sie, dass Clarina dort ist, als Sie den Polizeieinsatz sahen?«

»Nein, nicht sie. Jemand anders, den ich kenne«, murmelte er nach einer weiteren Pause. »Ich war besorgt, die Person könnte bei einer Razzia einkassiert werden. Als ich hinkam, war der Laden dichtgemacht. Ich wollte reingehen und nachsehen, da kam ihre Majestät Königin Gertrude an.«

»War die Person, die Sie gesucht haben, Sabrina Granev?«, fragte ich.

»Wer? Ach, die vermisste Studentin. Nein. Es war jemand, der nicht dort sein sollte, aber auch nicht wegbleiben kann.«

Mehr sagte er nicht: Er würde den Cops niemand Unschuldiges zum Fraß vorwerfen.

»Sie müssen doch erstaunt gewesen sein, als Gertrude Perec aufkreuzte.«

»Ich war sicher, dass die Bullen sie geschickt haben. Sie ist so dicke mit Everards Mom, man könnte meinen, die beiden üben Synchron-Nummern ein – Nasen hoch tragen unisono.«

Bissigen Witz hatte ich bei ihm gar nicht erwartet. Er war klug und besaß Hintersinn, was hieß, dass ich mich bei ihm vorsehen musste.

»Sie tischte mir auf, dass sie eine Freundin suchte, wollte aber nicht sagen, wen, da dachte ich, Everards Mutter. Natürlich hab ich Gertrude nicht auf die Nase gebunden, warum ich dort war, und ich wollte auch nicht reingehen, solange sie da war. Schließlich bin ich weggefahren. War Clarina – war sie da schon dort?«

»Ja«, sagte ich. »Lag tot im Keller, wo ich sie ein paar Stunden später gefunden hab.« Ich schluckte.

Peters Studentin mit zerfetztem Gesicht auf dem Boden, Blut und Knochen und die weiche graue Masse, die ihr gequälter Geist gewesen war … Ich grub mir die Fingernägel in die Kopfhaut. *Nein, du kippst jetzt nicht um. Du bist noch nie einfach so umgekippt und fängst auch jetzt nicht damit an.*

Plötzlich stand Trig vor mir, drückte mir ein Glas Wasser in die Hand. Das Glas war fettig, ich trank trotzdem.

»Kommst du klar?«, fragte er betont ruppig.

Ich nickte. Ich würde klarkommen. Vielleicht nicht heute Abend, aber bestimmt ganz bald.

Ich war erschöpft, aber ich hatte noch Fragen, und er wirkte jetzt nicht mehr ganz so feindselig. Das musste ich nutzen. »Das Foto. Die Polizei hat ein Foto von dir und Perec draußen vor dem Haus. Wer hat das gemacht?«

Er schnaubte. »Wenn ich das wüsste, würde ich schon mit dem Megafon vor deren Haus stehen. Nur deswegen erzähl ich dir, warum ich da war. Wegen dieses Fotos. Es ist keine Photoshop-Fälschung, ich war wirklich dort.«

Ich kam unsicher auf die Beine und umrundete Pappe und Papier am Boden. An der Tür blieb ich stehen und sah ihn noch mal an. Er hatte sich mit seinem Stuhl zum Computer gedreht. Der Bildschirmschoner zeigte einen kleinen Jungen mit dunklem Haarschopf und zahnlosem Grinsen. Eine rothaarige Frau neigte sich über ihn, die Hände um seine Brust gelegt. Als

Trig meinen Blick sah, drückte er rasch eine Taste, und seine Dateien füllten den Bildschirm. Er funkelte mich drohend an: Wehe, du sagst was zu dem Bild.

Ich sagte nichts zu dem Bild. Stattdessen fragte ich, ob Clarina je erwähnt hatte, woher sie kam.

»Ich sag doch, nein! Nein, ganz egal, wie oft du noch nachfragst, also lass es endlich gut sein.« Er setzte zu einer Routinetirade an, dass Bullen, ob staatliche oder private, sich einen Dreck um die Wahrheit scherten, aber irgendetwas, vielleicht der Widerhall der ausgestandenen Qual in meinem Gesicht, stimmte ihn um. »Na ja. Da war dieses eine Mal. Es ging um – ich hab ihr erzählt – ich hab einen Bruder. Footballstar. Ich dagegen der dürre Streber, aber doch nicht streberhaft genug, um ein Genie zu werden und Preise abzusahnen.« Er kniff die Augen zu, jahrzehntealter Schmerz. »An meiner Schule haben die Lehrer und alle anderen erwartet, dass aus mir auch ein Star wird. Als ich nicht mal einen Ball fangen konnte, wurde ich zur Witzfigur. Die Sportskanonen haben mir – egal jetzt. Mein Bruder, der war jeden Samstag im Fernsehen und holte Touchdowns für Iowa. Für meine Eltern war ich der weltgrößte Versager. Wenn ich in der Schule verprügelt wurde, sagte meine Mutter, ich soll nicht so eine Heulsuse sein. Tja, davon hab ich Clarina mal erzählt. Es war dieser Wichser Santich, der hat mich bei der Schuldemo verhöhnt. Ist irgendwie dahintergekommen, wer mein Bruder war, samt Spitzname, Galopp-Garrity, also verkündete Santich, die Polizei sollte mir mal mit Tränengas Beine machen, dann würde man ja sehen, ob ich auch so rennen könnte wie Galopp-Garrity.« Er prüfte mit einem Seitenblick, ob ich den Spott witzig fand. »Clarina sagte, da, wo sie herkommt, hat der Name der Stadt eine Bedeutung, weshalb die gesamte Schule über sie herzog, weil sie mollig war.«

»Der Name der Stadt?«, echote ich erstaunt. »Wie jetzt – so was wie ein indianisches Wort für fett?«

»Mehr hat sie nicht gesagt. Oder ich hab nicht gut genug hingehört, kann auch sein.«

Ich ging zur Tür und dann die Linoleumstufen runter. Draußen lief ich zum Ende des Blocks und wieder zurück, atmete tief die kalte Luft ein. Eltern erschießen ihre Kinder, schikanieren ihre Kinder, Kinder schikanieren sich gegenseitig. Hört das Leid, das wir einander zufügen, denn nie auf?

20

Pinkeln für Gerechtigkeit

Die ganzen neun Stunden von Kansas nach Chicago erging ich mich in Vorfreude auf das Wiedersehen mit Mr. Contreras und den Hunden, gefolgt von einer friedlichen Nacht in meinem eigenen Bett. Diese heitere Fantasievorstellung prallte hart auf die Realität. Als ich heimkam, war Mr. Contreras so aufgeregt, dass er fast weinte: Heute früh waren Ordnungshüter gekommen und hatten meine Wohnung durchsucht.

»Die hatten einen richterlichen Beschluss, Cookie, ich konnte sie nicht dran hindern. Ich bin dabeigeblieben, ich und Mitch, damit sie nichts klauen oder dir Drogen unterschieben oder so, aber die waren noch nicht mal halbwegs höflich.«

»Die« waren vom FBI. Mein Nachbar hatte ihre Ausweise gründlich geprüft.

»Ich hab gesagt, ich bin alt und brauch Zeit, um mich zu vergewissern, dass sie die Dinger nicht aus einer Cornflakespackung haben, und ich hab auch die Dienstnummern davon abgeschrieben, wie du's mir beigebracht hast, aber aufhalten konnte ich sie nicht. Die waren zu dritt, aber der eine hat mir keinen Ausweis gezeigt, und die anderen zwei sagten, er wär bloß als Beobachter dabei.«

Ich fragte, ob sie durch irgendetwas hatten erkennen lassen, wonach sie suchten. Gesagt hatten sie nichts, aber sie hatten sämtliche Papiere unter die Lupe genommen, sogar die Notenblätter meiner Mutter, die mir heilig sind. Sie waren nicht direkt grob vorgegangen, aber sie hatten sich auch nicht an respektvolle Umgangsformen gehalten. Die erste Stunde daheim verbrachte ich damit, lose Seiten zu sortieren und wieder in die entsprechenden Ordner zu heften. Ich besprühte das Ganze sogar mit Lysol, um die Bundesläuse loszuwerden.

In meinem Büro waren sie auch gewesen, berichtete meine Mitmieterin. Sie hatten es zwar nicht zerlegt, nicht wie die Plünderer in Clarinas Trailer, aber wie bei Gabriellas Noten hatten sie sich nicht die Mühe gemacht, hinter sich aufzuräumen.

Am Freitag wurde es noch brenzliger an der Heimatfront. Erst munterte ich mich mit einem langen Lauf am See mit den Hunden auf und legte in der Nähe von Lotty Herschels Klinik eine Pause ein. Sie nahm sich eine Stunde Auszeit, um mit mir Kaffee zu trinken. Danach traf ich mich mit Sal Barthele, Besitzerin des Golden Glow im South Loop, auf einen Plausch unter vier Augen vor der Abendverabredung mit Murray. Aber meine gute Laune endete beim dritten Stück von Mr. Contreras' French Toast. Da nämlich rief Bernie an.

»Vic, hast du die Nachrichten gesehen? Es tut mir so leid, es ist meine Schuld, dass sie diese Sachen über dich sagen!«

»Wer sagt was für Sachen?«

»*Mon Dieu,* du hast es noch gar nicht gesehen? Es ist dieser *policier* in Lawrence, sie hatten eine Pressekonferenz zu diesem Mord, den du entdeckt hast, und zu Sabrina.«

Mein Nachbar hat ein Tablet, hauptsächlich, um mit seinen Enkeln und seinen alten Maschinenbau-Kumpels Kontakt zu halten. Ich fand ein Video von der Pressekonferenz des Polizeichefs von Lawrence, Rowland McDowell.

McDowell und der Countysheriff stellten sich der Presse auf einem kleinen Platz vor dem Justizzentrum von Douglas County. Auf dem Podium saß auch FBI-Agent Cornell Stamoran, dazu ein Mann, der als Frank Karas, Staatsanwalt von Douglas County, vorgestellt wurde. Deke Everard stand hinter dem Polizeichef und dem Sheriff.

Der erste Teil drehte sich ganz um Clarina Coffin: Es hatte

sich niemand gemeldet, der angab, mit ihr verwandt zu sein oder etwas über ihre Vergangenheit zu wissen, sagte der Polizeichef, also wenn jemand mit solchen Informationen weiterhelfen konnte, bitte die Nummer auf dem Bildschirm anrufen. Dazu wurde ein Porträt gezeigt, auf dem das Blut wegretuschiert und die verfilzten Haare geglättet waren.

Die Presse erkundigte sich nach Todeszeitpunkt, Tatwaffe, Verdächtigen – das Übliche. Der Polizeichef sagte, sie könnten noch keine Einzelheiten bekannt geben.

Ein Reporter aus Wichita fragte nach der Drogenbude, in der sowohl Sabrina als auch Clarina gefunden worden waren. Neben Stamoran stand noch ein Mann in Anzug und Krawatte. Er wurde nicht vorgestellt, aber ehe der County-Sheriff antwortete, trat der Fremde vor und raunte ihm etwas ins Ohr.

Der Sheriff nickte. »Der Eigentümer des fraglichen Grundstücks hat versprochen, für bessere Sicherheitsvorkehrungen zu sorgen. Es ist ein historisches Gebäude aus der Zeit des Bürgerkriegs, und der Besitzer versucht es unter Denkmalschutz stellen zu lassen. Er will auf keinen Fall, dass es als Lager für Drogen oder ermordete Leichen benutzt wird …« Gelächter brandete auf.

Dann wollte jemand etwas über die Detektivin aus Chicago hören, die sowohl Sabrina als auch die Tote entdeckt hatte.

»Sie ist eine Person von Interesse«, sagte Chief McDowell gewichtig. »Wir haben sie angewiesen, den Gerichtsbezirk nicht zu verlassen, bis wir hundertprozentig sicher sind, dass sie für keins der beiden Verbrechen verantwortlich ist.«

Zoë meldete sich zu Wort. »Die Detektivin aus Chicago ist V.I. Warshawski. Sie hat Sabrina Granev das Leben gerettet, Chief. Warum macht sie das zu einer Person von Interesse?«

Ich warf ihr einen Kuss zu, während der Polizeichef herumschwafelte.

Jemand, der sich als Redakteur der Universitätszeitung vorstellte, sagte: »Wie es aussieht, war Warshawski am Montag auf dem Campus und hat Mitglieder von Omicron Delta Beta bezichtigt, mit Drogen zu handeln. Trevor Millay, der Vorsitzende des Ortsverbands, sagt, sie habe in ihrer Garage herumgeschnüffelt. Er glaubt, sie war auf der Suche nach Drogen. Wissen Sie, ob sie selbst abhängig ist?«

Der Chief wandte sich an Deke, der sagte: »Wir haben den Beitrag auch gesehen, den Millay auf dem Instagram-Account des Ortsverbands gepostet hat. Wir glauben nicht, dass Ms. Warshawski Drogen nimmt, aber wir ergreifen alle nötigen Maßnahmen, um ganz sicherzugehen.«

Roter Nebel legte sich vor meine Augen. Ich ging auf den Insta-Account von Omicron und auf ihre anderen Social-Media-Präsenzen. Sie hatten mein Foto aus dem Internet gefischt und es mit der Bildunterschrift gepostet: Angeblich auf der Suche nach einer vermissten Studentin, doch in Wahrheit nur nach Drogen für sich selbst?

Trevor Millay war der Dreckskerl, den ich am Montag in der Garage getroffen hatte. *Leg dich nicht mit einer Straßenkämpferin von der South Side an,* fauchte ich, *oder ich sorge dafür, dass du bereust, je geatmet zu haben.* Ich besaß gerade noch genug Selbstbeherrschung, die Drohung nicht in seinem Feed zu posten.

»Das ist übel, Cookie, wie schrecklich«, sagte Mr. Contreras. »Was kannst du tun, damit das aufhört?«

»Keine Ahnung«, sagte ich. »Es ist gelogen, aber online verbreiten sich die unglaublichsten Lügen schneller als kanadische Waldbrände und sind noch schwerer zu löschen. Ich rede mit Freeman Carter und mit der Frau in Kansas City, die Freeman mir vermittelt hat. Aber wenn ich Clarina Coffins Mörder aufspüre, sollte das einige dieser Kotzbrocken mundtot machen.«

»Wie willst du denn das anstellen?«, fragte er besorgt. »Du hast doch da unten gar keine Verbündeten, und wenn die Cops es dir anhängen wollen –«

»Doch, ein paar Verbündete hab ich schon, aber mein größter Vorteil ist meine Unvoreingenommenheit. Die Cops haben mich und vielleicht noch zwei oder drei andere im Visier. Ich dagegen bin bereit, jede Person in Kansas als Verdächtige zu betrachten. Und dann nagele ich diesen Burschi mit dem Arsch an seinen Porsche.«

Netter Spruch, aber wir wissen ja alle, wie wertvoll Sprüche sind. Und meine Sorgen hatten noch nicht mal den Höhepunkt erreicht. Ich hatte eine Sprachnachricht von Deke Everard.

»Wir wussten, dass du über Gertrude Perecs Garage wohnst, aber als ich hin bin, um mit dir zu reden, erzählt mir Cady, du bist nach Chicago zurückgefahren. Man hat dir gesagt, dass du den Gerichtsbezirk nicht verlassen darfst. Die Staatsanwaltschaft stellt dir eine Vorladung aus. Wenn du Montagmorgen um zehn nicht in Lawrence bist, um mit Karas zu sprechen, schicken wir Deputys los, die dich holen.«

Ich leitete die Nachricht an Freeman weiter, der sofort anrief. »Sie sind nicht die allergrößte Nervensäge unter meinen Klienten, Vic, aber eindeutig in den Top Ten«, sagte er. »Es gibt für dieses Szenario keine einleuchtende Rechtfertigung.«

»Freeman, ich muss ackern, um Ihre Honorare zu bezahlen. Ich kann's mir nicht leisten, mal eben in Kansas einen separaten Haushalt und ein Büro aus dem Boden zu stampfen. Ich bin nur hier, um mir meinen Computer, Akten, Kleidung und so was zu holen. Bis morgen Abend bin ich wieder in Kansas. Ich zieh sogar meine roten Magli-Pumps an, um die Sache zu besiegeln.«

»Überzeugt mich nicht«, sagte er. »Jemand hätte Ihnen all das schicken können. Jetzt gerade steigt Ihr Saldo offener Posten bei mir um eins-fünfzig. Ihre ganze Wohnung nach Kansas zu schicken, würde weniger kosten.«

Kurzform für tausendfünfzig Dollar. Die Summe stieg auf zwölfhundert, als er eine halbe Stunde später erneut anrief.

»Jemand in Kansas hat einen Hass auf Sie, Vic. Das LKPD will eine Urinprobe zum Nachweis, ob Sie Opioide konsumiert haben. Sie haben bewilligt, dass die Chicagoer Cops es überwachen, aber das ist nicht verhandelbar. Es gibt einen Gerichtsbeschluss, an so was hält sich Chicago.«

Opioide bleiben nicht lange im Blutkreislauf, aber im Urin kann man bis zu vier Tage nach Einnahme noch Spuren nachweisen. Es war etwa vierundachtzig Stunden her, dass ich Sabrina gefunden hatte. Wenn sie dachten, ich hätte im Dundee-Haus was genommen, brauchten sie die Probe jetzt.

Für die Justiz zu pinkeln, ist demütigend, und Demütigung macht mich sauer, aber ich fuhr rüber zum Polizeilabor an der Harrison.

Die Chicago-Cops schickten eine Sergeantin, die ich kannte, Lenora Pizzello, mit dem Gerichtsbeschluss. Pizzello und ich hatten schon öfter zusammengearbeitet, manchmal geradezu einträchtig, aber sie vergaß nie, dass ihre Loyalität der Truppe in Blau gehörte.

Solange wir auf eine Mitarbeiterin von Freeman warteten, die als Zeugin für die Angeklagte dabei sein sollte, versuchte ich mich in Konversation. »Das könnte ein ganz intimer Moment werden, bloß so einseitig, nur eine von uns soll sich ausziehen. Ich müsste vielleicht den Schampus rausholen, eine Platte auflegen, damit Sie auch in Stimmung kommen.«

»Ich bin nicht freiwillig hier, Warshawski!« Pizzellos Gesicht war rot. »Das ist nicht meine Auffassung von Polizeiarbeit. Und von Ihnen habe ich Besseres erwartet als Drogenkonsum.«

»Ich auch, Pizzello, und das Labor wird unser beider gute Meinung von mir bestätigen.«

Freemans Mitarbeiterin kam, beide Frauen guckten mir beim Pinkeln zu und sahen drein wie ausgestopfte Eulen, um ihre

Verlegenheit zu tarnen. Wie ich dreinsah, weiß ich nicht, aber bestimmt nicht glücklich. Der Labortechniker versiegelte den Probenbecher und versah ihn mit Datum und seinen Initialen; Pizzello und Freemans Mitarbeiterin setzten ihre Initialen darunter, ebenfalls mit Datum.

»Wenn ich mal superberühmt bin, können Sie hiermit vor Ihren Enkeln angeben«, sagte ich. »Wie Leute, die Elvis' Leichnam angefasst haben: Ich hab zugeguckt, wie die phänomenale Privatdetektivin V. I. Warshawski in einen Becher pinkelt.«

»Sie sind längst berühmt«, sagte Pizzello. »Sogar Leute aus Schaumburg wollen schon wissen, warum Sie nicht hinter Gittern sind.«

Auch meine Klientel machte sich Sorgen. Die Posts von dem Millay-Burschi gingen in den sozialen Medien viral. Zwei meiner Klienten kündigten im Laufe des Nachmittags. Die anderen neun, für die ich derzeit arbeitete, brauchten allesamt beschwichtigende Telefonate, die sie überzeugten, wie gewissenhaft ich mich um ihre Belange kümmerte.

»Ach, Bernie«, murmelte ich, als ich Klamotten, Waschzeug, meinen Computer, Peppys Futter und ihre Decke ins Auto lud. »Du hast es gut gemeint, aber ich war besser dran, als ich noch zu Hause hockte und mich in Selbstmitleid erging.«

21

Am schönsten ist es – wer weiß wo

Peppy und ich kamen Samstagnacht spät in Lawrence an. Zwischen Packen und Vorbereitungen für eine Woche Abwesenheit hatte ich noch liebe Menschen getroffen. Der Abend im Golden Glow mit Sal und Murray war ein echter Stimmungsaufheller gewesen, aber die einsame Ankunft in Lawrence fühlte sich danach noch trostloser an.

Im Haus der Perecs brannte kein Licht mehr. Ich schaffte alles Mitgebrachte so leise wie möglich in die Garagenwohnung. Peppy war die fremde Umgebung unbehaglich, aber als ich mit ihr noch einen Spaziergang im Park bei der Bibliothek machte, entspannte sie sich. Sie war vor zwei Jahren mit mir dort gewesen. Hunde haben so eine Art mentale Geruchsbibliothek; sie wusste, dass sie diese Gegend kannte.

Sonntagmorgen deckte ich mich bei einem Lebensmittel-Coop mit dem Nötigsten für eine Woche ein. Länger musste ich hoffentlich nicht hierbleiben. Ich textete Lou und Ed, dass der Camry und ich Hin- und Rückfahrt ohne Verhaftung, Überfall oder Beschlagnahmung hinter uns gebracht hatten.

Nachdem ich alles ausgepackt und den Wagen ein Stück entfernt geparkt hatte, ging ich mit Peppy an den Fluss. Der Weg führte uns an der Riverside Congregational Church vorbei, wo Clarina die Frauen vergrätzt hatte, indem sie vorgab, mehr über Lawrence zu wissen als sie. Der Parkplatz war voll, durch die Buntglasfenster drang leise ein Kirchenlied heraus.

Als die Hündin und ich den Uferweg entlangliefen, fiel mir wieder Cadys Aussage ein, sie sei am frühen Montagmorgen hier gewesen, als Clarina ermordet wurde. Der Weg war gut in Schuss und bei Tageslicht leicht zu begehen, aber bei Dunkelheit wären die Baumwurzeln und Steine nicht ungefährlich. War sie wirklich hier gewesen? Und wenn nicht, war sie dann beim Dundee-Haus gewesen, um ihrer Großmutter zu helfen, Clarinas Leiche in den Keller zu schaffen?

Das konnte ich mir nicht vorstellen, aus verschiedenen Gründen, aber vor allem wegen der Art und Weise, wie man Clarina die Kleidung vom Leib gerissen hatte. Wer immer sie ermordet hatte, war hemmungslos gewesen. Von Clarina enttäuscht, beleidigt, verhöhnt – irgend so was? Gertrude hätte vielleicht zugeschlagen, wenn Clarina sie verspottete, aber sie hätte ihr doch nie die Kleider vom Leib gerissen.

Trig gab an, er sei am frühen Montagmorgen beim Dundee-Haus gewesen, weil er fürchtete, jemand ihm Bekanntes könnte in eine Polizeirazzia verwickelt werden. Trig war so sehr Einzelgänger, ich versuchte mir vorzustellen, wer ihm so wichtig sein könnte, dass er ihn oder sie beschützen wollte.

Ich rätselte über den kleinen Jungen auf Trigs Bildschirmschoner. Vielleicht ein Neffe? Galopp-Garritys Sohn? Falls er in Trigs Leben eine Rolle spielte, war es denkbar, dass er alles tat, um den Jungen zu schützen, aber wie bei Gertrude sah ich in Trig nicht so eine entfesselte Gewalt, wie dieser Mörder sie an den Tag gelegt hatte. Nicht mal seine Konfrontationen mit Santich erreichten diesen Grad hemmungsloser Wut.

Die Kirche lag oberhalb einer Schlucht, mit einem steilen Weg zum Fluss hinunter. Ich ließ Peppy von der Leine. Sie rannte vor mir her, stöberte im Unterholz, das den Flusspfad säumte, sprang sogar für ein paar Minuten ins Wasser. Der Fluss musste um diese Jahreszeit eiskalt sein, aber das war der Lake Michigan auch. Sie ist ein Hund, der Kälte mag.

Der Weg endete am Bootshaus für die Ruderteams der Universität. Auf der Rückseite versank ein ausgedienter Bootsanhänger im Schlamm, aber das Gebäude war verschlossen und verriegelt, und wie es sich für Lawrence gehörte, lag kein bisschen Müll auf dem Boden ringsum. Toll. Wenn es mir gelang, meinen Namen reinzuwaschen und Clarinas Mörder aufzuspüren, würde ich vielleicht auf Dauer hierherziehen.

Mittlerweile war Peppy so verdreckt, dass ich mit ihr in eine Selbstbedienungs-Hundewaschanlage musste, bevor wir in die Wohnung zurückkonnten. Während ich sie abtrocknete, kam eine Textnachricht von Deke Everard. Er hoffte, ich sei wieder im County, und dachte ich dran, dass der Staatsanwalt mich gleich morgen früh befragen wollte?

Natürlich hatte Zoë mehrere Nachrichten geschickt und lechzte nach einem Treffen im Rahmen unserer angeblichen Zusammenarbeit.

Ich rief Everard vom Hippo aus an, wo ich inzwischen Stammgast genug war, dass sie Peppy mit reinließen. Mein Anruf ging auf die Mailbox, aber ich bekam fast umgehend eine Nachricht, die nach meinem Standort fragte.

Während ich auf ihn wartete, schlüpfte eine Frau meines Alters in hautengem Lycra mit Pferdeschwanz ins Hippo, fragte, ob ich ich sei, und überreichte mir eine Vorladung. Sie hopste zur Tür hinaus und joggte davon. Auch eine gute Kombi: Gerichtsbotin und gleichzeitig für den Marathon trainieren. Ich fotografierte die Vorladung und schickte das Bild Faye Mitchell.

Als Deke ins Hippo kam, grüßten ihn mehrere Leute mit Namen, und die Barista brachte ihm einen Becher schwarzen Kaffee.

»Deine Pisse ist sauber«, sagte er zur Begrüßung.

»Schön, mal bestätigt zu kriegen, wie zutiefst rein mein ganzes Wesen ist«, sagte ich.

»Dein Wesen ist nicht rein. Du pfuschst in einer Mordermittlung des LKPD rum, und das macht dich verdächtig.«

»Sergeant, ich pfusche in euren Ermittlungen rum, weil ich eine Verdächtige bin und nicht für ein Verbrechen verurteilt werden will, das ich nicht begangen habe. Ich würde diesen Espresso hier vergnügt bei mir zu Hause trinken, wenn euer Team das Dundee-Haus von oben bis unten durchsucht hätte, nachdem ich Sabrina gefunden habe.«

Er presste die Lippen zusammen und sah weg.

»Die Decke, die in meinem Kofferraum aufgetaucht ist, lag im Flur des Dundee-Hauses, als ich reinging. Das heißt, dass Clarina höchstwahrscheinlich längst tot im Keller lag. Ich konnte nicht noch mal mit Valerie Granev reden, seit sie ihre Tochter in eine Klinik in Florida transportiert hat, aber sie hat mir erzählt, wie Sabrina geschrien hat, weil sie Monster sah. Ich hab keine Befugnis für so was, aber wenn ein kompetenter Ermittler mit Sabrina sprechen könnte, stellt sich womöglich raus, dass sie gesehen hat, wie die Mörder Clarina ins Haus getragen haben.«

Er hatte weder Milch noch Zucker in seinen Kaffee getan, aber er rührte so heftig darin, dass es auf die Tischplatte schwappte. »Ich streite mich nicht mit dir darüber. Im Nachhinein weiß man immer alles besser. Aber ob du es glaubst oder nicht, ich versuch dich zu schützen – ich glaube genauso wenig, dass du Coffin umgebracht hast, wie dass es Tante Gertrude war. Oder meine Ma. Aber du und Tant– du und Gertrude, ihr wart beide am Tatort in der Nacht, als Clarina starb. Der Staatsanwalt, Stamoran vom FBI und sogar der Chief kommt immer wieder auf diesen Punkt zurück. Dass Gertrude auch dort war, ist alles, was Karas davon abhält, dich und Trig unter Anklage zu stellen.«

»Gertrude war also wirklich dort? Und Trig auch? Wieso?«

»Das ist der unmögliche Teil der Geschichte«, sagte Deke. »Trig hat sich anfangs geweigert, zuzugeben, dass er dort war. Als wir ihm das Bild mit ihm und Gertrude an der Hintertür zeigen, behauptet er, es sei mit Photoshop getrickst. Schließlich sagt er, er hat einen anonymen Anruf erhalten, des Inhalts, er könne Brett Santich beim Dealen erwischen, wenn er unangemeldet da auftaucht. Tatsächlich zeigt Trigs Handy, dass *er* einen Anruf gemacht hat, und zwar zu einem Münztelefon – davon steht in Lawrence nämlich noch eine Handvoll. Aber wir haben keinen Beleg, dass er angerufen wurde.«

»Was sagt denn Santich dazu?« Ich fragte mich, ob Trig mich belogen hatte oder die Cops, oder ob er uns vielleicht je eigene Lügen erzählte.

»Santich sagt, er würde Trig nicht mal bitten, aus einem brennenden Haus zu kommen, geschweige denn allein auf sein Land, egal zu welcher Tages- oder Nachtzeit.«

»Was ist mit Gertrude?«, fragte ich.

»Gertrude sagt, sie hat eine Nachricht von einer der Frauen aus ihrem Buchclub erhalten, ihr Auto sei beim Dundee-Haus liegengeblieben und ob Gertrude mit ihr warten könne, da es da draußen nachts so unheimlich sei.«

»Lässt sich das verifizieren?«

»Sie bekam um kurz vor drei einen Anruf. Von einem Wegwerfhandy aus. Da wollte jemand sie mit im Bild haben. Sie ist vielen Leuten ein Dorn im Auge – sie und vor ihr ihre Mutter sind in dieser Stadt die reinsten Dampfwalzen, die jede Opposition gegen ihre Vision von Lawrence' Zukunft plattmachen. Wenn der Mörder sauer genug auf sie war, fand er – oder auch sie, schätze ich – vielleicht, es wäre ein guter Witz, sie zum Tatort zu locken.«

»Genauso wie man es einen guten Witz fand, die Decke in mein Auto zu tun«, sagte ich trocken. »Wie geht es mit der Untersuchung voran? Wann kann ich heimfahren?«

»Unsere Spurensicherung ist sehr gründlich. Jeder Patzer bei der Beweisaufnahme kann die Strafverfolgung gefährden, wenn wir endlich zur Festnahme schreiten.«

»Und das nennst du mich beschützen? Versuchst in meinem Auto Beweise gegen mich zu finden?«

»Sei nicht so verdammt mimosenhaft. Wie wär's mit: ›Danke, Deke, fürs Sicherstellen, dass die Staatsanwaltschaft nicht behaupten kann, wir hätten Drogen oder Waffen oder sonst was übersehen?‹ Wir haben Spuren von Fentanyl in deinem Kofferraum gefunden, aber die scheinen von der Decke zu stammen. Dank unserer ganz besonderen Sorgfalt ist gewährleistet und aktenkundig, dass keine in deiner Kleidung, deinem Handgepäck und im Innenraum waren.«

Die Staatsanwaltschaft konnte diese Spuren von Fentanyl zu Indizien für Drogensucht umdeuten oder, schlimmer, für Drogenhandel, also dankte ich ihm nicht. Stattdessen fragte ich nach den Omicron-Jungs. »Konntet ihr sie schon mit Drogenverkäufen in Verbindung bringen?«

»Das Omicron-Haus fällt in die Zuständigkeit der Campuspolizei. Unsere Streifenwagen durchkämmen die Bars, halten Ausschau nach Aktivitäten, aber wir können auf dem Campus nichts durchsuchen.« Er stand auf. »Sei hier sehr vorsichtig, Warshawski. Wir sind nicht in Chicago, wo du gute Freunde bei der Truppe hast. Hier reicht ein falscher Schritt, und du hast schwerwiegende Anklagen am Hals. Chicago ist eine Großstadt, da fällt Anonymität leichter als in einer Kleinstadt wie Lawrence. Du wärst überrascht, wie einfach es für uns ist, herauszufinden, ob du – sagen wir, was Unorthodoxes tust.«

Ich lächelte ihn an. »Ich wohne über Gertrude Perecs Garage. Sie und deine Mutter sind beste Freundinnen. Zoë Cruickshank folgt mir auf Schritt und Tritt. Also nein, es überrascht mich nicht, wenn ihr wisst, was ich tue, noch ehe ich es selber so recht weiß.«

Von diesem Gespräch berichtete ich Faye Mitchell, der Anwältin aus Kansas City, live und persönlich. Die Kansas-Basketballmannschaft spielte am Sonntagabend. Mitchell hatte ein Ticket.

Ich erfuhr, dass man dafür gewaltig Beziehungen brauchte – Taylor Swift live zu sehen, wäre leichter, sagte sie mir. Sie kam auf dem Weg zu einem Lunch mit Freunden bei mir vorbei, um zu reden.

Mitchell war in den Vierzigern, rote Haare, die sie mit ein paar Kämmen aus dem Gesicht hielt. Sie war angezogen wie alle an einem Spieltag – Jayhawk-Sweatshirt –, aber sie trug dazu imposante hochhackige Cowboystiefel.

Sie schnitt eine Grimasse, als sie erfuhr, dass ich seit meiner Rückkehr in die Stadt schon mit der Polizei gesprochen hatte oder jedenfalls mit einem Officer. »Ich weiß, ich kann nicht jedes Mal dabei sein, wenn Sie mit hiesigen Gesetzeshütern reden, aber halten Sie es kurz, und nehmen Sie alles auf. Deke Everard ist ein guter Cop, ehrliche Haut, aber der Staatsanwalt macht Druck aufs LKPD, genug für eine Verhaftung zusammenzutragen, und dieser FBI-Agent lauert im Hintergrund wie die böse Fee bei der Taufe.«

Ich erzählte ihr von Sabrinas Monstern und Valerie Granevs seltsamem Verhalten. »Sie meinte, sie wollte Stamoran nicht in die Suche nach Sabrina einbeziehen, das war wohl eine Entscheidung der Firmenleitung.«

Mitchells sorgsam gezupfte Brauen schossen in die Höhe. »Der Firmenleitung von Tulloh Industries? Heißt das, jemand aus der Familie?«

»Ist das ein Familienunternehmen?«, fragte ich.

Ich hätte die Firma gleich abchecken müssen, als Valerie mir sagte, dass sie dort arbeitete. Schon wieder ein Patzer. Du bist nicht bei der Sache, Warshawski!

»O ja«, sagte Mitchell trocken. »Ein Familienunternehmen durch und durch, und diese spezielle Familie hat zudem einen Großteil der Abgeordneten von Kansas in der Tasche. Also wenn Matthew oder sein Sohn Robert wollten, dass das FBI mitmischt, bräuchten sie nur mal kurz den Leiter des hiesigen Field Office anzurufen, der würde ihnen unverzüglich zu Diensten sein.«

»Valerie hat mich zurückgepfiffen, und ihr Mann bekam eine Spende für sein Lieblingsprojekt«, sinnierte ich. »Die Spende war anonym, aber ich schätze mal, da könnten die Tullohs dahinterstecken. Ein Schmiergeld, um Valerie zu überreden, mich abzuziehen.«

»Könnte sein«, sagte Mitchell. »Das erklärt zwar nicht, warum das FBI versucht, Sie für eine Nicht-Entführung dranzukriegen, aber es ist ein Hinweis, dem sich zu folgen lohnt.« Sie schaute auf eine übergroße Breitling-Uhr am rechten Handgelenk. »Ich muss los. Wir sehen uns morgen um neun vor dem Hauptquartier. Rock Chalk!«

»Rock Chalk?« Ich war überfordert.

»Daran erkennen sich Fans von Kansas. Sie müssen einheimisch denken lernen, wenn Sie die mit ihren eigenen Waffen schlagen wollen.«

22
Rock Chalk

Als sie weg war, nahm ich Familie Tulloh unter die Lupe. Matthew Tulloh ging auf die achtzig zu. Er hatte seine geschäftliche Existenz mit drei Getreidesilos begründet, die seine Frau geerbt hatte, und sie zum internationalen Konzern mit Tentakeln in vielen verschiedenen Branchen ausgebaut. Der Hauptsitz lag in einer Stadt namens Salina im Zentrum von Kansas, ganz in der Nähe der Erdgasquellen, die einen ordentlichen Teil ihres Geschäfts ausmachten. Sie versuchten offenbar nicht, mit Boeing oder anderen großen Flugzeugherstellern zu konkurrieren, ihre Luftfahrtabteilung war strikt spezialisiert auf Elektronik und Avionik wie Valerie Granevs Arbeit.

Da Tulloh Industries nicht börsennotiert war, ließ sich schwer schätzen, wie groß das Unternehmen wirklich war; in der Wirtschaftspresse hieß es, das Privatvermögen von Matthew, seinen zwei Söhnen und seiner Tochter ließe sich pro Kopf jeweils elfstellig beziffern. Elf – ich müsste mir also noch einen Finger wachsen lassen, nur um die Stellen vor dem Komma abzuzählen. Verstörendes Bild.

Es war leicht erklärlich, warum das FBI sich auf einen Befehl von Tulloh hin bei Sabrinas Verschwinden engagierte. Es war ganz unerklärlich, warum das FBI mich bei einer erfundenen Entführung zum Sündenbock machen sollte. Falls Matthew Tulloh das veranlasst hatte, wieso?

Ich konnte nichts dagegen tun, schon gar nicht an einem Sonntag, aber es gab noch andere Fäden, die ich nicht aufgenommen hatte, wie die drei Fotos aus Clarinas Trailer. Sie waren von Räubern wie Gendarmen ignoriert worden, aber Clarina waren sie wichtig gewesen.

Ich hatte Lou und Ed versprochen, dass ich am Nachmittag Peppy mitbringen würde. Es blieb noch Zeit für einen Zwischenstopp bei der Bibliothek, wo ich der Frau am Schalter die Bilder zeigte.

»Ich hoffe, dass sie etwas Licht in die Frage bringen, wer Clarina wirklich war, wo sie herkam, vielleicht sogar, warum sie umgebracht wurde.«

Die Miene der Bibliothekarin verdüsterte sich. »Schlimme Sache, dieser Mord. Sie war ein paarmal hier, aber ich habe sie zur Origins Library in Topeka geschickt – im Kansas Origins Museum. Die haben da ein umfangreiches Archiv mit Unterlagen und Artefakten aus den ersten fünfzig Jahren des Bundesstaats, viel umfangreicher als unsere Sammlung. Diese Fotos stammen aus der Zeit.«

Sie schrieb Adresse und Website des Museums auf einen Zettel.

»Sind Sie die Frau, die Clarina gefunden hat? Das muss ein grässlicher Schock gewesen sein. Sie sind Detektivin, oder? Ich hoffe, Sie finden ihren Mörder.«

Angenehme Abwechslung, dass eine Einheimische mir mit einer Vertrauensbekundung begegnete statt mit drohendem Knurren. Ich dankte ihr und fuhr mit dem Hund aufs Land.

Der Nachmittag war kalt, aber sonnig. Peppy war selig, jagte Kaninchen über Lous und Eds Felder und überzeugte die Männer, dass ich sie verhungern ließ.

Als wir zurückkamen, sammelten sich schon die Massen für die Partys vor dem Spiel. Der Verkehr stockte, Hupen plärrten.

Die frische Luft der Farm auf dem Hügel hatte mich hungrig gemacht. Ich stieg die Außentreppe hoch, vor meinem geistigen Auge eine Schüssel Nudeln mit dem Käse, den ich unterwegs noch gekauft hatte, aber sobald ich die Tür aufschloss, wusste ich, dass etwas nicht stimmte. Es war der Geruch, schwer zu fassen, aber vorher nicht da. Ein ganz leichter Hauch, vielleicht ein süßlicher Tabak oder sogar Aftershave.

Ich schaltete die Handy-Taschenlampe ein und hielt sie vom Körper weg. Nichts rührte sich. Ich streckte den linken Arm aus und tastete, bis ich den Lichtschalter fand. Im Hauptraum war niemand. Ich ließ die Tür offen, steckte das Handy in die Hosentasche und machte einen Rundgang. Niemand hinter der halbhohen Wand, die die Küche vom Zimmer trennte. Nichts im Bad. Nichts in der Schlafnische.

Peppy tapste wachsam hinter mir her.

Ich schloss die Außentür und verriegelte sie, bevor ich den Raum genauer untersuchte. Kleinigkeiten. Der Koffer, den ich unters Bett geschoben hatte, war sichtbar statt ganz aus dem Blick. Ich machte ihn auf, tastete das Futter ab. Da war nichts. Mein Laptop stand nicht genau da, wo ich es gelassen hatte. Ich öffnete es, prüfte, ob jemand einen physischen Tracker angebracht hatte, ließ meine Malware-Software laufen. Alles schien in Ordnung.

Ich strich über die Lamellen der Jalousie, fragte mich, ob der Eindringling eine Wanze platziert hatte. Die Dinger sind heutzutage ohne Spezialausrüstung fast unmöglich aufzuspüren, aber ich suchte trotzdem. Fremde in deinem Zimmer, deine Sachen begrabscht, da fühlst du dich verwundbar, geradezu beschmutzt.

Die Haut an meiner Schädelbasis kribbelte, aber schließlich setzte ich Nudelwasser auf. Doch als ich die Schachtel aus dem Regal nahm, erfasste mich Widerwillen – ich mochte nichts essen, was Eindringlinge vielleicht angefasst hatten. Ich warf die am Morgen gekauften Lebensmittel in eine Mülltüte und band sie zu. Dann zog ich den Abfalleimer unter der Spüle hervor, um die Tüte hineinzutun. Er war schwer. Erheblich zu schwer für billiges Plastik. Ich brauchte einen Moment, aber schließlich merkte ich, dass er einen doppelten Boden hatte. Ich stemmte ihn auf. Zum Vorschein kam ein Stück Industrieplastikfolie, in das etwas eingewickelt war, das ich durch die Schichten nicht erkennen konnte.

Ich zog meine Baumwoll-Laufhandschuhe über und hob es heraus, vorsichtig, falls es etwas war, das explodieren könnte, aber es fühlte sich eher an wie ein Stück Rohr.

Ich fand ein Küchenmesser in einer Schublade und schlitzte die Folie auf. Ein rund vierzig Zentimeter langer Schraubenschlüssel. Aus schwerem Werkzeugstahl, aber am Kopfende rostig.

Nein, kein Rost, solcher Stahl rostet nicht. Blut. Mein Magen hob sich, Blut in meinem Zimmer, an meinen Händen.

»Schluss!«, brüllte ich. Die Hündin sah erschrocken zu mir auf. Ich legte ihr eine Hand in den Nacken, spürte durch den Handschuh ihre Wärme. »Tut mir leid, Mädchen, tut mir leid. Da macht uns jemand kirre, versucht uns kirre zu machen, aber läuft nicht, nicht mit uns.«

Dies war die Tatwaffe vom Mord an Clarina Coffin, oder jedenfalls wollte jemand, dass die Polizei das glaubte. Man hatte sie mir untergeschoben, nun würde man die Cops darauf ansetzen, sie zu finden. Wenn ich den Fund meldete, würden sie mir nicht glauben, und zusammen mit der Decke würde das reichen, um mich in eine Zelle zu stecken.

»Und was würde dann aus dir, meine Schöne?«, murmelte ich Peppy zu, aber ich war schon dabei, das Werkzeug wieder einzuwickeln. Dabei bemerkte ich am Griff den Buchstaben K in einem erhabenen Kreis. Es sah aus wie das Symbol auf koscheren Lebensmitteln. Dieser Schraubenschlüssel ist koscher für Mord. Der Gedanke löste hysterisches Gelächter aus.

Die Hündin presste sich an meine Beine, meine Ängste strömten mir aus allen Poren und regten sie auf. »Alles gut, Mädchen, alles gut«, versuchte ich mich selbst und sie zu beruhigen.

Ich durfte nicht lange in der Wohnung verweilen, aber ich schrubbte den Abfalleimer im Bad unter der Dusche sauber und stellte ihn zum Trocknen auf den Kopf. Den Schraubenschlüssel steckte ich in einen Plastikmüllsack wie den, in dem jetzt die Lebensmittel waren.

Das Badezimmerfenster ging auf den Perec'schen Hinterhof hinaus. Ich lehnte mich raus und ließ beide Säcke in die Büsche fallen. Ich ließ Peppy ungern allein in der Wohnung, zumal ich sie erst so aufgeregt hatte, aber bei dieser Aktion wollte ich sie nicht bei mir haben. Ich konnte nicht gleichzeitig auf die Hündin, den Verkehr und mögliche Verfolger achten.

Ich eilte die Stufen runter und klingelte bei den Perecs. Cady kam an die Tür. »Vic! Brauchst du was?«

»Jemand ist in die Garagenwohnung eingebrochen, als ich nicht da war.«

»Vic – nein – wie schrecklich! Gram!«, rief sie über die Schulter. Gertrude erschien, die Falten um Nase und Mund missbilligend gefurcht. »Wir sind beim Abendessen, Ms. Warshawski. Wenn Sie etwas zu besprechen haben, kommen Sie morgen wieder.«

»Gram! Jemand ist in die Wohnung eingebrochen. Wir müssen die Polizei rufen. Was haben sie mitgenommen? Haben sie die Tür aufgebrochen?«

»Sie hatten entweder einen Schlüssel oder sehr gute Dietriche, denn ich hab keine Anzeichen gewaltsamen Eindringens gesehen. Sie haben nichts mitgenommen, aber meine Sachen durchwühlt, meine Kleidung, die Lebensmittel, die ich gekauft habe. Ich wollte wissen, ob ihr jemanden reingelassen habt.«

»Warum sollte ich?«, brauste Gertrude auf. »Nichts, was Ihnen gehört, könnte mich interessieren.«

Ich lächelte sie an, mein todesverachtendes Lächeln. »Jemand könnte Ihnen gesagt haben, er sei zum Gaszählerablesen da oder Inspektor für Schädlingsbekämpfung.«

»Ich habe niemanden in die Wohnung gelassen. Wenn Sie mich jetzt entschuldigen würden, ich will zu meiner Mahlzeit zurück.« Kerzengerader Rücken, militärische Kehrtwende, und sie verschwand in den Tiefen des Hauses.

»Entschuldige, Vic«, sagte Cady. »Aber das ist beunruhigend. Wir hatten noch nie Ärger mit Einbrüchen oder Vandalismus oder so. Ich ruf gleich morgen früh einen Schlüsseldienst an und lass ein neues Schloss einbauen. Wenn du – ich weiß, Gram wirkt abweisend, aber falls du Angst hast, da oben allein zu übernachten, wir haben noch ein Gästezimmer, wo du bleiben könntest, bis die Schlösser ausgewechselt sind.«

»Ich hab mehr Angst, dass deine Großmutter mir eine Axt in den Schädel jagt, wenn ich mit ihr in einem Haus bin.«

Sie schmunzelte, fand aber, ich sollte die Polizei rufen.

»Die haben ja nichts mitgenommen«, sagte ich. »Die Cops sind zu ausgelastet, um Fingerabdrücke zu suchen, nur weil eine Bewohnerin sagt, dass ihre Sachen angefasst wurden. Aber jetzt möchte ich gern durch euren Garten nach hinten raus.«

Cady brachte mich zur Hintertür. »Aber im Garten ist es stockdunkel. Bist du sicher?«

»Ich will einen Bogen schlagen und nachsehen, ob jemand euer Haus beobachtet.«

Die Erklärung alarmierte sie, aber sie ließ mich raus, schob die Türvorhänge beiseite und spähte mir besorgt hinterher. Ich lächelte, winkte, schlenderte außer Sicht und schlich dann zurück, meine Müllsäcke holen. Dann lief ich Richtung Süden zu einem Park. Ich glaubte nicht, dass mir jemand gefolgt war.

Der Park war einige Blocks von der Hauptstraße im Zentrum entfernt, wo die Feiern vor dem Spiel so ausuferten, dass ich sie bis hierher hörte. War wohl bald Tip-off.

Ich ließ den Müllsack mit dem Essen auf einer Bank, nahm aber den Schraubenschlüssel mit. Jetzt kam der knifflige Teil. Es wäre eine Katastrophe, jetzt angehalten und durchsucht zu werden, aber ich ging durch den Park bis zur Sixth Street, einer der belebtesten Verkehrsadern der Stadt. Autokorsos, Hupkonzerte. An der Kreuzung, wo die Mehrzahl der fröhlichen Fans die Ampel ignorierte, blies ein Cop wütend in seine Trillerpfeife. Ich pirschte am Rand des Parks im Schatten entlang, sah schließlich eine Lücke im Verkehr und schlüpfte hinüber.

Auf der Nordseite erstreckte sich der Park bis runter zum Fluss. Hier wollte Cady in der Nacht des Mordes an Clarina Coffin entlanggegangen sein, um ihre Schlaflosigkeit zu vertreiben. Ein paar Straßenlaternen halfen den Weg erkennen. Wenige Jogger waren unterwegs, ein paar Radfahrer und dem Wetter zum Trotz schwer verliebte Pärchen. Vielleicht war Cady ja hier gewesen. Vielleicht erinnerte sich jemand, der ebenfalls um drei Uhr früh nicht schlafen konnte, sie gesehen zu haben.

Fast am Ende des Wegs kam ich zu dem alten Bootstrailer, den Peppy und ich heute Morgen entdeckt hatten. Flüssige Bewegungen, kein Blick über die Schulter: Ich ging dicht daran vorbei, schleuderte den Beutel drunter und ging weiter den Weg entlang bis zum nächsten Mülleimer, wo ich die Handschuhe loswurde. Dann schlenderte ich zurück und mischte mich auf der Massachusetts Avenue unter die Menge.

23

Handverlesene Fürsorge

Zurück an der Garage schlich ich vorsichtig zur Außentreppe, sah aber niemanden, der dort lauerte oder Ausschau hielt. Peppy lag direkt hinter der Tür, zitterte und winselte.

Ich nahm sie mit raus, setzte mich auf die oberste Stufe, streichelte sie und sang ihr italienische Lieder vor, bis wir beide ruhig wurden. Dann gingen wir nach Osten, vorbei an den Studentenkneipen, wo sich die Leute drängten, um das Spiel zu sehen, und fanden ein Lokal mit Stühlen draußen und Wärmepilzen. Dort ließ ich mich mit der Hündin nieder, trank Wein und fütterte uns beide mit Risottohäppchen.

Als wir zwei Stunden später zum Perec-Haus zurückkehrten, stieg Deke Everard aus einem gegenüber geparkten Zivilfahrzeug. Jetzt hingen schon Männer an Straßenecken herum, nur um mit mir reden zu können. Zumindest einer, auch wenn er ein Cop war. Vielleicht sollte ich Peter das mal texten, um zu sehen, ob es einen Eifersuchtsanfall auslöste, der ihn dazu brachte, mich anzurufen.

»Hab mich schon gefragt, wann du zurückkommst, Warshawski.«

»Sergeant, das ist so rührend. Wie viele Menschen gibt's in dieser Stadt, hunderttausend? Und du behältst uns alle im Auge, jede einzeln, um zu gewährleisten, dass wir in Sicherheit sind? Chicagoer Cops wären nie so fürsorglich.«

Die Straßenlaternen gaben genug Licht, dass ich sehen konnte, wie er eine abwehrende Geste machte. »Tante Ger – Ms. Perec – hat mir erzählt, dass du vor ein paar Stunden weggegangen bist. Sie sagt, du hast behauptet, in die Wohnung über ihrer Garage sei jemand eingebrochen.«

»Ich hab es behauptet, weil es passiert ist.«

»Wo bist du hingegangen, als du weg bist?«

»Langsam, Sergeant. Es ist eine Sache, sich um eine einzelne Besucherin der Stadt zu sorgen, noch dazu am Heimspielabend, wenn es tausende Besucher gibt. Eine ganz andere Sache ist ein Verhör, noch dazu im Dunkeln und ohne Zeugen.«

»Ich habe eine Zeugin. Und wir können oben im Lampenlicht reden.«

Er sprach in sein Kragenmikro. Eine Frau stieg aus ihrem Auto und kam herüber.

»Es gibt nichts zu reden«, sagte ich. »Wenn ihr mich befragen wollt, komme ich mit aufs Revier, nachdem ich meiner Anwältin Bescheid gesagt habe, dass wir ein offizielles Gespräch führen.«

Er zog ein Stück Papier aus der Jackentasche. »Ich habe einen Durchsuchungsbeschluss für die Wohnung. Ich habe ihn Ms. Perec gezeigt, wollte aber mit der Vollstreckung warten, bis du zurück bist.«

Also hatte jemand die Wohnung im Blick behalten und gleich dic Polizei gerufen, als ich zurückkam. Das gefiel mir gar nicht, kein bisschen.

»Ihr habt einen Durchsuchungsbeschluss, weil ich meiner Vermieterin gesagt habe, dass ich glaube, jemand ist bei mir eingebrochen?«, sagte ich. »Doll. Und was genau wollt ihr in der Wohnung suchen, wenn ihr gar nicht wisst, was vorher da war?«

»Wir sind doch nicht wegen –«, setzte er an, unterbrach sich aber. »Gehen wir rauf in die Wohnung, Warshawski. Die Hawks führen um drei Punkte. Ich will rechtzeitig fertig sein, um das Finale zu sehen.«

Ich führte sie schweigend die Außentreppe hoch. Oben schloss ich auf und streckte an der Wand entlang den Arm aus, um das Licht anzumachen. Ich sah mich um, aber es schien nichts angerührt worden zu sein, seit ich weggegangen war.

Als wir alle drinnen waren, erkannte ich in der Polizistin die junge Frau, die so klug gewesen war, bei Uber anzurufen, als wir Sabrina fanden. Officer Rockwell stand auf ihrem Namensschild.

»Hier sieht's nicht aus, als wäre was verwüstet«, sagte Everard.

»Ist es auch nicht. Kleinigkeiten waren am falschen Ort.« In meiner Wohnung in Chicago, wo ich chronisch in Unordnung lebe, hätte ich es vielleicht gar nicht gemerkt. Nur hier, wo ich gerade erst eingezogen war, herrschte genug Ordnung, um zu sehen, dass ein Koffer bewegt worden war.

Mit Everard auf den Fersen ging ich um die Trennwand zur Schlafnische und zog langsam meinen Koffer hervor. Bevor ich mit meinen Säcken loszog, hatte ich zwei Haare eingeklemmt, eins von Peppy neben dem Schloss, eins von mir am hinteren Scharnier. Beide waren noch an ihrem Platz.

Die beiden Cops streiften die obligatorischen blauen Handschuhe über und begannen mit der Durchsuchung. Bei dem kleinen Raum dauerte es nicht lange. Officer Rockwell entdeckte den umgestülpten Abfalleimer in der Badewanne.

»Wozu das?«, fragte Everard.

»Roch nicht gut«, sagte ich. Vorsichtig schnupperte ich an dem Eimer. Ein beruhigender Geruch nach Bleichmittel. Er war innen noch nass, also legte ich ihn wieder überkopf in die Wanne.

Als sie alles inspiziert hatten, auch das Innere meines Koffers und die Sachen, die ich in den freistehenden Kleiderschrank gehängt hatte, runzelte Everard die Stirn und sah sich um.

»Wonach habt ihr denn gesucht, Sergeant?«, fragte ich. »Und wer hat euch gesagt, dass ihr herkommen sollt, um zu finden, was immer es ist?«

»Das sind zwei gute Fragen. Ich kann sie nicht beantworten.«

»Kannst oder willst nicht?«

Er schüttelte den Kopf.

»Okay, ich weiß nicht, wonach ihr gesucht habt, aber ich wette, der hilfreiche Informant war derselbe brave Bürger, der euch gesteckt hat, dass Trig Garrity und Gertrude Perec in der Nacht nach Sabrina Granevs Auffinden beim Dundee-Haus waren.«

Zögerlich nickte er. »Ja, das wette ich auch. Ich glaube nicht, dass du extra nach Kansas gekommen bist, um eine Mord- und Entführungswelle loszutreten, aber wenn eine Information so konkret ist, muss ich ihr nachgehen. Wo warst du, nachdem du durch Perecs Garten raus bist und bevor du zurückkamst?«

»Mord- und Entführungswelle?«, sagte ich. »Wie jetzt – hängt Coffins Tod mit Sabrinas Fall zusammen?«

»Sie wurden im selben Gebäude gefunden. Ich denke, du bist Detektivin – sieht dir das nicht nach Zusammenhang aus?«

»Natürlich. Aber gibt es Indizien, dass Sabrina und Coffin sich kannten?« Ich dachte an mein Gespräch mit Faye Mitchell. »Als Sabrina gesund war, reiste sie in der Welt herum und spielte Turniere. Können sie und Clarina Coffin sich irgendwo begegnet sein? Vielleicht war Coffin in ihrer echten Identität ja ein Scout für Frauen-Profiteams.«

Officer Rockwell entwich ein Prusten, das hastig zu Husten wurde.

Ich lächelte sie an. »Sie haben recht – das ist in jeder Hinsicht unglaubhaft, vor allem, weil im Frauenfußball nie genug gezahlt würde, um verdeckte Scouts anzuheuern.«

»Alles sehr witzig«, sagte Deke trocken. »Und jetzt, wo du der Frage lange genug ausgewichen bist, um eine gute Lüge bereitzuhaben, wo warst du zwischen halb sieben oder in der Drehe, als du im Garten von Perec verschwunden bist, und dem Zeitpunkt, als ich dich draußen angesprochen habe?«

»Ich war hungrig. Ich musste was essen. Ich hab ein Lokal

im Zentrum gefunden, wo gnädigerweise keine Basketballfans waren.« Ich nannte Everard den Namen.

Ich war außerdem noch mal zum Park zurückgegangen, um den Sack mit Lebensmitteln zu holen, den ich dort gelassen hatte. In Lawrence gab es unweit vom Park eine Essensausgabe; dort hatte ich meine Spende vor die Tür gestellt. Diese Information behielt ich für mich: Es schmälert eine gute Tat, vor den Cops damit anzugeben.

Ich wandte mich an Officer Rockwell. »Wir sind uns begegnet, als ich Sabrina draußen im Dundee-Haus gefunden habe. Haben Sie von dem Uber-Fahrer, der sie hingebracht hat, eine protokollierte Aussage bekommen?«

Rockwell sah Everard an, der nickte, sie durfte antworten. Nein, sie hatten keine formelle Aussage, sagte sie, aber Rockwell hatte ihren Anruf aufgezeichnet.

»Ich möchte die Angaben des Uber-Fahrers offiziell im Protokoll, bevor der FBI-Vogel, der hinter mir her ist wie Captain Hooks Krokodil, oder sogar euer Staatsanwalt dafür sorgt, dass sich die Zeugenaussage ändert.«

»Aber die Fahrt ist doch bei Uber aktenkundig«, sagte Rockwell.

»Aktenbereinigung ist heutzutage ein erstaunliches Hobby. Ich wüsste gern, dass die Aussage sicher ist.«

Deke seufzte schwer, aber er nickte Officer Rockwell zu. »Treib den Fahrer auf und nimm seine Aussage zu Protokoll. Gleich morgen.«

»Ja, Boss.«

»Danke«, sagte ich trocken. »Außerdem wüsste ich noch gern, wer eigentlich dafür sorgt, dass das LKPD an einem Abend, wo alle Cops in der Innenstadt gebraucht werden, mit mir Engtanz macht. Vielleicht geb ich als Außenstehende einen guten Sündenbock ab, aber wenn das meine Ermittlung wäre, würde ich nach einem Strippenzieher Ausschau halten.«

Dekes Augen wurden schmal. Als waschechter Cop verabscheute er es, wenn man ihm seinen Job erklärte, aber als waschechter Cop war ihm auch klar, dass ich recht hatte.

Das Schweigen dehnte sich, schließlich sagte er: »Warshawski, wenn du mich belogen hast, bedeutet das ernste Konsequenzen.«

Ich sah ihn direkt an. »Sergeant, ich hab dir heute Abend nicht eine Lüge erzählt. Officer Rockwell hat ihre Aufzeichnung. Die kannst du zurate ziehen, wenn euer anonymer Anrufer euch weitere Tipps über mich gibt.«

Ich hatte Informationen für mich behalten, ich hatte Andeutungen gemacht, aber das war alles nicht dasselbe wie lügen.

Er schien bereit zu gehen, doch dann sagte er – wie es Cops gerne machen – betont beiläufig: »Was war denn in dem Müllsack, den du aus Gertrudes Hecke gezogen hast?«

Ich blinzelte, blubberte aber nicht los, *welcher Müllsack, welche Hecke*. Gertrude musste mich vom Küchenfenster aus gesehen haben. »Ich hab die Lebensmittel weggeworfen, die ich heute Morgen gekauft habe. Ich mochte nichts essen, was die Eindringlinge vielleicht angefasst haben.«

In der Ferne erhob sich lautes Johlen. Das Spiel war wohl vorbei. Deke warf einen Blick auf sein Handy, sagte aber: »Und wo sind diese Lebensmittel jetzt?«

»Stehen vor einer eurer Essensausgaben.« Ich nannte ihm die Adresse.

Er runzelte erneut die Stirn, wog meine Geschichte ab. Aber sie war allzu leicht zu überprüfen. »Okay, Rockwell, wir beide machen uns jetzt auf zu unserem Lieblingsteil der Polizeiarbeit, dem Beenden von Kneipenschlägereien. Die Hawks haben mit neun Punkten Vorsprung gewonnen, und die Stadt explodiert, als ob das zum ersten Mal passiert.«

Als sie abzogen, tat ich, was heute alle tun, statt sich auszuruhen oder ein gutes Buch zu lesen. Ich checkte meine Nachrichten. Immer noch nichts von Peter in Spanien. Ein bitteres Ziehen in meiner Brust, vielleicht nahe dem Herzen?

Ich wollte und durfte mich jetzt in nichts reinsteigern oder gar in Selbstmitleid suhlen. Ich musste denken und handeln. Jemand hatte mein Kommen und Gehen beobachtet und die Cops angerufen, als ich zurückkam. Ein Fenster der Wohnung ging auf die Ohio Street. Ich lupfte die Kante einer Jalousielamelle. Rockwell fuhr eben los, ihr Blaulicht drehte sich, Deke saß noch in seinem Wagen.

Die Nachbarn gegenüber von Gertrude hatten kleine Sträucher am Rand ihres Rasens, aber verstecken konnte man sich hinter keinem davon. Ein Stück weiter südlich jedoch hatte ein Haus einen schmiedeeisernen Zaun am Gehweg entlang und eine dichte immergrüne Hecke zwischen Zaun und Haus. Ideale Deckung. Während ich hinsah, schimmerte dort ein kleines Licht auf. Ein Handy-Display. Jemand beobachtete Deke in seinem Zivilwagen, oder vielleicht mich an meinem Fenster?

Ich löschte das Licht im großen Zimmer, ließ in der Schlafnische eine Nachttischlampe brennen und schlüpfte zur Tür hinaus. Ich rutschte die Stufen auf dem Hintern runter, damit mein Umriss nicht von den Straßenlaternen erfasst wurde. Drückte mich eng an die Hauswand und schlich von der Straße weg bis zum Nachbargrundstück, wo mich ein großes Gebüsch abschirmte. Ich überquerte die Straße und lief einen großen Bogen, um mich dem Haus mit dem Zaun von der Seite zu nähern.

Das Handydisplay war noch an. Ich machte langsam, suchte nach einer Lücke im Gebüsch, die mich näher an den Spanner heranbrachte. Da sprang ein Flutlicht an, und eine laute Stimme verlangte zu wissen, was zum Teufel wir in seinem Vorgarten suchten.

»Sie haben zehn Sekunden, um zu verschwinden, bevor ich schieße«, donnerte er.

Der Spanner sprintete an der Hecke entlang. Ich hinterher, war schon fast bei ihm, als ich über eine Wurzel stolperte und hart auf die Brust fiel. Kam rechtzeitig hoch, um zu sehen, wie er die Seventh Street runter verschwand. Ich folgte ihm. Und rannte direkt in eine Meute feiernder Jayhawk-Fans hinein.

Mein Spanner walzte mitten durch die Massen. Ich fuhr die Ellbogen aus und setzte ihm nach. Schob mich durch die Meute und sah ihn um die Ecke vom Lion's Heart schlüpfen.

Die Jayhawk-Fans hatten die Straße übernommen, tanzten, schrien und besprühten unvorsichtige Passanten mit Bier. Ich drängte mich durch die Menge auf den Bürgersteig und lugte vorsichtig um das Gebäude. Die Rückseite des Lion's Heart ging auf einen städtischen Parkplatz, genauso voller Menschen wie die Straßen. Unmöglich einzuschätzen, wohin mein Spanner verschwunden war.

Autos rollten die New Hampshire Street auf und ab und hupten ekstatisch. Ein Carrera war dabei, ein paar Typen lehnten sich aus den Fenstern und brüllten »Rock Chalk!«. Berauscht vom Leben? Oder von China Girl oder wie immer hier bei den Jayhawks der Straßenname für Fentanyl lautete.

Ich stand da, die Hände auf den Oberschenkeln, und rang schwer nach Atem, während die kalte Luft den Schweiß in meinem Nacken gefrieren ließ. Morgen würde ich auf jeden Fall wieder mit Laufen anfangen.

Ich richtete mich auf. Und stand Nase an Nase mit Deke Everard.

24

Periodensystem

»Warum hast du nicht angerufen oder mir eine Nachricht geschickt, als dir auffiel, dass jemand die Wohnung beobachtet?«, fragte Everard.

Wir waren zu Fuß zum Haus der Perecs zurückgegangen, sieben Blocks. Ich fröstelte, rieb mir die Arme, klopfte mir die Brust. Ich war im Kapuzenpulli rausgegangen, ohne Jacke, um mich schneller bewegen zu können, aber Kälte und Müdigkeit hatten mir zugesetzt.

»Ich weiß nicht, ob ich vom FBI oder von der Staatsanwaltschaft bespitzelt werde, aber irgendwer steckt euch häppchenweise alles, was ich tue, fast ehe ich es tue. Ein Kerl lauert im Gebüsch, nimmt mich vielleicht auf Video auf – kann auch auf euer Betreiben hin sein, mal nachsehen, was ich mache, wenn ihr mir den Rücken zudreht. Genau das hast du doch getan, oder? Hast um die Ecke geparkt und zugeguckt, wie sich die Sache entwickelt.«

Er starrte mich an, sein Gesicht grimmig im Lampenlicht, aber er sagte nichts.

»Der Spanner ist auf dem Parkplatz hinterm Lion's Heart in der Menge untergetaucht. Meine Omicron-Delta-Beta-Kumpels im Carrera waren auch da.«

»Warst du dumm genug, dich mit denen anzulegen?«, fragte Deke.

»Weder dumm genug noch stark genug.«

»Halt dich gefälligst von ihnen fern. Wir haben jetzt eine Drogeneinheit. Die ermitteln verdeckt, wer die Bars im Stadtzentrum beliefert. Wenn du das vermasselst, leg ich dir persönlich Handschellen an, und zwar mit Vergnügen.«

»Du hast mir erzählt, du kannst gegen die Burschis nichts machen, weil das die Zuständigkeit des Campus ist«, wandte ich ein. »Und jetzt hast du praktischerweise einen Undercover-Einsatz laufen, den ich in Ruhe lassen muss?«

»Das läuft unter Geheimhaltung. Der Staatsanwalt hat ein Team aus Kansas City geholt, damit sie niemand erkennt. Der Chief hat's mir heute Morgen gesagt, damit ich dich davon abhalte, unsere Arbeit zu torpedieren.«

»Gut zu wissen, Sergeant. Außenstehende dürfen mir was anhängen, aber ich darf ihnen nicht auf die empfindlichen kleinen Zehen treten. Wenn Millay in der Stadt herumfährt, ist schon mal sicher, dass Oxy und Meth und sonst was in Strömen fließen wie Lava vom Mauna Loa. Ich sollte dich nicht davon abhalten, den Frieden zu wahren.«

Er funkelte mich an, die Hände in die Hüften gestemmt, ein langer, drohender Polizistenblick. »Na schön. Geh rauf, geh ins Bett. Bleib dort.«

Er wartete ab, bis ich die Treppe hochstieg, bevor er um die Ecke zu seinem Wagen ging.

Mein Kopf fühlte sich an wie ein gasgefüllter Luftballon, seine Schnur hielt ihn gerade noch am Hals fest. Dazu bleischwere Beine. Mein Körper war ein Periodensystem: Kopf Helium, Beine Blei. Jedes Mal, wenn ich mein Bein eine Stufe höher zog, hüpfte der Ballon schwindelerregend.

Ich hatte den Schlüssel in der Hand, als mich jemand am Arm packte. Mein Kopf landete hart auf meinen Schultern. Instinkt: herumwirbeln, Arm verdrehen, Schulter auskugeln.

»Vic, nicht!«, kreischte sie. »Ich bin's, Zoë!«

Ich ließ sie los, zum Glück bevor ich ihr ernstlich wehtat.

»Wieso haben Sie das getan?« Sie klang beleidigt und rieb sich die Schulter.

»Sie haben mir aufgelauert. Wenn ich in einem Mordfall ermittle, frag ich nicht erst nach der Visitenkarte.« Ich schloss die Tür auf, machte Licht und blieb stehen, prüfte den Raum. Keine Eindringlinge, abgesehen von Zoë, die mir folgte.

Peppy begrüßte mich mit erfreutem Winseln und schlang sich um meine Beine. Ich kniete mich hin, um sie zu streicheln.

Zoë keuchte erschrocken, als sie mich bei Licht sah. »Was ist passiert? Hat Sie jemand überfallen? Sind Sie deshalb so grob?«

Ich trat ins Bad und starrte in den Spiegel. Ich hatte Schlamm im Gesicht von dem Sturz, als ich den Spanner jagte. Ich hatte Kratzer auf der rechten Wange und einen langen Riss im Ärmel meines Kapuzenpullis.

Ich wusch mir das Gesicht, Zoë stand hinter Peppy im Türrahmen. Ich ging zur Küchenzeile, füllte die Waschschüssel mit heißem Wasser, stellte sie vor einen Stuhl mit gerader Rückenlehne und zog die Schuhe aus, um meine wehen geschwollenen Füße zu baden.

»Wer hat Sie angegriffen?«, fragte Zoë.

»Niemand. Ich bin gestolpert und hingefallen, als ich einen Spanner verfolgt hab. Was tun Sie hier? Sie bleiben nicht über Nacht, nicht länger als zehn Minuten.«

»Ich hab auf dem Scanner gesehen, dass Cops am Perec-Haus sind. Ich war in Eudora, über eine Schießerei berichten, und als ich zurück nach Lawrence kam, waren die Cops weg. Ms. Perec behandelte mich wie etwas, in das sie reingetreten ist. Cady war nicht da. Was war denn los? Ich hab Deke bei Ihnen gesehen. Habt ihr Clarinas Mörder?«

»Nicht mal annähernd«, sagte ich.

Zoë hatte ihr Handy gezückt. Als ich merkte, dass sie Fotos von meinen Kampfnarben machte, griff ich mir das Telefon und löschte die Bilder. Sie protestierte heftig, aber ich steckte ihr Handy ein.

»Ich bin kein Begleitprogramm für Ihre Zeitung, nicht an

diesem Punkt der Ermittlungen. Jemand verfolgt mich, jemand versucht Trig oder Gertrude oder mir oder uns allen was anzuhängen. Ich muss sie im Unklaren lassen, wie viel ich weiß und was für Schaden ich genommen habe.«

»Ich brauch mein Telefon, um Ihre Kommentare aufzunehmen. Ich verspreche, keine Fotos mehr zu machen.«

Ich musste sie auf meine Seite bringen. »Zoë. Bitte schreib nicht über die heutigen Ereignisse. Mach Notizen, soviel du willst, aber wenn du zu viele Informationen bringst, verschafft das den Bösen zehn Schritte Vorsprung. Im Moment sind es erst fünf oder sechs.«

Sie verzog den Mund, überlegte, aber schließlich nickte sie zögernd. »Wenn ich mein Handy wiederkriege und aufnehmen darf, was du sagst, schwöre ich, dass ich es nicht verwende, bis du den Mörder hast. Oder zumindest eine Woche lang, je nachdem, was zuerst kommt.«

»Meinetwegen. Wenn ich in einer Woche noch nicht weiterweiß, nehme ich wahrscheinlich den Zorn des Staatsanwalts von Douglas County in Kauf und fahre heim.«

»War Deke deswegen hier? Weil dich jemand verfolgt?«

»Deke war hier, weil ihm jemand erzählt hat, ich hätte hier was, das die Cops gern sehen würden.«

Das Funkeln war wieder in Zoës Blick. »Sag nicht, dass ich das nicht drucken darf! Was war es?«

»Keine Ahnung. Falls Deke es weiß, hat er's mir nicht anvertraut.«

»Du verbirgst doch was vor mir. Das weiß ich«, protestierte Zoë.

»Ich versuch meine Augen hinter den Lidern zu verbergen, und du störst dabei.« Ich legte ihr eine Hand auf die Schulter und schob sie zur Tür. Ich dachte noch daran, abzuschließen, bevor ich ins Bett fiel.

25

Weitsicht

Ich schlief, aber unruhig, meine Träume voller chaotischer Bilder, hauptsächlich von Burschi Trevor, der in die Wohnung einbrach und mir einen Schraubenschlüssel über den Schädel zog. Ich rannte vor ihm weg und landete auf dem Spielplatz meiner alten Schule. Peter stand da und brüllte vor Lachen. »Für mich hast du zwar kein Fettstigma, Warshawski, aber ein Kriminalstigma. Kapierst du den Witz?«

Um fünf wachte ich auf, mein Schlafshirt schweißnass. Ich duschte heiß und legte mich wieder hin, hoffte auf mehr Schlaf, doch der Traum hatte alte Erinnerungen ausgebuddelt. Kids aus der Nachbarschaft kreisten mich ein und nannten mich Christusmörderin wegen meiner jüdischen Mutter. Sie fanden es urkomisch, dass ich mich prügelte, selbst wenn sie mir fünf zu eins überlegen waren. Meine Eltern versuchten mich davon abzubringen, meine Mutter, weil meine kaputten Sachen und blauen Flecken sie bestürzten, mein Vater, weil ich meine Mutter aufregte.

»Und weil sich schlagen die am wenigsten weiterführende Lösung ist, Victoria«, fügte er hinzu. »Was lernst du aus deinen Kämpfen?«

»Dass ich stärker werden muss«, hatte ich geantwortet.

»Nein, *carissima*, du musst klüger werden«, sagte meine Mutter.

An Tagen wie heute fand ich, dass ich beides nicht geschafft hatte.

Schließlich setzte ich mich auf und scrollte durch die sozialen Netzwerke. Burschi Trevor hatte gepostet, ich sei wieder in

Lawrence. Die Cops sind hinter Warshawski her. Wir warten auf die Festnahmemeldung. Etwa ein Dutzend Kommentare. »Hotshots aus Chicago kriegen, was sie verdienen«, war der zahmste.

Ich schrieb an Peter, wie man einen Stein in einen leeren Brunnen wirft, versuchte zu erklären, was los war. Stamoran oder sogar die Cops könnten mitlesen, also musste ich mich vorsichtig ausdrücken. Was läuft in Spanien?, schloss ich.

Was sollte ich mit dem Schraubenschlüssel tun? Je länger er am Bootshaus lag, desto mehr litten wahrscheinlich die nachweisbaren Spuren. Ungeziefer konnte in den Sack kriechen, angezogen vom Blut – falls es Blut war. Vielleicht hatte mich jemand an der Nase herumgeführt. Wozu sollte man überhaupt die Tatwaffe behalten?

Ich entschied, am besten kam sie zu den Cops, indem sie beim Dundee-Haus auftauchte. Aber was, wenn es gar nicht die Mordwaffe war? Jemand konnte einen Schraubenschlüssel mit Tierblut dran bei mir deponiert haben, um mich und die Cops von den wahren Zusammenhängen abzulenken. Vielleicht lag es an der kurzen Nacht und meinem fiebrigen Hirn, aber bevor ich Leib und Leben riskierte, indem ich das Ding im Dundee-Haus platzierte, wollte ich wissen, ob es zum Angriff auf eine Person benutzt worden war. Clarina zum Beispiel.

Ich leinte Peppy an und ging mit ihr in den Park bei der Bibliothek. Sie schnüffelte im Gebüsch herum, während ich ein volles Programm Dehnübungen und Kniebeugen absolvierte. Der Vorteil am schlecht Schlafen – es war noch nicht mal halb acht, als ich fertig war.

Wir trabten zu der Seitenstraße, wo ich den Camry abgestellt hatte. Ich setzte Peppy hinein und lief langsam weiter durch die Straßen, hielt alle paar Blocks nach Verfolgern zu Fuß, im Auto oder sogar per Fahrrad Ausschau. Als ich ziemlich sicher war, keinen Schatten zu haben, ging ich zur Post. Und erstand einen Expresskarton.

Jetzt kam der heikle Teil. Ich nahm meinen Lauf wieder auf, runter zum Flussweg und zum Bootshaus. Die Mülltüte wirkte unversehrt. Ich schob sie unter den gefalteten Expresskarton in meinem Rucksack. Ging zurück zur Post und adressierte ihn an meine Ansprechperson bei Cheviot, dem privaten Forensiklabor, mit dem ich arbeite. Die Post würde ihn ohne Absendername und -adresse nicht befördern, also gab ich einen unauffälligen Namen an, Susan Hall, und die Adresse der Polizei von Lawrence. Falls das Paket zurückkam, hätten die es.

Acht Uhr fünfzehn. Ich hatte mein Handy in der Wohnung gelassen, damit das Signal meine Bewegungen nicht verriet. Zog mich um, Geschäftskleidung für das Treffen mit Faye und dem Staatsanwalt. Fuhr zum Buy-Smart im Westen der Stadt, kaufte ein paar Wegwerfhandys, zahlte bar.

Wenn Cheviot Blut auf dem Schraubenschlüssel fand, wollte ich ihn beim Dundee-Haus lassen, damit der Polizei die Verbindung zu Coffins Tod klar war. Aber ich musste davon ausgehen, dass es dort irgendwo Kameras gab – wo sonst sollten die Bilder von Gertrude und Trig in der Nacht, bevor ich Clarina fand, herkommen? Jemand hatte ferngesteuertes Equipment, das sich ausschalten ließ, wenn die Partylöwen Privatsphäre brauchten. Ich musste es aufspüren.

Angenommen, der Staatsanwalt würde mich nur ein paar Stunden festhalten, dann konnte ich heute Nachmittag noch hinfahren. Es sei denn, ich saß im Knast.

Ich schnappte mir eins der Einweghandys, rief Lou und Ed an und fragte, ob sie Peppy nehmen konnten. »Der Staatsanwalt lädt mich zur Aussage vor. Ich kann sie nicht den ganzen Vormittag ins Auto sperren, erst recht nicht, falls er beschließt, mich festzunehmen. Cady könnte auf sie aufpassen, wenn ich sie in der Wohnung lasse, aber mir wäre wohler damit, sie bei Freunden zu wissen.«

»Knifflig, Warshawski, im Hof können wir sie nicht brauchen, zu viel scharfkantiges Metall. Aber wir lassen uns was einfallen. Hast du noch Zeit, sie herzubringen?«

»Ich treffe mich vorher noch mit meiner Anwältin im Hippo, eigentlich um neun, aber ich geb ihr Bescheid, dass ich mich verspäte.«

Als wir die zehn Meilen zur Farm auf dem Hügel gefahren waren, standen die Männer in Arbeitsoveralls bereit, um zum Schrottplatz aufzubrechen. Peppy war hingerissen, sprang sie an und rannte wild im Kreis.

»Sie braucht eindeutig einen Platz auf dem Land.« Ed bückte sich, um ihre Ohren zu kraulen. »Was denkst du dir bloß, von wegen sie in eine blöde Miniwohnung sperren oder noch schlimmer, in diesen ollen Camry?«

»Du hast so recht«, sagte ich. »Habt ihr auch eine Boeing 747 zu verleihen?«

Der Tag war kalt, ein beißender Wind fegte über die Hügelkuppe, doch die Luft war klar. Ich sah die Silhouette der höchsten Campus-Gebäude, aber so weit entfernt, dass sie wirkten wie eine Sinnestäuschung, wie ein mythisches Schloss. Näher bei uns schlängelte sich der Fluss dahin, zog nördlich der Stadt eine Schleife, bevor er sich nach Westen wand. Ich sah zu, wie Spielzeuglastwagen und -autos auf der dünnen Linie der Interstate dahinströmten. Ein Kraftwerk rülpste grau-weißen Qualm aus.

»Die Stadt nutzt noch Kohlestrom?«, fragte ich.

»Ja«, sagte Ed, aber als er sah, wo ich hinschaute, fügte er hinzu: »Nicht den Meiler da. Der war für Wakarusa. Dort wohnt kaum noch wer, und die letzten paar Leutchen beziehen ihren Strom aus Lawrence. Dachten eigentlich, der olle Dinosaurier da würde eingemottet. Die Besitzer dachten da anders.« Er und Lou wechselten einen Blick, angespannt, genervt.

»Also was hast du vor, wo du die Prinzessin nicht dabeihaben willst?«, fragte Lou.

Ich schüttelte den Kopf. »Ich kann's euch nicht sagen, nicht ohne euch zu Mitwissern zu machen, was eine miese Art wär, mich für eure Unterstützung zu revanchieren.«

»Was sagt man dazu?«, sagte Lou. »Sie kennt unsere Schwäche für Accessoires. Die meisten Leute sehen uns im Arbeitsoverall und denken, wir ziehen uns immer so an. Sie kennt uns mit Ohrring und was-weiß-ich, trotzdem glaubt sie, dass wir den Bullen alles brühwarm auftischen.«

Ich hockte mich hin, sprach zu Peppy. »Warum wollen zwei Schwarze Männer Knast oder Schlimmeres riskieren, indem sie unter Eid lügen? Sie müssen doch wissen, dass ich bis zum Hals im Dreck stecke. Wieso wollen sie mir dort Gesellschaft leisten?«

Ed versuchte auf Peppys anderer Seite in die Hocke zu gehen, aber seine Knie gaben nach und er landete auf dem Hintern. Er schnipste mit den Fingern, und sie drehte sich zu ihm um. »Sag der Alleswisserin, wir haben vor langer Zeit herausgefunden, dass wir Schwarze sind, die einen Schrottplatz betreiben, und folglich kaum genug Hirn haben, uns die Schuhe zu binden.«

Peppy leckte ihm das Gesicht, drehte sich und leckte meins. Das machte Ed und mich dann wohl zu Spuckegeschwistern.

Ich erzählte ihnen vom Schraubenschlüssel und von Dekes verdächtig schnellem Auftauchen. »Hätte das Spiel nicht dermaßen die Innenstadt verstopft, er hätte mich auf frischer Tat ertappt.«

»Jemand hat was gegen dich«, sagte Ed.

»Jemand betrachtet mich als entbehrlich. Ich glaub nicht, dass es was Persönliches ist. Ich hab den Schraubenschlüssel an ein Labor bei Chicago geschickt, aber wenn deren Analyse ergibt, dass wirklich Blut dran ist, will ich das Ding beim Dundee-Haus lassen. Dazu muss ich erst die Lage sondieren. Schon seit ich Sabrina Granev in Yancy gefunden habe, grübele ich, wie die Cops so schnell dort sein konnten. Sie sagten, ein

Nachbar hätte den Notruf gewählt, wegen Ruhestörung. Und dann das Foto von Gertrude Perec und Trig Garrity auf der Türschwelle zur Dundee-Küche – wieder dank eines angeblich neugierigen Nachbarn. Dabei gibt es im Umkreis einer Viertelmeile keine Nachbarn. Ich weiß nicht, warum mir das nicht eher klar geworden ist, aber da müssen Überwachungskameras installiert sein. Ich deponiere nirgends was, ehe ich das ausgetüftelt habe.«

»Brauchst du Hilfe beim Auf-Bäume-Klettern und Suchen?«, fragte Lou.

»Ich schätze, ich kann auf dem Feld parken, wo ich vorher schon mal stand, und mich dem Haus von hinten nähern, aber falls es Ärger gibt, will ich Peppy nicht dabeihaben.«

Lou sah mich empört an. »Du bist bescheuert, und das ist noch höflich ausgedrückt. Wir bewachen den Hund, und du tänzelst inzwischen übers Grundstück, steigst dann wieder ins Auto – für das *wir* verantwortlich sind – und sammelst deine Hündin ein?«

»Sie ist plump, unsensibel, aber nicht bescheuert«, sagte Ed. »Das ist zu streng. Sie vertraut uns die Prinzessin an, die viel wichtiger ist als sie, also schmerzt es nicht, dass sie uns nicht fragt, ob wir sie hinbringen und wieder auflesen.«

Mein Gesicht wurde heiß, aber nach kurzer Gegenrede gab ich bereitwillig nach. Ich würde sie anrufen, wenn ich mit Frank Karas durch war, und sie würden mich in der Stadt abholen.

26

Gesetz und Recht

Die Anhörung hatte ihre unterhaltsamen Momente, vor allem weil meine Anwältin mit Staatsanwalt Frank Karas zusammen studiert hatte.

»Kleine Gemeinden«, sagte sie, als wir uns vorher zum Kaffee trafen. »Wir sind alle ineinander verhakelt. Frank hat mächtig Ehrgeiz, vielleicht wird er Gouverneur von Kansas, vielleicht wird's auch das Weiße Haus. Eine Schwerverbrecherin aus Chicago hinter Gitter zu bringen, würde sich in seiner Vita gut machen. Sie haben den Ruf, eine große Klappe zu haben. Werden Sie nicht übermütig, dann wird alles gut.«

»Genau.« Ich schnitt eine Grimasse. »Ich sag meinen Polizeiklienten immer, die zwei gefährlichsten Emotionen sind Wut und Überheblichkeit. Vielleicht können Sie ›W. Ü.‹ murmeln, wenn ich aus der Spur gerate.«

»Sie schaffen das schon.« Sie klopfte mir auf die Schulter. »Sie wissen, was Sie tun.«

Wir spazierten rüber zum Justiz- und Polizeigebäude. Drinnen setzte ich eine Maske auf. Niemand von der Wachtruppe trug Maske und nur eine Handvoll der Leute, die ihre Sachen auf die Förderbänder der Securitykontrolle legten. Mitchell nickte mir beifällig zu und legte auch eine an.

Sie kannte zwei der Wachen mit Namen und scherzte mit ihnen, während wir warteten, bis wir an der Reihe waren, durch den Körperscanner zu gehen. »Versuchst dich wohl mit der Maske zu tarnen, Faye?«, scherzte einer von ihnen. »Wer die Stiefel sieht, erkennt dich doch sofort.«

Wie ich hatte sie zum Termin Geschäftskleidung angezogen, aber sie trug wieder die hochhackigen Cowboystiefel von gestern, schwarzes Wildleder mit riesigen silbernen Sternen und Mondsicheln.

Ich überließ Faye die Logistik: uns am Empfang anmelden, die Zimmernummer in Erfahrung bringen und den Weg erfragen. Um 9:59 Uhr standen wir vor der Tür, aber Karas ließ uns fast bis elf warten, damit mir auch wirklich bewusst war, dass er über mein Leben bestimmen konnte.

Als er schließlich den Korridor entlanggeschritten kam, stirnrunzelnd, flankiert von einer Gerichtsdienerin und Cornell Stamoran vom FBI, stutzte er beim Anblick von Faye und mir mit unseren Masken.

»Hey, Faye, hier im Douglas County herrscht keine Maskenpflicht, es sei denn, die Sozis in Topeka haben sie über Nacht verhängt.«

»Keine Angst, Frankie«, sagte sie. »Meine Klientin ist gesundheitlich sensibel und kann nicht in einem kleinen Raum sein, wenn nicht alle Maske tragen.«

»Es heißt Frank, und du legst in diesem Gericht nicht die Regeln fest«, sagte Karas.

»Das weiß ich, Frankie. Frank meine ich. Und ich will dir gar keine Umstände machen. Wir können das per Zoom erledigen. Gehen wir einfach zurück ins Freie –«

»Kontaktlos ist keine gute Option«, sagte Karas.

»Natürlich, Frankie. Frank, sorry! Aber wenn wir es so am schnellsten über die Bühne kriegen, dann machen wir es doch.«

Stamoran versuchte sich in den Wortwechsel einzubringen, aber Karas war klug genug, zu wissen, dass er dieses Gefecht nicht gewinnen konnte. Die Gerichtsdienerin ging nach unten, um Masken zu suchen. Solange sie weg war, machte Faye munter Konversation übers Wetter. Karas ignorierte sie und scrollte durch sein Handy.

Als wir uns schließlich um den Tisch niederließen, war die Stimmung auf Seiten der Staatsanwaltschaft nicht gerade herzlich. Wir bewältigten die üblichen Präliminarien, ich buchstabierte meinen vollen Namen – einschließlich Iphigenia – und machte allerlei demografische Angaben.

Beim Morgenkaffee waren Faye und ich durchgegangen, wie die vorhersehbaren Fragen am besten zu beantworten waren, warum ich in Kansas war, wie ich in das Verschwinden von Sabrina Granev reingezogen wurde. Kurz fassen, keine langen Erklärungen über Angelas Basketballkarriere oder Bernies Beharrlichkeit.

Karas fragte nach meinem Werdegang, nach Begebenheiten, wo man mich als draufgängerisch bezeichnen konnte. Warum hatte ich darauf beharrt, Earl Smeissen oder George Dornick oder Robert Baladine zu konfrontieren?

»Ich habe so gehandelt, wie ich das Leben der Menschen um mich herum und mein eigenes am besten schützen konnte.« Wir gingen etwa ein Dutzend meiner Fälle durch, darunter einen, bei dem Mr. Contreras eine Kugel abbekommen hatte. Ich zügelte meine Ungeduld. Sie wollten mich zu einem Ausrutscher verleiten, und ich durfte nicht ausrutschen.

Schließlich kamen wir zu den Ereignissen vom 14. und 15. Februar dieses Jahres. Karas' Hauptaugenmerk galt der Frage, wie ich das Dundee-Haus entdeckt und wie ich Sabrina überredet hatte, dorthin zu gehen.

»Ich verstehe die Frage nicht, Mr. Karas«, sagte ich.

»Ganz einfach: Wie haben Sie Sabrina Granev überredet, Sie zum Dundee-Haus zu begleiten?«

»Ich verstehe immer noch nicht.«

Es ging hin und her, bis er schließlich die Frage abwandelte: Wann hatte ich mit Sabrina gesprochen?

Als ich sie Montag um Mitternacht im Dundee-Haus fand.

Wann hatte ich davor mit ihr gesprochen?

Ich habe am Sonntag beim Essen hallo zu ihr gesagt.

Was noch?

Nur hallo.

Haben Sie sie überredet, zum Dundee-Haus zu gehen?

Nein.

Haben Sie sie zum Dundee-Haus gefahren oder jemanden beauftragt, sie zum Dundee-Haus zu fahren?

Nein.

Dann wollte er mich zu meinem Drogenkonsum befragen, und der ganze Zirkus ging von vorne los, bis er die Frage endlich in kleine Stücke zerlegte.

»Trevor Millay sagt, er hat Sie in der Omicron-Delta-Beta-Garage Drogen nehmen sehen.«

Da vertut er sich.

Wir nudelten das drei, vier Mal durch, bis Faye unterbrach. »Meine Klientin hat den Drogentest bestanden. Ihr Wagen wurde durchgekämmt, ihre Wohnung in Chicago wurde durchsucht –«

Ich dachte an das Chaos, das ich letzte Woche zu Hause vorgefunden hatte, aber ich hielt meine Wut fest unter Verschluss.

»Es wurden keinerlei Drogen in ihrem Besitz gefunden. Nimm es hin, Frankie, ich meine Frank.«

Wir waren seit etwa einer Stunde zugange, als ein Weißer den Konferenzraum betrat. Er trug einen Anzug, wie Armani ihn in der Via Monte Napoleone aus Stoffen schneidert, die man nie im Einzelhandel sieht. Der Armani-Mann kam mir entfernt bekannt vor, aber ich konnte ihn nicht einordnen. Ich sah Faye an, doch sie schüttelte leicht den Kopf.

Stamoran kritzelte etwas auf seinen Block, und Karas nickte. Als wir mit den Fragen zum Dundee-Haus durch waren – woher hatte ich gewusst, wo es lag, woher hatte ich gewusst, dass Sabrina dort war, hatte ich nicht eigentlich nach Drogen gesucht? –, schüttelte der Fremde den Kopf, nicht zufrieden damit, wie es lief. Er winkte Agent Stamoran zu sich, und die beiden verließen den Konferenzraum.

Frank verkündete eine kurze Pause und folgte den anderen raus auf den Flur. Seine Gerichtsdienerin blieb, um sicherzustellen, dass wir nicht in den Unterlagen der Staatsanwaltschaft lasen.

Faye zog betont eine Braue hoch. Wir gingen in die Halle, wo der Staatsanwalt mit dem Armani-Mann und Agent Stamoran mauschelte. Sie hörten auf zu reden, als sie uns sahen. Armani-Mann klopfte Frank auf die Schulter, sagte, er würde später anrufen, und ging zu den Aufzügen.

Faye raunte mir zu, ich solle dableiben, und ging mit Karas sprechen. Ich widmete mich Push-ups gegen die Wand, mit dem Rücken zu dem Trio. Ich hörte sie mit Stamoran und Karas murmeln, aber ich konzentrierte mich auf mein Training. Ich war bei siebenunddreißig, als Faye mir auf die Schulter tippte.

»Sieht aus, als wär die Wand recht fit, Warshawski – Sie haben keine Delle hinterlassen. Wir sind hier fertig, stimmt's, Frankie? Ach sorry, Frank.«

Ich drehte mich um. Stamoran war auf dem Weg zum Aufzug. Karas sagte, ja, sie hätten wohl, was sie für den Moment brauchten, behielt sich aber vor, mich wieder einzubestellen, wenn sich weitere Fragen ergaben.

»Mach das, Frankie«, sagte Faye. »Die Wahrheit ist etwas Wunderschönes, und gern zeigen wir dir genug Beispiele dafür, damit du die erschütternde Hässlichkeit der Lügen deiner Kumpels nächstes Mal gleich bemerkst.«

27

Power Ranger

Faye wusste nicht, wer der Armani-Mann war. Da wir unsere Handys bei der Befragung in einem Schließfach hatten lassen müssen, konnte keine von uns ihn fotografieren.

»Frank ist nicht erfreut; er wartet nur darauf, dass Sie gegen Gesetze oder Verordnungen verstoßen. Bitte überschreiten Sie das Tempolimit nicht mal um eine Meile, solange Sie in Douglas County sind«, beschwor sie mich.

»Völlig klar«, versprach ich nachdrücklich, obwohl ich bereits meine nächste Übertretung plante: einen Landfriedensbruch am Dundee-Haus.

Ich rief beim Schrottplatz an. Lou sagte, Ed habe zu tun, aber er würde mich in einer Stunde hinter der öffentlichen Bibliothek treffen.

Ich wanderte durch die Innenstadt. Die Straßen waren noch voll mit dem Müll der vergangenen Nacht – Bierdosen, Whiskyflaschen, Styroporbehälter. Ein paar Obdachlose stöberten in den Überresten und saugten letzte Mundvoll aus Dosen und Flaschen. Jemand hatte eine Überkopfmaske des allgegenwärtigen Jayhawk-Maskottchens auf einer Bank liegen lassen. Sie wirkte grell kitschig zwischen Zigarettenkippen und Resten von Take-away-Essen.

Ich machte mich daran, Souvenirläden abzuklappern. Der dritte führte solche Kopfmasken. Als Lou und Peppy mich abholten, trug ich einen neuen Jayhawk-Kapuzenpulli. Ich wartete, bis wir auf der Landstraße waren, bevor ich auch die Maske aufsetzte.

»Weißt du, wie dumm du damit aussiehst?«, fragte Lou.

»Und völlig anonym. Einfach bloß irgendein Trottel, der sich noch nicht vom gestrigen Siegesfest erholt hat.«

Er setzte mich an einer Kreuzung eine halbe Meile vom Dundee-Haus ab. »Wenn du in der sprichwörtlichen Klemme steckst, gib uns sofort ein Zeichen.«

Ich tippte »SOS« in ein Nachrichtenfeld, so dass ich es bei Bedarf schnell senden konnte. Lou sagte, er würde alle halbe Stunde oder so vorbeikommen. Um möglichen Kameras auszuweichen, würde er nicht vorm Dundee-Haus halten, sondern jeweils fünf Minuten an der nächsten Kreuzung warten.

Ich verließ die Straße und strebte hügelaufwärts bis zu einer Baumgruppe, die ein gepflügtes Feld von dem Wildwuchs ums Haus herum trennte. In ihrem Schatten ging ich weiter, bis ich etwa zweihundert Meter hinter dem Haus war, und schlug mich dann in das Dickicht aus Sträuchern und Bäumen, das ich schon von neulich kannte.

Die Bäume trugen kein Laub, was hieß, dass ich nicht allzu nah ans Haus herankonnte, ohne gesehen zu werden, falls jemand drin war. Hinter einem Gestrüpp aus dornigen Sträuchern verharrte ich. Die Rückseite des Hauses sah griesgrämig aus, feindselig, als lehnte sie jede menschliche Annäherung ab. Geduckt huschte ich in weitem Bogen drum herum, suchte Deckung im Unterholz. Ich entdeckte eine Kamera über der Küchentür, so ausgerichtet, dass sie Gesichter an der Tür aufnahm. Eine weitere war hoch oben in einem Baum Richtung Einfahrt montiert, dann noch zwei an Bäumen des Wäldchens, das ich eben durchquert hatte, aber aufs Haus gerichtet.

Irgendwer, irgendwo, beobachtete auf einem Bildschirm die Aktivitäten im Dundee-Haus. Nicht Brett Santich. Der war in der Welt unterwegs und hatte nicht die Muße, das Treiben rund um eine Drogenbude zu überwachen – falls er überhaupt so tief ins Geschehen verstrickt war, wie Trig behauptete. Mir gefiel der Gedanke, es könnten die Omicron-Jungs sein, die sich in ihrer Verbindungsbude ins Fäustchen lachten, wie clever sie mich oder Trig reingeritten hatten, aber solche Fleißarbeit war nicht ihr Ding – sie waren auf Kicks aus. Sie würden ihren Abschluss machen und sich Hedgefonds zuwenden, rechtlich abgesegnetem Diebstahl.

Santich oder wer immer die Dundee-Haus-Partys veranstaltete nutzte vermutlich einen hiesigen Sicherheitsdienst. Ich fragte mich, ob der Mann mit der Waffe dazugehörte, der mich auf dem Yancy Hill bedroht hatte. Die Baustelle da oben wäre ein zweckdienlicher Standort für Überwachungsbildschirme. Santich hatte mit dem Bewaffneten ein hitziges Gespräch geführt. Vielleicht hatte der das Dundee-Haus ohne Santichs Wissen benutzt.

Ich hatte alles Nötige gesehen. Zeit für den Abgang. Falls das Cheviot-Labor auf dem Schraubenschlüssel menschliches Blut und/oder Haare fand, sollte es nicht allzu schwer sein, ihn in der Nähe des Hauses zu platzieren.

Als ich eben den Rückzug antrat, kam ein staubiger Geländewagen die Einfahrt hoch, und ein Mann stieg aus. Mit meinem knallig rot-blauen Jayhawk-Kopf war ich vor der Baumgruppe leicht zu entdecken. Rasch ließ ich mich zu Boden fallen, zog den Kopfschmuck ab und stopfte ihn unter mich. Lag still, das Herz schlug mir bis zum Hals.

Hatte ich eine Kamera übersehen? Hatte mich jemand auf einem Bildschirm erspäht und war hergekommen, um mich zu stellen? Die toten Blätter kitzelten meine Nebenhöhlen. Nicht niesen, jetzt auf keinen Fall niesen.

Langsam drehte ich den Kopf, gerade so weit, dass ich sehen konnte, was der Mann tat. Er wandte mir den Rücken zu, Blick zur Einfahrt, so dass ich sein Gesicht nicht erkannte, aber er blickte offensichtlich auf sein Handgelenk, sah nach der Zeit.

Dann zog er ein Telefon aus der Hosentasche, starrte drauf und steckte es wieder weg.

Jetzt drehte er den Kopf in meine Richtung. Brett Santich. Ich lauschte mit gespitzten Ohren, besorgt, ob der Schutzhelm von der Baustelle hinter mir runterkam, aber Santich drehte sich wieder weg und beobachtete die Straße.

Der Boden war kalt, und im linken Oberschenkel drohte ein Krampf. Nein, lass es bleiben, verwarnte ich meinen Körper. Alles benimmt sich gefälligst, auch ihr, Beinmuskeln.

Vielleicht zehn Minuten vergingen. Santich holte erneut sein Telefon raus, steckte es aber weg, als ein schwarzer Range Rover die Einfahrt hochdonnerte, Schlaglöcher gänzlich belanglos für diese Bestie, gebaut, um die Serengeti zu durchqueren.

Ein weißer Mann stieg aus. Ich war so verdutzt, dass ich fast einen Laut von mir gegeben hätte: Es war der Armani-Mann vom Termin heute Morgen. Statt Anzug trug er jetzt Outdoorsachen, Hirschlederjacke, Jeans, Cowboystiefel, aber alles ebenfalls maßgeschneidert. Er schritt auf Santich zu und begann einen hitzigen Wortwechsel.

Vorsichtig zog ich mein Handy aus der Hosentasche und passte auf, weder Gesicht noch Arm zu heben. Machte Fotos, hoffte, dass sie auch den Fremden zeigten, konnte nicht zugleich aufs Display gucken.

Die beiden stritten ein paar Minuten herum, dann gingen sie rein. Ich wagte nicht aufzustehen – wenn sie aus dem hinteren Fenster schauten, wäre ich zu leicht sichtbar. Als ich so durchgefroren war, dass ich das Risiko erwog, rückwärts in Richtung der Bäume zu kriechen, kamen sie raus. Santich fuhr sofort los und ließ wütend den Motor aufheulen: Er war zusammengestaucht worden und ließ es an seinem Wagen aus.

Der Fremde kletterte in seinen Range Rover, wo er mit laufendem Motor sitzen blieb. Die getönten Scheiben machten es unmöglich, zu erkennen, was er tat.

Mein Handy pingte. Vorsichtig bewegte ich den Arm und linste aufs Display, den Kopf flach auf dem Boden. Lou wollte wissen, wo ich war. Ich rief ihn zurück, da ich beim Sprechen den Kopf unten halten konnte. Erklärte, dass ich noch hinterm Haus festsaß.

»Dachte doch, dass das Santich war, der eben in seinem verdreckten Kia vorbeikam«, sagte Lou. »Ruf an, wenn der andere Typ sich verzieht – wir kommen dich holen.«

Ich warnte ihn vor den Kameras und blieb noch eine ganze Weile reglos liegen. Schließlich gab Armani-Mann seinem Rover die Sporen und galoppierte die löchrige Auffahrt hinab.

Ich setzte mich auf, massierte meine Oberschenkel, bis sie durchblutet genug waren, um auf die Beine zu kommen. Stopfte den Jayhawk-Kopf in die Jackentasche und humpelte an der Grundstücksgrenze entlang bis zur Straße. Lou wartete unweit der Auffahrt, abseits der Kameras.

Beim Einsteigen stolperte ich vor Erschöpfung. Peppy lag auf dem Vordersitz. Sie machte mir widerwillig etwas Platz, ließ aber ihren Kopf auf Lous Schoß liegen.

»Du treulose Töle, du«, schimpfte ich mit ihr. »Ich bin es, die draußen in der Kälte war und jetzt ein warmes Hündchen bräuchte.«

Lou grunzte. »Siehst wüst aus, Warshawski. Wobei mir Blätter und Schlamm und so immer noch lieber sind als die Scheußlichkeit, die du vorhin aufm Kopf hattest.«

»Das ist ein Jayhawk«, sagte ich. »Du bist doch von hier, du musst wissen, dass die in Lawrence absolut heilig sind. Jetzt fällt mir auf, dass ich bei euch nie einen gesehen hab, weder am Schrottplatz noch zu Hause. Dafür müsst ihr bestimmt Bußgeld zahlen, du und Ed.«

Er ließ eins seiner seltenen Lächeln aufblitzen. »Darum leben wir so weit weg von der Stadt. Was haste in Erfahrung gebracht, außer wo die Kameras sind?«

»Mehr Fragen als Antworten.« Ich beschrieb die Interaktion zwischen Brett und Armani-Mann. »Ich muss mir den Landverkauf an das Konsortium, das das Resort baut, genauer ansehen. Vielleicht hat Brett das Haus aus sentimentalen Gründen behalten, oder weil er mit seinem Anteil an den Drogenpartys ein Vermögen macht.«

»Du sagst, es sah aus, als ob Armani Santich angepampt hat«, erinnerte mich Lou. »Könnte mit dem Schraubenschlüssel zu tun haben. Vielleicht steckt Range Rover hinter der Falle für dich, nur biste bisher rausgeschlüpft.«

»Möglich, dass es da gar nicht um Coffins Tod ging, irgendein Konflikt um Land oder Geschäfte, der mit ihr nichts zu tun hat. Man kann sich nicht auf Trigs Version verlassen – der Kerl jagt so viele Schatten, dass er kaum noch weiß, was real ist.«

»Santich zum Beispiel. Trig nennt ihn Milliardär, aber Ed und ich bestehn bei ihm strikt auf Vorkasse. Zu viele Rechnungen ewig verschleppt. Santich ist mit seinem Land nicht gescheit umgegangen. So hat er's an diese Resort-Truppe verloren. Arbeitet Teilzeit für 'ne Versicherungsagentur, und bestimmt nicht, weil er die Arbeit liebt.«

Ich verdaute das. »Es ist schon ein seltsamer Standort für ein Resort. Als ich da war, hatten sie gerade Fundamente für mehrere kleinere Gebäude gegossen, schwer zu sagen, wie das am Ende aussehen soll.«

»Die ham dich aufs Gelände gelassen? Sonst tun sie so geheim, als ob die linke Hand nicht wissen darf, was die linken Finger tun.«

»Sie haben mich nicht raufgelassen. Ich hab die Gegend erkundet, wollte sehen, ob auf dem Hügel ein Drogenlabor sein könnte oder so was. Ein Kerl mit einer dicken Knarre hat mich weggescheucht – und Wert darauf gelegt, dass ich die Waffe sehe. Santich hatte gerade eine Auseinandersetzung mit ihm, als ich da hinkam. Das scheint bei diesem Stück das Stichwort für meinen Auftritt zu sein – Santich streitet sich mit irgendwem, und ich stolpere auf die Bühne, ohne zu wissen, was los ist. Am ersten Abend hier hab ich ihn vor der Sporthalle gesehen, weißt du, da stritt er sich mit Cady, mit einer der Basketballmütter und dann noch mit Trig.«

Lou lachte, sagte aber: »Mit Drogen ist so viel Kohle zu machen, ich frag mich, ob das Resort bloß 'n Deckmantel für 'ne Substanzproduktion ist.«

»Sie haben einen Hochspannungsmast aufgestellt und sind dabei, noch einen zweiten zu errichten«, sagte ich. »Es ist mir nicht gleich aufgefallen, aber ein Ferienort braucht eigentlich nur die übliche Stromversorgung. Wie viel Energie bräuchte man wohl für eine Fentanylfabrik?«

»Das ist es also«, sagte Lou langsam. »Die wolln das alte Kraftwerk wieder in Betrieb nehmen. Das, nach dem du heut früh gefragt hast. Dieser Range Rover, den kenn ich, zumindest hab ich ihn schon mal gesehen, ehe er mich vorhin mit Schotter besprüht hat.« Er trommelte mit den Fingern aufs Lenkrad. »Wüsste nicht, wieso ich's dir nicht erzählen sollte. Höchstens dass es mich immer noch wurmt.«

Er machte eine Pause.

»Ed und ich ham viele Kontakte im Tal, wir sind über dreißig Jahre im Geschäft, also hörten wir davon, als der alte Elektrizitätsversorger von Wakarusa beschloss, das Kraftwerk stillzulegen. Machten einen Termin mit dem Betriebsleiter, Clete Rotherhaite, um die Anlage zu besichtigen und zu prüfen, was wir noch verwerten können.

Wir sind pünktlich hin, aber da kommt dein Range Rover angerauscht, kaum dass wir Clete auch nur die Hand schütteln können. Gleich dahinter noch 'n Geländewagen – großer alter Lexus. Aus dem Lexus steigt 'n Anzug, aus dem Rover steigt so 'n Power Ranger in Cowboystiefeln, nimmt seinen Stetson ab und setzt 'n Schutzhelm auf, nagelneu, steht in Schwarz *Yancy*

Hill drauf. Der Ranger fragt, was wir da machen. ›Wir reden hier grade mit Clete‹, sagt Ed.

Clete erklärt, dass wir 'n Schrottplatz betreiben, aber er sagt nicht, wer der Power Ranger ist. Bevor wir fragen können, tönt der Ranger: ›Pfoten weg von den Turbinen, Boys. In dem alten Mädchen steckt noch Leben.‹ Der Anzug lacht, als ob er den Chor macht.«

Lous Hände am Lenkrad waren ruhig, aber seine Halsmuskeln arbeiteten.

»›Boys.‹ Sieht unseren Truck und redet mit uns wie – na ja, wir haben schon Schlimmeres geschluckt. Will seinen Namen nicht nennen, obwohl wir nachfragen. Meint nur: ›Das Treffen ist vorbei, Boys.‹ – Clete hat keinen Piep gesagt. Stand bloß da und guckte wie 'ne Vogelscheuche im Minenfeld. Wir kannten ihn schon viele Jahre, also riefen wir noch mal an, als wir zurück auf dem Hof waren. Wollten wissen, was in Dreiteufelsnamen da los war. Er ging nicht ran, rief auch nicht zurück. Wir ham's am nächsten Tag wieder versucht, selbe Nichtreaktion. Langsam wurden wir stinksauer, überlegten, ob wir mal mit 'nem Anwalt reden – die Anlage war uns zugesagt worden, aber wir hatten nix schriftlich, also beschlossen wir's gut sein zu lassen.«

Er schüttelte den Kopf.

»Seine Frau rief uns vielleicht 'ne Woche danach an. Meinte, irgendwas bei Cletes Treffen mit dem Ranger hat ihn schwer aus der Bahn geworfen, er fand, er kann das Kraftwerk nicht mehr leiten. Genau an dem Tag, als wir dort waren, hat er sie angerufen und gesagt, dass er kündigt und dass er ihr alles erklärt, wenn er nach Hause kommt. Bloß kam er nie nach Hause. Ging am Fluss spazieren, wohl um sich zu beruhigen, meinte sie, und fiel tot um.«

»Das muss ein Schock gewesen sein«, sagte ich.

»Arzt hat ihr erklärt, dass sein Herz wohl schlappgemacht hat, Wut und Stress und so weiter.«

»Ein Herzinfarkt? Hat sie das überrascht?«

»Was bist du?«, sagte Lou irritiert. »Eine gottverdammte Leichenschänderin? Nicht jeder, der in Kansas stirbt, ist ermordet worden.«

»Nein, natürlich nicht. Es kommt mir bloß wie ein arg passender Zufall vor.«

Wir hatten während des Redens die Stadt erreicht. Als Lou vor der Perec-Garage hielt, holte ich mein Handy raus und öffnete die Galerie mit den Bildern, die ich vorhin gemacht hatte.

»Yeah«, sagte Lou. »Das ist der Kerl, der Ranger. Man kann ihn sogar hören. Stell mal lauter.«

Ich hatte ohne hinsehen geknipst und war auf den Videoknopf geraten. Das Mikro hatte viel bessere Ohren als ich. Wir vernahmen einzelne Wörter, unterbrochen von Vogelstimmen und raschelnden Blättern.

Der Ranger war sauer. »… gottverfluchter Idiot! … jetzt auch noch Cops … Dad …«

Santich, ebenfalls wütend: »… deine Schwester … sie wollte …«

Ranger: »… schlecht zu sprechen … Dad gesagt … den ganzen Deal platzen …«

Eine Minute, in der ich keine Worte ausmachen konnte, dann Santich, sehr genervt: »… mein Haus durchsuchen?«

Ranger lacht, dann: »… mir die Eier abfriere.« Da waren sie ins Haus gegangen.

Lou und ich hörten es uns mehrmals an, aber mehr als das konnten wir nicht verstehen. »Ranger hat 'ne Schwester, die den ganzen Deal platzen lassen kann, was immer der ganze Deal ist«, lautete seine Zusammenfassung.

»Und irgendein Vater ist auch noch mit von der Partie. Ich nehme an, der Anzug im Lexus kann nicht Dad gewesen sein?«

Lou schüttelte den Kopf. »Der war gleich alt wie der Ranger … Noch mal zu deiner anderen Nummer. Jetzt, wo du die Kameras ausgespäht hast, wie willst du dein, äh, Accessoire am Dundee-

Haus anbringen? Wär's nicht einfacher, es auf dem Revier abzugeben?«

»Nur wenn ich verhaftet werden möchte. Außerdem will ich, dass die Cops es mit dem Tatort in Verbindung bringen. Es gibt zwei Kameraprobleme – die zur Verkehrskontrolle in der Stadt verteilten und die am Dundee-Haus. Wenn ich ein Boot hätte, ein Kanu oder so, das mich ans Nordufer bringt, dann könnte ich den Fluss stromaufwärts fahren – er windet sich um Yancy Hill herum. Von da kann ich querfeldein gehen ...«

»Der Jayhawk-Helm hat dein Hirn weichgekocht, Warshawski. Der Kaw mag zahm aussehen, hat aber mächtig starke Strömung. Biste so 'n Wildnis-Ass?«

»Ich hab schon mal ein Boot gerudert«, sagte ich mit Würde.

»Im Dunkeln auf 'nem fremden Fluss zu 'nem fremden Ort? Jetzt reiß dich mal zusammen.«

Ich stieg aus dem Truck und redete Peppy zu, sich mir anzuschließen. »Es sei denn, du möchtest lieber für immer in Kansas bleiben und durch die weiten Landschaften streifen?«

»Sie is 'n kluges Mädchen«, sagte Lou, als die Hündin endlich heruntersprang. »Wär besser für sie als so 'ne Stadtwohnung.« Er hupte zweimal kurz und fuhr davon.

Meine To-do-Liste wurde immer länger, aber ganz zuoberst standen ein Bad und ein Nickerchen. Ich ging die Außentreppe mit Vorsicht hoch, aber niemand wartete auf uns. Was immer der Ranger und Santich heute Morgen vereinbart hatten, hatte hier nicht zu neuen Manövern geführt, soweit ich sehen konnte. Nichts war im Küchenmüll oder unterm Bett versteckt.

Ich lehnte mich in Gertrudes Wanne zurück. Sie war klein, um in das kleine Bad zu passen, trotzdem blieb ich gut zwanzig Minuten drin, döste, ignorierte das Ping meines Handys, das mir sagte, dass Nachrichten reinkamen.

Nach dem Abtrocknen rief ich Deke Everard an.

»Was gibt's, Warshawski?« Ziemlich brüsk.

»Etwas Rätselhaftes, Sergeant. Ich war heute draußen beim Dundee-Haus –«

»Wozu?«, schnauzte er. »Das ist ein Tatort –«

»Den ich nicht betreten habe. Ich war nur neugierig wegen der Kameras auf dem Gelände.« Ich machte eine Pause, seine Chance zu sagen, ach, das wissen wir doch alles. Als er das nicht tat, erklärte ich meine Theorie: Kameras, die jemand aus der Ferne steuerte. »Ich hab mehrere in Bäumen rund um das Grundstück entdeckt. Tolles Erpressungspotenzial für jemanden, der dringend Geld braucht, so wie Brett Santich, wie wir wissen.«

»*Wir* schließt mich nicht ein. Komm zur Sache, wenn es eine gibt.«

»Brett war da. Er hat mich nicht gesehen, aber er hat da einen Kerl mit einem Range Rover getroffen, angezogen wie ein Möchtegern-Cowboy, der ihn kräftig zusammengestaucht hat. Derselbe Range Rover war beim Kohlekraftwerk Wakarusa an dem Tag, als Clete Rotherhaite starb.«

Deke seufzte schwer. »Jetzt erzählst du mir gleich, dass irgendein Kerl, der sich einen Range Rover leisten kann, Clete ermordet hat.«

»Ich frag mich nur, warum sich derselbe reich aussehende Kerl für das Kohlekraftwerk und die Drogenbude interessiert.«

»Frag dich ruhig weiter, aber lass mich damit in Ruhe. Im Gegensatz zu einer Privatdetektivin kann ich meine Zeit nicht damit vergeuden, imaginäre Verbrechen zu untersuchen.«

Er legte auf. Ich hatte ihm mein schrammeliges Video von den beiden Männern senden wollen, diese Chance hatte er nun verpasst. Egal, vielleicht hatte er recht. Vielleicht hatte Armani-Manns Treffen mit Santich gar nichts mit dem Mord an Clarina zu tun.

28

Illuminatoren und Buchbinder

Zoë rief an. Wie sie berichtete, unterstellten mir meine Kumpels von Omicron, dass ich überall in Douglas County Morde beging und mit Drogen dealte. Wollte ich einen Kommentar dazu abgeben?

»Ich frag mich, ob Trevor Millays Mutter sich so was gedacht hat, als sie zum ersten Mal sein forderndes schreiendes Gesicht sah: Ich hoffe, mein Baby wächst zum größten aller Trolle heran«, sinnierte ich. »Ich hab zu den Verleumdungen von diesem Burschi nichts zu sagen. Aber eine Frage, die mich beschäftigt: Sieht aus, als ob dieses Resort ein Mega-Stromschlucker werden soll. Die stellen da riesige Masten auf und haben möglicherweise vor, das alte Kohlekraftwerk von Wakarusa wieder in Betrieb zu nehmen. Der Betriebsleiter Clete Rotherhaite ist vor ein paar Wochen gestorben, angeblich am Herzinfarkt. Kannst du da mal ein bisschen rumschnüffeln?«

»Du meinst, er wurde ermordet?« Anders als Lou oder Deke war sie von der Möglichkeit begeistert. Mehr große Storys.

»Es ist schon Seltsameres passiert.«

»Was hast du denn selber vor?«, fragte sie, plötzlich misstrauisch. »Was Aufregenderes, was du für dich behältst?«

»Heute Nachmittag ackere ich für meine Chicagoer Klienten – die, die mich *bezahlen*«, sagte ich mit größtmöglichem Nachdruck. »Morgen fahr ich nach Topeka zum Kansas Origins Museum. Ich will wissen, was sie zu den drei Fotos sagen, die ich in Clarinas Trailer gefunden habe. Was davon erweckt in dir das wahre Journalistinnenfieber?«

Sie lachte und legte auf. Ich setzte mich tatsächlich an bezahlte Arbeit und schloss zwei Projekte für Stammkunden ab. Leuchtend vor Tugend ging ich ins Bett.

Am Morgen fuhr ich zum Museum, einem neoromanischen Monstrum mit einem unbeholfen an die Rückseite geklebten Glasanbau. Eine hilfsbereite Aufsicht verwies mich an Abby Langford, eine große lebhafte Frau um die fünfzig, die hiesige Auskunftsbibliothekarin.

Ich erklärte, dass ich versuchte, drei Bilder zu identifizieren, aber nichts darüber wusste, wo oder wann sie aufgenommen wurden. »Ich bin Privatdetektivin, und das hier ist so ähnlich, wie wenn mich jemand bittet, eine vermisste Person zu finden, von der weder Name noch Alter bekannt sind.«

»Zeigen Sie mal her. Ich wette, sie sind ein bisschen aufschlussreicher, als Sie denken«, sagte Langford.

Ich hatte bei einem Schreibwarenladen gehalten, ein paar Klarsichthüllen und einen Hefter gekauft. Jetzt schlug ich ihn vor Langford auf dem Tresen auf. Als sie die Szene am Bahnhof sah, machte sie große Augen.

»Woher haben Sie die?«, fragte sie.

Ich berichtete, wie ich sie in Clarina Coffins Trailer gefunden hatte. »Ich kam erst als Dritte, nach den Cops und wer immer die Bude zerlegt hat. Coffin wurde ermordet –«

»Ich weiß«, schnitt Langford mir das Wort ab. »Ich hab's gelesen. Ich kannte sie, also hat die Nachricht –«

»Sie kannten sie?« Jetzt unterbrach ich sie. »Wissen Sie auch ihren richtigen Namen oder was sie in Lawrence suchte?«

»Es war also nicht ihr richtiger Name«, sagte Langford. »Ich habe mich das schon gefragt, aber sie hatte einen Personalausweis; sie hatte das Recht, die Sammlung zu nutzen. Daher stammen auch diese beiden Fotos.«

Sie tippte auf die zwei Reproduktionen. »Clarina sagte, sie schreibe an einer Geschichte der Gegend um Lawrence in den

Jahren unmittelbar nach dem Bürgerkrieg, und ich half ihr, Originalausgaben von Zeitungen dieser Ära rauszusuchen. Das hier« – die Bahnhofsszene – »war ein Handgemenge zwischen ein paar Schwarzen Familien, die aus Lawrence wegzogen, und weißen Stadtbewohnern.«

Ob sie sich an alle Besucher so genau erinnerte?

Sie zog eine Grimasse. »Ich fürchte, Clarina war die Sorte Mensch, um die wir alle lieber einen Bogen machen. Sie war wie der alte Seemann aus der Ballade, erzählte mehr über das, woran sie arbeitete, als man wissen wollte. Sie bestand darauf, sie werde die Geschichte des Kansas-Territoriums neu schreiben und das heroische Narrativ vom Free State widerlegen.«

»Sie hat die Sklaverei gerechtfertigt?« Ich war bass erstaunt.

»Keineswegs. Sie war eher eine übereifrige Antirassistin. Sie prahlte regelrecht, sie würde die Elite von Kansas gnadenlos bloßstellen. Ich sollte nicht so über sie reden, jetzt, da sie ermordet wurde, arme Seele, aber als ich von dem Mord las, hab ich überlegt, ob sie Nachfahren von einem hochverehrten Lawrence-Gründer zu sehr bedrängt hat.«

Ich dachte wieder an Gertrude Perec und ihren Brass auf Clarina. Gertrudes Aussage über den Abend, bevor ich Clarinas Leiche fand, klang geschwindelt – sie war auf eine Nachricht hin zum Dundee-Haus gefahren, die sie für den Hilferuf einer Freundin hielt. Vielleicht war sie dort gewesen, um Clarina diskret zur Rede zu stellen, und hatte ihr dann mit dem Schraubenschlüssel eins übergezogen – ein Vortrag zu viel über die Gräueltaten geachteter Abolitionisten.

Deke Everard zufolge standen seine Mutter und Gertrude sich sehr nahe. Gertrude merkte, dass sie Clarina getötet hatte, und rief Pat Everard an. Die beiden schleiften Clarina die Treppe runter in den Keller. Möglich, aber doch sehr unwahrscheinlich.

Ich fragte die Bibliothekarin, ob sie mir die Zeitungsmeldung über die Schlägerei im Bahnhof noch mal raussuchen konnte. Sie erklärte mir, Bibliothekarinnen seien ehrenhalber verpflichtet, die Privatsphäre ihrer Klientel zu schützen. »Das heißt, wir führen kein Protokoll darüber, was sich jemand ansieht. Ich weiß, dass ich den Artikel finden kann, aber ihn aufzuspüren wird ein bisschen dauern.«

Sie notierte meine Handynummer, um mir eine SMS zu senden, wenn sie fündig wurde. Ich richtete mich mit meinem Laptop im Lesesaal ein und arbeitete Aufträge ab. Ich checkte ständig Nachrichten und hoffte gegen jede Hoffnung, dass Peter sich meldete, aber nur Zoë, Cady und Murray wollten was von mir. Sollten sie doch.

Ich hatte Peppy mit, da mir nicht wohl dabei war, sie über der Perec-Garage allein zu lassen, wo gewiefte Einbrecher mir Mordwaffen unterschoben. Gegen elf ging ich mit ihr eine Runde ums Museum.

Abby Langford schrieb, als ich eben Peppy wieder ins Auto setzte. Mit triumphierender Miene überreichte sie mir den Ausdruck eines Zeitungsartikels über den Zusammenstoß am Bahnhof, sowie ich an ihr Pult trat.

»Das niedergebrannte Gebäude konnte ich nicht aufspüren. In den 1850er und 60er Jahren kam viel Missouri-Gesindel, so nannte man die damals, zum Brandschatzen und Morden nach Kansas, besonders nach Lawrence, von daher ist es schwer, genau zu bestimmen, wann dieses Gebäude niedergebrannt wurde oder was es ursprünglich war.« Sie zögerte. »Das Foto der Frau, das Original, würden Sie es mir für ein oder zwei Tage anvertrauen? Ich möchte sehen, ob unser Restaurator die Details deutlicher herausarbeiten kann.«

»Ist da was Bestimmtes drauf?«

Langford lächelte. »Ich weiß nicht; der Abzug ist zu verblasst, um das zu sagen. Aber Restauratoren vollbringen Wunder.«

»Sie müssen doch was gesehen haben«, drängte ich.

Sie schüttelte den Kopf. »Bloß ein Schatten. Aus einem Schatten mach ich noch kein Bild.«

Vielleicht tauchte ja eine verblasste Nachricht der fotografierten Person auf, die ihren Namen und ihre Verbindung zu den Abolitionisten in Kansas verriet. Eine Geisternachricht an ihre ungeborene Ururenkelin, die sie nach Lawrence rief.

»Hat Clarina mal erwähnt, woher sie kommt?«, fragte ich. »Jemand in Lawrence, der sie flüchtig kannte, meinte, der Name ihres Herkunftsorts wurde benutzt, um sie als übergewichtig zu mobben.«

»Der Ortsname? Was soll das bedeuten?«, sagte Langford. »Die Stadt heißt Fat City und sie gehörte dorthin, weil sie fett war?«

»Keine Ahnung«, sagte ich. »Ich hab gehofft, sie hätte Ihnen gegenüber was Erhellendes erwähnt.«

Langford schüttelte den Kopf. »Sie ist hausieren gegangen mit ihrem Wissen und dem, was sie alles tun könnte, einschließlich dieser Geschichte da«, sie zeigte auf den Ausdruck, den sie mir gegeben hatte. »Aber über ihr eigenes Leben hat sie mit mir nie gesprochen.«

Vielleicht war Coffin auf der Flucht vor Strafverfolgung. Sie war viel zu jung, um eine untergetauchte Radikale der 1960er zu sein, und ich sah sie beim besten Willen nicht als Befürworterin des Staatsstreichs vom 6. Januar, nicht bei ihrem Engagement für rassismuskritischen Schulunterricht. Vielleicht war sie ja im Zeugenschutzprogramm, aber das ergab auch keinen Sinn: Dann wären schwarmweise Feds in Lawrence eingefallen, sobald über den Mord berichtet wurde.

»Ich hoffe, Ihr Restaurator ist schnell. Je länger uns Fährten zu ihrer Identität fehlen, desto schwerer wird es, ihre Mörder aufzuspüren.«

Beim Verlassen des Gebäudes kam ich an einer Wand mit Sponsoringtafeln vorbei, wo Personen aufgeführt waren, die

die Bibliothek finanziell unterstützt hatten. Sie waren je nach Höhe der Spende in Kategorien geordnet, klangvoll betitelt in der Tradition mittelalterlicher Handschriften: Spitzensponsoren mit mehr als einer Viertelmillion hießen Illuminatoren, gefolgt von Kalligrafen, Schriftgelehrten und Buchbindern. Es gab drei Illuminatoren, Matthew, Robert und Pauline Tulloh, sowie sechs Kalligrafen, die hunderttausend oder mehr gespendet hatten. Je kleiner die Spenden, desto größer die Anzahl der Spender. Es waren viele; dies war ein beliebtes Museum.

29

Inmitten toter Gebeine

Aus dem *Kanwaka Courier*, 21. Juni 1867

Während wir gemeinsam mit Reverend Hamer Amelia Grellier in unsere Gebete einschließen und ihr unser Beileid aussprechen, beklagen wir auch die Leichtfertigkeit, die zwangsläufig zum Tod ihres Gatten Frederic führte. Viele in unserer Gemeinde haben ihn auf die Unüberlegtheit angesprochen, eine Schule für Mitglieder der Negerrasse zu betreiben. Das sind Wilde, die keinen Nutzen ziehen können aus der Art von Unterricht, die Mr. Grellier ihnen zukommen lassen wollte. Er lehrte sie sogar seine französische Muttersprache, was sie verlockte, sich über die weißen Bürger der Stadt zu erheben, als könne die Sprache einer verweichlichten und verkommenen Nation je anderes bewirken, als die Verkommenheit unter den Wilden noch zu steigern!

Jetzt sehen wir das Ergebnis dieser Unbesonnenheit, um es wohlwollend auszudrücken. Seine Schule ist bis auf die Grundmauern niedergebrannt und hat ihn mit in den Tod gerissen. Seine Witwe trauert, und seine Tochter – wir wollen die Gefühle der Mutter nicht noch mehr verletzen, indem wir auf die Tochter verweisen!

Die verbliebenen Neger, die sich durch den Besuch der Schule über ihren Stand erheben wollten, haben gestern Abend ihre wahre Natur unter Beweis gestellt – bei Szenen grimmigster Zerstörung am Betriebshof der Eisenbahn. Sie widersetzten sich den Ordnungskräften, die sie zum Zug geleiteten, griffen Würdenträger der Stadt an, die gekommen waren, um ihre Abreise zu überwachen, und zertrümmerten gar ihre eigenen Möbel in der ruchlosen Absicht, Tische und Stühle als Waffen gegen die Hüter von Recht und Ordnung einzusetzen.

Wir hörten, dass Ms. Grellier in ihre Kreise in Skaneateles im Staate New York zurückkehrt, und hoffen, sie kann ihre Tochter bewegen, sie zu begleiten. Dass Sophia Grellier allein lebt, ist ein Affront für jede anständige Familie.

Der Artikel enthielt das Foto des Bahnhofs, das ich in Clarinas Trailer gefunden hatte.

Ich las die Story am Tisch in der Wohnung. Die blumige Sprache lag wie dünner Zuckerguss auf einem Kuchen aus Schleim und Fäkalien. Ich musste eine Weile darüber brüten, ehe ich über die Fragen nachdenken konnte, die das aufwarf.

Die erste war die einfachste: der Name Grellier. Da Clarina diesen Artikel herausgesucht hatte, war sie vielleicht mit Frederic Grellier verwandt. Ich fand etliche Groellers und eine Handvoll Grelliers, aber davon entsprach niemand Clarinas Alter oder Geschlecht. Niemand lebte in Kansas.

Ich versuchte die Geschichte der Grelliers in Lawrence nachzuvollziehen, aber abgesehen von dem Zeitungsbericht über den Brand der Schule fand ich nur eine einzige Erwähnung, nämlich von Baby Charles. Eine Stadtgeschichte von 1886 verwies darauf, dass sein Begräbnis das erste in der neuen Stadt war. Er war 1855 im Alter von drei Tagen gestorben, während seine Familie, Teil einer Kolonne von Auswanderern und Sklavereigegnern, von Kansas City nach Lawrence zog.

Perec war Gertrudes angeheirateter Name, aber er klang französisch. Ich rief Cady an und fragte, ob sie kurz raufkommen konnte.

Ich führte sie zum Tisch und reichte ihr den Ausdruck. »Das habe ich beim Sichten von Clarinas Sachen entdeckt. Ich weiß, dass sie dich wegen deines Geschichtsunterrichts bedrängt hat – hat sie dir diesen Artikel gezeigt?«

Cady nahm ihn widerwillig, sah ihn an und nickte. »Den hat sie vielen Leuten gezeigt, sogar Gram, bei dem Frauenfrühstück, wo sie sich aufgedrängt hat. Was hat das mit ihrem Tod zu tun?«

»Was weißt du über Familie Grellier?«, fragte ich.

»Nichts! Ich hatte auch noch nie von ihnen gehört, bis Clarina mir diesen Artikel eingetrichtert hat.«

»Deine Großmutter stammt doch von den frühen Siedlern ab, oder? Weil ›Perec‹ ein französischer Name ist, dachte ich, sie kennt vielleicht die Geschichte anderer französischer Abolitionisten, die in den 1850ern hergezogen sind.«

»Ja, ihre Urahnen kamen wohl noch vor dem Bürgerkrieg, zumindest einige«, räumte Cady ein. »Aber Perec war ihr Mann. Grams Familie beiderseits war durch und durch englisch und stolz darauf. Sie hielt sich für eine Rebellin, als sie einen Franzosen heiratete. Wobei er natürlich kein Franzose mehr war, als sie geheiratet haben.«

»Und sie hat nie von seiner Familie erzählt?«

»Nicht viel.« Cady kappte die Worte wie Zehennägel.

»Deine Großmutter ist so stolz auf ihre Abstammung, sie hat doch bestimmt allerhand Familienlegenden an dich weitergegeben«, hakte ich nach.

»Was soll das heißen?«

»Na, große Ereignisse, Brände oder Schlägereien am Bahnhof, so was wird doch überliefert, zusammen mit der Erzählung, was welche Vorfahren damals gemacht haben. Am Tag, als die Deutschen in Polen einmarschierten, versuchte der Vater meiner Großmutter gerade, seine Kuh aus Nachbars Kürbisbeet zu holen. Er blieb stehen, die Hand am Horn der Kuh. Meine Großmutter meinte, die Geschichte hat er sicher tausendmal wiedergekäut. – Bestimmt hat deine Gram dir zahllose Begebenheiten aus der Geschichte von Lawrence erzählt und was eure Familie in den bedeutsamsten Augenblicken gerade tat.«

Cady stand einen Moment lang reglos da, die Augen riesig in dem blassen, angespannten Gesicht. »Was immer Grams Leute getan und gelassen haben, es ist ewig her«, sagte sie schließlich.

Sie machte auf dem Absatz kehrt und ging.

Als ich sie am Fuß der Treppe ankommen hörte, leinte ich Peppy wieder an. »Wir gehen auf Gräberjagd, Mädchen. Ich wette, da gibt's Kaninchen.«

Die Hündin grinste: »Kaninchen« ist eins der menschlichen Wörter, auf die sie anspringt. Sie flitzte die Außentreppe runter und rannte Kreise um mich herum, während ich den Standort des Friedhofs nachschlug. Der älteste Friedhof der Stadt, mächtig historisch, lag am östlichen Rand, Eingang an der Fifteenth Street. Derselbe Weg, den ich nach Eudora genommen hatte, um Trig in der Recycling-Anlage aufzusuchen.

Wolken zogen auf, als ich die Ruhestätte der Grelliers fand. Die hageren Grabsteine waren so verwittert, dass die Namen sich kaum noch entziffern ließen, aber ich rieb die Schrift mit den Fingern frei und sah ein herzzerreißendes Aufgebot: sechs Kinder, das jüngste der drei Tage alte Charles, das älteste gerade mal neun. Hinter ihnen stand wie ein Wachposten ein Frederic gewidmetes Flachrelief der Freiheitsglocke. Geboren im französischen Chambon-sur-Lignon am 17. Juli 1820, gestorben in Lawrence, Kansas, am 13. Juni 1867, darunter das Motto der Freiheitsglocke: *Ruft Freiheit für alle Bewohner des Landes aus.*

Amelia war in ihre Heimat im Staat New York zurückgekehrt. Sophia, die Tochter, deren Lebensweise für anständige Leute in Lawrence eine Beleidigung darstellte, war nicht bei ihren Geschwistern begraben. Vielleicht hatte sie dem Drängen des *Kanwaka Courier* nachgegeben und war zu ihrer Mutter nach New York gezogen.

Peppy hatte auf der Jagd nach Kaninchen, Streifen- und Eichhörnchen zwischen den Gräbern herumgestöbert, aber zum Glück nichts gefangen. Ich rief sie bei Fuß und fuhr zurück in die Stadt.

Ich hatte die Frage vernachlässigt, wem das Dundee-Haus gehörte. Das Rathaus hatte noch eine halbe Stunde offen. Ich suchte das Büro des Grundbuchamts, fand es und legte die Adresse vor.

Ich entschuldigte mich, weil ich die Gemarkungsbezeichnung nicht wusste, aber die Angestellte schüttelte den Kopf. »Sie sind so in etwa die Vierte, die dieses Flurstück nachschlägt. Den Band finde ich inzwischen auch im Dunkeln.«

Sie schleppte den großen Band mit den Flurkarten heran und schlug ihn beim Dundee-Haus auf. Die angrenzenden Grundstücke am Yancy Hill befanden sich auf den Seiten davor und danach. Der erste Katastereintrag für dieses Land war 1870 auf einen Theodore Wheelock ausgestellt. Er beanspruchte das Grundstück, auf dem das Haus stand, und das bewaldete Land dahinter bis zum Gipfel des Yancy Hill. Die Häuser im Wald wurden nicht erwähnt. Vielleicht waren sie schon verfallen, bevor Wheelock Anspruch auf das Land erhob.

Im Laufe der nächsten drei Jahrzehnte veräußerte Wheelock Teile dieses Besitzes an andere. Heute besaßen die Wheelocks bloß noch einen Acker in der Nähe. Das Haus und der angrenzende Abschnitt zwischen dem Wald und der East 1450 Road gehörten Brett Santich. Das restliche Land hügelaufwärts war Eigentum eines von der Pioneer State Bank verwalteten Trusts.

Die frühen Einträge waren in fließender, gestochener Handschrift auf steifem Pergamentpapier niedergeschrieben. Vorsichtig blätterte ich zurück zum Anfang des Bandes. Die allerersten Einträge stammten von 1861, gleich nachdem Kansas ein eigener Staat geworden war. Sie betrafen Wohn- und Geschäftshäuser in dem Teil der Stadt, wo Gertrude Perec lebte.

Die Seiten schienen von Hand zugeschnitten worden zu sein, sie waren nicht ganz gleich. Die erste Seite hatte eine leicht ungerade Oberkante, als hätte der ursprüngliche Schreiber Mühe gehabt, die Schere geradeaus zu führen.

Ich blätterte wieder zu den Yancy-Ländereien. Theodore Wheelock hatte sie abschnittsweise weiterveräußert. Ich verfolgte das nach, so gut ich konnte. In den 1870ern, nachdem Wheelock seinen Anspruch geltend gemacht hatte, verkaufte oder verschenkte er Parzellen an andere Eigentümer, darunter auch Everards. Die Everards besaßen dort heute noch ein Stückchen Land, aber die Wheelocks hatte in den 1930ern bei der Großen Depression das Glück verlassen.

Und da erwarb Familie Santich die Hügelkuppe und mehrere tausend Hektar an den Hängen. Die Santichs waren einige Zeit wohlhabend, doch dann sank ihr Stern wieder. Ich las eine Chronik von Hypotheken, Veräußerungen, Refinanzierung und schließlich, vor fünf Jahren, dem Verkauf der Hügelkuppe an einen von der Pioneer State Bank in Topeka verwalteten Hedgefonds.

Die Angestellte kam zu dem Tisch, wo ich saß, um mir mitzuteilen, dass sie für heute Feierabend machte. Falls ich noch länger in dem Band stöbern wollte, sie hatten morgen früh ab neun Uhr wieder offen.

Ich dankte ihr und stand auf, um zu gehen. »Eins verwirrt mich. Das Dundee-Haus – Sie haben es vielleicht neulich in den Nachrichten gesehen – das wurde ja wohl erst gebaut, nachdem Theodore Wheelock das Land erworben hatte, aber im Wald hinter dem Haus stehen noch Ruinen von drei oder sogar vier älteren Häusern.«

Ich zeigte ihr auf der Flurkarte das Wäldchen, wo ich die Überreste von Schornsteinen gefunden hatte. »Der Grundbucheintrag beginnt mit Wheelock, aber es sieht aus, als hätte schon vor ihm jemand dort gebaut. Die Drogenbude da draußen heißt Dundee-Haus, aber in den Besitzurkunden taucht nirgends ein Dundee auf.«

Die Angestellte lachte. »Das war damals der Wilde Westen hier. Leute bauten auf Land, das ihnen legal gar nicht gehörte. Dundee könnte auch so einer gewesen sein – er zog weg, aber der Name blieb. In der Anfangszeit dieser Stadt gab es viele Streitigkeiten um Grundbesitz. Die Leute denken, mein Job sei langweilig, aber wenn ich mir manche dieser Kämpfe um Land angucke, ist das genauso spannend wie *CSI*. Wenn ich schreiben könnte, würde ich diese Akten zu einem Kriminalroman verarbeiten.«

Ich dankte ihr und machte mich auf in die Nacht. Es war erst halb sechs, noch nicht spät, aber stockfinster. Zu dieser Jahreszeit, wenn wir auf den Frühling warten, drückt der frühe Einbruch der Dunkelheit mächtig auf die Stimmung.

Die Bibliothek hatte bis acht offen. Ich ließ Peppy im Camry, während ich mich etwas tiefer in Lokalgeschichte und Stammbäume versenkte. Die genealogischen Unterlagen befanden sich im Keller, im Osma-Raum. Ich durchstöberte den Katalog nach mehr Informationen über den Brand, der Frederic Grellier das Leben gekostet hatte. Ich fand nichts. Ich suchte nach den Wheelocks und fand etliche kleine Archivbeiträge. Sie waren frühe Einwanderer, kamen aus Auburn, einer Stadt im Westen des Staates New York. Als Theodore Wheelock 1897 starb, brachte die Lokalzeitung einen langen Nachruf mit einer Aufzählung seiner Verdienste um Lawrence und mit den Namen seiner zahlreichen Kinder und Enkelkinder.

Die Beerdigung fand in der Riverside Congregational Church statt, die jüngst auf einer Klippe über dem Fluss neu errichtet worden war. Die ursprüngliche Kirche (die älteste von Lawrence, wie die Zeitung verkündete) hatte direkt unten am Fluss gelegen und war bei einer Überschwemmung zerstört worden. Theodore war einer der wichtigsten Geldgeber für das neue Gebäude gewesen. Der Verfasser erging sich über seinen

Mut, sein behagliches Heim im Staate New York zu verlassen, um der Sache der Geknechteten zu dienen, zumal seine Familie sich rühmte, von den ersten englischen Einwanderern in der Massachusetts Bay abzustammen.

Der Nachruf pries Theodore auch, weil er »mit der Zivilisierung und Kultivierung von Yancy Hill begonnen hat, das nur eine gesetzlose Wunde im Gemeinwesen war, behaust von Indianern, Farbigen und jeder Art von Sünde und Ausschweifungen, bis er die Zügel in die Hand nahm«.

Ich dachte an die Ruinen, die ich bei meinem ersten Tagesausflug nach Yancy entdeckt hatte. Womöglich hatten dort ja Leute gewohnt, die Sünden und Ausschweifungen begingen. Hatte er sie davongejagt und ihre Häuser zerstört? Oder waren sie so ausschweifend gewesen, dass sie ihre eigenen Wohnsitze niederbrannten?

Ich suchte nach den Everards, Dekes Familie. Auch sie waren frühe Einwanderer, aus Lynn, einer Stadt in der Nähe von Boston. Wie bei den Wheelocks bedeutete ihr Status als Frühankömmlinge, dass die Zeitungen über ihre Hochzeiten und Beerdigungen berichteten, sogar über Deke Everards Abschluss an der Polizeiakademie vor elf Jahren.

Wie mochte es sich anfühlen, an einem Ort so verwurzelt zu sein, dass jeder deine Familie kannte und die Familie deiner Familie, und das 175 Jahre lang? Ich hatte keinen Schimmer, was die Warshawskis im Jahr 1856 getrieben hatten oder auch nur, ob sie damals schon in Słonim gelebt hatten, der Stadt, aus der meine Großeltern emigriert waren. Und die Sestieris, die Familie meiner Mutter? Hatten sie sich in Pitigliano harmlos um ihren Kram gekümmert, bis die Leute dort beschlossen, Juden seien Zulieferer aller Arten von Sünde und Ausschweifungen und gehörten eliminiert? Es versetzte mir einen kleinen Stich von Traurigkeit, zu was für einem krisenreichen Leben die Geschichte meine Vorfahren gezwungen hatte.

30

Armagnac, hilf

Nach dem Besuch in der Bibliothek füllte ich meine Vorräte auf, aber ich konnte mich nicht dazu durchringen, in der winzigen Küche zu kochen. Ich ging wieder in den Gastropub, den ich im Osten der Stadt entdeckt hatte. Nahm Peppy mit und mein Laptop. Trig hatte gesagt, der Bau auf dem Yancy Hill sei vom Planungsausschuss des Countys abgesegnet worden. Ich durchforstete Zoës Zeitung. In der Rubrik »Der Staat bei der Arbeit« fand sich ein kurzer Bericht.

Der Planungsausschuss des Countys genehmigte den Antrag auf Errichtung gewerblicher Gebäude auf dem Yancy Hill. Das Projekt soll ein größeres Resort umfassen sowie Eigentumswohnungen und eine Reihe kleiner Einzelhandelsgeschäfte.
Wir sind alle neugierig, was für Einzelhandel an der Lage auf einem Hügel außerhalb der Stadt interessiert sein mag, aber der Anwalt, der die Präsentation hielt, erklärte, diese Geschäfte seien zur Versorgung des Resorts gedacht.

Ich dachte wieder an die Masten im Bau, die ich gesehen hatte. Vielleicht war die eigentliche Aufgabe des Projekts die Stromerzeugung, mit einem Resort und Läden als Fassade, um gewisse Umwelt- und Bauauflagen zu umgehen. Falls die Investoren damit rechneten, das Wakarusa-Kohlekraftwerk als Geldbringer einzusetzen, konnten sie dort wesentlich mehr Strom produzieren, als sie benötigten, und ihn in der gesamten Region verkaufen. Aber warum Kohle, wo wir doch alle wussten, dass wir dringend auf umweltfreundlichere Energien umsteigen mussten?

Zoë schrieb mir. Sie hatte ein schmerzhaftes Interview mit Clete Rotherhaites Frau hinter sich; konnten wir uns treffen? Ich schickte ihr den Namen des Lokals.

Ich trank heute Abend Armagnac – seine rauen Kanten ankern mich, wenn ich mich wacklig fühle. Ich war beim zweiten, als Zoë ankam. Sie bestellte ein lokales Gebräu, wie es sich für eine junge Berufstätige aus der Gegend gehörte.

Sie stürzte die Hälfte des Biers hinunter und erzählte mir dann von ihrem Besuch bei Rita Rotherhaite. »Er ist erst vor drei Wochen gestorben, sie steht noch ziemlich unter Schock. Also, sie haben sich einen Abschiedskuss gegeben, er ist zur Arbeit gegangen, und dann hat er sie angerufen und gesagt, dass er kündigt, aber er ist nicht nach Hause gekommen. Sie dachte, vielleicht hat er etwas Blödes gemacht wie sich zu besaufen, obwohl er eigentlich gar kein Trinker war. Also, die Leiche wurde erst nach zwei Tagen gefunden, als ein paar Jogger darauf stießen. Also achtundvierzig Stunden Sorgen und Angst, und dann die Katastrophe.« Ihr lebhaftes Gesicht sah ganz gequält aus. »Ich wünschte, du wärst bei mir gewesen. Es war so schrecklich, und ich wusste nicht, was ich sagen sollte. Also, zwei Tage am Fluss – Tiere –« Sie ergriff mein Armagnac-Glas und leerte es.

Ich war froh, dass ich Cletes Frau nicht hatte gegenübertreten müssen. Nicht noch ein Horror zu all meinen eigenen Schrecken. Aber ich nahm Zoës Hand und drückte sie.

»Es muss doch eine Autopsie gegeben haben«, sagte ich nach einer Weile.

Zoë verzog das Gesicht. »Er war starker Raucher, er hat im Kohlekraftwerk gearbeitet, seine Lunge war Schrott. Ms. Rotherhaite hat die Behörden angefleht, ihren Mann nicht auch noch aufzuschneiden, nach all den Schäden vom Flusspfad. Also haben sie zwar einen CT-Scan gemacht, aber keine komplette Autopsie. Deke hat mich den Polizeibericht lesen lassen. Der Pathologe hat gesagt, es gäbe keinen Hinweis, dass es sich um was anderes als einen Herzinfarkt gehandelt haben soll. Deke meinte, er zeigt mir das, weil du mit Verschwörungstheorien hausieren gehst. Er sagte, er will sichergehen, dass wenigstens ich meinen Kopf beisammenhabe.«

»Ja, halt deinen Kopf schön beisammen«, bekräftigte ich. »Sei nicht wie ich, die ihren bei der geringsten Provokation auseinanderschraubt und in Drogenbuden liegen lässt oder so.«

Zoë starrte mich an. »Vic, nicht – ich wollte doch nicht –«

»Du hast ja recht. Das war mies. Ich kriege in letzter Zeit so viel fieses Feedback, dass ich selber ganz fies werde. – Zu Clete Rotherhaite. Die Arbeit mit Kohle ist nicht gut für die Lungen. Herzinfarkt ist traurig, aber plausibel. War seine Frau überrascht, dass er gekündigt hat?«

»Ja und nein. Er hat die Schließung des Werks beaufsichtigt. Er ging davon aus, dass Ende des Sommers eh Schluss mit seinem Job ist, also hat es sie überrascht, dass er auf der Stelle gekündigt hat. Er meinte, er würde ihr den Grund erklären, wenn er heimkam. Er berichtete nur, das Werk habe jetzt einen neuen Eigentümer, mit dem er nicht klarkam, der das Kraftwerk wieder in Betrieb nehmen wolle. Er sagte, er sei durch damit, ein aktives Kraftwerk zu leiten, und warum sollte er krampfhaft daran festhalten, wo sie doch das tun könnten, was sie immer wollten: ein Wohnmobil kaufen und damit quer durchs Land zuckeln.«

Zoës Gesicht knautschte sich vor Kummer. »Keine Ahnung, warum mir das dermaßen nahegeht. Ich rede doch mit vielen Leuten, die geliebte Menschen verloren haben.«

Ich gab der Bedienung ein Zeichen für noch zwei Armagnacs. Zoë beteuerte, sie wolle nichts mehr, aber als sie kamen, trank sie ihren aus, wieder zu schnell.

Sie setzte ein entschlossenes Lächeln auf und erkundigte sich, was ich gemacht hatte. Ich erzählte ihr von den Kameras rund ums Dundee-Haus. »Sie könnten von überall gesteuert werden, nicht unbedingt vom Dundee-Haus aus. Ich hab da drin nie einen Kontrollraum gesehen. Wer immer die Regler bedient, kann abschalten, wenn bestimmte Aufnahmen in keiner Datei auftauchen sollen. Aber von wo aus wird das kontrolliert?«

»Vielleicht auf der Baustelle?«, wiederholte sie meinen früheren Gedanken. »Du hast doch Brett da oben gesehen. Vielleicht sind sie mit ihm einen Deal eingegangen, als sie mit dem Bau losgelegt haben. Hammer, wenn das stimmt, wird Trig zur Atombombe.«

»Das ist eine Möglichkeit«, räumte ich ein. »Santich muss von den Drogen wissen, aber er wirkt wie ein stinknormaler gestresster Mann, fährt seine Tochter zum Basketball und verkauft Versicherungen, um seine Familie durchzubringen – warum sollte er das tun, wenn er mit Drogen einen Haufen Geld verdient? Leute, die ihn kennen, sagen, er mag den Versicherungsjob nicht.«

Ich fand einen Kassenbon in meiner Tasche und schrieb Namen auf die Rückseite. Sabrina. Valerie. Power Ranger. Brett Santich. Trig. Clarina. Gertrude Perec. Cady. Das Wakarusa-Kraftwerk. Das Yancy-Projekt. Die Omicron-Jungs. Das Dundee-Haus.

»Du kannst doch nicht ernsthaft glauben, Cady oder ihre Großmutter hätten Clarina umgebracht!«, rief Zoë, als sie die Namen las.

»Sie haben mit Sicherheit irgendeine Verbindung zu ihr, aber wie ist Clarina mit dem Dundee-Haus verknüpft? Schleierhaft ist mir auch, wieso Gertrude in der Nacht zum Dundee-Haus fuhr. Ich hab das Gefühl, hier ist ein Puppenspieler am Werk, den hat es gestört, wie gemächlich sich alles entwickelt, also beschloss er, mehr Fahrt reinzubringen.«

Zoë schüttelte den Kopf. »Ich wollte, dass dies mein großer Durchbruch wird, aber es ist ein solches Chaos, keine Ahnung, ob wir da schlau draus werden, bevor du zurück nach Chicago musst.«

»Ich kann nicht nach Chicago zurück, ehe ich Clarinas Tod aufgeklärt habe, also gib die Hoffnung nicht auf. Und jeden Tag kann mich der Staatsanwalt verhaften, dann hast du einen Riesenknüller.«

Sie lächelte verhalten. »Ich weiß, du sagst, du zweifelst viel an dir, aber du scheinst immer das Richtige zu wissen. Was wirst du als Nächstes tun?«

»Ich frag mich, wie die Wakarusa-Anlage mit Yancy zusammenhängt. Ich glaube, ich muss da selber hin, mal sehen, ob die Leute mit mir reden. Ein reich aussehender Cowboy war heute im Dundee-Haus und hat mit Santich gestritten, und wie es aussieht, war derselbe Cowboy am Tag von Cletes Tod in Wakarusa.«

Zoë reagierte wieder aufgeregt. Woher wusste ich das? Als ich sagte, von einer vertraulichen Quelle, wollte sie mich zwingen, den Namen preiszugeben.

Das tat ich nicht, aber ich zeigte ihr das Video, das ich aufgenommen hatte. Es war unscharf und der Winkel war schlecht, weil ich auf dem Boden gelegen und versucht hatte, unbemerkt zu knipsen. Zoë sah es sich mehrfach aufmerksam an. Am Ende schüttelte sie den Kopf.

»Wenn er ein Powerplayer aus der Gegend wäre, würde ich ihn doch kennen, aber ich kenne ihn nicht.«

Konnte sie in Erfahrung bringen, ob hinter dem Antrag auf Wiederinbetriebnahme von Wakarusa dieselben Leute steckten, die auch die Genehmigungen für die Yancy-Baustelle eingeholt hatten? »Ich weiß, das Yancy-Projekt wurde dem Ausschuss schon vor zwei Jahren vorgelegt, aber vielleicht hast du noch Notizen darüber, wer das Projekt präsentiert hat?«

Zoë schrumpfte wieder. »Es gibt so viele Sitzungen, so viele Ausschüsse. Als einzige Reporterin im County kann ich nicht alles abdecken, was vorgeht. Außerdem hatte ich da gerade erst bei der Zeitung angefangen und noch keinen Durchblick, welche Sitzungen wichtig sind.«

»Wirklich? Dann ist dein Herausgeber hingegangen? Die Zeitung hat ein paar Zeilen gebracht, dass der Ausschuss das Bauprojekt genehmigt. Woher wusstet ihr das?«

»Mein Herausgeber?« Sie verzog verächtlich den Mund. »Seine Vorstellung von Journalismus ist zweimal am Tag Google News checken. Nein, das hatte ich von Pat Everard und Gertrude Perec. Pat war in dem Jahr Vorsitzende vom Planungsausschuss. Ich bat die beiden um eine Zusammenfassung.«

»Sie haben dir aber nicht gesagt, wer die Genehmigung beantragt hat?«

Sie schüttelte den Kopf. »Ich hab gefragt, aber sie meinten, der Antrag kam von der Topeka-Niederlassung einer großen überregionalen Anwaltskanzlei, und der Ausschuss hielt die Zahlen für gut, und laut den Unterlagen waren bei Umweltqualität die richtigen Kästchen angekreuzt, mit Genehmigung der Umweltschutzbehörde. Vielleicht hätte ich mich bei der Umweltschutzbehörde rückversichern sollen, aber –« Sie warf die Hände in die Luft: hoffnungslose Überlastung, keine Chance.

»Wie du gesagt hast, in der Zeitung kamen bloß ein paar Zeilen, aber Trig ist völlig durchgedreht. Er hat eine Trillion Briefe geschrieben und behauptet, Santich habe mittels Bestechung den Antrag im Schnellverfahren durchgeboxt, um sein Land mit Gewinn loszuschlagen, und das Ganze wäre eine Umweltkatastrophe. Ich hab Trig gefragt, woher er das weiß, wenn er die Pläne nicht gesehen hat, und er meinte, zum einen würden dabei die natürlichen Quellen in Yancy zerstört, und außerdem, wenn Brett Santich beteiligt sei, wäre es zwangsläufig eine Katastrophe. Wir haben zwei seiner Briefe abgedruckt, aber der Rest war so üble Nachrede, dass wir es nicht riskieren konnten. Und dann hat er mich zur Schnecke gemacht, weil ich ein elender Schisser bin. Seine Worte.«

Ich trank meinen Armagnac aus und winkte nach der Rechnung.

»Es ist so mühsam, an dieser Investigativsache zu arbeiten und über alles zu berichten, was im County so passiert«, schimpfte Zoë. »Die Leser lieben Katastrophenstorys wie große Autounfälle, und sie wollen über Hochzeiten und Beerdigungen Bescheid wissen. Niemand schert sich ernstlich um den Bibliotheksbeirat oder den Planungsausschuss des Countys. Ich hab das Gefühl, ich verpasse bestimmt ständig große Storys, weil ich Kleinkram bringe.«

»Das siehst du falsch. Menschen aus der Region, die möglichst unabhängig über Ereignisse aus der Region berichten, daran fehlt es im heutigen Journalismus, eine große und gefährliche Lücke. Nimm zum Beispiel diese Bücherverbote, das passiert auf lokaler Ebene, aber sämtliche kleinstädtischen Zeitungen und Radiosender sind von den großen Haien geschluckt worden, so haben die Menschen kaum eine Möglichkeit, mitzukriegen, was sich in ihrem eigenen Hinterhof tut. Du verpasst die großen Storys nicht, du berichtest über eine ziemliche Bandbreite. Dein Problem ist, dass du alles allein machen musst.«

Ein bisschen wie ich bei dem Versuch, die Ermittlung hinzukriegen. Wenigstens hatte ich Zoë zur Hilfe. Und sie hatte mich. Wir waren beide unterbesetzt.

31

Frauen, die frühstücken

Ich bin im Schatten der Chicagoer Stahlwerke aufgewachsen, als die Stahlindustrie boomte und die Werke in drei Schichten am Tag arbeiteten. Jeden Morgen half ich meiner Mutter die Fenster und Fensterbänke abwischen, aber abends waren sie wieder mit einer dünnen Rußschicht überzogen. Ich hatte Glück, dass mein Vater ein Cop war und in einem Stadtteil arbeitete, der ein Stück von den Werken entfernt lag. Die Väter meiner Freundinnen husteten und röchelten in Taschentücher, die sich mit Blut und teerigem Schleim füllten. So hatte wahrscheinlich die Lunge von Clete Rotherhaite ausgesehen.

Niemand wollte seiner Witwe durch eine gründliche Autopsie noch zusätzlich Kummer bereiten. Nur ich, die sich fragte, was die Tierbisse wohl kaschiert hatten.

Gleich morgens rief ich Deke Everard an, um ihn erneut nach dem Tod von Rotherhaite auszuquetschen.

»Nein, Warshawski, nein. Damit hat mich Zoë gestern schon genervt. Rotherhaites Tod war betrüblich, aber natürlicher Ursache. Da wird nichts vertuscht.«

»Ich hab ja gar nichts von vertuschen gesagt. Ich wüsste nur gern, wie sich die Leute im Kraftwerk dazu geäußert haben.«

»Die Leute im Kraftwerk haben reagiert wie alle anderen – manche erschüttert, manche zynisch, manche resigniert. Rotherhaite wurde weder geliebt noch gehasst, er war einfach ein Typ, der seinen Job machte. Wenn du jetzt auch noch im Kraftwerk Unruhe stiften willst, vielleicht eine Verschwörung herbeireden, wo vorher gar nichts los war, dann komm hinterher nicht heulend zu mir gerannt, wenn du tausend Hornissen an der Hacke hast.«

»Verstanden, Sergeant.«

Ich legte auf, ohne mein Vorhaben zu erwähnen, mit den Jungs im Kraftwerk zu reden, sobald ich mit den Frauen der Riverside Congregational Church gesprochen hatte – heute war der Tag, an dem sich die Gruppe zum Frühstücken traf.

Um acht sah ich Gertrude Perec aus dem Haus kommen. Sie hatte sich gegen die Kälte in eine bauschige Jacke gepackt, aber sie trug schicke Hosen und polierte knöchelhohe Stiefel. Ihr Kopf war unbedeckt, so sah ich, dass sie ihr grau-blondes Haar zu einem Chignon hochgesteckt und ein bisschen Make-up benutzt hatte. Mit ihrer Eleganz konnte ich nicht mithalten, aber in frischen Jeans, einem Strickpulli in meinem Lieblings-Altrosa und einem Wollblazer sah ich immerhin respektabel aus.

Es war nur ein Spaziergang, aber ich nahm den Wagen, damit ich Peppy im Auto lassen konnte. Gertrude war wohl früh dran, denn erst als ich eintraf, kamen Grüppchen von Frauen den Weg hoch. Ich folgte ihnen zum Gemeindehaus an der Südseite der Kirche. Eine Frau an der Tür lächelte grüßend und stellte sich mir vor: Lucy Porter.

»Sind Sie neu in der Stadt?«

»Bloß zu Besuch«, sagte ich. »Ich bin in Gertrude Perecs Garagenwohnung einquartiert.«

»Ach! Die Detektivin.« Sie musterte mich begierig.

Ich bestätigte, dass ich die Detektivin war.

»Forschen Sie jetzt unsere Frauengruppe aus?«

»Nur das Frühstück, in der Hoffnung auf eine Gelegenheit, Gertrude zu sprechen. Sie ist so beschäftigt …« Ich ließ den Rest in der Luft hängen.

»Ja«, sagte Porter trocken. »Sie ist sehr beschäftigt, und mit so vielem. Erstaunlich, dass sie denkt, sie braucht eine Detektivin, wo sie doch selber unablässig ermittelt.«

»Ich höre, sie sitzt mit Pat Everard in etlichen Ausschüssen?«, sagte ich.

»O ja«, jetzt klang Porter noch trockener.

Wir betraten den Raum, wo das Frühstück stattfand. Ich bat Porter, mir Everard zu zeigen.

»Steht da neben Gertrude, gleich bei der Kaffeekanne. Eine Spende für gute Zwecke ist Usus – fünf Dollar.« Sie wandte sich ab und legte den Arm um eine andere Frau, die sie ebenfalls herzlich begrüßte.

Pat Everard mit ihrem grauen Lockenkopf war nicht so elegant wie Gertrude, hatte aber eine ähnlich autoritäre Ausstrahlung. Als Gertrude mich sah, wirkte sie nicht von der Nächstenliebe erfüllt, die man mit kirchlichen Versammlungen verbindet.

»Was tun Sie hier?«, fragte sie.

Ich kramte in meiner Brieftasche nach einem Fünfer. »Ich möchte mit Ihnen und Ms. Everard sprechen. Das hier schien mir ein guter Ort dafür.«

»Das hier ist ein Frühstück der Kirchenfrauen. Es ist unerträglich, dass Sie annehmen, mich hier überfallen zu dürfen.«

»Überfallen?« Ich schenkte mir eine Tasse Kaffee ein. Er war dünn und roch bitter. Schon zu lange in der Kanne. »Ich brauche Informationen, über die Sie beide verfügen. Ich finde nicht, dass danach fragen gleich überfallen ist.«

»Was wollen Sie denn wissen?«, forschte Everard.

»Die Planungssitzung, bei der das Yancy Hill-Projekt genehmigt wurde. Als Sie Zoë Cruickshank davon berichteten, sagten Sie ihr, der Antrag beziehe sich auf ein Resort mit ein paar Eigentumswohnungen und kleinen Geschäften.«

»Das ist mindestens zwei Jahre her.« Everard sah Gertrude an, die nickte. »Ich weiß nicht mehr genau, was wir da besprochen haben.«

»Dies scheint ein Riesenprojekt zu sein. Da Sie im Planungsausschuss den Vorsitz innehatten, habe ich gehofft, Sie erinnern sich an mehr Einzelheiten. Was genau hat der Anwalt der Antragsteller über den Energiebedarf des Resorts gesagt?«

»Ich sagte doch schon, diese Sitzung ist Jahre her. Solche Einzelheiten kann ich unmöglich auf die Schnelle abrufen.« Everard hob hochmütig die dunklen Brauen.

»Wissen Sie noch, in welcher Kanzlei der Anwalt tätig war? Das steht nämlich nicht im Online-Protokoll.«

»Diese Fragen haben nichts mit Clarina Coffins Tod zu tun«, sagte Gertrude. »Und selbst wenn, ist das alles bei Ms. Everards Sohn in guten Händen.«

»Hat Deke denn noch mal mit Ihnen darüber gesprochen, was Sie beim Dundee-Haus wollten?«

»*Sergeant Everard* weiß alles über diesen bedauerlichen Vorfall«, sagte Gertrude.

Sämtliche Gespräche im Raum waren verstummt. Wir lieferten eine Show, und niemand wollte die Dialoge verpassen.

Ich lächelte, damit das Publikum sah, dass ich das coole, entspannte Mitglied des Trios war. »Das ganze Projekt ist so interessant«, sagte ich. »Waren Sie schon mal oben auf dem Hügel, um sich die Baustelle anzusehen?«

»Natürlich nicht«, sagte Gertrude schroff. »Wenn dies Ihre Vorstellung von einer Ermittlung ist –«

»Aber Familie Everard hat doch da über Generationen Land besessen«, sagte ich mit großen erstaunten Augen. »Ich hab gedacht, zumindest Ms. Everard hier würde ein wenig neugierig sein, was damit passiert. Und dann war da auch noch der tief betrübliche Tod von Clete Rotherhaite. Zwar nicht auf Yancy-Land, zumindest glaube ich das nicht. Aber auf dem Flussweg gleich neben dem Kohlekraftwerk.«

Gertrude und Pat wechselten Blicke – besorgt? Zornig? Ich konnte es nicht sagen. Sie waren schon lange Freundinnen, für eine Außenstehende waren ihre Signale schwer zu deuten.

»Das war ein natürlicher Tod«, sagte Pat. »Und dass es dort

geschah, so dass die Leiche des armen Mannes erst nach mehreren Tagen entdeckt wurde, war wirklich Pech, aber sein Tod ist keine Polizeiangelegenheit. Ich weiß ja, dass es in Chicago von ungelösten Morden nur so wimmelt, vielleicht denken Sie deshalb, alle Polizeikräfte wären inkompetent, aber sogar bevor mein Sohn zur Truppe stieß, war die Polizei von Lawrence imstande, lokale Verbrechen aufzuklären, auch ohne die Hilfe einer übereifrigen Privatdetektivin.«

Gertrude nickte energisch, streifte mich im Vorbeigehen und wandte sich lächelnd an den Raum, beide Hände ausgestreckt. »Entschuldigt bitte die Verzögerung. Nur ein kleines Durcheinander mit der Frau, die in meiner Garagenwohnung logiert. Pastorin Tracy, dürfte ich Sie bitten, uns den Segen zu sprechen?«

Hinter mir murmelte Pat Everard: »Gut gemacht, Gertrude«, und setzte sich an einen der Tische.

Die Jüngste im Raum stand auf, um einen Dank zu sprechen für den dünnen bitteren Kaffee und die süßen Brötchen, mit besonderem Dank an Ashley und Judith, die diese Woche gebacken hatten. Ich hatte meine fünf Dollar bezahlt, also nahm ich mir einen Muffin und etwas Obst und setzte mich an denselben Tisch wie die Frau, die mich in den Raum begleitet hatte.

»Sie ist die Detektivin«, sagte Porter, als sich alle anderen Frauen umdrehten und mich anstarrten.

Sogleich flossen unterschiedliche Begrüßungen: *Arbeiten Sie mit Pats Sohn zusammen? Wir finden, er macht einen wunderbaren Job. Wir hörten schon, dass Gertrude eine Detektivin bei sich wohnen hat. Sie schwebt doch nicht in Lebensgefahr, oder?*

Gertrude stoppte den Strom mit der Verlesung des Protokolls, gefolgt von der Tagesordnung, der guten Arbeit, die die Gruppe mit *Bring Lawrence Home* geleistet hatte, und dem Buch, das sie morgen beim Buchclub besprechen würden, einer fiktionalisierten Darstellung von Henry Wadsworth Longfellows Liebesaffäre mit einer Frau namens Fanny Appleton. Gertrude lächelte in die Runde. »Ihr wisst, dass ich mich da speziell verbunden fühle – mein Ururgroßvater war ja ein Cousin von Familie Appleton, daher war ich ganz bezaubert von der Geschichte, und nun bin ich gespannt, wie es allen anderen damit geht.«

»Solange wir uns nicht allzu ausgiebig mit unseren bedeutenden verwandtschaftlichen Beziehungen aufhalten«, murmelte eine an meinem Tisch.

Eine Frau an einem anderen Tisch hob die Hand und schlug vor, dass die Gruppe mich zu einem Gesprächsabend einladen könnte – es kam ja nicht oft vor, dass sie Gelegenheit hatten, eine echte Ermittlerin kennenzulernen –, aber Gertrude schlug das mit fester Hand aus. Sie versicherte den Anwesenden, dass ich nicht mehr lange genug in der Stadt blieb.

»Aber zwei Morde!«, sagte die Frau. »Wir wüssten doch alle gern, ob unser Leben in Gefahr ist, wenn wir den Flussweg entlanggehen.«

Es gab ein zustimmendes Raunen, das Pat unterbrach. »So machen sich Fake News breit. Der Mann, der auf dem Flussweg gestorben ist, wurde nicht ermordet, er hatte einen Herzinfarkt. Aber wenn ihr alle mehr über Ermittlerinnen hören wollt, die wirklich wissen, was sie tun, will ich gern mit Deke sprechen, ob er nächste Woche mal eine Kollegin vorbeischicken kann, die uns was darüber erzählt. Sie haben heutzutage kluge junge Frauen in der Truppe.«

Die Versammlung endete bald darauf, aber mehrere Frauen kamen zu mir und fragten, ob ich wüsste, wer Clarina ermordet hatte. Eine tapfere Seele brachte die Rede auf Trevor Millays Troll-Kommentare. Sie wollte wissen, ob es stimmte, dass ich auf einer Drogenparty im alten Dundee-Haus gewesen war.

»Ich war im Dundee-Haus, um eine Studentin zu retten, die

eine Überdosis genommen hatte«, sagte ich. »Wie Pat Everard schon erwähnt hat, gibt es heutzutage leicht mal Tatsachenverdrehungen, aber das können Sie sich jederzeit mühelos von Deke Everard bestätigen lassen. Oder kennen Sie vielleicht Brett Santich? Soweit ich weiß, gehört ihm das Haus. Womöglich kann er ein Licht darauf werfen, was dort vor sich geht. Und was den Spaziergang am Flussufer angeht – es schadet nie, eine Freundin wissen zu lassen, wo man hinwill, wenn man allein unterwegs ist.«

Jede steckte ihr eigenes Geschirr und Besteck weg, während zwei Frauen die übrig gebliebenen Muffins und das Obst einpackten. Das war für ein Obdachlosenheim gedacht, sagte mir jemand.

Ich schlenderte rüber zu Pat und Gertrude, die gerade versuchten, ein Gespräch mit Pastorin Tracy zu beenden. »Frau Pastorin, entschuldigen Sie bitte die Störung. Ich hab noch ein paar Fragen an Ms. Everard und Ms. Perec, da ich sie hier gerade zusammen erwische.«

»Natürlich.« Die Pastorin sah mich neugierig an, entfernte sich aber.

»Es gibt nichts zu besprechen«, sagte Gertrude.

»Bloß noch eines.« Ich lächelte hartnäckig weiter – nur so konnte ich mich davon abhalten, sie anzuschreien. »Gestern hab ich im *Kanwaka Courier* den Nachruf auf einen gewissen Theodore Wheelock gelesen, der als Erster Anspruch auf das Land erhoben hat. Man pries ihn für –« Ich entsperrte mein Handy und fand das Foto, das ich von der Story gemacht hatte. »Hier. Bis Theodore anfing, in Yancy zu pflügen und zu pflanzen, war es ›behaust von Indianern, Farbigen und jeder Art von Sünde und Ausschweifungen‹. Clarina hat das gelesen und war deswegen bei Ihnen, stimmt's? Und genau das wollte sie in Cadys Lehrplan für Kansas-Geschichte aufgenommen sehen. Das muss sich doch angefühlt haben wie ein persönlicher

Angriff auf Ihrer beider Stolz darauf, von den Gründern von Lawrence abzustammen.«

Gertrude stand reglos da, erstarrt wie ein Plastik-Eiswürfel mit einem Insekt drin.

Pat legte den Arm um sie. »Das reicht jetzt. Sie können nicht einfach in eine Kirche kommen, sich als Detektivin ausgeben und dann solche Anschuldigungen erheben. Ich rufe meinen Sohn an, dann sehen wir, was für Maßnahmen wir ergreifen können, damit Sie die Stadt verlassen.«

»Wie das altbewährte Teeren und Federn? Ich glaub nicht, dass das LKPD das gutheißen würde.«

»Sie haben bis zum Ende des Tages aus meinem Haus zu verschwinden.« Gertrude würgte die Worte heraus. »Pat, kannst du mich fahren? Der Schock – ich muss mich setzen.«

»Wenn Ms. Perec an Ihren Worten Schaden nimmt, ziehe ich Sie zur Rechenschaft«, spie Pat Everard über ihre Schulter, während sie Gertrude sanft aus dem Raum führte.

Pastorin Tracy eilte an ihre Seite und nahm Gertrudes anderen Arm.

»Was sollte das denn?«, fragte mich Lucy Porter.

Ich starrte ihnen nach. »Ahnenforschung«, sagte ich schließlich. »Ihre Wurzeln in dieser Stadt sind ihnen sehr wichtig.«

Was hatte Cady noch gesagt, als ich nach den französischen Siedlern in Lawrence gefragt hatte? *Grams Familie war durch und durch englisch.*

Ich würde meine magere Altersversorgung darauf verwetten, dass Gertrudes Mädchenname Wheelock war.

32
Urban Cowboy

Es war früher Nachmittag, als Peppy und ich im Auto über die Brücke fuhren, die uns zum Uferweg auf der Nordseite des Kaw brachte. Nach Gertrudes Ultimatum musste ich eigentlich schleunigst auf Wohnungssuche, aber ich verspürte einen Drang, die tausend Hornissen aufzuscheuchen, die Deke mir angedroht hatte, wenn ich zum Kohlekraftwerk fuhr. Der Tag war grau und kühl mit in tief hängenden Wolken lauerndem Nieselregen.

Die Südseite des Flusses, wo wir meist liefen, war ein Park mit einem gut in Schuss gehaltenen Spazierweg, gesäumt von Bäumen und Bänken. Auf der Nordseite gab es ebenfalls einen Weg, aber Richtung Westen war er von Industrie gesäumt. Kipplaster und Sattelschlepper ließen die Straßen beben. Ein Zug aus sechzig offenen Güterwagen oder so, alle voller Kohle, zockelte dicht an uns vorbei, und sein Tröten klang wie eine Kuh mit Schmerzen.

Wir fuhren an einem Salzberg vorbei, an einem Hof voller Schulbusse, ein paar Zementwerken, mehreren Motels, einem Leichtindustriepark, und dann waren wir plötzlich auf dem offenen Land. Das Wakarusa-Kraftwerk ragte in nicht allzu großer Entfernung auf, der Hauptschornstein ein rostiger orangefarbener Posten, der über das Ackerland wachte.

Der Staat hatte auf dieser Seite des Flusses einen zweihundert Meilen langen Lauf- und Spazierpfad geschaffen. Die Schwierigkeit bestand darin, von der Fahrbahn runter zum Kaw zu kommen. Die Straßen waren von jemandem mit einer schon manischen Schwäche für Quadrate angelegt. Jedes Mal, wenn ich glaubte, nahe dran zu sein, schlug die Straße einen Neunzig-Grad-Haken und führte tiefer ins Ackerland.

Schließlich erreichte ich die Zufahrt zum Kraftwerk, die Lou und Ed entlanggekommen sein mussten, als sie ihr Angebot zum Ausschlachten der Anlage machen wollten. Ein blinkendes rotes Licht in der Ferne markierte die Tore und das Wachhäuschen.

Ich versuchte nicht, dorthin zu fahren, sondern kehrte auf die Hauptstraße zurück und hielt am Rand. Es gab keinen Seitenstreifen; der Camry stand unangenehm dicht am Entwässerungsgraben zwischen Straße und Acker. Wir waren etwa eine Viertelmeile vom Fluss entfernt, neben einem für den Winter umgepflügten Feld. Ich ließ Peppy raus, und wir querten den Acker. Das klingt zu leicht. Washington querte den Delaware River, na klar, ein Kinderspiel in einem winzigen Boot auf einem Gezeitenfluss, der unter ihm bockte und wogte. V. I. und Peppy querten den Acker. Ein Kinderspiel, zu Fuß über riesige, mit Stroh vermischte harte Erdklumpen.

Peppy störte das nicht – sie lief im Jagdmodus kreuz und quer wie auf weichem Gras und kehrte regelmäßig mit breitem Grinsen zu mir zurück. Gelbbrüstige Vögel überflogen die Furchen und pfiffen einander zu, wenn sie Insekten in der Erde fanden. Ich war das Geschöpf, das hier fehl am Platz war und mühselig durch die schweren Schollen stolperte.

Als wir den Fluss erreichten, erinnerten meine Oberschenkel und Knie mich mit Nachdruck daran, dass ich monatelang keine Kniebeugen gemacht hatte. Noch was für meine To-do-Liste. Ich teilte mir mit dem Hund ein Erdnussbuttersandwich und die Hälfte einer Wasserflasche, während ich verschnaufte.

Peppy wollte nach dem Laufen am liebsten noch schwimmen gehen, aber die Wasseroberfläche war hier ölig und schillernd vor Kohlenstaub. Ich leinte sie an. »Du würdest schwarz wie ein Labrador rauskommen, wenn du da reingehst«, erklärte ich ihr, »und hättest genug Karzinogene im Leib, um einen Häuserblock zu vergiften.«

Jetzt, in der Nähe der Anlage, sah ich, dass der Schornstein in regelmäßigen Abständen graue Qualmwolken ausstieß wie ein alter Raucher, der versucht, Ringe zu blasen.

Der Fluss machte hier mehrere enge Biegungen, daher war das Kraftwerk zwar ganz nah, aber zum Verrücktwerden schwer zu erreichen. Wir hörten Maschinen, die ebenfalls alt klangen, »ka-thunk« machten und dann innehielten, um zu keuchen, während sie sich zum nächsten »ka-thunk« vorarbeiteten.

Als wir dem Weg um die engen Schleifen des Flusses folgten, fiel mir auf, wie still es bis auf die Geräusche des Kraftwerks ringsum war. Die pfeifenden Vögel, die beim Überqueren des Ackers um uns herumgeschwirrt waren, hielten sich fern von dem schmutzigen Wasser und den verseuchten Büschen.

Bei einer Schleife kamen wir an eine Stelle, wo Büsche und Gräser durch Reifenspuren von Geländewagen plattgedrückt waren. Vermutlich hatten Cops und Ambulanzteam hier die Leiche von Clete Rotherhaite geborgen, aber das war jetzt schon drei Wochen her. Ich sah keine Spuren, aber Peppy schnüffelte unruhig an der Stelle herum.

»Irgendwas im Gestrüpp, Mädchen? Ein Schraubenschlüssel? Ein Stein mit Haut dran?«

Wir suchten zu zweit, fanden aber nichts, was als Waffe in Frage kam. Natürlich war, sofern er ermordet worden war, der Fluss direkt zur Stelle, um alle Indizien zu beseitigen.

Hinter der nächsten Kurve tauchte plötzlich das Kraftwerk auf. Es war riesig und nahm eine Fläche ein, auf die mehrere Fußballfelder gepasst hätten. Trotz seines Alters und der Schmutzkruste auf den Gebäuden hatte der Komplex was leicht Drohendes an sich. Wehe, wenn ihr mich loszuwerden versucht.

Ein Zaun umgab die Anlage, aber auch er war alt. Besonders hier unten am Fluss waren Teile so verrostet, dass sich die Zacken von den Metallpfosten gelöst hatten. Wir befanden uns auf der Rückseite, wo die Kohle angeliefert wurde, so dass ich nicht sagen konnte, wie viele Leute womöglich drinnen am Arbeiten waren. Ein halbes Dutzend Trichterwagen stand auf einem Abstellgleis.

Der Lärm war lauter geworden, je näher wir kamen. So dicht dran war es heftig. Peppy winselte, scharrte mit den Pfoten und sah mich flehend an. Ich mutete ihr das ungern zu, aber ich schob eins der verrosteten Zaunteile beiseite und betrat den Hof.

Jemand beaufsichtigte die Trichterwagen, aber mit dem Rücken zu mir. Er sah den Hund und mich nicht, als wir vorbeigingen. Just als wir die Gleise überquerten, ließ ein Donnern den Boden erbeben. Einer der Waggons hatte seine Ladung in einen unterirdischen Bunker gekippt. Die Lokomotive hupte und setzte sich langsam in Bewegung, um den nächsten Trichterwagen über dem Bunker in Position zu bringen. Ich zückte mein Handy und knipste die Szene.

Mit Peppy eng an meine Beine gedrückt umrundete ich das Kraftwerk und kam zum Eingang. Ein Männertrio mit Schutzhelmen und Sicherheitswesten saß an einem Kartentisch hinter den offenen Türen, aß Donuts und trank Kaffee. Zwei von ihnen rauchten. Sie alle hatten Telefone in der Hand. Ab und an lehnte sich einer über den Tisch und rief seinen Freunden etwas zu, aber bei dem Höllenlärm konnte man kein Gespräch führen.

Ich ging auf sie zu und lächelte sonnig, ganz Little Miss Sunshine, die Freude an den Arbeitsplatz bringt. Ich versuchte, »Hallo, Leute« zu sagen, doch die Maschinen verschluckten meine Worte.

Die Männer blickten hoch und stutzten über meine Anwesenheit.

Einer von ihnen stand auf, so dass er mir ins Gesicht brüllen konnte: »Wer sind Sie, und wie zum Teufel sind Sie auf den Hof gekommen?«

Ich legte ein paar meiner Karten auf den Tisch. »Ich bin Ermittlerin, ich bin mit meinem Hund den Flussweg langgelaufen und hab die Stelle gesucht, wo Clete Rotherhaite gefunden wurde.«

Die beiden sitzenden Männer musterten meine Visitenkarte, schauten den stehenden Mann an, warteten auf seine Reaktion. Der letzte Waggon musste seine Ladung abgeworfen haben, denn der Lärm ließ so weit nach, dass wir einander hören konnten.

»Sie untersuchen Cletes Tod?«, fragte der stehende Mann. »Harte Art zu sterben. Hart für Rita, auf jeden Fall, aber verdammt, wir haben fünfundzwanzig Jahre zusammengearbeitet. Hart für uns alle. Wir würden ihn lieber in Frieden ruhen lassen.«

»Ich versteh Sie ja«, sagte ich. »Versicherung, wissen Sie, diese Firmen haben das Einfühlungsvermögen eines Hochofens.«

»Was?«, empörte sich der Mann. »Drohen die etwa, seine Lebensversicherung nicht auszuzahlen?«

»Unfallversicherung«, sagte ich. »Die zahlen, wenn er zum Todeszeitpunkt noch im Beschäftigungsverhältnis war. Das ist das Problem. Irgendein Anzugträger in Chicago behauptet, er hätte gekündigt und also nicht mehr auf der Lohnliste gestanden.«

Der Mann spuckte aus, zielte etwa zwei Fingerbreit neben meinen Fuß. »Arbeiten Sie für die Firma?«

Ich zuckte weder, noch rührte ich den Fuß von der Stelle. »Nicht bei der Versicherung oder dem Kohlekraftwerk. Ich bin unabhängig, versuch bloß die Fakten klarzukriegen, damit Rita Rotherhaite wenigstens die ihr zustehende Entschädigung bekommt.«

Die drei Männer sahen sich wieder an, tauschten ein winziges Nicken aus. Der Wortführer ging voran nach drinnen, vorbei an riesigen Kesseln und Rohren, Förderbändern und schweren Ventilatoren. Eine Szene aus Walter Mittys Geheimleben. *Pocketa-pocketa.*

Wir durchschritten die Halle und traten in ein Kabuff in einer entfernten Ecke, das relativ schalldicht war. Peppy klebte an meinen Beinen und wimmerte über den Lärm, die Hitze und den Schwefelgeruch.

»Der ganze Tag war eh scheiße, mit Verlaub«, sagte der Sprecher. »Clete, der war drauf wie 'ne Katze auf heißen Ziegeln, schon als er zur Tür reinkam. Dann schauten Lou Arata und Ed Lyndes vorbei. Sie dachten, die Anlage würde eingemottet, und wollten ein Angebot abgeben, paar Rohre, all das Zeug, was leicht zu demontieren ist und für eine Zwei-Mann-Crew machbar. Arata und Lyndes, die waren hier drin mit Clete.

Ich bin Vorarbeiter der Tagschicht, also steh ich unten im Hof, als dieser Vogel in der Hunderttausend-Dollar-Karre vorfährt. Man sieht ihm den Anzug an, obwohl er Jeans und Stiefel trägt, komplett im Western-Look, alles nagelneu, wie eben ausgepackt. Gleich hinter ihm kommt noch ein Anzug in einem weißen Lexus, aber der mit Jackett und Krawatte und Aktentasche. – ›Gute Neuigkeiten, Leute‹, sagt der Cowboy, als ob wir denken sollen, er wär einer von uns. ›Eure Jobs sind noch ein paar Jahrzehnte sicher. Dieses Kraftwerk hier ist eine brave Katze mit sieben Leben, und sie hat noch etliche davon vor sich.‹ – Der Cowboy will sich umsehen. Der Anzug arbeitet für ihn, also muss er ihm mit seinen Lederschuhen in die Fabrikhalle folgen. Das wär lustig gewesen, bloß dass die beiden nicht lustig waren. Der Anzug klopft auf sein Handgelenk, Zeit läuft, der Cowboy zieht den Rundgang in die Länge, bloß um zu nerven, stellt Fragen zum Kessel, zum Druck, sonst was. Schließlich zwinkert er uns zu, er hat seinen Lakaien genug verarscht und will jetzt Clete sprechen. Ich zeig auf den Raum hier und sag, dass Clete grad mit paar Leuten redet, die Schrott kaufen wollen. Der Cowboy stürmt einfach rein, der Anzug folgt bei Fuß, wie Ihr Hund hier. So zehn Minuten später kommen Lou und Ed raus. Normal sind die beiden voll entspannt, nehmen das Leben, wie's kommt, aber die waren so wütend, hätten glatt Maschine 2 zum Glühen bringen können.«

Der Vorarbeiter zeigte auf einen der Kessel.

»Ich geh rein, um zu sehen, was los ist, und höre, wie Clete die Anzugtypen anbrüllt. ›Was bitte wissen Sie denn über Kohle? Ja, Sie haben all diese Papiere, Tulloh, Sie sind jetzt der Eigentümer, aber Sie haben doch keinen Schimmer von Kohle, wie sie funktioniert, was sie macht, oder? Dass Sie mir diese Papiere zeigen, heißt, Sie wissen einen Scheißdreck.‹«

»Tulloh?«, unterbrach ich. »Wie Tulloh Industries?«

»Schätze schon«, sagte der Vorarbeiter. »Zum Henker, kann ja sein, dass sie die Anlage gekauft haben, obwohl, wozu will denn jemand, der so reich ist, so was Altes haben? Ich schätze mal, Clete sah das wohl so ähnlich.

Der Cowboy grinst übers ganze Gesicht, als hätte er einen Trick abgezogen, den wir anderen alle nicht kapieren. Na, und dann sagt der Lakai zu Clete: ›Ihm gehört der Laden, er kann machen, was er will.‹ Und Clete sagt: ›Natürlich, klar könnt ihr machen, was ihr wollt. Aber ohne mich. Ich bin weg.‹«

»Er ist auf der Stelle gegangen?«, fragte ich.

Die Männer schüttelten fast gleichzeitig die Köpfe. »Nee. Er ist dageblieben und hat sich um die Lohnabrechnung gekümmert und all so was. Der Cowboy und der Anzug haben sich verdrückt und es Clete überlassen, die Belegschaft zu informieren, dass sich alles ändern würde. Tja, wir hatten ja nur provisorische Betriebsbereitschaft, haben abgewartet, was das Management mit dem Kraftwerk vorhat. Jetzt sieht es aus, als würden wir wieder ans Netz gehen, neue Kohle einspeisen, aber das ist erst seit Cletes Tod so. Nachdem der Cowboy weg war, rief Clete alle auf den Hof, so um die zwanzig von uns, und erklärte, dass es neue Eigentümer gibt, die müssten noch mit der Gewerkschaft über Betriebszugehörigkeit, Arbeitsplatzsicherheit und so weiter reden, aber dass er, Clete, nicht mehr wiederkommt.«

»Und dann hat er einen Spaziergang am Fluss entlang gemacht?«, fragte ich.

Der Vorarbeiter beäugte mich streng. »Er hat noch den ganzen Tag gearbeitet, und wer was anderes behauptet, ist ein verdammter Lügner. Er ist um vier weggefahren, als seine Schicht zu Ende war.«

»Hat er das oft gemacht?«, fragte ich. »Ich meine, am Fluss spazieren gehen, wenn er über was nachdenken musste?«

Einer der anderen Männer lachte. »Clete? Seine Art nachzudenken war bei ’nem Bier und ’nem Footballspiel. Hab mal gesagt, er hätt sich ’nen Job in Oklahoma suchen sollen, wo die Teams öfter gewinnen als verlieren, aber er hat’s mit den Jayhawks und den Chiefs gehalten, durch dick und dünn, und bei den Jayhawks ist da ’ne ganze Menge dünn.«

»Er und Rita haben schon ganz gerne mal gegärtnert«, sagte der Vorarbeiter, »aber ich würde nicht sagen, dass er wild auf Natur war.«

»Er hat also zu keinem von euch so was gesagt wie: ›Ich werd dieses olle Kraftwerk vermissen, also geh ich runter zum Fluss und mach noch ein paar Fotos‹?«

Sie starrten mich an. »Wollen Sie etwa sagen, er war unbefugt unterwegs, und darum kann Rita nicht kassieren?«, sagte der Vorarbeiter.

»Oh nein«, sagte ich. »Ich versuch es bloß klarzukriegen. Er hat also den ganzen Tag gearbeitet, die volle Schicht, er ist im Prinzip auf dem Gelände gestorben, also war er auf der Lohnliste und bei der Arbeit. Das sag ich jedenfalls der Berufsgenossenschaft. Will ja ihre winzigen Hirne nicht mit lauter Gerede von Kommen und Gehen verwirren.«

»Winzige Hirne, der war gut.« Der Vorarbeiter spuckte erneut aus, dieses Mal von meinem Fuß weg. Wir waren jetzt wohl Kumpel. »Bloß nicht diese winzigen Hirne verwirren.«

Sie begleiteten mich zum Ausgang. Yep, das bewies es, wir waren Kumpel.

Peppy weigerte sich, den Weg zurückzugehen, den wir gekommen waren. Das Beben der Erde, als der Trichterwagen seine Ladung auskippte, hatte sie ganz kirre gemacht. Ich führte sie von der Anlage weg in Richtung des Tors mit dem blinkenden roten Licht. Sie raste los, was das Zeug hielt. Meine Schuhe waren zu matschbeschwert, um mit ihr Schritt zu halten, aber ich traf sie mit fliegenden Flanken jenseits des Tors wieder. Wir gingen in nüchternem Tempo zum Auto.

33

Kindermund

Ich hatte Schlamm in den Socken und dicke Klumpen an den Schuhen. Gleich nach Stöckelschuhen waren meine Laufschuhe wohl die schlechtestmögliche Wahl für einen Gang durch Ackerland. Peppy hechelte, durstig vom Rennen und von der Angst, die sie in der Fabrik ausgestanden hatte.

Als wir die Läden bei der Brücke erreichten, hielt ich auf dem Parkplatz hinterm Boat Yard und stapfte runter ans Flussufer. Aus der Nähe konnte ich die starke Strömung sehen, von der Lou und Ed gesprochen hatten. Ich ließ Peppy ins Wasser, behielt sie aber an der Leine, falls sie in Schwierigkeiten geriet. Ich zog Schuhe und Socken aus und steckte meine Füße in den Fluss. Großer Fehler. In Sekundenschnelle schmerzten vor Kälte die Knochen.

Ich spülte den schlimmsten Ackermatsch von den Schuhsohlen und zog sie wieder an. Grässlich. Klammes nasses Gummi an nackten Füßen. Zum Glück lag gleich hinterm Boat Yard das Einkaufszentrum, wo ich ständig frische Sachen kaufte. Ehe ich losfuhr, würde ich mir Socken besorgen.

Die Schutzbehauptung, wegen der Unfallversicherung zu ermitteln, hatte mir einen hübschen Haufen Infos über Clete Rotherhaites letzten Tag im Werk beschert. Seinen letzten Tag im Leben.

Wenn Tulloh Industries das alte Wakarusa-Kraftwerk gekauft hatte, mussten sie annehmen, dass sich in Yancy ein Vermögen machen ließ, mit irgendwas, wofür ein starkes Stromnetz erforderlich war. Vielleicht hatten sie wertvolle Mineralien gefunden, Lithium oder so was, deren Abbau und Veredelung viel Energie erforderte.

Clarina war unbefugt eingedrungen. Der Yancy-Vorarbeiter hatte erwähnt, dass Trigs »Belästigungsbrigade« auf der Baustelle gewesen war. Sie hatte an vielen Stellen herumgeschnüffelt, wo niemand sie sehen wollte – bei den Kirchenfrauen, auf der Yancy-Baustelle. Vielleicht hatte sie auch das Kohlekraftwerk besucht. Sie hatte irgendwas über das Yancy-Projekt herausgefunden, das Tulloh geheim halten musste. Also beauftragte er Santich oder vielleicht diesen bewaffneten Vormann, sie umzubringen.

Ich konnte Deke anrufen und ihm sagen, dass ich den Fall gelöst hatte: Einer aus der Tulloh-Familie hatte Clarina umlegen lassen, weil sie versucht hatte, das Resort zu vereiteln. Sie war die Person, von der Santich und Tulloh fürchteten, sie würde »den ganzen Deal platzen lassen«. Es wäre schon beinahe all meinen Schmerz und meine Mühe wert, zu hören, wie er ausflippte.

Wie funktioniert Kohle? Man bringt sie zum Brennen, bringt das Wasser in diesen großen Kesseln auf Dampftemperatur, der Druck treibt Turbinen an, die irgendwie mit einem Stromnetz verbunden sind und es zum Laufen bringen. Anzunehmen, dass auch die neuen Eigentümer dieses Minimum an Wissen hatten, was also meinte Clete Rotherhaite, was der Urban Cowboy nicht wüsste? Und warum musste er sterben?

Ein kleiner Junge, dem sein dunkler Schopf über die Augen fiel, kam vom Parkplatz des Boat Yard her angestapft. »Dein Hund ist ein guter Schwimmer.«

»Ja, das ist sie.«

Peppy kam raus, um zu prüfen, wer mich da ansprach, und spritzte Wasser auf das Kind, das bei der Dusche vor Lachen kreischte.

»Beißt sie?«

»Nee. Sie ist eine ganz Liebe.« Ich zeigte ihm, wie vorsichtig Peppy ein Leckerli aus meinem Mund entgegennahm, was ihn wieder zum Kreischen brachte.

»Weiß deine Mom oder dein Dad, dass du hier unten bist?«, fragte ich.

Er machte eine vage Handbewegung. »Mama und Tante Holly, die reden, reden, reden.«

»Dann gehen wir doch mal nachsehen, worüber sie reden, reden, reden.«

Ich steckte meine dreckigen Socken ein und tappte den Hügel hoch, Peppy im Schlepptau.

Holly, die Kellnerin, die mir vom Dundee-Haus erzählt hatte, sprach aufgeregt mit einer rothaarigen Frau. Holly hatte eine Zigarette in der Hand, mit der sie so wild herumfuchtelte, dass ich fürchtete, sie würde die Rothaarige gleich damit erstechen.

Die andere Frau hatte ich schon mal gesehen. Sie hatte im Gebäude der University Press den Mülleimer geleert. Und Trig hatte ihr Foto als Bildschirmschoner, wie sie sich über den Jungen mit dem dunklen Haarschopf beugte.

»Sind Sie Ivy? Ich bin V.I. Warshawski. Ich war mit meinem Hund unten am Wasser, als Ihr Kleiner runterkam.«

»Die Hündin kann richtig gut schwimmen«, sagte der Junge zu seiner Mutter. »Und sie hat der Frau Essen aus dem Mund genommen. Sie hat nicht gebissen.«

»Ivy, bring du Timmy nach Hause. Ich muss rein und meine Schicht starten«, sagte Holly.

»Bevor Sie Timmy heimbringen, können wir kurz reden?«, sagte ich. »Ich hab Sie im Verlag University Press gesehen. Und Ihr Bild auf Trigs Computer.«

Beide Frauen erstarrten, aber Timmy sagte: »Trig, der war mit mir schon im Zoo.«

»Klingt wie ein guter Freund«, sagte ich. »Ein superguter Freund, der sichergehen will, dass deiner Ma nichts passiert. Er ist sogar mitten in der Nacht in ein Spukhaus gegangen, damit deine Ma dort keine Gespenster oder Zombies antrifft.«

Ich lächelte Timmy zu, damit klar war, wir wussten beide, dass es Spukhäuser und Gespenster gar nicht gab. Er zupfte seine Mutter an der Jacke, wollte wissen, ob sie ein Gespenst gesehen hatte, ob Trig ein Gespenst umgebracht hatte.

»Wer sind Sie?«, fragte Ivy scharf. »Was wollen Sie?«

»Ich bin Detektivin, selbständig, ich hab Sabrina Granev im Dundee-Haus gefunden. Am nächsten Tag fand ich dort Clarina Coffins Leichnam.« Ich sprach leise und fast in ihr Ohr, damit Timmy es nicht mitbekam. »Trig und ich sind die Hauptverdächtigen im Mordfall Coffin. Ich versuche wie irre, den wahren Mörder aufzuspüren, bevor der Staatsanwalt das Warten satt hat und mich anklagt. Oder ihn.«

Ivy betrachtete ihren Sohn, der uns besorgt anstarrte. Ich machte seiner Mutter Kummer, aber ich hatte einen coolen Hund. Schwer zu sagen, ob ich gut oder böse war.

»Timmy, ich muss fünf Minuten mit dieser Frau sprechen. Tante Holly lässt dich so lange auf meinem Handy spielen, okay?« Sie reichte das Gerät ihrer Schwester, die Timmy zur Seite nahm – außer Hörweite, aber nah genug, um sich auf mich zu stürzen, falls ich ihre Schwester bedrohte.

»Trig weiß, dass Sie nach diesen Partys putzen«, sagte ich, »also ist er zum Dundee-Haus, als er auf seinem Scanner sah, dass die Cops dort sind. Er wollte nicht, dass Sie denen in die Arme laufen.«

»Woher kennen Sie Trig?«, fragte sie.

»Ich hab ihn durch dieses Schlamassel kennengelernt«, sagte ich. »Woher kennen Sie ihn?«

»Sie denken wohl, er ist Timmys Vater?«

Ich schüttelte den Kopf. »Ich denke, er wär gern Timmys Vater. Der leibliche Vater ist nicht im Spiel?«

Sie stieß ein lautes Lachen aus, rau, hart, humorlos. »Er ist schon im Spiel, er hat mir den Job verschafft, das verdammte Haus da draußen zu putzen.«

»Doch nicht der Omicron-Burschi Millay?«

»Sie sind echt halb clever, halb ahnungslos«, sagte sie.

»Was, Santich?« Ich war noch fassungsloser.

»Brett Santich. Die übliche saublöde Geschichte. Verheirateter Mann, einsam und leidend, der ohne Ehering auf Trebe geht. Kam immer freitagabends her. Ich hab damals hier gearbeitet, wie Holly. Dann bin ich schwanger, und er legt alles offen. Ehefrau, Kind, Hypothek, kein Geld für noch ein Kind. Was tut er also für mich? Besorgt mir Gelegenheitsjobs, wie das alte Haus putzen. Da spukt es. Wenn du reingehst, spürst du den Geist all dieser Überdosen, aber dafür gibt's hundert Dollar extra, ein- oder zweimal die Woche. So ein toller Daddy!«

»Also deswegen hasst Trig Santich dermaßen«, sagte ich langsam. »Wie ist er dahintergekommen?«

»Er hat gehört, wie ich Brett voriges Jahr mal angebrüllt hab, draußen am Dundee-Haus. Da kam Timmy in die Schule, er brauchte Sachen. Er muss zum Zahnarzt, er möchte das Spielzeug, das andere Kinder auch haben. Ich brauch Geld, Brett hat keins. Ich sag ihm, er soll eben noch einen verdammten Hektar Land verkaufen. Mit zweitausend wär der Kleine für ein Jahr versorgt. Er jammert rum, was soll er denn seiner Frau sagen, da kommt Trig aus der Dunkelheit geschossen – er war da, um eins seiner blöden Schilder am Haus anzubringen.«

Sie hielt inne, atmete schwer.

»Ich hab ihn streng zu Stillschweigen verpflichtet, aber er hilft gern aus, geht mit dem Kleinen in den Zoo, besorgt ihm Geschenke zum Geburtstag. Sie haben schon recht, er wär gern Timmys Daddy, aber dieser Trig! Er ist so – unheimlich! Mit ihm ist das wie Gehen auf zerbrochenem Glas, dankbar für alles, was er für uns tut, aber doch nicht so dankbar, dass er nachher denkt, er kann, Sie wissen schon …«

Ich nickte verständnisvoll. »Wann hat Brett angefangen, das Haus für Drogenpartys zu nutzen?«

»Was macht das für einen Unterschied?«

»Brett braucht dringend Geld, also lässt er Leute das Haus benutzen und stellt keine Fragen. Mittlerweile musste er ja das Yancy-Land verkaufen. Ich frage mich, kriegen die Leute, die dieses Bauprojekt leiten, auch einen Anteil von dem, was er mit dem Haus macht? Und wie hängen die Omicron-Jungs da mit drin?«

Sie zog eine Schulter hoch. »Keine Ahnung. Der Landverkauf wurde spruchreif, als Timmy geboren wurde. Ich dachte, damit wäre Brett flüssig, hätte auch Geld für Timmy, aber dann kommt raus, dass er eine Dreifachhypothek abzahlen muss, und deshalb steckt er *immer noch* in Schulden. Arschloch. Ich hab echt ein Händchen für Kerle. Was die Omicron-Jungs angeht – das sind Ekelpakete, aber das Sagen haben sie nicht. Die machen das eher für den Kick, um zu sehen, mit was sie alles durchkommen.«

Sie hielt inne, zügelte ihre Bitterkeit für einen Moment, während sie nachdachte.

»Diese Partys hat Brett sich privat ausgedacht, während des Lockdowns, schätze ich. Die Omicron-Jungs haben Wind davon gekriegt und sich eingebracht, aber da muss noch jemand anders beteiligt sein. Wegen der Kameras. Die kamen erst so vor sechs Monaten, und Brett geht extrem vorsichtig damit um. Ich muss immer genau dann putzen gehen, wenn er es sagt, weil er die Kameras zwar abstellen kann, aber nicht immer Zugang zum Hauptschalter hat.«

»Sie wissen nicht zufällig, wo der ist?«

Sie schüttelte den Kopf. »Keinen Schimmer, so wie bei allem anderen auch. Ich muss wohl dumm geboren sein. Holly ist die Kluge.«

»Timmy ist echt ein aufgewecktes Kind«, sagte ich. »Ich weiß,

Sie haben es schwer, aber Sie machen auch viel richtig, sonst wäre der Kleine nicht so selbstsicher und offen.«

»Meinen Sie?« Ihre Miene hellte sich ein wenig auf, und sie straffte die Schultern, als sie zurück zur Bar ging.

34

Oben auf Old Yancy

Die Rotherhaites wohnten in Lecompton, ein paar Meilen vom Wakarusa-Kraftwerk entfernt. Ich fand es schrecklich, Rita Rotherhaite zu belästigen, zumal nachdem Zoë schon dort gewesen war, aber ich wollte wissen, ob ihr Mann was zu ihr gesagt hatte, das erhellte, was er mit dem Vorwurf meinte, der Power Ranger wisse rein gar nichts über Kohle.

Das Gespräch war so schmerzlich, wie ich gefürchtet hatte. Das Paar war vierunddreißig Jahre verheiratet gewesen; Rita wusste nicht, wie sie ohne Cletes Schnarchen neben sich durchschlafen sollte.

»Die Männer vom Werk hat es überrascht, dass er am Fluss spazieren ging«, sagte ich.

»Darauf wär ich nie gekommen«, sagte sie. »Als er nicht nach Hause kam, dachte ich erst, vielleicht ist er sich betrinken gegangen. Das hat er bisher nur einmal gemacht, als Milo, unser Junge, in Afghanistan gefallen ist, aber nach zwei Tagen – ich dachte, wenn ich den Sheriff anrufe, verzeiht Clete es mir nie, dass ich alle verrückt gemacht habe –, aber während ich noch gezaudert habe, kam einer von den Hilfssheriffs mit der Nachricht.«

»Als Ihr Mann anrief, hat er da gesagt, warum er kündigt?«

»Der neue Boss fand wohl, Clete soll doch froh sein, dass sie das Kraftwerk wieder in Gang bringen, weil er dann seinen Job behalten kann. Clete meinte, er hat ihm erklärt, das Wakarusa ist so alt, dass es nicht mehr sicher Energie produzieren kann. Letztes Jahr gab es drei Unfälle, was zu viel ist, vor allem wenn man weiß, dass die Anlage nur auf einem Viertel Auslastung läuft. Darüber haben sie sich gestritten. Clete, für den stand die Sicherheit immer an erster Stelle. Ich riskier doch nicht das Leben von noch mehr meiner Männer, das hat er dem Boss gesagt. Und natürlich war er im Recht.«

»Hat er den Namen von dem neuen Boss erwähnt?«, fragte ich. »War es Tulloh?«

Sie schüttelte langsam den Kopf, Tränen glitzerten auf ihrem Gesicht. »Man sollte meinen, ich weiß noch jedes Wort vom letzten Gespräch mit meinem Mann, aber ich kann mich nicht erinnern. Man weiß ja nicht, dass es das letzte Mal ist, und man steht einfach nur da, mit dem Staubsauger in der einen Hand, und überlegt, ob man ihm vielleicht Schweinekoteletts zum Abendessen macht. Schweinekoteletts, und gleich darauf geht er hin und stirbt.«

Ich wartete, während sie die Litanei des Haderns durchging, die wir alle in solchen Momenten empfinden: Bedauern und Reue, ungesagte Worte und versäumte Taten, alles, wovon wir wünschten, wir könnten es noch nachholen oder zurücknehmen. Als sie sich etwas beruhigte, entschuldigte ich mich nochmals für die Störung und bekundete die übliche Hoffnung, dass sie Familie oder Freunde habe, die ihr in dieser schweren Zeit beistehen konnten. Der Gedanke munterte sie etwas auf: Ihre Tochter Tara kam bald mit dem Baby zu Besuch. Vielleicht würde sie den Sommer über zu ihr nach Independence ziehen, ihr mit den größeren Kindern helfen.

Die Sonne ging schon unter, als ich zum Haus der Perecs zurückkam. Ich schickte Cady eine Nachricht: Hatte noch keine Zeit, mir eine neue Bleibe zu suchen. Eine letzte Nacht hier und ich verspreche, morgen früh bin ich raus. Sie schrieb zurück, entschuldigte sich für die Härte ihrer Großmutter, morgen sei in Ordnung.

Als ich mich über die Tullohs schlau gemacht hatte, hatte ich nur ein paar Artikel aus der Wirtschaftspresse gelesen. Jetzt rief ich Bilder auf. Sie waren keine Familie, die sich begeistert fotografieren ließ, aber ich fand Matthew, den Patriarchen, mit Emmaline bei einem Empfang zu ihrem fünfzigsten Hochzeitstag vor sieben Jahren. Sie gaben ihre Milliarden nicht für Mode aus. Er trug einen Anzug, der schon viele Meetings hinter sich hatte; sie hatte ein Kleid mit Blumendruck an, wie es sie im Kaufhaus von der Stange gab.

Im Kontrast dazu präsentierte sich ihre Tochter Pauline lachend mit dem ranghöchsten Senator von Kansas im marineblauen Cocktailkleid, das nach Haute Couture aussah. Die Söhne trugen die moderne Version von Abendgarderobe – kragenlose Hemden, die über den Hosenbund hingen, und kurzes gerades Jackett.

Ich stieß sogar auf einen YouTube-Clip, einen Beitrag mit Matthew Tullohs Mutter, im Rahmen derselben Feier gefilmt von jemandem, der sie »Tantchen« nannte. Da war Mrs. Tulloh hundertdrei gewesen, mit scharfen Zügen, die Stimme altersschwach, aber völlig klar, und erstaunlich rachsüchtig.

»Alle haben gesagt, Emmaline Wilton heiratet unter ihrem Stand, als sie meinem Jungen das Jawort gab«, Mrs. Tulloh prustete laut. »Sie hatte diese drei Getreidesilos und er bloß eine Tasche voller Dreck. Sieh dir die Wiltons jetzt an, allesamt Sozialfälle, die Matthew nur Emmaline zuliebe noch aushält.«

Das Video schwenkte durch den Raum und zoomte auf ein Grüppchen in einer abgelegenen Ecke, ein schmächtiger mürrischer Mann, vielleicht um die sechzig, und zwei jüngere Männer in schlecht sitzenden Sportjacketts und Khakihosen.

»Genau, das ist der Junge von Emmalines Bruder mit seinen Söhnen. Er hat die Getreidesilos, die ihm ihr Pa hinterlassen hat, verzockt. Er dachte, mein Matthew könnte nicht bis fünf zählen, also gab er nichts auf Matthews Rat, und nun seht ihn euch an.« Mrs. Tulloh lachte wieder laut. Diese Feier war sieben

Jahre her. Matthews Mutter starb nicht lange danach, als glückliche Frau, nahm ich an.

Das Magazin *Kansas Business Today* hatte einen Reporter auf der Party, der schrieb: »Es gibt Berichte über Fehden sowohl zwischen den zwei Tulloh-Söhnen als auch mit den Cousins, aber bei der Party sahen wir nichts als eine Familie, in der man einander ebenso unterstützt wie die Salina-Gemeinde, ihre erwählte Heimat.«

Keine Ahnung, ob die Brüder einander in Lawrence befehdeten oder unterstützten, aber sie spielten hier definitiv eine Rolle. Beide hatte ich schon gesehen. Der ältere, Jacob, hatte bei der Pressekonferenz des Polizeichefs neben Agent Stamoran gestanden. Der jüngere, Robert, war der Mann, der sich vorgestern früh beim Dundee-Haus mit Brett Santich gestritten hatte.

Robert war der Cowboy, über den Lou und Ed am Wakarusa-Kraftwerk gestolpert waren. Der die Bedenken seines Vorarbeiters wegen der Sicherheit des Kraftwerks mit einem Lachen abtat und seinen Untergebenen zwang, in Geschäftsanzug und Slippern das Werk zu besichtigen. Ein Mann, der es liebte, seine Position und sein Geld zu nutzen, um andere zu demütigen.

Sicher alles wahr, aber doch zweitrangig gegenüber der Frage, was da in Yancy hochgezogen wurde. Wenn Tulloh Industries ein sterbendes Kohlekraftwerk wiederbelebte, dann nicht, um ein Resort zu betreiben. Masten dieser Dimension sah ich, wenn ich an den Atomreaktoren vorbei nach Chicago reinfuhr: Sie speisten Gigawatts ins Chicagoer Netz ein. Was in aller Welt baute Tulloh da, was den Strombedarf einer Großstadt hatte?

Ich ging noch mal auf die Website des Unternehmens und las mit größerer Aufmerksamkeit. Tulloh Industries hatte neun große Tochtergesellschaften, von denen einige Dinge taten, die ich nicht mal verstand, nachdem ich das jeweilige Profil ein halbes Dutzend Mal gelesen hatte. Das Dropdown-Menü mit allen Ländern, wo sie Fabriken, Minen oder Cloud-Dienste unterhielten, umfasste fast den gesamten Globus.

Sie waren rücksichtslos bei der Niederschlagung von Streiks ihrer Arbeiterschaft in Afrika und Südamerika. Berühmt dafür, von Regierungen im In- und Ausland Steuervergünstigungen einzufordern. Geldgeber diverser Thinktanks der Erdölindustrie, die Aufklärung über den Klimawandel bekämpften.

Ich dachte an Sherlock Holmes' Beschreibung von Moriarty als Spinne im Zentrum eines Netzes mit tausend Fäden. Moriarty wusste genau, wo jeder Faden hinführte. Ich fragte mich, ob der Patriarch, Matthew Tulloh, seine tausende von Tochtergesellschaften und Fabriken ähnlich im Blick behielt. Nicht, dass Tulloh direkt eine Verbrecherorganisation war, jedenfalls nicht im engsten Wortsinn, aber auch definitiv keine Truppe, mit der man sich anlegte.

Matthew Tulloh hatte das FBI eingespannt, um die Ermittlung zu Sabrina Granevs Verschwinden zu beaufsichtigen. Sein Sohn Jacob stand bei der Pressekonferenz des Polizeichefs gleich neben Agent Stamoran. Wenn schon das FBI sprang, sowie Tulloh mit den Fingern schnippte, dürfte die County-Gerichtsbarkeit geradezu Purzelbäume schlagen.

Ich spürte Schweiß im Nacken. Staatsanwalt Frank Karas konnte das LKPD anweisen, mich zu verhaften, aber mich damit herumzuschlagen, war immer noch besser, als wenn der Urban Cowboy und sein Daddy beschlossen, dass meine Leiche in irgendeinem abgelegenen Winkel des Countys den Weg von Clarina und Rotherhaite gehen sollte.

Ich versuchte Valerie Granev anzurufen, landete aber erneut auf der Voicemail. Ich hinterließ eine Nachricht, erkundigte mich nach dem Befinden von Sabrina und teilte ihr mit, ich sei demjenigen auf der Spur, der die Drogenpartys im Dundee-Haus arrangierte. Am Schluss fragte ich: *Wissen Sie, was die Firma in Yancy baut? Haben Sie Weisung, nicht mit mir zu reden?*

Ich schickte Deke Everard eine Nachricht. Noch schwirren keine Hornissen um mich rum, aber vielleicht bald. Die neuen Wakarusa-Besitzer haben ganz schön Gewicht, im Kraftwerk wie im Planungsausschuss. Du meintest, ich mach es dir schwer, weil du nicht weißt, was ich tue. Der Schuh passt auch andersrum. Ich weiß nicht, wie genau Familie Tulloh Druck auf dein Team ausübt, aber es macht mich nervös.

Murray rief an, während ich auf einen Teller Risotto starrte und mich zum Essen zu überreden versuchte. »Rat mal, wo ich bin, Warshawski.«

Ich war nicht in der Stimmung, aber ich spielte trotzdem mit. »Auf dem zweiten Jupitermond?«

»Albuquerque. Du schuldest mir ein Flugticket und eine Nacht im Hotel.«

»Gibt es irgendeinen Grund, wieso –« Ich unterbrach mich. »Du bist da hin, um mit Sabrinas Vater zu reden.«

»Valerie hat so viel Präsenz, da kann man glatt vergessen, dass das Mädel – schon gut, streich das«, korrigierte er sich hastig. »Also die junge Frau hat zwei Eltern. Mir war klar, Ramir Granev wird mit der vierten Gewalt nicht reden wollen, wohl aber mit einem besorgten Vater, der sich fragt, ob Ramirs Wildniscamping gut für seine Tochter wäre. Ich hab ihn in dem Outdoor-Laden abgepasst, wo er laut deiner Info arbeitet.«

»Murray, ich streichle ungern dein ohnehin schon übergroßes Ego, aber das war genial«, sagte ich. »Was für Probleme hat deine Tochter denn so?«

»Wie so viele privilegierte Kinder heutzutage – Probleme mit Opioiden. Meine Ex-Frau und ich sind uns in kaum etwas einig, aber die Angst um die Gesundheit unseres Mädchens hat uns wieder zusammengebracht. Wir haben LiliBeth in einer guten Reha-Klinik untergebracht, aber verflixt, sie ist sechzehn, und sie zur Schule schicken ist schon beinahe wie ein täglicher Trip zur Drogenfabrik. Ramir gestand mir daraufhin seinen Kummer mit seinem eigenen Mädel. Er und seine Frau hatten keine Ahnung, dass sie süchtig war, bis sie nach Kansas fuhr und eine verrückte Frau sie in eine Drogenbude lockte.«

Er wartete einen Moment, aber ich biss nicht an.

»Sabrina ist jetzt in Florida«, sagte ich. »Ist Valerie bei ihr?«

»Valerie musste zurück zur Arbeit. Ramir hat das Wochenende mit Sabrina verbracht, aber beide Eltern haben Angst um ihre Zukunft. ›Machen Sie den Erfolg Ihres Kindes ja nicht zu Ihrem Lebensglück‹, warnte er mich. Woraufhin ich mir echt schuftig vorkam, weil ich LiliBeth erfunden hatte, aber doch nicht schuftig genug, um mit Fragenstellen aufzuhören. Diese Monster, die Sabrina gesehen hat – ich hab ihn gefragt, ob sie stark genug ist, sich eine Fotoauswahl anzusehen. Das war ein grober Schnitzer – warum sollte ein sorgengebeugter Vater sich darum sorgen, ob ein anderes Kind sich eine Fotostrecke ansieht? Ich sag: Sorry, die Cops haben LiliBeth so genervt, sie soll versuchen, ihren Dealer zu identifizieren, da hab ich von meiner auf seine Kleine und ihre Dealer geschlossen. Er meinte, sie wird jedes Mal hysterisch, wenn er oder Valerie das auch nur andeuten.

Ich gratulierte ihm zu der Finanzierung für sein Wildniscamp. Er hat im Grunde dasselbe gesagt, was in den Nachrichten kam – es war so viele Jahre das große Ziel, aber es fällt schwer, sich zu freuen, weil es seiner Tochter so mies geht.

Ich fragte, ob er glaubt, seine Kollegen haben zusammengelegt, aus Mitleid mit Sabrina. Er meinte, seine Kollegen hätten niemals so viel Geld. Er hat überlegt, ob diese Milliardärin, die geheimnisvolle Geschenke macht, in den Nachrichten von ihm gehört und beschlossen hat, sein Programm zu finanzieren. Oder vielleicht Valeries Kollegen – die hätten mehr Geld als die Leute, mit denen er arbeitet.«

»Vermutlich waren es Valeries Chefs.« Ich berichtete, dass Robert Tulloh der Mann war, der das Wakarusa-Kraftwerk gekauft hatte. »Sabrina kommt in eine teure Reha und Ram kriegt sein Wildniscamp, die Eltern brauchen mir nur zu sagen, sie wollen nicht, dass ich weiter ermittle.«

»Ach, so eine Geschichte ist das?« Murray holte scharf Luft. »Du meinst, der Druck auf diesen Fed-Typ – wie heißt er gleich? – Stamoran? Du meinst, Tulloh drängt Stamoran, dich einzulochen?«

»Nein, nur mich zum Rückzug zu veranlassen. Aber dieses Kohlekraftwerk – der Vorarbeiter, der fand, die Wiederinbetriebnahme sei ein Sicherheitsrisiko, der lag danach praktischerweise tot am Flussufer. Die hiesigen Gesetzeshüter versichern mir, dass es ein Herzinfarkt war, aber du kennst ja die Redensart – wenn es wie Mord quakt … Die beim County eingereichten Pläne betreffen ein Urlaubsresort und ein paar Versorgungsläden, aber als ich oben bei der Baustelle war, hab ich Pylone gesehen, Riesendinger, geeignet, um aus diesem Kohlekraftwerk Strom für etwas zu liefern, das zigmal mehr Watt braucht als ein Resort. Ein Resort auf einer abgelegenen Hügelkuppe in Kansas.«

»Was bauen die da?«, fragte Murray.

»Die Frage des Tages«, sagte ich trocken. »Kirmek, die Baufirma, braucht auch etwas Aufmerksamkeit. Der Vormann ist bewaffnet, wobei, wer ist das heutzutage nicht? Am zweiten Tag hier bestieg ich den Yancy Hill und sah Brett Santich in hitziger Diskussion mit dem Kerl.«

»Ich werd an ein paar Bäumen rütteln, mal sehen, ob sie Connections haben«, sagte Murray, was Verbindungen zur Mafia meinte, »aber dann zahlst du auf jeden Fall mein Flugticket.«

»Nach Albuquerque, ja, aber nicht dein Hotel. Ich weiß genau, dass du nicht im Motel 6 übernachtest.«

In den Jahren, die er für Global Entertainment tätig war, hatte sich Murray oft am schlampigen Journalismus des Konzerns gerieben, die üppigen Spesen aber immer sehr genossen. Einer der Gründe, warum es so lange dauerte, bis er sich selbständig machte. Das und die Tatsache, dass niemand mehr mit echtem Journalismus seinen Lebensunterhalt verdienen kann.

Als wir mit Feilschen durch waren, hatte ich zugestimmt, den Basic-Tarif für sein Ticket zu übernehmen, aber nicht erster Klasse, für die er mehr hingeblättert hatte. (»Ich bin eins neunzig, Warshawski, du kannst nicht erwarten, dass ich mich in so einen Minisitz falte wie ein Wäschestück!« Ich ließ mich nicht erweichen.) Im Anschluss an unser Gespräch meldete ich mich bei Lotty, Sal und natürlich Mr. Contreras. Angela und Bernie hatten ihn gestern auf den Campus eingeladen. Angela hatte ein Nachmittagsspiel, Bernie ein Eishockeymatch am Abend. Er hatte beide Spiele angesehen, vermutlich die lauteste Stimme auf der Tribüne, und sie dann in eine Pizzeria ausgeführt.

Alle waren glücklich, nur dass er mich und Peppy vermisste und sicher war, dass der Hundeausführer Mitch nicht genug Bewegung verschaffte.

35

Dass sich die Balken biegen

Zoë rief an, als ich mich bettfertig machte. Sie war heute Abend im Lion's Heart gewesen, mit ein paar engen Freundinnen als Tarnung. Sie war in die Küche gestolpert, hatte getan, als dächte sie, dort sei das Klo, und hatte den Tellerwäscher an der Hintertür dealen sehen.

Sie hatte heimlich ein Foto gemacht und sich gefragt, ob er der Typ war, der mich Sonntagnacht von der Hecke aus beobachtet hatte. Keine Chance – ich hatte das Gesicht des Spanners nie gesehen.

»Aber jetzt kommt das Interessante, Vic«, fügte Zoë hinzu. »Die meisten Bars sind in der Pandemie pleitegegangen. Eine meiner Freundinnen arbeitet bei der Pioneer State Bank, wo der Besitzer vom Lion's Heart sein Konto hat. Ein Typ namens Don Wilton, hat in der Pandemie viel Geld verloren. Er bekam keinen Neustart-Kredit, er konnte seine Hypothek auf die Bar nicht abzahlen, und er war schon am Aufgeben, machte so was wie »All you can drink« für zwanzig Dollar oder so, und dann war er ganz plötzlich wieder dick im Geschäft.«

»Er hat also einen rettenden Engel aufgetrieben. Interessant«, sagte ich. »Hat deine Freundin gesagt, wen?«

Zoë lachte. »Da ist sie mir mit dem Banking Act gekommen, wobei das, was sie mir erzählt hat, eh schon gegen eine Million Vorschriften verstößt. Also nehm ich an, sie weiß es einfach nicht.«

Ich berichtete ihr, was ich im Wakarusa-Kraftwerk und von Rita Rotherhaite erfahren hatte. »Wenn du dazu kommst, kannst du mal die Freigabe der Umweltbehörde überprüfen, die das Yancy-Projekt mit dem Antrag auf Baugenehmigung eingereicht hat? Gertrude und Pat erinnerten sich angeblich nicht, als ich sie beim Kirchenfrühstück darauf angesprochen habe. Der Vormann im Werk meinte, Rotherhaite war besorgt, dass die neuen Eigentümer das Kraftwerk über seine Kapazität belasten und nicht die nötigen Reparaturen und Modernisierungen et cetera durchführen.«

»Lois Lane ist voll bei der Sache, Wonder Woman. Und was tust du?«

»Mir eine neue Bleibe suchen. Gertrude schmeißt mich raus.«

Beim zweiten Cortado am nächsten Morgen erwog ich meine Unterbringungsmöglichkeiten. Ich hätte gar nicht erst bei den Perecs wohnen sollen, also war der Rausschmiss nicht so schlimm, bloß ein zeitraubendes Ärgernis. Ich fand eine Website, wo Leute nach Mitbewohnern suchten, aber in keins der möblierten Zimmer durfte ich einen Hund mitbringen.

Wir waren im Hippo, wo die Barista Peppy ein Schälchen Milch brachte. Auch wenn es egoistisch gewesen war, Peppy nach Kansas mitzunehmen, fand sie Freunde hier.

Ich ging die kurze Liste meiner hiesigen Bekannten durch. Vielleicht könnte ich im Dundee-Haus kampieren, im Zentrum des Geschehens. Peppy hätte den Wald zum Herumstreifen, und wir könnten schön Versteck spielen mit Brett Santich und dem Yancy-Mann, mit dem er sich gezofft hatte.

Dieser sardonische Gedanke erinnerte mich an Clarinas verwüsteten Trailer. Ich aß das Rührei-Sandwich auf, das ich mir bestellt hatte, und zog westwärts, Richtung Yancy, Richtung Prairie View Trailerpark. Mignon Travers saß nach wie vor in ihrem gepolsterten Schreibtischsessel, nach wie vor auf ihr Gerät konzentriert.

»Ja?« Sie sah nicht auf.

»Ich such was Möbliertes für eine Woche«, sagte ich.

»Minimum ein Monat«, sagte sie zu ihrem Display.

»Ich brauche bloß eine Basis für eine Woche, allerhöchstens zwei, um den Mord an Clarina Coffin aufzuklären. Ist ihr Trailer nicht noch frei?«

Travers wandte mir widerwillig ihre Aufmerksamkeit zu. »Ach. Die Privatbullin. Der Trailer von der Coffin ist immer noch ein Kriegsschauplatz. Falls Sie nicht gerade scharf darauf sind, ein Vermögen für einen neuen Ofen und alles auszugeben, wollen Sie da nicht hausen. Die Parkbesitzer streiten sich mit der Polizei rum, wer für die Reinigung aufkommt, also wird es vielleicht nie in Ordnung gebracht. Sie wollen was für eine Woche? Nur Sie?«

»Und meine Hündin. Sie fängt sowohl Mäuse als auch Kakerlaken, also brauch ich die nicht zu erschießen.« Nicht, dass ich sie je dabei gesehen hätte, aber Peppy stammte immerhin aus einer langen Ahnenreihe von Jagdhunden. Nicht gleich bis zu den Pilgervätern, aber doch respektabel.

Mignon schnaubte verächtlich: mein Scherz war nicht lustig. »Von mir aus. Solange sie nicht drinnen pinkelt oder kackt. Wenn sie das tut, fliegen Sie raus, aber den Teppichboden ersetzen Sie. Ich hab da wen, die kommen in zehn Tagen aus Florida zurück. Würden sich über die Extramiete freuen. Dreihundert für eine Woche. Inklusive Strom, aber Butan für die Heizung kostet fünfzig extra. Für Wäsche sorgen Sie selber.«

Sie nahm meine Kreditkarte, sagte, sie würde Al bitten, eine Flasche Butan mitzubringen, wenn er am Nachmittag rumkam, und langte über den Schreibtisch nach dem Schlüssel. Peppy und ich gingen die Schotterwege entlang zum Dünengrasweg. Nummer 1422 war ein ›Double‹-Mobilheim mit einem Elektrokochfeld, einem Kühlschrank unter der Theke, einer bescheidenen Dusche und einem großen Bett. Es war kalt und roch leicht muffig vom monatelangen Leerstand, aber es war sauber; es würde gehen.

Ich fuhr zurück zum Perec-Haus, um zu packen. Handtücher und Bettzeug tat ich in Gertrudes Waschmaschine, aber die kohleverdreckte Kleidung von gestern stopfte ich in einen Müllsack, um sie in den Waschsalon zu bringen. Kurz war ich in Versuchung, sie durch Gertrudes Maschine laufen zu lassen, damit sich schwarzer Schleim in der Trommel absetzte, aber solche Kinkerlitzchen waren pubertär und einer reifen Detektivin unwürdig.

Beim Packen inspizierte ich jedes Kleidungsstück, all mein Waschzeug und jedes Stück Papier auf Hinterlassenschaften der Eindringlinge von Sonntag, doch ich entdeckte weder Drogen noch Peilsender noch blutiges Werkzeug.

Peppy gähnte nervös, verunsichert, weil ich ihr Futter, ihr Bett und ihr Spielzeug in einen Karton gepackt hatte. Ich brachte sie und den Karton die Treppe hinunter und verstaute beides im Camry.

Als alles im Auto war, klingelte ich bei Gertrude, um den Schlüssel abzugeben. Deke Everard kam an die Tür.

Ich wollte ihm eigentlich von Clete Rotherhaite erzählen und wie untypisch der Spaziergang war, den er vor seinem Tod gemacht hatte, aber Deke kam mir zuvor.

»Meine Mutter sagt, du warst bei der Frauengruppe in der Kirche und hast Gertrude Perec unterstellt, Clarina Coffin ermordet zu haben.«

»Ich bin sicher, deine Mutter ist zu ehrbar, um so dreist zu lügen, vor allem in einer so ernsten Angelegenheit. Was hat sie wirklich gesagt?«

Seine Miene blieb streng. »Vielleicht hat die Chicagoer Polizei genug Ressourcen, um dich ihre Zeit verschwenden zu lassen, aber wir sind hier dreißig Prozent unterbesetzt. Ich lass mir von dir nicht auf der Nase rumtanzen. Erklär mir, warum du diese Anschuldigung erhoben hast, dann entscheide ich, ob ich den Staatsanwalt bitte, gegen dich Strafanzeige zu erstatten.«

»Ist deine Mutter jetzt hier und tröstet Ms. Perec? Los, gehen wir rein und reden direkt, dann musst du nicht Telegrafenmast spielen und Botschaften überbringen, die bei der Übertragung nur verstümmelt werden.« Ich wartete seine Antwort nicht ab, sondern drängte mich an ihm vorbei nach drinnen. Gertrude und Pat saßen beieinander auf dem Sofa. Cady stand am Fenster und ließ die Vorhangschnur durch ihre Finger gleiten.

Gertrude straffte die Schultern, als sie mich sah. »Sind Sie ausgezogen?«

»Jawohl, Ma'am.« Ich legte den Schlüssel auf den Beistelltisch neben ihr. »Ich habe meine gebrauchte Wäsche in die Waschmaschine in der Garage getan. Ich kann noch bleiben und sie in den Trockner tun, wenn Sie wollen.«

»Ich kümmere mich darum.« Cady sprach leise, emotionslos.

Als keine der Frauen mehr etwas sagte, räusperte sich Deke. »Mutter, du hast mich herbestellt, um gegen V.I. Warshawski Anzeige zu erstatten. Würdest du das bitte wiederholen?«

»Ich sagte, Sie haben Gertrude – Ms. Perec – unterstellt, Clarina Coffin ermordet zu haben.«

Ich zog mir einen Stuhl ran, so dass ich den beiden Frauen gegenübersitzen konnte. »Ms. Everard, könnten Sie bitte genau meine Worte wiedergeben?«

»Den genauen Wortlaut weiß ich nicht mehr, aber Sie haben angedeutet –« Pat Everard warf einen Seitenblick auf ihren Sohn. Was immer sie in seinem Gesicht las, ließ sie verstummen.

»Lassen Sie mich helfen.« Ich drehte den Stuhl so, dass ich sowohl Deke als auch die Frauen ansehen konnte. »Alle Ereignisse, mit denen ich zu tun hatte, von Sabrina Granevs Verschwinden bis zu Clarina Coffins Tod, haben auf Yancy Hill hingedeutet. Sabrina und Clarina wurden beide im Dundee-Haus auf Yancy-Land gefunden. Gertrude Perec und Trig Garrity wurden in der Nacht von Clarinas Ermordung am Dundee-Haus von Kameras aufgezeichnet.«

»Du warst an dem Tag auch da«, sagte Deke, an seinem Hals pochte der Puls.

Ich starrte ihn nieder. »Ja, das war ich in der Tat. Als ich Sabrina Granev fand, lag Clarina Coffin wahrscheinlich im Keller, sterbend, wenn nicht bereits tot. Hätte ich gewusst, dass ihr Leben am seidenen Faden hängt, ich hätte eure Rettungscrew alarmiert und da runtergeschickt. Ich zahle einen hohen Preis fürs Retten von Sabrina Granevs Leben.«

»Ja, in Ordnung«, murmelte Deke.

Ich war wütend, aber ich zwang mich, meine Verbitterung beiseitezuschieben. Ich schloss die Augen, atmete langsamer, bis ich ruhig sprechen konnte. »Vor etwa fünf Jahren hat Brett Santich an einen anonymen Bauunternehmer Land in Yancy verkauft. Trig gibt Santich die Schuld an sämtlichem Ärger mit dem Land, der Schule und so weiter, aber es heißt, Brett hat verkauft, weil er überschuldet ist, nicht etwa, weil er Geld in ein Bauvorhaben auf dem Hügel steckt. Jemand hat mir erzählt, er hat drei Hypotheken laufen. Ich schätze, wenn man ein Homeboy ist, geben einem die Banken mehr Spielraum, aber das war wahrscheinlich nicht gut, denn der Verkauf hat ihm wohl nicht mit der dritten Hypothek geholfen.

Am Dienstag hab ich Grundbucheinträge durchforstet. Den ersten offiziellen Anspruch erhob 1870 ein Mann namens Wheelock. Etwas später beanspruchte Henry Everard dort ebenfalls Land. Clarina hat dieselbe Suche durchgeführt. Wie ich stieß auch sie auf Theodore Wheelocks Nachruf. Seine Zeitgenossen priesen ihn dafür, Indianer und, wie es im Lokalblatt hieß, ›Farbige‹ vertrieben zu haben, die Yancy zu einem unerwünschten Ort am Rande dieser angesehenen Stadt machten.

Ich habe Ms. Perec gefragt, ob Clarina ihr diese Dokumente gezeigt hat. Hat sie. Ich sagte, dass Ms. Perec das als grausamen Angriff auf den guten Namen ihrer Familie empfunden haben müsse. Sie erklärte daraufhin, ich solle vor Ende des Tages aus ihrer Garage verschwinden. Was eine gute Idee war. Ich hätte dort sowieso nicht wohnen sollen, wenn man bedenkt, wie ablehnend Ms. Perec meiner Beteiligung an den Ermittlungen gegenübersteht.«

»Da ist sie nicht die Einzige«, sagte Deke. »Das LKPD hat genug qualifizierte Kräfte, um ohne deine Hilfe Verbrechen aufzuklären.«

»Vor nicht mal fünf Minuten hast du mir gesagt, die Truppe ist dreißig Prozent unterbesetzt. Ich sag ja nicht, dass ihr meine Hilfe nötig habt, aber meine Hilfe bedeutet, dass ich mich auf dieses eine Szenario konzentriere und nicht auf die zwölf bis zwanzig neuen, die jeden Tag dazukommen.«

»Das ist nicht der Punkt«, sagte Deke. »Du glaubst vielleicht, du tust was Gutes, aber du reichst keine Berichte ein, wir haben keine Ahnung, was du treibst, du könntest leichtfertig monatelange Überwachungsarbeit zunichtemachen, so wie als du dich mit den Jungs vom Omicron-House angelegt hast.«

»Habt ihr wen beim LKPD, den ich auf Kurzwahl stellen kann, um jeweils abzuklären, mit wem ich reden darf und mit wem nicht?« Meine Stimme klang leise und böse. »Ich hab's satt, für alles verantwortlich gemacht zu werden, was in diesem County schiefläuft. Dieses Haus im Wald wurde für Drogenpartys benutzt, bevor Sabrina Granev und ich nach Kansas kamen. Wenn ich Zeit und Lust hätte, mich mit diesen Verbindungsscheißern anzulegen, könnte ich wetten, dass die Eltern von einem oder allen sich als dicke Sponsoren der Uni erweisen, und so schleicht die Ermittlung langsam dahin in der Hoffnung, dass die Jungs ihren Abschluss haben, bevor sie damit konfrontiert werden müssen.«

Ich wusste, es war leichtsinnig, ohne Anwältin zu sprechen, aber ich war zu wütend, um mich darum zu scheren.

»Und du weißt *verdammt* genau, dass ich genauso wenig für den Mord an Clarina Coffin verantwortlich bin wie deine

Mutter. Und dann noch der Tod von Clete Rotherhaite. Ich war heute Morgen beim Wakarusa-Kraftwerk –«

»Du hast vielleicht Nerven! Ich hab dir gestern schon gesagt, du sollst mir nicht mit imaginären Verbrechen kommen. Es reicht dir nicht, eine Mordermittlung zu vermasseln, du denkst, du kannst jeden ungewöhnlichen Todesfall im County zum Mord stilisieren? Und dann als einsame Wölfin ermitteln, um mich und meine Truppe bloßzustellen, mit keinem Hilfsmittel außer einem Hund, der in einer Metzgerei kein Steak finden würde?«

Ich kniff die Augen zu und holte tief Luft. »Dass du dich so weit erniedrigst, auf meinem Hund rumzuhacken, zeigt nur, wie überfordert du bist. Ganz ehrlich. Geh auf mich los, soviel du magst, aber ich versichere dir, lass Peppy drei Minuten in einer Metzgerei, und es ist kein Knochen mehr übrig.«

Ich stand auf. »Ms. Perec, um auf den Mordfall zurückzukommen, in dem der Sergeant aktuell ermittelt: Ihre Reaktion auf Theodore Wheelocks Nachruf war so heftig, dass ich mich fragen muss, ob er Ihr Vorfahre war.«

Auch Gertrude erhob sich. »Ich bin stolz auf meine Familie, und das aus gutem Grund. Wir haben diese Stadt mit aufgebaut. Meine Vorfahren ließen ihr behagliches Heim in Skinny Atlas hinter sich, um dafür zu sorgen, dass dieser Staat frei der Union beitreten konnte. Wir haben Sumpfland trockengelegt und in fruchtbares Ackerland verwandelt. Wir haben Gesetze mitverfasst, die in dieser Stadt und diesem County seit fast zwei Jahrhunderten für Sicherheit sorgen.«

Ich stand reglos mitten im Raum. »Ihre Familie kam woher? Skinny Atlas?«

»Was kümmert Sie das? Wollen Sie etwa dort hinfahren und Verwandte von mir schikanieren?«, fauchte Gertrude. »Meine Mutter hat hier in Lawrence wie auch an der Universität gegen Rassentrennung gekämpft. Meine Familie hat ihre Mitgliedschaft in allen Clubs gekündigt, die Schwarze ausschlossen. Das alles hatte für Clarina überhaupt keine Bedeutung. Sie wollte partout Cartoonfiguren aus uns machen, die reden und sich benehmen wie tumbe Rednecks. Ja, sie ist mir enorm gegen den Strich gegangen, aber ich würde nicht morden, um sie davon abzuhalten, ihre erbärmlichen Woke-Filmchen zu machen. Sie dürfen jetzt gehen.«

»Filme? Hat das LKPD die gefunden?«, fragte ich Deke.

»Sie hat Videos auf Instagram und TikTok hochgeladen«, sagte Cady in diesem lustlosen Tonfall. »Der Schulrat von Yancy hat sich diese Videos angesehen, am Abend der Abstimmung über meine Entlassung. So hab ich es jedenfalls gehört. Clarina hat sich und Trig beim Protest vor der Schule gefilmt, aber sie hat auch mich heimlich aufgenommen, während sie mich bedrängt hat, in meinem Lehrplan all das unterzubringen, was sie die wahre Geschichte von Kansas nannte.«

»Sie hat versucht, bei dem Frühstück ein Handyvideo von uns zu machen«, warf Pat Everard ein. »Sie wollte uns provozieren, etwas zu sagen, was sie dann in den sozialen Medien aufbauschen kann.« Sie lächelte, ein knappes, triumphierendes Zucken des Mundes. »Wir haben mit unseren Freundinnen Hymnen gesungen, bis sie endlich ihr verflixtes Telefon weggesteckt hat.«

Cady folgte mir zur Tür, ihre Miene ein Bild des Jammers. »Es tut mir so leid, Vic, ich bedaure, dass ich gesagt habe, du sollst hier wohnen. Und dass ich dich verpflichten wollte, mit mir auf Gram achtzugeben.«

»Mordermittlungen fordern ihren Tribut von allen. Auch von mir, also ist es besser, dass ich jetzt eine privatere Unterkunft habe. Eine Frage hab ich noch: Dieser Ort, aus dem eure Familie stammt. Hat deine Großmutter eben gesagt, er heißt ›Skinny Atlas‹, so wie ›magerer Atlas‹?«

Cady lächelte müde. »Es ist eins von diesen Wörtern wie

›Connecticut‹, die anders klingen, als sie geschrieben werden.« Sie buchstabierte es für mich: Skaneateles. »Du willst doch nicht wirklich da hinfahren und irgendwelche Wheelocks belästigen, die noch dort leben, oder? Gram hat mich mal mitgenommen, als ich zwölf war, damit ich mich mit unseren Wurzeln verbunden fühle, aber wir kannten niemanden von den Wheelocks oder Entwistles dort. Und woher sollten die auch was über Lawrence vor hundertfünfzig Jahren wissen?«

»Ich werde die Wheelocks in Skaneateles nicht belästigen«, sagte ich. »Aber wenn jemand ein Arschloch ist, das glaubt, der Name seines Wohnorts ist ein guter Vorwand, um ein rundliches Mädchen zu mobben, dann könnte er es witzig finden, wenn die Stadt irgendwas mit mager heißt.«

36

Die Seufzerspalte

Als ich in den Camry einstieg, stand Deke in der Autotür, so dass ich sie nicht schließen konnte. »Was glaubst du denn über Rotherhaite herausgefunden zu haben?«

»Er hat nach einem hitzigen Streit mit den neuen Eigentümern des Wakarusa-Kraftwerks gekündigt. Rotherhaite sagte, er arbeitet nicht für jemanden, der keinen Schimmer von Kohle hat.«

»Jetzt willst du also auch noch die hiesige Energiewirtschaft in deinen Scheiß reinziehen. Du hast doch selber keinen Schimmer von Kohle, oder?«

»In *meinen Scheiß?* Eure Drogenbude, die ich entdeckt habe, ist jetzt mein Scheiß? Eine Leiche, die ich gefunden habe, ist jetzt mein Scheiß? War es meine Ankunft, die Clete Rotherhaite veranlasst hat, vor Wut über das neue Management zu kündigen?«

Er wusste, dass er im Unrecht war, und schwieg vernünftigerweise. Ich war nicht ganz so vernünftig. »Clete Rotherhaite ging angeblich spazieren, um einen kühlen Kopf zu kriegen, nachdem er gekündigt hatte. Aber er war ein Typ, für den Ertüchtigung das Anheben einer Bierdose ist.«

»Lass einfach Rotherhaite und das Kraftwerk aus dem Spiel. Wenn du das nicht hinkriegst, sperr ich dich wegen Behinderung ein.«

»Ja, du hast hier alle Trümpfe in der Hand. Wenn du jetzt freundlicherweise deinen Gesetzeshüterkörper von der Tür wegbewegen könntest, kann ich das Blickfeld deines Tantchens

Gertrude verlassen und damit dem nächsten Herzinfarkt vorbeugen. Und wenn du meinen Mustang freigeben würdest, und mich, würde ich liebend gern all meinen Scheiß hinter mir lassen und zurück nach Chicago fahren.«

Er trat von der Tür weg, ging aber dazwischen, als ich sie zuziehen wollte. »Ich muss wissen, wo du jetzt hinwillst.«

»Zur Bibliothek. Was hab ich sonst noch getan, wovon du wissen solltest? Ich hab dir erzählt, dass Brett am Dundee-Haus so einen Schurken getroffen hat, oder? Ist das Everard-Land?«

»Provozier mich nicht, Warshawski. Den Everards gehört da draußen gar nichts mehr. Ich weiß nicht, was den Wheelocks noch gehört, wenn überhaupt. Ich muss wissen, wo du unterkommst.«

Ich lächelte knapp. »Für den Fall, dass Karas endlich einen Haftbefehl ausstellt? Normalerweise beginne ich den Tag im Decadent Hippo. Du kannst aber auch in den Tracking-Daten nachsehen – ihr werdet doch wohl mein Telefon tracken, oder du checkst einfach die Überwachungskameras, die auf so vielen Straßenlaternen eurer Stadt hocken.«

Er legte die Hände zusammen, eine Parodie aufs Beten. »Könntest du mir bitte, als persönlichen Gefallen, die Arbeit ein klein wenig erleichtern und sagen, ob du einen Platz zum Pennen gefunden hast?«

Er war ein guter Cop und normalerweise nicht so auf Krawall gebürstet. Mir dämmerte, dass er auf mich losging, weil er in der Klemme saß zwischen dem, was er für richtig hielt, und dem, was sein Chief und der Staatsanwalt von ihm verlangten. Und zu allem Überfluss hatte ich seine Mutter angegriffen. Ich sollte das verstehen: Ich hab auf South Chicagos Spielplätzen etliche Kids verprügelt, weil sie keinen Respekt vor meiner Mutter hatten. Ich nannte ihm meine Unterkunft.

»Was? Denkst du etwa, du kannst den Mord an Coffin aufklären, indem du dich direkt vor Ort niederlässt?«

»Und denkst du etwa, ich kann mit dir zusammenarbeiten, wenn du jede Aktion von mir in Frage stellst oder bekrittelst?«

Ich knallte die Tür zu. Das hat man davon, wenn man mit Gesetzeshütern kooperiert.

Ich zog eine Grimasse, als ich Gas gab. Ich klang schon wie Trig Garrity: Sind doch alles Bullenschweine, ob öffentlich oder privat. Beim Gedanken an Trig fiel mir der Schraubenschlüssel ein. Hoffentlich war er bei Cheviot angekommen. Hoffentlich gab er aufschlussreiche Indizien für den Mord an Clarina her. Ich fühlte mich, als würde mein Kopf gleich platzen wie ein überreifer Granatapfel und mein Hirn in kleinen roten Kernen herausspritzen.

Ein LKW-Konvoi von Kirmek Construction rumpelte die Sixth Street entlang und spuckte graue Abgase auf meine Windschutzscheibe. Da oben in Yancy wurde hart gearbeitet. Ich fuhr an den Straßenrand, bis die LKWs davongerülpst waren.

Ich stand vor einem Einkaufszentrum, was mich daran erinnerte, dass ich im Trailer eigene Wäsche mitbringen musste. Im Buy-Smart-Outlet kaufte ich billige Bettwäsche und Handtücher.

Als ich zum Trailer kam, war Al, wer auch immer er war, noch nicht mit dem Butan aufgekreuzt, aber ich war zu müde, um mich an der Kälte zu stören. Ich war zu müde, um mich an irgendwas zu stören. Ich machte noch das Bett, aber kroch hinein, ohne mich auszuziehen, abgesehen von Schuhen und Blazer. Peppy rollte sich genauso erschöpft neben mir zusammen.

Ihr warnendes Bellen weckte mich ein paar Stunden später. Ich brauchte eine Minute, um mich zu erinnern, wo ich war, aber dann hörte ich Hämmern an der Seite des Trailers und stolperte zur Tür.

Ein stämmiger Mann im karierten Holzfällerhemd montierte gerade einen Butankanister an einer Düse. »Fast fertig, Miss. Den Strom hab ich auch eingeschaltet. Die Heizung anzukriegen, ist ziemlich einfach, aber falls Sie Probleme haben, reden Sie mit meiner Ma, dann ruft sie mich an.«

Ich machte die Heizung an. Das Butan entzündete sich, und die Fußbodenheizung des Trailers erwachte zum Leben. Auf der Kochplatte machte ich mir eine Dose Linsensuppe warm und baute meinen Computer auf. Der Trailerpark verfügte über Wi-Fi, aber ich hielt es für klug, meinen eigenen Router zu benutzen. Ich schickte Nachrichten an beide Anwälte – Freeman in Chicago und Faye Mitchell in Kansas City – sowie an Murray und Zoë, dass ich umgezogen war.

Ich rief Lou und Ed an und gab Bescheid, wo ich untergekommen war, um dann von meinem Abstecher zum Kraftwerk Wakarusa zu berichten. »Da entluden sie gerade ein halbes Dutzend Trichterwagen voll mit Kohle. Der Vorarbeiter der Tagschicht und seine zwei Kumpel waren ziemlich kooperativ, bloß wissen sie nicht viel. Aber was sie mir erzählt haben, wirft einen Haufen Fragen dazu auf, wie Rotherhaite wirklich gestorben ist.« Ich erzählte, was ich herausgefunden hatte. »Er schien zu finden, dass das Kraftwerk stark nachgerüstet werden müsste, um wieder voll einsatzfähig zu werden.«

»Da lag er richtig«, sagte Ed. »Die Anlage ist ineffizient, und es gibt keinerlei Computersteuerung. Das olle Ding gehört verschrottet. Ich hätte ja eher vermutet, dass Power Ranger uns einfach bloß den Schrott abjagen wollte, allerdings würden sie keine neue Kohle einbringen, wenn sie das Kraftwerk einmotten wollten.«

»Was braucht man denn so an Kohle und Arbeitskräften, um eine Anlage dieser Größe mit voller Kapazität zu betreiben?«

»Kommt drauf an«, sagte Lou. »Vielleicht hundert bis hundertfünfzig Leute, verteilt auf drei Schichten, sofern sie rund um die Uhr produzieren wollen. Wenn du nicht viel Betriebsamkeit gesehen hast, klingt mir das eher nach reinen Wartungsarbeiten.«

»Aber sechs Trichterwagen Kohle?«, sagte Ed. »Das klingt, als ob sie sich für mehr Action rüsten.«

»Ich hab mich schon gefragt, ob das Resort bloß Nebensache ist und es eigentlich um das Kraftwerk geht«, sagte ich. »Wenn sie es billig gekauft haben, stellen sie sich vielleicht vor, mit dem Absatz überschüssiger Energie dicken Profit zu machen.«

»Pass in der Umgebung vom Kraftwerk gut auf«, sagte Lou. »Die mögen es nicht, wenn du da rumschnüffelst. Die können dir so wehtun, dass du dich davon nie erholst.«

»Mr. Sunshine«, sagte Ed. »Versuch nicht, sie abzuschrecken. Erstens tut sie das Richtige. Und zweitens solltest du es langsam wissen: Frauen sind nicht so leicht einzuschüchtern.«

Das war tröstlich, selbst wenn es nicht ganz zutraf. Als wir auflegten, rief ich Zoë an. Sie war erwartungsgemäß vergrätzt, dass ich sie zur Besichtigung des Kohlekraftwerks nicht mitgenommen hatte, besonders als ich ihr sagte, dass Rotherhaites Leiche ganz in der Nähe entdeckt worden war.

»Na, Gott sei Dank bist du hergekommen und ermittelst. Sonst würde ja niemand je was erfahren. Wie komme ich zum Fundort seiner Leiche?«

»Du musst auf den Flusspfad. Am besten erreichst du ihn in Lawrence von der Brücke aus. Von der Landstraße aus querfeldein ist es eine Riesenschweinerei. Wenn du den Flusspfad entlangkommst, siehst du eine Stelle, wo die Gräser und Büsche von den Einsatzkräften plattgewalzt sind, aber du musst dich beeilen. Jeder weitere Regen oder Schnee wird die Spuren vollends tilgen.«

»Kommst du morgen früh dahin mit?«

»Es wird Zeit, dass ich mal mit Mr. Brett Santich rede«, sagte ich.

Zoë kannte Namen und Adresse der Versicherungsgesellschaft, wo er in Teilzeit arbeitete. Wieder mal erzwang sie einen Tauschhandel: ihre Ortskundigkeit gegen einen Platz am

Gesprächstisch. Ich bescheinigte ihr eine große Karriere – als Mafiavollstreckerin.

Meine Begegnung mit Cady, Gertrude und Deke heute Morgen war so angespannt gewesen, dass ich einen entscheidenden Punkt übersehen hatte. Wenn Clarina aus Skaneateles kam, musste dort jemand ihren richtigen Namen kennen. Wenn Sherlock Holmes jemanden suchte, gab er in der Seufzerspalte der *Times* eine Anzeige auf. Ich betrachtete Facebook und Instagram als heutige Äquivalente dazu und postete eine Suchmeldung mit dem deutlichsten der Fotos, die Zoë für den *Herald*-Artikel zum Protest vor der Yancy-Schule von Clarina gemacht hatte.

Leute aus Skaneateles, NY: Wer kennt diese Frau? Sie trug den Decknamen »Clarina Coffin«, als sie vor zehn Tagen in Lawrence, Kansas, tot aufgefunden wurde. Wer sie kennt oder etwas über sie weiß, melde sich bitte bei Privatdetektivin V. I. Warshawski @viwarshawski-investigates.

Ich fand Skaneateles auf der Landkarte. Die nächste Großstadt war Syracuse, aber Skaneateles lag auch unweit von Auburn, wo Harriet Tubman gelebt hatte, und Seneca Falls, dem Ort der ersten Frauenrechtskonvention. Passende Gegend, um engagierte Abolitionistinnen hervorzubringen oder eine heutige wokere Entsprechung.

Ich bezahlte die Gebühren für erhöhte Sichtbarkeit meines Posts in all diesen Regionen, dann machte ich mit Peppy einen langen Lauf, den ganzen Weg nach Yancy Hill und zurück. Zum ersten Mal seit Monaten, zum ersten Mal seit Taylors Ermordung, bewegte ich mich trotz meines gestörten Schlafs einigermaßen frei. Ich hatte einen Plan, ich fand Verknüpfungen zwischen all den Fakten, die ich zutage förderte. Meine ermittlerische Kompetenz erholte sich wohl allmählich.

37

Fischen ohne Angelschnur

Die Great Plains-Agentur saß in einem Neubau von Einkaufszentrum im Westen der Stadt, nicht sehr weit vom Trailerpark entfernt. Ich hatte mir die Website angesehen, bevor ich in die Stadt fuhr, um Zoë in der Redaktion des *Douglas County Herald* abzuholen. Die fünf Ansprechpersonen für die Region hatten Fotos mit Kurzviten eingestellt. Santich gab an, er sei in der fünften Generation Gemeindemitglied in Douglas County und dem wirtschaftlichen Wohlergehen der Gemeinde verpflichtet. Er bot zusätzlich zu den üblichen Versicherungsleistungen auch Beratung und Verträge für Farmbetriebe und landwirtschaftliche Geräte an.

Ich hatte ihn bisher nur wütend dreinblickend erlebt. Auf dem Online-Foto wirkte sein gebräuntes, kantiges Gesicht markig-seriös, so wie der alte Marlboro-Mann: Mir können Sie vertrauen, Ma'am, ich kümmere mich um Sie und die Kleinen. Die Vorstellung, dass er eine Person wie Ivy anzog, war nicht mehr so abwegig.

Eine Frau um die vierzig saß am Empfang, als Zoë und ich eintrafen. Sie lächelte hoffnungsvoll – kam da neue Kundschaft zur Tür herein? Ihr Name war Patsy und sie war da, um zu helfen.

Wir fragten nach Brett. Er war da, hatte aber zu tun. Hatten Zoë und ich einen Termin? Wir sagten, wir könnten gerne warten: Er war uns als bester Mann für unsere speziellen Bedürfnisse empfohlen worden.

Patsy rief ihn an und entschuldigte sich dann. »Er hat einen Auswärtstermin und muss gleich los. Jeder unserer anderen

Agenten ist mit Freuden bereit, euch Mädels zu helfen, oder wenigstens schon mal alle Daten aufzunehmen, bis Brett sich bei euch melden kann.«

Zoë setzte an, wir hätten Fragen, die nur Brett beantworten konnte, aber ich schüttelte rasch den Kopf und sagte: »Sagen Sie ihm, er wurde uns empfohlen als jemand, der sich mit Spezialversicherungen auskennt, insbesondere für ältere, eher ländliche Immobilien. Uns geht es um ein Anwesen, wo früher eine Drogenbude war, und nun fragen wir uns, was wir tun müssen, um es versicherbar zu machen. Fragen Sie Brett, wer sonst in der Agentur das handhaben kann.«

Patsy sah verwirrt aus, aber Versicherungen stellen sich auf den Kopf, um Neukunden zu gewinnen, also gab sie die Nachricht so weiter. Nach kurzer Rücksprache fragte Patsy nach unseren Namen. Nach noch kürzerer Rücksprache erklärte sie, Brett würde uns gleich abholen kommen.

»Das war cool, Vic«, raunte Zoë, als wir vom Empfangstresen zurücktraten. »Jetzt weiß ich, warum du der Star bist.«

Ich rechnete eigentlich mit einer sofortigen Reaktion, aber es dauerte gut fünf Minuten, bis die Tür hinter Patsys Theke aufging und Brett herauskam. Er schaute drein wie bei all unseren Begegnungen: streng gefurchte Miene. Der Marlboro-Mann würde mich gleich aus Dodge City vertreiben.

Als er sah, dass Zoë ihr aufnahmebereites Telefon ausstreckte, schnauzte er: »Zoë, stecken Sie Ihr verdammtes Handy weg. Ich habe den Medien nichts über Drogenhäuser zu sagen, wer immer Ihr schnüffelnder Sidekick da ist. Keine seriöse Agentur würde so was je versichern.«

Ich setzte mein professionellstes Lächeln auf. »Mr. Santich, es tut mir leid, dass wir Sie stören. Ich bin V.I. Warshawski. Nicht direkt Zoës Sidekick, aber eine Privatschnüfflerin, die den Mord an Clarina Coffin untersucht. Sie waren neulich mit einem Kumpel im Dundee-Haus. Die Sicherheitskameras waren abgeschaltet, von daher muss ich annehmen, dass Sie der Besitzer sind oder zumindest wissen, wer dort –«

Santich unterbrach mich hastig mit einem nervösen Blick zu Patsy, die praktisch levitierte vor Eifer, etwas zu erlauschen. »Wir können das Gespräch auf dem Parkplatz weiterführen. Patsy, ich bin auf dem Weg zu den Schapens, um die Versicherung für ihren neuen Streuer zu besprechen.«

Er versuchte schwungvoll die Außentür aufzureißen, doch die Hydraulik ließ keine gewaltsamen Gesten zu. Zoë und ich folgten ihm auf den Parkplatz.

»Ich gebe euch fünf Minuten, aber Zoë, wenn Sie das Gespräch aufzeichnen, zertrümmere ich Ihr Handy.«

»Das ist etwas übertrieben und außerdem sinnlos«, sagte ich. »Wir beide sind Zeuginnen bei allem, was Sie sagen. Was ich wirklich zu gern wüsste: Was hatten Sie mit Robert Tulloh zu bereden, was geheim und dringlich genug war, um sich mit ihm am Dundee-Haus zu treffen?«

»Wie kommen Sie darauf, dass ich dort war?«, erwiderte Santich pampig.

»Es wimmelt da von Kameras. Es gibt eine Aufzeichnung.«

Er verzog den Mund. »Soweit ich weiß, gibt es keine Aufzeichnung über meine Anwesenheit.«

»Dann sind Sie also der Zuständige für die Überwachung«, sagte ich. »Allerdings hab ich meine Kamera nicht ausgeschaltet.« Ich rief das Video auf, das ich aufgenommen hatte, als ich hinter den Bäumen lag. Die Auflösung war nicht besonders, aber Santich war zu erkennen.

Schweißperlen glitzerten an seinem Haaransatz. »Sie haben das Grundstück widerrechtlich betreten«, fauchte er, »was es noch ungeheuerlicher macht, dass Sie mich über Leute ausfragen wollen, mit denen ich rede.«

»Wieso war Tulloh denn so sauer? Ging es da um die Drogen oder um den Mord? Oder um eine Verbindung zwischen

Ihrem Haus und dem Kohlekraftwerk Wakarusa? Er wurde nämlich an beiden Orten gesehen.«

»Wir haben eine private Unterhaltung geführt. Das ist mein Haus, mein Grund und Boden, und mit wem ich spreche, geht Sie nichts an.«

»Es ist Ihr Haus«, bestätigte ich. »Es ist außerdem Tatort schwerwiegender Verbrechen – von denen das schwerste Mord ist, aber angesichts der grauenhaften Opioid-Epidemie im Land kann ich es nicht fassen, dass Sie Drogenpartys ausrichten und das verharmlosen.«

Ich wartete kurz, aber er sagte nichts.

»Als ich Sie auf der Yancy-Baustelle traf, dachte ich noch, vielleicht hat die Truppe vom Bau das Haus ja hinter Ihrem Rücken benutzt. Ich hab mir eingebildet, Sie könnten die Bande heldenhaft zur Rechenschaft ziehen, aber nach Ihrem Date mit Tulloh gestern ist klar, dass Sie mit allen Hauptakteuren unter einer Decke stecken. Haben Sie bei Ihren Drogendeals irgendwen übervorteilt? Hat Tulloh Sie in der Hand?«

Santichs Adamsapfel arbeitete, aber er schwieg vorsichtshalber. Ich sah, dass Zoë ihr Telefon heimlich auf Aufnahme gestellt hatte.

»Noch mal zu den Überwachungskameras an den Bäumen und an der Hintertür und so weiter, ich wollte wissen, von wo aus die gesteuert werden. Bestimmt nicht von hier, wo Patsy jedes Wort belauscht. Vermutlich könnten Sie's von zu Hause aus machen. Der faule Verbrecher geht oft den bequemsten Weg, aber Sie haben Frau und Tochter daheim und wollen nicht, dass die mitkriegen, was im Dundee-Haus läuft. Was Ivy oder Timmy angeht, sind Sie weniger heikel.«

Eine teigige Blässe kroch unter seine Bräune, es wirkte wie ein Gemälde, aus dem die Farben herauslaufen. Er schwankte leicht auf den Zehenballen und dünstete einen süßlichen, kränklichen Geruch aus. Würde er gleich in Ohnmacht fallen?

Wenn er sich den Schädel aufschlug, half das weder Ivy noch seiner Frau noch seinen Kindern – und der Ermittlung auch nicht.

»Sie sollten sich hinsetzen.« Ich sah mich nach einer Bank um, aber dies war kein Aussichtspunkt, kein Mensch wollte hier Platz nehmen und den Autoverkehr auf der Route 59 betrachten.

Er ignorierte den Vorschlag. »Was wollen Sie?«

»Da gibt es viel«, sagte ich. »Gerechtigkeit, Güte und Frieden liegen ganz weit vorn, aber von Ihnen brauch ich vor allem Infos. Ich will wissen, was in Yancy gebaut wird.«

»Ein Resort«, nuschelte er. »Jeder weiß, wie Sie Gertrude Perec und Pat Everard wegen der Baugenehmigungen gelöchert haben, aber die Genehmigungen sind rechtmäßig und gelten für eine Ferienanlage und Läden.«

»Westlich von Chicago gibt es einen Teilchenbeschleuniger«, sagte ich. »Die haben einen Ring von einem Kilometer Umfang mit Magneten, die Teilchen fast auf Lichtgeschwindigkeit beschleunigen. Dafür braucht man in etwa die Strommenge, die Sie in Yancy bereitstellen wollen. Erklären Sie mir mal, was für eine Ferienanlage dermaßen viel Energie benötigt.«

»Was weiß ich denn?«, murmelte er. »Vielleicht bauen sie den Physikern eine Forschungsstation.«

»Oh, tolle Idee«, sagte ich. »Das gibt eine schöne Überraschung, ein Geschenk von Tulloh Industries an die Uni Kansas. Aber wieso es dann als Resort ausgeben? Liebt der alte Mr. Tulloh schicke Überraschungen? Wurde Clarina Coffin deshalb ermordet? Weil sie die Überraschung verderben wollte?«

Die teigige Blässe ließ nach, dafür schwitzte er jetzt in der kalten Februarluft. »Sie stecken in der Klemme wegen der Überdosis des Mädels und dem Mord an dieser Coffin, darum bilden Sie sich ein, das wäre für alle von größter Bedeutung. Sie fischen im Trüben, und das ohne Angelschnur.« Er gab sich Mühe, herablassend zu klingen, aber es klappte nicht ganz.

»Verbrechen dieser Größenordnung in Ihrem Haus dürften auch für Sie durchaus von Bedeutung sein«, sagte ich. »Sehen wir mal, was ich ganz ohne Angelschnur zu fassen kriege. Kürzlich ist jemand in meine Unterkunft eingebrochen – eine Person mit fortgeschrittenen Kenntnissen im Schlösserknacken, die reinkam, ohne am Schloss eine Spur zu hinterlassen. Vielleicht haben die was gesucht und dachten, ich hätte es, oder sie wollten mir was unterjubeln. Ich glaube Letzteres, weil sie die Cops alarmiert und gemeldet haben, es gäbe da was brandheißes Belastendes in meinem Besitz.

Allerdings war trotz gründlichster Suche nichts zu finden, das dürfte die Möchtegern-Unterjubler schwer genervt haben. Falls Ihr Kumpel Robert Tulloh dahintersteckt, war er bestimmt stocksauer. Ich stell mir seine Nachricht vor: *Treffen im Dundee-Haus.*

Als Sie dann hinkamen, hat er mächtig rumgepöbelt. *Wieso schmeißt du hier Drogenpartys?* Ich stell mir vor, wie er brüllt: *Wir wollen hier möglichst unauffällig bleiben, denn wir bauen diese geheime Forschungsstation oder was auch immer, aber Drogenpartys und tote Geschichtsfans fallen in jeder Hinsicht auf.* Vielleicht hat er gesagt: *Kannst du denn gar nichts richtig machen?* Ist das ein Vorwurf, den Sie schon Ihr Leben lang zu hören kriegen?«

Santich zupfte an seiner Kehle, blieb aber stumm.

Ich wandte mich an Zoë. »Was sagt der Planungsausschuss über das Umweltgutachten?«

Zoë antwortete prompt: »Der Vorstand sagt, die antragstellenden Anwälte haben ein Umweltverträglichkeitsgutachten vorgelegt, dem zufolge wurde das Gelände inspiziert und bezüglich der in den Plänen genannten Nutzung für geeignet befunden, nämlich für ein Resort und eine unbestimmte Anzahl von Versorgungsläden.«

»Sollten die Bauherren also was anderes vorhaben, sagen wir, was Unartiges, dann würden sie es doch lieber geheim halten, oder?«

»Auf jeden Fall«, sagte Zoë energisch.

»Ich tippe mal, die Tullohs oder wer auch immer die Investoren sind, wären ernstlich sauer über Drogenpartys so dicht am Yancy Hill. Niemand soll da rumschnüffeln, ehe es zu spät ist, um rückgängig zu machen, was da in Wirklichkeit läuft. Übrigens, das mit dem Geschenk an den Fachbereich Physik war ein ziemlich inspirierter Geistesblitz.«

Santichs Kiefer mahlte. Er war immer noch bleich, und mein Lob schien seine Laune nicht zu bessern.

»Ist Clarina also tot, weil sie bei der künftigen Forschungsstation rumgeschnüffelt und gedroht hat, mit ihren Beobachtungen zur eigentlichen Führungsriege von Douglas County zu gehen, nämlich Gertrude Perec und Pat Everard?«

Da schenkte mir Santich ein verächtliches Lächeln. »Sie wissen ja gar nichts. Sie bilden sich bloß ein, Sie könnten mir Geheimnisse entlocken, die ich gar nicht kenne, damit Sie sich in Chicago damit wichtigmachen können.«

Er lag nur halb daneben, aber ich überging das. »Was ist mit Trig? Nervt er nicht genauso wie Clarina? Ist jetzt auch sein Leben in Gefahr?«

»Garrity?«, sagte Santich. »Ein geborener Taugenichts. Den nimmt niemand ernst.«

»Warum musste er dann zusammen mit Gertrude Perec zum Dundee-Haus gelockt werden in der Nacht, als Clarina starb?«

»Soweit ich weiß, ist er einfach aufgetaucht, wollte wohl einbrechen. Wer weiß, was er da gesucht hat, dachte vielleicht, dass da noch Drogen herumliegen und er sich bedienen kann.«

»Nette Geschichte«, sagte ich. »Nicht so gut ausgedacht wie die Forschungsstation, aber gerade noch glaubhaft. Was sagst du, Zoë?«

»Vielleicht, wenn ich nicht genau wüsste, dass Trig Drogen nicht anrührt«, sagte sie. »Er ist trillionenmal festgenommen worden, und jedes Mal gab es Drogentests zuhauf, aber er ist immer sauber.«

Ich wandte mich wieder an Santich. »Ich weiß, Sie müssen zu den Schapens, es geht um deren – war es ein Schredder? Ach nein, ein Streuer. Ich will Sie gar nicht aufhalten. Nur noch eine Frage. Diese Baustelle in Yancy, als der Antrag zum Planungsausschuss ging – wie war das Projekt da benannt?«

»Ich hatte mit dem Bewerbungsverfahren nichts zu tun. Das wäre ein Interessenkonflikt gewesen.« Er sprach mühsam – trockene Kehle, verkrampfte Stimmbänder.

Zoë meldete sich wieder zu Wort. »Bevor ich herkam, hab ich das Protokoll des Planungsausschusses von dem Tag eingesehen. Antragsteller war Yancy Project LLC. Yancy Project LLC führte mich zur Pioneer State Bank in Topeka. Das ist der Trust. Derzeit ist der einzige aktenkundige Name für Nachfragen die Trustabteilung der Pioneer, also hab ich da angerufen und wurde an einen Anwalt verwiesen, der keine Fragen beantwortet.«

»Sieht aus, als ob all diese Schichten von Geheimhaltung die Tullohs gründlich abschirmen«, sagte ich. »Schirmen die Tullohs im Gegenzug auch Sie ab? Hat Frank Karas deswegen im Mordfall Clarina mich und Trig im Visier und nicht Sie?«

»Mich will niemand verhaften, weil man weiß, dass ich nie ein Gesetz gebrochen habe.«

»Und die Drogenpartys?«

»Die Burschenschaft hatte mich gebeten, das leere Haus für Barbecue-Treffen nutzen zu dürfen. Sie haben dafür Miete bezahlt, das Haus sauber gehalten, ich sah keinen Grund, das genauer zu überprüfen. Natürlich vermieten wir es künftig nicht mehr an sie.«

»Sie haben eine erstaunlich fruchtbare Fantasie, Mr. Santich. Ich hörte, Marvel ist ständig auf Talentsuche. Als Geschenk verpackte Teilchenbeschleuniger, grillende Verbindungsburschis, Ivy als Putze nach der Lagerfeuerromantik – denn die Jungs hinterlassen ja überall schleimige Spuren, nicht?«

Santich verlagerte sein Gewicht von einem Fuß auf den anderen. »Sie leben hier nicht. Nichts, was hier läuft, geht Sie etwas an.« Er wandte sich ab.

»Aber ich lebe hier, Mr. Santich«, sagte Zoë. »Und ich bin verantwortlich dafür, die hundertzwanzigtausend Menschen im County mit Nachrichten zu versorgen. Ein großes Bauprojekt ist eine große Meldung. Es kann Arbeitsplätze bedeuten, immer eine gute Nachricht. Es kann aber auch Wasser- und Luftverseuchung bedeuten, immer eine schlechte Nachricht. Ob gut oder schlecht, ich fördere es zutage und berichte darüber.«

Santich sah sie an, dann mich, die Hände zu Fäusten geballt. »Tun Sie das«, nuschelte er. »Berichten Sie. Und Sie –«, er sah mich an und ruckte mit dem Kopf in Richtung der geparkten Autos. Ich folgte ihm zu seinem Geländewagen, dem staubigen alten Kia, den er am Abend unserer ersten Begegnung vor der Uni-Sporthalle gefahren hatte. »Was wissen Sie über Ivy und Timmy?«

»Nur was sie mir erzählt hat. Ich wollte wissen, warum sie einen dermaßen schäbigen Job annimmt wie das Putzen nach diesen Partys. Viel Mühe für ein bisschen Kindergeld, oder?«

»Wie haben Sie sie überhaupt aufgespürt?«

»Ich bin Ermittlerin«, sagte ich. »Ich ermittle.«

»Ermitteln Sie nicht weiter zu Ivy. Das hier ist nicht die eindeutige Opfergeschichte, die sie Ihnen einreden will.«

Er stolperte gegen den Kia. Ich ging zurück zu Zoë, aber als wir in den Camry stiegen, lief Bretts Motor immer noch nicht. Ehe ich vom Parkplatz fuhr, warf ich einen Blick zurück zur Agentur. Patsy stand am Fenster und verfolgte gebannt den Schluss des Dramas.

38

Speerfischjagd

Natürlich wollte Zoë wissen, wer Ivy und Timmy waren.

»Ivy ist eine Person, die unseren Brett vielleicht sehr, aber ohne Umsicht geliebt hat. Ich kann dir nichts über sie erzählen – ich weiß nicht mal ihren Nachnamen. Ich hab sie durch Zufall getroffen. Sie putzt nach den Partys im Dundee-Haus, oder hat geputzt.«

Zoë verdaute das. »Und Timmy?«

»Wie gesagt, sie hat vielleicht ohne Umsicht geliebt.«

»Ah. Kind gekriegt. Und Brett hat schon Frau und Kind. Er hat sich echt festgefahren, was? Hypotheken, Leichen, wütende Investoren, zweite Familie.«

»Ich versteh immer noch nicht, warum die Cops hier ihn nicht längst auf dem Kieker haben«, sagte ich.

»Vielleicht halten sie sich bloß bedeckt. Aber du kriegst das schon raus, ich zähle auf dich, du wirst mir die Story bestimmt schön rund machen.«

»Stell dich hinten an«, sagte ich barsch. »Ich hab das Gefühl, tausend Leute zählen auf mich. Das nervt.«

Mein Vater, der mir die Leviten las, als ich mich nach dem Tod meiner Mutter in South Chicago herumtrieb, bis die Kollegen vom vierten Bezirk mich aufgriffen – und heimbrachten, statt mich einzubuchten. *Ich zähle darauf, dass du das Andenken deiner Mutter ehrst, indem du so handelst, dass sie stolz auf dich wäre.* Bernie zählte auf mich. Klientinnen und Klienten zählten auf mich. Peters Studentin Taylor hatte auf mich gezählt und war tot. Und auf wen konnte ich zählen? Nicht auf Peter, der nicht mal meine SMS beantwortete.

»Tut mir leid, Vic«, sagte Zoë kleinlaut. »Du wirkst immer so cool und kompetent, als ob du alles rauskriegst, ich wollte dich gar nicht aufregen.«

Ich rang mir ein Lächeln ab. »Nicht du hast mich aufgeregt, das hab ich mir selbst zuzuschreiben. Deine Wortwahl hat mich einen Moment getriggert. Du kannst nicht darauf zählen, dass ich dir deine Story rund mache – das ist mehr Verantwortung, als ich zurzeit aushalte.«

Sie blieb stumm, bis wir die Zeitungsredaktion erreichten, dann sagte sie: »Kann ich dich um Rat fragen, wenn ich nicht vorankomme? Weihst du mich weiterhin ein, wenn du was rauskriegst?«

Ich nickte. »Wir müssen weiter zusammenarbeiten. Im Moment haben wir ja nur einander. Kennst du diese Fotos, auf denen fischende Leute von einem Riesen-Speerfisch oder Hai aus dem Boot ins Wasser gezerrt werden? Tulloh Industries, der Mord an Clarina, die Drogen, die Yancy-Baustelle, Clete Rotherhaite – das Ganze ist wie ein Riesenfisch, der mich zu ertränken versucht. Falls ich untergehe, bring dich bloß in Sicherheit.«

»Nein, Vic. Wenn du untergehst, schreib ich's auf und krieg dafür den Pulitzer.«

Ich musste lachen. »Das ist die richtige Einstellung. Mach das.«

Ich setzte sie am Redaktionsbüro ab und fuhr weiter, überquerte den Fluss. Jetzt war ich jenseits der Brücke zum Boat Yard und dem Einkaufszentrum, wo ich immer meine Garderobe aufstockte. Auf dieser Seite gab es Sandbänke und felsige Untiefen. Ich ging runter zum Ufer, ließ Peppy planschen, setzte mich hin und versuchte mich zu sammeln. Atmete tief, die Sängerinnenatmung, die Gabriella mir anzugewöhnen versucht hatte. Unverhofft heulte ich los, als wäre der Tod meiner Mutter drei Tage her und nicht drei Jahrzehnte.

Nach einer Weile änderte sich das Licht überm Wasser, wechselte von Braun zu Silber zu Schwarz. Steif stand ich auf und rief Peppy bei Fuß. Auf dem Weg zum Trailerpark hielt ich an einer Weinhandlung, wo ich überraschend eine Flasche Terre Nere auftrieb, ein sizilianischer Roter, den ich seit kurzem liebe. Er ist schwer zu kriegen, vielleicht war das ja ein Zeichen, dass mein Glück sich wendete.

Zurück im Trailer legte ich mich hin. Peppy ließ sich neben mir nieder und leckte mir Schweiß vom Hals.

»Wir kommen klar, mein Mädchen«, sagte ich. »Wir stehen das durch. Keine Ahnung, wie oder wann, aber wir schaffen es.«

Ich zwang mich, an meine offenen Aufträge in Chicago zu denken. Aber erst überprüfte ich die Antworten auf meine am Morgen platzierten Social-Media-Posts. Fünf Leute hatten Clarina wiedererkannt, unter fünf verschiedenen Namen. Als ich nachhakte, stellte sich heraus, dass nur eine der fünf verschwunden war, und über ihre Wahlregistrierung fand ich sie ganz leicht. Sie war vor achtzehn Jahren nach Arizona gezogen und hatte sich von ihrer Familie losgesagt.

Vielleicht wendete sich mein Glück doch nicht. Trotzdem machte ich mich brav an die Arbeit. Mit eingeschalteter Butan-Heizung war es im Trailer eigentlich warm genug, dennoch fühlte es sich kalt und einsam an. Ich war dankbar für die Gegenwart meiner Hündin, legte eine Hand in ihren Nacken und zog Trost aus ihrem warmen, weichen Fell, während ich die Lebensläufe überprüfte, die mir ein Klient gemailt hatte: Beide Bewerber wirkten zu schön, um wahr zu sein, einer behauptete, er sei Ex-Navy SEAL. Nicht direkt die häufigste Lüge im englischen Sprachraum, aber doch ein wiederkehrendes Klischee in künstlich aufgepeppten Lebensläufen. Ich war versucht, ihn gleich auszumustern, schickte dann doch eine Anfrage an die Navy.

Tapfer widerstand ich dem Impuls, in die Stadt zu fahren und in einem blitzsauberen, gut ausgeleuchteten Restaurant zu

Abend zu essen. Ich hatte meine Flasche Terre Nere. Aus den gekauften Vorräten zauberte ich ein Pilz-Risotto und zwang mich, eine große Portion zu essen. Zurück in den Sattel, V. I., zurück in den Sattel. Routinearbeit, regelmäßige Mahlzeiten, regelmäßiges Training, und bald konnte ich selbst den SEALs beitreten oder zumindest meine Rechnungen bezahlen.

Um elf, als ich mich bettfertig machte, starrte ich im Bad mein Spiegelbild an. Es waren gar nicht so viele Rippen zu sehen, aber was meinen Blick einfing, war ein goldener Anhänger, den mir Peter geschenkt hatte, nach seinen Angaben gefertigt im Restaurierungslabor seines Instituts. Inanna, Göttin des Lebens, des Todes, der Geburt und des Krieges, hing zwischen meinen Brüsten.

»Dein Avatar, V. I.«, hatte er gesagt, als er ihn mir vor einem Jahr um den Hals hängte.

Inanna war eine Kriegerin, erklärte er mir. Als sie in die Unterwelt ging, um den Toten ebenso Göttin zu sein wie den Lebenden, aalte sich ihr Mann, ein Hirtengott, inzwischen auf ihrem Thron. Sie zwang ihn, ihren Platz in der Unterwelt einzunehmen, damit sie selbst zurück ins Land der Lebenden konnte.

»Kannst du das?«, fragte ich das kleine Amulett. »Kannst du mich zurückbringen ins Land der Lebenden?«

Ich schickte Peter eine Nachricht. Ich hätte von dir nie gedacht, dass du mich ghostest, statt mir direkt zu sagen, dass du mit unserer Beziehung durch bist. Meine Worte für dich: Gewissenhaft mit trockenem Humor, scharfem Intellekt und Sinn für Verantwortung. Aber das war, bevor Taylors Vater auf dich schoss. Vielleicht haben die Schüsse, hat die Trauer um deine Studentin deinen Charakter verwandelt. So wie bei mir. Ich werde schnell depressiv und zweifle ständig an mir, wie ich es früher nie tat. Aber ich trage immer noch Inanna. Xxxx V. I.

Kurz bevor ich das Licht ausmachte, kam eine Antwort von der US-Navy. Mein Bewerber war tatsächlich ein SEAL gewesen, hatte im Einsatz ein Bein verloren und transitierte nun zurück ins zivile Leben. Gründlich zu arbeiten, lohnt sich eben, selbst wenn du denkst, es wird nichts bringen. Welch Bündel erbaulicher Selbstcoaching-Ratschläge ich von mir gab. Vielleicht wartete da eine neue Karriere auf mich – diese kleinen Ladentisch-Bücher schreiben, die dir verraten, wie auch du mit minimalem Aufwand perfekt sein kannst.

Erneut checkte ich die Reaktionen auf meine Social-Media-Posts zu Clarina Coffin und erntete wieder eine Handvoll Blindgänger. Ich war am Einschlafen, als mein Handy klingelte. Nur eine Handvoll befreundeter Personen kann meine Stummschaltung unterlaufen. Mein Herz schlug schneller – reagierte Peter auf meine SMS? In der fremden Umgebung fand ich den Lichtschalter nicht, aber ich ging ans Telefon.

Nicht Peter. Angela Creedy. Ein Stich der Enttäuschung, aber um dreiundzwanzig Uhr fünfundvierzig rief Angela mich nicht grundlos an.

»Vic, ich weiß, die Uhrzeit ist schräg und der Anlass ist noch schräger, aber hast du ein anderes Telefon? Kannst du mich zurückrufen?«

Sie legte auf, ehe ich reagieren konnte. Ich fand den Lichtschalter und setzte mich auf, verblüfft, ängstlich besorgt, dass sie oder Bernie in Schwierigkeiten steckten. Ein anderes Telefon. Ich wühlte in meinem Rucksack nach einem Einweghandy und rief an.

»Es ist verrückt und geradezu unheimlich, Vic, aber – aber Sabrinas Mutter ist hier. Sie will mit dir reden, aber sie hat Angst, dass ihre Anrufe abgehört werden. Bernie ist beim Turnier in Ann Arbor, darum ruf ich an.« Sie gab das Telefon weiter an Valerie Granev.

»Ms. Warshawski? Ich kenne mich gut genug aus, um zu merken, dass jemand Spyware auf meinen Geräten installiert hat. Ich habe drei Telefone, die sind alle verwanzt. Ich muss schnell machen, bevor jemand herausfindet, dass ich dieses Telefon benutze. – Ich bin in Chicago, um die Sachen meiner Tochter abzuholen. Sabrina ist – auf dem Wege der Besserung, glaube ich, hoffe ich, aber langsam. Zur Uni kommt sie nicht mehr, jedenfalls nicht zu dieser Uni, für längere Zeit, wenn überhaupt.«

Ihre Stimme bebte vor unterdrückten Tränen. Sie hielt kurz inne, ich hörte, wie Angela sie drängte, etwas zu trinken.

»Sabrina ist in der besten Einrichtung des Landes zur Behandlung von Suchtkrankheiten und Hirnschädigung. Wir – Ram und ich – hätten sie nie da unterbringen können, zumindest nicht so schnell, und ohne Hilfe könnten wir uns ihren Aufenthalt dort auch nicht leisten. Ich – mir wurde abgeraten – nein, untersagt –, mit Ihnen zu kommunizieren, ich musste Sie feuern. Ich habe dem FBI erklärt, dass Sie meine Tochter nicht entführt haben, dass Sie ihr das Leben gerettet haben, also hoffe ich, die werden Sie nicht anklagen.

Angela sagt, Sie müssen in Kansas bleiben, weil Sie eines Mordes verdächtigt werden, im selben Haus, wo Sie Sabrina gefunden haben. Es tut mir leid, tut mir leid, dass die Probleme meiner Tochter Ihnen das alles eingebrockt haben, tut mir leid, dass ich nicht offen mit Ihnen sprechen kann, aber für mich steht Sabrina an erster Stelle.«

»Natürlich steht Ihre Tochter für Sie an erster Stelle. Aber ich weiß auch, dass Ihr Mann von den Tullohs ein prachtvolles Präsent bekam, als Sie mich gefeuert haben. Zum Dank dafür, dass ich Ihrer Tochter das Leben gerettet habe, darf ich einen Riesenschlamassel aufräumen, komplett mit harten Drogen und mindestens einem Mord, vielleicht sogar zwei. Ich will nur, dass Sie sich ein bisschen erkenntlich zeigen.«

»Ich kann nicht – Sabrina –«

Ich unterbrach sie. »Sagen Sie mir, was die Tullohs in Yancy bauen.«

»Ich weiß es nicht. Ehrlich, ich weiß es nicht. Es hat nichts mit Luftfahrtelektronik zu tun, also bin ich nicht im Verteiler. Ich kann Ihnen nur sagen, dass die Brüder deswegen Streit haben. Was Matthew denkt, weiß niemand. Manchmal redet er mit Pauline statt mit den Söhnen.« Unvermittelt legte sie auf.

Ich rief noch mal zurück und sprach mit Angela, die durch Valeries Auftritt nachvollziehbarerweise beunruhigt war. Während des ganzen Gesprächs hörte ich Valerie im Hintergrund darauf drängen, aufzulegen, bevor jemand ihrer Spur zu der Adresse folgte.

Ich machte das Licht aus, aber es dauerte lange, bis ich wieder einschlief.

39

Fermentierter Kohl

Manchmal redete Matthew Tulloh mit seiner Tochter statt mit den Söhnen, hatte Valerie gesagt.

Die Söhne lebten beide beim Vater in einer schwerbewachten Wohnanlage unweit vom Hauptsitz des Unternehmens in Salina. Natürlich hatten sie als Milliardäre noch jede Menge andere Wohnsitze. In New York und London, um dicht bei den Finanzzentren zu sein. Palm Springs zum Golfen, Mont Blanc für Wintersport, Sardinien für friedliche Abgeschiedenheit.

Paulines Residenz lag in Mission Hills, einer reichen Enklave in Kansas City. Pauline war seit ein paar Jahren geschieden. Von Kindern keine Rede, während die Brüder je drei hatten. Sie hatte sich geografisch separiert, zumindest ein bisschen; vielleicht hatte sie sich ja auch emotional so weit separiert, dass sie sich einer Privatdetektivin anvertraute.

»Was soll ich tun?«, fragte ich Peppy. »Kaltakquise per Telefon, gleich aufsuchen oder eine Textnachricht?«

Peppy betatzte mein Knie.

»Persönlich aufsuchen. Recht hast du.«

Es war möglich, dass sie in der Familienenklave weilte, in Palm Springs oder auf Sardinien, aber Peppy und ich machten uns hoffnungsvoll auf nach Kansas City. Der Himmel leuchtete so türkisblau wie ein Rotkehlchenei, was mir ein Gefühl von jugendlichem Optimismus gab: Bald kam der Frühling; ich würde den Mord an Clarina aufklären; ich würde von Peter hören; ich würde mir darüber klarwerden, ob ich meine Existenz als Detektivin beenden und irgendwas aufregendes Neues anfangen wollte.

Paulines Villa lag ein gutes Stück von der Straße zurückgesetzt, umgeben von einem hohen Eisenzaun mit beweglichen Stacheln drauf. Die Straße selbst war ein dezenter schmaler Streifen inmitten einer großen Parkanlage, kaum zu sehen, zumal ein Bach nebenherfloss.

Ich ließ Peppy nach Herzenslust im Bach planschen und Kaninchen scheuchen, bevor ich sie wieder mal ins Auto sperrte.

Ich stellte den Camry in einer nahen Querstraße ab und ging zu Fuß zum Tulloh-Haus. Als ich den Knopf der Sprechanlage im Torpfosten drückte, meldete sich eine Männerstimme. Ich erklärte, ich sei Ermittlerin, bearbeitete die Verbrechen um das Yancy-Projekt von Familie Tulloh und hoffte, mit Pauline sprechen zu können.

Der Mann wartete am oberen Ende des Wegs. Er führte mich ums Haus herum zu einer verglasten Veranda mit Blick in einen Garten mit Teich und Zierbrunnen. Pauline Tulloh saß im Schneidersitz auf einer weißen Korb-Chaiselongue. Sie trug Leggings und ein übergroßes Hemd, die Zehen in den geflochtenen Leder-Flipflops pedikürt, die Nägel türkis lackiert. Die Sonne ließ ihr Haar in einem Farbenreigen schimmern, von mattem Gold bis zu glänzendem Braun. Es war so gekonnt gefärbt, dass es letztlich unecht wirkte.

Als mich der Mann, sein Name war Mellon, wie ich erfuhr, hineinließ, stand Pauline nicht auf, sondern winkte mich zu einem Korbstuhl. Mellon verließ uns, kam aber fast sofort mit einem hohen Glas voll grünlicher Flüssigkeit zurück, das er auf dem runden Tisch neben Paulines linker Hand abstellte.

»Das ist mein Zehn-Uhr-Muntermacher. Möchten Sie auch einen? Gras, Zitrone, etwas fermentierter Kohl als Immunstärker.«

Klang ekelhaft. »Mein Körper würde bei so viel Gesundheit kollabieren«, sagte ich.

»Sie sind Privatdetektivin. Heißt das, Sie wollen Bourbon oder Rye?«

Mellons Miene blieb ausdruckslos, aber er murmelte, sie hätten auch sardisches Sprudelwasser oder Kaffee da. Ich war begierig, Milliardärskaffee zu probieren.

Als Pauline nach ihrem Immunbooster griff, erblickte ich am traditionellen Eheringfinger einen Ring, gold mit kleinen roten Steinen.

Sie sah mich hinstarren und lachte. »So ein schöner Ring. Als mein Mann und ich uns trennten, sah ich keinen Grund, ihn auf einen anderen Finger anzupassen.« Sie trank noch etwas fermentierten Kohl. »Was ist das Yancy-Projekt?«

»Ich hab gehofft, Sie können mir das sagen. Yancy ist ein Hügel an der nordwestlichen Stadtgrenze von Lawrence. Der Kaw macht dort eine Schleife und windet sich wie eine Umarmung um den Hügel. Ein Großteil des Hügels gehört einem Hedgefonds. Vor zwei Jahren wurde eine Baugenehmigung für ein Ferienresort und ein paar Läden erteilt, aber die stellen da gerade ein mächtig imposantes Stromnetz hin. Ich wüsste zu gern, was sie da wirklich bauen.«

Pauline schaute in ihr Glas. »Verstehe, ja, ich sehe ein Stromnetz, ich sehe Lastwagen. Den Namen Tulloh sehe ich nicht.«

»Neigen Sie das Glas ein bisschen«, sagte ich. »Schauen Sie weiter nördlich, am Kaw und beim alten Wakarusa-Kraftwerk. Es gehört jetzt Ihrem Bruder Robert.«

Sie hielt das Glas von sich weg. Mellon materialisierte sich, räumte es ab und servierte gleich darauf Kaffee in einer kleinen Porzellankanne, dazu einen Porzellanbecher und einen kleinen Krug Sahne.

Ich probierte den Kaffee, schwarz. Mellon oder wer auch immer in der Küche verstand was davon. Er war nicht besser als der im Hippo, aber das Porzellan erhöhte ihn irgendwie zu etwas Besonderem.

»Und ist Robert auch verantwortlich für die Baustelle auf diesem Hügel?«, fragte Pauline.

»Das weiß ich nicht«, sagte ich. »Er hält sich in der Gegend auf. Das FBI hatte mich vorgeladen, weil ich an der Rettung einer jungen Frau beteiligt war, deren Mutter für Ihr Familienunternehmen tätig ist. Während der Besprechung tauchte Ihr Bruder auf und beendete die Befragung. Es war eine interessante Machtdemonstration, ein Privatmann, der eine FBI-Untersuchung dirigiert.

Vor zwei Tagen tauchte Ihr Bruder Robert dann bei einem alten Haus unterhalb von Yancy Hill auf, das Haus ist noch in der Hand eines der ursprünglichen Hügeleigentümer. Robert hat den Besitzer zusammengestaucht, einen Mann namens Brett Santich.«

»Sie glauben, das beweist, dass mein Bruder der heimliche Eigentümer des Hedgefonds ist?«, fragte Pauline. Ihre heisere Stimme klang träge, leicht spöttisch.

Reich sein heißt, du kannst Mitmenschen verhöhnen, um von einem Thema abzulenken, das dir nicht passt. Detektivin sein heißt dabei ernsthaft und geradlinig bleiben.

»Ihr anderer Bruder hat ebenfalls mit einem Aspekt des Yancy-Projekts zu tun. Zwei Tage, nachdem ich Sabrina Granev halbtot in dem Haus unterhalb von Yancy Hill fand, stand Jacob dem Polizeichef bei einer Pressekonferenz zu Granevs Gesundheitszustand zur Seite.«

»Jake und Robert kommandieren schon gern Leute herum«, sagte Pauline. »Mellon, was verbindet Jake mit dem Polizeichef von Lawrence?«

Mellon hatte sich an der Tür bereitgehalten. »Jake und Chief McDowell waren vor dreiunddreißig Jahren an der Wichita State Verbindungsbrüder.«

Pauline nickte. »Dann überrascht es wenig, dass der Chief bei einer Pressekonferenz Jake zur Unterstützung heranzieht.«

»Als Ihr Bruder Robert sich mit Brett Santich stritt, habe ich ein paar Fetzen aufgeschnappt. Ich gestehe, ich hab nur einzelne Worte mitbekommen, mag sein, dass ich die Lücken nicht korrekt fülle, aber er fand, irgendjemandes Schwester könnte ›den ganzen Deal platzen lassen‹.«

»Echte Detektive horchen tatsächlich an Schlüssellöchern.« Der Spott war jetzt deutlicher.

»Wir sind dabei aber so digital wie alle anderen auch – meiner Aufzeichnung zufolge sind Sie auf Ihre Brüder schlecht zu sprechen, und das könnte dazu führen, dass Sie den Deal platzen lassen.«

»Schlecht zu sprechen? Ich versuche möglichst wenig an sie zu denken. Daddy wollte nicht, dass ich in der Firma tätig bin. Mutter war nie involviert; sie überließ ihm alle Entscheidungen, und er machte ihre Getreidesilos zu Tulloh-Gold. Er fand das ein gutes Rollenmodell, dem auch ich folgen sollte. Ich habe einen seiner aufstrebenden Manager geheiratet, um die Rolle der guten Tochter und Ehefrau zu spielen, aber als mein Mann merkte, dass kein Außenstehender es bei Tulloh je in die Führungsspitze schafft, ist er zu einem Start-up gewechselt. Und hat mich verlassen. Dann hat Daddy das Start-up aufgekauft und dichtgemacht. Seitdem gebe ich mir Mühe, nichts mitzubekommen von dem, was sie alle treiben, aber manchmal kommt Daddy noch vorbei und jammert, weil Robert so unüberlegt und dumm ist und Jake zu vorsichtig und ebenfalls dumm.« Ihr Tonfall änderte sich kein Stück, weder die Höhe noch der Ausdruck, genauso gut hätte sie darlegen können, wie lästig es war, die Vogelfutterhäuschen im Garten zu reinigen.

»Und ist er auch über Robert und das Yancy-Projekt jammern gekommen?«

Pauline musterte ihre Fingernägel, perfekt manikürt wie

ihre Zehen. »Grundsätzlich will er den Jungs beibringen, wie wichtig es ist, Hindernisse aus dem Weg zu räumen, bevor man mit Bauen beginnt. Vielleicht meint er damit unerwartete Probleme auf der Baustelle, aber es kann natürlich auch bloß eine Metapher sein.«

»Sie wissen, dass eine Frau ermordet wurde und in dem Haus auf Yancy-Gelände starb.«

Sie lächelte sardonisch. »Sie meinen, sie war ein Hindernis für die Baustelle? Robert hat sie gekillt, um Daddy zu zeigen, dass er Hindernisse wegräumen kann?«

»Falls sie dem Projekt im Weg stand, hätte er wohl eher jemand anders damit beauftragt.«

Da lachte sie. »Das gilt für Jake. Robert macht sich zu gern die Hände schmutzig.«

»Eine Frau umzubringen, hinterlässt aber ziemlich viel Dreck. Nicht mal alle Parfums von Tulloh Industries können das übertünchen. Wenn Sie das Yancy-Projekt vereiteln könnten, würden Sie es tun?«

»Ich wüsste nicht, was ich dagegen unternehmen könnte, sofern es denn eine Tulloh Industries-Nummer ist.«

»Wenn Ihr Vater sich Ihnen anvertraut, könnten Sie ihm vermutlich zutragen, dass Ihre Brüder in Lawrence verhängnisvolle Fehler machen.«

»Wie zum Beispiel?« Ihr Ton änderte sich nicht, doch ihre Miene war jetzt hellwach, auf der Hut.

»Der Planungsausschuss hat den Entwurf für ein Resort und ein paar Läden genehmigt. Aber mir sieht es aus, als ob sie gewaltige Energiezufuhr bereitstellen, vielleicht haben sie deshalb auch zusätzlich ein Kohlekraftwerk gekauft. Es müsste schon ein Resort in der Größenordnung von Monaco sein, um so viel Strom zu brauchen.«

»Ich nehme an, Daddy weiß davon«, sagte sie. »Er mag alte Kohlekraftwerke. Kohle fühlt sich für ihn erdverbunden an, und sein Vermögen kommt aus der Erde – Kohle, Gas und so weiter, aber angefangen hat er mit Weizen und Sorghum. Finanzinstrumenten ohne Verbindung zum Land traut er nicht über den Weg.«

»Aber er muss doch ein riesiges Anlageportfolio haben«, wandte ich ein.

»Natürlich. Er hat ein ganzes Gebäude voller Portfoliomanager. Aber er will alles in der Realität verankert sehen. Bloß kein Krypto.«

»Ihre Mutter hat bei seinen geschäftlichen Entscheidungen nichts mitzureden? Ich dachte, er hat mit ihren Getreidesilos angefangen.«

»Daddy hat eine Milliardärin aus ihr gemacht, während ihre Brüder ihr gesamtes Erbe eingebüßt haben, Land und Silos. Warum sollte sie das bedauern?«

»Das ist ziemlich genau die Überzeugung Ihrer Großmutter Tulloh, oder? Es gibt so ein Video von ihr bei der Feier zum fünfzigsten Hochzeitstag Ihrer Eltern. Sie war ausgesprochen schadenfroh, wie schlecht es die Familie Ihrer Mutter getroffen hat.«

»Mutter ist konfliktscheu. Sie ließ Großmutter Tulloh viel durchgehen, was schwer mitanzuhören war. Sie mag auch nicht mit Daddy streiten, darum bittet sie mich manchmal um Zuwendungen für – gute Zwecke, die ihm vielleicht nicht passen.«

Ihr Zögern vor ›gute Zwecke‹ ließ mich nachhaken: »Ist Brett Santich für Ihre Mutter einer dieser ›guten Zwecke‹?«

»Santich? Ach, der Mann, mit dem Sie Robert streiten sahen. Falls Mutter ihn kennt, hat sie es mir nicht mitgeteilt. Nein, es gibt in Lawrence Leute, die ihr etwas bedeuten, aber er nicht. Mellon.«

Sie hob die Stimme keine Spur, er war sofort zur Stelle.

»Die Detektivin und ich sind hier fertig. Stellen Sie sicher, dass sie das Gelände verlässt, vielleicht bitten Sie Johnno, sie aus dem Dorf zu begleiten?«

Ich stand auf. »Sie haben gar keine Funktion im Unternehmen?«

Ihr Lächeln erschien wieder, wenn auch spröde. »Ich habe eine Funktion. Ich löse Dividendenschecks ein und bewundere die Jungs.«

40

Bestschülerin

Ich holte Peppy, ging mit ihr am Bachbett entlang und versuchte Paulines Ausführungen zu entschlüsseln. In Bezug auf die Familiendynamik war sie erstaunlich offenherzig gewesen, vorgetragen in so kühlem Ton, als wäre ihr das alles völlig egal. Sollte ich das Gefühl haben, wir wären vertraut miteinander, damit ich nichts hinterfragte, was sie oder ihre Familie taten?

Dann die Bemerkungen über ihre Brüder und wie unterschiedlich sie mit Hindernissen umgingen. Wusste sie, dass Robert Clarina umgebracht hatte, oder wollte sie nur sagen, dass sie es ihm zutraute? Und was hatte es mit der Äußerung auf sich, dass sie ihrer Mutter Geld gab für deren – gute Zwecke?

Die Hündin und ich waren bis zu einer kleinen Ladenzeile gelaufen. Während ich vor einer Café-Bar Schlange stand, recherchierte ich auf dem Handy zu Mellon. Geoffrey Mellon, siebenundvierzig, hatte an der Wichita State University Sozialpsychologie und Innere Sicherheit studiert, hatte für eine private Sicherheitsfirma gearbeitet und war seit neun Jahren bei Tulloh Industries. Seine Tätigkeit dort war nicht zu ermitteln, aber er hatte sich klar als würdig erwiesen, Pauline ihren fermentierten Kohl zu servieren.

Ich teilte mir einen Bagel mit Peppy, als wir zum Auto zurückgingen, aber den Kaffee schüttete ich weg. Drei Dollar und untrinkbar. Wenigstens konnte ich ihn steuerlich absetzen.

Wir stiegen gerade ins Auto, als eine Nachricht von Abby Langford kam, der Archivarin des Kansas Origins Museum. Der Konservator war fertig mit der Untersuchung des Fotos, das ich in Clarinas Trailer gefunden hatte. Er wollte seine Ergebnisse gern persönlich mitteilen, konnte ich vorbeikommen? Das Museum war fünfundsiebzig Meilen entfernt, aber das waren Kansas-Meilen, kein Vergleich zu Chicago. Eine gute Stunde später stand ich auf dem Museumsparkplatz.

Abby Langford empfing mich mit einem bekümmerten Stirnrunzeln. Bevor wir mit dem Restaurator sprachen, musste sie mit mir über etwas wirklich Ernstes reden, wovon sie erst nach dem Absenden ihrer Nachricht erfahren hatte.

»Ich habe eine Mitarbeiterin gefragt, ob es noch anderes Material gibt, das Clarina eingesehen hat und das zeigen könnte, woran sie gearbeitet hat. Ich weiß, ich habe gesagt, wir bewahren die Anonymität unserer Nutzer, aber in diesem Fall habe ich beschlossen, die Regeln etwas zu beugen.

Wir haben hier Tagebücher von Dutzenden früher Siedler; Clarina hat viele davon gesichtet in den fünfzehn Monaten, in denen sie unsere Archive nutzte. Wir waren uns alle einig, dass sie am meisten Interesse an einer der letzten von ihr eingesehenen Sammlungen hatte. Nämlich den Tagebüchern einer Frau aus Lawrence, einer Mrs. Florence Wheelock. Wir hatten großes Glück, dass die Familie uns die Tagebücher überlassen hat, denn Florence hat darin beinahe sechzig Jahre verschriftlicht.«

Ich machte begeisterte Geräusche. »Sagenhaft. Die Wheelocks waren die Ersten, jedenfalls die ersten europäischen Siedler, die in einer Gegend namens Yancy Land auf sich eintragen ließen. In Yancy wurde Clarinas Leiche gefunden. Und eine heutige Nachfahrin der Wheelocks war bei einer Drogenbude in Yancy, als Clarinas Leiche gefunden wurde. Vielleicht geben die Tagebücher ja noch mehr Aufschluss über die Wheelock'schen Beziehungen zu Yancy. Ich würde sie wahnsinnig gern sichten.«

»Wir würden die Tagebücher auch gern komplett sichten.« Langfords Lächeln war schmallippig, streng. »Es gibt insgesamt siebzehn Bände, von 1858, als Florence dreizehn war, bis 1919, als sie vierundsiebzig war. Die drei Bände von 1864, als sie heiratete, bis 1877 fehlen. Wir glauben, dass Clarina Coffin sie aus der Bibliothek geschmuggelt hat. Sie haben in ihrer Unterkunft nichts Derartiges entdeckt, oder?«

Meine Hoffnung sank. »Falls sie sie gehabt hat, müssen sie beim Einbruch gefunden und mitgenommen worden sein. Wie sehen sie aus?«

Langford rief einen jungen Mann, der hinter dem Auskunftsschalter Bücher sortierte. Er verschwand zwischen den Stapeln und kam mit einem Rollwagen zurück, auf dem sich Schachteln und alte Bücher türmten.

Langford hob eine Schachtel vom Wagen und entnahm ihr eine mit Schnur verschlossene Mappe aus Karton. Sie öffnete sie und zeigte mir einen Stoß Papier, Blätter unterschiedlicher Größe, manche davon einseitig bedruckt, dünne, aus Versandhauskatalogen herausgerissene Seiten. Sie ließ mich eine der Seiten näher betrachten, solange ich sie nicht berührte. Die unreife Handschrift wimmelte von Rechtschreibfehlern.

»Als Florence mit dem Tagebuchführen anfing, hatte die Familie kein Geld, also schrieb sie auf alles, was sie zu fassen bekam – Quittungen, die sie auf der Straße fand, lauter solche Sachen. Sie erläutert, woher sie ihr Papier jeweils hat, und das Papier ist selbst historisch interessant. Diese Schachtel umfasst die Jahre 1859 und 1860, und es ist faszinierend, was sie uns vom alltäglichen Leben vermittelt, während der Grenzkrieg um Sklaverei und staatliche Souveränität voll im Gange war.

Dann begann Florence, mit Näharbeiten für Leute in der Stadt ein bisschen Geld zu verdienen, und kaufte sich Hefte. Die ersten waren Wirtschafts- und Kassenbücher. Ich vermute, an die kam sie am leichtesten heran, oder sie waren am billigsten. Sie hat energisch an ihrer Weiterbildung gearbeitet. Sie übernahm Gelegenheitsarbeiten für einen Volksschullehrer gegen abendlichen Nachhilfeunterricht im Haus dieses Mannes. Viele ihrer Einträge aus diesen Jahren sind schulische Übungen, bei denen sie ihre Handschrift enorm verfeinerte und kleine Aufsätze zur Geschichte der Vereinigten Staaten verfasste.«

Langford öffnete eins von drei großen Büchern und zeigte mir die Buchhaltungs-Kopfzeilen. Die Seiten waren kariert, um das Rechnen zu erleichtern. Wheelock hatte über die Linien geschrieben, doch die Tinte war jetzt verblasst, und die Karos ließen es aussehen, als stünden ihre Worte hinter Gittern.

»Als sie heiratete, und zwar einen wohlhabenden Mann, fing sie an, ledergebundene italienische Blankobücher zu kaufen. Davon fehlen jetzt drei Stück.«

Sie strich sachte über eine Reihe in weiches rotes Leder gebundene Bücher. Das Leder war mit dem Alter rissig geworden. Langford erklärte, die Familie habe sie nicht fachgerecht aufbewahrt. Das schien sie fast so sehr zu bekümmern wie das Verschwinden der drei Bände.

Langford gestattete mir nicht, sie in die Hand zu nehmen, aber sie maß sie aus und ließ mich die Vorderseiten fotografieren, wenn ich den Blitz abstellte. Die Bücher maßen rund fünfzehn mal zwanzig Zentimeter und waren knapp drei Zentimeter dick. Wheelock hatte nicht jeden Tag geschrieben, und mit der Zeit wurden ihre Einträge kürzer, aber es war trotzdem eine beeindruckende Niederschrift.

»Sie nehmen an, Clarina hat die fehlenden Bände gestohlen?«, fragte ich.

»Sie ist die einzige Person, die sie in den letzten fünf Jahren eingesehen hat.«

»Könnte sie nicht jemand falsch einsortiert haben?«

Langford schnalzte ungeduldig mit der Zunge. »Daran haben wir natürlich auch gedacht und eine gründliche Suche vorgenommen, seit meine Kollegin mir sagte, dass sie fehlen. Nein. Ich hoffe, Sie können die persönlichen Gegenstände von Ms.

Coffin sichten. Vielleicht hat sie die Einbände entfernt, um sie leichter hinausschmuggeln zu können.«

»Hätten Sie dann nicht die Einbände hier irgendwo gefunden?«

»Sie könnte die Einbände in die Damentoilette getragen und dort im Müll entsorgt haben.«

»Ich habe eine Woche nach ihrem Tod ihren Trailer durchstöbert, und das Einzige, was ich fand, waren die Bilder, die ich Ihnen gebracht habe. Wie gesagt, wer immer nach ihrem Tod den Trailer durchsucht hat, war lange vor mir da. Es ist möglich, dass die Polizei von Lawrence sie hat – mir würden die ihre Beweismittel nicht zeigen, aber mit Ihnen würden sie reden, wenn Sie anrufen und beschreiben, was fehlt.«

Langford nickte und machte sich eine Notiz.

Ich wechselte das Thema. »Sie sagten, Ihr Konservator hat was Interessantes gefunden?«

»Natürlich. Und es *ist* interessant. Der Verlust dieser Tagebücher hat mich ganz durcheinandergebracht, tut mir leid.« Sie telefonierte, und ein paar Minuten darauf kam ein kleiner, rundlicher Mann angetrabt, in den Händen eine Pappmappe, die mit einer um einen Knopf geschlungenen Schnur verschlossen war.

»Ist das die Detektivin? V.I. Warshawski? Habe ich das richtig ausgesprochen? Ich bin Tommy Gellman. Ihr Foto ist meiner Erfahrung nach einzigartig, würde ich sagen. Es ist sehr, sehr tragisch, dass es nicht fachgerecht aufbewahrt wurde, ausgesprochen tragisch.« Er sah mich streng an.

»Es ist ausgesprochen tragisch, dass die Frau, der es gehörte, ermordet wurde«, erwiderte ich. »Für den Schaden sind die Schläger verantwortlich, die ihre Bleibe verwüstet haben.«

»Das ist höchst betrüblich. Ich hatte gehofft, Sie könnten mir mehr Hinweise auf die Herkunft liefern. Als Sie es sich angesehen haben, was ist Ihnen daran Ungewöhnliches aufgefallen?«

Ich fühlte mich wie in Ms. Ruttans Englischunterricht an

der Highschool – als ich zu vertuschen versuchte, dass ich *Die Heimkehr* von Thomas Hardy nicht gelesen hatte. »Gewundert hab ich mich über die Blumen im Haar. Sie sieht aus, als ob sie Trauer trägt, daher wirkt der Blumenkranz seltsam. Aber ich hab keine Ahnung von Modegeschichte. Waren Blumen Bestandteil der viktorianischen Trauerkleidung?«

Er strahlte. Vielleicht bekam ich ja doch eine Eins. »Als Königin Victoria ihrem Hofstaat befahl, mit ihr um Albert zu trauern, verkündete sie, dass bei Hofe nur noch Schmuck aus Gagat getragen werden durfte. Daraufhin boomte die Nachfrage nach Gagat nicht nur in Großbritannien, sondern auch in den Staaten. Durch Victorias Dekret entstand in beiden Ländern eine ganze Industrie für Trauerschmuck. Ein weiteres Trauersymbol, das sich zunehmender Beliebtheit erfreute, war Schmuck aus dem Haupthaar der Verstorbenen. Die Menschen trugen Ringe und Broschen aus Haar zum Zeichen der Liebe, nicht nur der Trauer, wie Sie bestimmt wissen, wenn Sie Ihre Austen gelesen haben …«

Er sah mich streng an, und ich gab mit einem Nicken vor, dass ich meine Austen gelesen hätte.

»Doch was Abby gesehen zu haben meinte, konnte ich in der Tat verifizieren. Der Kranz, den diese Frau trägt, besteht aus Haar, in das Kunstblumen eingeflochten sind. Aber das Haar ist von einer Person afrikanischer Abstammung. Eine weiße Frau, die das Haar einer Schwarzen Person trägt – wahrscheinlich eines Mannes, denn man sieht an ihrer Taille und in ihrem Gesicht Anzeichen einer Schwangerschaft – das ist außergewöhnlich.« Sein Gesicht glühte vor Aufregung.

Er zeigte mir einen vergrößerten Ausschnitt des Kranzes, so deutlich, wie es seine technischen Mittel zuließen.

Ich musste mich da auf sein Wort verlassen. Ich konnte die Haarsträhnen nicht mal von verblichenen Stängeln getrockneter Blumen unterscheiden.

»Sie können wohl nicht feststellen, wo das Bild aufgenommen wurde?«, fragte ich.

Er schüttelte bedauernd den Kopf. »Ich vermute, es wurde von einem Amateur gemacht, einem Familienmitglied oder so. Professionelle Fotografen hatten gewöhnlich ihren Namen irgendwo auf dem Abzug stehen, und davon gibt es keine Spur. Das Kleid scheint aus der Zeit um 1870 zu stammen, als es Mode wurde, dass die Reifröcke vorne abgeflacht waren wie bei diesem Kleid. Genau das ermöglicht es uns auch, die Umrisse ihrer Schwangerschaft zu erkennen.« Mit einem feinen trockenen Pinsel zeichnete er eine kaum sichtbare Beule auf dem Vorderteil des Kleides nach. »Jede Frau aus der Mittelklasse dieser Zeit dürfte ein solches Kleid für besondere Anlässe gehabt haben, von daher ist es gut möglich, dass sie gar nicht trauert. Frauen aus einfacheren Verhältnissen dürften nicht viele Kleider besessen haben, folglich ist es denkbar, dass sie dieses Kleid zu allen besonderen Anlässen trug, sogar zu Gottesdiensten. Und in jenen Tagen war es ein besonderes Ereignis, sich fotografieren zu lassen.«

Abby Langford hatte erwähnt, dass Florence Wheelock Geld mit Nähen verdient hatte. Ich fragte, ob das Foto ein Bild von Wheelock sein könnte.

Langford sagte: »In unseren Bestandsprotokollen steht nichts von Fotografien. Vielleicht hat Coffin es in einem der Tagebücher gefunden und uns nichts davon gesagt.«

»In dem Fall wäre es Eigentum des Museums«, sagte Gellman.

»Wir wissen nichts über Clarina Coffin«, sagte ich. »Sie hat ihre Identität erstaunlich gut verborgen, und das im Zeitalter zunehmender Überwachung. Das hier kann auch ein Bild von einer ihrer Ahninnen sein. Es steht mir nicht zu, es Ihnen zu überlassen. Bis wir herausgefunden haben, wer Coffin ist, was sie nach Lawrence führte und wer diese Frau hier ist, kann niemand Anspruch darauf erheben. Ich möchte es jetzt zurück, um es Leuten in Lawrence zu zeigen, die womöglich die Frau auf dem Bild erkennen. Ich will es auch auf Social Media verbreiten.«

»Lassen Sie mich das Original sicherheitshalber behalten«, flehte Gellman. »Ich gebe Ihnen eine hochaufgelöste Kopie mit, die können Sie herumzeigen, ohne das Original zu beschädigen. Mein Labor kann auch den kleinen Riss in dem Abzug reparieren.«

Zögernd willigte ich ein, verlangte aber eine unterschriebene Quittung mit der ausdrücklichen Auflage, falls ich jemanden mit legitimem Anspruch auf das Bild aufspürte, musste das Museum deren Erlaubnis einholen, um das Bild zu behalten. Gellman bat mich in sein Büro, wo er die Quittung wie verlangt aufsetzte. Dazu gab er mir drei Ausdrucke der Frau mit dem Kranz im Haar. Offenbar hatte er längst geplant, das Original zu behalten.

Bevor ich ging, fragte ich Abby Langford, ob Gertrude Perec die Sammlung in letzter Zeit gesichtet hatte. »Sie gehört zu den Nachkommen von Florence Wheelock. Falls in den Büchern etwas Skandalöses steht, vielleicht gar ein Hinweis darauf, wer diese schwangere Frau war – eine Vorfahrin, deren Fehltritt den Namen Wheelock verunglimpfen könnte –, könnte Ms. Perec das vertuschen wollen.«

Langford schüttelte den Kopf. »Ich habe das nochmals überprüft, um ganz sicherzugehen. Clarina Coffin war in den letzten fünf Jahren die einzige Person, die diese Tagebücher angefordert hat.«

Auf dem Weg nach draußen blieb ich stehen und betrachtete die Sponsorentafel. Gertrudes Name stand bei den Buchbindern, die dem Museum zwischen ein- und zehntausend gespendet hatten. Sie war aufgeführt als Gertrude Wheelock Perec.

Zwischenspiel III

Gertrude und Cady

Bloß heiße Luft?

»Verstehst du jetzt, warum es ein Fehler war, diese Chicagoer Detektivin in unsere Angelegenheiten hineinzuziehen?«, sagte Gertrude.

»Aber, Gram – Frank Karas hat doch verfügt, dass sie in Lawrence bleiben muss.«

»Er hat nicht verfügt, dass du sie einladen sollst, bei uns zu wohnen. Selbst nachdem sie ausgezogen ist, scheint sie zu glauben, dass sie eine Art Sonderrecht hat, hier reinzuplatzen.« Gertrudes Lippen waren fast verschwunden, nur noch ein Strich aus Bitterkeit.

»Weil sie mit diesem Bild vorbeikam? Weißt du denn, wer das ist, Gram? War das Florence Wheelock?«

Gertrude massierte sich die Schläfen. Vor Anspannung hatte sie die Kiefer so fest zusammengebissen, dass es schmerzte, ihr Gesicht zu bewegen. »Ich weiß nicht, wer das war. Und Pat Everard auch nicht.«

Die Detektivin war zuerst beim Haus der Perecs gewesen. Gertrude hatte Cady gesagt, sie solle nicht an die Tür gehen oder wenigstens der Detektivin klarmachen, dass sie nichts mehr zu sagen und keine Geduld mehr für die Kränkungen hatten, die diese Frau von sich gab. Stattdessen hatte Cady erst an der Tür mit ihr geredet und sie dann noch hereingebeten.

Cady fand das Foto aufregend. Eine weiße Abolitionistin,

eine Vorfahrin, sechs Generationen zurück, die womöglich eine Beziehung mit einem Schwarzen gehabt hatte – das war weit genug entfernt, um romantisch und nicht problematisch zu sein.

»Du weißt, ich besitze Fotos und sogar eine Daguerreotypie von Urgroßmutter Florence. Ich habe sie dir gezeigt. Dieses Bild, mit dem die Detektivin herumfuchtelt, sieht ihr nicht im Entferntesten ähnlich«, sagte Gertrude bestimmt, nachdem sie Warshawski endlich hatte zum Gehen nötigen können.

»Kennst du die Tagebücher, von denen Vic gesprochen hat?«, fragte Cady. »Sie klingen faszinierend, wir sollten versuchen, sie zu veröffentlichen.«

»Meine Mutter hat sie dem Origins Museum geschenkt, als ich auf dem College war«, sagte Gertrude. »Einer der Professoren am Fachbereich Geschichte hatte darin gelesen, für ein Buch, an dem er schrieb. Er überzeugte Mutter, dass sie zerfallen würden, weil wir sie nicht trocken und kühl genug oder feucht genug halten konnten oder was weiß ich. Also hat sie sie dem Museum geschenkt. Dabei hätte es so viel bessere Möglichkeiten gegeben, eine Leihgabe zum Beispiel. Selbst wenn es Florence' Tagebücher bewahren half, hat Mutter einen wichtigen Teil unserer Familiengeschichte aus der Hand gegeben, als sie diesen Historiker in unser Leben ließ. Sind sie erst mal in deinem Haus, in deinem Leben, schon bilden Außenstehende sich ein, sie hätten das Recht, es zu kontrollieren. Und wie sollte es anders sein, auch diese Chicagoer Detektivin tritt unsere Privatsphäre mit Füßen. Sie hat mich doch wahrhaftig gefragt, ob ich in Topeka war und mich um die Tagebücher gekümmert habe, da sie mir so viel bedeuten. Eine verkappte Unterstellung, dass ich sie gestohlen habe.«

»Weißt du denn, was die ach so große Urgroßmutter Wheelock in den fehlenden Bänden geschrieben hat?«, fragte Cady.

»Leider habe ich mich als Teenager nicht dafür interessiert.

Im Laufe der Jahre bin ich gelegentlich mal nach Topeka gefahren, um darin zu lesen, in erster Linie vor wichtigen Feierlichkeiten zu unserer Stadtgeschichte. Diese Tagebücher sind nicht von allgemeinem Interesse, nur wenn du wissen willst, wie man damals Hochzeiten feierte oder die Hausarbeit erledigte.«

Ihre Worte waren unverfänglich, aber ihr Blick dabei so fuchtig, dass Cady nicht weiter nachfragte.

Pat Everard war rübergekommen, um ihr Mitleid zu bekunden: Die Detektivin war bei ihr gewesen, gleich nachdem sie Gertrude endlich in Ruhe gelassen hatte. »Hat Ms. Chicago dich auch gefragt, warum diese Coffin die Bücher gestohlen haben könnte?«

»Oh ja.« Gertrude seufzte. »Ich sagte ihr, ich habe so wenig wie möglich über Clarina Coffin nachgedacht, als sie noch lebte, und ich würde auch jetzt nicht über sie nachdenken, wenn Leute wie diese Warshawski sie mir nicht ständig unter die Nase reiben würden. Gleich wie, ich habe sie gefragt, was diese Tagebücher mit Clarinas Tod zu tun haben sollen. Sie meinte, sie habe keine Ahnung, ehe sie sie gelesen hat, aber sie wolle prüfen, ob Clarina aus Skaneateles kam. Sie wollte wissen, ob ich noch Kontakt zu Verwandten dort habe – nach fast zwei Jahrhunderten!«

»Dasselbe hat sie mich auch gefragt – dabei wusste sie schon, dass meine Leute aus Lynn kamen«, sagte Pat. »Das stützt die Annahme, dass es ihr in Wahrheit um Belästigung geht und nicht um Ermittlungen. Tatsächlich habe ich Deke angerufen, sobald sie weg war, und ihm erklärt, dass er Frank Karas dazu bringen muss, sie entweder vor den Richter zu stellen oder heimzuschicken. Er meinte, ich klinge, als sollte man einen Hund abrichten: *Ab nach Hause, Warshawski!*«

Cady unterdrückte ein Kichern.

»Dann fragte er, ob ich mir den Aufschrei vorstellen kann, wenn er versucht, sie oder sonst wen aus der Stadt zu jagen für das Vergehen, zwei älteren Frauen Fragen über ihre Familie zu stellen.«

»Aber er könnte ihr schon den Aufenthalt ungemütlicher machen«, knurrte Gertrude. »Du weißt schon, Verkehrskontrollen, Fahrzeugdurchsuchung, Überprüfung ihrer Versicherung. Strafzettel, sobald sie eine Meile zu schnell fährt.«

»Gram! Das kannst du doch nicht ernst meinen«, rief Cady. »Genau gegen solche Maßnahmen haben wir nach Michael Brown und George Floyd demonstriert, als die Polizei afroamerikanische und indigene Autofahrer schikaniert hat! Du selbst warst eine der lautesten Stimmen bei diesem Protest. Und außerdem, wie Tante Pat sagt, Vic hat nicht darum gebeten, hierzubleiben. Die Cops haben ihr das aufgedrückt. Oder zumindest der Staatsanwalt.«

Gertrude biss sich auf die Lippe und sah weg.

Nach einer Pause sagte Pat: »Deke hat angeregt, dass wir ein Kontaktverbot erwirken. Dann wäre sie gezwungen, uns künftig in Ruhe zu lassen. Ich rede morgen früh mit unserem Anwalt, er soll das beantragen. Solltest du auch machen, Gertrude. Du auch, Cady.«

Nachdem Pat weg war, sagte Cady: »Gram, ich weiß, Clarina hat dich und Tante Pat beim Frühstück der Frauengruppe auf die Tagebücher angesprochen. Ich war an dem Morgen auch da, weißt du noch?«

»Natürlich weiß ich das noch«, sagte Gertrude. »Sie hatte mehrere Tagebücher gelesen. Die Fremantle-Frauen führten welche, die Entwistles, sogar Arnie Schapens Urgroßmutter, nicht bloß Florence Wheelock. Diese Coffin-Kreatur wollte mir fotokopierte Seiten zeigen, aber ich war zu wütend auf sie, weil sie den Schulrat gegen dich aufgehetzt hat, das hat mich abgelenkt. Ich bezweifle aber stark, dass es sie vor der Ermordung bewahrt hätte, wenn ich an dem Morgen auf ihre Andeutungen eingegangen wäre. Sie hat zu gern mit Anspielungen und

Geraune einen Skandal impliziert, aber wenn man nachfasste, war da immer bloß heiße Luft.«

Cady gab Gram da recht – Clarina hatte ihr Fotokopien von Tagebucheinträgen gezeigt, als sie sich in Cadys Lehrplan einzumischen versuchte. Zwar nicht von Urgroßmutter Wheelock, aber von einer anderen Pionierin, Augusta Fremantle, die verächtlich über Amelia und Sophia Grellier herzog, die ihre Weißwäsche nicht frisch gewaschen und gebügelt hielten. Vielleicht war das 1856 Anlass zum Töten gewesen, aber heutzutage nicht.

Viel beunruhigender war, was weder Gram noch Tante Pat heute Nachmittag erwähnt hatten, weder untereinander noch vor Deke, von V.I. Warshawski ganz zu schweigen. Tante Pat war am Samstag vor Clarinas Tod noch vorbeigekommen, was so normal war, dass Cady nicht unten blieb, nachdem sie Pat hereingelassen hatte. Nur hatte sie ihr Telefon in der Küche vergessen. Als sie runterging, um es zu holen, hörte sie Tante Pat rufen: »Das hat sie nicht!«, und Grams Antwort: »Doch, in vollem Ernst. Ich habe ihr gesagt, eine dermaßen haarsträubende Darstellung wird kein Mensch beachten. Sie sagte: ›Alle lieben einen saftigen Skandal, zumal wenn es um Leute geht –‹« Gram holte kurz Luft und fuhr dann fort: »Es gibt keinen feinen Ausdruck dafür. Sie hat gesagt: Leute wie ich, die sich einbilden, dass ihre Scheiße nicht stinkt.«

Cadys Lippen schürzten sich zu einem lautlosen Pfiff.

»Sie sagte, sie weiß, dass du und ich uns für etwas Besseres halten, aber wenn unsere Geschichte erst im Internet kursiert, ist es mit unserem Hochmut bald vorbei.«

Und dann, drei Tage später, war Clarina tot. Und Gram war am Dundee-Haus gewesen, als es geschah.

41

Tante Kalinas Schatz

Als Nächstes überprüfte ich Gertrudes Äußerung, ihre Familie habe sich in Lawrence stets für Bürgerrechte eingesetzt. Ihre Mutter, Maris Clover Wheelock, war anscheinend eine ähnlich umtriebige Mitbürgerin wie Gertrude gewesen. Neben anderen Aktivitäten fand sich Maris' Name mehrfach in Zeitungen der 1950er und 1960er, weil sie sich in der Debatte um die Rassentrennung in städtischem Wohnungsbau und öffentlichen Einrichtungen engagierte.

Gertrude selbst fand ab den späten 1960er Jahren Erwähnung, als County und Uni wie der Rest des Landes von Unruhen erschüttert wurden, das war die Hochzeit des Kampfes um Bürgerrechte, um Abtreibung und Vietnamkrieg. Ich sah ein Bild von Gertrude und Maris bei der Einweihung der Clover-Wheelock-Frauenklinik im alten East Lawrence.

Nach dem Tod ihrer Mutter gründete Gertrude zu Maris' Gedenken eine Stiftung, die hauptsächlich das Clover-Wheelock-Gesundheitszentrum förderte. Gertrude schenkte der Stadt viel Schweiß-Kapital, sie leitete persönlich eine Essensausgabe, ein außerschulisches Förderprogramm in MINT-Fächern für einkommensschwache Mädchen sowie den Kunstbeirat der Stadt und war außerdem noch in etlichen gewählten Ämtern wie dem Planungsausschuss tätig.

Gertrude und Pat hatten bereits jede erdenkliche Ehrung und Auszeichnung in diesem County erhalten und obendrein noch viele staatliche Auszeichnungen. Ich konnte mir keine Enthüllung vorstellen, schon gar nicht aus einem Tagebuch des neunzehnten Jahrhunderts, die sie ernstlich motivieren könnte, Clarina Coffin umzubringen.

Nur, was hatte Gertrude zum Dundee-Haus geführt in jener Nacht, als Clarina dort starb? Ich kam beim besten Willen nicht dahinter, also wandte ich mich meiner Social-Media-Suchmeldung zu. Inzwischen waren elf weitere Antworten eingegangen. Zehn davon erwiesen sich als blinder Alarm, aber bei der elften hatte ich das Gefühl, dass dies die richtige Spur sein könnte.

Lucia Bednarek aus Skaneateles schrieb, sie habe seit fast zwei Jahren nichts von ihrer Schwester gesehen oder gehört. »In Ihrer Meldung steht, sie wurde tot aufgefunden. Falls Sie auf eine Belohnung hoffen, es gibt keine, aber wenn sie es ist, dann muss ich wohl Vorkehrungen für die Beerdigung treffen, es sei denn, sie hat geheiratet oder ein Kind bekommen, womit sie nähere Verwandte hätte als mich.«

Angehängt war ein Schnappschuss von einer stämmigen Frau mit dunklen Locken, die aggressiv in die Kamera starrte. Das Bild war deutlich schärfer als Zoës Aufnahmen im *Douglas County Herald*. Zwar war die Frau im Dundee-Haus bleich gewesen, das Leben längst aus ihr gewichen, trotzdem war ich ziemlich sicher: Clarina war Lucia Bednareks Schwester.

Das schrieb ich Lucia auch und fügte hinzu: »Ich erwarte keine Belohnung, ich versuche nur, ihre Identität zu klären.« Ich gab Referenzen an, Leute, die für mich bürgen konnten, darunter auch Deke Everard. »Es wäre gut, wenn wir telefonieren könnten, aber falls Ihnen wohler dabei ist, mit der Polizei zu reden, erreichen Sie deren Telefonzentrale in Lawrence unter dieser Nummer.«

Ich kopierte noch Links zu den Meldungen und Artikeln ein, die Zoë über Clarinas Tod gebracht hatte. Nach ein paar Minuten schrieb mir Bednarek, sie sei bereit zu einem Telefonat. Jetzt war sie bei der Arbeit; sie würde mich morgen früh anrufen.

Ich verbrachte ein paar unruhige Stunden, versuchte mich

aufs Berichtschreiben für meine Chicagoer Klientel zu konzentrieren und nicht ständig auf die Uhr zu gucken. Nur zu gern hätte ich Murray und Zoë von Clarinas Identität erzählt, aber ich konnte den Geist nicht aus der Flasche lassen, ehe ich von Lucia Gewissheit bekam.

Schließlich machte ich mit Peppy einen Gang runter zum Fluss, vorbei an dem Bootshaus, wo ich den Schraubenschlüssel versteckt hatte. Warum konnte Lucia Bednarek nicht heute Abend noch mit mir reden? Ich fluchte und warf Steine in den Fluss.

Natürlich konnte es sein, dass sie einfach vorsichtig war und erst mal meine Referenzen überprüfte. Ich stapfte zum Trailer zurück, unterwegs kaufte ich mir Sushi in einer der kleinen Imbissbuden in der Sixth Street. Das verputzte ich, während ich Mike Shepherd zusah, wie er in Brokenwood, Neuseeland, mittels erstaunlicher intuitiver Schübe Verbrechen aufklärte. Wie so viele Ermittelnde in Serien löste er Fälle im Handumdrehen binnen einer Stunde, ohne groß Beweise zu brauchen. Machten die alle eine spezielle Detektivausbildung, wo auch ich einen Auffrischungskurs belegen konnte? Das Zen modernen Ermittelns oder so.

Um zehn, als ich mich bettfertig machte, rief Lucia an.

»Ich bin am Flughafen in Kansas City. Ich dachte, ich sollte besser persönlich kommen, um mir Rickey anzusehen oder um zu sehen, ob es Rickey ist, aber ich weiß nicht, wo Sie sind oder wie ich zu Ihnen komme.«

Erst wollte ich ihr vorschlagen, doch einen Mietwagen oder womöglich den Bus zu nehmen, aber sie klang bedrückt, vielleicht auch etwas ängstlich. Ich sagte, ich würde sie abholen kommen, aber sie müsse im Terminal warten, da ich fünfzig Meilen entfernt war.

Sie rief erneut an, als ich auf die Autobahn fuhr, fragte, wo ich blieb, und eine Viertelstunde später wieder. Clarina hatte alle genervt, mit denen sie zu tun bekam; ich fragte mich, ob das womöglich in der Familie lag.

Lucia Bednarek tigerte auf dem Gehweg vor dem Terminal auf und ab, als ich vorfuhr. Sie war eine stämmige blonde Frau, dem Schnappschuss ihrer Schwester sehr ähnlich bis auf die hellere Haut- und Haarfarbe.

»Endlich!«, begrüßte sie mich. »Ich habe dermaßen lange gewartet, ich dachte schon, Sie haben sich verfahren.«

Sie hatte einen großen Koffer dabei und trug einen bauschigen Mantel, der ihren Umfang verdoppelte. Es war gar nicht so leicht, sie und den Mantel auf dem Vordersitz zu verstauen. Peppy, die bei der Begrüßung helfen wollte, machte es nicht einfacher, aber Lucia sagte, sie habe nichts gegen Hunde, sie habe zu Hause einen Dackel.

»Meine Nachbarin, sie hat sich bereit erklärt, Jippy zu füttern und mit ihm Gassi zu gehen, solange ich weg bin. Was meinen Sie, wie lange ich wohl hierbleiben muss?«

»Ich schätze, nicht mehr als zwei Tage. Wo haben Sie Ihr Zimmer gebucht?«

»Ich bin ja noch nie so verreist«, sagte Lucia. »Nicht so spontan, einfach ins Flugzeug gestiegen, wie in einem Film oder so was. Aber wenn Rickey wirklich hier ermordet wurde – ich hätte ja nie gedacht, dass es in einem Nest wie Lawrence Gangs gibt. Was ich über diese Stadt gelesen habe, klang so gar nicht nach einem Hort der Gewalt.«

»Ihr Tod wäre überall seltsam«, sagte ich. »Aber sie wurde nicht erschossen. Jemand hat ihr den Schädel eingeschlagen.«

»Da muss sie wohl irgendwen wütend gemacht haben. Unseren Vater hat sie ja ständig zur Weißglut gebracht. Sie hat alle um sie herum wütend gemacht, mich eingeschlossen, aber besonders unseren Vater. Sie wollte, dass er seinen Namen ändert, können Sie sich so was vorstellen? Sie meinte, ›Bednarek‹ brächte alle in der Schule dazu, sie noch mehr zu hänseln, als sie es ohnehin schon taten. Die brüllten: ›Wer will schon mit dir Fettklops ins Bett?‹, und statt sich zu wehren, kam sie nach Hause und heulte, das sei alles Daddys Schuld und er solle unseren Nachnamen ändern. Natürlich hat er das nicht getan, aber sie hat dann ihren Vornamen geändert. Was ich ihr nun wirklich nicht verdenken kann. Sie haben sie ja Ulricke getauft, heiliger Strohsack, nach unserer Oma. Sie hat sich in Rickey umbenannt.«

»Haben die Kids in der Schule sie damit aufgezogen, dass die Stadt Skaneateles heißt?«, fragte ich.

»Ja, das auch. Sie war ja immer etwas stämmig, nicht fett, ziemlich ähnlich gebaut wie ich. Mir hat nur nie jemand so zugesetzt wie ihr, wobei, in der siebten Klasse, Gott, da ist man froh, dass man nur einmal ein Teenager sein muss! Diese eine Mädchenclique fing irgendwann an, ihr zu erklären, sie soll nach Fatty-Atlas umziehen! Irgendwann hat sie angefangen, den Leuten zu erzählen, sie wäre adoptiert, ihre richtige Familie heiße Bradshaw und sei damals mit der *Mayflower* herübergekommen. Es war dermaßen peinlich. Sie hatte ständig eine neue Version davon, wer sie war und wer ihre richtige Familie war. Manchmal waren sie auf der *Mayflower*, manchmal waren es britische Aristokraten, die nach der Revolution untertauchen mussten und sich deshalb in den Hügeln um Skaneateles versteckten.

Das Schlimmste war, als sie anfing zu behaupten, sie sei Schwarz, wir hätten sie adoptiert und würden es ihr nicht sagen. Sie hatte ja diesen dunklen Teint, und wir anderen Bednareks sind alle blond und hellhäutig. Sie hat sich bei einem Treffen der Schwarzen Historischen Gesellschaft komplett zum Affen gemacht. Ich wünschte mir schon, sie wäre wirklich adoptiert, es war schier unerträglich. Also, nicht, dass ich ihr den Tod gewünscht hätte, aber ich habe sie auch nicht vermisst, als sie abgehauen ist. Sie war ja schon mal drei Jahre weg gewesen und dann doch wieder zurückgekommen, weil sie einfach keinen Job behalten konnte.«

»Was ist mit dem Rest Ihrer Familie?«, fragte ich. »Hat sie denn niemand vermisst?«

»Es gab ja nur uns beide. Daddys Familie ist größtenteils in Michigan, und Mutter, die hatte nur ihre Mutter und unsere Tante Kalina. Mutter und Daddy sind beide tot. Und niemand war mit Rickey befreundet, sie war einfach so schräg. Ab und zu fragt jemand in der Kirche nach ihr, aber als sie weg war, ist das keinem wirklich aufgefallen. Oder wenn doch, dann war es mehr eine Erleichterung, sich nicht mehr ihre Verschwörungstheorien darüber anhören zu müssen, wie Mutter und Daddy sie über ihre wahre Identität belogen haben.«

Ich konnte nachvollziehen, dass es peinlich gewesen war, ihrer Schwester zuzusehen, wie sie sich unmöglich machte. Trotzdem tat mir Rickey leid, die sich ihrem Gefühl nach von den Menschen um sie herum so sehr unterschied, dass sie immer wieder versuchte, eine alternative Version ihres Lebens zu erschaffen.

»Hat sie mal behauptet, ein Navy SEAL zu sein?« Ich dachte an den Bewerber, den ich überprüft hatte.

»Was? Warum sollte sie? Sie hatte doch überhaupt kein Interesse an der Marine oder an körperlicher Fitness oder so etwas.«

»Wie ist es mit sozialer Gerechtigkeit?«, fragte ich. »Die einzige Person in Lawrence, mit der sie in Verbindung stand, ist ein Mann, der Proteste zu Umweltfragen organisiert. Er schloss sich ihr bei der Mahnwache vor einer Schule an, wo eine Lehrerin wegen zu woken Unterrichtsstoffs entlassen worden war.«

»Das ist ganz typisch Rickey.« Lucia seufzte schwer. »In dem Sommer, als George Floyd ermordet wurde, also da hat Rickey sich aufgeführt, als hätte sie Black Lives Matter erfunden. Sie war auf jeder Demonstration und stopfte das Wohnzimmer mit ihren Postern und Büchern voll. Dann fing sie an, in dieser Schwarzenkirche in Auburn zum Gottesdienst zu gehen.«

»Wohnen Sie – haben Sie zusammengewohnt?«, fragte ich.

»Ich lebe ja noch im Haus meiner Eltern. Wenn Rickey in Skaneateles war, hat sie auch da gewohnt.«

Wir erreichten die Autobahnausfahrt nach Lawrence. Wieder fragte ich Lucia, wo sie untergekommen war.

»Ich wusste ja nicht, wo ich hinsollte, ich wusste nicht, wie ich ein Hotel finden soll. Ich habe nur herauszufinden versucht, wie ich nach Kansas komme. Und dann musste ich ein Vermögen für ein Last-Minute-Ticket bezahlen. Ich dachte, es gibt für Hinterbliebene einen Kondolenztarif, aber können Sie sich so was vorstellen? Die Fluggesellschaft wollte Rickeys Sterbeurkunde sehen. Wie soll ich eine Sterbeurkunde vorlegen, wenn ich nicht mal weiß, ob sie tot ist? Können Sie mich nicht bei sich unterbringen?«

»Ich wohne hier nicht«, sagte ich. »Ich hause in einem Trailer mit nur einem Bett. Es gibt ein Dutzend Motels in der Gegend; wir finden sicher eins mit guten Preisen.«

»Bloß heute Nacht? Gibt es nicht eine Couch oder so?« Ihre Stimme bekam einen jammernden Unterton. »Sie sind es, die mir mitgeteilt hat, dass meine Schwester tot ist. Wahrscheinlich tot ist, also ich finde, Sie könnten mir schon ein bisschen beistehen.«

Man sollte meinen, eine Privatdetektivin mit dem Ruf, tough und waghalsig zu sein, könnte ein Machtwort sprechen, aber ich bedachte die Reise, die sie hinter sich hatte. Und der Anblick der Leiche eines Geschwisters, wie ungeliebt auch immer, würde ein Schock für sie sein. »Nur für eine Nacht. Morgen suchen wir Ihnen ein Motelzimmer.«

Als wir zum Trailer kamen, fragte ich Lucia, ob sie Hunger hatte. Halb erwartete ich, dass sie eine Mahlzeit verlangen würde, aber sie sagte, sie hätte beim Umsteigen auf dem Flughafen von Chicago etwas gegessen. »Die haben ja da diesen riesigen Food Court. Chinesisch und mexikanisch und alles.«

Sie ließ ihren Mantel neben ihrem Koffer auf die Couch fallen. Sie warf Unterwäsche und einen Pullover auf den Boden und wühlte einen Pyjama mit Eulen und Pinguinen aus ihrem Gepäck sowie einen Beutel mit Waschzeug. Sie machte sich nicht die Mühe, ihre Sachen aufzuheben, fragte nur nach dem Badezimmer.

»Ich bin noch auf New Yorker Zeit. Muss ins Bettchen.«

Ich hatte meine Unterlagen auf dem Küchentisch liegen lassen und packte sie jetzt zusammen, da legte mir Lucia eine Hand auf den Arm.

»Da. Das beweist, dass es Rickey ist.« Sie starrte auf das Foto der Frau mit dem Blumenkranz.

»Sie kennen sie? Ist sie eine Vorfahrin?«

Lucia stieß ein abfälliges Bellen aus. »In Rickeys Wunschtraum. Das da war der Anlass für ihren letzten Ausraster. Als Tante Kalina starb, wollte Rickey sämtliche Papiere auf dem Dachboden durchgucken und prüfen, ob etwas Wertvolles dabei ist. Sie fand eine Schachtel mit Briefen, Tagebüchern und Fotos, teils von achtzehnhundert-schießmichtot. Laut Rickey ging es in den Briefen und Zeitungsmeldungen und so um die Abschaffung der Sklaverei. Dieses Bild da war auch dazwischen. Und natürlich kam Rickey prompt auf die Idee, wir müssten mit diesen Abolitionisten verwandt sein.«

Lucia gestikulierte heftig, schlug sich energisch gegen die Stirn. Pyjama und Zahnbürste fielen zu Boden.

»Ich habe versucht, ihr klarzumachen, dass zur Zeit des Bürgerkriegs unsere Familie noch in Kielce gelebt hat, in Polen. Tante Kalina ist ja in das Haus eingezogen, als sie und Onkel Jarvis nach Skaneateles kamen, und da lagen all diese Papiere wahrscheinlich schon ewig auf dem Dachboden herum. Aber wenn Rickey sich erst mal irgendein Märchen in den Kopf gesetzt hat, dann kann sie ja nichts und niemand mehr davon abbringen.«

»Ich schätze, Sie haben nicht zufällig was von diesen Unterlagen mitgebracht, oder?« Ich versuchte beiläufig zu klingen und nicht wie Peppy, wenn sie ein Kaninchen entdeckt.

»Rickey hat alles mitgenommen, als sie wegging. Sie hat mir den Kram gezeigt, als sie ihn fand, aber da ich nicht an die Verbindung zu unserer Familie glaube, wollte sie damit irgendwohin, wo sie beweisen kann, dass sie von den Frauen in den Briefen abstammt.«

Lucias Lippen wurden missbilligend schmal, als sie weitersprach. »Sie sagte, da ich die wahre Bedeutung der Papiere nicht anerkenne, hätte ich das Recht eingebüßt, sie zu lesen. Sie riss sie mir aus der Hand und verließ das Haus. Ich dachte, sie trägt sie zurück zu Tante Kalina, aber dann sah ich sie eine ganze Woche nicht und ging hin, und das Haus war abgeschlossen. Ein Makler aus Syracuse hat es auf dem Immobilienmarkt angeboten, für einen entfernten Cousin, dem Tante Kalina das Haus hinterlassen hat. Ich habe den Makler überredet, mich reinzulassen, um zu sehen, ob Rickey etwas dagelassen hat, eine Nachricht oder so, aber da war nichts. Und all die alten Papiere waren auch weg.«

»Was ist mit dem entfernten Cousin – haben Sie da nachgefragt, ob man etwas über Ihre Schwester weiß?«

»Oh bitte. Irgendein Kerl in Arizona, von dem wir noch nie gehört haben. Ich denke, Tante Kalina hat gemerkt, wie irre Rickey war, und das Haus lieber jemandem vermacht, der so weit wie möglich weg ist. Sie wusste ja, ich brauche nicht noch ein Haus, ich habe ja schon das, was unseren Eltern gehört hat.« Etwas in ihrem Tonfall sagte mir, dass Lucia nur so abgeklärt tat. Vielleicht fand sie doch, die Tante hätte ihr das Haus hinterlassen sollen.

Ich kam auf die Papiere zurück, die Rickey auf dem Dachboden gefunden hatte. Erinnerte sich Lucia an irgendetwas, nachdem sie einen Blick darauf hatte werfen können?

»Die Schrift war so verblasst, man konnte kaum was lesen, aber irgendeine Frau namens Carruthers war ermordet worden, in einer Schule, zusammen mit dem Mann, der die Schule leitete. Die Verfasserin des Briefs schrieb, die Morde hätten ihrer Mutter so zugesetzt, dass sie plante, zurück nach Skaneateles zu ziehen. Keine Ahnung, wieso Rickey annahm, das könnte irgendetwas über unsere Familiengeschichte aussagen. Ich bin ja beinahe erstaunt, dass sie sich nicht Carruthers genannt hat, schließlich war das der melodramatische Aspekt der Geschichte. Rickey wollte ja immer die melodramatischste Rolle. Aber Coffin war ihre bevorzugte Möchtegern-Ururgroßmutter.«

»Warum Coffin?«, sagte ich.

»Es gab mal diese Frau, Martha Coffin, die hat im Bürgerkrieg in unserer Gegend gelebt, und Rickey war ganz besessen von ihr, von ihr und ihrer Schwester Lucretia. Die beiden hatten je eine Million Kinder, also tat Rickey, als stammte sie aus ihrer Linie. ›Die haben gewusst, wie Schwestern sich verhalten sollten‹, hat Rickey oft gesagt, als ob es meine Schuld wär, dass wir nicht miteinander auskamen.«

Lucias Wangen röteten sich empört, dann fiel ihr wieder ein, dass ihre Schwester tot war, und sie seufzte.

»Woher sie den Namen Clarina hatte, ist mir schleierhaft, vielleicht ist Rickey ja über noch eine Coffin-Schwester gestolpert, die so hieß.«

»Ich glaube, Clarina war eine Frauenrechtlerin und Abolitionistin aus Kansas.« Ich hob Lucias Pyjama und Zahnbürste auf und schob sie ins Bad.

Während sie geräuschvoll Zähne putzte und duschte, stopfte ich ihren Pullover und die Unterwäsche in den Koffer zurück. Ich sah, dass sie ein schwarzes Kleid und Pumps dabeihatte, in Erwartung einer Beerdigung.

Ich klappte die Couch zur Liege um. Ich hatte mir nur eine Garnitur Bettwäsche gekauft und war nicht in der Stimmung, sie abzutreten, aber ich holte ihr eine Wolldecke.

Als Lucia das Schlafsofa sah, war sie entsetzt. Sie wollte ein Kissen, Laken, eine bessere Matratze.

Ich zeigte ihr mein grimmigstes Lächeln. »All das gibt es in jedem Motel in dieser Gegend. Ich fahre Sie gern zu einem davon, jetzt sofort oder auch morgen früh, gleich wenn wir aus dem Leichenschauhaus kommen.«

»Ach, na meinetwegen«, knurrte sie.

Als ich ins Bad ging, musste ich mich ermahnen, dankbar zu sein, dass Lucia auf meine Suchmeldung geantwortet hatte. Sie hatte die Duschtür nicht richtig zugemacht, und auf dem Boden stand das Wasser einen Fingerbreit hoch.

Als ich rauskam und vollgesogene Handtücher zur Spüle trug, sagte Lucia: »Es ist eiskalt hier drin. Können Sie nicht die Heizung hochdrehen?«

»Höher geht's nicht. Socken helfen. Und Ihr Mantel.«

42

Des Sergeants sanftere Seite

Trotz ihrer Beschwerden über die Couch schlief Lucia tief und laut. Ich schloss die Tür zwischen Schlafzimmer und Wohnbereich, doch die Wände waren dünn, und ihr Schnarchen schreckte mich immer wieder auf. Beim ersten Mal, gegen ein Uhr früh, sandte ich eine Nachricht an Deke Everard.

Ich hab eine Person aufgetrieben, die glaubt, Clarina Coffin identifizieren zu können. Ist Coffins Leiche in der forensischen Kriminaltechnik in Kansas City? Willst du morgen früh mit uns hinfahren?

Ich schaltete mein Telefon aus; Deke würde anrufen, sobald er die Nachricht las, und ich wollte so viel Schlaf, wie Lucias Sägerei nur zuließ.

Tatsächlich weckte mich Deke, oder genau genommen Peppy, um acht. Er hämmerte an den Trailer, was ihrerseits wildes Gebell auslöste. Ich zog hastig Jeans unter mein Schlafshirt und taumelte zur Tür, Peppy auf den Fersen, die weiter Alarm schlug.

Lucia auf der Couch setzte sich auf. »Können Sie diesen Hund mal ruhigstellen? Ich versuche zu schlafen.«

»Ihnen wird es heute Abend in Ihrem Motelbett viel besser ergehen.«

Ich öffnete die Tür und ließ den Sergeant rein. Er trug das Stirnrunzeln, mit dem er mich neuerdings ständig begrüßte. »Ich hoffe, das ist kein Scheiß, Warshawski.«

»Guten Morgen, Sergeant. Ich freu mich auch, dich zu sehen. Komm rein und begrüß Lucia Bednarek, die vermutet, dass Clarina ihre Schwester Ricky ist.« Ich trat beiseite, ließ ihn durch. Peppy spürte Spannung im Raum und knurrte unbehaglich, die Nackenhaare zur Bürste aufgestellt. Ich legte ihr eine Hand auf den Kopf. »Ruhig, Mädchen. Er kann nichts dafür, er tut uns nichts.«

»Sie können doch hier keinen Mann reinlassen«, kreischte Lucia. »Ich bin nicht angezogen.«

Deke trat an die Couch, ging vor Lucia in die Hocke und sprach mit einer sanften, warmen Stimme, die ich noch nie zu hören bekommen hatte. »Verzeihen Sie bitte, Ms. Bednarek. Ich bin Deke Everard, Sergeant der Polizei von Lawrence. Warshawski hier hat mich benachrichtigt, dass sie Sie gefunden hat, aber sie ging dann nicht ans Telefon. Ich wusste nicht, dass ich das Vergnügen habe, Sie gleich heute Morgen hier anzutreffen. Wenn Clarina Coffin Ihre Schwester war, bedaure ich Ihren Verlust von ganzem Herzen. Und es tut mir auch leid, dass wir Sie bitten müssen, ihre Leiche zu identifizieren.«

Bei seiner einfühlsamen Art blühte Lucia sofort auf. »Schon in Ordnung, Officer. Ich bin ja auch froh, wenn ich mit meiner Schwester abschließen kann. Und ich bin dieser Detektivin hier dankbar, dass sie mich gefunden hat. Wie ich ihr schon sagte, hat meine Schwester gern erfundene Geschichten über sich in Umlauf gebracht und falsche Namen benutzt.«

»Natürlich wissen wir nicht mit Sicherheit, dass es Ihre Schwester ist, solange Sie sie noch nicht gesehen haben. Rickey Bednarek ist ihr Name, sagt Warshawski? Vielleicht mögen Sie sich etwas anziehen, dann können wir nach Kansas City fahren und diese unangenehme Prozedur hinter uns bringen. Warshawski, komm doch mit mir nach draußen. Wir plaudern im Wagen, solange Ms. Bednarek sich anzieht.«

»Klar, Sergeant.« Ich setzte ein Little-Miss-Sunshine-Lächeln auf. Ich war sorglos und offenherzig, nicht stirnrunzelnd und garstig wie Deke. »Ich brauch bloß Schuhe und Socken.« Und muss kurz Zähne putzen und mir das Gesicht waschen. Ich tat das alles in gemächlichem Tempo. Dekes Stirnrunzeln vertiefte sich, und Lucia rief, ich solle mich beeilen, sie müsse dringend ins Bad.

Als ich schließlich nach draußen ging, schmiegte Peppy sich dicht an meine Beine. Feine eisige Nebelschwaden trieben durch die Luft. Dekes Zivilfahrzeug hatte ein Trenngitter zwischen Vordersitzen und Rückbank, so dass die Hündin nicht mit mir einsteigen konnte. Ich bestand darauf, mit ihr draußen zu bleiben, was die Laune des Sergeants nicht besserte.

»Wie bist du auf diese Frau gekommen, wie heißt sie gleich? Bednarek?«

»Das war ein Stück weit einfach gut geraten.« Ich berichtete ihm, was Trig mir erzählt hatte, wie Clarina ihres Körpers wegen mit dem Namen ihrer Stadt gemobbt worden war. »Ich bin auf einen alten Zeitungsartikel aus den 1860ern gestoßen, den Clarina wohl auch studiert hat; da ging es um eine Abolitionistin aus Skaneateles, aber bis ich gehört habe, wie deine Tante Gertrude das ausspricht – das war, als sie sagte, dass ihre Familie daher stammt –, hatte ich keine Ahnung, wie der Name klingt. Dann hab ich in den sozialen Medien eine Suchmeldung gepostet; Lucia Bednarek hat darauf geantwortet. Und sich gestern Abend ganz spontan entschlossen, herzufliegen.«

»Und du konntest mir nichts von dieser Skaneateles-Verbindung erzählen?«

»Ich dachte, du weißt das alles, du bist doch mit den Geschichten von deiner Mutter und Tante Gertrude aufgewachsen. Was den Versuch mit Skaneateles angeht, ich konnte direkt vor mir sehen, wie du die Augen verdrehst, wenn du was glauben sollst, was Trig gesagt hat.«

Er biss sich auf die Lippe und sah weg.

»Ich hab schon angenommen, dass sie Clarinas Schwester ist«, fügte ich hinzu, »aber ich wollte dich erst benachrichtigen, wenn ich mir sicher war. Ich brauch keine weitere Standpauke zu Angeberei oder Verschwendung von Polizeiressourcen.«

»Schön, ich beiße an: Was hat dich überzeugt?«

»Als sie gestern Abend in den Trailer kam, hatte ich ein Foto auf dem Tisch liegen, das hat sie wiedererkannt.«

»Von Clarina?«

»Nein. Ein altes Bild, das Clarina auf dem Dachboden einer Großtante gefunden hat, wohl zusammen mit Dokumenten aus der Zeit des Bürgerkriegs. Die Schwestern waren sich uneinig über die Zuordnung dieser Dokumente – Clarina glaubte, es wären Papiere ihrer Familie, Lucia meint, sie müssen den ursprünglichen Hauseigentümern gehört haben.

Clarina scheint all diese Papiere und Fotos nach Lawrence mitgebracht zu haben – sie hat gegenüber Cady, deiner Mutter und Gertrude immer wieder Andeutungen über Beweise gemacht, die ihr in Bezug auf die Geschichte von Lawrence vorlägen. Jedenfalls hab ich das Foto im Trailer gefunden, wo Clarina gewohnt hat.«

Deke rammt seine rechte Faust in seine Handfläche. »Warum erfahre ich erst jetzt von diesem Foto und dem Dachboden und dem ganzen Mist? Was hast du mit all den Unterlagen angestellt, die du gefunden hast? Unterschlagung von Beweismitteln bei einem Mordfall ist ein Verbrechen!«

Peppy stieß ein Warnbellen aus: »Nicht V. I. hauen!«

Ich dachte unbehaglich an den ins Cheviot-Labor geschickten Schraubenschlüssel. Meine Rechtfertigung war die Unklarheit, ob der Schraubenschlüssel wirklich ein Beweismittel war. Außerdem hatte Deke meinen Wagen kassiert, als hielte er mich wirklich für eine Verbrecherin. Ich blieb auf Konfrontationskurs. »Schon gut, Peppy. Er ist frustriert, weil ich was herausgefunden habe und er nicht. Sergeant, ich war als Dritte in Clarinas Trailer. Irgendwer hat ihn vorher extrem gewaltsam durchsucht. Danach waren deine Leute drin. Und dann erst ich. Dieses Foto, übrigens ein Original und keine Kopie, lag einfach auf dem Boden, zusammen mit zwei unscharfen Ausdrucken von Zeitungsfotos aus den 1860ern. Trümmer, die ihr und die Eindringlinge hinterlassen habt.«

Ich wartete einen Moment, lächelte immer noch, gab ihm die Chance, einzuräumen, dass sein Team schlampig vorgegangen war. Er sagte kein Wort.

»Entweder dein Team oder die ersten Eindringlinge haben sonst alle Dokumente mitgenommen. Ich hatte nur diese drei Bilder, also hab ich damit losgelegt. Im Origins Museum in Topeka haben sie den Zeitungsartikel für mich ausgegraben, den Clarina aufgestöbert hatte. Sie konnten das Foto nicht identifizieren, aber sie gaben mir einen Hinweis auf die Herkunft. Gestern hab ich es deiner Mutter und Ms. Perec gezeigt – hat dir deine Mutter nichts davon erzählt?«

»Ich berate mich nicht mit meiner Mutter zu laufenden Ermittlungen.«

»Du tauchst nur zufällig auf, wenn ihr das Wasser ein bisschen zu heiß wird? Deine Mutter und Ms. Perec hocken doch auf einem Geheimnis. Weißt du, was es ist?«

»Ein Hirngespinst«, sagte er grimmig. »Du schikanierst sie doch nur, weil du anders nicht rechtfertigen kannst –« Er brach ab, als ihm gerade noch rechtzeitig einfiel, dass ich vermutlich Clarina Coffins Identität aufgeklärt hatte. »Meine Mutter will gegen dich ein Kontaktverbot erwirken.«

»Super. Das schützt sie und Ms. Perec davor, dass ich sie zurate ziehe, wenn ich mehr über Clarinas Tod ans Licht bringe. Rickeys Tod, ich muss mir mal merken, sie Rickey zu nennen.«

Wir wurden beide immer nasser. Und kälter. Die Hündin auch, aber ihr schien es nichts auszumachen. Deke würde keine Schwäche zeigen, indem er zugab, dass es nicht schön ist, in eiskaltem Regen zu stehen, also schlug ich vor, dass er sich mal das Foto ansah.

»Inzwischen ist Lucia hoffentlich angezogen, aber du kannst auch auf der Treppe warten, wenn du dir Sorgen machst.«

Wortlos folgte er mir hinein, fand aber drinnen sofort zu seinem professionellen Verhalten zurück. Er lächelte Lucia an und schlug vor, auf dem Weg nach Kansas City anzuhalten, um etwas zu essen.

Ich reichte Deke den Ausdruck, den ich auf dem Tisch hatte liegen lassen. »Kommt sie dir bekannt vor?«

»Sie ist zu alt, Warshawski, ich kann ihr nie begegnet sein.«

»Ich dachte an ein Familienfotoalbum.«

»Falsch gedacht. Ich habe dieses Bild noch nie gesehen. Erzählen Sie mir was darüber, Ms. Bednarek. Das gehörte zu den Besitztümern Ihrer Schwester, richtig?«

Lucia holte zu der Erzählung aus, die ich schon von gestern Abend kannte. Peppy folgte mir ins Schlafzimmer, wo ich die nassen Klamotten auszog.

Lucia hatte mein Schlafzimmer benutzt, um sich anzuziehen. Auf dem Boden lag ihr Pinguin-Pyjama, daneben die Socken, in denen sie geschlafen hatte. Ich kickte sie zur Tür. Ich bin weiß Gott keine Ordnungsfanatikerin, aber es nervte mich, dass Lucia fand, ihr Status als Hauptleidtragende gäbe ihr das Recht, mein privates Revier vollzumüllen.

Meine feuchten Sachen hängte ich vor den Heizschlitz und zog trockene an, dann sah ich auf mein Handy: Es hatte eingehende Nachrichten gemeldet, als ich mit Deke draußen war.

Leo Knaub, meine Ansprechperson beim Cheviot Forensiklabor, hatte fünf Nachrichten geschickt, ich solle so schnell wie möglich zurückrufen. Ich habe Besuch, schrieb ich zurück. Geben Sie mir zehn Minuten.

Als ich wieder in den Hauptraum kam, war Lucia inzwischen bei Großtante Kalina und den Papieren auf ihrem Dachboden und warum Rickey sich einbildete, sie allein hätte Anspruch auf Sachen, die doch ihnen beiden gehörten.

Deke fragte: »Sie sagen, in Ihrer Stadt mochte niemand sie sonderlich. Kann ihr jemand hierher gefolgt sein, um sie umzubringen?«

»Nachdem sie zwei Jahre weg war?«, warf ich ein. »Na ja, es könnte so lange gedauert haben, sie aufzuspüren. Sie war wohl ziemlich gewieft darin, jeder Überwachung auszuweichen.«

»Sie hat ja alle auf die Palme gebracht mit ihrem Getue«, sagte Lucia. »Die Leute mochten sie nicht um sich haben, aber sie hat doch niemanden bedroht. Zumindest glaube ich das nicht …« Sie verstummte unsicher. »Glauben Sie, sie hat vielleicht irgendwen erpresst? Und ist unter falschem Namen abgetaucht, damit man sie nicht umbringt?«

»Bevor wir uns jetzt um Mörder aus Skaneateles sorgen, fahren wir doch erst mal zur Forensik und klären, dass Clarina wirklich Rickey Bednarek ist«, sagte ich.

»*Wir* fahren keineswegs zur Forensik. Ich fahre mit Ms. Bednarek hin. Und ich will dich nicht in meinem Rückspiegel sehen. Sollte Ms. Bednarek dir anschließend, wenn ich sie zurückbringe, davon erzählen wollen, ist das ihre Sache.«

»Ich bin sicher, Lucia möchte noch Presseinterviews geben«, sagte ich. »Und dazu will sie bequemer untergebracht sein als in diesem Trailer mit nur einem Bad und einer Dusche, die den Boden flutet, wenn man die Tür nicht richtig zumacht.«

Ich stopfte den Pyjama und die Socken in Lucias Koffer, suchte den Beutel Waschzeug, steckte ihre Zahnpasta und ihr Make-up hinein und zwang den Koffer zu.

Lucia sah zu und quäkte. »Meine Sachen! So wird doch mein Pyjama ganz nass. Und mein Beerdigungskleid!«

»Sergeant Everard hilft Ihnen beim Einchecken in ein Motel, wenn Sie aus Kansas City zurück sind. Es wird alles viel einfacher, wenn Sie Ihr Gepäck gleich dabeihaben.«

Ich machte rasch ein Foto von ihr und schickte es an Zoë. Lucia Bednarek aus Skaneateles. Vermutlich Clarinas Schwester.

Zoë reagierte sofort. Ist sie bei dir? Ich komm gleich rüber.

Ich schrieb zurück: Deke ist hier & fährt sie nach KC zum Leichesichten. Bin ausgeladen.

Noch ehe sie aus der Tür waren, klingelte Dekes Telefon. Er sah aufs Display, dann zu mir. »Du hetzt mir Zoë auf den Hals? Musst du unbedingt jede Konfrontation gewinnen?«

»Nur wenn mein Fachwissen nicht respektiert wird.«

43

Probleme wälzen

Der Trailer wirkte deprimierender als je. Mit meinen feuchten Sachen und den dank Lucia durchweichten Handtüchern roch er nach nassem Schaf. Ich schaffte alles zur Münzwäscherei und überließ es einer Maschine, während ich zum Hippo ging.

An meinem Lieblingsplatz auf einem Hocker am Fenster trank ich meinen ersten Kaffee, starrte ins Leere. Meine Schultern entspannten sich; zu meinen Füßen rollte sich Peppy um ihre leere Milchschüssel und schlief ein. Wir hatten beide in letzter Zeit zu viel Stress gehabt.

Als ich einen zweiten Cortado bestellt hatte, rief ich Leo zurück.

Er kam gleich zur Sache. »Es gibt eine DNA-Übereinstimmung zwischen Blutspuren und Haaren an diesem Schraubenschlüssel und einer vor zwei Wochen von der Polizei in Lawrence, Kansas herausgegebenen DNA-Anfrage. Wenn der Schraubenschlüssel ein Beweismittel ist, kann unser Labor ihn nicht verwahren. Er muss schnellstmöglich zur Polizei oder zum FBI. Zusätzlich zu den Haaren fanden sich mikroskopische Spuren von Kopfhautgewebe. Wenn du weiter versäumst, das zu melden, macht es Cheviot.«

»Habt ihr am Schraubenschlüssel Fingerabdrücke gefunden?«, fragte ich.

»Nichts Brauchbares. Die Oberfläche nimmt Abdrücke nicht gut an, und zu viele Hände haben sie berührt, teils mit Handschuhen.«

»Leo, ich hab diesen Schraubenschlüssel am Boden eines

Mülleimers in meiner vorigen Unterkunft hier gefunden. Er wurde dort deponiert in der Hoffnung, dass die Cops ihn finden und mich für den Mord an Clarina Coffin festnehmen. Ich hatte gehofft, es wär nur eine falsche Fährte, aber ich hab ihn euch geschickt, um so oder so Gewissheit zu haben.«

»Jetzt weißt du es. Und das bedeutet, dass du jetzt handeln musst. Wenn nicht, wird Cheviot die Zusammenarbeit mit dir beenden.«

»Wollt ihr ihn direkt zur Polizei Lawrence schicken?«, fragte ich. »Ich hab die Adresse hier.«

»Natürlich –«, begann er und brach ab, als ihm der juristische Supergau einfiel, den es nach sich zog, wenn sie dies aus heiterem Himmel ans LKPD schickten.

Die Kriminalisten bei Cheviot verbringen ihr halbes Leben vor Gericht mit Aussagen über forensische Beweismittel. Es würde ihrem Renommee nicht guttun, erklären zu müssen, wieso sie den Schraubenschlüssel fast eine Woche in ihrem Besitz hatten, ohne die Cops zu informieren. Sie konnten mir die Schuld zuschieben, doch das bedeutete nicht nur weitere Tage vor dem Richter, um sich reinzuwaschen, es würde auch meine Geschäftsbeziehung mit ihnen beenden. Andere, wichtigere Kunden würden zögern, vertrauliche Projekte in ihre Hände zu legen, wenn sich über meine Verbindungen herumsprach, dass sie mich hingehängt hatten.

»Du bist ein harter Brocken, Warshawski«, sagte er schließlich. »Soll ich das Ding an dich oder deinen Anwalt schicken?«

»Ich bin in Kansas, Leo. Gib mir fünf Minuten, dann hab ich eine Adresse für dich.«

Ich rief Lou an. »Du hast mir doch neulich erzählt, dass du und Ed so auf Accessoires steht? Ich bestell da gerade was online. Kann ich es zu euch liefern lassen?«

»Wovon reden wir?«

»Hmm. So was wie Punk-Metal-Schmuck.«

»Das hör ich gern. Ich und Ed, wir sehnen uns schon ewig nach so 'nem Heavy-Metal-Look, und uns beiden steht der Kram echt gut. Schick es zum Schrotthof; da sind wir tags öfter anzutreffen als zu Hause.«

Als ich Leo mit der Adresse vom Schrottplatz zurückrief, sagte er, ich würde den Schraubenschlüssel Montagmorgen haben. »Wenn wir bis Montagabend keinen Nachweis sehen, dass er in den Händen der Polizei ist, führen wir beide ein sehr ernstes Gespräch.«

»Verstanden«, sagte ich. Achtundvierzig Stunden, rund und roh, dann musste der Schraubenschlüssel beim LKPD sein, und zwar für Leo nachweisbar. Ein Kinderspiel.

Ich war müde von der kurzen Nacht, aber zu unruhig, um zum Trailer zu fahren und weiterzuschlafen. Obwohl der Himmel noch bedeckt war, hatte der Nieselregen aufgehört. Ich ging mit Peppy zurück zur Münzwäscherei und lud mein Zeug in den Trockner um.

Ehe ich mich mit meiner Chicagoer Klientel befasste, fiel mir noch eine Ablenkung ein: Ich musste Murray Bescheid geben, dass ich Clarinas Identität rausgekriegt hatte – er würde mir nie verzeihen, wenn er das erst aus dem Netz erfuhr.

Murray war gebührend beeindruckt von meinem detektivischen Können und fragte, ob das Wissen, dass Clarina als Ulricke Bednarek geboren war, ein mögliches Mordmotiv hergab.

»Kann schon sein«, sagte ich. »Wenn man ihrer Schwester glaubt, hat ganz Skaneateles Clarina verabscheut. Ich konzentrier mich mehr auf Lawrence. Hast du Lust, nach New York zu fliegen und rauszukriegen, wen sie am meisten genervt hat?«

»Wenn du den Flug erster Klasse zahlst«, sagte Murray.

»Ich zahle überhaupt keinen Flug. Dieser Fall bringt mich eh etliche tausend ins Minus, allein schon die Anwaltskosten.« Ich erzählte ihm von meinem Besuch bei Pauline Tulloh. »Sie hat ihre Familiendynamik ausgebreitet, ganz kühl und unpersönlich. Ich hab überlegt, ob das bewusste Ablenkung war – du weißt schon, zeig dem Publikum, wie sich Milliardäre anzicken, das lenkt die Aufmerksamkeit ab von dem, was an der anderen Bühnenseite vor sich geht.«

»Nämlich?«

»Ob ihr Bruder bei Clarinas, nein Rickeys Tod die Fäden in der Hand hatte. Von allem, was sie gesagt hat, wirkte am echtesten, dass ihre Mutter Pauline bittet, für bestimmte gute Zwecke zu spenden, die ihr Mann nicht gutheißen würde. Es klang, als wären mit guten Zwecken bedürftige Freunde oder Verwandte gemeint.«

»Weißt du, was, Warshawski, du solltest dich als Kammerjägerin verdingen. Die Leute wollen wissen, ob sie Ratten haben oder Kakerlaken oder was auch immer, und du stellst dich einfach bloß mitten in ihr Wohnzimmer. In null Komma nichts kriecht jedes Ungeziefer im Umkreis von einer Meile aus seinem Loch und geht auf dich los. In Lawrence hat sich doch kein Schwein um diesen Hügel oder das Haus geschert, nicht mal um die Drogen, bis du daherkamst.«

Ich war nicht sicher, ob das ein Kompliment war oder die unappetitlichste Kritik, die ich je einstecken musste, aber als wir auflegten, biss ich in den sauren Apfel und klärte endlich die Abgriffe von den Konten einer Anwaltskanzlei auf, die einer der Partner vornahm. Schickte Bericht und Rechnung per E-Mail raus. Glich meinen Stundenzettel mit den viertausend Dollar ab, die mir Valerie Granev gezahlt hatte. Ich war noch rund sechzehnhundert im Soll.

Zoë rief an, als ich zurück zum Camry ging, um Peppy abzuholen. Sie hatte es rechtzeitig zur Forensik in Kansas City geschafft, um Deke und Lucia in der Lobby abzufangen.

»Clarina ist auf jeden Fall Lucias Schwester. Sie sehen sich erstaunlich ähnlich, obwohl Clarina dunkel war und Lucia so blond ist, aber es ist nicht nur das, sie haben auch die gleiche weinerlich-aggressive Art.« Sie zögerte, dann sagte sie hastig: »Ich weiß, du fürchtest, dass zu viele Leute auf dich zählen, aber du bist der Hammer. Du hast entdeckt, dass Clarina aus Skaneateles sein muss. Und jetzt rate mal, Ben Pike, mein Erzgeizhals von Herausgeber, gibt zu, dass die Story ein Renner wird, also zahlt er mir den Trip nach New York, um Hintergrundinfo zu Clarina aufzutreiben. Nein, zu Ulricke. Ich weiß nicht, ob ich mich je an den Namen gewöhne. Egal, wenn ich jetzt bei dir wäre, bekämst du die größte Umarmung deines Lebens.«

Ich musste lachen. Das hörte ich so viel lieber, als Schädlingsmagnet genannt zu werden. »Wann fliegst du?«

»Mit dem ersten Flug morgen früh nach Syracuse, über Chicago. Soll ich bei der Zwischenlandung deinen Leuten Hallo sagen?«

»Ruf sie alle an und sag ihnen, dank mir wirst du die nächste Martha Gellhorn.«

Peppy und ich gingen eine Seitenstraße entlang zu meiner Lieblingssandwichbude. Ich wollte was zum Mitnehmen in den Park, damit ich mit ihr draußen essen konnte.

Die Luft war kalt, aber nicht unerträglich; ich trug meine dicke Jacke über einem Kapuzenpulli, und Peppy trug Pelz. Als wir die Massachusetts Street querten, ließ ein Porsche den Motor aufheulen, wendete direkt vor uns mit quietschendem Gummi und verfehlte uns nur um Haaresbreite. Ich zog Peppy dicht an mich und sah zu, wie der Porsche die Seventh Street runterbrauste, am Lion's Heart vorbei und scharf um die Ecke, wo der öffentliche Parkplatz lag.

Peppy und ich hinterher. Der Porsche stand auf dem Parkplatz, dicht bei der Hintertür zum Lion's Heart. Der Motor lief mit dem tiefen Dröhnen, das gute Sportwagen im Leerlauf machen. Ich legte das Sandwich ab, um mit dem Handy ein Foto zu machen. Der schmächtige Knabe, den Zoë an der

Hintertür beim Dealen fotografiert hatte, kam an die Tür. Er blickte sich verstohlen um, sah keine Cops und übergab diskret einen Umschlag. Trevor gab ihm dafür einen anderen.

Ich ging rüber, als er wieder ins Auto stieg. »Trevor!«, rief ich herzlich. »Schön, dich wiederzusehen.«

Er fuhr hoch, verdutzt. Er hatte in seinen Troll-Botschaften zwar mein Foto gepostet, aber er war die Sorte Knilch, die sich Frauengesichter nicht merken kann, wahrscheinlich nicht mal bei Frauen seines Alters, erst recht nicht bei einer, die alt genug war, um seine Mutter zu sein.

»Immer treffen wir uns auf Parkplätzen«, sagte ich. »Erst bei deiner Burschenschaft, jetzt hier. Ich hab ein schönes Video von dir und deinem Kumpel im Lion's Heart. Das zeig ich Sergeant Everard vom LKPD.«

Er kam einen Schritt auf mich zu, die Fäuste geballt, seine Miene verhieß nichts Gutes, doch da kam ein Grüppchen Einkaufsbummler auf dem Weg zu ihren Autos dicht an uns vorbei. Er sprang in seinen Flitzer, knallte die Tür zu und ließ übertrieben den Motor aufheulen.

Ich zog Peppy beiseite, als er vom Parkplatz röhrte, und sah, dass sie ihre Nase in meiner Lunchtüte hatte. Ich zerrte ihren Kopf heraus.

»Ist das deine Rache, weil ich mit dir so weit von zu Hause bin? Essen klauen?«, fragte ich.

Sie wedelte zweifelnd.

»Schon klar. Selber schuld, hab's auf dem Boden gelassen.«

Ich ging wieder um die Ecke, an der Bar vorbei, um mir einen neuen Lunch zu besorgen. Es war Mittagszeit, der Andrang von Leuten, die etwas trinken wollten, nahm zu. Ich wechselte die Straßenseite, um Abstand zwischen den Hund und die Menge zu bringen, da betrat noch jemand, den ich kannte, das Lion's Heart. Brett Santich. Ich war kurz versucht, ihm zu sagen, dass er Jung-Trevor verpasst hatte, aber noch mehr interessierte mich, ob er sich mit jemandem traf. Rasch trabte ich zurück zur Bibliothek, um Peppy ins Auto zu setzen, solange ich die Bar unter die Lupe nahm.

Als ich reinkam, war es so voll, dass niemand auf mich achtete. Meine Beute saß am Ecktisch neben der Küche, von wo er den Raum gut im Blick hatte. Er schien jeden Neuankömmling ein paar Sekunden zu mustern, um sie in Freund, Feind oder neutral zu sortieren, also starrte ich nicht hin, sondern schlenderte zur Bar und bestellte einen Drink. Ich mach mir nicht viel aus Bier, aber es war hier wohl das Unauffälligste. Ich nahm ein Free State, das lokale Gebräu, das Zoë getrunken hatte, und trug es in eine Ecke, wo ich den Kerl beobachten konnte, ohne dass es danach aussah.

Don Wilton, Besitzer des Lion's Heart, kam aus der Küche und setzte sich zu Santich. Die beiden Männer schienen eher zu warten als zu reden – immer wenn die Tür aufging, schauten sie hin, zuckten dann die Achseln. Nach etwa zehn Minuten traf ihr Kandidat ein: Beide setzten sich aufrechter hin, und Wilton winkte halbherzig.

Zu ihnen stieß ein großer, braungebrannter Mann in gebügelten Jeans und Cowboystiefeln samt Stetson und Fransenlederjacke über einem Sweatshirt mit Aufdruck der Wichita State University-Basketballmannschaft. Nicht Robert Tulloh. Der andere Bruder, Jacob.

Jacob Tulloh und Don Wilton. Ich fühlte mich wie diese Zeichentrickfiguren, denen nach einem Stromschlag die Haare zu Berge stehen. Familie Wilton, die Verlierer, die all ihre Getreidesilos niedergewirtschaftet hatten, während Matthew Tulloh die seiner Frau in ein gewaltiges Vermögen verwandelte. Großmutter Tulloh, die bei Emmalines und Matthews fünfzigstem Hochzeitstag gackernd über die Versager herzog.

Die Wiltons waren der gute Zweck, den Pauline Tulloh für ihre Mutter unterstützte, ihre glücklosen Geschwister und Neffen. Ein rettender Engel hatte auf dem Höhepunkt der Pandemie das Lion's Heart vor der Pleite bewahrt. Großmutter Tulloh hatte lange unterbunden, dass Geld an die Wiltons ging, aber Pauline half ihrer Mutter, ihrer Verwandtschaft zu helfen.

Jacob Tulloh und Polizeichef Rowland McDowell waren noch aus der Studienzeit alte Kumpels. Wenn Santich den Tullohs bei ihren Yancy-Geschäften nützlich war, konnte Jacob dafür sorgen, dass er von der Polizei nicht belästigt wurde.

Das Trio verschwand eine schmale Treppe hoch, die hinter der Küchentür nach oben führte. Ich hatte sie vorher nicht bemerkt und ging rüber, um mir das anzusehen.

Der Barmann tauchte an meiner Seite auf. »Was tun Sie hier?«

Ich lächelte. »Ich bewundere die Architektur.«

»Die haben Sie jetzt genug bewundert. Bezahlen Sie das Bier, das Sie nicht getrunken haben, und verschwinden Sie.«

Ich bezahlte mein Bier und ging, der Barkeeper dicht hinter mir. Ich machte die Tür langsam zu, um die Schließvorrichtung zu studieren. Wilton hatte hier ein Standard-Codeschloss mit Ziffernblock, leicht zu überbrücken. Die Bar hatte zudem eine Alarmanlage. Schon schwerer zu überbrücken, aber nicht unmöglich.

44

Anfängerfehler

Ich schickte Deke die Videos von Trevor mit dem Knaben vom Lion's Heart. »Muss ja nicht um Drogen gehen. Bloß Umschläge, vielleicht Liebesbriefe. Hoffe, dein Ausflug mit Lucia zur Forensik war ergiebig.«

Ich pfiff leise vor mich hin, als ich zum Camry kam, sehr zufrieden mit mir. Mein Finger lag schon auf dem Entriegelungsknopf des Autoschlüssels, als ich angefallen wurde. Arm um meinen Hals, Würgegriff. Reflexe: Stampf auf den Fuß hinter mir. Stahlkappenstiefel. Arme und Kopf sinken lassen, Ellbogen nach hinten in die Rippen rammen, Zähne in den Arm schlagen. Ein Knurren, »verdammte Schlampe«, dann ein scharfer Schmerz, Hinterkopf, ich auf Händen und Knien, keine Chance, mich gegen die dicken Arme zu wehren, die mich hochhoben und in einen Geländewagen warfen.

Ich verlor nicht ganz das Bewusstsein, aber bis ich so weit war, dass ich wieder kapierte, was vorging, waren wir auf der Autobahn und fuhren schnell. Meine Handgelenke steckten überkreuz in Handschellen unterm Sicherheitsgurt. Ich roch nach Kotze, ein Rinnsal vorn auf meinem Kapuzenpulli. Ich hatte kein Mittagessen gehabt, nicht viel zum Auskotzen da.

Vorn saßen zwei Gestalten, durch eine Plexiglasscheibe von mir getrennt. Die hohen Kopfstützen verhinderten, dass ich sie richtig sah.

Peppy. Meine Hündin, eingesperrt im Camry, sie musste solche Angst haben. Ich hatte sie im Stich gelassen, hatte sie mit nach Kansas genommen, und sie würde im Auto sterben, während ich an einem abgelegenen Flusspfad krepierte. Hilflose Tränen liefen mir in die Nase und brachten mich zum Niesen.

»Sie ist wach.«

Ich kannte die Stimme, kämpfte darum, sie zuzuordnen. Der Fahrer grunzte.

»Du hast sie zu fest geschlagen.«

»Die Schlampe hatte ihre Zähne in meinem Arm.«

»Erzähl das Mr. T, wenn er nicht Klartext mit ihr reden kann.«

Geoffrey Mellon. Pauline Tullohs perfekter Kammerdiener in einer Nebenrolle als Hitman. Der Wagen traf ein Schlagloch und schüttelte mich durch; die Inanna-Figur hüpfte mit und stieß unterm Shirt gegen mein Brustbein.

Kriegerin, Göttin über Leben und Tod. Sei kein Jammerlappen. Nutz die Waffen, die du hast, die Kraft, die du hast. Kampflos sterben ist nicht. Ich schob die gefesselten Hände nach links und öffnete den Sicherheitsgurt. Langsam. Der Fahrer konnte mich im Rückspiegel sehen. Schnelle und plötzliche Bewegungen würden seine Aufmerksamkeit erregen.

Ich lehnte mich im Sitz zurück, die Augen fast geschlossen, und stöhnte leise. Sah im Spiegel, wie er guckte. Er beobachtete, wie mein Kopf mit dem Schwanken des Wagens schlingerte, ein zufriedenes Nicken, Blick wieder auf die Straße.

Mein Handy steckte in meiner Jeanstasche. Ich ließ meine Hände nach rechts wandern. Zog es langsam raus. SMS an Lou und Ed. Hund bei Bibliothek. Bin entfüh

Der Fahrer stieg auf die Bremse, dass es gellend kreischte. Ich wurde nach vorn geschleudert, schaffte es, mich zur Seite zu drehen, ließ meine Knie den Aufprall abfangen.

»Die Schlampe hat noch ihr Telefon. Du wertloser Volltrottel, wieso hast du sie nicht gefilzt?«

»Du hast sie doch ins Auto verfrachtet und ganz schnell losgewollt«, sagte Mellon.

Der Fahrer kam herum und riss die Tür auf. Ich legte all meine Kraft in den Tritt und erwischte ihn am Bauch. Er wollte mein Handy, aber er kam nicht dran. Er beugte sich über mich, ich riss die gefesselten Hände hoch, rammte sie ihm unters Kinn. Sein Kopf flog nach hinten. Ich trat erneut zu. Mellon kam von der anderen Seite und schnappte sich mein Handy.

Hinter uns hielt ein Wagen, eine besorgte Frauenstimme: Gab es ein Problem? Sollte sie Hilfe rufen?

Die Türen schlugen zu und dämpften meinen Aufschrei.

»Bloß ein kranker Hund, ziemlich wild, wir bringen sie zum Tierarzt«, sagte Mellon. »Sie hat sich mit ihrem Halsband verheddert, aber jetzt ist alles in Ordnung.«

Wir fuhren wieder los. Der Fahrer war stinkwütend wegen seines Genicks; er würde bestimmt tagelang einen Stützkragen brauchen. Die Schlampe, er meinte mich, würde dafür noch bezahlen. »Und wir sind eh schon hinterm Zeitplan wegen all dem Scheiß, der passiert ist. Jacob springt schon im Dreieck und will den Stecker ziehen.«

»Robert sorgt dafür, dass es weitergeht«, sagte Mellon. »Jacob ist so übervorsichtig, der geht nicht mal bei Grün über die Straße. Pauline ist doppelt so viel Mann wie er, aber der Alte will nicht wahrhaben, dass sie die Geschäfte führen sollte.«

Die Schlampe wird dafür bezahlen, wegen all dem Scheiß, der passiert ist. Ich kannte diese Stimme. Er war hinterm Zeitplan. Als er sich über mich beugte, hatte ich die .358 in seinem Gürtel gesehen. Der Vorarbeiter, den ich auf der Yancy-Baustelle getroffen hatte.

Ich schloss die Augen, überließ mich dem Schaukeln des Wagens, bemüht, nicht auf meinen hämmernden Schädel zu achten, mein Verlangen nach Wasser, bemüht, mir keine Sorgen um Peppy zu machen. Irgendwer würde sie in dem Auto sehen, würde das Fahrzeug zu Lou und Ed zurückverfolgen, sie würde klarkommen. Ob ein Jogger meine Knochen fand, solange sie noch identifizierbar waren? Ob Peter vor Kummer zerfloss, wenn er es erfuhr?

Wir sausten und brausten über eine Stunde dahin, ehe der Wagen sacht zum Stehen kam. Ich machte mich wieder auf einen Kampf gefasst. Der Fahrer ließ das Fenster herunter.

»Haben Sie eine Genehmigung?«, fragte eine Frau, die ihren Kopf hereinsteckte, und dann: »Ach, Mellon, wusste nicht, dass Sie das sind.«

Mellon wechselte ein paar launige Worte mit der Frau. Sie öffnete eine Schranke, und wir passierten ein Schild, auf dem stand, dass dies der Privatparkplatz für leitende Angestellte von Tulloh war und wir eine Genehmigung benötigten. Die Sonne ging unter und spiegelte sich grell orange in dem Gebäude direkt vor uns. Es sengte in meinen schmerzenden Augen wie Feuer.

Mellon packte meinen rechten Arm, zerrte mich vom Rücksitz, nahm mir die Handschellen ab und legte sie mir auf dem Rücken wieder an. Der Fahrer kam auf mich zu, die Hand ausgestreckt. Eine Nanosekunde, bevor sein Aufwärtshieb mich traf, zog ich das Kinn an die Brust. Er erwischte meine Nase. Blut spritzte auf seine Hand und Jacke. Er fluchte, schwang den Arm, neuer Versuch. Ich machte mich rechtzeitig schlaff, und er schlug in die Luft.

»Es reicht, Chet«, sagte Mellon. »Der Alte wartet, und du siehst jetzt schlimm aus, alles voll Blut.«

Chet fluchte, bedachte mich mit einer Latte müder Schimpfwörter, packte meinen linken Arm und zerrte mich in einem Tempo vorwärts, das fast Laufschritt war. Ich stampfte neben ihm her. Jedes Auftreten fühlte sich an, als würde mein Kopf erneut getroffen. Wir trabten über den Tulloh-Campus, vorbei an Reihen langer, niedriger Gebäude, im Halbkreis um den Hauptbau gruppiert, dessen Glas in der untergehenden Sonne orangefarbene Funken sprühte.

Wir landeten drinnen, standen in der Lobby vor einem Tresen, dessen Kurven die Linien der Gebäudefassade aufgriffen. Die Frau, die dort saß, begrüßte Mellon mit seinem Namen.

»Ist das die Frau, mit der Mr. T reden will?«, fragte sie. »Was ist mit ihr passiert?«

»Chet hat sich ein wenig hinreißen lassen«, sagte Mellon. »Womöglich hat er ihr die Nase gebrochen.«

»Die verdammte Schlampe hat versucht, mir das Genick zu brechen«, sagte Chet. »Und jetzt hat sie mich vollgeblutet.«

»Man erwartet euch auf der Brücke«, sagte die Frau. »Chet Bezory, du solltest dir das Blut abwaschen, bevor du raufgehst. Mr. T mag es nicht, wenn seine Angestellten schmuddelig aussehen.«

»Bei mir ist Schmuddellook okay?«, fragte ich sie.

Sie sah mich zum ersten Mal an. Ihre Lippen wölbten sich zu einem spöttischen Grinsen. »Sie schaffen das schon.«

»Auf der Brücke?«, sagte ich zu Mellon. »Hoch auf dem Kriegsschiff mit Blick über die Weiten des Imperiums?«

Mellon grunzte und schob mich vorwärts, eine Hand zwischen meinen Schulterblättern. Nur James Bond fängt mitten im Hauptquartier des Gegners erfolgreich eine Schlägerei an. Also ließ ich es ihm durchgehen. »Das würdest du auch tun, oder?«, fragte ich Inanna.

»Was würde ich auch tun?«, fragte Mellon scharf.

Ich hatte laut gedacht. Vorsicht, Warshawski. Verlier jetzt nicht den Überblick, nicht wenn du gleich Mr. T begegnest.

»Dasselbe wie Pauline«, sagte ich. »Sie würden Ihrer Mutter helfen, sie vor Ihrem Vater beschützen, oder? Ihr helfen, die Bar von einem ihrer Versager-Cousins zu bezuschussen? Haben Sie dieses kleine Manöver auch Mr. T gemeldet? Weiß Pauline, dass Sie ihre Privatsphäre nicht respektieren?«

»Sie reden zu viel.«

Wir hatten einen Aufzug erreicht. Er wischte mit einer Karte aus seiner Gesäßtasche über das Bedienfeld. Es gab zwei mögliche Ziele, G und 4. Wir fuhren nach 4.

Die Brücke nahm etwa das vordere Drittel des Gebäudes ein, soweit ich das sagen konnte. Ein bernsteinfarben getönter Glaskasten an der hinteren Wand war offenbar Tullohs Schlupfwinkel. Mellon stieß mich auf einen Stuhl und ging in den Kasten.

Das vor mir liegende Stockwerk beinhaltete Bürozellen. Obwohl Samstagnachmittag war, waren die meisten Schreibtische besetzt. Ich schlenderte hin, um mir anzusehen, woran die Leute so hart arbeiteten.

Die Kabinen hatten keine Decken, aber halbhohe Wände schirmten sie akustisch ab. Ich spähte in eine Box voller Bildschirme, die Wertpapierkurse von Shanghai bis Rio anzeigten. Den zentralen Ehrenplatz nahm die Chicagoer Börse ein. Das war nicht verwunderlich, denn Tullohs Hauptgeschäft war der Rohstoffhandel. Trotzdem bekam ich prompt Heimweh, als ich auf dem Monitor das CBOT-Logo sah.

In einem anderen Würfel saß eine Gruppe junge Leute, die hochkonzentriert an Computern arbeiteten. An einer Wand zeigte eine Reihe von Monitoren das Gelände, dazu wurden Bilder aus verschiedenen Nebengebäuden eingeblendet, einschließlich Cafeteria und Kapelle.

Nachdem ich mehrere Minuten auf die Bildschirme gestarrt hatte, wurde mir klar, dass ich hier nicht nur die Zentrale in Salina sah, sondern Tulloh-Niederlassungen auf der ganzen Welt. Ich sah zwei Männer Zigarettenpause machen, auf dem Monitor stand West Texas. Ein Lautsprecher forderte sie auf, wieder an die Arbeit zu gehen. Ein Paar in Riga wurde bei einer Umarmung erwischt. Es war widerlich, beängstigend. Wussten die Angestellten nicht, dass sie unter ständiger Beobachtung standen?

Die Mitarbeitenden hier sprachen nur leise murmelnd, wenn sie überhaupt sprachen. Es gab keine Musikberieselung, aber die meisten trugen Ohrstöpsel. Ich fragte mich, ob sie damit eigene Musik hörten oder ständig erreichbar sein sollten.

Halb versteckt hinter Mr. Ts Bernsteinkasten fand ich ein Frauenklo. Es war allerdings kompliziert, mit den Händen auf dem Rücken die Jeans runterzuziehen.

Eine Frau kam rein, als ich mich abmühte, sie wieder hochzuzerren. »Man sucht schon nach Ihnen!«, rief sie. »Was machen Sie denn hier?«

»Pinkeln«, sagte ich. »Dachte mir, es kommt nicht so gut an, wenn ich mich zwischen den Büros auf den Boden hocke.«

»Wissen Sie nicht, was für ein kapitaler Fehler es ist, Mr. T warten zu lassen? Los, raus mit Ihnen.«

»Ich weiß, Sie sind nervös, aber es wär echt eine gute Tat, wenn Sie mir die Hose zumachen, bevor ich dem schrecklichen Mr. T gegenübertrete.«

Sie zog eine Grimasse, umwickelte ihre Hände mit Papierhandtüchern, zerrte meine Jeans zurecht und machte den Reißverschluss zu. Dann versuchte sie mich aus dem Raum zu schieben, aber sie hatte nicht Mellons Kraft. Ich blieb stehen und musterte mich im Spiegel überm Waschbecken.

Mein Gesicht erschreckte mich. Bei dem hektischen Trab vorhin hatte sich Blut aus meiner Nase auf die Wangen und in die Haare verteilt. Von dem Schlag auf den Hinterkopf hatte ich meinen Kapuzenpulli vollgeblutet. Echtes Blut. Taylors Blut, Clarinas Blut, überall war Blut. Ich schwankte, der Raum trübte sich schwarz ein.

Du wirst jetzt nicht ohnmächtig, du wirst nicht schwach vor diesen Ungeheuern.

Ja, Kriegerkönigin. Aufrecht in die Schlacht, Kämpfen bis zum Ende.

45
Wunschknochen

Matthew Tulloh saß hinter einem altmodischen Massivholzschreibtisch, die Sorte mit vielen Schubladen auf beiden Seiten und jeder Menge Fächern. Er war für den Schießstand gekleidet: Cowboystiefel, offenes Hemd und Jeans. Sein Gesicht war sonnenverbrannt bis auf den obersten Streifen seiner Stirn, der im Kontrast dazu schneeweiß wirkte. Offenbar trug er in der Sonne eine Schirmmütze, aber es war ein irritierender Anblick, als hätte er angefangen, Clownsschminke aufzutragen, und mittendrin aufgehört.

Er starrte mich an. »Ich mag kein Blut in Frauengesichtern. So unweiblich. Sie haben sich gegen meine Männer gewehrt, hm? Kein bisschen weiblich.«

»Ich hab auf der Fahrt meine Periode gekriegt«, sagte ich. »Nichts ist so weiblich wie Menstruationsblut.«

Sein Mund verzog sich angewidert. »Auch noch eine große Klappe. Ich hasse das bei Frauen.«

»Dünkel und Schikane«, sagte ich. »Ich hasse das bei allen, einschließlich Ihnen und Ihren Lakaien.«

»Sie können es sich gar nicht leisten, etwas an mir zu hassen, Fräulein. Sie sind auf meinen Befehl hier, Sie gehen, wenn ich es erlaube und wann ich es erlaube. Sie sprechen respektvoll mit mir, oder Mellon hier sorgt dafür.«

Nostalgische Korbsessel waren um einen Tisch an der Seite gruppiert. Ich ging rüber und setzte mich hin.

»Ich habe auch nicht gesagt, Sie dürfen sich setzen«, schnauzte Tulloh.

Ich sparte mir eine Antwort. Meine auf den Rücken gefesselten Arme schmerzten, mein Kopf tat weh, ich sah doppelt. Für müßige Wortgefechte mit Tulloh hatte ich keine Energie übrig.

Er brütete ein paar Minuten vor sich hin, dann sagte er: »Sie haben den Tod von dieser Coffin untersucht, stimmt's? Bloß hieß sie gar nicht Coffin.«

Ich sagte nichts.

»Also was haben Sie rausgefunden?«

»Sie hat einen Schlag auf den Kopf gekriegt. Sie starb dran.«

»Sie sind da seit zwei Wochen dran. Ich weiß, Sie haben mehr als das.«

»Ich bin sicher, Sie wissen alles, was ich weiß, und mehr, Mr. Tulloh. Ihr Geburtsname war Ulricke Bednarek. Sie war Geschichtsfanatikerin und ein Quälgeist. Sie starb unter Umständen, die seltsamer sind als ihr Name, im Keller eines leerstehenden Hauses am Fuß vom Yancy Hill.«

»Na kommen Sie, Ms. Warshawski, stellen Sie sich nicht dumm oder naiv. Sie haben ihren Namen ausgegraben, als die Polizei von Lawrence aufgeschmissen war.«

»Nachrichten verbreiten sich schnell«, sagte ich.

»In Kleinstädten weiß jeder alles schneller, als man Google sagen kann. Woher kommt Ihr Interesse an ihrem Tod?«

»Da sich Nachrichten so schnell verbreiten, sollten Sie sich das selbst beantworten können.«

»Ich höre in letzter Zeit viel aus Lawrence. Sie haben in der Stadt ein paar einflussreiche Ladys erbost, denen Sie unterstellen, Geheimnisse über das Bauprojekt auf dem Hügel zu hüten. Wie heißt es noch?«

Mellon lieferte den Namen.

»Richtig. Yancy. Die Polizei sagt, Sie schnüffeln im eingemotteten Kohlekraftwerk herum und fragen nach dem Projekt in Yancy. Das weiß ich alles, aber niemand kann mir sagen, warum Sie so viele Klapperschlangen reizen.«

»Sie meinten, ich soll mich nicht naiv stellen, Mr. Tulloh. Machen Sie hier nicht auf seniler Trottel, wenn wir beide wissen, dass Sie das nicht sind.«

Hinter mir hörte ich Mellon scharf Luft holen – ich reizte die Riesenklapperschlange.

»Sie verfolgen alles, was in Lawrence läuft. Haben einen zahmen FBI-Agenten, der Ihnen steckt, was sich auf Seiten der Strafverfolgung tut, und der Kumpel Ihres Sohnes Jacob, Polizeichef von Lawrence, hält Sie auf dem Stand, wie die Ermittlungen laufen. Niemand weiß, warum Clarina-Ulricke ermordet wurde. Sie hat behauptet, etwas über das Land zu wissen, wo Ihre Firma baut. Sie hat behauptet, etwas über die Familien zu wissen, denen das Land früher gehörte. Falls die Polizei Indizien gefunden hat, die diese Behauptungen untermauern, hätte man Ihnen das bestimmt gesagt. Mir eher nicht.«

»Aber was haben *Sie* entdeckt?«

»Der Neffe Ihrer Frau dealt in seiner Bar«, sagte ich. »Vielleicht hat er auch die Drogenpartys draußen in Yancy versorgt.«

Er atmete schneller, sein Gesicht verzerrte sich zu Zornesfalten. »Pauline hat diesen Versager gepäppelt, dachte, sie tut ihrer Ma einen Gefallen. Tja, Emmaline weiß genau, was für ein Haufen gieriger Blutegel ihre Brüder samt ihrer Brut sind. Sie hat versucht, Pauline zur Vernunft zu bringen, aber Pauline hilft ihnen immer wieder aus der Patsche, weil das meinen Blutdruck hochtreibt. Deswegen wollte sie auch auf diese linke Schwuchtel-Uni in Lawrence und nicht auf die Wichita State wie ihre Brüder und die meisten anständigen Leute. Und dann wundert sie sich, dass ich ihre Pfoten nicht an den Schalthebeln der Firma sehen will!«

Ich beäugte Mellon. »Also melden Sie alles, was Pauline tut, an Daddy. Tut mir leid, dass ich mich dagegen gewehrt habe, herzukommen: Das ist faszinierend. Ein Unternehmen macht Geschäfte in einhundertvier Ländern, ist hunderte Milliarden

Dollar schwer, und der Eigentümer wühlt immer noch akribisch im Leben seiner Tochter rum.«

»Natürlich tu ich das.« Matthew klang herablassend. »Sie, Sie hatten nie Kinder. Eine Ehe, die Sie überfordert hat, eine Reihe Liebhaber, an die Sie sich nicht binden mögen – eine wie Sie versteht nicht mal ansatzweise die Bedeutung von Familie.«

Ich dachte an meine Mutter, die mich grimmig und fürsorglich beschützte, nachdem sie fast ihre ganze Familie in den Todeslagern verloren hatte. An die Liebe meines Vaters, mich einhüllend wie ein warmer Mantel. Mein Cousin Boom-Boom und ich hätten uns füreinander an die Wand stellen lassen. Ich würde meine Erinnerungen nicht beschmuddeln, indem ich Tulloh was davon sagte.

»Diese Coffin-Tussi hat sich damit gebrüstet, Dokumente zu besitzen«, sagte Tulloh. »Sie hat's jedem auf die Nase gebunden, aber keiner weiß, was damit passiert ist. Sie vielleicht?«

»Sie hatte reichlich Fantasie«, sagte ich. »Schätze, sie hat das nur erfunden, um sich interessant zu machen.«

»Sie hat Familienunterlagen nach Kansas mitgebracht. Die sind weg. Wenn Sie wissen, wo sie sind, ich will sie.«

»Sie wollen sie, weil Sie sich auch für Kansas-Geschichte interessieren?«, fragte ich.

»Wenn ich sie will, hat Ihnen das zu reichen.« Es war wohl länger her, dass irgendwer seine Wünsche und Begehrlichkeiten in Frage gestellt hatte.

Es waren Mellon und Bezory gewesen, die Clarinas Trailer durchwühlt hatten, ehe die Cops kamen. Sie waren auch in die Wohnung über der Perec-Garage eingebrochen. Um den Schraubenschlüssel dort zu platzieren, aber auch auf der Suche. Sie hatten Strippen gezogen, um meine Wohnung und mein Büro in Chicago filzen zu lassen.

Von den Unterlagen hatte ich erst gestern Abend erfahren. Und Deke heute Morgen. Ich konnte und wollte nicht glauben, dass Deke einer von Tullohs geheimen Zuträgern war. Aber er mochte die Papiere, die Clarina mutmaßlich aus Skaneateles mitgenommen hatte, in seinem Bericht erwähnt haben. Im Übrigen erzählte Lucia es brühwarm allen und jedem. Wahrscheinlich hatte sie es auch Zoë erzählt, als sie sich heute früh in der Leichenhalle begegneten. Vielleicht stand die Story schon online auf der Website des *Douglas County Herald*.

»Wo sind die Papiere?«, beharrte Tulloh.

»Keine Ahnung«, sagte ich. »Hab sie nie gesehen.«

»Dieses tote Mädel, die soll behauptet haben, sie könnte das Yancy-Projekt dichtmachen. Was haben Sie darüber herausgefunden?«

»Nichts. Sie hat überall mit Zaunpfählen gewinkt und auf Geheimnisse angespielt, aber rausgekommen ist nichts.«

»Sie haben die ganze Zeit ermittelt und gar nichts aufgespürt? Bei Ihrem Ruf finde ich das schwer zu glauben.«

Ich beugte mich vor und schlug einen ernsten Ton an. »Ich hab ermittelt, dass es den besten Espresso von Lawrence im Hippo gibt. Brett Santichs Kind ist Basketball-Fan. Ihre Tochter kränkt es, nicht in Ihre Pläne eingeweiht zu sein. Die Weinhandlungen hier führen ein paar anspruchsvolle italienische Rote. Clete Rotherhaite hat das Urteilsvermögen Ihres Sohnes Robert angezweifelt, was die Sicherheit des Wakarusa-Kraftwerks betrifft. Er ist tot. Das würde ich nicht gar nichts nennen.«

»Rotherhaite war genau die Sorte harter Arbeiter, die Amerika braucht. Sein Tod war ausgesprochen schade.« Das klang, als habe Tulloh seinen Sohn Robert für den umgebrachten Werksleiter zusammengestaucht.

»Warum ist dieses Yancy-Projekt so wichtig?«, fragte ich. »Sie haben hunderte Milliarden Dollar und tausende von Kraftwerken und was weiß ich, also wozu brauchen Sie jetzt diese Anlage?«

»Weil ich sie will!«, schnauzte er.

»Tja, wenn das all die Jahre Grund genug war, warum jetzt was dran ändern.«

»Ich glaube, Sie wissen, wo diese Papiere sind«, sagte Tulloh, »oder Sie wissen, wer es weiß. Geben Sie sie Mellon, dann können Sie nach Chicago zurück und all die Scherereien in Kansas hinter sich lassen.«

»Was tatsächlich traumhaft wäre«, sagte ich.

Ich sprach nicht aus, was wir beide wussten: Wenn ich die Papiere auftrieb, würde ich tot im erstbesten Straßengraben landen. Schon so konnte ich kaum hoffen, das Gebäude lebend zu verlassen – aber er wies Mellon an, mich nach Lawrence zurückzufahren.

Am Geländewagen sperrte Mellon mich hinten rein, samt Handschellen. Chet Bezory kam nicht mit.

Erst auf dem Parkplatz der Bibliothek schloss er die Handschellen auf und ließ mich raus.

»Mr. T will diese Papiere. Er denkt, Sie können sie für ihn aufspüren, aber wenn Sie sie wirklich finden und ihm nicht übergeben, wird Mr. T das merken. Hüten Sie sich.«

»Immer«, sagte ich. »Mich hüten gehört fest zu meinem Selfcare-Programm.«

Er zog mein Handy aus der Tasche und warf es mir vor die Füße.

46

Unterkriechen

Ich hockte auf dem Parkplatz und kuschelte mit meiner Hündin. Nach all der Zeit allein im Auto war sie völlig durch den Wind. Sie jagte auf dem Parkplatz hin und her und um mich herum, bis sie sich ausgepowert hatte und in meine Arme warf. So ging das nicht weiter. Morgen würde ich Lou und Ed bitten, sie zu nehmen, bis ich bereit zum Heimfahren war. Wenn das nicht klappte, musste ich sie nach Chicago bringen.

Jetzt leckte mir Peppy das verkrustete Blut vom Gesicht. »Nein, das ist nicht dein Job, mein Mädchen.« Meine Arme waren steif und angeschwollen, aber ich raffte mich auf.

Es war erst zwanzig vor sechs, sah ich, als ich auf mein Handy schaute. Mir kam es vor, als hätte ich eine Reise nach Oz und zurück hinter mir, aber es war erst fünf Stunden her, dass ich vor mich hin gepfiffen und über Don Wiltons Beziehung zu Familie Tulloh nachgedacht hatte. Die nicht abgeschickte SMS an Ed und Lou war noch auf dem Display. Ich löschte sie, steckte das Telefon weg und ging mit Peppy in den Park hinter der Bibliothek.

Es war schwer, sie wieder ins Auto zu kriegen. Als wir losfuhren, fiel mir ein, dass Handtücher und Bettwäsche noch im Waschsalon waren. Ich holte sie und fuhr dann zurück zum Dünengrasweg.

Im Trailer stellte ich mich unter die Dusche und wusch mir das Blut ab. Die Klamotten waren hin. Noch ein Outfit reif für den Müll, noch ein Einkaufsbummel am Boat Yard fällig. Die sollten mir langsam Rabatt geben.

Ich aß ein bisschen kaltes Risotto, während ich Voicemail und Nachrichten checkte. Lucia Bednarek hatte eine lange, weitschweifige Ansage hinterlassen.

»Das war wirklich die arme Rickey, die da tot lag. Auch wenn sie manchmal genervt hat, war sie ja doch meine Schwester, meine einzige lebende Verwandte, und jetzt ist sie tot. Ich will sie mit heimnehmen und für ein ordentliches Begräbnis sorgen, aber dieser Polizist, der nette mit den guten Manieren, der sagt, sie behalten die Leiche, bis sie den Mörder haben. Können Sie sich so was vorstellen? Was, wenn sie den Mörder nie kriegen, habe ich gefragt, aber er sagt, sie kriegen sie immer. Ich hatte ja gehofft, heute Nacht noch mal bei Ihnen unterzukommen, aber als der nette Sergeant mich hingefahren hat, war alles dicht und abgeschlossen und keine Spur von Ihnen, und Sie sind ja auch nicht ans Telefon gegangen, da hat er mich in ein Motel gebracht.«

Ich hatte nicht damit gerechnet, Mellon und Mr. T für die Torturen dieses Nachmittags dankbar zu sein, aber wenigstens hatten sie mir noch eine Nacht mit Lucia erspart.

Es gab eine strenge Nachricht von Deke, dass ich doch hoffentlich nicht die Gegend verlassen hatte, ohne mich zu melden. Und er hätte sich auch die Bilder angesehen, die ich ihm geschickt hatte, von dem Omicron-Knaben am Hintereingang des Lion's Heart. »Halt dich bloß nicht für das Cowgirl, das nach Lawrence reitet und im Galopp alle Drogenprobleme löst. Das ist eine Nummer zu groß für dich, du machst nur monatelange sorgfältige Ermittlungen zunichte.«

Zoë wollte noch ein Schwätzchen, bevor sie nach New York flog. Lou und Ed trackten per Paketverfolgung die für Montagmorgen anberaumte Lieferung der Accessoires. Ich sandte ihnen kurz ein Daumen-hoch-Emoji. Ansonsten war ich zu erschöpft, um irgendwem zu antworten, und erst recht zu fertig, um mit irgendwem zu reden. Alles, was ich wollte, war mein

Bett und acht Stunden Tiefschlaf. Doch erst musste ich sicherstellen, dass Mellon, Chet und Konsorten mich nicht überfielen.

»Was machen wir, mein Mädchen? Die tracken bestimmt mein Telefon und wahrscheinlich auch das Auto.«

Ich durchdachte das Problem so gut wie möglich trotz der Müdigkeit, die mich einhüllte wie eine schwere Decke. Schließlich stopfte ich das Handy in eine Papiertüte, falls Mellon mir eine Video-Malware draufgetan hatte, packte das Nötigste in meinen Rucksack – Kapuzenpulli, dunkle Wollmütze, etwas Futter und Näpfe für Peppy –, durchwühlte die Schränke im Trailer, fand einen Spachtel und eine Dose WD-40, man weiß ja nie, und fuhr zurück in die Stadt. Ließ mein Smartphone im Trailer, wo es jedem anzeigen konnte, dass ich im Trailer war.

Samstagabends um sieben waren die Straßen der Innenstadt voll, trotz des kalten Wetters. An der Hintertür vom Lion's Heart standen die Leute Schlange. Ich fuhr ein paar Blocks weiter nach Osten und hatte den Eindruck, in einer anderen Stadt und einer anderen Zeit zu sein. Kleine Häuser mit schiefen Dächern säumten backsteingepflasterte Gehwege und Straßen. Ich wählte einen beliebigen Parkplatz und zog mit Peppy los, zunächst einmal um den Block, um sicherzugehen, dass niemand an uns dran war.

Wir brauchten zwanzig Minuten zu Trigs Wohnung in der Vermont Street. Peppy und mich zu sehen, verwirrte ihn. Die Vorstellung, uns einen Schlafplatz zu geben, erfüllte ihn mit Entsetzen.

»Trig, jetzt pass mal auf, all deine Proteste da wegen des Kohlekraftwerks und der Großbaustelle in Yancy und so, ja? Es gibt wirklich einen realen, waschechten Milliardär, der das Kohlekraftwerk gekauft hat: Robert Tulloh. Ich glaube, das Yancy-Projekt gehört ihm auch. Siehst du meine Visage? Das war der Yancy-Vorarbeiter, heute Nachmittag, hat mich da rausgekarrt, weil Roberts Daddy mit mir reden wollte.«

Trig starrte mich an. »Robert Tulloh? Der war das?«

»Ein Typ, der für ihn und seinen Vater arbeitet, Chet Bezory. Anscheinend hat Clarina gesagt, dass sie ein Dokument hat, mit dem man das Projekt zu Fall bringen kann. Jetzt wollen sie dieses Dokument, und sie denken, dass ich da rankomme. Sie haben mich nur lebend aus dem Tulloh-Hauptquartier rausgelassen, weil sie hoffen, dass ich sie hinführe.«

»Was, und da kommst du hierher, damit sie dir folgen und mich auch zusammenschlagen?« Er versuchte die Tür zuzudrücken, aber ich drängte mich mit Peppy hinein.

»Ich bin zu Fuß hergekommen. Ich hab aufgepasst, dass ich keine Gesellschaft habe. Ich hab mein Telefon liegen lassen, weil sie wahrscheinlich Tracking-Apps darauf installiert haben. Niemand weiß, dass ich hier bin. Ich bin auf deiner Seite, Trig. Wir sind die, die versuchen zu verhindern, was immer da draußen in Yancy Übles läuft, wir sind die, die Clarinas Mörder finden wollen. Die haben mir heute übel mitgespielt, wie du siehst. Ich brauch Schlaf. Hilf mir, nur heute Nacht. Morgen kriech ich woanders unter.«

»Hast du denn das Dokument, das sie wollen?«

»Nö. Ich bin nicht mal sicher, ob es existiert. Oder hat sie es dir gezeigt?«

Er schüttelte langsam den Kopf, sah sich nervös um. »Sie hat mir nie was gezeigt, nur ständig angedeutet, dass sie Dynamit hat. Es hing mir so zum Hals raus, diese Angeberei, was sie alles tun würde, dabei hat sie nie irgendwas getan.«

»Vielleicht hat sie einmal zu oft vor der falschen Person damit angegeben«, sagte ich. »Weißt du es schon, ich hab ihren richtigen Namen rausgekriegt. Ihre Schwester sagt, Clarina, oder Rickey, wie wir sie wohl nennen sollten, hat schon immer ein Fantasieleben geführt.«

Er nickte. »Ich hab Zoës Story gelesen. Also bist du jetzt die Heldin der Stunde.«

»Du hast mich drauf gebracht, als du erzählt hast, dass die Kids sie mit dem Namen ihrer Stadt gemobbt haben.«

Er konnte nicht verhehlen, dass ihm das schmeichelte.

»Jetzt hast du mal die Chance zu zeigen, dass es dir ernst ist mit deinen Parolen, und es kostet dich bloß ein Lächeln, ein winzig kleines Lächeln. Ich bin eine wandelnde Zielscheibe da draußen in Clarinas Trailerpark, wenn diese Typen schießgeil werden.«

Er hatte so viele Jahre Schilder getragen und sich in Leserbriefen empört, dass er vor dem Gedanken an echtes Handeln zurückschreckte, selbst so passives Handeln wie mir einen Platz zum Schlafen zu geben. Er blickte sich um, sah seinen Computer mit Timmy und Ivy auf dem Bildschirmschoner.

»Ich hab ihn vor ein paar Tagen getroffen«, sagte ich leise. »Seine Mom war am Boat Yard und ich zufällig auch. Er ist klug, ein lebhaftes Kind – und ich weiß, dass du in seinem Leben einen Unterschied machst.«

Ach, V. I., das ist doch unter der Gürtellinie – tu's für Timmy. Und doch gab es den Ausschlag. Er hatte eine kleine Kammer, im Grunde kaum mehr als ein Schrank, aber mit einer Luftmatratze, die er für Timmy angeschafft hatte. Da könnte ich pennen.

Er kramte ein sauberes Laken aus einer Schublade und zog es über die Luftmatratze, zeigte mir das Badezimmer, das erstaunlich blitzblank war, sah zu, wie ich Peppys Wassernapf füllte, und schloss die Schranktür hinter uns. Es war noch nicht halb acht, als ich auf die Matratze sackte, Peppy neben mir eingekeilt.

Um kurz nach drei erwachte ich. Meine Nase tat weh und war dick und die Schultern schmerzten noch von den nach hinten gedrehten Armen, aber ich hatte fast acht erquickende Stunden geschlafen und trotz der gebrochenen Nase weder von Blut noch von Knarren geträumt.

»Peppy, dich lass ich hier bei Trig. Da bist du in Sicherheit.

Entweder komme ich bald wieder, oder Lou und Ed holen dich ab.«

Ich schlich leise in Trigs Wohn- und Arbeitszimmer. Er schlief in einem anderen Raum, jedenfalls schnarchte dort jemand laut. Ich nahm ein Stück von seinem Posterpapier und schrieb darauf: *Ich versuche, Beweise für Santichs Mitwirkung zu finden. Wenn ich bis 8 Uhr früh nicht zurück bin, ruf diese Nummer an und erklär dem Mann, der sich meldet, warum du meine Hündin hast. Er kommt sie dann holen.*

47

Fassadenklettern

Das Lion's Heart war zu und verschlossen, als ich hinkam, aber im oberen Stockwerk brannte noch Licht. Ich ging einen Block weiter, näherte mich der Bar dann von hinten, wo der öffentliche Parkplatz lag, und setzte mich auf eine Betonplatte hinter ein paar Büschen. Auch wenn ich das Fenster nicht im Blick hatte, sah ich das Licht als Rechteck auf dem Boden.

Beim Warten begann ich die Geräusche der Nacht wahrzunehmen. Selbst in Städten wuseln immer kleine Tiere umher. Der Wind wehte Papier über den Parkplatz. Ganz in meiner Nähe schnarchte jemand. Als sich meine Augen an die Dunkelheit gewöhnten, erkannte ich, dass ich in eine kommunale Schlafstatt eingedrungen war. Ich sah drei Leute auf dem Boden ausgestreckt, darunter der Schnarcher, doch ein vierter Mann saß aufrecht da und musterte mich.

»Bist du 'n Gendarm?«, fragte er leise.

»Nö. Eher 'n Räuber.«

»Bist hier falsch, wenn du wen ausrauben willst. Keiner hier hat auch nur Kohle für 'ne Nacht Schlaf, sonst lägen wir irgendwo im Bett. Ich könnt aber 'n Drink vertragen und 'ne Kippe.«

»Wenn ich mit meinem Einbruch durch bin, komm ich und geb dir einen aus«, versprach ich. »Sofern du mir nicht die Cops auf den Hals schickst.«

Er gab ein Geräusch von sich, das ein Lachen sein mochte. Da im Dunkeln, beim Warten, dass das Licht im zweiten Stock ausging, erzählte er mir seine Geschichte, drei Einsätze in

Afghanistan, zu viel Wut, als er heimkam, behielt keinen Job, die Frau verließ ihn und nahm das Kind mit. »Randy ist jetzt elf. Ab und zu verpass ich mir 'ne Rasur und 'n Bad und geh 'n paar Stunden zu ihm.«

Es war nach vier, als Don Wilton aus der Hintertür kam und wegfuhr. Ich wartete noch zehn Minuten, in denen ein Streifenwagen den Parkplatz kontrollierte, und ging dann zur Ostseite des Gebäudes.

Am Fuß der Feuerleiter nahm ich mir kurz Zeit, mich zu erden. Die unterste Sprosse hing fast einen Meter über meinem Kopf. Als ich die Arme nach oben streckte, lief ein Schwall aus Schmerz durch meinen Trizeps.

V.I., die Candace Parker des Detektivinnenteams, schiebt sich durchs Gewühl, geht in die Hocke, timt ihren Sprung, setzt über die Verteidigung hinweg, trifft mit der Hand auf Metall, kriegt's aber nicht zu fassen. Diesmal schrien meine Trapezmuskeln auf.

»Zieh's durch«, murmelte ich. »Wenn dieser Körper lebendig zurück nach Chicago soll, überspielst du den Schmerz.«

Hände dehnen, in die Hocke, hochspringen, Stange packen, festhalten. Ja. Bizepszittern, das Gewicht raufziehen, zweite Sprosse, Füße schwingen, die Hauswand finden, ankern, wie ein Krebs seitlich die Wand hoch, bis die Arme die vierte Sprosse greifen können und die Füße auf der Leiter Platz finden.

Schweiß lief mir den Hals runter. Meine Oberschenkel zitterten, als ich endlich am Fenster war, genauso meine Arme, aber ich war da. Triumph.

Ich besprühte die Spachtelklinge mit WD-40, schob sie zwischen Schiebefenster und Rahmen und bewegte sie langsam, bis ich den Griff ein Stückchen in den Spalt schieben konnte. Besprühte den Bereich mit mehr WD-40, schob einen Finger hinterher und drückte gegen die Verriegelung, bis Farbe und

Dreck nachgaben und sie sich löste. Ich schob den unteren Flügel hoch und hängte ein Bein nach drinnen.

»Spiderwoman!«

Die heisere Stimme unter mir erschreckte mich so, dass ich das Fenster losließ, das auf meinen Hintern herabrauschte.

»Deine Kletterkünste hätten wir brauchen können in den Gräben von Kandahar«, raunte er.

Mein Veteranfreund. Es war verrückterweise tröstlich, seine geisterhafte Stimme zur Gesellschaft zu haben. Ich formte mit dem behandschuhten linken Daumen und Zeigefinger einen Kreis, um zu zeigen, dass ich ihn gehört hatte. Schob das Fenster wieder hoch und stieg in den Raum.

Zwar gab es weder Jalousie noch Vorhang, aber ich musste das Risiko eingehen, Licht zu machen. Mit meiner Taschenlampe ging das Erkunden des Raums zu langsam und nicht gründlich genug. Im Übrigen dürfte ein umherhuschender Lichtstrahl bei Cops mehr Verdacht erregen als ein erleuchtetes Fenster. Immerhin war Wilton selbst noch spät hier gewesen. Daran waren die Leute also gewöhnt. Hoffte ich.

Als ich eine Tischlampe anknipste, stand ich in einer Art Jayhawk-Fanboutique mit vereinzelten modernen Bürogeräten dazwischen. An der fensterlosen Nordwand hing die Kansas-Uni-Flagge, daneben die US-Flagge. Die anderen Wände und die Regale pflasterten Jayhawk-Poster, Trophäen, gerahmte laminierte Mannschaftsfotos und Zeitungsausschnitte.

Den Flaggen gegenüber standen zwei Computer auf einer Metallarbeitsplatte, die sich über die gesamte Länge der Südwand erstreckte. Die darüber angepinnten Zettel sahen nach Schichtplänen aus, nein, vielleicht eher nach Lieferplänen. Das konnte harmlos sein – eine betriebsame Bar brauchte eine ganze Menge Lieferungen.

Es konnten auch Zeitpläne für Drogenlieferungen sein. Immerhin machte Trevor Millay nach wie vor Deals an der

Hintertür. Die Schnittstelle zwischen dem Lion's Heart und Drogen könnte weit mehr sein als nur ein Verbindungsburschi auf der Suche nach Nervenkitzel. Don Wilton war eher ein Schwergewicht: Die Frau des größten Milliardärs des Staates sponserte seinen Laden. Santich war auch beteiligt, stellte das Dundee-Haus für Drogenpartys zur Verfügung. Vielleicht war das nicht der einzige Standort – womöglich stockte Santich die Unterhaltszahlungen für seine Kinder mit einer ganzen Kette von Drogenbuden auf.

Ich drückte auf beiden Tastaturen je eine Taste. Der eine Bildschirm verlangte eine Passworteingabe, doch als der andere ansprang, zeigte er Überwachungsvideos. Sie waren längst nicht so hightech wie die in Tullohs Hauptquartier, aber die Kameras erfassten die Bar unter mir – die Kasse, Vorder- und Hintertür, dazu Ecken, wo Bedienungspersonal vielleicht Geld wegsteckte oder eigene Geschäfte durchzog.

Als ich jedoch Archivmaterial einsehen wollte, forderte der Rechner ein Passwort.

Ich wünschte, ich wäre Staatsanwältin und könnte den Inhalt der Computer per Gerichtsbeschluss anfordern. Dann wünschte ich, ich hätte einen USB-Stick dabei, denn als ich genauer hinsah, stellte ich fest, dass Wilton seine Passwörter höchst leichtsinnig verwahrte: Sie klebten neben den Tastaturen auf der Arbeitsplatte. Das Passwort für beide Rechner lautete Go-Hawks.

48

Die Freundlichkeit Fremder

Ich ließ die Handschuhe an, was das Tippen mühsam machte, aber es gelang mir, mich in den Rechner mit den Überwachungsaufnahmen einzuloggen. Ich suchte Aufnahmen vom Dundee-Haus. Nach einer nervtötenden halben Stunde, immer mit halbem Ohr auf mögliche Geräusche möglicher Personen lauschend, die womöglich die Bar betraten, war klar, dass Wilton einfach schlampig mit seinen Daten umging. Er bewahrte die Aufzeichnungen aus der Bar und die vom Dundee-Haus nicht getrennt auf. Von Beschriften hielt er auch nichts, als ich schließlich einen Ordner mit Bildern fand, war darin alles durcheinander: Material aus der Bar, Pornovideos und dazwischen Aufnahmen aus Yancy.

Ich musste jede Datei einzeln öffnen, um zu sehen, was sie enthielt, aber schließlich stieß ich auf den Sonntagabend, an dem Sabrina verschwand. Die Kameras waren schon früh angesprungen und zeigten als Erstes Trevor mit einer Gruppe Kerle, vermutlich seine Omicron-Brüder, die Kartons mit Vorräten ins Haus trugen.

Die Bewegungsmelder waren empfindlich; mit zunehmender Dunkelheit löste der eine oder andere Fuchs oder Waschbär eine Aufnahme aus.

Etwa ab halb zehn trafen erste Gäste ein. Sie waren jung, jedenfalls die meisten, vielleicht Studis, vielleicht Volk aus den Kleinstädten überall im County. Die Gesichter waren nicht besonders scharf, aber gut genug, um für Cops oder Erpresser brauchbar zu sein.

Gegen kurz nach elf kam Sabrina Granev, eine geisterhafte, knochendürre Gestalt, auf die Küchentür zu und stolperte die Stufen hoch. Um halb zwölf gingen im ganzen Haus die Lichter aus und wieder an, und die Partygäste stürmten urplötzlich nach draußen, so hastig, dass mehrere strauchelten und die Küchenstufen hinunterfielen. Sie rappelten sich auf und strömten schnell zu ihren Autos.

Der Bildschirm wurde schwarz. Das musste der Moment sein, als die Mörder Clarina ins Haus schleppten. Don Wilton war hier im Lion's Heart, kümmerte sich um seine Bar und schaltete die Kameras ein und aus, auf Anweisung von Robert? Von Santich? Vielleicht von Mellon als Roberts rechter Hand?

Die Kameras zeigten nur Schwärze bis nach meinem Eintreffen. Sie wurden rechtzeitig wieder aktiviert, um mich mit Sabrina ins Bild zu setzen. Sie zeigten die Ankunft der Rettungskräfte und blieben an bis gegen drei Uhr, als sie aufzeichneten, wie Gertrude Perec und Trig separat eintrafen. Diese Bilder hatten irgendwie den Weg zum LKPD gefunden.

Zu diesem Zeitpunkt gingen die Kameras wieder aus, was hieß, dass sie nicht mitschnitten, wie ich am nächsten Tag Clarina fand und die Polizei rief.

Das alles bestätigte meine Vermutungen, aber es war frustrierend, dass ich keine Aufnahmen von den Mördern mit Clarinas Leiche fand. Sie mussten sie in dem Intervall zwischen dem Ende der Party und meiner Ankunft hineingeschafft haben, schließlich war ich über die Decke gestolpert, in die sie eingewickelt war. Ich mutmaßte, dass sie durch den Wald gekommen waren, nicht auf der Straße, weil Sabrina etwas von Monstern geschrien hatte, aber auch dafür fand ich keinerlei Beweise.

Ich ging an den zweiten Computer, auf dem sich weitere Dateien befanden. Genauso chaotisch wie das Überwachungsmaterial, aber es schien sich um Wiltons Buchhaltung und finanzielle Unterlagen zu handeln. Forderungen, Verbindlichkeiten, weitere Pornos, E-Mails an Spirituosengroßhändler mit Nachweisen, dass die Bar ihre Rechnungen begleichen konnte.

Ich spürte die Sekunden unerbittlich weiterticken. Ich musste was Konkreteres finden, wo ich schon mal hier war. Hinweise, was in Yancy wirklich lief, Hinweise, wo Clarina gestorben war, oder noch besser, Hinweise auf den Grund, warum sie gestorben war.

Und dann, es war mehr Glück als Können, stolperte ich über ein paar Audiodateien. Die neueste war von gestern, als Wilton sich mit Jake Tulloh und Brett Santich traf.

»Ich habe mit McDowell gesprochen. Die Schwester von dieser Coffin hat keinen Schimmer, was für Beweise die Coffin-Tussi in der Hand gehabt haben will. Wir haben in ihrem Trailer und im Dundee-Haus keine Spur von geheimen Papieren gefunden. Wir wissen, sie war ein paarmal draußen beim Dundee-Haus, wir haben sie auf Video, aber allem Anschein nach ging sie einfach bloß gern allein in den Wald.«

»Daddy knöpft sich heute Nachmittag den Spürhund aus Chicago vor, die Spürhündin vielmehr«, Wilton und Santich kicherten pflichtschuldig. »Chet, ich weiß, du hast ihr Zeug schon durchsucht, als sie bei Perec gewohnt hat, aber du musst zu ihrem Trailer und alles noch mal durchgehen. Mellon übernimmt ihr Auto und ihr Telefon.«

Mein Magen hob sich. Ich hatte recht gehabt, sie hatten sich an meinen Sachen vergriffen. Ich brauchte ein neues Telefon, neue Schutzsoftware, alles neu, und selbst dann würde ich noch den Atem dieser Dreckskerle auf mir spüren.

»Also wollt ihr mit den Installationen weitermachen?«, fragte Santich.

»Ich weiß nicht recht. Daddy gibt ungern auf; wir haben über hundert Millionen reingesteckt mit dem Kraftwerk und all dem Equipment, das wir schon angeschafft haben, und natürlich ist Robert für volle Kraft voraus und Torpedos bereitmachen. Ich selbst bin mir noch nicht so sicher. Das sehen wir am Ende des Tages. – Aber, Santich, wenn das eine Pleite gibt, wird dich das deinen gottverfluchten Kopf kosten. Denn wenn du Arschloch nicht versucht hättest, mit deinen verschissenen Drogen ein paar Kröten nebenbei zu verdienen, hätte kein Mensch das Yancy-Projekt beachtet, ehe alles steht und läuft.«

»Wenn dein Vater nicht der reichste Mann von Kansas wäre, müsstest du Klinken putzen oder Straßen fegen, um über die Runden zu kommen«, giftete Santich. »Du hast keine Vision. Die hat Robert immerhin, auch wenn er sich viel zu gern im Hechtsprung über die Planke stürzt.«

»Was soll das heißen?« Jacobs Ton wurde fies.

»Das heißt, sollte uns dieses Geschäft um die Ohren fliegen, dann liegt das nicht am Dundee-Haus, sondern nur an deiner Schnapsidee, dich um die Umweltverträglichkeitsprüfung zu drücken. Du denkst, dein Geld ist eine Art Kraftfeld, das dich vor allem beschützt, womit sich normale Menschen auseinandersetzen müssen. Ich hab euren Anwalt gewarnt, als er die Präsentation für das County aufgesetzt hat, dass ihr ein Projekt dieser Größe nicht verbergen könnt, indem ihr so tut, als wäre es ein Resort –«

Ein Klirren von zerbrechendem Glas. Jacob musste etwas geworfen oder vom Tisch gefegt haben. Ich blickte vom Computer auf den Boden. Unter der anderen Tischseite lagen noch Glasscherben, als hätte Don sie flüchtig beiseitegetreten.

»Clete Rotherhaite hat auch geglaubt, er wüsste es besser als wir«, sagte Jacob.

Unten hörte ich meinen Veteranen heiser »Spiderwoman« rufen.

»Moment noch«, rief ich zurück, ich musste das jetzt hören.

Wieder rief mein Veteran »Spiderwoman«, und dann sprach ein anderer Mann – genau die Stimme, die ich gerade auf der Aufnahme gehört hatte.

»Was machst du hier, du Lumpenpack?«

»Hey, Mann, der Gehweg ist doch nicht Ihr Privatbesitz.«

»Das Haus aber schon, und du machst hier den reinsten Schandfleck draus.«

Ein dumpfes Geräusch, als würde jemand getreten, ein Aufschrei, dann Schritte in Richtung der anderen Gebäudeseite.

Ich schloss die Datei, eilte zum Fenster. Schlüpfte raus, wie ich reingeschlüpft war, zog das Fenster zu, kraxelte die Feuerleiter runter und sprang von der untersten Sprosse zu Boden. Schmerz summte durch meinen Körper wie Spannung durch die Yancy-Strommasten.

Mein Veteran lag auf der Seite, die Knie ans Kinn gezogen, und wiegte sich vor Schmerz hin und her. Ich humpelte zu ihm. Hielt seine Hand, als ein Streifenwagen vorfuhr und uns mit seinem Suchscheinwerfer anleuchtete.

»Was machen Sie beide dort?« Die Streife sprach übers Megafon, statt auszusteigen.

»Ausruhen!«, rief ich.

Wilton hörte das Megafon und kam eilig zurück um die Hausecke, den Blick erst auf uns, dann auf die Streife gerichtet. Er schwirrte zum Wagen und rief, wir seien Einbrecher. Während er die Sichtlinie der Streife blockierte, stopfte ich unauffällig Spachtel und WD-40 in einen breiten Spalt zwischen Fundament und Gehweg.

Wilton kam mit der uniformierten Streife auf uns zu. »Die sind in meine Bar eingebrochen«, schnaufte er grimmig. »Ich hab sie auf frischer Tat ertappt.«

»Oh, bitte, Don«, sagte ich. »Sie haben meinen Freund hier dabei ertappt, dass er sich an die Hauswand gelehnt ausruhte. Sie haben ihn so brutal getreten, dass er nicht mehr allein auf die Beine kommt. Ich kam zufällig gerade vorbei. Ich hab Sie gehört.«

»Wer sind Sie?«, wollte Wilton wissen.

»Eine nicht so zufriedene Kundin von Ihnen«, sagte ich. »Die, die Sabrina Granev an einer Überdosis sterbend im Dundee-Haus fand.«

»Sie!« Wilton fluchte. »Gottverdammte Fotze, ich werd dir –« Er brach ab, als ihm einfiel, wer dabeistand.

»Werden mir was?«, fragte ich.

Neben mir fing der Veteran an zu lachen, wurde aber von einem Hustenanfall übermannt.

Die Streife verlangte einen Ausweis zu sehen. Ich kramte meinen Führerschein aus der Reißverschlusstasche in meinem Kapuzenpulli.

»Ach, die Ermittlerin aus Chicago«, sagte sie, und bei ihr klang ›Ermittlerin aus Chicago‹ wie ›pizzadealende Pädophile‹. »Was suchen Sie hier?«

»Wie gesagt, ich kam gerade vorbei. Don hier hat einen Afghanistan-Veteranen zusammengetreten.« Ich achtete darauf, nicht zu behaupten, dass ich ihn dabei gesehen hätte.

»Jeder verdammte obdachlose Freak in dieser Stadt ist angeblich Veteran«, sagte Don. »Ihr wollt nur den Studenten Schuldgefühle einreden, damit sie euch Geld für Drogen geben.«

»Die Sie praktischerweise zufällig vorrätig haben«, sagte ich.

»Es ist fünf Uhr früh«, sagte die Streifenpolizistin. »Sie sind jetzt alle mal still, es sei denn, Sie wollen von mir aufs Revier geschafft und eingebuchtet werden. Und Sie, Ermittlerin aus Chicago, wie kommt's, dass Sie hier zufällig spazieren gehen?«

»Tut mir leid, Officer«, sagte ich zerknirscht. »Wie Sie richtig sagten, komm ich aus Chicago. Ich kenne nicht alle Verordnungen in Lawrence. Wenn man hier nicht frühmorgens spazieren gehen darf, mach ich das nie wieder.«

Mein Veteran hustete wieder los.

Die Frau kämpfte mit sich, ob sie noch mehr Wirbel machen wollte. Wilton bestand darauf, dass ich in die Bar eingebrochen sei und dass im zweiten Stock Licht brannte, was dies bewies.

»Sie haben es doch selbst auszumachen vergessen, Mann«, krächzte mein Veteran. »Ich hab Sie weggehen sehen, da war das Licht noch an, und ich dachte bei mir, so'n reicher Typ, dem ist es egal, ob rund um die Uhr Strom verbraucht wird.«

Wilton sagte, das sei eine Lüge, aber die Polizistin war müde, ihre Schicht fast zu Ende. Sie sagte dem Veteran und mir, wir sollten uns nicht vom Fleck rühren, sie würde nach Anzeichen für gewaltsames Eindringen suchen.

Obwohl ganz klar keine der Türen beschädigt und die Alarmanlage nicht ausgelöst worden war, ging sie auf Wiltons Forderung ein, mich nach Werkzeug zum Aufknacken von Schlössern oder Überbrücken der Alarmanlage zu durchsuchen. Als sie nur Taschenlampe und Handy fand, befahl sie uns allen, nach Hause ins Bett zu gehen.

Wilton murrte, er werde Beschwerde einreichen, aber sie war klug genug, darauf nicht einzugehen. Sie stieg wieder in ihr Fahrzeug und wartete ab, um sich zu vergewissern, dass wir nicht weitermachten.

Wilton verschwand in seiner Bar. Ich hockte mich neben den Veteran.

»Suchen wir dir was, wo du baden und schlafen kannst. Schaffst du's, ein Stück zu laufen?«

Er stemmte sich hoch und hielt sich an meinem Arm fest, um das Gleichgewicht zu halten. »Ich geh nicht ins Asyl.«

»Ich bring dich nicht ins Asyl. Wenn du magst, zahl ich dir ein Zimmer in einem Motel. Das schulde ich dir und mehr, du hast mir nämlich den Arsch gerettet.«

Er humpelte stark, und wir machten auf dem vier Blocks weiten Weg zum Auto mehrmals Halt, während er Atem schöpfte. Als wir den Camry erreichten, sank er ermattet auf den Beifahrersitz.

»Du sagst, du bist Räuber und nicht Gendarm«, sagte er. »Aber die Bullin da meinte, du bist 'ne Ermittlerin aus Chicago.«

»Ich bin Privatschnüfflerin und von keiner Regierungstruppe. Ich lebe in Chicago und bin nur hier, um einer Freundin beizuspringen. Momentan weiß ich nicht genau, auf welcher Seite des Gesetzes ich stehe. Jetzt will ich kurz meinen Hund holen, und dann buchen wir dir ein sauberes Bett. Ruh dich hier aus; ich bin in zwanzig Minuten zurück.«

Bei Trigs Haus nutzte ich mein Pickset, um reinzukommen. Trig schlief noch, eine Gnade. Ich hatte gefürchtet, dass Peppy ihre Entrüstung, schon wieder allein gelassen zu werden, laut herausbellte, aber sie war ganz brav. Als wir zum Auto kamen, spürte sie das Unwohlsein des Veteranen, streckte sich vom Rücksitz nach vorn und legte ihm ihre Schnauze an den Hals.

Ich fuhr ihn zu dem Motel, wo ich Clarinas Schwester hatte unterbringen wollen, sauber, aber spartanisch und erschwinglich. Gab ihm noch ein paar Zwanziger. »Du musst dich ärztlich durchchecken lassen.«

»Du bist eine gutherzige Spiderwoman, aber was weißt du schon vom Leben auf der Straße? Wo soll's denn hier für mich einen Arzt geben?«

Ich nahm mir die Zeit für eine Suche auf meinem Smartphone. »Es gibt eine Veteranenklinik in der Stadt.« Ich schrieb die Adresse auf einen Block neben dem Motelbett. »Wenn du deine Hundemarke noch hast, wirst du da umsonst behandelt.«

»Vielleicht.« Er bückte sich, um von Peppy Abschied zu nehmen. »Lange her, dass mich eine schöne Lady geküsst hat. Pass gut auf Spiderwoman auf.«

49

Legende

Meine Muskeln schrien und wollten ins Bett. Ich fuhr westwärts, an der Abzweigung nach Yancy vorbei, und fand noch ein anonymes Motel ähnlich dem, wo ich den Veteranen gelassen hatte, kein Schnickschnack, aber sauber.

Ein Schild an der Tür wies darauf hin, dass Hunde nicht gestattet waren. Die Morgendämmerung platzierte schon ihre rosigen Fingerabdrücke am Nachthimmel, als ich Peppy reinschmuggelte.

Keine Zahnbürste, kein Schlafshirt, aber eine Dusche, ein frisches Bett. Ich dachte gerade noch dran, das BITTE NICHT STÖREN-Schild rauszuhängen. Als ich mir die Decke bis ans Kinn zog, war ich auch schon eingeschlafen.

Es war nach eins am Sonntagnachmittag, als Peppy mich weckte, weil sie rausmusste. Ich kroch aus dem Bett, die Beine steif und geschwollen vom gestrigen langen Tag. Krafttraining, früher fester Bestandteil meines Workouts, gehörte auch zu den Dingen, die ich hatte schleifen lassen.

Ich stolperte mit Peppy nach draußen. Ein Mann, der benutztes Bettzeug aus einem Zimmer holte, sah mich mit dem verbotenen Hund, zuckte aber nur die Achseln und schaute weg.

Das Motel grenzte an einen für den Winter umgepflügten Acker. Ich ließ Peppy frei laufen und machte Beweglichkeitstraining, zwanzig Minuten Ausfallschritte, Kniebeugen, Nervengleitübungen, ließ es langsam angehen, bis Arme und Beine sich weniger wie an meinem Rumpf befestigte pralle Würste anfühlten und mehr wie brauchbare Gliedmaßen.

Beim Dehnen sah ich die Spitzen der schmutzig-orangen Schornsteine vom Wakarusa-Kraftwerk. Wir waren nicht weit von dem Flusspfad, wo Rotherhaite den Tod gefunden hatte.

Die Audiodatei, über die ich gestolpert war, enthüllte so einiges. Das angebliche Resort war tatsächlich ein Deckmäntelchen, die Tullohs pushten das Yancy-Projekt für etwas, das Energie in gewaltigem Maßstab brauchte.

Clarina hatte sie aufzuhalten versucht, kraft ihrer bewährten Methode, bei der sie vorgab, vielleicht auch selber glaubte, geheime Aspekte der Lokalgeschichte zu kennen, die das Projekt zu Fall bringen würden.

So gesehen starb Clarina-Ulricke wohl an einer Überdosis blauem Dunst. Doch wie schon in Skaneateles, als sie alle glauben machen wollte, sie sei Schwarz oder eine Nachfahrin der *Mayflower*-Pilger, fehlten ihr handfeste Beweise. Sie hatte nichts als den Wunsch, sich Bedeutung zu verschaffen, und wählte für dieses spezielle Drama das falsche Theater.

Es gab reichlich offene Fragen zu dem Mord an ihr – wo und warum sie die Mörder getroffen hatte, wer den tödlichen Schlag ausgeführt und auch, was genau sie gesagt hatte, das sie das Leben kostete. Aber selbst wenn sie die Tagebücher aus dem Origins Museum entwendet hatte, war sie Tullohs Team die glaubwürdigen Beweise dafür, dass sie das Projekt kippen konnte, offenbar schuldig geblieben.

Der Schraubenschlüssel würde morgen eintreffen. Ich wollte ihn auf Umwegen Deke Everard zukommen lassen. Wenn das die Mordwaffe war, würde er sich hinter die Jagd nach dem Mörder klemmen. Oder Chief McDowell tat Matthew Tulloh einen Gefallen und verscharrte den Schraubenschlüssel unter einem Starkstrommast. Vielleicht verscharrten sie mich gleich daneben.

Ich wünschte, ich könnte heim, sobald ich den Schraubenschlüssel beim LKPD abgeladen hatte, aber davon würde die

Zielscheibe nicht verschwinden, die Matthew Tulloh mir auf die Stirn gemalt hatte. Vielleicht ließ sich die Aufnahme nutzen, die ich in Wiltons Büro gehört hatte – falls ich sie kopieren konnte, bevor er sie löschte.

Ich rief Peppy bei Fuß. Suchte den Mann, der die benutzte Wäsche aus den Zimmern holte, und gab ihm einen Fünfer. Fuhr zum Trailer, um mich umzuziehen und Nachrichten einzusammeln.

Auf Wiltons Audiodatei erwähnte Jake Tulloh, dass seine Leute Trailer und Camry durchsucht hatten, als ich bei Matthew war. Sachen anzuziehen, die dieses Geschmeiß befummelt hatte, war mir zuwider, aber ich konnte nicht ständig zum Waschsalon fahren, geschweige denn jeden zweiten Tag neue Klamotten kaufen. Ich packte frische Unterhosen und Waschzeug in meinen Rucksack, nachdem ich alles auf Wanzen und Tracker geprüft hatte. Dann filzte ich den Camry und fand einen Apple-Tracker in der Reserveradmulde. Ich ließ ihn erst mal da – wenn ich irgendwo hinmusste, wo ich mir Verfolger nicht leisten konnte, würde ich ihn beseitigen.

Ich musste Peppy rausfahren zu Lou und Ed. Wenn ich sie Gefahren aussetzte und was schiefging, würde ich mir das nie verzeihen. Außerdem brauchte ich noch einen anonymen Ort zum Übernachten. Ich konnte Trigs Sicherheit nicht aufs Spiel setzen, indem ich erneut bei ihm pennte. Reines Glück, dass sie dem Camry nicht zu dem Motel gefolgt waren, wo ich den Rest der Nacht verbracht hatte.

Das Wissen, dass Tullohs gierige Griffel in mein Handy eingedrungen waren, machte mich unwillig, es auch nur zu berühren, aber ich musste meine Nachrichten lesen. Ich fuhr zum Buy-Smart in der Sixth Street und kaufte mir noch zwei Einweghandys. Bei einem Kaffee im Hippo tippte ich die Nummern der Leute ein, mit denen ich am dringendsten in Kontakt bleiben musste, das betraf auch meine aktuellen Klienten.

Ihnen sandte ich Textnachrichten, dass meine Hauptnummer kompromittiert war und sie bis auf Weiteres bitte diese Nummer benutzen sollten. Dann hörte ich die Voicemail meines Smartphones ab, und wieder kotzte es mich an, dass andere Ohren diese Nachrichten vor mir gehört hatten.

Mr. Contreras hatte angerufen, dann Lotty, Sal und Bernie. Deke Everard wollte so schnell wie möglich von mir hören. Cady Perec hatte aus den Nachrichten Clarinas wahre Identität erfahren und wollte mit mir reden.

Ihre Mitteilung veranlasste mich, meinen Newsfeed aufzurufen. Und da war er, der Knüller von der jungen Zoë Cruickshank, von Reuters und AP verbreitet und überall abgedruckt. Sie war in Skaneateles in New York State, sie interviewte Leute, die Ulricke »Rickey« Bednarek als Kind gekannt hatten, Leute, die nichts mit ihr anfangen konnten, Leute, die wussten, dass sie brillant war und nur ihre Nische finden musste, Leute, die erzählten, wie ihr Vater sie verprügelt hatte, Leute, die meinten, mit ihrem Gehabe hätte sie die Mutter ins Grab gebracht.

»Die beiden Mädels haben sich nie vertragen«, verkündete ein Nachbar. »Der Vater zog die Ältere vor, die Mutter mochte Ulricke lieber, und als Erwachsene war es, als würden sie den Eltern nacheifern: Lucia war die Verantwortungsbewusste, Ulricke kam nach der Mutter, immer am Greinen und unfähig, das Leben mit Haltung zu meistern.«

Zoë hatte im Grundbuch das Haus nachgeschlagen, in dem Tante Kalina gewohnt hatte. Sie erfuhr, dass es 1830 für Elias Entwistle erbaut wurde und nach seinem Tod an seine Tochter Amelia Entwistle Grellier überging. Danach wurde es von Sophia Grellier Carruthers geerbt und in der Familie weitervererbt bis 1993, als Louise Grellier Carruthers es an Kalina Bednarek verkauft hatte.

Die Papiere, die Rickey Bednarek nach dem Tod ihrer Tante auf dem Dachboden fand, könnten die Familie mit den Grelliers in Verbindung bringen, die in den 1850er Jahren als Abolitionisten nach Kansas zogen. Solange wir diese Papiere nicht aufspüren, kennen wir nicht die ganze Geschichte von Clarina-Rickey in Kansas.

Hier brachte Zoë einen Link zu der Story im *Kanwaka Courier* von 1867 über Amelia Grelliers Rückkehr nach Skaneateles, nachdem ihr Mann gestorben war, und schloss ihren ersten Bericht mit diesem Absatz:

Legte Frederic Grelliers Tod bei einem Terroranschlag im Jahr 1867 den Grundstein für den Tod von Rickey Bednarek alias Clarina Coffin hundertsiebenundfünfzig Jahre später? Wir haben eine Ermittlerin, die in Lawrence (Kansas) noch den Einzelheiten nachgeht, während ich im Staat New York nachforsche. Der Douglas County Herald hat eine Hotline für alle weiterführenden Informationen zu den Unterlagen, die Rickey mitgenommen hat. Und natürlich geben wir auch Informationen über den Mord an Rickey Bednarek an die Polizei von Lawrence für Sie weiter, wenn Sie anonym bleiben möchten.

Die Hotline war Zoës Handynummer. Kühn von ihr. Sie ließ es klingen, als habe der *Douglas County Herald* die Mittel, mich als seine Ermittlerin anzuwerben. Ich schrieb ihr eine Glückwunschnachricht und rief Lou und Ed an. Sie waren entzückt, als Hundesitter für »die Prinzessin« einzuspringen. Ich versprach, um sechs bei der Farm zu sein – »außer ich werde entführt, verhaftet oder ausgeknockt«.

»Du könntest *behaupten*, das alles sei passiert, und hättest damit lauter gute Gründe, aber wie willst du das beweisen?«, frotzelte Lou.

Nach dem Auflegen lehnte ich mich zurück und dachte noch mal über das Yancy-Projekt nach. Das Resort war bloß eine Tarnung – wofür genau?

Ich setzte Peppy in den Camry und fuhr zur Bibliothek, um deren Computer zu nutzen. Suchte nach wieder in Betrieb genommenen Kohlekraftwerken und stellte fest, sie gehörten zu den Leib- und Magenprojekten von Leuten, die in großem Stil Bitcoin-Mining betrieben. Ich kapierte nicht alle technischen Spezifikationen, aber man brauchte für Kryptowährung wohl zigtausende von Hochgeschwindigkeitsrechnern, und die wiederum benötigten tausende Megawatt Strom. Ich las von einem Bitcoin-Mining-Standort in Kentucky, der mit vier Kohlekraftwerken betrieben wurde.

Noch länger konnte ich meine arme Hündin nicht im Auto lassen. Ich ging mit ihr runter an den Fluss und setzte mich auf eine Bank, während sie durchs Unterholz stöberte und im seichten Wasser planschte.

Wenn die Gebrüder Tulloh in Yancy ein Krypto-Mining-Rechenzentrum hochzogen, stand das Wakarusa-Kraftwerk praktisch gebrauchsfertig bereit, um den Strom dafür zu liefern. Bitcoin-Mining hätten Pat Everard und Gertrude Perec nie gebilligt, ein Resort hingegen hatten sie durchgewunken. Aber was war mit Matthew? War er bei dem Krypto-Mining mit an Bord?

Ich rief Pauline Tulloh an. Rechnete damit, ihr auf die Mailbox zu sprechen, aber zu meiner Überraschung ging sie selbst ran.

»Ich war gestern bei Ihrem Vater«, sagte ich. »Er hat mich von Mellon und Chet Bezory ein bisschen durchprügeln und nach Salina ins Hauptquartier schaffen lassen.«

»Ach?« Ihr üblicher kühler Ton.

»Ich wüsste zu gern, wessen Idee das war.«

»Meine nicht«, sagte sie.

»Nicht nur das Kidnapping und die Drohung – Ihr Vater lässt mich umbringen, sowie ich ein wichtiges Beweisstück auftreibe, das er haben will. Ich hab mich gefragt, hat er Mellon bei Ihnen platziert, um Sie zu bespitzeln, oder haben Sie beide sich verständigt, dass Sie Mellon ausgeliehen kriegen, aber seine Gefolgschaftstreue Matthew gehört?«

Kurzes Schweigen, dann sagte sie im selben kühlen Ton: »Alle bei Tulloh schulden Matthew ihre Gefolgschaftstreue. Nach was für Beweisen sucht er denn?«

»Was immer Clarina Coffin gefunden zu haben behauptete, womit sie das Yancy-Projekt vereiteln könnte. Sie meinten doch, Ihr Vater hasst Krypto, aber ich glaube, genau das bauen Ihre Brüder in Yancy. Ein Krypto-Mining-Rechenzentrum.«

»Daddy will nicht, dass wir mit Krypto spekulieren, aber wenn das Geld, das die Jungs damit scheffeln, aus Kohlekraft stammt, ist er vermutlich gern mit dabei. Kohle kommt aus dem Boden, also findet er sie verlässlich. Was für Beweise sucht Daddy?«

»Meiner ganz privaten Meinung nach gibt es die gar nicht. Meine offizielle Meinung? Ich such danach wie irre und hoffe, ich lebe lange genug, um ihn davon abzuhalten, mich umzubringen.«

Noch ein kurzes Schweigen, dann sagte sie: »Verstehe«, und legte auf.

50

Verstand in Bedrängnis

Deke schrieb mir direkt nach dem Gespräch mit Pauline.

Warshawski, das ist meine 4. Nachricht. Wir müssen reden. Zwing mich nicht, eine Fahndung rauszugeben.

Ich rief zurück und sagte, er könne zur Bibliothek kommen, wenn er mich sprechen wolle. Dann ging ich mit Peppy zurück und widmete mich ihr, bis sein Zivilfahrzeug vor dem Gebäude hielt.

Er stand zu sehr unter Dampf für normale Begrüßungsfloskeln. »Was hast du heute früh um fünf Uhr am Lion's Heart gemacht?«

»Einen wohnungslosen Veteranen beschützt. Don Wilton hat ihn brutal zusammengetreten, nur weil er sein Haus als Rückenlehne benutzt hat.«

»Verarsch mich nicht, Warshawski. Officer Helios berichtet, dass du angeblich spazieren gegangen bist. Rein zufällig vor genau der Bar, wo deine Chicagoer Studentinnen vor zwei Wochen saufen waren.«

Ich betrachtete ihn gelassen. Wer die Beherrschung verliert, verliert die Schlacht. »Gestern, nachdem du mit Lucia los bist, um die Leiche ihrer Schwester zu begutachten, bin ich in die Stadt gegangen. Erst sah ich den kleinen Trevor Millay beim Dealen an der Hintertür vom Lion's Heart. Ich hab dir die Fotos geschickt.«

»Und ich wiederhole meine Antwort. Überlass die lokale Drogenszene uns. Übrigens würde ich auf Grundlage dieser Bilder noch nicht mal Wladimir Putin verhaften. Es ist kein

Verbrechen, wenn sich zwei Leute am helllichten Tag auf einem öffentlichen Parkplatz Briefumschläge überreichen.«

»Ich fand schon, dass sie erstaunlich dreist wirkten. Fast als hätten sie Schutz.« Ich starrte ihn unverwandt an.

»Verleumde ja nicht unsere Abteilung. Das dulde ich nicht!« Er wurde so laut, dass alle in der Lobby uns fragend ansahen.

»Dein Chief und Jake Tulloh sind Verbindungsbrüder. Sie teilen ihre Geheimnisse, also weiß das LKPD vermutlich, dass Don Wilton Jake und Robert Tullohs Cousin ist. Ihre Schwester Pauline hat dem Lion's Heart im Lockdown aus der Klemme geholfen, folglich kann man drauf wetten, dass Wilton zu allem bereit ist, was die Tullohs von ihm wollen, und das umfasst auch die computergesteuerte Bedienung der Kameras am Dundee-Haus.«

Deke sackte auf einen Stuhl, lehnte sich zurück und kniff die Augen zu. Er versuchte sich einen Reim auf alles zu machen, was er wusste, und auf das, was er nicht wissen wollte.

»Das erklärt noch nicht, warum du heute früh um fünf am Lion's Heart warst«, knurrte er mit geschlossenen Augen.

»Mir ging's wie Blaubarts Frau«, sagte ich. »Ich wollte sehen, was hinter der Stahltür ist, die von der Bar in sein Büro führt. Ich hab gehofft, dass Wilton alles unverschlossen lässt, damit ich einen Blick drauf werfen kann.«

»Und, hat er das?« Er setzte sich auf, runzelte heftig die Stirn: Wehe, du belügst mich.

»Sagen wir einfach, ich konnte mal reinschauen, ohne Türschlösser aufzubrechen oder Sicherheitscodes zu knacken.«

Er starrte mich eine ganze Weile an. »Das Fenster. Verdammt und zugenäht. Ich hab mir den Laden angesehen, nachdem ich Helios' Bericht gelesen hatte. Du bist die Feuerleiter rauf. Er hat wohl keinen Alarm am Fenster, nehme ich an.«

»Steig doch hoch und sieh nach. Ich kann es nicht bestätigen.«

»Und auch nicht dementieren. Na klar. Als ich mit Helios

sprach, fiel ihr ein, dass der Säufer, dem du beigestanden hast, dich Spiderwoman genannt hat. Als du in Dons Büro geschaut hast, was hast du da entdeckt?«

»Also wenn ich Zugriff auf die Mühlen des Strafverfolgungssystems hätte, würde ich mir einen Durchsuchungsbeschluss besorgen«, sagte ich. »Und wenn ich dann reinkäme, würde ich prüfen, ob da neben den Computerbildschirmen die Routen und Zeitpläne der Drogenlieferungen hängen. Ich würde auch die Aufnahmen von den Kameras auf dem Dundee-Grundstück durchgucken, denn es würde mich sehr wundern, wenn Don sich nicht als der erweist, der diese Kameras kontrolliert.«

»Das würde dich wundern, ja? Du bist also nicht nur Spiderwoman, sondern auch noch Wonder Woman«, spottete Deke.

Ich lächelte. »Frau mit Fragen trifft es besser. Denn ich würde auch fragen, was für Gespräche Don da heimlich mitgeschnitten hat.«

»Man braucht für einen richterlichen Beschluss aber stichhaltige Gründe, und die Spekulationen einer kletterfreudigen Privatdetektivin gelten nicht als Gründe.«

Ich neigte zustimmend den Kopf. »Du hast recht. Aber ich erzähl dir als Dreingabe noch von etwas, das tatsächlich passiert ist. Matthew Tullohs Tochter Pauline hat einen Leibwächter-Schrägstrich-Butler, ein Typ namens Geoffrey Mellon. Er steht aber eigentlich in Matthews Sold. Gestern hat mich Mellon überfallen, zusammen mit dem Vormann vom Yancy-Bauprojekt. Sie haben mich betäubt und nach Salina in Tullohs Hauptquartier gekarrt. Matthew Tulloh ist ein gruseliger Kerl. Er und seine Söhne glauben, Clarina hatte wirklich ein Dokument, das ihr Yancy-Projekt kippen könnte. Er lässt mich am Leben, bis ich es für ihn auftreibe.

Anderes Thema: Cady Perec macht sich Sorgen wegen deiner Mutter und ihrer Großmutter. Du weißt doch, die Tagebücher, die aus dem Museum verschwunden sind? Cady fürchtet,

Gertrude hat sie womöglich entwendet und bei deiner Mutter versteckt.«

»Infiziert sie deinen Verstand oder du ihren? Diese beiden Frauen arbeiten hart und tun nichts als Gutes für diese Stadt. Und du traust ihnen den Diebstahl von uralten historischen Kladden zu? Und den Mord an einer Fremden?«

»Sollte es ein brisantes Dokument geben, dann wette ich, es hat was mit diesen historischen Kladden zu tun. Ich weiß ja nicht, was euer Team in Clarinas Trailer gefunden hat, aber wir wissen, sie hatte eine Fotografie der Ausschreitungen am hiesigen Bahnhof, wo es um Schwarze Siedler ging, die in den 1860ern die Stadt verlassen haben, sowie das Foto einer Trauernden aus der gleichen Zeit.«

»Wenn ich morgen umgebracht würde, würde man ein Bild von Quarterback Patrick Mahomes in meinem Schlafzimmer finden«, sagte er. »Deswegen hätte mein Tod trotzdem nichts mit den Chiefs zu tun.«

»Wer weiß – nachher hat ein neidischer Footballfan aus Chicago die vielen Super-Bowl-Trophäen übelgenommen und das an dir ausgelassen.«

Er konnte sich ein Grinsen nicht ganz verkneifen, sagte aber: »Clarina war regelrecht besessen von der Kansas-Geschichte der 1860er. Lucia hat mir darüber auf der ganzen Fahrt ein Ohr abgekaut. Ich weiß, Matthew Tulloh ist Milliardär und ich bin nur ein Sergeant mit dürftigem Lohn, aber ich glaube, er irrt sich und es gibt gar kein Dokument. Clarina *wollte* was finden, das sie berühmt macht, aber es existiert nicht.« Er stand auf. »Ich muss dir wohl danken, dass du Coffin identifiziert hast. Nicht, dass das den Mörder oder das Motiv finden hilft.«

»Ich freu mich, dass du dankbar bist. Das hält mich bei der Stange in den dunklen Stunden der Nacht.« Ich sah ihm fest in die Augen. »Du bist ein guter und aufrechter Cop, aber dein Chief kungelt mit Familie Tulloh. Ich denk mir das nicht aus, was ich auf einer Tonspur in Don Wiltons Büro gehört habe: Chief McDowell gibt eure Ermittlungsfortschritte an seinen alten Verbindungsbruder Jake Tulloh weiter. Du willst es nicht glauben, aber ihr braucht mich hier.«

»Das LKPD braucht dich nicht –«

»Nicht unbedingt mich persönlich«, sagte ich, »aber eine Person abseits der Befehlskette, die ein Geheimnis wahren und beharrlich unbequeme Fragen stellen kann.«

Er starrte mit düsterer Miene zurück. Nach einer Weile wandte er sich ab und ging.

51

Jonglieren mit Kettensägen

So eine Erleichterung, Lous und Eds Refugium zu erreichen, eine Erleichterung, mit einem Drink an der Feuerstelle zu sitzen und ihnen alles zu erzählen, was in den letzten Tagen geschehen war, einschließlich der Kraxelei hoch zu Don Wiltons Büro.

»Als Kind nahm mich mein Vater mit zum Jahrmarkt am Rand von Topeka«, sagte Ed. »Klein und oll, passend für ein Farbigenviertel, die Karussells wären bei höherem Tempo auseinandergefallen, ein trauriges Pony, das uns im Kreis trug. Und ein Mann, der mit Kettensägen jonglierte. Das hat sich mir echt eingeprägt. Kettensägen.

Das bist du, Warshawski. Und die werden dir um die Ohren fliegen. Wenn du deine Birne loswerden willst, liegt das bei dir, aber die Prinzessin hier hat keine Wahl. Du lässt sie hier bei uns, bis du die Sache hinter dir hast.«

Lou nickte. Ich widersprach nicht. Es half, wenn ich mir um Peppys Sicherheit keine Sorgen machen musste, allerdings warnte ich sie, denn zu meinen Kettensägen gehörte auch, dass der Camry wahrscheinlich verwanzt war. »Ich hab beim Reserverad einen Tracker gefunden. Hab ihn auf dem Parkplatz vor der Bibliothek gelassen, aber vielleicht sitzen noch andere an schwerer zu findenden Stellen. In dem Fall könnte der verrückte Milliardär seine Vasallen hier vorbeischicken.«

»Dich zu kennen, bringt Spaß ohne Ende«, sagte Ed. »Bloß gut, dass du so 'ne süße Hündin hast. Und wo verbringst du die Nacht?«

»Kann bei Zoë pennen, solange sie in New York einen draufmacht«, sagte ich. »Wir sehen uns morgen auf dem Schrotthof, wenn mein Päckchen da ist.«

Ich fuhr zurück nach Lawrence und parkte auf dem Besucherparkplatz des neuen Polizeireviers, damit Tulloh wusste, wo er mich suchen sollte. Falls jemand den verwanzten Camry in die Luft jagte, würde die Polizei dort mit Sicherheit ermitteln. Dann nahm ich den kostenlosen Bus in die Innenstadt. Er setzte mich in der Nähe der Bibliothek ab. Ich überquerte die Straße, hockte mich auf den Bordstein und sah zu, wie Leute aus den Bussen aus- und einstiegen, die dort hielten.

Als ich einigermaßen sicher war, dass niemand auf mich wartete, ging ich zur Redaktion des *Douglas County Herald.* Zoë hatte gesagt, sie sei die Einzige, die sich dort regelmäßig aufhielt.

Ich hörte den nahen Fluss raunen, als ich mir das Türschloss vornahm, hörte Stimmengemurmel aus dem Obdachlosenlager unter der Brücke und wie die Eisenplatten auf der Brücke schepperten, wenn Autos darüberfuhren.

Ich friemelte im Dunkeln, aber es war ein altes Schloss, und es zu knacken, ging nach Gefühl, nicht auf Sicht. Nach ein paar Minuten hatte ich die Zuhaltungen in Position.

Drinnen machte ich meine Taschenlampe an und sah Horden grauer Schwänze unter den Türspalten verschwinden, wo ich vorbeikam. Schön zu wissen, dass ich in dem kalten, feuchten Gebäude nicht allein sein würde.

In einem der ungenutzten Büroräume stieß ich auf eine bunte Mischung von ausgemusterten Möbeln, darunter eine Couch. Staubig, aber die Polster halbwegs fest. Eine wattierte Plane war über einen Palettenhubwagen gebreitet. Ebenfalls staubig, aber dick und schwer. Ich legte mich auf die Couch, angezogen bis auf die Schuhe, die Plane bis zum Kinn hochgezogen. Ich nieste ein Weilchen, dann stellten sich meine Nebenhöhlen drauf ein und ich fiel in Schlummer.

Unter der Plane war mir warm genug, aber ich wachte oft auf, dachte an die Ratten, an Peppy, grübelte, ob ich Lou und Ed in Gefahr gebracht hatte und wie scharf ich wohl überwacht wurde. Um sechs stand ich schließlich auf. An einem Ende des Flurs lagen Toiletten. Das Frauenklo war halbwegs sauber – zweifellos Zoës Werk –, und es gab sogar warmes Wasser für mein staubiges Gesicht und meine müden Augen. Ich putzte Zähne, kämmte mich und sah aus wie eine Frau, die nicht viel geschlafen, aber wenigstens ein sauberes Gesicht hatte.

Ich ging über den Fluss zum Boat Yard, wo sie schon offenhatten, Lastwagenfahrer und Arbeitskolonnen auf dem Weg zu den Industriegebieten am Nordufer sorgten für regen Betrieb. Auch ein paar Kirmek-LKWs waren dabei, einer beladen mit weiteren telefonmastgroßen Balken. Frauen mit Kindern im Schlepptau drängten sich vorn an einem Tisch.

Anfangs sah ich mich nervös um, fragte mich, ob mir ein Tulloh-Söldner zur Zeitung und hierher gefolgt war, aber kein Mensch achtete auf eine weitere abgekämpfte verlotterte Kundin. Ich hockte mich an den Tresen, stärkte mich mit Corned Beef und Spiegelei und las Zoës neuste Meldung aus Skaneateles.

Der Schrotthof, wo Lou und Ed altem Metall neues Leben einhauchten, lag eine halbe Meile flussaufwärts. Sie waren noch nicht da; die Tore verschlossen. Ich fand draußen vor dem Zaun einen alten Autositz, machte es mir gemütlich und schaute dösend den Adlern über mir beim Kreisen zu.

Ein scharfer Wind wehte aus dem Norden, von daheim, aber ich fühlte mich zu müde und zu steif, um Hampelmänner oder sonst was Erwärmendes zu machen. Ich war froh, als der FedEx-Truck am Hoftor vorfuhr. Ich hievte mich aus dem Sitz und schlenderte hin.

Lou und Ed kamen an, während ich für die Kiste unterschrieb. Cheviot wollte meine Unterschrift auf dem Formular, von daher war es gut, dass ich selbst hier war.

Lou schloss das Tor auf. »Willste 'n Blick auf deine Accessoires werfen, komm doch mit rein«, sagte er.

Ich schüttelte den Kopf. »Alles, was da drankommt, wird analysiert und kann dann über Metallpartikel oder Staub zu eurer Werkstatt zurückverfolgt werden. Ich fahr besser zur Bibliothek und benutz einen der schalldichten Räume; das ist zwar nicht steril, aber doch ziemlich sauber.«

Die Kiste war nicht schwer, aber unhandlich zu tragen. Die Männer sahen sich an, als ich damit losziehen wollte.

»Wenn dich jemand damit übern Fluss tippeln sieht, selbst wenn man dich nicht sofort abknallt, ist eh klar, dass wir dich kennen. Steig in den Truck, Warshawski.«

Ich stieg in den Truck. Drinnen saß Peppy; sie mochten sie nicht allein auf der Farm lassen. Sie begrüßte mich mit einem höflichen Schwanzwedeln, aber mir war noch nicht vergeben, dass ich sie in den letzten Tagen zu oft allein im Auto gelassen hatte.

In der Bibliothek stellte niemand Fragen, als ich mich für eine der Schallkabinen eintrug. Ich machte die Kiste auf und fand den Schraubenschlüssel in einem durchsichtigen Plastik-Spurensicherungsbeutel, etikettiert mit der vorschriftsmäßigen Beweiskette: von mir zu Cheviot und zurück zu mir, um ihn Deke zukommen zu lassen.

Ich hatte das nicht gut genug durchdacht. Ich haderte mit mir, dann machte ich die Kiste wieder zu. Im Osma-Raum der Heimatkundeabteilung schob ich sie vorsichtig hinter ein paar riesige Atlanten.

Ich fuhr mit dem kostenlosen Bus zur Sixth Street und erwarb im Buy-Smart Latexhandschuhe, ein Teppichmesser, ein paar durchsichtige Sieben-Liter-Plastikbeutel und Müllsäcke.

Zurück in der Bibliothek zog ich Handschuhe über, machte die Kiste wieder auf und hob den Schraubenschlüssel in seinem Spurensicherungsbeutel heraus. Ich konnte das Etikett mit der Beweiskette nicht von dem Beutel ablösen. Ich schnitt ihn auf. Ohne den Schraubenschlüssel zu berühren, ließ ich ihn in einen meiner Sieben-Liter-Beutel gleiten.

Als er vor mir lag, sprang mir wieder das eingestanzte K im Kreis ins Auge. Seit zwei Wochen guckte ich fast jeden Tag auf dieses K. Kirmek Construction. Am liebsten hätte ich mit Rotstift auf den Beutel gekrakelt: »Guckt mal in Chet Bezorys Werkzeugkasten, ob so ein Schraubenschlüssel fehlt«, aber das wär wohl nicht so schlau.

Ich steckte den Beutel mit dem Schraubenschlüssel in einen zweiten Sieben-Liter-Beutel und wickelte den in einen schwarzen 50-Liter-Müllsack.

Jetzt kam der unheimliche Teil. Ich fand einen Bus, der mich eine halbe Meile vom Dundee-Haus absetzte. Lief die 1450 Road hoch, bis es nicht mehr weit war, dann querfeldein über den Acker an der Nordseite des Dundee-Hauses. Duckte mich tief, so viel Deckung wie irgend möglich, und schlug mich in den Wald hinter dem Haus. Ich wünschte, ich hätte mich sicher genug gefühlt, noch mal zum Trailer zurückzufahren – auf diesem unwegsamen Gelände wären Wanderstiefel hochwillkommen. Zwei Nächte Schlaf aber auch. Eine Gefährtin. Eine Nachricht von Peter.

Meine Mutter versteckte sich ganz allein in den Bergen bei Livorno und wartete auf ein Signal, dass ein marodes Fischerboot sie nach Lissabon bringen würde. Ihr Vater war gerade verhaftet worden. Italien war für sie nicht mehr sicher. Da war sie achtzehn. Sie wanderte die 160 Meilen bis zur Küste nachts, in der Hand ihren Pappkoffer mit den in ihre wenigen Kleider gewickelten roten venezianischen Weingläsern ihrer Großmutter.

Wie viel Schlaf bekam Gabriella in diesen acht Nächten? Wie fand sie Hilfe in Lissabon, wo sie niemanden kannte und die Sprache nicht sprach? Und dann landete sie in Chicago, wo sie hoffte, ihre wunderbare Stimme würde ihr zu einem Job in einer der derben Bars an der Milwaukee Avenue verhelfen.

Gabriella, leih mir etwas von deinem Mut, deinem unbeugsamen Geist. Leise summte ich eine ihrer Lieblings-Mozartarien vor mich hin, meine Stimme eingerostet und kratzig. In den letzten fünf Monaten hatte ich auch meine Gesangsübungen schleifen lassen. Wenn ich nach Chicago zurückkam, würde das alles anders werden.

Hör mein Fleh'n, o Gott der Liebe brachte mich zu dem Streifen Dickicht am Rand des Dundee-Grundstücks. An den Zweigen zeigten sich erste blassgrüne Knospen, aber es würde noch Wochen dauern, bis sie zwischen Wald und Haus Deckung boten. Ich schob den Müllsack in eins der dichtesten Gestrüppe, geschätzte fünfundsiebzig Meter Luftlinie von der Hausecke.

Ich machte mich eben auf den Rückweg, da schoss ein schwarzer Jeep Cherokee die Auffahrt zum Dundee-Haus hoch. Chet Bezory sprang raus, ohne auch nur den Motor abzustellen, und kam in meine Richtung.

Das Herz schlug mir bis zum Hals. Hatte er mich vom Hügel aus gesehen? Oder war ich trotz aller Vorsicht auf einer Kamera im Lion's Heart aufgetaucht? Ich duckte mich tief und rannte hügelaufwärts, wo die Bäume am dichtesten standen. Ich war etwa dreißig Meter weit gekommen, als eine Kugel dicht an meinem Kopf vorbeisauste.

Ich ließ mich zu Boden fallen und kroch im Eiltempo weiter. »Wer immer du bist, komm raus oder friss Blei«, dröhnte es durch ein Megafon.

Ich konnte ein nervöses Kichern nicht unterdrücken. *Friss Blei,* die Sprache alter Cowboyfilme.

Ein weiterer Schuss fauchte über mich hinweg und traf einen dicken Ast. Er brach ab und krachte zu Boden, versperrte kurzfristig den Weg hinter mir, was mir vielleicht fünfzehn Sekunden Vorsprung verschaffte. Ich erreichte die Überreste des Pfads, dem ich vor drei Wochen gefolgt war, und zog das Tempo hoch. Vor einer Woche war der Boden schlammig gewesen, jetzt war es kalt genug, dass die Erde hart war; ich hinterließ keine Fußabdrücke.

Genau als ich die erste Hausruine erreichte, fing es an zu schneien. Jetzt würde ich eine Fährte machen. Ich suchte hektisch nach Deckung, zwängte mich durch einen Mauerspalt in die Trümmer des Kamins. Und manövrierte mich in eine Sackgasse. V.I.! Du hattest doch mal gute Instinkte, was ist daraus geworden?

Ich ging in die Hocke, tastete den Boden ab, suchte nach irgendwas, was als Waffe dienen könnte, und fand – nichts. Ich riskierte einen kurzen Schwenk mit der Taschenlampe. Da. Ein Loch, über die Jahre mit Blättern und Zweigen gefüllt, aber aus der Innenwand ragende Backsteine boten eine behelfsmäßige Leiter.

Hand über Hand, Füße in der Luft strampelnd, dann griff ich daneben und fiel die letzten zwei Meter abwärts, landete auf Erdboden. Baumwurzeln und Backsteine drückten sich in meine Jacke. Rasch riskierte ich noch ein kurzes Leuchten.

Ich hockte in einem alten Rübenkeller. Ein Licht tauchte über mir auf. Ich steckte die Taschenlampe weg, rutschte rückwärts, drückte mich eng an die Erdwand und schaute nach oben. Eine Hand streckte sich in den Mauerspalt, durch den ich mich gezwängt hatte, dann folgte ein Kopf. Das Licht glitt über die alte Kaminwand, streifte die Äste und Blätter an der Mauer, verfehlte den Schacht runter zum Keller.

Hand und Kopf zogen sich zurück. Gedämpft vernahm ich zwei Stimmen, Männerstimmen, mehr war nicht auszumachen. Dann noch undeutlicher das Knacken von Bewegungen durchs Unterholz. Und dann Stille, plötzlich, einhüllend, als wäre die Luft eine Samtdecke, die sich um mich legte.

Ich ließ mich auf den Boden sinken, die Muskeln schwach

vor Erleichterung, mein Kapuzenpulli klatschnass vor Schweiß. Nachdem ich eine Weile gelauscht und Gewissheit hatte, dass meine Verfolger weg waren, machte ich die Lampe wieder an, betrachtete den Keller. Saß reglos da, völlig perplex.

Ein kleiner Tisch, ein Stuhl, eine Blechtruhe auf Böcken. Und das Beste: eine batteriebetriebene Leuchte. Ich knipste sie an.

An den Stampflehmwänden waren Regale, die noch aus der Zeit des Hausbaus stammen mussten. An manchen Konserven klebten noch handgeschriebene Etiketten, die Schrift bis zur Unlesbarkeit verblasst. Einige Dosen waren explodiert, aber vor so langer Zeit, dass der Inhalt unkenntlich vertrocknet war.

Die Truhe hatte ein Vorhängeschloss, doch das Blech selbst war relativ weich. Ich benutzte einen Stock als Hebel, um den Deckel aufzustemmen. Das Vorhängeschloss hielt, aber das Blech drum herum gab nach.

Ich holte mir die Leuchte rüber, um den Inhalt zu inspizieren. Das meiste waren Papiere. Zuoberst lag ein Notizbuch mit dem Emblem der Uni Kansas. Vorn auf der Umschlaginnenseite stand Clarina Coffins Name, darunter die Adresse des Trailerparks. »Belohnung bei Auffinden und Rückgabe«, hatte sie dazugeschrieben.

Das Notizbuch schien Clarinas Tagebuch zu sein, enthielt aber auch eine Autobiografie mit dem Titel »Auf den Spuren meiner Familie« sowie Notizen zu in verschiedenen Bibliotheken eingesehenen Dokumenten. Sie hatte sich außerdem freizügig an ein paar Originaldokumenten vergriffen. Im Notizbuch klemmte zwischen zwei Seiten ein vergilbtes Stück Zeitung, so spröde, dass Stückchen abfielen, als ich es anzuheben versuchte. Ich konnte die Kopfzeile lesen: *Yancy Journal, Kansas Oldest Negro Newspaper, 28. Juni 1867.*

Eine dicke Mappe enthielt noch mehr Originaldokumente, darunter Telegramme und Briefe von Mitgliedern der Familie Grellier und Leuten namens Entwistle. Diesen Namen hatte

Zoë in ihrem ersten Bericht aus Skaneateles erwähnt. Elias Entwistle hatte das Haus erbaut, wo Clarina die alten Briefe und Papiere fand, die sie zum Aufbruch nach Kansas veranlassten.

Unter der Mappe lagen drei Bücher, in rotes Leder gebunden, das mit der Zeit verblichen war. Ich schlug eins auf und hatte die elegante Handschrift vor mir, die ich letzte Woche in Topeka gesehen hatte. Abby Langford und Tommy Gellman wären entsetzt, Florence Wheelocks kostbare Tagebücher in diesem feuchten Keller vorzufinden.

Ein weiteres Tagebuch, in anderer Handschrift und schlichter in stockfleckigen Karton gebunden, lag am Boden der Truhe neben diversen Päckchen Trockenobst und Joghurtchips.

Ich hatte kaum noch Gefühl in den Fingern. Die Latexhandschuhe, die ich angezogen hatte, um auf den Beweisbeuteln keine Fingerabdrücke zu hinterlassen, schützten nicht vor der Kälte.

Ich überlegte, ob ich lieber alles an Ort und Stelle lassen sollte, aber ich fürchtete, Tullohs Team würde noch mal zu dem Schornstein zurückkehren, wenn sie mich im Wald nicht fanden. Wenn sie ernstlich suchten, konnte es nicht lange dauern, bis sie diesen Schlupfwinkel entdeckten.

Ich musste diese Tagebücher retten. Wenn meine Verfolger sie fanden, würden sie sie entweder sofort vernichten oder das Papier hier vollends der Auflösung überlassen.

Florence' drei Bände passten in meinen Rucksack, auch wenn ich den Reißverschluss nicht ganz zubekam. Clarinas Notizbuch stopfte ich in den Bund der Jeans, die ich seit gestern früh trug. Das kartongebundene Tagebuch und die Mappe waren zu groß, der Inhalt zu empfindlich, um sie am Körper zu tragen. Ich nahm sie in die linke Hand und ging zu der Backsteinleiter.

Meine Schultern und Arme pochten noch von der Strapaze am Samstag. Dieselben geschundenen Muskeln brauchte ich, um mich den Schacht hochzuwuchten, einhändig, um Mappe und Tagebuch zu schützen. Ich schob mich zentimeterweise hoch, lehnte mich gegen die geziegelte Schachtwand, damit sie mein Gewicht trug, ertastete Stein für Stein und stemmte mich mit den Oberschenkeln aufwärts.

Oben angekommen, steckte ich vorsichtig den Kopf aus dem Schornsteinspalt. Mein Schweiß gefror im scharfen Wind.

Der Schneefall hatte aufgehört und nur eine dünne Schicht auf dem Boden hinterlassen, aber genug, um zu zeigen, dass meine Verfolger zurück zum Dundee-Haus gegangen waren. Ich würde ebenfalls Spuren hinterlassen, doch das ließ sich nicht ändern. Wenigstens wusste ich, in welche Richtung ich nicht gehen sollte.

Ich machte, so schnell ich konnte, befahl meinem Körper, die Kälte zu ignorieren, die steifen Beine und zitternden Arme zu ignorieren, sagte mir die Mantras meines früheren Basketballtrainers vor. *Es geht nicht um die Größe des Hundes im Kampf, es geht um die Größe des Kampfes im Hund. Wer aufgibt, gewinnt nie; wer gewinnt, gibt nie auf.* Das war, bevor St. Cecelia uns 98 zu 40 schlug. Aber na ja, aufgegeben hatten wir nicht.

Ich hatte vorgehabt, auf der Straße weiterzugehen, sobald ich sie erreichte, mit meinen Laufschuhen leichteres Terrain. Ein paar Meter davor stolperte ich über eine Wurzel. Weil ich das Tagebuch festhielt, fiel ich ungeschickt und schlug schwer auf die rechte Schulter. Ich lag still da und verschnaufte. Ein schwarzer Jeep Cherokee rollte vorbei, langsam, Don Wilton auf dem Rücksitz spähte aus dem offenen Fenster in den Wald.

Als er vorbei war, zählte ich Sekunden runter, bis er wieder auftauchte. Etwa drei Minuten, und dann noch mal fünf, bis er erneut zurückkam. Ich konnte hier liegen bleiben, bis es wärmer wurde und Blumen und Büsche hoch genug wuchsen, um mein Grab zu schmücken. Oder ich kam wieder in Bewegung.

Kroch weiter, Latexhandschuhe zerfetzt, Finger blutig, Schulter pochend. Machte mich flach, wann immer ich Reifen auf Schotter hörte.

Und dann krachte etwas durchs Unterholz, ein kurzes scharfes Bellen, eine Männerstimme grunzte. »Hab sie.«

52

Schönheitskur

Peppy leckte mir das Gesicht und winselte. Lou hob mich hoch. Verglichen mit einer Autotür wog ich anscheinend nicht viel. Ed ließ den Motor laufen. Lou verfrachtete Peppy und mich auf den Rücksitz; der Truck fuhr an, bevor er die Tür zuhatte.

»Was in Dreiteufelsnamen versuchst du hier zu beweisen, Warshawski?«, sagte Ed. »Du bist ein Hundemensch und keine Katze, du hast keine sieben Leben. Als ich sagte, es gibt Leichen, die besser aussehen als du, meinte ich nicht, du sollst als Schönheitskur selber eine werden.«

»Komm runter, Mann«, sagte Lou. »Du mit deinem Kettensägenjonglieren hast sie doch erst angestachelt. Sie dachte, das muss sie jetzt toppen, um von dir beachtet zu werden.«

Wellen von Müdigkeit trugen mich fort. Ich kämpfte mich wach. »Wie kommt's, dass ihr zwei gerade auf dieser Straße wart?«

»Weißt du noch, Warshawski? Als du von den Accessoires erzählt hast, meintest du, die müssen auf Dundee-Land, damit die Bullen die Verbindung zum Coffin-Mord checken. Dann warst du so lange still, dass wir dachten, wir sehn uns das besser mal an. Die Prinzessin hier war dafür, dich im Wald verrotten zu lassen, damit sie bei uns bleiben kann, aber Ed hat 'n weichen Moment gehabt und drauf bestanden, dass wir herfahren.

Viel konnten wir nicht ausrichten, ohne selbst in der Patsche zu landen, aber wir sahen den Yancy-Vormann im Cherokee auf und ab fahren und wussten, dass er wahrscheinlich hinter dir her war. Da hab ich die Prinzessin und Lou abgesetzt. Was hast du da getrieben?«

»Ich hab Clarinas Versteck gefunden. Ich hab ihre Papiere. Hier bei mir.«

Ich musste mitten im Satz eingeschlafen sein, denn das Nächste, was ich mitbekam, war, dass Lou mir leicht auf die Wangen schlug; wir waren beim Haus auf dem Berg. Ich war eigentlich schon jenseits von Überanstrengung, aber ich musste Deke eine Nachricht zukommen lassen. Mein Smartphone mit seiner Handynummer lag im Trailer.

Lou sagte, er würde nicht seinen Lappen riskieren, indem er mit 'ner Leiche durch Lawrence gondelte. »Gib mir den Code. Sag den Fernabfragecode deines Telefons, damit komm ich an die Nummer. Du schreibst ihm mit deinem Einweg-Dings. Und dann kommt es in die Schrottpresse.«

Es ist mühsam, mit einem Wegwerfhandy zu texten, also hielt ich die Nachricht kurz:

CC-Mordwaffe im Gebüsch 75 Meter östlich vom Dundee-Haus.

53

Bibliotheksprivilegien

Ein langes Bad, ein langes Schläfchen, ein veganes Essen, das Ed aus Gemüse aus seinem und Lous Gewächshaus zubereitete, und ich war mehr oder minder fit genug, mich dem zu stellen, was sich im Laufe des Tages angestaut hatte. Sie fuhren mich zum Trailer, damit ich an mein Smartphone kam. Als ich es anmachte, hatte ich einen Riesenberg Nachrichten.

Deke hatte angerufen und Nachrichten geschrieben, sechs Stück, eine wütender als die andere bis zu: Du verlässt das County nicht, ehe du mir diesen Schraubenschlüssel erklärt hast.

Murray wunderte sich, warum ich abgetaucht war. Mr. Contreras wollte, dass ich nach Hause kam. Meine einstige Klientin Valerie wollte mich gern sprechen. Zoë hatte eine drängende SMS geschickt: Ruf an, hab die ursprünglichen Hausbesitzer aufgetrieben.

Ich notierte die Nachrichten; beantworten würde ich sie von einem anderen Telefon, wenn ich weder am Trailer noch beim Camry war. Eine umständliche Prozedur, aber unerlässlich, bis meine Chicagoer Computerexperten mein Smartphone für mich entlausen konnten.

»Pennst du hier, oder willst du dich wieder bei den Ratten einbunkern?«, fragte Lou. Wir waren zum Reden nach draußen gegangen.

Ich schnitt eine Grimasse. »Tulloh hat mich mit Sicherheit im Visier, entweder über seinen Kontakt beim LKPD oder durch irgendwelche Tracker auf dem Handy und am Camry, aber bis jetzt haben sie wohl keine Ahnung, ob ich was gefunden hab oder nicht. Für eine Nacht sollte ich hier halbwegs gut aufgehoben sein.«

Ed schwang die Tür hin und her. »Die Tür's okay. Dürfte schwer werden, die einzuschlagen. Aber das Schloss ist kaum das Geld für den Schlüssel wert.«

Lou nickte. »Hab noch 'n ABUS-Vorhängeschloss in der Werkstatt. Mit 'ner 100er Kette. Selbst wenn die den nötigen Bolzenschneider haben, weckt dich der Krach, lange bevor sie drin sind. Bin in 'ner halben Stunde zurück. Wenn einer kommt, versteck dich unter der Couch.«

»Hey, so lassen wir doch die Ma der Prinzessin nicht sitzen. Ich bleib hier und erzähl ihr mein Leben, während du den Kram holen fährst.«

Lou grinste. »Dachte mir, dass du dein' Mann stehst. Erzähl ihr auch, wie viele Kettensägen in deinem Leben von wahrer Bedeutung waren.«

Ed grunzte und machte eine fegende Handbewegung. Als Lou weg war, prüften wir die Möbel und Badarmaturen auf Sprengfallen. Ed trennte den Herd von der Stromversorgung und vergewisserte sich, dass nichts anders verdrahtet war, um mich elektrisch hinzurichten.

Als Lou mit Kette und Schloss zurückkam, stellten wir noch das Bett um, damit, falls jemand was durchs Fenster warf, sagen wir einen Molotowcocktail, ich nicht drunter lag und der Weg zur Tür frei blieb.

Ich ging mit ihnen wieder nach draußen.

»Du hast jetzt 'ne Ladung Dynamit bei dir. Willste das echt hier aufbewahren?«, fragte Ed.

Wir hatten alle Tagebücher in einer alten Jacke von Lou verstaut. Sie war aus geöltem Juchtenleder und mächtig schwer, aber in das eingeknöpfte Futter passten sämtliche Dokumente. Das verpasste mir die schwerfällige Gangart einer Frau kurz vor der Entbindung, doch an einem dunklen Februarabend konnte man hoffen, dass kein Beobachter Verdacht schöpfte. »Sie haben die Bude hier Samstag durchsucht. Sie haben mich gefilzt, sie haben das Auto abgesucht. Ich glaube, die Papiere und ich sind hier für eine Nacht sicher.« Ich klang zuversichtlicher, als mir zumute war, aber diese Dokumente hatten mich zu viel gekostet, um mich freiwillig davon zu trennen.

Mir war mulmig bei der Aussicht, allein im Trailer zu bleiben, aber ich machte ein fröhliches Gesicht, als die Männer Peppy in den Truck luden und losfuhren. Sobald sie weg waren, stapfte ich zu der Baracke, die der Trailerpark als Gemeinschaftsraum und Fitnessstudio bewarb. Es handelte sich um eine Doppeleinheit mit einem betagten Laufband und ein paar Spielautomaten für Kinder. Kein Mensch da, also setzte ich mich auf einen Fahrradtrainer, um Zoë anzurufen.

Ihre eifrige Stimme ließ den Lautsprecher des Telefons vibrieren, dass mir das Ohr wehtat. Ich regelte die Lautstärke ganz runter und hörte sie immer noch über den Wind, der an der Tür rüttelte.

»Vic, du glaubst es nicht, ich hab echt die Familie aufgestöbert, der das Haus gehörte, wo Clarina oder Rickey all diese Papiere herhat, weißte? Sie heißen Carruthers. Waren eine prominente Schwarze Familie in Skaneateles, aber in den Neunzigern – ich meine die 1990er – war nur noch ein direktes Familienmitglied übrig, und die bekam einen Job in der Clinton-Administration, irgendwas im Auswärtigen Amt, und blieb dann ganz in DC, als Dozentin an einer Uni dort.«

»Sie hat das Haus damals an Clarinas Tante verkauft, als sie wegzog?«

»Ganz genau. So, jetzt kommt der gruselige Teil. Ich meine, ich hab sie ausfindig gemacht, war nicht schwer – Louisa Carruthers heißt sie, aber Rickey hat sie auch gefunden. Professorin Carruthers – sie ist jetzt über achtzig, lehrt nicht mehr, leitet aber eine Stiftung.

Also Professorin Carruthers sagt, diese komische Frau hat sie angeschrieben und behauptet, ihr Name sei Martha Carruthers, sie sei gleich nach der Geburt von einer polnischen Familie adoptiert worden, aber eigentlich eine Cousine der Professorin, nur bräuchte sie eine DNA-Probe von Carruthers, um das zu beweisen. Natürlich lehnte die Professorin ab. Sie ließ ihre Sekretärin antworten, dass sie auf solche Schreiben von Weißen, die es glamourös finden, Schwarz zu sein, grundsätzlich nicht eingeht und nicht mehr belästigt werden will. Aber jetzt rate mal?«

»War Martha Carruthers einer der Namen, die Clarina-Rickey benutzt hat?«

»Ja!«, rief Zoë jubelnd. »Ich hab mit Nachbarn geredet, die Clarina kannten, die meinten, sie hat immer wieder erklärt, sie sei Schwarz und stamme von dieser aus der Bürgerrechtsbewegung bekannten Familie ab. Ich schätze, als Clarina-Rickey von der Professorin eine Abfuhr bekam, hat sie einen Rückzieher gemacht und beschlossen, lieber von weißen Abolitionisten abzustammen.«

»Spitzenmäßige Arbeit, Zoë«, sagte ich. »Hatte Familie Carruthers Verbindungen nach Kansas?«

»Die Professorin mochte mir nicht viel über ihre Familie erzählen, aber sie meinte, ursprünglich sind sie aus der Gegend um Auburn nach Lawrence gezogen, aber dann nach dem Bürgerkrieg zurück nach Skaneateles. ›Dort herrschte kein menschenfreundliches Klima‹, so hat sie sich ausgedrückt.«

»Damit wissen wir zumindest, was Clarina hierhergeführt hat«, sagte ich. »Das ist toll. Wann willst du es bringen?«

»Die Konkurrenz von der *Washington Post* ist heute in Skaneateles aufgeschlagen, also wenn ich meinen Vorsprung behalten will, muss ich es rechtzeitig für den Morgenticker rausbringen. Ben Pike rückt sogar mehr Geld raus, damit ich weitermache.« Sie legte auf, ganz außer sich vor Erregung.

Der Camry stand noch auf dem Polizeiparkplatz. Ich entschied, ihn eine weitere Nacht dort zu lassen, und fuhr zum Abendessen mit dem kostenlosen Bus in die Innenstadt, das Gewicht der Tagebücher beschwerte die Jacke und gab mir Gelegenheit, meine Muskeln wieder aufzubauen.

Beim Essen und auf der Rückfahrt kribbelte meine Haut, weil ich nicht wusste, ob mich jemand beschattete oder von wo aus ich beobachtet wurde. So musste sich das Leben im Überwachungsstaat anfühlen: ständiges Entblößtsein, ständig auf der Hut, was du sagst und zu wem.

54

Dem Sergeant einen Streich spielen

Im Trailer überprüfte ich ein halbes Dutzend Mal die Fenster und die Umgebung, bevor ich mich mit meiner Beute niederließ. Ich begann mit Clarinas Notizbuch.

Ihre Handschrift war groß und schlampig, schwer zu entziffern. Ich war so weit vorangekommen, dass ich gerade »den Fußstapfen meiner Grellier-Vorfahren« von Skaneateles ins Kansas-Territorium folgte, 1855, da hielt ein Wagen vor dem Trailer.

Mir wurde kalt ums Herz. Ich stopfte das Notizbuch zurück ins Futter von Lous Jacke. Schaltete das Wohnzimmerlicht aus und drückte mich an die Wand neben der Tür.

Ungeduldiges Hämmern, dann sagte Deke Everard: »Ich weiß, dass du da drin bist, Warshawski. Mach auf, bevor ich ein Brecheisen hole und die Tür aufheble.«

Ich rief zurück, in zwei Minuten sei sie offen. Cops – besonders aufgebrachte Cops – fackeln nicht lange, ehe sie Türen aufbrechen. Ich machte Licht, holte den Schlüssel vom Küchentresen und öffnete das Vorhängeschloss.

Rasch trat ich nach draußen und zog die Tür hinter mir zu – Standardempfehlung jeder Strafverteidigerin an ihre Schützlinge. Nur reinlassen, wenn sie einen richterlichen Beschluss haben. Sobald du sie reinbittest, können sie sich nach Belieben breit machen.

»Seit ein Uhr Mittag versuche ich dich zu erreichen. Wo warst du? Was bedeutet deine Nachricht, dass im Wald hinterm Dundee-Haus Beweismittel zum Mord an Clarina zu finden sind?«

Jeder Nerv in meinem Körper sprang auf Alarmstufe Rot. Lou und Ed hatten das Handy durch ihre Schrottpresse gejagt. Hätte Deke einen Durchsuchungsbeschluss für ihren Hof, hätten sie mir Bescheid gesagt. Ich war dankbar für die Dunkelheit, falls meine Nervosität mich doch zucken ließ.

»Was denn für eine Nachricht, Sergeant?« Meine Stimme klang sorglos, fest, leicht genervt. »Hat dir jemand einen Streich gespielt, dich auf eine sinnlose Beweisjagd geschickt? Oder spielt jemand mir einen Streich und behauptet, ich hätte dir wirre Nachrichten gesandt?«

»Bring mich nicht zur Weißglut, Warshawski, oder du bringst dich in die Arrestzelle. Wir haben ein Foto, das dich heute Morgen beim Dundee-Haus zeigt.«

»Ach ja?«, sagte ich. »Geschickt von denselben dienstbaren Geistern, die dich mit den Fotos von Trig und Gertrude versorgt haben?«

»Leugnest du, dass du dort warst?«

»Ich war nicht beim Haus«, sagte ich. »Interessant, dass du so ein Bild hast. Muss gephotoshoppt sein. Vielleicht war das auch bei Gertrude und Trig der Fall?«

»Nicht beim Haus, im Wald dahinter.« Wäre er kein erwachsener Mann und Polizist, ich hätte gesagt, dass er maulig klang.

»Ja, ich war im Wald. Ich wollte mir Yancy noch mal ansehen, den Wald und die Überreste der alten Gemäuer hinter dem Dundee-Haus. Ich hoffte auf einen Hinweis, was Clarina mit diesem Land verband.« Ich sprach ernsthaft, treuherzig, keine Ahnung, warum er so erregt war.

»Du bist um 9:03 Uhr im Wald, und um 13:16 Uhr erhalte ich eine anonyme Textnachricht, die mir mitteilt, dass in diesem Wald Beweismittel zum Mord an Clarina liegen. Und dann findet ein Team den Schraubenschlüssel – da, wo du ihn verstaut hast.«

»Schraubenschlüssel?«, sagte ich verständnislos.

»Deine Schauspielkünste reichen nicht für den Broadway«, schnauzte er. »Du weißt Bescheid über den verdammten Schraubenschlüssel.«

»Selbst wenn ich wüsste, wovon du sprichst, hab ich nicht vier Stunden im Wald gehockt und darauf gewartet, dir eine Nachricht zu schicken.«

»Nein, aber du hast dort einen Plastikmüllsack deponiert, der Beweismittel zu einem Mord enthielt.«

»Es wird Zeit, dass Faye Mitchell an diesem Gespräch teilnimmt. Du erhebst wilde Anschuldigungen, und ohne meine Anwältin hör ich mir das nicht länger an.«

Ich tippte auf ihre Kurzwahl, landete aber auf der Voicemail. »Deke Everard ist bei mir im Prairie View-Trailerpark. Er gibt an, er habe im Wald hinter dem Dundee-Haus Beweismittel zu einem Mordfall gefunden, und macht mich dafür verantwortlich. Falls wir aufs Revier fahren, gebe ich Ihnen Bescheid.«

Deke lief einmal im Kreis, ließ Dampf ab, kam zurück und pflanzte sich vor mir auf. »Ich buchte dich nicht ein, noch nicht, aber ein Fingerabdruck auf diesem Beutel, auf diesem Schraubenschlüssel, und du sitzt so schnell in einer Zelle, dass deine Füße auf dem Weg nicht mal den Boden berühren.« Er wandte sich zum Gehen.

Ich sagte: »Übrigens, Sergeant, jemand hat in diesem Wald auf mich geschossen, nicht nur einmal, und ich bin geflohen. Ist das auch auf dem Foto zu sehen?«

»Das denkst du dir doch aus!«

»Nicht im Entferntesten. Ihr solltet Spuren davon finden, wo ich platt im Unterholz gelandet bin. Und ein Ast ist auf den Weg gestürzt, als der Schütze statt meiner einen Baum getroffen hat.«

Er starrte mich eine ganze Weile an, seine Miene emotionsgeladen. Nicht direkt Wut, dachte ich, eher Frustration. Er machte auf dem Absatz kehrt, stieg in seinen Wagen und fuhr Schotter sprühend davon.

Ich ging wieder rein, nassgeschwitzt. Ziemlich sicher hatte er das Gespräch mitgeschnitten. Hätte er mich direkt nach dem Beutel mit den Beweismitteln gefragt, ich hätte nicht lügen können.

55

Familiengeschichten

Nachdem Deke weg war, setzte ich mich ins Bett und las in Clarinas Spiralnotizbuch. Es war ein Sammelsurium von Einzelheiten aus ihren Archivrecherchen, ihrer fantasierten Lebensgeschichte und ihren Klagen, zunächst über ihre Schwester und dann, als sie mehr Zeit in Lawrence verbrachte, über die Perecs und Pat Everard, weil sie Clarinas Wissen über Kansas-Geschichte nicht die gebührende Aufmerksamkeit zollten.

Sie hatte in den Bibliotheken von Lawrence und Topeka beeindruckende Nachforschungen angestellt. Anfangs notierte ich mir Stichpunkte zu den Familien Wheelock, Entwistle und Everard, als sie deren Geschichte zurückverfolgte, aber sie vermengte die Historie des neunzehnten Jahrhunderts zunehmend mit den Kränkungen des einundzwanzigsten. Es wurde unmöglich, zu durchschauen, über welches Jahrhundert sie gerade schrieb. Ihre Klageliste erweiterte sich um die Mitarbeitenden der University Press.

Man sollte meinen, ein Verlag, der dort ansässig ist, wo John Brown Freiheitskämpfer in den Kampf gegen die Sklaverei führte, wäre erpicht darauf, Bücher zu veröffentlichen, die in dieser Zeit angesiedelt sind. Ich habe ihnen ein Exposé vorgelegt und sogar den Fehler gemacht, ihnen einen von Sophias Briefen zu zeigen. Das passiert mir nicht wieder! Sie wollten prompt die Briefe, aber nicht meine historische Darstellung.

Das genannte Exposé war im Notizbuch nicht enthalten. Möglicherweise hatte ich es übersehen, als ich hektisch ihre Truhe ausräumte, aber vielleicht hatte sie Kayla Huang auch einen aus diesem Notizbuch gerissenen handgeschriebenen Text gegeben.

An anderer Stelle schrieb sie über Cady Perecs Unterrichtseinheit und fand, Cady »besitzt nicht mal das Rückgrat, das Gott einem Goldfisch gegeben hat«. Clarina habe an der Yancy-Schule nur für Cadys Rechte gekämpft, und Cady habe es ihr mit Respektlosigkeit vergolten.

Ich blätterte durch die Seiten, hoffte auf Substanzielleres. Wenn es das war, wovon Matthew Tulloh glaubte, es könnte das Yancy-Projekt zum Scheitern bringen, vergeudete er Zeit und Geld mit der Treibjagd auf eine Schimäre – und nebenbei auch der Jagd nach mir.

Im letzten Eintrag kam sie auf ihren Groll gegen den Verlag University Press zurück. Sie war auf etwas gestoßen, womit sie der Welt die Wahrheit über Yancy enthüllen konnte. »Ich kann es kaum erwarten, Königin Gertrudes Gesicht zu sehen, wenn ich ihr das erzähle. Und diese Snobs vom Verlag! Die irren, wenn sie glauben, ich lasse sie meine Arbeit veröffentlichen. Ich wende mich an eine richtige Universität, so wie Harvard. Die werden diese Kansas-Leute als die Hinterwäldler dastehen lassen, die sie in Wahrheit sind.«

Der Eintrag war auf den 7. Februar datiert. Was immer sie rausgefunden hatte, sie hatte den Hinterwäldlern von Kansas wohl Andeutungen gemacht, denn eine Woche später war sie tot.

56
Lovestory

»Aber was hast du denn nun gefunden?«, fragte ich laut, ehe mir wieder einfiel, dass der Trailer verwanzt sein konnte. Als Lebende hatte Clarina alle auf die Palme gebracht; ich sollte meine Gereiztheit über die Tote besser zügeln.

Ich steckte ihr Notizbuch in seine Schutzhülle. Schob es in Lous Jackenfutter und zog vorsichtig das in Pappe gebundene Tagebuch heraus.

»Sophia Grellier, ihr Buch« stand auf der Umschlaginnenseite, irgendwann später war »Carruthers« hinzugefügt worden.

Auf den ersten Seiten ging es um den Bürgerkrieg und Sophias Mühe, den Haushalt zu führen, während »Mutter nach Babys Tod weiter unpässlich ist und Papa ganz in seiner wichtigen Bildungsarbeit aufgeht«.

In einem Eintrag von 1860 fand ich eine erste Erwähnung der Familie Carruthers. Dies war die Familie, die Zoë ausfindig gemacht hatte und deren einzige lebende Nachfahrin die Professorin in Washington war.

Sophia beschrieb die Carruthers als eine freie Schwarze Familie, die auf Anregung von Mrs. Tubman aus Auburn gekommen war, um sich am Aufbau einer Siedlung für freigelassene Schwarze auf einem Hügel außerhalb der Stadt zu beteiligen.

Sie nennen es Yancy Hill, denn wie sie mir erzählen, bedeutet Yancy in der afrikanischen Hausa-Sprache Freiheit. Miss Anna Carruthers, die am Oberlin College in Ohio eine hohe Bildung erworben hat, assistiert Papa in der Schule, die er in Yancy-

Schule umbenannt hat. Miss Annas Vater ist tot, aber ihr Bruder Nathan kümmert sich mit mannhaftem Pflichteifer um Haus und Farm. Zu der kleinen Siedlung gehören drei weitere Familien, die alle im edelsten kooperativen Geist füreinander arbeiten. In Anna habe ich die erste wahre Busenfreundin gefunden, seit wir ins Kansas-Territorium gezogen sind.

Im Februar 1863 trat Nathan ins First Kansas Colored Infantry Regiment ein. Sophia schrieb über ihr und Annas Bangen um seine Sicherheit, über die Verbände, die sie wickelten, die Uniformen, die sie anfertigten und flickten, und über das Alltägliche, die Verantwortung für den Anbau von Lebensmitteln, während die Männer alle im Krieg waren, Taufgeschenke für Babys, die trotz des Krieges geboren wurden.

1865 kehrte Nathan nach Yancy zurück. Danach tauchte er immer häufiger im Tagebuch auf, als Sophia immer mehr Belege für seine bemerkenswerten Talente und seine bestrickende Persönlichkeit entdeckte. Ende 1865 wurden er und Sophia von Louis Hamer getraut, dem Pastor der örtlichen weißen Congregational Church.

In einer Zeremonie, an der nur Papa und Anna Carruthers teilnehmen konnten, aus Angst vor der zunehmenden Gewalt gegen Negroes in der Stadt. Unsere Hochzeitsnacht verbrachten wir heimlich im Schulhaus, wo Anna uns ein kaltes Festmahl kredenzte, einschließlich einer Torte, und Decken und Kissen auf dem Boden ausbreitete.

Clarina hatte diesen Abschnitt rot unterstrichen und in großen roten Buchstaben »SCHÄM DICH, LAWRENCE!!!« an den Rand geschrieben. »Das ist meine Familie, da bin ich mir sicher, und die Stadt hat euch mies behandelt.«

Clarina musste an Professorin Carruthers geschrieben haben,

kurz nachdem sie dieses Tagebuch gelesen hatte. Clarinas Gier danach, bedeutend und mit großen historischen Ereignissen verbunden zu sein, fühlte sich schmerzhaft peinlich an.

Ende 1866 und bis ins darauffolgende Frühjahr hinein schrieb Sophia über ihre und Nathans Sehnsucht nach einem Ort, wo sie offen zusammenleben könnten, ohne Angst vor der Gewalt des Mobs. Sie erwogen, in eine Schwarze Siedlung in Kanada zu ziehen oder vielleicht zurück in die Gegend um Auburn.

Und dann kam der Anschlag auf die Schule und der Tod von Frederic Grellier und Anna Carruthers. Ich hatte den Bericht des *Kanwaka Courier* über die Morde gesehen, als ich im Origins Museum war. Der Artikel war in einem grausamen Geist verfasst und machte Frederics Förderung Schwarzer Bildung für den Mord an ihm verantwortlich. Anna Carruthers' Tod in der Feuersbrunst hatte der *Courier* gar nicht erwähnt. Als Schwarze Frau war sie wohl keinerlei Beachtung wert.

Für Sophia bewirkten die Morde ein Trauma, das unerträglich gewesen sein musste. In den Tagen davor dokumentierte sie die scheußlichen Briefe, die ihr Vater bekam und die ihm vorwarfen, mit Anna »Verkehr« zu haben. Die Briefe befahlen ihm, die Schule zu schließen oder mit seinem Leben zu bezahlen. Sophia zitierte einen, in dem es hieß: »Wir brauchen hier keine N–, und gebilldete N– ist noch schlimmer.«

2. *Juli 1866*
Am Tag der Morde wollte ich Milch und Brot zur Schule bringen, damit die Kinder einen Imbiss bekamen, da sah ich, wie die feigen Teufel Kerosin gegen das Gebäude schleuderten und es in Brand steckten. Ich schrie und rannte los, vergoss Milch und verstreute Brot. Die Ungeheuer flohen, doch bis ich die Schule erreichte, brannte sie lichterloh. Vater und Anna waren Helden, sie opferten sich, um die Kinder in Sicherheit zu bringen. Sowie die Kinder herauskamen, erstickte ich ihre schwelenden Kleider

mit meinen Röcken, die mir schließlich in Fetzen um die Beine hingen.

Nathan sah den Brand vom Flussufer aus, wo er arbeitete, und eilte herbei, aber da loderte das Inferno schon so heiß, dass wir das Gebäude nicht betreten konnten. Als die Flammen beim Eingang erloschen waren, sahen wir die Leichname unserer Lieben, verkohlt und verkrümmt vom Feuer, nebst zwei Kindern, die sie nicht hatten retten können.

Nathan brachte die überlebenden Negrokinder zu ihren Eltern nach Yancy. Der freundliche Mr. Schapen kam mit seinem Fuhrwerk und beförderte die weißen Kinder zu ihren Eltern.

Ich brachte es nicht über mich, die Leichname von Vater und meiner Schwester Anna zu verlassen, obwohl ich wusste, dass ich die Kraft finden musste, Mutter die schreckliche Neuigkeit zu eröffnen. Wenn es einen Gott gibt, bete ich, er möge Mr. Schapen für seine Unterstützung und Freundschaft an diesem schrecklichen Tag belohnen, denn er suchte Mutter auf, kam mit weiteren Männern und einem Fuhrwerk zurück, um die Leichen zum Bestatter zu fahren, damit man ihnen einen Sarg anpasste, und blieb dann bei Mutter, bis sich ihre überreizten Nerven leidlich beruhigt hatten.

Der Kummer meines geliebten Nathan übersteigt meinen eigenen. Die Schwester, mit der er alle Not, alles Leid geteilt hat – meine Liebe reicht nicht aus als Balsam für diese Wunden. Er machte sich auf, um seiner Mutter auf dem Yancy Hill zur Seite zu stehen. Wir stimmten überein, dass ich dem Begräbnis seiner Schwester nicht beiwohnen darf – eine weiße Frau bei der Beerdigung einer Schwarzen würde den Mob zu noch mehr Gewalt anstacheln. Und wenn sie erführen, dass Reverend Hamer uns getraut hat! Mein einziger Trost ist das kleine Leben, das in mir wächst. Ich wollte es meinem Liebsten nicht verraten, ehe ich mehr Gewissheit hätte, aber ich habe es ihm gesagt, ehe er von mir fortging, und tatsächlich brachte es ihm ein wenig Linderung.

Wenn es ein Mädchen ist, werden wir sie Anna heißen, zu Ehren unserer schönen Schwester. Einen Sohn werden wir nach Papa benennen.

Gleich nach Papas Beerdigung verkündete Mutter ihre Absicht, nach New York State zurückzukehren. Sie braucht mehr Unterstützung, als ich ihr zu meinem Leidwesen bieten kann. Es ist ein trauriger Rollentausch, dies Bedürfnis von ihr, in die Gemeinde Auburn zurückzukehren. Vor zwölf Jahren brannte ein anderes Feuer in ihr, entfacht von dem Wunsch, des Leibeigenen Fesseln zu lösen. Mit meinen acht Jahren war damals ich es, die bittere Tränen weinte, als ich meine Großeltern, meine Freundinnen, mein kleines Zimmer mit den weißen Musselinvorhängen aufgeben musste. Doch arme Mutter – auf der Reise nach Kansas verlor sie ein Kind, und neben fünf weiteren kleinen Leibern liegt nun auch ihr Vater auf diesem Friedhof in der Prärie. Noch mehr Leid, noch mehr Drangsal kann sie nicht ertragen. Großmutter Entwistle mag unmutig die Lippen schürzen und zetern, das habe Mutter nun davon, dass sie einen Mann mit mehr Idealen als Verstand geheiratet hat, aber sie und meine Tante Hypatia werden Mutter wieder gesund pflegen.

Ich half ihr beim Packen ihrer Reisetruhe und geleitete sie sicher zur Eisenbahn, die sie nach Osten bringt.

Dann machte ich mich auf, um Mrs. Carruthers meine Aufwartung zu machen und meinen Liebsten zu sehen, dessen Gesicht, dessen starke Umarmung ich bitterlich brauchte. Doch als ich in Yancy ankam, begrüßten mich neue Schrecken.

An der Stelle der gepflegten Häuser im Wald waren nur noch ihre verkohlten Ruinen. Das einzige Haus, das noch stand, war Mrs. Carruthers', aber als ich zur Tür ging, kam ein seltsamer weißer Mann, der nach Alkohol stank und dem so viele Zähne fehlten, dass ich seine Rede kaum verstand, gab ein schreckliches Kichern von sich und sagte: »Die N– sind über alle Berge, ist auch gut so. Die sind in der Nacht verschwunden, eh dass wir sie nie-

derbrennen konnten. Den großen schwarzen Bock sind wir losgeworden, der wo alle sehen konnten, dass der nach der Lehrerstochter schielt. Der Lehrer war kein Verlust, Verräter an seiner Rasse, die N– sind kein Verlust. Und wenn das Mädel auftaucht, werden wir die auch noch los.« Er hielt mir eine Schrotflinte ins Gesicht. Ich stolperte durchs Gras und schaffte es irgendwie nach Hause, ehe ich in Ohnmacht fiel.

Ich lehnte mich zurück. Die Frau auf dem Trauerfoto, das Clarina aus Skaneateles mitgebracht hatte, war Sophia Grellier Carruthers.

Pogrom auf Pogrom, nehmen der Hass und die Gewalt, mit denen wir einander begegnen, denn nie ein Ende?

57

Das Dundee-Haus kriegt seinen Namen

Ich las Sophias Tagebuch durch bis zu ihrem letzten Eintrag 1875. Sie zog schließlich nach Skaneateles, als ihr Kind – Nathan Frederic Grellier Carruthers – fünf Jahre alt war.

Ich dachte, ich könnte es mit den Wheelocks, den Everards und allen anderen aufnehmen und meinen Jungen dort aufwachsen lassen, wo sein Vater und ich glücklich gewesen sind, aber nachdem sie Reverend Hamer gezwungen haben, aus dem Amt zu scheiden, spürte ich, dass mir in diesem Tal keine Freunde mehr geblieben waren. Hier in Skaneateles sind Mutter und die Entwistle-Sippe beinahe so kalt und grob wie Florence Wheelock, aber mir bleibt die Geborgenheit von Mrs. Tubman und Mrs. Wright und ihrem Zirkel.

Es war kurz nach drei, als ich Sophias Tagebuch zuklappte. Hinter welches Geheimnis Clarina auch immer gekommen war, ich hoffte, es stand in Florence Wheelocks Tagebüchern. Vom langen Gebeugtsein über die verblasste Schrift taten mir Augen und Schultern weh. Ich musste mich ein Weilchen hinlegen.

Sophia packte ich zurück in Lous Jacke. Ich drehte noch eine Runde um den Trailer und fiel dann schließlich in ein Wirrwarr aus Träumen, in denen die Randalierer, die im Chicago meiner Kindheit gegen Bürgerrechte für alle wüteten, grinsend um Clarina Coffins Leiche tanzten. Sophia Grellier Carruthers schaute vom Rand aus zu, die Hände über dem schwangeren

Bauch gefaltet. Sie sprach mit Peter, sagte: »Sie tun ganz recht daran, Abstand zu halten.«

Es war eine Erlösung, als ich um kurz nach neun vollends wach wurde. Ich stand unter der Dusche, bis das heiße Wasser ausging, versuchte mir die Träume und aufgescheuchten Gedanken aus dem Kopf zu spülen.

Mehr Zeit allein im Trailer ertrug ich jetzt nicht. Ich nahm Florence Wheelock zum Lesen mit in die Bibliothek.

Wheelock, Gertrude Perecs Ahnin, hatte an sich selbst eine Eliza-Doolittle-Wandlung vollzogen, vom analphabetischen Kind eines armen Bauern zur Gattin eines führenden Bürgers der Stadt. Ihre eigene Armutserfahrung als nach dem Leben weißer Mittelklassemädchen schmachtende Außenseiterin hatte irgendwie nicht dazu geführt, dass sie mit anderen Ausgegrenzten sympathisierte, weder mit der Schwarzen noch mit der armen weißen Bevölkerung. Vielmehr blickte sie verächtlich auf sie herab, sogar auf ihre eigenen Schwestern. Sie schrieb oft hämisch darüber, wie sie die Knochenarbeit verrichteten, der sie selbst entkommen war, und mehrere Schwangerschaften durchmachten. Sie schrieb, sie hätten ja ihrem Beispiel folgen können, es jedoch vorgezogen, »im Dreck zu verharren«.

Die drei Bände, die Clarina sich unter den Nagel gerissen hatte, umspannten die Jahre 1865 bis 1872. Wie bei Sophia Grelliers Tagebuch hatte Clarina auch die Aufzeichnungen von Florence mit eigenen Kommentaren verunstaltet. Diese Passagen nahm ich mir als Erstes vor.

Florence und Theodore Wheelock waren Gemeindemitglieder der Riverside Congregational Church. Er gehörte zu den Kirchenältesten, die offenbar das Leitungskomitee bildeten. Er und einige seiner Spezis mochten den Pastor nicht, Reverend Louis Hamer, der ihnen beharrlich immer wieder Predigten über Rassengleichheit und Gerechtigkeit aufdrängte. Als die

Leute erfuhren, dass Hamer Sophia und Nathan getraut hatte, schrieb Florence so wütend darüber, dass Funken vom Papier sprangen.

An den Rand hatte Clarina mit roter Tinte geschrieben: »Königin Gertrudes rassistisches hochnäsiges Erbe in all seiner Pracht!!«

1869 schließlich brachte Wheelock eine Mehrheit der Kirchenältesten auf seine Seite, und sie zwangen Hamer zum Rücktritt von seinem Amt. Genau da zog Sophia aus Lawrence weg.

Ein Eintrag von 1870 erklärte, wie das Dundee-Haus zu seinem Namen kam.

18. November 1870
Endlich konnte Mr. Wheelock seinen Anspruch auf das fruchtbare Ackerland auf dem Yancy Hill geltend machen. Reverend Hamer hatte ja in der Gemeinde nicht nur seine Kritiker, sondern auch seine Anhänger, zu denen stets Simon Booth gehörte, der seinen Posten als Urkundsbeamter nutzte, um Mr. Wheelocks Anspruch abzuwehren. Aber nach den November-Wahlen und mit der Einsetzung von Henry Everard als Urkundsbeamter gewann Mr. Wheelock freie Bahn.
Vor neun Jahren, als die Schule abbrannte, setzte Mr. Wheelock einen gewissen Cyrus Dundee ins Carruthers-Haus, das einzige Gebäude, das von der Farbigensiedlung noch steht. Dundee hat eine Schlampe zur Frau und fünf oder vielleicht auch sechs zerlumpte Kinder, aber er besitzt eine Schrotflinte. Über die Jahre hat er auf alle Farbigen geschossen, die sich auf das Land zurückzuschleichen versuchten.

Wenigstens wusste ich jetzt, warum die Drogenbude »Dundee-Haus« genannt wurde. Es wirkte herzzerreißend: das Haus, das Nathan Carruthers mit Mutter und Schwester erbaut hatte, ging erst an einen hirnlosen Säufer und wurde dann zur Kulisse von

Brett Santichs Drogenpartys. Vielleicht konnte ein Schamane oder Priester dort mal ein Reinigungsritual vollziehen.

Ich wandte mich wieder Florence' Tagebuch zu. Und im nächsten Absatz stieß ich auf die Handgranate, die Clarina auf das Yancy-Projekt hatte werfen wollen.

Mr. und Mrs. Everard gesellten sich heute Abend zu uns, um die Befreiung von Yancy zu feiern. Mrs. Everard und ich schlugen vor, den Namen Yancy in etwas Christlicheres zu ändern, denn es ist ein heidnisches Wort, vergeben von dem Gesindel, das früher dort hauste, aber Mr. Wheelock riet davon ab.
Er hat mir die alte rechtswidrige Urkunde zur sicheren Verwahrung gegeben, und wo wäre sie sicherer als hier, wo nur meine Augen hinschauen.

Ich las den Eintrag ein halbes Dutzend Mal, suchte seine Bedeutung ganz zu erfassen. Theodore Wheelock hatte das fruchtbare Ackerland auf Yancy endlich für sich beanspruchen können. Er hatte Florence die alte rechtswidrige Urkunde gegeben, und sie hatte sie in ihrem Tagebuch verwahrt, wo nur ihre Augen hinschauten. Die rechtswidrige Urkunde. Wheelock hatte Anspruch auf das Land erhoben, der Urkundsbeamte hatte ihn abblitzen lassen, aber mit einem neuen Mann im Amt konnte er seinen Anspruch durchsetzen.

Wheelock hatte Land auf sich eintragen lassen, das Familie Carruthers gehörte. Das bedeutete, alle nachfolgenden Verkäufe dieses Landes – an die Everards in den 1870ern, an die Santichs in den 1930ern und von Santich an das Yancy-Projekt vor zwei Jahren – waren ungültig. Vorausgesetzt, der ursprüngliche Titel existierte noch. Und war tatsächlich rechtskräftig.

Ich stellte mir vor, wie Clarina gegenüber Gertrude, Brett Santich und allen anderen in ihrem Radius durchblicken ließ, sie habe Beweise, dass das Yancy-Land in Wahrheit Familie

Carruthers gehörte, oder genauer gesagt Professorin Louisa Carruthers in Washington DC.

Gertrude würde es hassen, wenn alle Welt erfuhr, dass ihre Ahnen das Land gestohlen hatten, wirklich brisant aber waren die rechtlichen Folgen.

Vor fünfzig, selbst noch vor zehn Jahren hätte ein Gericht wahrscheinlich entschieden, dass die Wheelocks, Everards und so weiter *de facto*-Rechte an dem Yancy-Land hatten. Heute aber gingen Gerichte allmählich dazu über, bei Grundbesitz, der ihren Vorfahren mit Gewalt genommen worden war, die Rechte afroamerikanischer Nachfahren anzuerkennen.

Ich ging das Tagebuch noch mal rückwärts durch, um zu prüfen, was ich übersehen haben mochte. Meine Augen schmerzten von der Anstrengung, den ganzen Tag vor so langer Zeit mit der Hand geschriebene Schriften zu lesen. Ich wechselte an einen Tisch, wo eine Lupenlampe stand.

Und da sah ich am Rand des Eintrags von November 1870, in dem Wheelock Anspruch auf das Land in Yancy erhob, schwache Reste von getrocknetem Leim, ein etwa zwei Finger breiter Streifen, der sich bis zum Fuß der Seite zog.

Ich nahm Clarinas Sammelmappe mit den Fotos und Zeitungsartikeln zur Hand und ging sie Stück für Stück durch. Nichts. Schließlich fand ich es: ein Streifen Pergament, etwa zweieinhalb Zentimeter breit und vielleicht dreißig Zentimeter lang, an den Kanten eingerissen, wo es aus dem Grundbuch entfernt worden war, und auf die Hälfte gefaltet, damit es zur Größe von Florence' Tagebuch passte. Es war hinten unter die Plastikhülle von Clarinas Uni-Notizbuch gerutscht. Ich nahm es behutsam heraus, um die Kanten vor weiterer Beschädigung zu schützen.

Als ich es auf die Seite in Florence Wheelocks Tagebuch legte, passten die getrockneten Leimflecken auf dem Pergamentstreifen genau auf die Leimspuren im Tagebuch.

Es war eine Urkunde, ausgestellt im März 1861 vom Urkundsbeamten von Douglas County. Zwar war die Tinte verblasst, aber der Beamte hatte mit Sorgfalt in Schönschrift geschrieben; der Text war leicht zu lesen.

»Hiermit wird allen kundgetan«, dass das Land auf dem Yancy Hill mit den Flurstücknummern 1594-632 bis 1594-660 auf Phyllida Carruthers und ihren Sohn Nathan eingetragen wurde, dass sie das Eigentum frei von aller Schuldenlast besaßen und dass die Besitzung fünf Backsteinhäuser, eine Scheune, ein Stück Ackerland und einen Holzschlag umfasste, der sich bis zur Kuppe des Hügels erstreckte.

Der Urkundsbeamte konnte sich nicht verkneifen, in einem Randvermerk zu jubeln: »Wir sind jetzt wahrhaftig ein Staat mit einer frei gewählten Regierung. Unser erster Grundbucheintrag in Douglas County!«

58

Verlagswesen

Ich musste unbedingt noch jemanden wissen lassen, was ich jetzt wusste. Jemanden, der oder die schnell handelte und dafür sorgte, dass Familie Carruthers als rechtmäßige Besitzerin des Landes auf Yancy Hill anerkannt wurde.

Ich wollte diese Tagebücher nicht mehr ständig mit mir rumtragen, zugleich hatte ich furchtbare Angst, sie irgendwo zu lassen, wo sie beschädigt oder zerstört werden könnten. Schließlich ging ich wieder zum Osma-Raum, wo ich den Schraubenschlüssel kurz zwischengelagert hatte.

Bevor ich meinen empfindlichen Schatz hinter die überdimensionalen Atlanten legte, fotografierte ich die Seiten, hängte sie an eine Textnachricht an und schickte sie an Zoë. Du weißt, was jetzt zu tun ist, schrieb ich.

Ich marschierte zu Gertrude Perecs Haus und klingelte. Gertrude kam an die Tür und erklärte, ich sollte weggehen, wir hätten nichts zu besprechen.

»Doch, Gertrude, doch, das haben wir. Wir können besprechen, was Clarina Coffin gesagt hat, das Sie bewog, mitten in der Nacht raus zum Dundee-Haus zu fahren. Hat sie Ihnen von ihrer Entdeckung erzählt, dass Ihre Wheelock-Ahnen das Land auf Yancy von Familie Carruthers gestohlen haben? Hat sie angeboten, Ihnen den Beweis zu zeigen, wenn Sie sich mit ihr am Dundee-Haus treffen?«

Gertrudes Kiefer mahlte. »Sie hat so viele unterschiedliche Behauptungen aufgestellt, es war unmöglich, irgendetwas davon zu glauben.«

»Aber sicher konnten Sie da nicht sein. Sie wollten sehen, was sie entdeckt hat.«

»Gram!« Cady war hinter Gertrude im Eingang aufgetaucht. »Ist das wahr? Hast du sie noch getroffen, bevor sie starb?«

Gertrude schwankte, es sah aus, als würde sie gleich umkippen. Ich drängte mich ins Haus und hakte sie unter. Cady nahm ihren anderen Arm, und wir führten sie ins Wohnzimmer. Setzten sie in einen Sessel.

»Gram, was ist passiert? Du musst mir jetzt die Wahrheit sagen. Was hat Clarina dir erzählt?«

»An dem Sonntag kam sie vor der Kirche auf mich zu«, flüsterte Gertrude. »Sie sagte, sie wolle sehen, wie ich mich verhalte, wenn ich nicht mehr Königin von Lawrence bin. Ich fragte, was sie damit meint, aber sie verriet es nicht, feixte nur über ihr ganzes boshaftes Gesicht und sagte: ›Warten Sie's ab.‹ Ich wollte ihr nicht die Genugtuung geben, um Informationen zu betteln. Ich drehte mich um und ließ sie feixend stehen.«

»Natürlich haben Sie Pat Everard davon berichtet«, sagte ich.

»Natürlich«, bestätigte sie. »Pat hatte uns ohnehin beobachtet und wollte wissen, was los war. Dann am Sonntag bekam ich eine Nachricht, ich sollte um drei Uhr nachts zum Dundee-Haus kommen, dann würde Clarina mir den Beweis zeigen.«

»Hat sie angerufen oder getextet?«, fragte ich.

Gertrude schüttelte den Kopf. »Ein getippter Brief durch den Briefschlitz an der Tür. Ich bin hingefahren. Ich habe es Pat erzählt, sie hielt es für gefährlich, also folgte sie mir und wartete an der Straße. Niemand kam außer Trig. Ich dachte, Clarina hätte ihn geschickt, sie arbeiteten ja zusammen wie ein geistesgestörtes Pärchen, aber von dem, was Clarina wusste, schien er nichts zu ahnen. Schließlich ging ich wieder.«

»Haben Sie den Brief aufbewahrt, der durch Ihren Briefschlitz geworfen wurde?«, fragte ich.

»Ich habe ihn verbrannt. Ich wollte nichts zu schaffen haben mit Clarina und ihren Andeutungen und Beleidigungen. Und mit Ihren Andeutungen und Beleidigungen möchte ich auch nichts zu schaffen haben.«

»Natürlich nicht«, bekräftigte ich. »Schade, dass Sie den Brief verbrannt haben. So gibt es keine Möglichkeit, zu untersuchen, ob Clarina ihn geschrieben hat.«

»Selbstverständlich hat sie ihn geschrieben«, sagte Gertrude.

»Nichts ist ›selbstverständlich‹ an Clarinas Leben oder Tod«, sagte ich. »Ich dachte erst, die Mörder hätten die Nachricht geschickt, um falsche Spuren zu legen, aber die haben selbstverständlich angenommen, ihre Leiche würde im Keller vom Dundee-Haus unentdeckt bleiben, bis nur noch ein Skelett übrig ist. Sie ahnten nicht, dass ich sie finden würde.«

»Und was ist mit Trig? Warum sollte Clarina ihn mitten in der Nacht treffen wollen?«, fragte Cady. »Sie waren doch dicke Kumpel, zumindest wirkte es so.«

»Er war aus anderen Gründen dort«, sagte ich. »Hatte nichts mit Clarina zu tun. Aber wo wurde sie umgebracht? Ist sie rauf zum Yancy Hill und hat sich über –?« Ich brach ab. Natürlich. Ihre Notiz über die Snobs von der Kansas University Press. Dort war sie mit ihrer Geschichte hausieren gegangen. Unvermittelt stand ich auf und lief zur Tür.

»Wo willst du hin?«, fragte Cady. »Du kannst doch jetzt nicht mittendrin abhauen –«

»Gertrude muss Deke alles beichten. Bring sie dazu, das bringt zumindest in einen Teil der Ermittlung etwas Klarheit.«

Sie rief mir nach, Fragen über Fragen, doch ich rannte schon zur Bushaltestelle an der Bibliothek. Ein eisiger Regen hatte eingesetzt. Ich trug immer noch Lous Jacke, die mir jetzt ohne die Bücherfracht mehrere Nummern zu groß war, aber das geölte Leder hielt mich trocken, bis ein Bus der Linie 10 kam. Damit fuhr ich zum Westbrooke Circle, zur Kansas University Press.

Kayla Huang stand im Foyer und plauderte mit dem Kollegen vom Empfang. Das Gelächter der beiden brach ab, als sie mich sahen. »Sie sind die Detektivin, oder? Tut mir leid, aber ich weiß Ihren Namen nicht mehr«, sagte Huang.

»V.I. Warshawski. Ich habe eine heikle Frage, also stelle ich sie unverblümt. Gestern bin ich über ein Notizbuch von Clarina Coffin gestolpert – teils Tagebuch, teils Fantasie-Autobiografie.«

Die Kamera des Wegwerfhandys machte nicht so scharfe Bilder wie mein iPhone, aber der Text war deutlich genug zu erkennen. Ich scrollte durch die Fotos von den Tagebüchern und Clarinas Notizbuch bis zu ihrer erbosten Notiz, dass sie sich für die Veröffentlichung ihres Buches einen richtigen Universitätsverlag suchen würde.

»Sie sagten mir, Sie hätten Clarina schon lange nicht mehr gesehen. Offenbar hat sie eine Woche vor ihrem Tod verblüffende neue Informationen über Yancy entdeckt – oder entdeckt zu haben geglaubt. Und es sieht aus, als ob sie sie jemandem hier im Verlag gezeigt hat.«

Huang schüttelte erstaunt den Kopf. »Also mir nicht. Graham?«

»Vielleicht ist sie gekommen, als ich Pause hatte«, sagte er zweifelnd. »Sie war so unverkennbar, ich hätte sie mit Sicherheit bemerkt, auch wenn sie nicht hier an den Tresen gekommen wäre.«

Aus dem Augenwinkel sah ich rotes Haar und einen blauen Kittel auftauchen und dann den Flur entlanghuschen. Ich stürmte hinterher.

»Ivy!«

Sie fiel in Laufschritt. Ich holte sie ein, als sie eine Hintertür öffnete.

»Ivy, hat Clarina in der Woche vor ihrem Tod hier mit Ihnen gesprochen?«

»Scheren Sie sich um Ihren eigenen Mist. Dank Ihrer Einmischung hab ich weniger Geld für Timmy als noch vor zwei Wochen.«

»Sie sind bei weitem nicht so dumm, wie diese Äußerung Sie klingen lässt«, blaffte ich. »Dank Brett und Don Wilton haben Sie Geld damit verdient, nach Drogenpartys zu putzen. Sie hatten unglaubliches Glück, nie bei einer Razzia verhaftet zu werden. Waren Sie hier, als Clarina in der Woche vor dem Valentinstag aufkreuzte?«

»Sie werden mir nicht diesen Mord anhängen.«

Ich seufzte. »Nur wenn Sie ihn begangen haben. Clarina kam hierher, stolz wie ein Pfau, Sie waren die einzige Person im Foyer, und sie konnte nicht anders, sie musste sich unbedingt mit ihrem Fund brüsten. Was war es?«

»Hat sie nicht gesagt. Nur dass all die überheblichen Spießer in Lawrence als die Heuchler entlarvt würden, die sie seit jeher waren. Sie hätte was in der Hand, das Yancy Hill himmelhoch in die Luft jagen würde. Sie hat gesagt, sie will Kayla Huang aufs Brot schmieren, dass sie betteln und flehen kann, sie zu veröffentlichen, es wird ihr nichts nützen.«

Huang und Graham tauchten hinter mir auf, aber ich gab ihnen einen Wink, zurückzubleiben.

»Haben Sie Kayla irgendwas davon erzählt?«

»Oh, bitte. Clarina war doch so was von aufgeblasen. Jeder in Trigs Dunstkreis hat das gewusst. Ich wollte nicht so dumm wirken wie – na, was Sie eben gesagt haben –, indem ich es noch Kayla oder sonst wem aus dem Lektorat erzähle.«

»Aber Brett haben Sie's erzählt«, sagte ich im Plauderton, als wäre das schon geklärt.

Sie zog eine Schulter hoch. »Kann sein.«

»Und dann –«, begann ich. Moment. Der Brief, das Stück Zettel, das ich im Wald hinter dem Dundee-Haus gefunden hatte. »Sie und Brett haben sich zusammen über sie schlapp gelacht«, sagte ich. »Sie war so erbärmlich. Dachte, Kayla würde auf

Knien vor ihr rumrutschen, jetzt, wo sie Yancys ursprüngliche Besitzer ausfindig gemacht hatte, aber arme Clarina! Mehr als alles andere wollte sie Anerkennung, und Brett, oder jedenfalls Robert Tulloh, hat das kapiert. Brett hat Sie gebeten, ihm einen Briefbogen vom Verlag zu besorgen. Wissen Sie auch, was er damit gemacht hat?«

Ivys Augen waren groß vor Angst. »Ihr einen Streich gespielt, meinte er.«

»Schöner Streich.« Meine Stimme klang schroff, der Vorwurf darin nicht zu unterdrücken. »Er lud sie ein, zum Lunch in den Verlag zu kommen, um mit Aussicht auf einen Buchvertrag ihre Erkenntnisse zu besprechen. Und dann, nehme ich an, ging er auf sie los, oder Chet, der Vorarbeiter der Yancy-Bautruppe, ja, mit seinem Kirmek-Schraubenschlüssel, ein kräftiger Schlag auf den Schädel an einem winterlichen Tag, niemand sieht sie umfallen, in seine Arme und dann in den Laderaum seines Lasters.«

»Ivy!«, keuchte Kayla Huang. »Sie haben doch nicht – wie konnten Sie!«

»Warten Sie, bis Sie ein Kind zu ernähren haben, bevor Sie sagen, oh, wie konnten Sie nur!«

Ehe ich reagieren konnte, schoss sie aus der Tür, sprang in einen Pick-up. Ich war zu Fuß, keine Chance, ihr zu folgen.

»Stimmt das?«, sagte Graham. »Hat sie wirklich geholfen, Clarina in den Tod zu locken?«

Meine Schultern sackten nach vorn. »Vermutlich stimmt es, was sie sagt, vermutlich wusste sie nicht, warum Brett nach dem Briefbogen fragte. Und er wusste es wahrscheinlich auch nicht – er tat, was immer die Tullohs von ihm verlangten, damit er weiter versuchen konnte, seine Schulden abzuzahlen, für Frau und Tochter zu sorgen und seiner Freundin und seinem Sohn gelegentlich einen Knochen hinzuwerfen.«

»Sie meinten, Clarina hatte einen Beweis dafür entdeckt, wem das Land in Yancy ursprünglich gehörte«, sagte Kayla. »Was genau ist das?«

»Der echte erste Grundbucheintrag auf eine Schwarze Familie namens Carruthers.« Und jetzt war Ivy unterwegs zu Brett, Brett würde Tulloh und Chet erzählen, dass ich den Beweis gesehen hatte. Ich musste sofort zum Grundbuchamt. Sobald Tulloh kapierte, dass Clarina – und jetzt ich – den ursprünglichen Besitztitel hatte, würde er den ersten Band der Original-Urkunden von Douglas County vernichten und damit den Beweis, dass der Carruthers-Titel aus dem Buch herausgeschnitten worden war.

Es war jetzt halb fünf, noch dreißig Minuten bis Büroschluss.

59

Buchprüfung

Die Angestellte räumte zum Feierabend ihre Unterlagen auf. Sie warf mir einen Blick zu, halb amüsiert, halb ärgerlich. »Sie wissen schon, dass wir morgens um neun aufmachen, oder? Es ist nicht nötig, bis fünfzehn Minuten vor Schluss zu warten, um eine Urkunde einzusehen.«

Ich entschuldigte mich, sagte aber: »Ich muss mir die allerersten Grundbucheinträge von hier ansehen, gleich nach der Staatsgründung.«

»Yancy taucht aber in den Verzeichnissen erst ab 1870 auf«, sagte sie.

»Sie meinten neulich, hier war es wie im Wilden Westen, als Leute erstmals Ansprüche anmeldeten. Ich will jetzt wissen, wie wild der Westen war.«

Sie zog eine Braue hoch, ihre Aufmerksamkeit war geweckt. Ich folgte ihr nach hinten in den Nebenraum, wo die älteren Bände aufbewahrt wurden. Sie rollte eine Leiter in die Ecke und zog den ersten Band aus dem obersten Regal.

»Die hier sind ja alle digitalisiert«, sagte sie, »aber aus historischen Gründen heben wir die frühen Bände auf.«

Sie legte ihn auf den großen Tisch im vorderen Raum, sah mir zu und vergaß ganz ihr Begehren, aus dem Büro rauszukommen. Gemeinsam beugten wir uns über das Buch und betrachteten die allerersten Grundbucheinträge, die in Douglas County registriert worden waren, im Winter 1861.

»Als ich letzte Woche hier war, fiel mir auf, dass dieses erste Blatt oben abgeschnitten ist, so dass die Einträge tiefer anfangen als im restlichen Band. Ich dachte erst, vielleicht wurde das Pergament von Hand zugeschnitten und ist nicht gleichmäßig geraten. In Wahrheit hat jemand den ersten Eintrag aus dem Buch rausgeschnitten. Der erste in Douglas County registrierte Grundbucheintrag, nachdem Kansas Bundesstaat wurde, ist entfernt worden.«

»Nein!«, rief sie. »Das ist nicht möglich. Niemand darf mit diesen Büchern allein bleiben.«

»Heute, im einundzwanzigsten Jahrhundert, vielleicht nicht. 1870 allerdings, als Henry Everard, ein enger Freund von Theodore Wheelock, Urkundsbeamter war, hat er Wheelock fröhlich den ursprünglichen Eintrag wegschneiden lassen. Dann ließ Wheelock das Land in Yancy auf seinen Namen registrieren und trat Everard als Dankeschön auch ein Stück davon ab.« Ich blätterte zum Eintrag von 1870, den ich mir bei meinem ersten Besuch angesehen hatte.

Die Angestellte las ihn und schlug dann wieder die erste Seite auf. »Was stand denn da ursprünglich?«, fragte sie.

Ich hatte das Pergamentstück mit dem Carruthers-Eintrag in eine Plastikhülle gesteckt. Die zog ich jetzt aus meinem Rucksack und entnahm ihr den Titel für das Yancy-Land. Der Streifen passte genau in die Lücke auf dem Blatt.

Von der Seite aus Florence' Tagebuch, wo sie wegen der ›Befreiung von Yancy‹ triumphierte, hatte ich Fotos gemacht und zeigte sie der Angestellten. Die Frau starrte stirnrunzelnd auf die Grundbuchseite.

»Das ist doch – ich finde keine Worte. Schwindelerregend. Schockierend. Wenn das wahr ist, dann sind alle Ansprüche auf Yancy-Flurstücke, die auf der Registrierung von 1870 basieren, null und nichtig. Ich – wir müssen das von Experten untersuchen lassen. Von Anwälten – was machen wir, wenn Sie richtig liegen und die Wheelocks und Everards das Land gestohlen haben? Es sei denn, sie wussten nicht, dass sie stehlen?«

»Aus Florence Wheelocks Tagebüchern geht glasklar hervor, dass sie wussten, was sie tun. Aber selbst wenn nicht, die Aufzeichnungen zeigen keine Besitzübertragung von den Carruthers zu den Wheelocks – nur, dass Theodore Wheelock Anspruch auf dieselben Flurstücke erhob, die neun Jahre zuvor urkundlich Familie Carruthers übertragen wurden.«

»Sehe ich auch so, das wird ein riesiges juristisches Chaos. Vor allem, wo Tulloh Industries jetzt auf Yancy baut, im Glauben, dass ihnen das Gelände gehört.«

Unternehmen wie Tulloh hatten eine Rechtsabteilung mit tausenden Anwälten. Wahrscheinlich konnten sie ihren Anspruch auf das Land erfolgreich verteidigen oder zumindest so lange einen Rechtsstreit darum führen, dass sie ihre Kryptofarm oder was auch immer längst fertig gebaut hätten, ehe das Verfahren abgeschlossen war. Sie hätten Clarina-Ulricke wirklich nicht umbringen müssen.

Die Angestellte sah mich hilflos an. »Ich muss mit Amos sprechen – Amos Clapton – er ist unser Grundbuchverwalter.«

Ich steckte das Fragment zurück in die Plastikhülle und diese wieder in meinen Rucksack.

Die Angestellte sagte: »Wenn das aus unserem Grundbuch herausgeschnitten wurde, gehört es hierher.«

»Wenn seine Echtheit feststeht und bewiesen ist, dass es aus diesem Originalband herausgeschnitten wurde, dann bleibt es natürlich hier. Aber irgendwer könnte herkommen und es entwenden, während Sie gerade jemand anderem behilflich sind.«

»Niemand kann ohne mein Wissen unser Buchmagazin betreten«, sagte sie. »Wenn ich das Büro verlasse, und sei es nur für fünf Minuten, schließe ich die Tür ab. Sie dürfen diese Urkunde wirklich nicht mit sich rumtragen – was, wenn Sie überfallen werden und jemand Ihren Rucksack stiehlt?«

»Da mögen Sie recht haben«, sagte ich. »Aber ich glaube, Clarina Coffin wurde von jemandem ermordet, der dieses

Stück Papier wollte. Es muss zur Polizei oder zum FBI, bis es für echt befunden und die Besitzfolge für Yancy geklärt ist. Vorerst werde ich es sicher verwahren – gleich morgen früh bringe ich es in ein Bankschließfach.«

Sie beäugte kurz meinen Rucksack, als überlegte sie, ob sie ihn mir entreißen konnte, nahm aber schließlich das Grundbuch von 1861 und brachte es zurück in den Nebenraum.

Ich trat eben aus der Tür, als der Festnetzapparat auf dem Tresen klingelte.

Die Frau ging ran, dann sagte sie scharf: »Ja, sie war hier.«

Ich ließ die Tür einen Spalt offen und presste mich an die Wand.

»Das FBI? Du meine Güte, hätte ich das gewusst. Ich hätte ahnen können, dass sie eine Kriminelle ist, sie hat sich so ungebärdig aufgeführt. Sie hätten vor fünf Minuten anrufen sollen … Sie muss den Ostausgang nehmen, der Rest des Gebäudes wird inzwischen abgesperrt sein, aber hat sie eine Waffe? Bin ich hier sicher? Ja, ich kann mich im Büro einschließen. Rufen Sie an, wenn Sie sie aufgegriffen haben?«

Ich huschte den Flur entlang, suchte hektisch nach einem Fluchtweg. Der Westausgang war mit Kette und Vorhängeschloss versperrt. Treppen führten nach unten oder oben. Ich rannte aufwärts. Am Ende der zweiten Treppe wäre ich fast in einen Wachmann hineingerannt, der sich mit einem Mann im Anzug unterhielt. Ich drosselte mein Tempo, bloß eine Mitarbeiterin auf dem Weg zu ihrem Büro, keine Person, die vom Pseudo-FBI gesucht wurde.

»Ich glaub nicht, dass sie das Viertelfinale überstehen«, sagte der Wachmann.

»Sei kein Spielverderber, Dree, ich weiß, sie haben nicht die Kadertiefe von letztem Jahr, aber meine Kristallkugel sagt Serie.«

Die Chancen der Basketball-Herren im NCAA-Turnier. Niemanden interessierte, was ich trieb.

Ich lief bis ans Ende des Flurs und stand vor Bhagavatulas Gerichtssaal. Die Tür war nicht abgeschlossen. Ich trat ein, ging durch bis hinter die Richterbank und klopfte fest an die Tür zu meiner Linken.

»Richter Bhagavatula?«, rief ich, nicht zu laut. Keine Antwort. Auch diese Tür ging auf. Die juristischen Fachbücher des Richters füllten mehrere Regale. Ich wählte *Kansas-Gesetzbuch, Familiengerichtsbarkeit*. Ich zog die Carruthers-Besitzurkunde aus ihrer Plastikhülle und legte sie ziemlich weit vorn in das Buch.

Als ich wieder in den Flur kam, waren der Wachmann und der Anzugträger weg. Ich spähte übers Geländer. Mellon und Don Wilton waren in der unteren Halle. Irgendwie hatten sie sich Westen mit FBI-Aufdruck beschafft und geleiteten die wenigen noch im Gebäude verbliebenen Personen in Richtung Ostausgang.

Ich schloss kurz die Augen. Atme, keine Panik, halt dich an deine Ausbildung, such nach einem Nebentreppenhaus. Dicht an der Wand entlang, um nicht entdeckt zu werden, schlitterte ich um eine Ecke, fand das gesuchte Notausgangsschild, stieg runter bis zum Keller, fand eine Tür zum Hausmeisterraum, dahinter einen Ausgang zum Parkplatz.

Einen Schritt nach dem anderen, stoß die Tür auf.

Ich hatte es fast geschafft, als mein Telefon klingelte. Ich drückte die Aus-Taste, aber eine Hand kam von oben. Wütend keilte ich aus. Ein höllischer Schmerz längs des Schädels, dann Dunkel.

60

Kohlenstaub

Mir war kalt. Ich wusste, dass meine Mutter in der Nähe war, aber als ich die Augen aufmachen wollte, um mich nach ihr umzusehen, fühlte es sich an, als würde mein Kopf vor Schmerz zersplittern. Meine Kehle war wund. Ich roch Erbrochenes und etwas Schärferes. Stahlwerke?

Ich saß auf einer rauen Oberfläche. Der Boden bei den Werken. Was taten wir dort? War Gabriella losgezogen, um sich über den Kohlenstaub zu beschweren? *Cappotto. Aqua.* Mantel, Wasser, flehte ich sie an, aber meine Kehle war so wund, dass ich die Worte nicht herausbrachte.

»Hat die Schlampe was gesagt?«, fragte eine heisere Stimme. Englisch. Dies war nicht South Chicago.

Ich spürte, wie jemand sich über mich beugte. Ließ den Kopf vornüber hängen, atmete durch den Mund, erzeugte einen kleinen Schnarcher.

»Sie ist immer noch weg. Warum habt ihr so hart zugeschlagen? Wir brauchen sie wach und gesprächig. Sie stinkt, nebenbei bemerkt.«

Ich kannte diese Stimme, ein dünner Bariton. Nachzudenken, mich zu konzentrieren, war eine Qual. Sie hatten mich geschlagen, zu hart, daher tat mein Kopf weh. Ich war gerannt. Auf der Flucht. Ich musste meinen Verstand auf die andere Seite dieses Bergs aus Schmerz hieven, rausfinden, wo ich war, wer da bei mir war.

Ich wäre gern aufgestanden, weg von diesen Männern, von dem Schmerz. Aber meine Füße waren gefesselt. In meinem

Rücken war ein Metallpfosten. Auch an dem war ich festgebunden.

»Was ist mit der Reporterin, dieser neugierigen Schlampe, die dauernd um die Detektivin rumstreicht?« Der erste Sprecher, die heisere Stimme.

»Die ist noch in New York. Ausgeschlossen, dass Warshawski es ihr gegeben hat. Und das Gerichtsgebäude ist abgeriegelt.« Der dünne Bariton, keine Geduld mit Unterlingen.

»Vielleicht hat sie es verschluckt«, warf ein Tenor ein.

Die heisere Stimme lachte. »In dem Fall verpasst ihr eine Kugel und ladet sie am Fluss ab.«

»Keine Kugeln«, sagte der Bariton. »Natürlicher Tod, wie bei Rotherhaite.«

Rotherhaite. Kohle. Der Geruch, der mich an Stahlwerke erinnert hatte. Ich war im Kohlekraftwerk Wakarusa. Der dünne Bariton, das war der Stadtcowboy, der das Kraftwerk gekauft hatte. Robert Tulloh.

»Den Schraubenschlüssel haben die Cops«, sagte der Tenor. »Die Fotze hat's geschafft, den zu beseitigen, als Chet ihn ihr untergeschoben hat. Hat ihn in meinem Wald deponiert. Noch eine Tote mit Kopfwunde, das kriegen nicht mal Big Matthews Freunde aus der Welt geschafft.«

Robert Tulloh lachte, hässliches Geräusch. »Du unterschätzt seine Möglichkeiten, Santich. Wie du alles unterschätzt, auch deine Schulden. Bezory, Sie müssen sich besser anstellen als bei Rotherhaite, sie tiefer im Busch verstecken.«

Ich öffnete die Augen einen Spalt. Wir waren in der großen Halle des Kraftwerks. Was hatten sie mit den Leuten auf Schicht gemacht?

»Weckt sie auf«, sagte Tulloh. »Es wird langweilig. Wir müssen in die Gänge kommen.«

Ein Eimer Wasser über den Kopf. Das machte mich wach. Spülte das Erbrochene von meiner Jacke. Schutzreflex, Arme vors Gesicht – nur dass sie so hoch nicht kamen. Sie waren auf Ellbogenhöhe an mir festgebunden. Füße gefesselt, Arme fixiert, Grips geschrottet.

Tulloh zog einen Stuhl direkt vor mich, setzte sich rittlings drauf, Kinn auf der Lehne. »Sie waren schon eine umtriebige kleine Fotze, was? Haben in Sachen rumgeschnüffelt, die Ihnen nicht gehören. Jetzt rücken Sie den Papierfetzen raus, den Sie gefunden haben. Das ist nicht Ihrer.«

Ich senkte die Lider, sah durch den Wimpernschleier seinen Arm auf mich zukommen. Ließ den Kopf fallen. Er traf den Metallpfosten hinter mir hart, fluchte, stand auf und trat mir in den Bauch. Davor gab es keinen Schutz.

»Sie glauben, Sie haben etwas Wertvolles gefunden, haben Sie aber nicht. Genauso wenig wie diese dämliche Coffin. Das Mädel im Grundbuchbüro sagt, Sie haben ein unechtes Stück Papier vorgelegt und behauptet, irgendeine Schwarze Familie hätte vor tausend Jahren in Yancy gesiedelt, aber das ist unser Land. Wir machen damit, was wir wollen.«

»Warum dann Clarina töten?« Meine Stimme krächzte.

»Sie war eine Pest, eine Plage, eine Kakerlake. Bei Tulloh dulden wir kein Ungeziefer, und du bist ein größeres Exemplar, als sie es war.«

»Eine ganze Menge Leute wissen, dass ich den Carruthers-Besitztitel von 1861 für das Land in Yancy gefunden habe. Der neugierigen Reporterschlampe hab ich ein Foto davon geschickt. Verlagsleute von der University Press haben ihn auch gesehen. Ihr Daddy kann –«

Sein Handrücken traf mein Gesicht. Er trug einen Ring. Blut an meiner Lippe, in meinem Mund.

»Was hat Clarina Ihnen gesagt, was sie gefunden hat? Den Besitztitel? Oder das Tagebuch, in dem die Wheelocks sich mit dem Landraub brüsten?«

»Sie hat vor der erstbesten Putzfrau angegeben, sie wäre auf etwas gestoßen, das Yancy himmelhoch in die Luft jagen würde. Nur dass diese Putze eine Schwäche für den Versager Santich hat«, Tulloh grinste. »Da war uns klar, dass die Coffin etwas hatte, das wir uns ansehen mussten.«

»Versager Santich hatte immerhin die Idee, wie wir sie zum Verlag rauslocken können«, knurrte Santich. »Der wahre Versager hier ist doch euer blöder Neandertaler, der zu hart zugeschlagen und sie umgebracht hat, bevor wir sie zum Reden bringen konnten.«

»Das Problem haben wir diesmal nicht.« Tulloh entblößte perfekt überkronte Zähne. »Die hier darf er nicht hauen.« Er fuhr mit dem Finger an meinem Kiefer entlang, ein Streicheln. Ich biss zu, fest. Er lachte, schlug wieder zu. »Ein Teufelsweib. Gut so. Dann haben wir rundherum mehr Spaß. Aber am Ende wirst du mir erzählen, was ich wissen will. Wo ist dieser Besitztitel?«

Ich sagte nichts. Ich hatte keine cleveren Sprüche mehr auf Lager, keine Fragen, die ich beantwortet haben wollte, nichts zu sagen, nichts zu hören.

Tulloh wies Santich an, mir Schuhe und Socken auszuziehen. Er steckte eine Zigarette an und hockte sich hin, um sie mir an den Fußrücken zu halten.

Bezory schlug seine Hand weg, schnappte sich die Zigarette, warf sie zu Boden und stampfte drauf. »Sie gottverdammter Vollidiot! Doch kein Feuer in einem Kohlekraftwerk.«

Tulloh fuhr hoch. »Sie beschimpfen mich nicht, Bezory, Sie arbeiten für mich.« Er stach Bezory den ausgestreckten Finger vor die Brust, schob ihn von der Zigarette weg.

»Aber ich bin keiner von Ihren Schoßhunden wie Santich hier oder dieser gruselige Hausboy Mellon. Wenn Sie das Werk in die Luft jagen wollen, bin ich raus.«

Ich stemmte die linke Ferse auf den Boden, wand den nackten rechten Fuß aus dem Seil, dann den linken. Santich sah gebannt den beiden anderen zu. Ein paar unbeachtete Sekunden: schnell so weit wie möglich nach links wälzen, Zigarette bergen und wieder zurück. Die Zigarette glühte noch. Ich hielt sie an das Seil um meinen rechten Arm.

»Angst vor Feuer, ja?«, höhnte Tulloh, hielt sein Benzinfeuerzeug vor Bezorys Gesicht und schnipste es an.

Seilfasern durchgeglüht, rechter Arm brennt, rechter Arm frei, Seil vom Pfosten ziehen, aufspringen. Ich rannte los, durch die Kraftwerkshalle in Richtung Tor. Rutschte auf einem Ölfleck aus. Schon war Tulloh bei mir. Packte mich mit beiden Händen an der Kehle, das Feuerzeug fiel ins Öl –

In der Nanosekunde zwischen Flamme und Feuer ließ er los, brüllte auf vor Wut, vor Angst. Ich schlüpfte weg, rannte zur Tür raus, rannte zum Fluss, rein in die begnadete entsetzliche Kälte.

61

Rudertraining

Lous Jacke füllte sich mit Wasser und zog mich runter. Ich wand mich aus ihr raus, konnte stehen, Füße im schlammigen Grund, würgte öliges Wasser hoch. An Land hörte ich Tulloh und Bezory brüllen, ohne Worte zu verstehen.

Ich konnte nicht im eiskalten Wasser bleiben, hatte nicht die Kraft, auf die andere Seite zu schwimmen. Ich angelte nach den Sträuchern am Ufer, wollte mich raushieven, da hörte ich Stimmen auf dem Fluss.

»Hey, Leute, seht mal! Da kommt Feuer aus den Schornsteinen!«

»Zieht!«, rief jemand. »Das ist Training hier, keine Besichtigungstour!«

»Hilfe!«, schrie ich, lauter als die Callas in der Scala.

Ich schrie wieder und wieder, und das Boot drehte in meine Richtung. Ein Rennruderboot, ein Achter. Ich plumpste hinein und landete auf jemandes Knien. Rufe: *Was zum Henker hatte ich an einem Winterabend im Fluss verloren, Vorsicht mit den Knien, das war's wohl für heute mit Training, was? Jetzt guck dir diese Flammen an. Die Anlage brennt.*

»Bin vor dem Feuer geflohen«, keuchte ich.

»Ist noch jemand dort?«

»Weiß nicht.«

Eine Frau fand, wir sollten anlegen und nachsehen, aber die Person, auf der ich gelandet war, sagte, ich sei nass und verkühlt und müsse notversorgt werden; am besten die Feuerwehr rufen.

Als wir das Bootshaus erreichten, wartete schon ein Krankenwagen. Ich blieb gerade noch lange genug bei Sinnen, um meinen Retterinnen Lous Nummer zu geben.

62

Ab nach Hause

»Wir ham von der Farm aus Flammen aus den Schornsteinen schießen sehen. Hätten uns denken können, dass du dahintersteckst. Wie haste das angestellt?«

»Mit meiner Herzenswärme«, sagte ich.

Ed tat, als boxte er mich.

Ich war von der Intensivstation in ein normales Bett verlegt worden, aber noch angeschlagen – gebrochene Rippen von Tullohs Tritt, weitere Schäden an Nase und Oberkiefer. Seit dem Anruf des Ruderteams waren die beiden abwechselnd oder gemeinsam bei mir geblieben.

»Tulloh ist 'ne bösartige Klapperschlange, selbst wenn man ihn nicht in die Enge treibt. Du hast es ihm gründlich gezeigt, da im Kraftwerk, und für vergeben und vergessen ist er nicht der Typ.«

Das Kraftwerk hatte über einen Tag lang gebrannt, ehe die Feuerwehrleute es unter Kontrolle brachten. Ein Übergreifen auf das unterirdische Kohlelager konnten sie verhindern, aber es war genug Kohlenstaub in der Luft, dass es die Fenster rausblies und in einigen Rohren die Verbindungen schmolzen. Es würde sehr lange dauern, bis Wakarusa wieder ans Netz gehen konnte, wenn überhaupt. Damit hatten Tulloh Industries, selbst wenn sie ihren Anspruch auf das Yancy-Land durchsetzen könnten, nicht die nötige Stromversorgung für ihr Projekt, eine große Serverfarm.

Die erste Woche nach dem Brand verbrachte ich bei Lou und Ed auf der Hilltop Farm, sobald das Krankenhaus mich entließ.

Die beiden hatten nicht gern Gesetzeshüter auf ihrem Grund und Boden. Als Deke Everard mich befragen wollte, taten wir das an meinem drittliebsten Ort in Lawrence nach der Hilltop Farm und dem Hippo: in der öffentlichen Bibliothek.

Meine Anwältin Faye Mitchell war bei mir, um die Abmachung durchzusetzen, dass das gesamte Gespräch inoffiziell und ich gegen jegliche Anklage wegen unbefugten Eindringens in Don Wiltons Büro über dem Lion's Heart gefeit war.

Ich servierte Deke dieselbe Geschichte, die ich auch Faye erzählt hatte. Er nahm die Informationen mit zu Brett Santich und machte ihm klar, dass sie ihn wegen Betreibens einer Drogenbude, wegen meiner Entführung und einer ganzen Latte anderer Anklagepunkte festnageln konnten, wenn er nicht freiwillig kooperierte. Santich war das schwächste Glied unter den Mitverschwörern; offenbar packte er genug über die Drogengeschäfte aus, dass das LKPD sich veranlasst sah, einen Durchsuchungsbeschluss für Wiltons Büro und seine Computer zu beantragen.

Frankie Karas wollte den Beschluss nicht ausstellen, aber Dekes Antrag überschnitt sich mit einem Artikel von Murray, in dem er nicht verbuchte Zahlungen von Tulloh Industries an Karas' Wahlkampfkasse aufdeckte. Zoë und Murray hatten im Tandem gearbeitet. Zoë schrieb über die Geschichte von Yancy, welche Rolle die frühen englischen Siedler bei der Ermordung der Schwarzen Einwohner gespielt und wie sie sich ihren Besitz unter den Nagel gerissen hatten. Murray widmete sich der Aufgabe, die heutigen Strippenzieher aufs Korn zu nehmen.

Natürlich wäre es Sache des Polizeichefs gewesen, einen Durchsuchungsbeschluss zu beantragen, aber Chief McDowell hatte sich kurzfristig freistellen lassen. Inspiriert von Murray hatte Zoë Beweise ausgegraben, dass der Polizeichef und seine Frau regelmäßig auf Matthew Tullohs Luxusjacht *Prairie Schooner* Urlaub machten. Zoë nutzte das Informationsfreiheitsgesetz, um die Verbindungsdaten des Chiefs anzufordern und offenzulegen, wie oft er mit Jake Tulloh telefoniert hatte.

Als die Geschichte mit den Wahlkampfgeldern ruchbar wurde, machte Karas einen Rückzieher und stellte Deke die beantragten Durchsuchungsbeschlüsse für die Computer im Lion's Heart aus. Es ist eine Sache, wenn ein Milliardär Richter am Obersten Gerichtshof schmiert, aber ein County-Staatsanwalt muss sich alle paar Jahre wieder dem Wahlvolk stellen. Die Enthüllung, dass Karas Tullohs Untergebene vor Gericht begünstigte und im Gegenzug finanzielle Gefälligkeiten annahm, motivierte gleich mehrere lokale Anwälte, ihn in den anstehenden Vorwahlen herauszufordern.

Als Deke und ich fertig waren, erklärte ich mich bereit, mit Gertrude Perec zu reden. Sie wollte, dass ich zu ihr kam, aber wie bei Deke bestand ich darauf, das Gespräch in der Bibliothek zu führen. Pat Everard und Cady begleiteten sie.

»Meine Mutter hat dem Origins Museum die Wheelock-Tagebücher 1960 zur Eröffnung geschenkt«, erzählte Gertrude. »Sie machten viel Wind darum: Tochter einer der Gründerfamilien von Kansas stiftet Familienschatz. Ich war im zweiten Studienjahr in Wellesley – die Wheelocks schicken ihre Töchter schon nach Wellesley, seit das College gegründet wurde. Schon in den 1870er Jahren sorgte Florence Wheelock dafür, dass ihre Töchter die gleiche Bildung erhielten wie ihre Cousinen in Massachusetts. Eine hundertvierzigjährige Tradition, die erst von dem Fräulein hier gebrochen wurde …« Sie tätschelte Cadys Knie.

»Kansas«, sagte Cady. »Meine Freundinnen und ich waren alle auf der Kansas University.«

»Als Heranwachsende habe ich mich für die Tagebücher nicht interessiert«, fuhr Gertrude fort. »Die ein, zwei Mal, die ich versucht habe, darin zu lesen, kam ich mit der Handschrift nicht zurande. Aber ich glaube, dass meine Mutter das konnte. Ich glaube, sie gab sie weg, nachdem sie gelesen hatte, auf welche Weise die Wheelocks sich Yancy angeeignet hatten. Damals fing sie an, sich hier in der Stadt für Bürgerrechte und dergleichen stark zu machen. Natürlich hielt ich das für noble Gesinnung: 1960, in dem Jahr ging es mit den Sit-ins los, dann kamen die Freedom Riders, später der Freedom Summer. Ich musste mich nicht erst in den Süden aufmachen wie einige meiner Freundinnen vom College, ich engagierte mich mit meiner Mutter gleich hier in Lawrence.

Aber nun tauchte Clarina auf. Erst machte sie die Geschichte von Lawrence im Allgemeinen schlecht, meinte, wir hielten uns ja für was Besonderes, Sklavereigegner und so weiter, aber an unseren Händen klebte genauso viel Blut wie in jeder beliebigen Südstaatenkleinstadt. Sie ging allen damit auf die Nerven, aber sie hatte nie konkrete Belege. Dann fing sie an, Cady und die Yancy-Schule zu schikanieren, warf ihnen woke Geschichtsklitterung vor, und das machte mich wütend.«

Pat Everard nickte. »An dem Tag, als sie in Riverside aufkreuzte, wild entschlossen, uns über unsere Geschichte und unsere Mitschuld zu belehren, da fragte ich sie: ›Haben Sie jemals an vorderster Front dafür gekämpft, dass eine Universität die Rassentrennung in den Wohnheimen aufhebt? Haben Sie je dafür gesorgt, dass Ihre Stadt Schwarzen und Weißen wirtschaftlich gleiche Chancen bietet? Haben Sie sich jemals wegen hochverzinster Subprime-Hypotheken mit Ihrer Bank angelegt? Halten Sie uns hier keine Predigten, solange Sie nicht vorweisen können, dass Sie selbst schon Risiken eingegangen sind.«

»Dazu sagte Clarina: ›Mein ganzes Leben ist ein Risiko, aber das werden Sie nie verstehen.‹ Wären mir Cady oder ihre Mutter jemals so gekommen, ich hätte ihnen eine gelangt«, warf Gertrude ein. »Und dann, etwa eine Woche vor ihrem Tod, zog sie über die Wheelocks der 1860er her, die nur geheuchelt hätten, für die Befreiung der Versklavten zu sein, aber genauso schlimm waren wie jeder Lynchmob im Süden. Sie sagte, sie könne beweisen, dass wir nie ein Anrecht auf das Yancy-Land hatten.

In der Nacht, als Sie die Studentin im Dundee-Haus gefunden haben, bekam ich eine Nachricht – ich dachte, sie wäre von Clarina. Ulricke. Darin hieß es, sie zeigt mir den Beweis, wenn ich zum Dundee-Haus rauskomme. Nun, das Weitere kennen Sie ja – wie ich zum Dundee-Haus kam und auf Trig stieß.«

»Warum ist Trig da rausgefahren?«, fragte Cady. »Hat dieselbe Person, die Gram reingelegt hat, auch ihn dorthin gelockt?«

Ich schüttelte den Kopf. »Er hat einen Polizeifunkscanner. Er bekam mit, dass da draußen was los war, und – tja, er hat versucht, Ivy und ihren kleinen Sohn Timmy zu beschützen. Er wusste, dass sie nach den Drogenpartys da putzte, und wollte verhindern, dass sie der Polizei in die Arme läuft. Hat ihr wenig genützt«, fügte ich traurig hinzu. »Keine Ahnung, ob sie wegen ihrer Rolle bei Clarinas Tod belangt wird, aber sie tat blindlings alles, was Brett Santich verlangte. Sie ging so weit, ihm Verlagsbriefpapier zu beschaffen, um Clarina an einen Ort zu locken, wo sie leicht zu kidnappen war. Das Gebäude liegt in einer Art Park, wo eher wenig Leute unterwegs sind, es sei denn, jemand will zum Verlag. Es war ganz leicht für sie, Clarina dort aufzulauern.«

Deke hatte meinem Gespräch mit seiner Mutter und Gertrude schweigend beigewohnt. Er folgte mir auf die Straße, wo mein Mustang wartete – frisch gereinigt auf Kosten des LKPD.

»Ich hoffe, du nimmst meine Entschuldigung an«, sagte er. »Ich hab mich komplett verheddert und war überreizt, weil einfach zu viele Interessen im Spiel waren. Ich hatte Befürchtungen, dass mein Chief – sagen wir einfach, dass er das Gesetz nicht für alle gleichermaßen zur Anwendung brachte. Ich war besorgt wegen Karas. Dieser FBI-Trottel hat mich zum Narren gehalten. Und dann noch du – du magst zwar häufig recht behalten, aber du kannst auch ganz schön übergriffig sein, kommst von außerhalb und preschst vor, als wüsstest du Bescheid über alles Mögliche, was wir Hinterwäldler nicht peilen.«

»Das war ganz und gar nicht meine Absicht«, protestierte ich. »Ich hatte einen furchtbaren Herbst und Winter. Ich hab an meinem Urteilsvermögen gezweifelt, schon bei Kleinkram wie einer Essensbestellung, ganz zu schweigen von einer Verbrechensserie in einem fremden Gerichtsbezirk, wo ich nichts und niemanden kannte.«

»Ja, mag sein. Ich weiß nur, jedes Mal, wenn du recht behalten hast, hat mich das auf hundertachtzig gebracht. Ich wollte unbedingt, dass du mal mit irgendwas falsch liegst.« Er lachte verlegen. »Das galt auch für Clete Rotherhaite. Als wir Don Wiltons sämtliche Audiodateien durchgehört haben, war klar, dass Rotherhaite ermordet wurde, und zwar von Mellon und Bezory – die waren bei den Tullohs die Männer fürs Grobe. Ich glaub nicht, dass wir Matthew oder Robert je für irgendwas drankriegen. Die drücken mächtig ab für Bezorys und Mellons Rechtsbeistand, also kriegen wir die vielleicht auch nicht dran.«

»Aber warum haben sie Rotherhaite getötet?«, fragte ich. »Er hatte doch gar nicht die Macht, ihnen bei der Serverfarm reinzugrätschen.«

»Doch, die hatte er durchaus. Tulloh war noch im selben Raum, als Rotherhaite die Umweltschutzbehorde anrief und klarstellte, das Kraftwerk sei zu alt, um den Energiebedarf in Yancy zu decken, wenn die Serverfarm gebaut wird. Und dass Tullohs Anwälte den Planungsausschuss zum Gegenstand des Projekts belogen haben. Was du nicht gehört hast, war der nächste Teil von Wiltons privaten Tonaufnahmen: Tulloh hat Rotherhaite noch mal angerufen, er hätte sich die Sache überlegt, kühler Kopf obsiegt, ein Spaziergang am Fluss, wo sie unter sich wären, um das Ganze vernünftig zu klären. Bloß dass dort Mellon auf ihn gewartet hat.«

Er gab mir den Schlüssel für den Mustang und brachte mich zum Wagen. »Tu mir bloß einen Gefallen, Warshawski. Selbst wenn deine universumsbeste Freundin gegen die Jayhawks um den Titel spielt, schau's dir lieber im Fernsehen an, okay?«

Ich war froh, mich im Guten von ihm zu trennen. Er war im Grunde ein guter Cop in einer bösen Zwickmühle.

Bei den Vorbereitungen für meine Rückreise nach Chicago, zu meinen Lieben und meinen Pflichten, fragte ich mich, ob oder wie die Tullohs an mir Vergeltung üben würden. Und am letzten Tag in Lawrence kam ein schniekes Mercedes Cabrio den Feldweg zur Hilltop Farm hoch.

Die Männer waren arbeiten. Ich trat mit Peppy vor die Tür, alle Muskeln angespannt. Aus dem Wagen stieg Pauline Tulloh.

Ich zog die Brauen hoch. »Ich kann Ihnen keinen fermentierten Kohl anbieten, aber es gibt Kaffee oder Tee.«

»Ich bleibe nicht lang. Tulloh Industries durchläuft strukturelle Veränderungen, und ich dachte, die sollten Sie von mir erfahren. Robert geht nach Lagos, um unser Afrikageschäft zu leiten. Jake erhält den Posten des operativen Geschäftsführers, und Daddy hat entschieden, dass ich die Finanzchefin sein soll. Er meinte, ich hätte Urteilsvermögen bewiesen, als ich ihn warnen wollte, dass Robert mit Krypto herumstümpert, auch wenn es dann um eine Serverfarm ging und nicht um Bitcoins.«

Ihr Ton war so ruhig und arrogant wie bei meinem Besuch in Mission Hills im Februar.

»Er hat eingewilligt, dass wir nicht versuchen, das Wakarusa-Kraftwerk wieder in Gang zu setzen. Wir verschrotten es. Er findet, rückblickend haben Sie Augenmaß bewiesen und er war zu voreilig, als er Roberts Beurteilung Ihres Vorgehens übernahm. Mutter stimmt dem zu. Sie bat mich, dafür zu sorgen, dass Sie für Ihre Zeit und Mühe entschädigt werden.«

Vielleicht hätte eine moralischere Person den Scheck zerrissen, den Pauline mir gab. Doch der Betrag fühlte sich richtig an, hunderttausend für sechs Wochen Schinderei und entgangenes Einkommen, für die Kosten des Lebens auf Achse und für Faye Mitchells Honorar. Mitchell betrieb schließlich keine Wohltätigkeitsorganisation, wie sie sagte, und stellte eine entsprechende Rechnung.

Ärztlicherseits war mir Autofahren zwar erlaubt, aber von Langstrecken abgeraten worden, wenigstens noch für eine Woche. Daraufhin erklärten Ed und Lou, sie seien schon seit Jahren nicht mehr in Chicago gewesen. Ed fuhr den Mustang. Peppy und ich saßen bei Lou im Truck.

Mr. Contreras war bei unserer Ankunft außer sich vor Freude. Ich hatte ihn vorgewarnt, dass die Männer Vegetarier waren, deshalb servierte er von seinem Spezialitäten-Trio Spaghetti mit einer Sauce aus seinen selbst gezogenen und eingemachten Tomaten. Zur Feier des Tages gefolgt von seinem selbstgebrannten Grappa.

Nach dem vierten Kurzen stimmte Mr. Contreras eins der Volkslieder seiner Großmutter an. Lou meinte, er hätte auch eine Großmutter, und schmetterte »Froggie went a-courtin'«. Ed meinte, auch er hätte eine Großmutter gehabt, die ebenfalls sang. Gegen Mitternacht stand Mr. Sung aus dem ersten Stock vor der Tür und weinte fast, weil wir das Baby geweckt hatten.

Ungerührt fragte Lou, ob er etwa keine Großmutter hatte. Und wollte er nicht ihr Andenken ehren? Zu meiner Verblüffung gab Mr. Sung, nachdem er einen stabilisierenden Grappa geext hatte, ein Lied aus seiner koreanischen Kindheit zum Besten.

Danach konnte ich nicht widerstehen und sang »Il fervido desiderio«, mein Liebling unter den italienischen Liedern, die meine Mutter meinem Vater und mir oft vorsang.

63

Glücklich bis ans Ende ihrer – oder zumindest für ein paar Tage

Meine Blutergüsse heilten. Eine plastische Chirurgin versetzte meine Nase mehr oder minder dahin zurück, wo sie im Januar gewesen war. Ich fing an zu trainieren, fing an zu essen, fing an, mehr Zeit mit Freundinnen und Freunden zu verbringen.

War es mein kleiner Triumph über die Milliardäre, der die Ängste und Selbstzweifel kurierte, die mich die vergangenen sechs Monate geplagt hatten? Nichts ist je so simpel. Der Mord an Peters Studentin würde mich den Rest meines Lebens nicht mehr loslassen. Aber die Genesung von meinen Verletzungen und mitzuerleben, wie Clarina Coffins Andenken Gerechtigkeit widerfuhr, halfen mir dabei, von meiner Selbstkasteiung abzulassen. Ich hatte mich gequält, war gequält worden, fast über die Grenze meiner Belastbarkeit hinaus, und hatte es durchgestanden.

Mr. Contreras begleitete Bernie und Angela und mich, als wir Ende April nach Kansas fuhren, um den Yancy Day zu feiern. Louisa Carruthers, letzte lebende Nachfahrin von Sophia Grellier und Nathan Carruthers, reiste aus Washington an. Das Dundee-Haus, benannt nach dem analphabetischen weißen Säufer, den die Wheelocks und Everards dort einquartiert hatten, wurde umgetauft. Professorin Carruthers wählte den Namen Yancy-Haus, das Hausa-Wort für »Freiheit«.

Zoë hatte in Zusammenarbeit mit Gertrude und Cady Perec Auszüge aus den Wheelock-Tagebüchern im *Douglas County Herald* veröffentlicht. Louisa Carruthers gab ihre Zustimmung, auch Auszüge aus Sophia Grellier Carruthers' Tagebuch zu bringen. Die Story befeuerte die öffentliche Fantasie. Zoë trat in Colberts *Late Show* und den anderen großen Talkshows auf, mal allein, mal mit der Professorin. Bücher, Streamingserien, Filme waren schon in Arbeit.

Pauline Tulloh hatte eine unerwartete Investition in den *Herald* getätigt, mit der Maßgabe, dass Zoë noch mindestens drei Jahre an Bord blieb.

Auch Valerie Granev kam zum Yancy Day, ohne Mann und Tochter. Sie entschuldigte sich nochmals, dass sie mich mit den Herausforderungen, die ich meistern musste, allein gelassen hatte. »Die Gesundheit und Sicherheit meiner Tochter hatten Priorität«, sagte sie. »Ein besserer Mensch hätte vielleicht einen Weg gefunden, sie zu schützen und trotzdem öffentlich zu Ihnen zu stehen, aber mir ist keine Alternative eingefallen.« Es gab endlich Anzeichen, dass Sabrina sich von ihren Hirnschäden erholte, sagte Valerie, weshalb sie umso sicherer war, sich richtig entschieden zu haben. Ich sagte nichts, ließ die Stille wachsen, bis sie sagte: »Können Sie meine Entschuldigung nicht annehmen und verstehen, dass ich so handeln musste?«

Ich nickte halb. »Ich hab Ihrer Tochter das Leben gerettet, und Sie haben mich den Bären zum Fraß vorgeworfen, aber Ihre Entschuldigung nehme ich an.«

Eine Woche nach der Rückkehr aus Kansas kam ich spät vom Büro heim. Als ich auf die Haustür zuging, stieg ein Mann aus einem parkenden Auto. Er war dünn und blass, und obwohl er nach mir rief, erkannte ich ihn nicht gleich.

»Vielleicht denkst du, ich hab's nicht verdient, dass du dich an mich erinnerst«, sagte er leise.

»Peter?« Ich war zu perplex, um irgendwas anderes zu sagen.

Er kam auf mich zu. »Ich habe eine kurze Geschichte und eine lange. Darf ich sie dir erzählen?«

Wir gingen die Straße entlang, ohne zu sprechen, bis wir eine

Bank fanden. Die Sonne ging unter; im Halbdunkel war das Reden leichter.

»Als ich Chicago verließ – als ich dich verließ –, wusste ich, du leidest genauso oder noch mehr als ich, aber ich hatte nicht die Kraft, dir so beizustehen, wie du es brauchtest. Ich hatte nicht die Kraft, mich selbst durch den Tag zu bringen, geschweige denn jemandem zu helfen. Ich bin also abgehauen, geflohen wie immer, wenn mir die Welt ringsum zu viel wird – rückwärts, in die Vergangenheit.«

»Ja«, sagte ich, nur als Signal, dass ich verstand.

»Wie du weißt, haben Sumer und das antike Syrien mein ganzes Berufsleben bestimmt. In Sachen Phönizier bin ich Anfänger. Bei Ausgrabungen bin ich nützlich, weil ich jahrzehntelange Erfahrung mit der Untersuchung potenzieller Stätten habe. Ich weiß, wie man pfleglich, aber effizient an sie rangeht. Ich hab auch jahrzehntealte Kontakte zu Kreisen, die archäologische Ausgrabungen mitfinanzieren, und zu Regierungsbeamten, die entscheiden, ob wir graben dürfen, aber in der Mittelmeer-Gruppe hab ich eher Gehilfenniveau.

Allerdings war ich kein hilfreiches Mitglied für das Málaga-Team. Ich war immer noch stark eingeschränkt im Gebrauch meiner Schulter. Spanische Physiotherapeuten sind bei meiner Genesung in vieler Hinsicht eine große Hilfe gewesen. Besonders eine syrische Geflüchtete, die froh war, mit jemandem zu arbeiten, der ihre Form von Arabisch sprach, aber das kam später.« Er hob seinen Arm und schwenkte ihn in weitem Bogen; er war wiederhergestellt, zumindest physisch.

»Ja«, wiederholte ich und fragte mich, ob er mir gleich eine Affäre gestehen würde und wie sich das anfühlen mochte.

»Ich gewöhnte mir an, allein an der Küste rumzufahren. Beileibe kein guter Teamplayer, aber die internationale Gruppe sah mir allerhand nach. Mein Ruf, weißt du, und die Jahre als Direktor des Instituts – viele von ihnen kennen mich schon lange.

Durchaus zufällig entdeckte ich etwa neunzig Meilen von der Hauptausgrabung eine Stelle, wo die Namen der Hügelsiedlungen ringsum stark phönizisch geprägt wirkten. Auf eigene Faust führte ich ein paar Vorerkundungen durch. Mein Verhalten sah mir gar nicht ähnlich, als wäre ich Lawrence von Arabien, den ich nie bewundert habe. Aber ich heuerte ein paar Einheimische an, und wir begannen an dem Punkt zu graben, der am vielversprechendsten aussah.«

Er verstummte. Ich saß neben ihm in der Dunkelheit und roch seinen Schweiß, den kränklichen Geruch von jemandem, der Angst hat. Ich nahm seine Hand, hielt sie sachte.

»Wir stießen auf eine Kindergrabstätte.« Auf einmal sprach er gehetzt, so schnell, dass ich mich anstrengen musste, seinen Worten zu folgen. »Hunderte kleine Körper, alle in einem Massengrab verscharrt. Es gibt eine Kontroverse, ob die Phönizier Kinderopfer praktizierten. Ich weiß nicht, wovon diese kleinen Körper zeugten, aber – sie verschmolzen mit Taylor, meiner Studentin, geopfert vom eigenen Vater. Ich konnte mich selbst nicht aushalten, die Welt, den Horror von Jahrtausenden voller Eltern, die ihre Kinder morden.

Die Vergangenheit, in der ich Zuflucht suchte, schien mich verraten zu haben. Ich floh. Ich fuhr so wüst, dass ich über eine Klippe raste. Mein Körper wurde rausgeschleudert, der Wagen stürzte in die Tiefe und zerschellte.

Leute, die den Unfall mitbekommen hatten, starteten eine Rettungsaktion, aber ich besaß keine Identität. Mein Telefon und mein Reisepass waren im Wagen gewesen. Erst nach einer Woche im Koma sprach sich die Nachricht von dem verletzten Amerikaner rum. Meine spanischen Kollegen kamen zum Krankenhaus in Algeciras, wo man mich hingebracht hatte, und identifizierten mich.

Meine Genesung verlief langsam, aber wie gesagt, die Therapeuten waren grandios. Ich bekam ein neues Telefon, ich sah deine Textnachrichten, ich verfolgte, was du in Kansas triebst, so gut ich es anhand der Berichte von deiner Jungjournalistin und Murray konnte, aber meine Scham war so überwältigend, dass ich mich nicht bei dir melden konnte.«

»Scham?«, echote ich.

»Du warst von Taylors Tod genauso versehrt wie ich, aber du hast weiter das getan, worin du gut bist, hast beharrlich nach ein bisschen Gerechtigkeit gestrebt in einer ungerechten Welt. Ich bin geflüchtet und floh dann erneut. Wie sollte ich dir da ins Gesicht sehen?«

Ich dachte zurück an die Monate des Selbstzweifels, der Selbstkasteiung, des Verlusts an Gewicht, an Klarheit und Schärfe.

»Ich hab selber auch eine lange Geschichte, aber die erzähle ich heute Abend nicht. Ich geb dir stattdessen die Kurzfassung.« Ich öffnete meine obersten drei Hemdknöpfe und zeigte die kleine Inanna-Figur vor, im Licht der Straßenlampe eben noch erkennbar. »Mein Avatar hat mich nicht verlassen.«

Ausklang

13. Oktober 1935

Auburn, New York
An: Mrs. Eleanor Roosevelt
Weißes Haus

Liebe Mrs. Roosevelt,

mir fehlen die Worte, oder die richtigen Worte, um Ihnen dafür zu danken, dass Sie beim Begräbnis meiner Mutter Sophia Grellier Carruthers zugegen waren, und für die Rede, die Sie über sie hielten. Sie war eine so starke und unerschrockene Seele im Kampf für die Gleichberechtigung aller. Ihre Würdigung ihrer Arbeit und ihrer Gaben war für meine Frau und mich der größte nur mögliche Trost.

Hochachtungsvoll Ihr
Frederic Nathan Carruthers

Anmerkungen und Dank

Chicago ist seit mehr als fünf Jahrzehnten mein Zuhause, aber aufgewachsen bin ich in Lawrence und habe eine starke Bindung ans Land meiner Jugend. Kansas und seine Geschichte sprechen bis heute zu mir, ziehen mich in reale und imaginierte Geschichten hinein. *Wunder Punkt* ist das fünfte Werk, das ich dort angesiedelt habe. Die Familien Schapen, Fremantle, Grellier und Entwistle tauchen mit wechselnden Schwerpunkten in all diesen Kansas-Werken auf: in den Romanen *Bleeding Kansas* und *Fallout* (D: *Altlasten,* 2020) und in den Kurzgeschichten »Storm Warning« und »Trial by Fire«. Die Familien sind fiktiv, doch ihre Geschichte geht zurück auf die historische Kampagne der 1850er, im Kansas-Territorium Abolitionisten anzusiedeln, damit Kansas als freier Staat der Union beitreten konnte.

Als ich vier war, zog meine Familie von New York State nach Kansas. Unsere ersten Nächte verbrachten wir im Eldridge Hotel, dem Hauptquartier der Antisklaverei-Truppen im Kampf gegen die Sklavenhändler, die den Kaw überquerten und Gebäude niederbrannten, um mit Terror die Abolitionisten aus dem Staat zu vertreiben.

Ich wuchs voll Stolz auf das Erbe der Sklavereigegnerschaft auf, stolz, dass Kansas 1861 der Union als freier Staat beitrat. Ich wuchs unbeleckt von dem Wissen auf, dass Lawrence bis weit ins 20. Jahrhundert segregiert war, dass Schwarze Studierende nicht in die Wohnheime der University of Kansas durften, wo mein Vater lehrte, dass es Immobilienabsprachen gab, die regelten, wo Schwarze, Indigene und jüdische Menschen Häuser besitzen durften. Kenntnis von all dem Unrecht in meinem Heimatstaat erschloss sich mir nur langsam.

Wunder Punkt ist inspiriert von zwei Büchern, die ich 2021 las: *The Agitators* von Dorothy Wickendon und *This Is Not Dixie* von Brent M. S. Campney. *The Agitators* erzählt von der Freundschaft und Solidarität dreier Frauen: Harriet Tubman, Martha Coffin Wright und Frances Seward. Die letzteren zwei waren weiß, sie kämpften für die Abschaffung der Sklaverei und gegen rassistische Ungleichheit, und sie unterstützten Tubman tatkräftig, die sich auch wegen dieser Unterstützung in Auburn niederließ. *This Is Not Dixie* erzählt eine ganz andere Geschichte, nämlich die der gezielten und sehr verbreiteten anti-Schwarzen Gewalt in Kansas in den Jahrzehnten nach dem Bürgerkrieg, einschließlich Vergewaltigung, Lynchmord, gewaltsamer Besitzaneignung und Mob-Aktionen zur Vertreibung der Schwarzen Bevölkerung aus etlichen Gemeinden.

Ich hatte einen Keim einer Idee, es sollte um den brutalen Landraub an Schwarzen Siedlern in den 1860er und 1870er Jahren gehen und wie sich das bis ins heutige Amerika auswirken könnte. Es dauerte sehr lange, für diese Geschichte den richtigen Erzählbogen auszuknobeln. Ich fing damit an, viele Seiten Tagebucheinträge des 19. Jahrhunderts und Briefe meiner fiktiven Familien zu erfinden. Letztlich habe ich die wenigsten davon verwendet, was ein Jammer war, aber die richtige Entscheidung für das Format des Buchs.

Auf dem Weg habe ich mir viele Schulden eingehandelt. Zudem habe ich mir Freiheiten mit der Landschaft erlaubt. Entgegen der landläufigen Meinung ist Kansas nicht flach. Im Osten gibt es die gleiche Hügellandschaft wie in Ohio und Missouri, und die University of Kansas liegt auf der Kuppe eines großen hohen Hügels – es heißt, wer an der Uni arbeitet, ist »auf der Höhe«. Yancy ist ein erfundener Hügel am Stadtrand von Lawrence, südöstlich vom Kaw River.

Auch mit den Strafverfolgungsbehörden von Lawrence und Douglas County habe ich mir Freiheiten erlaubt. Lawrence hat nämlich eine bemerkenswerte Polizei mit echtem Engagement fürs Gemeinwesen und Bündnissen mit kommunalen Sozialdiensten. Dank an Chief Rich Lockhart und sein Team, Major Trent McKinley und Deputy Chief Adam Heffley, die sich fast einen ganzen Tag Zeit nahmen, mich Schritt für Schritt in ihre Arbeit einzuweihen. Dank auch an Laura McCabe, die das ermöglicht hat. Leider liegt es in der Natur von Detektivromanen, dass die Privatermittlerin chronisch mit den Cops im Clinch liegt. Alle Polizistinnen und Polizisten in *Wunder Punkt* sind frei erfunden und haben keine Ähnlichkeit mit irgendwem beim LKPD. Insbesondere Chief McDowell passt wohl eher nach Chicago als nach Lawrence – vielleicht taucht er ja dort als Nächstes auf.

Da Yancy außerhalb der Stadtgrenze liegt, müsste bei einem Verbrechen dort faktisch das Sheriff's Department von Douglas County ermitteln, aber das hätte bedeutet, eine weitere Figurenriege einzuführen, und die Geschichte zum Erliegen gebracht.

Ich habe eine innige Beziehung zur Lawrence Public Library, wo ich Lesen lernte und meine Mutter jahrelang Kinderbibliothekarin war. Ich bin froh, dass meine Heimatstadt sich für diese Bücherei so starkmacht in einer Zeit, in der viele öffentliche Bibliotheken unter Beschuss stehen. V.I. Warshawski findet hier in *Wunder Punkt* eine Art zweites Zuhause. Ich danke Kathleen Morgan und dem Büchereiteam für den Tipp mit dem Osma-Raum, als V.I. einen Ort brauchte, um bestimmte Dokumente zu sichern. Als ich aufwuchs, war Ms. Osma die Auskunftsbibliothekarin. Ihr Wissen über die Ressourcen der Bücherei war gewaltig. Sie mochte so tun, als würde sie einen Zettelkatalog zurate ziehen, aber es war alles in ihrem Kopf.

Angela Wilson gab wichtige Hinweise zum Strafrecht auf Bundesebene. Danielle Cassel nahm sich einen Nachmittag Zeit, um das Thema Besitztitel und Grundbucheinträge mit mir durchzusprechen; ich habe das ungute Gefühl, ihrem Rat nicht akribisch genug gefolgt zu sein. Im Übrigen ist das Grundbuchamt in *Wunder Punkt* eine reine Ausgeburt meiner Phantasie.

Martha Swisher schlug »Il fervido desiderio« vor, das V.I. singt, als sie und ihre Freunde ein nächtliches beschwipstes Singfest feiern.

Kathy Arata Lyndes und Louis Lyndes Arata ließen mich Lou und Ed ihre Nachnamen geben. Ich bewundere, wie Kathy und Louis bei der Hochzeit ihre Namen gestalteten, um ihre Leben zu verflechten.

Tom Laclair half die Muskeln bestimmen, die sich V.I. in den gefährlichen letzten Kapiteln verletzt. Federica Caneparo brachte mir die traditionellen Lieder bei, die italienische Mütter wie Gabriella ihren Kindern vorsingen.

Während des langen Entstehungsprozesses dieses Romans haben mich viele Menschen unterstützt und beraten, insbesondere

Erin Mitchell, Jolynn Parker, Marzena Madej, Jonathan Paretsky, Barb Wieser, Jo Anne Willis, Eve Paretsky.

Am allermeisten verschuldet habe ich mich bei Lorraine Brochu. Ich schrieb und verwarf sieben Entwürfe, ehe die Plotlinie stand, die das Buch ausmacht. Lorraine hat sie alle gelesen, sorgfältig, wohlüberlegt kommentierend und ohne zu murren. Ich bin so dankbar.

Alle Fehler in diesem Roman – und es gibt immer welche – gehen auf mein Konto, nicht auf das der vielen Menschen, die so großzügig Zeit und Wissen beigesteuert haben. *S. P.*

Glossar

Bitcoin-Mining – der Prozess, bei dem Rechenleistung zur Transaktionsverarbeitung, Absicherung und Synchronisierung aller Nutzer im Netzwerk zur Verfügung gestellt wird. Beim Bitcoin-Mining gibt es eine Belohnung, die Auszahlung richtet sich nach der bereitgestellten Rechenkapazität. Für Fans ist Bitcoin das Geld der Zukunft und Basis eines neuen Wirtschaftssystems, digital und ohne zentrale Kontrollinstanz. Um sich zu beteiligen, braucht es nur einen Internetanschluss, einen Rechner und Strom. Letzteres, der Energiehunger von Bitcoin, wächst zum globalen Problem heran. Das Mining von Kryptowährungen verursacht immer einen hohen CO_2-Fußabdruck. Blockchain-Anwendungen, wie sie bei Bitcoin zum Einsatz kommen, schießen den Vogel ab, jede Transaktion zieht 500 kWh Stromverbrauch nach sich. Bis Juni 2021 war China Hauptstandort für Bitcoin-Mining. Wegen Bedenken hinsichtlich des Stromverbrauchs und anderer Faktoren hat China jedoch den Bitcoin-Betrieb eingestellt. Prompt stiegen die USA zum weltweit führenden Anbieter auf, Kasachstan wurde mit einem Anteil von 18 % an der weltweiten Rate zum zweitgrößten Land für Kryptowährungs-Mining.

Bürgerkrieg – der US-amerikanische Civil War (1861–1865). Schon Jahre zuvor bekämpften sich in Kansas Sklavereigegner (Abolitionisten) und -befürworter, militante Pro-Sklaverei-Truppen verwüsteten die Abolitionistenhochburg Lawrence, aus Rache verübten die Milizen von John Brown ein Massaker an unbeteiligten Sklavenhaltern, so entbrannte ein Guerillakrieg. 1855 goss der Supreme Court mit einem Urteil pro Sklaverei Öl ins Feuer, die Gegner des Sklavensystems revoltierten gegen die Südstaatensympathien des Obersten Gerichtshofs. Während im Norden eine Mehrheit für eine Unionsverfassung samt Sklavenbefreiung plädierte, fürchtete der Süden, die Abschaffung der Sklaverei würde die Grundlage der südstaatlichen Plantagenwirtschaft zerstören, und betrachtete die USA als lockeren, auch aufkündbaren Zusammenschluss von souveränen Staaten. Als

1860 Abraham Lincoln mit seiner moderat kritischen Position in der Sklavenfrage zum Präsidenten gewählt wurde, drängten die Sklavereibefürworter auf Abspaltung der Südstaaten. Binnen 3 Monaten lösten sich 7 Staaten (South Carolina, Mississippi, Florida, Alabama, Georgia, Louisiana und Texas) aus der Union und bildeten die Konföderierten Staaten von Amerika mit Jefferson Davis als Präsident. Lincoln sah darin eine umstürzlerische Aktion.

Wirtschaft und Gesellschaft im Norden und Süden unterschieden sich stark, im Norden überwogen kleine Farmer und Arbeiter, die Industrialisierung nahm Fahrt auf. Der Süden blieb agrarisch, die Plantagenwirtschaft, beherrscht von einer Pflanzeraristokratie und betrieben von Sklav*innen, produzierte Baumwolle, Tabak und Zuckerrohr für den Norden und für den Export, namentlich die englische Textilindustrie. Zu Beginn rechneten beide Seiten mit einem raschen Sieg. Die Konföderierten hofften auf militärischen Beistand Englands und spekulierten, dass Großbritannien nicht auf ihre Baumwolle verzichten könne. Doch statt eines kurzen Kriegs kam es zu einem gut vierjährigen brutalen Ringen mit über 700 000 Toten. Die Sklavenbefreiung wurde im Verlauf des Konflikts noch wichtiger, immer mehr geflohene Schwarze kämpften in den Reihen der Union, insgesamt etwa 186 000. Mit der Befreiung der Sklaven ließ sich auch die Rüstungsindustrie der Südstaaten treffen.

Der Bürgerkrieg war Vorläufer der »totalen Kriege« des 20. Jahrhunderts: Militärische Terrorkampagnen, Grabenkriege, Zensur, Luftaufklärung (mit Heißluftballons) sowie der Aufbau einer modernen Kriegsmaschinerie, -wirtschaft und -infrastruktur wurden zur Signatur des Civil War. Aus den hohen Verlusten durch die Feuerkraft der Artillerie und die Zielgenauigkeit der Gewehre erwuchs erstmals der Zwang zur Einführung der Wehrpflicht, gegen die es im Norden erheblichen Widerstand gab.

Das Ende des Bürgerkriegs brachte keineswegs das Ende rassistischer Diskriminierung. Vor allem in den Südstaaten suchten die einflussreichen weißen Kreise durch Einschüchterung und Terror Afroamerikaner*innen von der politischen Beteiligung am Gemeinwesen fernzuhalten, setzten auf Restriktionen von Kopfsteuern bis zu Lese- und Schreibtests und sorgten mit einer Fülle von Gesetzen für Rassenschranken im öffentlichen Raum. Die sogenannten Jim-

Crow-Gesetze schrieben die Trennung von Weißen und Schwarzen in Schulen, Krankenhäusern, Friedhöfen, Parks, Theatern und öffentlichen Verkehrsmitteln vor. 1896 erklärte der Supreme Court radikale Segregation ausdrücklich für rechtmäßig. Diese Doktrin verlor ihre gesetzliche Grundlage erst mit dem Civil Rights Act von 1964 und dem Voting Rights Act von 1965, aber auch im 21. Jh. gibt es weiterhin eine deutliche Schlechterstellung nichtweißer Personen.

Citizens United – Die konservative Non-Profit-Organisation produzierte zu den Vorwahlen zum Präsidentschaftswahlkampf 2008 eine negative Doku über die Kandidatin der Demokraten Hillary Clinton (*Hillary: The Movie*). Gemäß dem Bipartisan Campaign Reform Act von 2002, der Firmen (auch Non-Profit-Organisationen) und Gewerkschaften die Finanzierung von TV-Sendungen zur Beeinflussung des Wahlkampfs verbietet, stoppte die Wahlaufsichtsbehörde die Veröffentlichung. Citizens United scheiterte mit einer Einstweiligen Verfügung und legte Berufung beim Obersten Gerichtshof ein. Der urteilte 2010 mit einer Mehrheit von 5 der 9 Richterstimmen, die Finanzierung von TV-Sendungen zur Beeinflussung von Wahlkämpfen sei als politische Rede einzustufen und falle in den Schutzbereich des 1. Zusatzartikels zur Verfassung (Free Speech). Die abweichende Meinung der vier als liberal geltenden Richter kritisierte das Urteil scharf: Damit ermögliche das Gericht unkontrollierte Wahlwerbung durch Firmen und Gewerkschaften, die nach dem Urteil zulässige indirekte Unterstützung kommerzieller und nicht-kommerzieller Organisationen lasse erheblich Raum für Korruption und die Forderung oder Erwartung politischer Gegenleistungen durch die Kandidat*innen (Quid pro quo).

Critical Race Theory – ein aus der US-amerikanischen Rechtswissenschaft der 1970er und 80er entstandener interdisziplinärer Theorieansatz, der davon ausgeht, dass Rassismus keine Ausnahmeerscheinung, sondern strukturell verankerter Teil der gesellschaftlichen Ordnung ist, die die Ungleichbehandlung von Menschen durch diskriminierende Rechtsnormen legitimiert. Knappe Skizze einiger Grundannahmen der CRT: Rassismus als historisch gewachsenes und gesamtgesellschaftliches Phänomen begründet die ungleiche Verteilung von Chancen und den ungleichen Zugang zu gesellschaftlichen Ressourcen. Zentral für dieses Herrschaftsverhältnis ist ein Differenzdenken in strikten Entweder-oder-Mustern, das von angeblich natürlichen Identitäten oder Kategorien ausgeht (Weiß/Schwarz, Deutsch/Ausländer, Westen/Islam etc.) und sie ständig neu belebt. Institutioneller Rassismus setzt nicht zwingend Absicht voraus, es gibt von staatlicher Seite auch diskriminierende Praktiken, etwa bei der Polizei und in der Bildung, ohne dass die Einzelpersonen notwendig bewusst und absichtlich rassistisch handeln. Rassismus kann sich gegenüber Schwarzen, Romni, Jüd*innen, Muslim*innen, Asiat*innen usw. manifestieren, die Rassismuserfahrungen können voneinander abweichen. Nicht hilfreich ist es, eine Hierarchie zwischen den Opfern zu erstellen, denn mit jeder Diskriminierung und *hate speech* geht Erniedrigung, Entmenschlichung und Entwürdigung einher.

Eine Säule der CRT bildet die Prämisse, dass *race* eine soziale Konstruktion ist und in einer rassisierten Welt ein Ordnungsprinzip darstellt (wie Geschlecht). Wenngleich keine biologischen menschlichen Rassen existieren, wirkt der Gedanke von *race* fort, solange wir Menschen bewusst oder unbewusst als Schwarz, jüdisch, weiß lesen. Mit *race* wird es möglich, Weißsein, Schwarzsein, Privilegien, hierarchische Verhältnisse usw. zu analysieren. Diskriminierung muss intersektional, also mehrschichtig, sich überschneidend gedacht werden. Eine Diskriminierung wegen *race* und/oder Herkunft ist oft mit den Kategorien Geschlecht, Religion, Klasse etc. verschränkt. Wie Geschlecht, Klasse, Religion, Sexualität, Behinderung und Alter ist auch *race* eine soziale Kategorie.

Populistische Konzepte wie Fremdenfeindlichkeit blenden die historische Ausformung von Rassismus (in der Aufklärung, im Kolonialismus und Nationalsozialismus) aus, enthistorisieren überlieferte rassistische Zuschreibungsprozesse, reproduzieren Alltagsrassismus durch Sprache und Handlungen. Durch ständige Wiederholung werden rassistische Kategorien normalisiert.

In den USA hat die Black Lives Matter-Bewegung nach dem Polizistenmord an George Floyd Diskussionen über den strukturellen Rassismus im Land und mehr Auseinandersetzung mit der eigenen Sklavereigeschichte eingefordert. Konservative bis rechte Netzwerke polemisieren dagegen, CRT wolle Menschen dafür bestrafen, als

Weiße geboren zu sein, und nennen den Ansatz rassistisch. Da die CRT auf der Kritischen Theorie basiert, fürchten Konservative, dass sich darüber marxistisches Gedankengut in den USA breitmachen könnte, und fordern ein Verbot der Lehre dieser Theorie. Trump erließ schon in seiner ersten Amtszeit ein Dekret, wonach in staatlichen Institutionen keine Diversity-Trainings mehr abgehalten werden dürfen, die strukturellen Rassismus thematisieren. Wie schon bei den Begriffen Cancel Culture oder Political Correctness führen Konservative und Rechte Diskursfeldzüge mit *Critical Race Theory* als Kampfbegriff, rechte Thinktanks und Strategen befeuern die Kontroverse.

Delaware Nation – Die Delawaren, Selbstbezeichnung Lenape oder Lenni Lenape, auch die Großväter genannt, sind die Ureinwohner der Ostküste Nordamerikas. Sie wurden im Zuge der Besiedlung immer wieder aus ihren Gebieten vertrieben. Ende 1831 war die Hauptgruppe der Lenni Lenape in eine neue Reservation umgezogen, die östlich von Lawrence und südlich von Leavenworth lag. 1854 öffnete der Kongress Kansas und Nebraska zur Besiedlung, das Ergebnis war ein Ansturm nach Kansas, da Südstaatler und Nordstaatler um die Kontrolle des Gebietes wetteiferten. Die Lenape standen auf Seiten der Abolitionisten und boten sich an, die Stadt Lawrence gegen Angriffe aus Missouri zu verteidigen. 1860 büßten die Lenape beim Vertrag von Sarcoxieville einen Großteil ihres verbliebenen Landes ein. Sie hatten keine Bürgerrechte, ergriffen dennoch im Bürgerkrieg die Partei der Unionsstaaten. Trotzdem verlor die Mehrheit der noch in Kansas lebenden Lenni Lenape 1867 ihren Landbesitz und wurde in ein Gebiet innerhalb der Cherokee-Nation im nordöstlichen Oklahoma umgesiedelt. 1901 wurde auch diese Reservation, die sie mit den Wichita und Caddo teilten, für die weiße Besiedlung geöffnet. Infolge der Zersplitterung durch ein Jahrhundert gewaltsamer Vertreibungen und Vertragsbrüche gibt es heute keine einheitliche Nation der Lenape mehr, aber noch einige Lenape First Nations in den USA und Kanada: die Delaware Nation in Oklahoma, der Delaware Tribe of Indians in Oklahoma, der Delaware-Munsee Tribe in Ottawa (Kansas), die Lenape Nation of Pennsylvania. Zahlreiche andere Gruppen und Nachfahren leben

u. a. in New Jersey, Wisconsin und Ontario (Kanada), was die Breite der Lenape-Diaspora zeigt. Sie alle sind durch gemeinsame Vorfahren und Kultur verbunden, haben jedoch unterschiedliche politische Strukturen und konzentrieren sich auf die Bedürfnisse und den Erhalt ihrer eigenen Gemeinschaft.

First Kansas Colored Infantry Regiment – das erste afroamerikanische Regiment, das im Bürgerkrieg zum Einsatz kam, erstmals im Oktober 1862 bei den Gefechten am Island Mound im Bates County, Missouri. Das Regiment wurde ohne Genehmigung der Bundesregierung und gegen den Willen von Kriegsminister Stanton aufgestellt. Rekrutierungsbeamte warben im gesamten Osten von Kansas Schwarze Männer an, von denen eine Mehrheit zuvor in Missouri versklavt gewesen war. In der Schlacht von Poison Spring 1864 wurden verwundete und sich ergebende Soldaten dieses Regiments brutal massakriert, das Regiment erlitt die höchsten Verluste aller Truppen aus Kansas während des Krieges.

Freedom Riders – 1961 fuhren Bürgerrechtler*innen mit Überlandbussen in die segregierten Südstaaten der USA, ein scharfer, aber gewaltloser Protest gegen die Nichtumsetzung der Urteile des Obersten Gerichtshofs von 1946 und 1960, die die Segregation in öffentlichen Verkehrsmitteln, Gaststätten und Wartesälen für verfassungswidrig erklärt hatten, was die Südstaaten ignorierten. Die Freedom Riders stellten diesen Status quo demonstrativ in Frage, indem sie in gemischten Gruppen mit Überlandbussen fuhren. Die Polizei ließ brutale Ausschreitungen weißer Gegenprotestler und des Ku-Klux-Klans zu und verhaftete anschließend die Freedom Riders wegen Verstoßes gegen staatliche und lokale Jim Crow-Gesetze und anderer angeblicher Vergehen. In der Zeit von Juni bis September 1961 fanden etwa sechzig Freedom Rides statt.

Freedom Summer – 1964 von Bürgerrechtsaktivist*innen gestartete Kampagne, im Bundesstaat Mississippi so viele afroamerikanische Wähler*innen wie möglich zu registrieren. Die Südstaaten hatten zwischen 1890 und 1910 die meisten Afroamerikaner*innen effektiv entrechtet: Sie erhoben Wahlsteuern, verlangten von weißen Wahlbeamten durchgeführte Alphabetisierungstests, verschärften die Wohnsitzvoraussetzungen, führten eine aufwendige Dokumentation der erforderlichen Unterlagen ein. Potenzielle Wähler*innen wurden wirtschaftlich schikaniert und körperlich angegriffen. Die Kampagne konzentrierte sich auf Mississippi, weil es den niedrigsten Anteil an registrierten afroamerikanischen Wähler*innen im ganzen Land hatte, obwohl sie über ein Drittel der Bevölkerung ausmachten: 1962 waren nur 6,7 % der wahlberechtigten Schwarzen Bürger*innen registriert. Während der zehn Wochen des Freedom Summer unterstützten weitere Organisationen das Projekt, in ganz Mississippi wurden Freedom Schools, Freedom Houses und Gemeindezentren wie Bibliotheken in kleinen Städten eingerichtet.

Free State – ein in Kansas geradezu mythisch aufgeladener Diskurs aus der Geschichte des Bundesstaates. In den als *Bleeding Kansas* oder Grenzkrieg bekannt gewordenen Kämpfen im Kansas-Territorium 1855–1859 ging es politisch um die Frage, ob Kansas als *Free State* der Union beitreten oder sich den Sklaverei-Staaten im Süden anschließen sollte. Der Konflikt war überregional relevant, weil die zwei Senatoren aus Kansas das Kräfteverhältnis im US-Senat kippen würden. Die Auseinandersetzungen in Kansas erregten in den gesamten USA Aufmerksamkeit und führten einerseits zu einem Wettrennen zwischen Ansiedlungsverbänden auf beiden Seiten des Konflikts, andererseits zu einem Pressekrieg. Den Begriff *Bleeding Kansas* führte Horace Greeley ein, Sklavereigegner und Herausgeber der angesehenen *New York Tribune*. In Kansas schrieben drei Zeitungen gegen die Sklaverei, zwei in Lawrence und die deutschsprachige *Kansas Zeitung* in Atchison. Für die Sklaverei agitierte der *Squatter Sovereign*. 1856 wurde Lawrence von organisierten Milizen überfallen, um die Druckpressen der gegen die Sklaverei eingestellten Zeitungen zu zerstören. Drei Tage danach schlug eine Antisklaverei-Miliz im Pottawatomie-Massaker zurück. Mit zunehmendem Blutvergießen entlang der Grenze lieferten sich beide Fraktionen Schlachten, nahmen Städte ein, befreiten Gefangene. Parallel sammelten Organisationen im Norden Geld für den Kampf gegen die Sklaverei und bemühten sich, abolitionistische Siedler nach Kansas zu bringen. Eine wichtige abolitionistische Institution war die Underground Railroad, die befreite oder entflohene Sklav*innen aus anderen Bundesstaaten herausschmuggelte.

Nach einer Untersuchung durch den Kongress wurde klar, dass eine Mehrheit in Kansas einen Free State wollte, trotzdem war die Zustimmung des Kongresses nötig, die die Südstaatler blockierten. Schließlich wurde Kansas 1861 als Free State in die Union aufgenommen. Die Gewalttaten zwischen beiden Lagern gingen jedoch weiter, die Heftigkeit des Grenzkriegs sorgte landesweit für Schlagzeilen und war der Auftakt zum Amerikanischen Bürgerkrieg.

Harriet Tubman – (1822–1913) berühmte Abolitionistin und Sozialaktivistin, in Maryland als Sklavin geboren, erlitt in jungen Jahren eine schwere Kopfverletzung, die ihr lebenslang Schwindel, Schmerzen und Hypersomnie verursachte. 1849 floh sie aus der Sklaverei, kehrte aber bis 1862 wiederholt nach Maryland zurück und rettete in 13 Expeditionen über 70 Sklav*innen, was ihr den Spitznamen »Moses« eintrug. Sie ging bewaffnet und benutzte Spirituals als verschlüsselte Botschaften, um Mitreisende vor Gefahren zu warnen oder sicheren Weg zu signalisieren. Tubman und die von ihr unterstützten Flüchtlinge wurden nie gefasst. »Ich war acht Jahre lang Fluchthelferin in der Underground Railroad, und ich habe nie einen Zug entgleisen lassen und nie einen Passagier verloren.« Als der Bürgerkrieg begann, arbeitete sie erst als Köchin und Krankenschwester für die Unionsarmee, dann als bewaffnete Späherin und Spionin. Beim Überfall auf Combahee Ferry, bei dem mehr als 750 Sklaven befreit wurden, leitete sie als erste Frau eine bewaffnete Militäroperation in den USA. Noch 2 Jahre arbeitete Tubman für die Unionsstreitkräfte, versorgte neu befreite Menschen, kundschaftete auf Konföderiertengebiet, pflegte Verwundete. Sie war keine reguläre Soldatin, wurde nur sporadisch für ihre Arbeit als Spionin und Späherin entschädigt und als Krankenschwester gar nicht bezahlt. Für über 3 Jahre Dienst erhielt sie insgesamt 200 $. Nach dem Krieg zog sie sich auf eine Farm in Auburn, New York zurück, lebte aber aufgrund ihrer humanitären Arbeit für ihre Familie und ehemalige Sklaven in ständiger Armut. Sie engagierte sich in der Frauenwahlrechtsbewegung, bis sie krank und in ein Pflegeheim für Afroamerikaner*innen aufgenommen wurde, das sie zuvor mit aufgebaut hatte. Tubman gilt weithin als Symbol für Mut und Freiheit. Sie war zu Lebzeiten hoch angesehen und wurde nach ihrem Tod zu einer amerikanischen Ikone.

Hobby Lobby – US-Kette von Kunst- und Bastelläden mit einem Umsatz von über 5 Mrd. $, steht als bekennend evangelikales Unternehmen für rechtskonservative Werte und christliche Medien. Gegründet in den 1970ern, seit 2012 ständig Gegenstand von Kontroversen und Skandalen mit Vorwürfen wg. Antisemitismus, Homophobie, Diskriminierung von LGBTQ, Bekehrungsversuchen an öffentlichen Schulen, illegalem Artefakteschmuggel (aus dem Irak geraubt), Gefährdung von Mitarbeitenden in der Corona-Pandemie sowie Millionenspenden an die Servant Foundation, die u. a. rechtsextreme Hassgruppen unterstützt.

Inanna – eine wegen ihrer vielfältigen und vielschichtigen, teils paradoxen Gestalt schwer zu erfassende sumerische Göttin. Ihr Mythos ist der älteste sicher bezeugte Mythos der Menschheit: Inanna, Göttin des Himmels, der Liebe, der Gerechtigkeit, der Behausung, der Sexualität und des Krieges, gibt ihre Tempel auf und reist in die Unterwelt, doch zwingt sie der Torhüter, all ihre wirkmächtigen Schmuckstücke abzulegen. So tritt sie vor die Königin der Unterwelt und setzt sie ab. Die aber befiehlt ihrem Wesir, 60 Krankheiten auf Inanna loszulassen, die sie töten. Da verschwindet auf Erden die Fruchtbarkeit, alle Sexualität bei Mensch und Tier kommt zum Erliegen. Inannas Wesir bittet den Weisheitsgott Enki um Hilfe, der erschafft einen *assinnu* (Ritualexperten), der Inanna mit dem Kraut des Lebens wiederbelebt; für die Rückkehr in die Welt der Lebenden muss sie jedoch Ersatz liefern und wählt ihren illoyalen, eitlen Gemahl Dumuzi. Dessen Schwester nimmt einen Teil der Strafe auf sich, sodass sie sich in der Unterwelt abwechseln, wodurch die verschiedenen Jahreszeiten entstehen. Zusammen mit Dumuzi dürfen fortan auch andere Tote die Unterwelt an bestimmten Tagen verlassen, so hat Inanna für die Menschen eine Brücke zu den Toten geschaffen. Zur modernen Rezeption gehört u. a. der Roman von Olga Tokarczuk: *Anna In. Eine Reise zu den Katakomben der Welt* (Übs.: Lisa Palmes).

Jayhawk – der »mythische Vogel«, den das Basketball-Team der University of Kansas in Lawrence als Wahrzeichen führt, eine Kreuzung zwischen Eichelhäher und Habicht (Jay = Häher, Hawk = Habicht). Historische Vorlage: Die »Jayhawkers« waren während des Bürgerkriegs Milizen der Free-Staters in Kansas, sie kämpften gegen die Guerillas der konföderierten Armee aus Missouri, die sogenannten Bushwhackers, und verübten Überfälle auf mutmaßliche Sympathisanten der Konföderation. Im Eastwood-Film *Der Texaner* (The Outlaw Josey Wales) brennen Jayhawkers die Farm des Titelhelden nieder, töten seine Familie und veranlassen ihn damit, sich den Bushwhackers anzuschließen. Auch in dem Film *Ride with the Devil* von Ang Lee (nach einem Roman von Daniel Woodrell) sind Jayhawkers und Bushwhackers zu sehen.

Kansas-Territorium und **Kansas-Nebraska Act** – Das Kansas-Territorium, Vorläufer des US-Bundesstaats, existierte zwischen 1854, als dieses Gebiet organisiert und zur Besiedlung freigegeben wurde, aber noch kein Bundesstaat war, und 1861. Die Öffnung der Territorien Kansas und Nebraska 1854 gilt als Auslöser einer langwierigen politischen Krise: Der Kansas-Nebraska Act hob den im Missouri-Kompromiss festgelegten Breitengrad als Grenze zwischen Sklaven- und freiem Territorium auf und verfügte nach dem Prinzip der Volkssouveränität, dass die Bewohner bestimmen sollten, ob das Gebiet Free State oder Sklavenstaat werden sollte. Siedler aus dem Nachbarstaat Missouri mit militanten Pro-Sklaverei-Ansichten suchten die Volksabstimmung zu beeinflussen, indem sie nach Kansas fuhren und sich als Einwohner ausgaben. Der Konflikt befeuerte Bandenkriege und paramilitärische Guerillakämpfe mit exzessiven Gewalttaten, teils politisch motiviert, teils reine Raubüberfälle.

Mrs. Wright – Martha Coffin Wright (1806–1875) war Abolitionistin und aktive Frauenrechtlerin. Wright beherbergte in ihrem Haus in Auburn flüchtige Sklav*innen und wurde Teil der Underground Railroad. Wright und ihre Freundin Frances Adeline Seward waren enge Freundinnen und Unterstützerinnen von Harriet Tubman.

Primärwald – von menschlicher Einflussnahme unberührter Wald. Primärwälder sind unglaublich kohlenstoffreich: Die Bäume nehmen während des Wachstums Kohlendioxid aus der Atmosphäre auf und speichern es in ihren Stämmen, Blättern und im Boden. Durch Rodung solcher Wälder wird nicht nur der gespeicherte Kohlenstoff freigesetzt, sondern auch die Fähigkeit zerstört, künftig mehr Kohlenstoff zu binden. In Primärwäldern gedeihen ökologische Nischen und entstehen endemische Arten. Eine höhere Komplexität innerhalb eines Ökosystems korreliert mit einer höheren Widerstandsfähigkeit und Stabilität angesichts zukünftiger Störungen.

Proud Boys – rechtsextreme Miliz in den USA. Die Mitglieder hängen der rechten Verschwörungstheorie an, dass weiße Männer in der westlichen Kultur von Auslöschung bedroht seien. Nach Trumps Aufforderung von 2017: »Proud Boys, stand back and stand by!«, wurden sie auch international bekannt. Am 6. Januar 2021 beteiligten sich ihre Mitglieder am Sturm aufs Kapitol. Die Organisation wurde in Kanada 2021 und in Neuseeland 2022 als terroristische Vereinigung eingestuft.

Serverfarm – kommerzielles Rechenzentrum mit zu einem Serversystem verbundenen Servern, z. B. bei großen Hosting-Anbietern. Serverfarmen generieren derzeit 5 % des weltweiten Energiebedarfs. Die explosionsartige Nachfrage nach Cloud-Diensten, Streaming-Plattformen und Künstlicher Intelligenz heizt diesen Trend weiter an. KIs müssen mit riesigen Datenmengen gefüttert werden, dieser Energiebedarf fällt meist in Entwicklungsländern wie Kenia oder Kolumbien an, wo Klickarbeiter*innen prekäre Arbeit verrichten. Nach Schätzungen der Internationalen Energieagentur (IEA) verbraucht eine Abfrage bei ChatGPT gut zehnmal mehr Energie als eine Google-Suche. Das Training eines Modells wie GPT-3 soll etwa so viel CO_2 erzeugen wie 550 Flüge New York–San Francisco. KI verschlingt immer mehr Rechenleistung und damit Unmengen Energie. So gefährdet die KI-Revolution längst die globale Stromversorgung: Die IEA schätzt, dass sich der weltweite Verbrauch bis 2026 mehr als verdoppeln wird. Die Techriesen, die immer mehr dieser Stromfresser ans Netz bringen, investieren derzeit in alte AKWs und in vielversprechende neue Nuklear-Technik mittels Mini-Reaktoren. Doch die produzieren deutlich mehr Atommüll als konventionelle Meiler, schon jetzt dümpeln in den USA 92 500 Tonnen Atommüll vor sich hin, Endlager existieren bislang nicht. Und die Server verbrauchen auch Kühlwasser, das in der benötigten Trinkwasser-Qualität weltweit knapp wird.

Ariadne
Herausgegeben von Else Laudan

Titel der amerikanischen Originalausgabe:
Pay Dirt

Deutsche Erstausgabe

Glashüttenstraße 28 · 20357 Hamburg
Telefon 040/4018000 · Fax 040/40180020
verlag@argument.de · www.argument.de
Umschlag und Gestaltung: Martin Grundmann
Vorsatz: 1860 Baltimore and Ohio Railroad map
Lektorat & Satz: Iris Konopik
Druck und Bindung: Beltz Grafische Betriebe, Bad Langensalza
Gedruckt auf säure- und chlorfreiem Papier
ISBN 978-3-86754-281-4
Erste Auflage 2025